Ellen Puffpaff

Die Komplizin
– Alles auf Anfang

Band I

D1876155

Die Komplizin
– Alles auf Anfang –

Natürlich weißt du, dass es sie gibt. Brutale, gefühlstaube und skrupellose Menschen, denen ein Leben genauso viel wert ist wie ein abgetragenes Paar Turnschuhe. Doch ihre Welt ist fremd für dich. Du bist nur Zuschauer durch Fernsehen und Medien – bis diese Menschen plötzlich in deinem Auto sitzen.

Das geregelte Leben der Krankenschwester Anna Selbig ändert sich schlagartig, als sie nach einer Nachtschicht nach Hause fährt. Sie muss an einer roten Ampel halten, als plötzlich zwei fremde Männer ihren Wagen stürmen und sie mit vorgehaltener Waffe zwingen loszufahren. Auf einmal ist sie mitten in einer unbekannten Welt voller Gewalt und Hass und kämpft ums nackte Überleben – doch es ist nichts wert.

Ellen Puffpaff, geboren 1983 in Eckernförde, ist gelernte Fremdsprachenkorrespondentin und Speditionskauffrau und schrieb bereits als Jugendliche ihre ersten Kurzgeschichten. Schließlich nutzte sie ihre Elternzeit zum Schreiben ihrer Bücher „Dachbodenfund" und „Fatale Folgen", die als Neuauflage in ihrem 2017 gegründeten „ellis Buchverlag" erschienen. Mit „Die Komplizin – Alles auf Anfang" erscheint der erste Teil ihrer Alles-Thriller-Reihe. Sie lebt mit ihrer Familie in der Nähe von Flensburg.

Ellen Puffpaff

Die Komplizin

– Alles auf Anfang –

BAND I

ellis
BUCHVERLAG

Ellen Puffpaff
Die Komplizin
– *Alles auf Anfang* –
Band I
Thriller

1. Auflage 2019

ISBN Printausgabe: 978-3-947538-02-7
ISBN eBook: 978-3-947538-08-9

Copyright © 2019 by ellis Buchverlag. Alle Rechte vorbehalten.
Mailücke 4
24975 Husby
Tel.: 04634 – 939 82 00
Fax: 04634 – 931 37 32
info@ellis-buchverlag.de
www.ellis-buchverlag.de

Cover und Design: www.synthesien.de
Druck: CPI books GmbH, Leck

für dich :)

Handlungen und Figuren aus diesem Buch sind frei erfunden. Mögliche Übereinstimmungen mit lebenden oder verstorbenen Menschen sind zufällig und nicht beabsichtigt.

Kapitel 1

Er vernahm das Plätschern der Wellen, die sachte an seine Hosenbeine schwappten und spürte das kühle Wasser an seinen Waden und in seinen Schuhen. Unter anderen Umständen hätte es vielleicht unangenehm sein können, aber heute empfand er nicht so. Das Wasser gab ihm Ruhe. Vielleicht konnte er so verstehen, was passiert war.

Vollkommen reglos stand er auf den glitschigen Steinen im knietiefen Wasser. Über ihm dröhnten in regelmäßigen Abständen Lastwagen über die Köhlbrandbrücke und gaben der Szene nur noch mehr Dramatik. Bei jedem Wagen schien die Luft zu vibrieren.

Doch seine Gedanken kreisten nur um eine Sache.

Ich habe sie getötet.

In seinen Händen hielt er ihr Bild, den Beweis für ihre Existenz. Lächelnd und schön. Glücklich.

Er spürte Trauer. Aber der Schmerz fühlte sich taub an. Trauer war ein ungewohntes und befremdliches Gefühl, das er lange unterdrückt hatte. Was auch immer es jetzt war, es fühlte sich nicht normal an; es war keine richtige Trauer. Trauer sollte wehtun, sollte Schmerzen im Körper verursachen, dass man sich winden und schreien wollte, aber so war es nicht. Die Taubheit benebelte seinen Körper, sodass er gar nichts mehr spürte. Es war egal. Der Umstand einer eingenommenen Schlaftablette würde sich ebenso anfühlen. Seine Augen brannten und schrien nach der kühlen Erlösung der Tränen, doch es floss keine einzige.

Sein Körper hatte das Weinen verlernt.

Ich habe sie getötet.

Wieder sah er ihr Lachen auf dem Bild. So warm, so herzlich und auf gleiche Weise verletzend, weil sie so unerreichbar war. Er konnte es nicht begreifen. All die Jahre im falschen Glauben. Warum war es so weit gekommen, dass diese Frau sterben musste? Diese wunderschöne Frau, die liebevoll und schützend den Jungen in ihrem Arm anstrahlte.

Sein Kiefer zitterte, als er abrupt den Blick vom Bild abwandte und geradeaus aufs Wasser blickte. Nicht weit entfernt schob sich ein großes Containerschiff langsam in Richtung Brücke vor. Dröhnend und monoton brummte die Maschine gleichmäßig und unaufhaltsam auf ein und derselben Frequenz. Der Lärm erzeugte einen passenden Gegenpol zum Brausen über ihm.

Ohne hinzuschauen, entsicherte er seine Glock, die er die ganze Zeit in der anderen Hand gehalten hatte, und setzte sie an seiner

Schläfe an. Er kannte sie zu gut, um sich auf die Entsicherung konzentrieren zu müssen. Leider hatte sein Lebensweg ihn so weit geführt, dass er diese Pistole als sein Arbeitswerkzeug betrachtete. Die Bedienung erfolgte dadurch wie im Schlaf.

Doch genauso wenig wie er Trauer kannte, hatte sein Körper jegliche Angst verloren. Der Lauf der geladenen Waffe an seiner Schläfe regte rein gar nichts in ihm. Es war schon bald erniedrigend, wie egal es ihm war, ob er lebte oder starb.

Aber er erinnerte sich daran, dass er das hier nicht aus einem Adrenalinkick heraus tat, um sich besser zu fühlen.

Er tat es, weil er *sie* getötet hatte.

Nur deshalb war er hierhergefahren, hatte seinen blauen Toyota Supra achtlos auf dem Sandplatz geparkt und war ohne Halt über das grün verwachsene Ufer ins Wasser gegangen, bis er bis zu den Knien in der Elbe stand. Der Tod würde schnell sein, und das Wasser würde seine Leiche ein Stückchen davontragen, bis ihn jemand fand.

Du hast sie getötet, beschuldigte ihn eine bösartige Stimme in seinem Kopf.

Er kniff die Augen zusammen und versuchte, die ganze Trauer in sich aufkommen zu lassen. Er wollte sie spüren, mit jeder Faser seines Körpers. Er verlangte nach den Schmerzen. Er wollte spüren, was ihr angetan worden war. Angst, Schmerz, Trauer, Furcht. Die Panik einer Mutter, die das eigene Kind verzweifelt in den Armen hält, bevor die Bedrohung zu nah kommt und es ihr unwiderruflich aus den Händen gerissen wird.

All das wollte er ihr abnehmen, denn er war es gewesen, der sie getötet hatte. Sie sollte diese Last nicht tragen. Er war es.

Immer noch keine Träne.

Immer noch keine Angst.

Er war abgestumpft. Nicht mal das kalte Wasser konnte er spüren.

Worauf wartest du noch? Es hat keinen Sinn! Drück endlich ab!, raunte die Stimme innerlich.

Nein!

Ich muss warten. Ich muss ihren Schmerz spüren. Denn ich habe es getan. Ich habe sie getötet.

Meine eigene Mutter.

Kapitel 2

Anna strich sich müde die Hände an der Hose ab. Sie hatte Farbe an den Fingern und in den Haaren. Sie würde unbedingt duschen müssen, bevor sie gleich ihre Nachtschicht begann.

Zufrieden trat sie einen Schritt zurück und betrachtete ihr Werk. Das Wohnzimmer erstrahlte in einem frischen cremigen Weiß, die Bilderabdrücke der Vormieter waren verschwunden. Neue Farbe, neuer Lebensabschnitt – eine neue Zukunft in der ersten gemeinsamen Wohnung.

Gemeinsam. Hier war das Wort wieder, das absolut nicht zu dieser Situation passte. Eigentlich hatten sie und ihr Freund Nico heute zusammen hier renovieren wollen, aber er hatte keine Zeit. Wieder mal. Er fand immer eine Ausrede und einen Weg, um den Umzug auf die lange Bank zu schieben.

Seufzend strich Anna den Pinsel am Farbeimer ab und schloss den Deckel. Sie fühlte sich mies und irgendwie allein gelassen. Sie hätten hier längst eingezogen sein können. Die Wohnung stand ihnen seit dem ersten August zur Verfügung. Heute war der Zehnte. *Aber nein, wir trödeln noch ein bisschen und leisten uns einfach zwei Wohnungen. Kostet ja auch nichts in Hamburg.*

Anna stieß den Farbeimer zur Seite und hörte, wie sich ein Schlüssel in der Wohnungstür drehte. Einen kurzen Augenblick später folgten Schritte im Flur. *Schön, dass er auch noch kommt.*

Mürrisch machte sie einen Schritt zur Seite und trat aus dem Wohnzimmer heraus. „Da bist du ja endlich."

„Ja, es tut mir leid. Es ging nicht eher." Er balancierte einen Karton auf seinen Armen und stieß mit einem Bein die Tür zu. Dann ging er direkt an Anna vorbei in die Küche, wo er den Karton abstellte.

„Was ist das?", murrte Anna, die ihm gefolgt war.

„Ich dachte nur, ich bringe schon mal ein paar Sachen her. Dann haben wir nachher nicht mehr so viel auf einmal. Wir können einfach jedes Mal, wenn wir hierherfahren, etwas mitbringen. Dann kriegen wir die Wohnung schon mal so nach und nach leer."

„Damit dann hier alles rumsteht? Wir haben die Küche doch noch nicht mal renoviert? Wo willst du das denn jetzt hinstellen?"

„Ich lass es einfach hier stehen. Hier stört es doch nicht."

Anna funkelte ihn an, verkniff sich aber ihren Kommentar. Sachen für das Wohnzimmer machten vielleicht Sinn, aber in der Küche war noch gar nichts gemacht worden.

Nicos stahlblaue Augen nahmen seine Freundin prüfend ins Visier. Er hatte eine muskulöse, sportliche Figur und war bestimmt einen Kopf größer als Anna. Seine rotblonden Haare fielen ihm in leichten Wellen in die Stirn, die er jetzt grimmig zusammenzog. „Was ist?"

Vergiss den Karton, dachte Anna und rollte mit den Augen, *dann steht er eben hier herum und muss ständig hin und her geschoben werden.* „Wo bist du gewesen? Ich dachte, du hilfst mir?"

Jetzt war es Nico, der die Augen verdrehte. „Morgen ist die Projektpräsentation, das habe ich dir doch erzählt!"

„Ja, klar, dein blödes Projekt." Anna stapfte wütend ins Badezimmer, um sich die Hände zu waschen.

„Einen Entwurf für eine Shopping-Mall in London anzufertigen, sehe ich nicht unbedingt als blöd an. Es ist wahnsinnig wichtig, hast du das vergessen?"

„Ach, und unser Umzug ist nicht wichtig? Wir zahlen gerade zwei Mieten, hast du *das* vergessen?"

Nico war ihr zum Badezimmer gefolgt und spielte mit einem Stück Tapete, das locker an der Wand hing. „Nein, habe ich nicht. Und genau deswegen ist mir das Projekt ja auch so wichtig. Kennst du noch andere Architekturstudenten, die kurz nach dem Abschluss so eine Chance bekommen wie ich? Tut mir leid, dass ich mich nicht mit einem 08-15-Job zufriedengeben möchte, aber wenn ich bei Schmidt & Berger erst richtig Fuß fasse, dann können wir uns noch was ganz anderes leisten als zwei Wohnungen."

„Aber wie soll es denn klappen, wenn ich hier alles alleine machen soll, Nico? Hast du nicht neulich noch gesagt, dass du jetzt eigentlich schon fertig sein wolltest?"

„Ich habe es aber nun mal nicht geschafft, okay? Es ist nicht nur eine einfache Hausarbeit, die ich hier abgeben soll. Da steckt schon ein bisschen mehr dahinter." Nico hatte nach und nach weiter an der Tapete gezogen und riss einzelne Stückchen ab, die schwirrend auf den Fußboden fielen.

Anna starrte auf ihre Hände und kratzte an den letzten hartnäckigen Farbresten, die beim Waschen nicht hatten abgehen wollen. „Das Wohnzimmer ist auf jeden Fall fertig. Hast du wenigstens die Rollläden besorgt?"

Sie sah auf und in Nicos verzogenes Gesicht.

„Verdammt, da habe ich gar nicht mehr dran gedacht."

„Das ist jetzt nicht dein Ernst?"

Nico schüttelte den Kopf und kniff die Lippen fest aufeinander. „Das habe ich total vergessen."

Anna boxte ihm wütend in den Bauch und schob sich schnaubend an ihm vorbei. „Es kann echt nicht angehen!" Sie lief ins frisch renovierte Wohnzimmer und hätte am liebsten die Tapete von den Wänden gerissen.

„Dann holen wir sie eben morgen, Anna!“, versuchte Nico sie zu besänftigen und folgte in den großen Raum mit Südbalkon und Parkettfußboden. „Das ist doch jetzt nicht so schlimm.“

Anna hatte ihm den Rücken zugedreht und hielt sich die Hände vor das Gesicht.

„Sag mal, weinst du jetzt etwa?“

Anna wischte sich einmal durch das Gesicht. Sie weinte nicht. Noch nicht zumindest und wollte es auch nicht. „Weißt du nicht mehr, dass das Angebot nur noch bis heute lief? Morgen müssen wir fast das Doppelte dafür bezahlen.“

„Dann ist das eben so. Oder wir warten auf ein neues Angebot.“

„Wir warten. Klar. Wir warten. Lass uns doch einfach noch ein halbes Jahr in diesem Zustand verbringen!“, fauchte sie und drehte sich zu ihm herum. Sie kochte vor Wut.

„Anna, ich habe es vergessen“, brüllte er zurück. Sein Kopf war gerötet und auf seiner Stirn hatte sich eine dicke Ader gebildet.

„Wir hatten einen Plan.“ Mit zittrigen Fingern und jetzt doch etwas feuchten Augen fischte Anna einen zerknitterten Zettel aus ihrer Hosentasche und faltete ihn auseinander. Sie hörte Nico aufstöhnen, achtete aber nicht auf ihn. Sie hatten sich das Wohnungsprojekt gemeinsam überlegt und einen Plan gemacht, wann sie wie weit mit der Renovierung sein wollten, wann welche Anschaffung gemacht werden sollte und wie die zukünftige Aufgabenverteilung geregelt werden würde.

Anna hatte für alles einen Plan. Sie brauchte immer alles auf dem Papier, damit sie den Überblick hatte. Als sie und Nico vor sieben Jahren zusammengekommen waren, hatte er ihre Pläne euphorisch geteilt. Wenn Anna manchmal genauer darüber nachdachte, hatte sie sogar eher das Gefühl, dass die ganze Plansache sein Ding war und er es in die Beziehung gebracht hatte.

Damals, als sie mit der Schule fertig waren, Anna ihre Ausbildung als Krankenschwester begann und Nico nach ein paar Versuchssemestern in Jura, Betriebswirtschaftslehre und Geschichte schließlich in der Architektur seine Berufung gefunden hatte, waren Pläne ständig an der Tagesordnung. Und am meisten machte es noch Spaß, gemeinsam zu planen. Sich die Zukunft auszumalen, Ideen zu entwickeln, Ziele zu überlegen, die man erreichen wollte. Doch in letzter Zeit war irgendwie nur noch Anna diejenige, die Pläne machte. Gemeinsame Pläne.

„Vergiss den Plan, Anna. Du kannst nicht alles festsetzen.“ Er drehte sich zur Seite und verschwand aus dem Wohnzimmer. Die Tür ließ er unsanft hinter sich zufallen.

Anna sackte in die Knie und ließ sich gedemütigt an der Wand niederrutschen. *Da haben uns die Nachbarn ja schon gut kennengelernt*, dachte sie. Tolle erste Wohnung mit dem abertausendsten Streit.

Nico hatte sich verändert in den letzten Wochen, vielleicht sogar Monaten. Er war unheimlich leicht reizbar. Bei jeder Kleinigkeit gerieten sie aneinander. Natürlich hatte er viel um die Ohren. Er war erst seit Anfang des Jahres bei Schmidt & Berger beschäftigt, und dieses Projekt in London war eine große Chance. Es könnte sein Durchbruch sein, da hatte er schon recht. Aber durfte er sie deswegen immer links liegen lassen? Es war nicht nur heute, dass er sich nicht an Abmachungen und Termine hielt. In der letzten Zeit kam es öfter vor, und Anna hatte in den letzten Tagen mehr als einmal Zweifel gehabt, ob die gemeinsame Wohnung wirklich die richtige Entscheidung war. Auch wenn sie diese wirklich *gemeinsam* geplant hatten.

Sie wischte sich durch die feucht gewordenen Augen und stand wieder auf. Der Sensor, der in ihrem Körper für die Tränendrüsen zuständig war, funktionierte immer viel zu empfindlich. Egal, ob Trauer, Wut oder Freude – eine Träne war mit Sicherheit drin.

Dann hörte sie Schritte im Flur. Nico ging zur Wohnungstür.

Angestrengt lauschte sie und hörte, wie die Tür geöffnet wurde. *Geht er jetzt etwa weg?*

Schnell riss sie die Wohnzimmertür auf und starrte ihn verwirrt an.

„Wir holen sie morgen“, murrte Nico, während er bereits in der Wohnungstür stand. „Ich bezahl sie auch.“

„Wo gehst du hin?“

„Nach Hause.“

„Nico, warte!“ Anna machte einen Satz auf ihn zu, um ihn zum Halten zu bewegen.

Er blieb stehen und sah sie fragend an.

Anna wartete einen Moment, dann trat sie langsam vor. „Tun wir das Richtige? Mit der Wohnung, meine ich.“

Nico sah sie verwundert an, als wäre es für ihn eine komplett neue Möglichkeit, an die er vorher noch gar nicht gedacht hatte. Im gleichen Moment bereute Anna ihre Frage, weil sie Angst hatte, ihn jetzt auf eine Idee gebracht zu haben. Sie sah ihn weiter an, aber er sagte nichts.

„Ich meine nur, weil … irgendwie ist doch bei uns momentan der Wurm drin, oder?“ Anna hatte die Augen weit geöffnet und trat dicht vor ihn. „Möchtest du wirklich mit mir zusammenziehen?“

Nico räusperte sich und schloss die Wohnungstür. „Ich weiß nicht, ich glaube schon. Möchtest du denn?“

„Ja, aber ich weiß nicht, ob es das Richtige ist.“

Er griff nach einer ihrer blonden Locken, die ihr ab und zu ins Gesicht hingen. „Wie sollen wir es erfahren, wenn wir es nicht versuchen?“

„Vielleicht ist der Abstand mit den zwei Wohnungen gerade richtig für uns.“

„Nein“, widersprach er. „Diese Wohnung ist der absolute Traum. Und darum werden wir beide hier auch einziehen. Hast du deinen Plan vergessen?“ Er lächelte, aber Anna fand, dass es nicht besonders überzeugend wirkte.

Kapitel 3

Er hielt die Augen geschlossen und konzentrierte sich auf den Schmerz, der nicht einziehen wollte. Das Containerschiff war mittlerweile direkt vor ihm, sodass er nicht mal mehr die Lastwagen auf der Brücke hören konnte.

Aus diesem Grund hatte er auch nicht den herbeifahrenden Wagen gehört, der mit Schwung auf den Sandplatz rauschte und neben seinem Toyota hielt. Eine Autotür wurde geöffnet und wieder zugeschlagen. Schritte eilten in seine Richtung. Doch alles, was er schließlich registrierte, waren die panischen Worte, die ihm zugerufen wurden: „Eh, Santo! ¿Qué haces ahí?“[1]

Er atmete tief durch und öffnete die Augen. *Ja, was machte er hier eigentlich?*

Während er auf die verschiedenen Container sah, die sich langsam an ihm vorbeischoben, ließ er wie in Zeitlupe seine Glock sinken. Er fühlte nichts. Und das war erbärmlich. Weder Freude noch Trauer, weder Genugtuung noch Feigheit, weil sein Bruder jetzt gekommen war und ihn von seinem Suizid abbrachte.

„¿Qué haces, cabrón? ¡Sal del agua!“[2]

Er warf noch einen letzten Blick auf das Bild seiner Mutter und drehte sich langsam um.

¡Lo siento, mamá![3]

Er bewegte sich langsam aus dem Wasser heraus. Seine Beine waren durch die Kälte steif geworden und führten nur widerwillig ihren Dienst aus. Er musste fast schmunzeln, als er tatsächlich die Kälte wahrnahm. Vielleicht war er doch nicht ganz taub.

Sein Bruder tänzelte unterdessen nervös am Ufer auf und ab und schien offenbar kurz davor, ihn mit den Händen aus dem Wasser zu ziehen und sich selbst nasse Füße zu holen.

Sobald Santo das trockene Ufer erreicht hatte, wurde er von seinem Bruder an den Schultern gepackt und fing sich eine Ohrfeige ein. Ohne sich zu wehren, ließ er den Kopf zur Seite hängen und genoss das brennende Ziehen auf seiner Wange. Endlich durfte er den Schmerz spüren, den er verdient hatte.

„¿Estás loco? ¿Por qué quieres suicidarte, cabrón? ¡DIME!“[4]

Um die Frage zu beantworten, hob er das Bild seiner Mutter an.

---

[1] „Ey, Santo! Was machst du da?“

[2] „Was machst du, Arschloch? Komm aus dem Wasser raus!“

[3] *Es tut mir leid, Mama!*

[4] „Bist du verrückt? Warum willst du dich umbringen, Arschloch? SAG ES MIR!“

Sein Bruder sollte selbst wissen, was passiert war. Vielleicht würde er dann verstehen, warum er sich umbringen wollte.

Santo hatte das Bild gerade mal auf halber Höhe vor seinem Körper angehoben, als sein Bruder auch schon einen Schritt nach hinten trat. Obwohl er ihre Mutter aus dem Winkel nicht hatte erkennen können, verriet er sich durch sein Verhalten. Er kannte das Bild, er wusste, was passiert war.

„¿Qué es …?“[5], begann er seine Frage, stockte aber und starrte fassungslos das kleine abgewetzte Foto an.

„¿Lo sabias?“[6] Santo betete innerlich, dass sein Bruder das Foto noch nie gesehen hatte und nichts vom Mord an ihrer Mutter wusste, aber irgendwie spürte er, dass er sich irren musste.

Sein Bruder kniff die Augen zusammen und verzog das Gesicht, als wollte er etwas sagen, überlegte es sich dann aber doch anders. Für Santo war es Antwort genug.

„¿Por qué?“[7], fragte Santo. Sein Bruder wusste Bescheid. Warum? Seit wann? Warum hatte er nie etwas gesagt? Wie hatte er so leben können?

„¿De dónde sacaste eso?“[8], antwortete sein Bruder mit einer Gegenfrage auf das Warum.

„¿Es importante? Nuestra madre fue asesinada.“[9]

Sein großer Bruder lächelte und warf einen verlegenen Blick in Richtung Containerschiff, als würde er hier die Antwort finden. „Es ist ewig her“, sagte er schließlich auf Deutsch.

Santo musterte ihn skeptisch. Immer wenn er die Sprache wechselte, egal ob von Deutsch auf Spanisch oder umgekehrt, bedeutete es, dass Joyo etwas ernst meinte und seinem kleinen Bruder dadurch signalisierte, dass er die Grenze nicht überschreiten sollte.

Joyo war ein Stückchen kleiner als Santo und auch um einiges kräftiger. Man könnte durchaus behaupten, dass beide dieselbe Körpermasse hatten, diese bei Santo allerdings in die Höhe und bei Joyo in die Breite aufgeteilt war. Als er weitersprach, zog sich die gebräunte Haut auf seiner Stirn unter den kurzen schwarzen Haaren nachdenklich zusammen. „Du hast doch immer gewusst, dass sie tot ist. Warum sind wir sonst hier? Was macht das für einen Unterschied?“

---

[5] „Was ist …?“
[6] „Du wusstest es?“
[7] „Warum?“
[8] „Woher hast du das?“
[9] „Ist das wichtig? Unsere Mutter wurde getötet.“

„Es war kein Unfall!“, antwortete Santo jetzt ebenfalls auf Deutsch. „Ich finde, das ist ein entscheidender Unterschied. Hast du gesehen, dass unser ‚Vater‘ mit auf dem Bild zu sehen ist? Ist dir klar, was das bedeutet? Sie waren damals schon im Spiel!“

„Du solltest aber auch nicht vergessen, was Frank für uns getan hat!“ Offenbar versuchte Joyo erneut, seinen Bruder von dieser schmerzhaften Erkenntnis abzulenken.

„Der Grund sollte dir doch wohl klar sein. Es wurde nicht aus Nächstenliebe gehandelt, falls du das denkst.“ Santo kochte vor Wut. Joyo schien all die Jahre gewusst zu haben, wie ihre Mutter getötet worden war und es war ihm egal. Was als aufopferungsvolle Rettung angesehen wurde, war nichts anderes als ein Geschäft, mit dem sie täglich konfrontiert wurden.

Santo wand sich mit einer schnellen Bewegung aus dem festen Griff seines Bruders und drehte sich um. Es war zu viel für ihn. Er musste nachdenken. Den Sinn verstehen, den Joyo vielleicht darin sah, was ihnen passiert war und was sie hier machten.

„Wo willst du hin?“ Joyos Stimme verriet Panik. Der beinahe Suizid seines Bruders hatte ihm deutlich gemacht, wie ernst es Santo war.

„Weg!“, war die einzige Antwort, die Santo für seinen Bruder übrighatte. Er war zu seinem Wagen gelaufen und schwang sich hinter das Lenkrad seines flachen Sportwagens.

Mit lautem Knurren ließ er den Motor aufheulen und schoss im nächsten Moment mit durchdrehenden Reifen vom Sandplatz. In der Staubwolke hinter sich sah er gerade noch, wie Joyo in seinen BMW stieg, um ihm zu folgen.

Santo lächelte bei der Erkenntnis, dass er ihn niemals einholen würde. Er trat das Gaspedal weiter runter und freute sich über seinen 2500 Kubikmotor mit 401 PS.

Kapitel 4

Die Dusche hatte Wunder vollbracht. Anna fühlte sich wie ein ganz neuer Mensch, als sie sich abgetrocknet hatte. Was so ein bisschen warmes Wasser doch ausmachen konnte. Sie blieb noch eine Weile vor dem Spiegel stehen und betrachtete ihr rundliches Gesicht mit den vielen Sommersprossen. Ihre Haare wellten sich in gleichmäßigen blonden Locken drum herum und reichten etwa bis zur Mitte des Schulterblatts.

Schließlich zog sie sich aber doch an, holte sich etwas zu essen aus der Küche und hatte sogar noch ein bisschen Zeit, die Füße einen Moment hochzulegen. Nachtschicht war eine anstrengende Sache, mit der ihr biologischer Rhythmus so gar nicht klarkommen wollte. Dennoch versuchte sie, nie den gesamten Tag im Bett zu liegen, sondern spätestens ab vierzehn Uhr den Tag zu starten. Heute war ihre gesamte Zeit für die Renovierung draufgegangen. Morgen würde sie in ihrer freien Tageszeit für ihr Medizinstudium büffeln, das sie neben ihrem Beruf absolvierte. Es war zwar zehrend und anstrengend, doch sie hatte sich feste Lernzeiten zugeteilt und hielt sich eisern an ihren Plan.

Nach einem Blick auf die Uhr erhob sie sich schließlich und stellte ihren Teller in der Spüle ab. Dann wühlte sie sich einen Weg durch die Chaoswelt aus Kartonbergen und begab sich zur Tür.

Sie hatte für den letzten Monat in Nicos Wohnung mit einziehen müssen, da sie ihre schon eher gekündigt hatte. So wurde Nicos ohnehin schon zu kleine Eineinhalb-Zimmer-Wohnung noch mehr geschrumpft.

Sicherlich war das zusätzlich ein Grund für die reizbare Stimmung in der letzten Zeit. Momentan war es hier nun mal alles andere als gemütlich. Sie konnten froh sein, wenn alle lebenswichtigen Gegenstände wie Kühlschrank, Toilette und Bett einigermaßen erreicht werden konnten. Auf Dauer war diese Situation wirklich kein Zustand und erst recht nicht, wenn Nico meinte, sie könnten sich mit dem Umzug noch mehr Zeit lassen.

An der Tür angekommen überlegte Anna kurz, ob sie wohl ihre Jacke mitnehmen sollte. Es war zwar noch warm, aber wenn ihre Nachtschicht zu Ende war, würde sie sicher eine brauchen. So nahm sie sie von der Garderobe.

Was fehlte noch? Das Handy. Aber das hing an der Ladestation in der Küche und da wollte sie sich jetzt nicht noch mal durchzwängen. Warum hatte sie nur nicht daran gedacht, als sie gerade ihren Teller weggestellt hatte? Obwohl, es würde auch einmal ohne Handy gehen – sie hatte Nachtschicht, da würde sie sowieso von niemandem angerufen werden.

„Mach´s gut, Nico. Ich geh´ jetzt“, rief sie, während sie die Tür öffnete. Konnte er sie überhaupt hören unter der Dusche? Aus dem prasselnden Badezimmer kam keine Antwort.

Kurz überlegte sie, ob sie noch einmal reingehen sollte, aber sie war schon spät dran und außerdem wusste er, dass sie losmusste.

Sie zog die Tür hinter sich zu und hüpfte die Treppen runter nach draußen. Unten angekommen atmete sie die milde Luft ein, die auf einen herrlichen Abend hindeutete. Der Himmel war wolkenfrei und hatte sich über den Häusern im Westen rot verfärbt. Es war deutlich zu spüren, dass in der Stadt langsam Ruhe einkehrte und Nicos ohnehin schon nicht viel befahrene Straße langsam zu einem friedlichen Stillleben wurde, das mit Grillduft und murmelnden Nebengeräuschen getränkt war.

Einen kurzen Moment musste sie überlegen, wo sie ihren Wagen geparkt hatte. Jeden Tag war es ein neues Suchspiel, wenn sie abends verzweifelt in der Gegend herumfuhr und nach einer Parklücke suchte. Aber heute stand ihr blauer Golf ausnahmsweise mal nicht weit von Nicos Wohnung entfernt unter einem Baum.

Eigentlich hätte sie auch mit der Bahn zum St. Lukas Krankenhaus fahren können, aber sie genoss die Zeit immer, wenn es auch nur für einen kurzen Moment war, dass sie in ihrem Auto ein kleines bisschen Privatsphäre hatte und nicht durch die S-Bahn schaukeln, sich an glitschigen Haltestangen festhalten oder an überfüllten Bahnsteigen warten musste.

Sie setzte sich ins Auto und fädelte sich in den Verkehr ein. Die Hauptstraßen waren befahrener als Nicos kleine Nebenstraße und Anna musste sich zusammenreißen, damit sie nicht die Nerven verlor. Wie immer um diese Uhrzeit war der Verkehr irgendwie hektisch, weil alle schnell nach Hause wollten und die letzten Ausschweifungen der Rush-Hour zu erkennen waren. Aber sie schaffte es trotzdem und fuhr noch gerade rechtzeitig auf den Parkplatz hinter dem Krankenhaus.

Etwas erschöpft und kurzatmig stand sie wenige Minuten später im Schwesternzimmer und lauschte aufmerksam ihrer Kollegin, als sie die Übergabe machte.

Im Stillen mahnte sie sich, das nächste Mal doch etwas eher loszufahren.

*

Das Piepen der Mikrowelle ließ Nico zusammenzucken. Er war gerade dabei gewesen, noch mal seinen mit reichlich Säulen und großflächigen Glaswänden versehenen Entwurf durchzugehen, als sein Abendessen auch schon fertig war.

Er hatte nicht die typische Shopping Mall erstellt, wie man sie überall kannte. In seinem Entwurf wurde nicht an den Extras gespart, die das Einkaufserlebnis als etwas Besonderes darstellen würden. Der Innenhof war eine Art Tempel, in den er eine Oase in Form eines Springbrunnens und reichlich Entspannungsplätze hinzugefügt hatte, die zum Verweilen einluden. Ihm war klar, je länger sich die Besucher in seiner Mall aufhielten, desto größer der Umsatz. Das Einkaufen von Morgen war nicht mit einer Einkaufspassage gleichzusetzen, in der die Menschen gestresst von einem Laden zum nächsten hetzten. Die Käufer, die schon wussten, was sie brauchten, bestellten ohnehin im Internet, doch er widmete sich dem Gedanken, das Einkaufen wieder attraktiv zu gestalten. Die Käufer sollten sich wohlfühlen, während sie durch die Geschäfte tingelten, und schon war der Gedanke des Wellness-Shoppings entstanden. Warum nicht zwischendurch in einer Oase mit echtem Graswuchs, künstlichen Felsbauten, Wasserplätschern und Vogelgezwitscher die Seele baumeln lassen? Warum nicht als Freizeitbeschäftigung eine Shopping Mall aufsuchen, die mehr an einen Freizeitpark als ein Einkaufszentrum erinnerte?

Es war eine große Sache, ein richtig bedeutendes Projekt, und wenn er hier die Zusage bekam, würden ihm alle Türen offen stehen. Da war er sich sicher.

Voller Spannung fieberte er dem morgigen Tag entgegen. Neben ihm war noch ein weiterer Architekt von Schmidt & Berger mit dem Projekt beauftragt worden. Es war quasi eine Art Wettbewerb zwischen ihnen, was das Ganze noch aufregender machte. Alt gegen neu. Volker Kunzmann war erfahren und schon einige Jahre in der Firma beschäftigt. Er hatte Aufträge für Madrid, Wien, Paris und sogar einige in Amerika für sich entscheiden können. Dennoch glaubte Nico, dass er nicht chancenlos ins Rennen ging. Eher im Gegenteil. Es war ihm zu Ohren gekommen, dass die Geschäftsleitung nicht mehr zu hundert Prozent hinter Volker Kunzmann stand, wie sie es einst getan hatte. Er hatte in der letzten Zeit nachgelassen, und es schien, als seien seine Entwürfe mit der Zeit stehen geblieben. Was gefordert war, waren neue frische Ideen; Dinge, die es vorher noch nicht gegeben hatte und die herausstachen. Neues junges Blut musste geliefert werden, und genau das brachte Nico mit.

Mit nur einem Handtuch bekleidet nahm er das Essen aus der Mikrowelle und setzte sich damit noch einmal vor den Laptop. Es gab Spargel mit Pesto, und auch wenn Nico es nicht besonders mochte, so aß er es trotzdem immer wieder. Anna zog ihn deswegen manchmal ein bisschen auf, weil sie fand, dass jemand mit seiner Figur nun wirklich keine Diät nötig hatte, aber er ließ sich nicht davon abbringen, und außerdem kam die Figur auch nicht von ungefähr. Er arbeitete hart für seinen Körper und achtete sehr auf sein Äußeres und seine Gesundheit. Jeden Morgen lief er seine Pflichtrunde. Zusätzlich ging er mindestens zweimal in der Woche ins Fitnessstudio, sofern er neben der Arbeit die Zeit dafür fand. Es war ihm wichtig, dass er überall eine gute Figur abgab.

Er wusste, dass Anna das alles ein bisschen gelassener sah. Sie aß das, was ihr schmeckte und machte Sport, wenn die Hose enger wurde. Früher hatte er auch so gelebt. Er war von jeher ein großer schlanker Typ gewesen, aber er fand auch, dass man mit der Zeit gehen sollte. Er war kein Student mehr und das sollte man auch sehen. Aus ihm war ein Mann geworden, bei dem sich der Bizeps deutlich abhob und enge T-Shirts protzig über der Brust spannten.

Er hatte gerade den ersten Bissen im Mund, als sein Handy klingelte. Nach einem flüchtigen Blick auf das Display erkannte er, dass es seine Arbeitskollegin Vanessa war.

„Guten Abend, Van!“, begrüßte er sie.

„Hi, Nico! Alles klar bei dir?“

Er war immer wieder aufs Neue verblüfft, wie zart und wohlklingend ihre Stimme war. Es war, als würde sie ihm ununterbrochen schmeicheln wollen, vor allem, wenn sie manchmal flüsterte und er sich dabei direkt vorstellte, wie sie dabei ihre Lippen vorschob. Sie war erst seit Kurzem in der Firma, aber sie hatten sich auf Anhieb wunderbar verstanden.

„Ich gehe gerade noch mal alles durch. Mir darf bloß kein Fehler unterlaufen, weißt du?“

„Natürlich, aber glaub mir, du machst deine Sache gut. Davon sind alle überzeugt. Volker ist längst aus dem Rennen. Wenn du also keine Wellblechhütte kreiert hast, hat er sowieso keine Chance mehr gegen dich. Du wirst noch mal etwas ganz Großes, glaub mir!“ In ihrer Stimme schwang eine süße Melodie mit und er konnte das magisch kribbelnde Gefühl nicht unterdrücken, das sie in ihm auslöste, wenn sie mit ihm sprach oder er einfach nur an sie dachte.

„Mensch, Van. Stell dir das mal vor! Wenn ich den Auftrag kriege, dann ist da sofort eine Gehaltserhöhung drin.“

Sie kicherte am anderen Ende. „Ich glaube, du kannst ganz beruhigt schlafen heute und dir vielleicht überlegen, wohin du Anna zur Feier des Tages zum Essen ausführst.“

Nico seufzte.

„Was ist los?“

„Es kriselt momentan ziemlich. Irgendwie kriegen wir kein vernünftiges Gespräch mehr hin, ohne uns dabei an die Gurgel zu springen.“

„Das wird wieder. Denk dran, ab morgen wird alles anders!“

„Wo du nur deine Überzeugung hernimmst?“

„Ich weiß es einfach. Du betrittst den Raum, und alle sind vollkommen fasziniert von dir.“

„Du bist verrückt!“

Vanessa musste lauthals lachen. Ein warmer Sommerregen. „Ich weiß auf jeden Fall, dass ich gleich morgen früh den Sekt kaltstellen werde.“

„Okay. Bis dahin schlafe ich aber noch ein bisschen.“

„Tu das. Wir sehen uns morgen, Champ!“

Er legte auf. Sein Lächeln strahlte über das ganze Gesicht. Was war Vanessa doch für eine tolle Frau! Nicht nur, dass er sich mit ihr so gut verstand, sie sah dazu auch noch verdammt gut aus, und es war immer ein besonderes Gefühl, wenn man mit ihr gemeinsam zu einem Meeting ging und sie ihn vor den Augen aller zufällig am Arm berührte. Sie war irgendwie ein bisschen seins, das konnte man nicht anders sagen. Vielleicht führten sie eine platonische Arbeitsbeziehung – wenn es so etwas gab, und er war sich sicher, dass der Rest der Firma es ebenfalls wusste. Der Neid in den Augen der anderen war deutlich zu spüren.

Als er sich nach dem Zähneputzen ins Bett legte, merkte er erst, wie müde er war. Wie würde es nur der armen Anna ergehen, die jetzt noch die ganze Nacht arbeiten musste?

Er wusste, dass sie vor einer großen Krise standen oder vielleicht auch schon mittendrin waren. Wenn sie sich nicht gerade anschrien, dann lebten sie teilweise einfach nur aneinander vorbei, wie Partner einer Wohngemeinschaft oder gute Freunde, die sich allerdings regelmäßig in den Haaren hatten. Die neue Wohnung würde sicherlich die Entscheidung geben: Entweder es klappte und ging bergauf oder die ständige Nähe würde zu einer Eskalation führen, die alles zum Platzen brachte.

Er fand ihr Nachthemd zwischen den Decken und schnupperte daran. Es roch gut. Genau wie sie. Wie mochte wohl Vanessas Nachthemd riechen? Sie roch auch immer so gut. Und sie war so perfekt. Jedes Teilchen an ihrem Körper war genau durchdacht. Ihre weiche Haut, die knackigen Partien, die vollen Lippen …

Er legte sich schlafen und dachte abwechselnd an beide Frauen. Es dauerte allerdings nicht lange und er war eingeschlafen.

Kapitel 5

Es war dunkel, als Santo das automatische Tor öffnete und in die Halle des Hauptquartiers fuhr. Er war lange unterwegs gewesen und hatte viel nachgedacht.

Joyo hatte er bereits nach der ersten Ecke nicht mehr sehen können. Sein Drehmoment holte in der Übersetzung mit den Anforderungen der aerodynamischen Wagenform einfach mehr raus als der BMW seines Bruders.

Trotzdem war er jetzt schon da. Santo hatte es allerdings auch nicht anders erwartet. Er parkte den Wagen neben Joyos BMW auf seinem Parkplatz und schob sich langsam aus dem Fahrzeug. Er hatte sich beruhigt, wenn er auch nicht sagen konnte, dass es ihm besser ging. Vielleicht hatte er sich mit der Tatsache abgefunden und sein Unterbewusstsein schob die Information an seine Mutter genauso beiseite wie alles andere, das in seinem Leben gleichgültig geworden war.

Er schloss die Tür und atmete tief durch, bevor er sich in Richtung ‚Wohnbereich' schob.

Das Hauptquartier war das Herzstück ihrer Organisation – der Streetsurfer. Es bestand aus einer von zwei direkt aneinandergrenzenden großen Lagerhallen, die als Wohnung, Beschäftigungsplattform und Auftragspool in einem diente.

Direkt hinter dem großen Rolltor, durch das Santo gerade seinen Supra gelenkt hatte, wurde der Raum für Leistungssteigerungen und Tuning genutzt. Neben dem nötigen Platz für sechs parkende Autos waren außerdem jegliche Werkzeuge aus einer Autowerkstatt sowie eine Grube vorhanden.

Auf dem Weg zum Wohnbereich passierte er einen zweistöckigen Containerblock, der in der Halle nachträglich eingebaut worden war und neben einzelnen Zimmern im oberen Stockwerk außerdem die Trainingsräume, den Kontrollraum sowie einen Aufenthaltsraum mit Billard und Spielautomaten beherbergte.

Vor dem Wohnblock wurde der Bereich als gemeinschaftliches Zentrum genutzt. Zwei großzügige beigefarbene Sofas umsäumten einen kleinen Tisch, ein 80 Zoll Fernseher stand parallel zum Containerblock. An der gegenüberliegenden Seite war direkt neben den Sitzgelegenheiten eine Küchenzeile eingebaut.

Auf dem einen Sofa saß Joyo, hatte die Füße gemütlich auf dem Tisch abgestellt und zappte durch das Fernsehprogramm, während er auf einer wabbeligen Pizza kaute.

Sobald Santo ihn erreicht hatte, drehte er sich um und deutete mit vollem Mund auf einen weiteren Karton. „Ich habe dir auch etwas mitgebracht.“

Santo trat neben ihn und ließ sich wortlos auf dem Sofa nieder. Er hatte keinen Hunger.

Auffordernd stupste Joyo den Karton mit seinem Fuß an und schob ihn zu seinem kleinen Bruder rüber.

„Danke, ich will nicht.“

Joyo drehte sich in seine Richtung und sah ihn prüfend an. Dann nahm er einen Schluck Cola, um den zähen Pizzaklumpen hinunterzuspülen. „Du darfst dir das alles nicht so zu Herzen nehmen. Du hast immer gewusst, dass unsere Eltern tot sind. Frank hat uns aufgenommen und uns gegeben, was er konnte.“

Santo stieß einen verachtenden Pfiff durch die Zähne und deutete mit dem Kopf in Richtung Fitnessraum. „So´n Quatsch. Er hat uns zu Kampfmaschinen getrimmt.“ Zur zusätzlichen Demonstration schlug Santo abwertend gegen seine muskulöse Brust.

Joyo lachte. „Als ob ein paar Muskeln jetzt so schlecht ankommen.“

Für ihn schien die meiste Dramatik vergangen. Genüsslich biss er in das nächste Pizzastück und widmete sich wieder dem Durchzappen im Fernseher.

„Ich werde gehen“, sagte Santo plötzlich.

Joyo drehte sich herum und kniff die Brauen fragend zusammen. „Wo willst du hin? Benno ist gleich da. Wir haben noch einen Auftrag heute Nacht.“

Doch Santo schüttelte den Kopf. „Nein, ich meine wirklich. Ich bin raus.“

Joyo runzelte nur die Stirn.

„Ich hör auf.“

Ein Lächeln huschte über Joyos Gesicht. „Guter Witz!“

„Das ist mein Ernst. Ich werde aussteigen.“ Auch wenn Santo die Trauer nicht wirklich hatte spüren können, so war er sich trotzdem im Auto darüber bewusst geworden, dass er so nicht weitermachen konnte.

Jetzt verfinsterte sich Joyos Gesicht. „Du weißt, dass das nicht geht.“

„Das ist mir egal. Ich werde trotzdem gehen.“

„Du hattest heute mal einen schlechten Tag. Das haben wir alle. Jeder fühlt sich ab und zu scheiße bei dem, was wir tun. Wir sind keine Heiligen. Ganz klar. Aber diese Gedanken gehen vorbei. Ich hatte sie auch schon oft, glaub mir! Das geht vorüber.“

Santos Entschluss stand zu fest, um noch wieder umgestimmt zu werden. „Nein!“

Joyo schmiss plötzlich den Pizzakarton auf den Tisch und packte seinen Bruder an den Schultern. „Du weißt, dass hier keiner aussteigen kann und was mit denjenigen passiert, die es dennoch tun! Du kennst die Regeln. Einmal Streetsurfer, immer Streetsurfer. Dein Ausstieg wäre dein Tod. Du weißt es. Also hör auf, so eine Scheiße zu reden.“

Er stieß Santo unsanft zurück und ließ sich ebenfalls in die Kissen sinken. Sein Blick zeigte eine Spur von Wut und Unverständnis. Eine typische Vorstufe zu der Aggression, zu der er nur zu leicht aufkochte.

Er musterte seinen kleinen Bruder prüfend, dann verwandelte sich sein Gesicht schlagartig in ein Grinsen. „Du hast es echt beinahe geschafft, mich reinzulegen.“

Santo drehte den Kopf zur Seite und senkte den Blick auf den Boden. Joyo würde schon noch begreifen, wie ernst es ihm war. Und natürlich war er sich der Gefahren bewusst. Trotzdem konnte er so nicht weitermachen. Sicherlich würde Joyo es eines Tages verstehen.

„Wo wolltest du eigentlich hin?“, fragte Joyo neckend.

„Mexiko“, antwortete Santo trocken, ohne den Blick vom Boden abzuwenden.

Joyo hatte einen kurzen verwirrten Ausdruck im Gesicht, konnte dann aber nicht weiter auf die ganze Sache eingehen, weil die Metalltür am Ende der Südseite direkt neben dem Wohnbereich geöffnet wurde und Benno eintrat.

Es ging los.

„¡Hola, chicas!“[10], begrüßte dieser die beiden mexikanischen Brüder und strahlte sie mit einem breiten Grinsen an. „Wie sieht´s aus? Alles klar bei euch?“

„Bevor ich dein Gesicht gesehen habe schon“, maulte Joyo, dem, genauso wie Santo oder eigentlich jedem, die dauerhaft gute Laune des weißblonden, großen Mannes mit den graublauen Augen auf die Nerven ging.

Benno trat vor und schnappte sich ein Stück Pizza aus dem offenen Karton.

Joyo erhob sich pflichtbewusst. Bennos Auftauchen deutete an, dass Arbeit anstand und der auszuführende Auftrag mit Sicherheit im Auto draußen auf sie wartete. Da Santo reglos sitzenblieb, warf er schnell einen auffordernden Blick in seine Richtung.

---

[10] „Hallo, Mädels!“

Doch Santos trübe Stimmung war offensichtlich auch Benno sofort aufgefallen. „Hey, was ist los mit dir, Pussy? Hast du den Fuß verknackst?“

„Halt die Klappe, Benno!“, fauchte Joyo anstelle seines Bruders und nahm seine Jacke, die über der Sofalehne lag. Dann wandte er sich an Santo und funkelte ihn warnend an. „Santo, te estamos esperando!“[11]

Santo erkannte den Unterton in der Stimme seines Bruders. Es war eine Warnung. Der Sprachenwechsel bestätigte seine Dringlichkeit zusätzlich. Langsam erhob er sich und schlurfte seinen Kollegen hinterher.

„Huhu, Fiffi folgt brav seinem Herrchen“, witzelte Benno und fing sich dafür sofort einen Schlag auf den Hinterkopf von Joyo ein.

Santo war es wie immer ziemlich egal, was Benno von ihm dachte oder was er sagte. Noch gleichgültiger wurde es, weil er mit diesem Leben abgeschlossen hatte.

Er trat durch die schwere Metalltür und atmete die trockene Sommerluft ein. Es war abgekühlt und die frische Luft half ihm, einen klaren Kopf zu bekommen.

Direkt vor der Tür hatte Benno die schwarze Mercedes-Limousine abgestellt. Sie stand sinnbildlich für einen neuen Auftrag.

Mein letzter, dachte Santo entschlossen und setzte sich hinter Benno und Joyo in den Wagen.

---

[11] „Santo, wir warten auf dich.“

Kapitel 6

Anna war unheimlich müde. Sie würde nicht noch mal so einen heftigen Renovierungstag vor ihrer Nachtschicht machen. Das nahm sie sich ganz fest vor.

Ständig war sie Gast in der kleinen Schwesternküche, um sich neuen Kaffee einzuschenken. Zum Glück war diese Nacht nicht viel los, und so saß sie mit ihrer älteren Kollegin Heidi in der kleinen Schwesternküche und trank einen Kaffee nach dem anderen. Beim Blinzeln hatte sie gefühlte Bleikugeln an ihren Lidern, die sich nur mit großer Überwindung wieder öffnen ließen. Am liebsten wollte sie einfach schlafen.

„Mann, du ziehst aber was weg heute“, bemerkte Heidi nach einiger Zeit und holte Anna aus ihren schläfrigen Gedanken heraus. Mit einem Kopfnicken deutete sie auf die Kaffeetasse in Annas Hand, die sie sich gerade ein weiteres Mal vollgemacht hatte.

Anna lächelte. „Ich habe aber auch viel geschuftet heute, Heidi.“

„Eure Wohnung? Wie weit seid ihr?“

Wir könnten weiter sein, dachte Anna. „Beinahe fertig.“ Sie hatte keine Lust, ihrer Kollegin von der verkorksten Situation zu erzählen, in der sie sich gerade befand.

Doch Heidi konnte sie nichts vormachen. Sie warf Anna einen skeptischen Blick zu. „Wolltet ihr nicht eigentlich schon drin sein?“

„Schon. Aber Nico hat momentan sehr viel mit einem Firmenprojekt zu tun.“

„Oh, das passt ja dann überhaupt nicht in die Planung. Wenn ich nur an die doppelten Mieten denke …“

Stich doch am besten noch tiefer in die Wunde, dachte Anna. „Es muss irgendwie gehen“, seufzte sie, obwohl der letzte Monat ziemlich an den Reserven gefressen hatte.

Heidi hob abwehrend die Hände. „Na, ihr werdet es schon ausgerechnet haben. Meine Tochter hatte sich gleich mit ihrer ersten Wohnung so verkalkuliert, dass sie direkt wieder bei uns einziehen musste.“

Anna hatte sofort das Bild vor Augen, wie sie als erwachsene Frau wieder bei ihren Eltern wohnen würde. An sich wäre es kein Problem: Ihre Eltern lebten in einem großzügigen Einfamilienhaus im Gänsestieg in Harvestehude, wo sie direkt in ihrem alten Kinderzimmer unterkommen konnte, das seit ihrem Auszug nicht verändert worden war. Und wie sehr ihre Mutter Ute sich nur freuen würde!

Doch für Anna war es ein Graus. Wieder bei den Eltern einziehen zu müssen, war ein riesiger Rückschritt. Als würde man sein Telefon entsorgen, um wieder mit Telegramm und Rauchsignal zu kommunizieren.

Heidis Aussage brachte Anna dennoch zum Nachdenken. Sie hatte in ihrem Renovier- und Finanzierungsplan durchaus eine doppelte Miete mit einkalkuliert, aber Ende des Monats mussten sie definitiv aus Nicos Wohnung ausziehen. Sollten sie dann die Kartonsituation in der neuen Wohnung weiterführen, die ihnen doch jetzt schon so zum Hals heraushing?

Wenn Nico morgen tatsächlich die Zusage für sein Projekt erhalten würde, hieß es nicht, dass er ab dann Zeit hatte und sie mit der Renovierung schnell durch sein würden. Ab dann ging die eigentliche Arbeit überhaupt los.

Unsere einzige Chance ist, dass sie ihn ablehnen, dachte Anna und schämte sich sofort dafür. Natürlich wünschte sie ihm Erfolg, aber es sollte nicht auf dem Rücken ihrer Lebensweise ausgetragen werden.

Heidi betrachtete sie neugierig durch ihre glasigen runden Augen.

Anna war plötzlich verwirrt. Hatte sie eine Frage verpasst, die ihre Kollegin gestellt hatte?

Annas fragender Blick animierte Heidi, ihre eigenen Gedanken zu erklären. „Jung sein ist nicht leicht in der heutigen Zeit. Früher hatte ich diese Überlegungen gar nicht, weil wir lange nicht so viele Möglichkeiten hatten, aber heute muss man sich entscheiden, ob man Familie oder Karriere möchte.“

Sie tritt mich mit verbalen Anstößen, dachte Anna. Und das Entscheidende dabei war, dass sie recht hatte und dass Anna das nicht erst jetzt klar wurde, sondern sie es schon seit längerer Zeit unterbewusst gespürt hatte.

Die neue Wohnung war keine Lösung.

Es war nicht richtig. Zumindest nicht zur jetzigen Situation. Sie waren zu unterschiedlich geworden. Seit Langem schon hatte Anna dies bemerkt, es aber nie wahrhaben wollen. Sie konnten keinen neuen Versuch starten, der auf Grundlage einer teuren und schicken Wohnung basierte, die beide zwar unbedingt wollten und sich auch ihren eigenen Teil dazu dachten, den Zustand zwischen ihnen aber nicht würde heilen können. Es war wie das Kind, das Paare sich ‚anschufen‘, um einen neuen Aspekt und Lebensinhalt in der Beziehung zu bekommen, die an sich aber eigentlich beendet war.

Ihre Beziehung war beendet.

So viel wurde ihr mit einem Mal klar. Alles was bisher noch da war, wurde so sehr durch die Planung der neuen Wohnung unterdrückt, dass es nicht an die Oberfläche hatte dringen können.

Fatalerweise führte der Gedanke an ein Ende mit Nico und einen Neuanfang bei Anna zur Erleichterung, und das machte ihr Angst.

„Entschuldige mich bitte kurz“, murmelte Anna und sprang auf, bevor Heidi noch die Tränen sehen konnte, die ihr jetzt in die Augen schossen. Ob Tränen aus Angst, Trauer oder die Erleichterung über einen Neuanfang und die Erkenntnis, die schon lange eindeutig war, sie bisher aber einfach ignoriert hatte – Anna konnte es nicht genau sagen. Dennoch wusste sie, dass sich in ihrem Leben etwas ändern würde.

Sie hatte die Personaltoilette erreicht und stützte sich schluchzend auf dem Waschbecken ab. Sie musste unbedingt mit Nico reden. Am besten sofort. Aber sie hatte kein Handy dabei und außerdem würde er um diese Uhrzeit auf jeden Fall schlafen. Anna warf einen schnellen Blick auf ihre Armbanduhr und erkannte, dass es kurz vor drei Uhr war. Sie würde bis morgen warten können. Es war sein großer Tag – ein Neuanfang für ihn.

Ohne Freundin.

Kapitel 7

Die Fahrt zum Auftragsort hatten sie wie immer schweigend verbracht. Es brauchte auch nicht geredet zu werden. Alle Anweisungen waren klar. An sich war das Geschäft vorab lange abgewickelt, sie dienten lediglich der Ausführung.

Santo hatte nicht auf den Weg geachtet, den Benno gewählt hatte. Er wusste nicht mal, wo das heutige Treffen stattfinden würde, und es war ihm auch egal. Es waren immer wieder neue Plätze, die quasi per Zufallsprinzip ausgewählt wurden, um die Möglichkeiten zur Zurückverfolgung zu verringern. Benno kannte die Details, der Rest war wie immer.

Nach einiger Zeit hatten sie schließlich angehalten. Santo warf einen flüchtigen Blick aus dem Fenster. Er erkannte eine dunkle, große Lagerhalle und vermutete, dass sie sich in der Nähe des Wassers befinden mussten.

Wo? Egal!

Dies war sein letzter Auftrag. Es gab kein Zurück.

Der kleine Beifahrer neben ihm saß vollkommen ruhig da und hielt seinen braunen Stoffhasen fest umschlungen.

Zwei weiße Scheinwerfer erhellten die Nacht vor ihnen und hielten auf sie zu, bis der Wagen unmittelbar vor ihnen stehen blieb.

Benno kontrollierte seine Waffe und steckte sie griffbereit in den Hosenbund. Dann nickte er Joyo und Santo geschäftsmäßig zu, die die gleiche Kontrolle vornahmen, und stieg aus dem Wagen. Joyo und Santo folgten ihm.

Es ging los.

*

Kalli konnte nicht schlafen. Wie so oft hatte er sich mit dem rostigen Einkaufswagen, in dem er sein gesamtes Hab und Gut aufbewahrte zum Baakenhafen begeben, um auf einer alten Holzkiste die Nacht zu verbringen. Er kam gern hierher. Er liebte die Ruhe und das nautische Flair, doch heute war es anders.

Die Schmerzen beim Atmen waren fast unerträglich. Es fühlte sich an, als hätte jemand eine ganze Schachtel Stecknadeln in seiner Lunge ausgekippt. Schwerfällig und langsam bewegte sich sein Brustkorb rauf und runter. Er versuchte, nur jeden zweiten Atemzug zu nehmen.

Außerdem war ihm kalt. Sein grüner, abgenutzter Daunenmantel hatte die besten Jahre bereits hinter sich. *Wie sollte das bloß erst im Winter werden?*, dachte Kalli mit Schrecken. Es war August. Früher hatte er jetzt nicht mal eine Jacke gebraucht. Höchstens für die Gemütlichkeit, aber nicht gegen die Kälte. Vermutlich bekam er zu allem Übel auch noch Fieber.

Die alte Holzkiste ist ebenfalls härter geworden, dachte er. Sie war circa eineinhalb Meter lang und stand unter dem Dach eines alten Lagerschuppens, der nicht mehr benutzt wurde. *Vielleicht bin ich langsam etwas zu alt für dieses Leben,* überlegte er und starrte in den Himmel. Es war eine sternenklare Nacht. Einen weiteren Winter würde er hier draußen vermutlich nicht überleben. Zwar hatte er sonst auch schon mal die Obdachlosenheime aufgesucht, aber die stickige Enge war ihm nie bekommen. Er bevorzugte die frische Luft, auch wenn sie noch so kalt war.

Lass mich doch einfach einschlafen, oh, Herr, dachte er im Stillen. *Einfach nur einschlafen.* Er schloss die Augen und versuchte, gar nicht mehr zu atmen. Es gelang ihm aber nicht. Der innere Überlebensinstinkt des Körpers ließ seinen Brustkorb dennoch heben und senken. Und dann diese furchtbaren Schmerzen.

Plötzlich hörte er ein Geräusch. Es kam vom anderen Ende des Schuppens und klang wie das Brummen eines Motors. Dann war es still.

Er wusste, dass hinter seinem Schuppen noch weitere lagen, aber er war immer davon ausgegangen, dass sie nicht mehr benutzt wurden. Zumindest konnte er sich nicht daran erinnern, hier Arbeiter gesehen zu haben, vor allem nicht um diese Uhrzeit. Morgens liefen hier oft Leute mit ihren Hunden oder ein paar Jogger kamen vorbei, aber ein Auto war hier noch nie gewesen. Zumal es auch nicht ganz leicht zugänglich war.

Von seiner Neugier geweckt setzte er sich langsam auf. Röchelnd und keuchend bewegte er seine müden alten Knochen, bis er neben der Kiste stand. Seine Brust schmerzte mehr denn je, und vor seinen Augen sah er nichts außer tausend kleinen Sternchen.

Du musst verrückt sein, dachte er, *bleib doch einfach hier liegen!*

Aber die Neugier war zu groß. Er musste wissen, was da war.

Langsam und schlurfend setzte er sich in Bewegung. Das Atmen war fast unerträglich, und bei jedem Schritt dachte er, es wäre vermutlich der letzte.

Der Schuppen war lang. Seine Holzkiste stand an der vorderen Ecke, und er musste bestimmt zwanzig qualvolle Meter zurücklegen, um an das andere Ende zu gelangen. Vorsichtig presste er sich an die Wand und lugte langsam um die Ecke.

Er hatte richtig gehört. Es war tatsächlich ein Motorengeräusch. Nur dass hier nicht nur ein Fahrzeug stand, sondern gleich zwei. Eine dunkle Mercedes-Limousine und einer dieser protzigen SUVs.

Dann erkannte Kalli, wie Gestalten aus den Fahrzeugen stiegen. Zwei Männer aus dem SUV, drei Männer aus der Limousine und dazu noch ein kleiner. Oder war es ein Kind?

Kalli drückte sich noch mehr an die Wand, und auf einmal fiel es ihm gar nicht mehr schwer, nicht zu atmen.

Die Männer gingen verhalten aufeinander zu und sprachen kurz miteinander.

Kalli konnte nicht verstehen, was sie sagten, aber ihm wurde sofort klar, dass hier nichts Legales gemacht wurde.

Doch was passierte hier?

Einer der Männer des SUVs überreichte eine Reisetasche an die anderen, die von diesen eingehend gemustert wurde. Dann nickten sie einstimmig und schoben den Kleinen …

Es war wirklich ein Kind! Ein kleiner Junge!

Einer der SUV-Männer streckte dem Kind die Hand entgegen und führte es zum Fahrzeug. Sofort dachte Kalli an eine Entführung und ging die Nachrichten der letzten Tage durch, ob er von einer Kindesentführung gehört hatte. Es sah ganz so aus, als wäre er gerade Zeuge einer Lösegeldübergabe geworden.

Kurze Erleichterung machte sich in ihm breit, zu wissen, dass das Kind nach Übergabe des Lösungsgeldes sicherlich wieder bei seiner Familie war, aber etwas stimmte hier dennoch nicht.

Zum einen, dass von den mutmaßlichen Entführern aus der Limousine keiner vermummt auftrat. Sollten sie nicht auch bei erfolgreicher Mission unerkannt bleiben? Kallis Augen waren allerdings zu schwach, als dass er trotzdem ihre Gesichter hätte erkennen können.

Zum anderen gefiel Kalli die Körpersprache der verhandelnden Männer nicht. Er suchte nach einem passenden Wort. Sie waren zu … *vertraut.*

Das war es! Die beiden Parteien kannten sich. Wenn Kalli es nicht besser wusste, könnte er meinen, dass sie genau diesen Teil öfter vornahmen. Vielleicht war das Kind von einem anderen Familienteil oder guten Bekannten entführt worden. Es waren keine Fremden, die hier ihr Geschäft abwickelten.

Der eine Mann war inzwischen mit dem Kind im hinteren Teil des SUVs eingestiegen, der zweite hob die Hand zum Gruß in Richtung Entführer und setzte sich hinter das Steuer des protzigen Gefährts. Kurz darauf wurde der Motor gestartet, und der Wagen setzte sich in Bewegung.

Ich muss etwas tun! Ich muss etwas tun, dachte Kalli. Er war gerade Zeuge eines offensichtlichen Verbrechens geworden.

Die Reisetasche wurde im Kofferraum der Limousine verstaut und die Männer setzten sich wieder in den Wagen. Der SUV war verschwunden.

Kallis Herz klopfte aufgeregt.

Dann erkannte er plötzlich, dass einer der Männer immer noch abseits des Mercedes stand und keine Anstalten machte einzusteigen.

*

Benno schien zu sehr mit sich selbst und der gelungenen Aktion beschäftigt, dass er Santo gar nicht bemerkt hatte, der schweigend ein paar Meter vom Mercedes entfernt stand und nicht so wirkte, als würde er in den nächsten Minuten ins Auto steigen wollen. Erst als Benno bereits dabei war, den Schlüssel umzudrehen, sah er verblüfft zu Santo hinüber.

„Hey, worauf wartest du? Sieh zu, dass du deinen Arsch in den Wagen bekommst."

Santo stand wie angewurzelt da. Er wusste, dass es ein verdammt schmaler Grat war und er kurz davor war, von der Klinge abzurutschen. Einsteigen oder gehen? Es klang so leicht und hatte doch so verschiedene Folgen.

Doch er brauchte keine lange Bedenkzeit. „Ich komm nicht mit!", sagte er vollkommen reglos und desinteressiert mit einem entschlossenen Gesichtsausdruck.

„Mach keine Mätzchen und sieh zu, dass du rankommst, Santo!" Zur Demonstration, dass er wirklich nicht länger würde warten wollen, startete Benno den Motor.

„Macht´s gut, Leute", murmelte Santo kalt und drehte sich um. In seinem Augenwinkel erkannte er, dass Bennos Gesicht zornig wurde und er einen fragenden Blick in Richtung Joyo warf.

„Red keinen Scheiß und steig ins Auto!", schnauzte Benno, und Santo blieb stehen. Bennos Ton verriet ihm, dass er nicht einfach nur wütend war. Er hatte eine Waffe auf Santo gerichtet.

„Du kennst das Protokoll, Santo", fuhr Benno fort. „Niemand bleibt nach einem Auftrag zurück. Setz dich ins Auto, sonst war es das mit deinem Arsch auf dieser Welt."

Santo drehte sich langsam um und starrte in den Lauf der Waffe. Er erkannte, dass es seine war. Sie alle verfügten über mehrere Schussgeräte, und offenbar hatte Benno sich hier bei ihm bedient. Unter normalen Umständen hätte er sich vielleicht darüber aufgeregt, aber heute nicht. Sollte er sie als Abschiedsgeschenk behalten. Sie wirkte so trostlos und spielerisch, als er in ihren Lauf schaute. Wieder fühlte er nichts. Ein geladener Lauf war schon lange keine Bedrohung mehr für ihn.

Er wusste, dass dies sein letzter Auftrag gewesen war und dass er nicht mehr in diesen Wagen steigen würde. Er würde das Hauptquartier nie wieder betreten. Seine Zeit war vorüber.

Doch auch wenn er wusste, was er auf keinen Fall wollte, so hatte er auch keine Ahnung, was er eigentlich machen sollte. Er hatte keinen Plan.

Bennos Waffe war einladend und verlockend. Vielleicht sollte er sich einfach erschießen lassen. Verdient hätte er es mit Sicherheit, und vielleicht wäre das auch die ideale Lösung, die alle irgendwie verstehen würden.

Er hatte keine Angst. Er wusste nicht mehr, was das war.

„¡Santo, sube al coche!“[12], fauchte die dunkle Stimme Joyos plötzlich durch die Nacht. Er war aus dem Wagen gestiegen und kam auf Santo zu. „¡Ahora!“[13] Er hatte die Hände zu Fäusten geballt und den Kopf zum Angriff leicht nach vorne gebeugt, während er auf seinen Bruder zuging.

Benno war seinem Beispiel gefolgt und ebenfalls wieder aus dem Wagen gestiegen. Allerdings vertraute er mehr auf seine Waffe als auf drohende Körpersprache. Mit waagerecht ausgestrecktem Arm schritt er auf Santo zu, bis er nicht mehr als einen Meter von ihm entfernt war. „Ich zähle bis drei, Santo, dann drückte ich ab. Und du weißt, dass ich es tue!“

Santo rührte sich nicht. Es war, als würde er gar nicht sehen, was um ihn herum geschah.

Das Leben ist so gleichgültig, dachte er und fühlte wirklich so.

Joyo hatte ihn erreicht und packte ihn an den Schultern. „¡Aquí no, Santo! ¡Controlate! ¡Mierda!“[14]

„Eins“, knurrte Benno.

„¡Siéntate en el Mercedes! Regresamos al alojamiento. Todo estará bien.“[15]

„Zwei.“

„¡Basta, Santo! Sabes que Benno disparará.“[16]

„Drei.“ Benno sprach gleichzeitig mit dem Knall.

*

Kalli stand wie gelähmt an der Ecke. Was passierte hier?

Er hatte die Waffe gesehen. Der Mann hatte sie seinem Gegenüber direkt vors Gesicht gehalten. Auch wenn Kalli nicht hatte verstehen können, was sie sagten, so war durch die Körpersprache deutlich ge-

---

[12] „Santo, steig ins Auto!“
[13] „Jetzt!“
[14] „Nicht hier, Santo! Reiß dich zusammen! Mach keinen Scheiß!“
[15] „Setz dich in den Mercedes! Wir fahren zurück zum Quartier. Alles wird gut!“
[16] „Hör auf, Santo! Du weißt, dass Benno schießen wird.“

worden, dass es eine Art Ultimatum gab. Während einer der Männer zurückgekehrt war, um mit dem Zurückgebliebenen zu sprechen, hatte der andere sich in seinem Vorhaben verhärtet. Es war eindeutig, dass er schießen würde. Sah der andere das denn nicht?

Und dann hatte es geknallt.

Kalli kniff vor Schreck die Augen zu und presste sich noch fester an die Wand. Er wollte das Bild vor seinen Augen nicht wahrhaben. In seiner früheren Zeit als Schlachter hatte er mit dem Tod von Tieren zu tun gehabt, aber jetzt war gerade vor seinen Augen ein Mensch erschossen worden.

Doch als er die Augen wieder öffnete, hatte sich das Bild verändert. Der Mann mit der Pistole lag am Boden, die anderen beiden flüchteten zum Wagen.

Was war passiert?

Der Mann am Boden fluchte und schrie, dass es dröhnend an den Wänden der Lagerhalle zu hören war. Doch er schien nicht allzu verletzt zu sein. Umständlich stützte er sich mit den Händen vom Boden ab und streckte sein Bein zur Seite, als er sich schleppend erhob. Hier war er getroffen.

Dann feuerte er den nächsten Schuss ab. Diesmal in Richtung Wagen, wo die beiden anderen inzwischen eingestiegen waren. Flüche und Schimpfwörter waren zu hören. Als Antwort folgte sogleich ein Schuss aus dem Wagen. Dann gaben sie Gas. Der angeschossene Mann humpelte fluchend und schießend hinterher, bis die Rücklichter außer Reichweite waren.

Dann blieb er stehen und schien kurz zu überlegen, was er tun sollte – kurz – denn nur einen Augenblick später drehte er sich herum und ging direkt auf Kallis Lagerhalle zu.

Warum zu mir? Was hat er vor?

Kallis Herz blieb für einen Moment stehen. *Er wird mich sehen, ich muss hier verschwinden,* hämmerten die Gedanken in seinem Kopf.

So schnell er konnte, drehte er sich um und steuerte auf seine Holzkiste zu. Dummerweise war die Wand des Schuppens absolut gerade und hatte nicht die geringste Wölbung. Es gab weder eine einfache Regentonne noch einen schmalen Fensterladen hinter dem Kalli sich hätte verstecken können. Es gab nur die unnahbare Holzkiste.

Unter stechenden Schmerzen zwang er seinen Körper zu Höchstformen. Doch der wollte einfach nicht gehorchen. *Das ist das Ende,* dachte er verzweifelt.

Dann hörte er auch schon den Mann hinter sich, der die Ecke der Halle passiert hatte, an der Kalli gerade noch gestanden hatte.

Kapitel 8

Anna hatte Feierabend. Am Ende war es schnell gegangen, weil doch noch viel zu tun gewesen war. Anna war zufrieden. Hätte sie die ganze Nacht nur in der Schwesternküche sitzen müssen, wäre sie vielleicht wirklich noch eingeschlafen.

So war sie jetzt die ganze Zeit unterwegs gewesen und hatte gar keine Zeit gehabt, müde zu sein. Und es hatte sie vom Grübeln abgelenkt. Sie musste unbedingt mit Nico reden. So wie die Dinge momentan standen, ging es einfach nicht weiter.

Sie zog sich um, nahm ihre Jacke und ging zu ihrem Wagen.

Es wurde schon wieder hell. Die Luft war angenehm mild, und es würde bestimmt ein schöner Tag werden. Kein Renovierungswetter und auch nicht unbedingt für ein Medizinstudium geeignet. Obwohl sie sich eventuell in den Park legen könnte.

Sie stieg in ihren Wagen und startete den Motor. Jetzt würde es nicht mehr lange dauern, bis sie Nico von ihren Gedanken erzählen würde. Sie war nur noch eine Heimfahrt von ihm entfernt. Kein langes Warten mehr, bis ihr Dienst endlich zu Ende war. Der Gedanke an die kurze Zeitspanne machte ihr plötzlich Angst. War sie schon so weit? Machte sie keinen Fehler?

Als würde ihr kleiner Golf ihr die Antwort geben wollen, fuhr sie plötzlich in eine andere Richtung anstatt den direkten Weg nach Hause zu nehmen. Sie brauchte Zeit. Vielleicht sollte sie doch noch mal überlegen und sich alles gründlich durch den Kopf gehen lassen.

Sie passierte ein paar Ampeln und fand sich schließlich nicht weit der Landungsbrücken wieder. Früher war sie mit Nico öfters am Hafen gewesen, und irgendwie zog es sie jetzt auch dorthin. Sie liebte das nautische Flair, die alten historischen Gebäude, die irgendwie alle eine Geschichte zu erzählen hatten, und das Wasser, wenn es mit einem leichten, rhythmischen Klatschen an die Mole schwappte. Gerade jetzt bei der langsam aufgehenden Sonne war es besonders schön. Vielleicht sollte sie irgendwo anhalten und noch einmal nachdenken? Zumindest um die richtige Wortwahl zu finden?

Es war nicht viel Verkehr. Ab und zu kamen ihr vereinzelt ein paar Autos entgegen, aber die meiste Zeit war sie alleine auf den Straßen. So dümpelte sie am Sandtorkai entlang, ohne wirklich darauf zu achten, wo sie eigentlich war.

Verträumt und vollkommen in Gedanken musste sie an einer Ampel in einer Seitenstraße halten.

Dass die jetzt nicht ausgeschaltet sein kann, dachte Anna und überlegte, zu welchem Zweck die Ampel jetzt wohl dienen sollte. Es war weit und breit kein Auto zu sehen.

Einen kurzen Moment wartete sie. Sollte sie nicht einfach losfahren? Wer würde sie denn jetzt hier sehen?

Als sie im Rückspiegel nach folgenden Autos Ausschau hielt, zuckte sie abrupt zusammen, weil plötzlich beide Seitentüren aufgerissen wurden und zwei dunkle Gestalten in ihr Auto sprangen. Es war so schnell gegangen, dass Anna gar nicht reagieren konnte. Im ersten Moment war sie einfach nur perplex. Doch dann wurde ihr plötzlich kalt und heiß zu gleich. Panik durchfuhr sie. *Ich werde überfallen,* dachte sie geschockt. *Überfallen!*

„Was zum Teufel soll das? Steigen Sie sofort wieder aus meinem Auto aus!", schrie sie geistesgegenwärtig und versuchte, dabei so überzeugend wie möglich zu klingen.

„Fahren Sie los!", sagte der Mann auf dem Beifahrersitz. Er war komplett dunkel gekleidet.

„Was … was wollen Sie von mir?" Anna zitterte und ihr Herz schlug ihr bis zum Hals. Mit einem Mal war sie gar nicht mehr so müde, wie sie es eben noch gewesen war.

„Losfahren! Sofort!", brüllte der Mann, und Anna erkannte trotz der Dämmerung die Umrisse einer Pistole, die auf sie gerichtet wurde. „Fahr los! Maldita sea!"[17]

Anna starrte mit weit aufgerissenen Augen auf die Waffe. Ihr Denken setzte aus und der Instinkt übernahm die Oberhand. So trat sie ohne weiter zu überlegen aufs Gaspedal und fuhr mit quietschenden Reifen an der roten Ampel vorbei.

*

Nicos Wecker klingelte. Er hätte ihn aber wahrscheinlich nicht mal gebraucht, da er ohnehin wach war.

Anna war noch nicht da. Nico fand es unmöglich, wie sie teilweise im Krankenhaus ausgenutzt wurde. Und das bei ihrem Hungerlohn.

Er zog seine Trainingssachen an, trank ein Glas Wasser und sauste durch den Treppenflur nach draußen.

Obwohl die Sonne gerade erst aufging, war die Luft bereits angenehm und versprach einen weiteren sonnigen Sommertag. Die Vögel zwitscherten lustige Melodien, was einem noch bewusster machte, dass voll und ganz Sommer war.

Während Nico sich dehnte, beobachtete er die Menschen, die außer ihm noch in der morgendlichen Frühe unterwegs waren. Jeder hatte sein eigenes Ziel. Alle verfolgten einen bestimmten Plan, und

---

[17] „Verdammt!"

doch kreuzten sich jetzt für einen kurzen Moment ihre Wege. Sie wurden zur Nebenrolle im Leben des anderen.

Dann startete er seine Laufroute und kam am Ende beim Bäcker vorbei, wo er kurz Halt machte, um eine kleine Tüte fürs Frühstück mitzubringen. Es war mittlerweile Gewohnheit, wenn Anna Nachtschicht hatte, dass sie manchmal sogar noch zusammen frühstücken konnten, bevor er seinen Tag startete.

Doch als er nach Hause kam, war Anna immer noch nicht da.

Ein bisschen wunderte er sich jetzt. So lange hatte sie noch nie arbeiten müssen. Hatte sie ihm vielleicht erzählt, dass sie später kommen würde? Er konnte sich nicht erinnern. Sicherlich hatten sie einen Notfall, der alle mit einspannte.

Nachdem er geduscht hatte, machte er sich sein Brötchen. Er würde es unterwegs essen müssen, da es jetzt doch schon ein bisschen spät war und er sich beeilen musste.

Annas Brötchen legte er auf den Küchentisch und daneben einen Zettel, auf dem er Anna eine Nachricht hinterließ.

Dann nahm er seinen Laptop und ging. Er war wahnsinnig energiegeladen.

Ab heute würde sich einiges ändern, und er war bereit.

*

Benno war immer noch außer sich. Was fiel diesen Schweinen überhaupt ein? Waren sie sich wirklich dessen bewusst, was sie gerade getan hatten?

Es war gegen alle Regeln verstoßen worden, die sie nur hatten brechen können. Und sie kannten die Regeln. Was sie getan hatten, war im vollen Bewusstsein geschehen, und trotz des Wissens, was das für Folgen für sie haben würde, hatten sie es eiskalt durchgezogen.

Jetzt waren sie Freiwild.

Frank und Azem zahlten großzügige Preise auf Freiwild. Auch wenn es sich hier um die mexikanischen Brüder handelte, die zum Grundstein des Hauptquartiers gehörten und eigentlich gar nicht wegzudenken waren, so würde hier keine Ausnahme gemacht werden. Das Protokoll verlangte es so.

Keine Ausnahmen. Keine Abweichungen. Die Regeln waren für alle gleich.

Gottverdammte Hunde, fluchte Benno innerlich und fasste sich erneut an sein rechtes Bein. Das Blut der Einschusswunde hatte seine Hose am Oberschenkel rot verfärbt.

*

Reinhold Jensen ging jeden Tag diese Strecke mit seinem alten Mischlingsrüden Willi spazieren. Der Hund liebte den Weg zwischen dem Wasser und den alten Lagerschuppen, wo es immer besonders gut roch.

Nach einer Weile kam er zu dem Schuppen mit der Holzkiste, auf der so oft der Obdachlose schlief. Er unterhielt sich immer gerne mit ihm. Seiner Meinung nach war es ein intelligenter Mann, der viel erlebt hatte.

Doch heute schien er nicht da zu sein. Die Holzkiste war leer.

Willi rannte schnüffelnd los und blieb bei dem überladenen Einkaufswagen des Obdachlosen stehen. Hier strömten tausend verschiedene Gerüche auf einmal in die Hundenase.

„Komm da weg, Willi!“, befahl der Mann. „Das gehört doch nicht uns.“

Willi gehorchte und lief ein Stückchen auf sein Herrchen zu.

„Wo wird er wohl sein?“, fragte er seinen Hund und sah sich um. „Vermutlich musste er auch mal oder, Willi?“

Der Hund hatte auf seinen Herren gewartet und lief jetzt brav neben ihm her, bis sie gemeinsam an der Kiste angelangt waren. Vom Obdachlosen keine Spur.

„Sollen wir hier auf ihn warten, Willi? Ich könnte gut ein Päuschen gebrauchen.“ Er setzte sich auf die Holzkiste und musste erst mal verschnaufen.

Von hier hatte man einen herrlichen Blick auf den Hafen, die Speicherstadt, die Landungsbrücken und die großen Schiffe im Hintergrund. Kein Wunder, dass der alte Mann immer hierher zum Schlafen kam. Einen schöneren Ausblick gab es wahrscheinlich kaum. Wo mochte er wohl stecken?

Willi war es bei der Holzkiste zu langweilig geworden. Etwas anderes hatte sein Interesse geweckt. Schnurstracks rannte er mit der Nase auf dem Boden in Richtung Hafenkante. Dort angelangt fing er lautstark an zu bellen und drehte sich wie verrückt im Kreis.

„Willi? Was hast du denn?“, fragte sein Herrchen, immer noch auf der alten Holzkiste sitzend.

Der Hund bellte ununterbrochen weiter und sprang dabei wie wild an der Hafenkante hin und her.

„Was ist denn los?“ Der Mann stand auf und ging zu seinem Hund, um zu sehen, was ihn so aufregte.

Nach einem kurzen Blick über die Hafenkante zuckte er erschrocken zurück. „Oh, mein Gott, Willi! Ach, … ach herrje …“

Kapitel 9

Benno hatte sein Bein hochgelegt und gab sich damit zufrieden, es für einen Moment ruhig zu halten, so lange er doch nichts machen konnte. Es war vorsorglich behandelt worden und er hatte ein Schmerzmittel bekommen. Das Hauptquartier war auf solche Fälle vorbereitet, und eins von Azems Mädchen war meistens in den groben medizinischen Eingriffen angelernt. In diesem Fall war die Kugel allerdings glatt durchgegangen, sodass Sandy, die kleine Blonde mit den aufgespritzten Lippen und den kleinen Grübchen in den Wangen, keine allzu große Arbeit hatte.

Sie leistete Benno Gesellschaft, während er auf die Rückmeldung der anderen wartete. Anstelle einer Unterhaltung strich sie allerdings ununterbrochen über ihr Handy. Doch auch Benno hatte nicht viel für sie übrig. Er beachtete sie kaum, während er ohne wirklich hinzusehen durch die Programme schaltete und wartete. Sie waren Kollegen, mehr nicht. Sie war ein Mädchen aus einem von Azems Bordellen, die ihren Teil als Krankenschwester erfüllt hatte und wartete, bis sie wieder zurückgebracht wurde. Sie war keine von denen, die ein festes Zimmer im Wohnblock des Hauptquartiers hatten und somit den Jungs dauernd zur Verfügung standen. Dieses Privileg stand nicht für jede offen, zumal er sich auch nicht vorstellen konnte, dass Sandy der Typ dafür war, um permanent im Hauptquartier zu bleiben. Hier herrschte eine Männerwelt, und die meisten Mädchen fühlten sich dabei nicht sonderlich wohl.

Außer Jessi natürlich.

Benno dachte kurz an die kleine, ausgemergelte Person, die allerdings auch nicht mit den üblichen von Azems Mädchen zu vergleichen war. Sie machte sich nichts aus ihrem Körper und war auch nicht deswegen bei ihnen. Sie war der Crack, was die gesamte GPS-gesteuerte Vernetzung der Streetsurfer betraf und hatte einen festen Posten im Kontrollraum, der Schaltzentrale des Hauptquartiers, von wo alles und jeder überwacht werden konnte. Vielleicht konnte man sogar sagen, *sie* war der Kontrollraum. Sie gehörte zur Einheit, und es störte nicht, dass sie ein Mädchen war.

Die Einheit, dachte Benno, gleichzeitig spürte er ein Ziehen in seinem Oberschenkel.

Santo und Joyo hatten die Einheit verlassen. Es gab kein Zurück, auch wenn es schade war, doch sie hatten die Schwelle übertreten.

Wie war das möglich? Wieso hatten sie das getan?

Santo und er waren gleichzeitig der Einheit beigetreten. Sie kannten sich gut. Sie waren aus ein und demselben Holz geschnitzt – zumindest hatte Benno das bisher gedacht.

In diesem Moment wurde die Metalltür neben der Küchenzeile geöffnet, die unmittelbar nach draußen führte, und riss Benno aus seinem Gedankenstrom. Während Sandy nur kurz und eher desinteressiert den Kopf hob, um ihre Aufmerksamkeit sofort wieder ihrer Wischerei auf dem Telefon zu widmen, visierte Benno angespannt die Gesichter der eintretenden Männer.

Azem ging voran. Er war ein kleiner, leicht untersetzter Mann mit grauen Schläfen und einem runden Gesicht.

Hinter ihm schritten Miti und Igor, zwei große Schatten, die stets als seine Handlanger auftraten und überall auftauchten, wo Azem war oder sie hinschickte.

„Habt ihr sie gefunden?“, platzte es aus Benno heraus. Er richtete sich leicht auf und spürte dabei sofort den Druck in seinem verletzten Bein.

Azem schüttelte kaum merklich den Kopf und trat langsam auf das Sofa zu. Ein herbes Aftershave begleitete ihn und hing penetrant in der Luft.

Miti und Igor blieben bei der Metalltür stehen und verschränkten die Arme vor der Brust – bereit für die nächsten Kommandos ihres Herren.

„Wie geht es dir?“, fragte Azem besorgt und trat zu Benno ans Sofa heran, um die Wunde zu begutachten.

„Mit mir ist alles okay“, beruhigte ihn Benno. „Was ist mit ihnen? Wo sind sie?“

Azem legte eine Hand auf Bennos Verband und nickte Sandy anerkennend zu. „Das hast du gut gemacht, Mädchen. Vielen Dank für deine Hilfe. Igor wird dich zurückbringen.“

Sandy stand auf und schritt zur Metalltür, ohne Benno eines weiteren Blickes zu würdigen. Dann verschwand sie mit Igor, und Miti nahm alleine den Posten ein.

„Habt ihr das Signal, Azem? Habt ihr sie gefunden?“ Benno musste jetzt endlich Antworten haben. Er wusste, dass Azem mit der Auskunft hatte warten wollen, bis Sandy verschwunden war.

Azem verzog das Gesicht und strich mit den Fingerspitzen durch die Augenhöhlen. Große Anspannung stand auf seiner Stirn geschrieben. „Das Signal konnten wir orten, aber es nützt uns nichts. Sie haben den Wagen stehengelassen. Es fehlt jede Spur.“

„Sie sind ohne Auto weiter? Aber wo sind sie denn hin?“ Benno richtete sich vor Unglaube noch weiter auf und biss die Zähne zusammen, als der Schmerz ihn durchzog.

„Ich habe keine Ahnung."

„Was ist mit der Tasche?" Benno spürte plötzlich nicht nur den Schmerz in seinem Bein, sondern vielmehr in seiner Brust, wo er sich in Form von Wut, Frust und Panik breitmachte.

„Sie ist weg. Den Sender haben sie entfernt."

Klar hatten sie das gemacht. Sie gehörten schließlich selbst zum System und wussten, wie Azem arbeitete. Er überließ nichts dem Zufall und wusste stets, wo seine Besitztümer waren – ganz egal, ob es sich hier um Menschen, Autos oder Material handelte, was in diesem Fall eine bis zum Rand gefüllte Tasche mit Heroin bedeutete.

Benno legte die Hände an seine Schläfen und drückte zu. *Wo zum Teufel seid ihr?*, dachte er verzweifelt.

Doch eins war klar – wenn sie nicht gefunden werden wollten, dann würde sich die Spur von Santo und Joyo ab jetzt komplett verlieren. Sie waren Schattenjäger und wussten, wie man unbemerkt untertauchen konnte.

*

Santo sah nervös die Straße entlang und zog inhalierend an seiner Zigarette, während Joyo hektisch auf und ab lief. Er wusste, dass hier das letzte Wort noch nicht gesprochen war. Bisher hatte sein Bruder wild fluchend seiner Wut freien Lauf gelassen und sich auf dem Weg bis hierher von allerlei Zorn treiben lassen.

Jetzt kam er zurück und baute sich schnaufend vor Santo auf. Das Weiße in seinen Augen war mit roten Adern durchzogen, die Falten auf seiner Stirn wirkten wie eingemeißelt, als würden sie für alle Zeit dort bleiben.

Dann rauschte seine rechte Faust in Santos Gesicht. Er hatte damit gerechnet. Joyo brauchte immer körperliche Gewalt, um seiner Wut Herr zu werden.

Santo taumelte ein Stück zurück, fasste dann aber erneuten Halt. Joyo folgte ihm sofort und blieb unmittelbar vor ihm stehen. Er packte Santo an den Schultern und presste seine Stirn gegen die seines jüngeren Bruders, um ihm tief in die Augen schauen zu können.

„Du – hast – ganz – große – Scheiße – gebaut!", brülle er laut.

Santo reagierte darauf ebenso wenig wie auf den Schlag und die gesamte Ansammlung an Schimpfwörtern, die Joyo ihm während der Fahrt hierher an den Kopf geworfen hatte.

„Ist dir klar, was du getan hast? Weißt du, in welcher Situation wir uns befinden? Wir sind TOT!"

Natürlich wusste Santo das. Doch der Zustand, dass sie jetzt auf der Liste standen, störte ihn herzlich wenig. Das Leben im Hauptquartier hatte ohnehin den Charakter, als wäre man tot.

„Wir stehen auf der roten Liste“, fuhr Joyo fort, um es seinem Bruder klarzumachen. „Und hier gibt es kein Zurück mehr. Du weißt, dass sie uns finden werden. Azem findet alle. Du kennst die Methoden. Ich verstehe nicht, warum du das getan hast? Du hast uns ihnen ausgeliefert!“

„Du hättest nicht mitkommen brauchen“, war alles, was Santo darauf antwortete.

„Genau! Ich bleibe bei ihnen und jage dich mit dem Auftrag, dich zu töten.“ Joyo fuchtelte wild mit den Armen. „Was hätte ich denn tun sollen? Benno hätte geschossen. Und nicht nur aufs Bein wie ich. Er hätte dich abgeknallt.“

Joyo musterte seinen Bruder grimmig, doch dieser reagierte immer noch nicht. Und sogleich ließ Santos reglose Gleichgültigkeit ihn einen weiteren Fausthieb einfahren.

Santo biss die Zähne zusammen und schmeckte Blut in seinem Mund.

Abstoßend boxte Joyo seinem Bruder vor die Brust und drehte sich um. „Ich kann nicht verstehen, dass dir das alles so egal ist. Du hast unser Leben weggeworfen.“

„Unser Leben? Würdest du es wirklich so nennen? Haben wir gelebt?“, fragte er zweifelnd. Santo hatte nicht das Gefühl, dass er tatsächlich einmal den eigentlichen Sinn des Lebens gelebt hatte. Seine Welt bestand nur aus Hass und Gewalt. Sah Joyo das denn nicht? Konnte er nicht erkennen, unter welchen Umständen sie bisher ihr Dasein verbracht hatten? Gierig nahm er einen weiteren Zug aus seiner Zigarette und sehnte sich nach der Entspannung, die das Nikotin normalerweise in ihm auslöste.

Joyo schüttelte abwehrend den Kopf und hob die Hände hoch. „Es ist mir egal, wie du es nennst. Wir müssen überlegen, was wir jetzt tun können. Ewig weglaufen halte ich nicht für sinnvoll.“

Santo verspannte sich. „Was schlägst du vor?“

Joyo zog den Mund schief und warf einen verständnislosen Blick in Santos Richtung. „Wir plädieren auf Geisteskrankheit und bitten Azem um Entschuldigung. Wir sind lange dabei, wir sind Franks Jungs – wir gehören dazu. Sie werden es verstehen.“

Santo sammelte einen großen Schwung Blutspucke im Mund und rotzte ihn seinem Bruder vor die Füße. „Viel Spaß dabei!“

„Wir haben keine Alternative“, fauchte Joyo böse zurück.

„Wir haben reichlich andere Alternativen, als Azem in den Arsch zu kriechen.“

„Nenn mir nur eine, die nicht beinhaltet, dass wir noch heute sterben.“

„Wir hauen ab."

„Mit *dem* Wagen?" Joyo deutete verstört auf den blauen Golf, als hätte Santo vollkommen den Verstand verloren.

„Er ist zumindest sauber."

„Toll! Und wo willst du hin? Hast du dir darüber überhaupt mal Gedanken gemacht?"

Santo drehte den Kopf zur Seite und sah über die Felder. Sie waren schon ein ganzes Stückchen südlich von Hamburg und hatten in einem kleinen Seitenweg Halt gemacht. In einiger Entfernung waren Häuser und einzelne Höfe zu sehen, die andere Seite war mit Wald bewachsen. „Ich habe keine Ahnung", murmelte Santo. Alles war besser, als in ihr altes Leben zurückzukehren.

„Keine Ahnung", wiederholte Joyo wütend und schritt an Santo vorbei zum Wagen. „Aber davon eine ganze Menge! Santo, du bist absolut durchgeknallt!"

„Ich heiße Diego! Hast du unsere wirklichen Namen vergessen? Rafael und Diego. Diese Namen hat uns unsere Mutter gegeben. Joyo und Santo sind in der Hölle des Hauptquartiers entstanden." Er schnippte die Zigarettenkippe weg und blies den letzten Rauch aus. „Ich bin kein Santo mehr, ich heiße Diego."

Kapitel 10

Nico hatte eine bravouröse Vorstellung abgelegt, und der Aufsichtsrat hatte nicht lange überlegen müssen. Nicos modernes Konzept hatte schnell für Zustimmung gesorgt und Volkers Entwurf aus dem Rennen geworfen.

Zu Nicos großer Überraschung sollte er zusätzlich in eins der großzügigen Büros in der vorletzten Etage umziehen, von wo man eine herrliche Aussicht hatte. Alle großen und erfahrenen Architekten von Schmidt & Berger durften hier oben ihre Freiheiten ausleben. Es war ein ganz besonderer Status, wenn man es bis hierhergeschafft hatte. Die meisten hatten hierfür Jahre und zig Entwürfe gebraucht. Nicht mal Volker Kunzmann war bisher in die Nähe dieser Etage gekommen.

Es war alles so, wie Vanessa es prophezeit hatte. Sein Gehalt würde sich mit dem Auftrag fast verdoppeln. Dann gab es noch etliche Provisionen, die er zusätzlich während der einzelnen Fertigstellungsphasen erhalten würde. Es war einfach unglaublich. Anna würde vermutlich aus allen Wolken fallen, wenn er ihr davon erzählte. Er hatte es geschafft. Er war angekommen.

Bereits im Büro hatten sie den von Vanessa mitgebrachten Sekt geleert. Mit den gratulierenden Kollegen war das sehr schnell gegangen.

Jetzt saßen sie in einer kleinen, gemütlichen Cocktailbar direkt an der Binnenalster, und mit etwas Fantasie konnte man beinahe noch das Dach von Schmidt & Berger erkennen. Nico hatte es sich nicht nehmen lassen und wollte zur Feier des Tages seine Kollegen auf ein Gläschen einladen.

Es war eine heitere Runde. Nach dem heißen Tag und der angespannten Aufregung hatte der Alkohol nicht viel Mühe, um Wirkung zu zeigen. Neben Nico und natürlich Vanessa, die ihm seit der Bekanntmachung nicht mehr von der Seite gewichen war, waren noch drei Architekten aus der vorletzten Etage und zwei Assistenten mit anwesend. Lauter nette Kollegen, die Nico von der ersten Stunde an bei Schmidt & Berger begleitet und unterstützt hatten. Er war mehr als glücklich.

Ab und zu hielt er allerdings nach Anna Ausschau. Er hatte ihr auf die Mailbox gesprochen und gesagt, wo sie waren. Sicherlich würde sie jeden Moment auftauchen.

Verträumt sah er in die Ferne und überlegte, wie weit die Aussicht von seinem Büro wohl sein würde. Vielleicht könnte er sogar bis zur

Cocktailbar schauen. Zumindest würde er eine unglaubliche Aussicht über die Stadt haben.

Vanessa hatte ihn beobachtet. Lächelnd sah sie ihn an. „Na? Du kannst es noch gar nicht glauben, oder?“

„Nein. Ich realisiere es wahrscheinlich erst, wenn ich da oben sitze.“

„Ich hab´s doch immer schon gewusst. Aus dir wird irgendwann noch mal was.“

„Ich glaube, ich kann Anna gleich sagen, dass wir die Wohnung kündigen. Die ist mir viel zu klein.“

„Stimmt. Ihr könnt euch jetzt nach etwas viel Größerem umsehen.“

„Ich frage mich, wo sie steckt …“

„Vielleicht schläft sie noch. Sie hatte doch Nachtschicht, oder?“

„Das schon. Aber so lange schläft sie nie. Es ist schon wieder Abend.“

„Sie wird schon gleich kommen, Nico! Komm, stoß noch mal mit mir an!“ Vanessa zwinkerte ihm verführerisch zu.

Nico setzte sein Glas an und trank. Er spürte den Alkohol bereits. Außer dem einen Brötchen heute Morgen hatte er mittags nur noch eine Kleinigkeit gegessen.

Vanessa setzte das Glas ab und fuhr sich anschließend aufreizend durch die Haare. Mit vorgestreckter Brust und durchgedrücktem Rücken rutschte sie noch ein Stückchen dichter an ihn ran, da es in der überfüllten Bar sehr laut war und die zusätzliche Musik eine Unterhaltung nicht gerade leichter machte. „Wenn du oben in deinem neuen Büro so ganz alleine bist, meinst du, du könntest dann nicht vielleicht eine Assistentin gebrauchen?“ Sie legte ihre Hand auf seinen Oberschenkel und streichelte zärtlich hin und her.

Nico musste einmal tief durchatmen, weil ihm für einen kurzen Moment die Luft wegblieb, und war froh, dass das bunte Licht um ihn herum getrübt war und dadurch keine allzu gute Sicht erlaubte. Glücklicherweise schien Vanessa außerdem keine Antwort zu erwarten, da sie im gleichen Moment das Glas neu ansetzte.

„Meinst du wirklich, du sollst noch mehr trinken?“, fragte Nico besorgt.

„Aber es schmeckt so gut. Und der Tag ist so schön. Und überhaupt, du bist so schön.“ Sie legte ihren Kopf an seine Schulter und schloss verträumt die Augen. Sie war wirklich betrunken.

Nico lächelte und nahm den letzten Zug aus seinem Glas. Der Alkohol schwirrte durch seinen Kopf, und das gefiel ihm. Er spürte wie sein Bein im Takt des rhythmischen Beats mitwippte und die Stimmung in der Bar ihn beflügelte. Die ganze Situation war einfach perfekt. Er drehte sich ein Stück zur Seite, sodass Vanessa ihm unauffällig noch näherkommen musste.

„Hast du dir schon überlegt, wo wir nachher feiern gehen, Nico-Schätzchen?"

„Nachher? Was hast du denn noch alles vor?"

„Ich will mir dir tanzen gehen", lallte sie, schob dann aber beleidigt die Lippen vor und sah begutachtend an sich herunter. „Aber ich muss mich erst mal umziehen. Ich hab mein Büro-Outfit an und bin gar nicht hübsch gemacht."

„Ach, warum denn? Du siehst doch super aus. Wie immer eben."

Vanessa lächelte. „Ach, Nico, du bist so süß. Pass auf, dass ich dich nicht irgendwann noch mal vernasche!" Sie hielt spielerisch drohend den Zeigefinger hoch und schob die Lippen zu einem Schmollmund vor.

Nico schloss kurz die Augen und versuchte seine verführerische Arbeitskollegin aus seinem Kopf zu bekommen, aber das war nicht gerade leicht, wenn er ihr Parfüm roch und ihren Körper direkt an seinem spürte.

„Willst du sie nicht noch mal anrufen?", lallte Vanessa und wechselte so abrupt das Thema, dass Nico keine Ahnung hatte, was sie meinte.

„Wen?"

„Na, Anna. Deine Freundin mit den süßen Locken."

Nico ließ den Kopf hängen und überlegte, ob es vielleicht einen Grund dafür gab, dass sie noch nicht hier war und sich nicht gemeldet hatte. Und leider musste er zugeben, dass ihm gleich ein paar mehr hierzu einfielen. „Es geht nur die Mailbox ran. Sie hat es bestimmt schon gehört, und entweder kommt sie gleich oder sie geht mir lieber aus dem Weg." Nico zuckte mit den Schultern und trank einen weiteren großen Schluck von der neu georderten Cocktailrunde.

Vanessa lehnte sich ein Stück zurück und kniff die Augen zusammen. „Habt ihr euch so sehr gezankt?"

Nico zog einen Mundwinkel hoch. „Wenn es nur ‚einmal zanken' wäre, aber ich glaube bei uns ist es manchmal mehr." Er sah seine Arbeitskollegin an, die immer noch den verführerischen Schmollmund und die großen Hundeaugen aufgelegt hatte. Ein ungutes Gefühl sagte ihm, dass Anna gar nicht erst versuchte, ihn anzurufen, und in seinem Kopf fand der Gedanke an eine Auszeit in ihrer Beziehung erschreckenderweise sogar Gefallen.

Kapitel 11

Die Tür zum Hauptquartier wurde stürmisch aufgerissen. Benno zuckte kurz zusammen und erkannte dann den muskulösen, kurzhaarigen Mann, der eilig in den Raum trat. Seine Haut war gebräunt und ledern, und die Falten darin sahen aus, wie von kleinen Klingen gezogen. Durch die grauen Haaransätze schimmerte noch deutlich seine dunkelblonde Originalfarbe durch, auch wenn sich auf seinem Kopf bereits ein Hautteller bildete.

Sein Gesicht wirkte aufgebracht und panisch, als er, ohne die Tür hinter sich zu schließen, in den Raum gehetzt war.

Benno lehnte sich mit dem gesunden Bein gegen die Arbeitsplatte und fischte sich eine Cola aus dem Kühlschrank.

„Ich habe es gerade erst erfahren“, begann der Mann, während er gezielt auf Benno zu stürmte. „Bist du stark verletzt?“

Benno schüttelte abwehrend den Kopf. „Nicht der Rede wert, Frank.“

Sein Gegenüber legte ihm anerkennend die Hand auf die Schulter und musterte Bennos schonende Haltung. „Du bist ein guter Junge.“ Dann verzog sich sein Gesicht in tiefe Sorgen. „Es gibt doch nichts Schlimmeres, als als Vater versagt zu haben. Ich verstehe nicht, was sie dazu gebracht hat.“

„Das weiß keiner, Frank. Aber mach dir keine Sorgen. Es ist nicht deine Schuld. Und wir werden sie kriegen, auch wenn es schwer wird oder ewig dauert, aber bisher haben wir jeden gefunden, den wir gesucht haben, weißt du nicht?“

„Ja“, antwortete Frank. Sein Kiefer festigte sich. „Wir kriegen sie.“

„Und sicherlich wird Azem verstehen, solltest du wollen, dass sie...“

„Nein, keine Begnadigung!“, platzte Frank abrupt dazwischen. „Sie kennen die Regeln, sie wissen, was auf dem Spiel steht. Sie müssen für ihre Taten geradestehen, wie es jeder andere auch tun müsste.“

In diesem Moment tauchte Azem aus dem anliegendem Kontrollraum neben dem Fitnesszimmer auf. Die Besorgnis, die sein Gesicht zeichnete, hatte zugenommen, was seine Miene nur noch finsterer machte. „Gut, dass du da bist, Frank!“

„Ja, das finde ich auch.“

„Wie ist es in Rumänien gelaufen?“ Azems Gesicht zuckte einmal, als er versuchte, sich auf das Geschäft zu konzentrieren, das Frank im Ausland zu absolvieren gehabt hatte. Für alle drei war klar, wie ernst ihre Lage war. Sobald einzelne Wölfe das Rudel verlassen hatten, mussten die Hunter sie zurückholen, bevor sie zu heulen begannen und den Jäger auf alle aufmerksam machten. Die Brüderschaft der Streetsurfer verlangte danach.

„Alles bestens“, antwortete Frank knapp und strich sich mit einer Hand nervös durch die kurzen Haare. „Ihr könnt sie nicht orten, habe ich gehört? Wir wissen nicht, wo sie sind?“

„Nein, sie haben sich abgenabelt. Sie kennen das System und wissen, wie sie es ausschalten. Sie sind unsichtbar für uns.“

Frank schüttelte fragend den Kopf. „Es ist so unverständlich für mich. Ich kann es einfach nicht begreifen. Warum haben sie das getan? Noch dazu, dass sie Benno verletzt haben.“

„Wir wissen es alle nicht, Frank“, antwortete Azem. „Es konnte keiner ahnen.“

Aufgebracht drehte Frank sich zu Benno um. „Du warst doch mit ihnen zusammen. Waren sie anders als sonst? Ist dir irgendetwas aufgefallen?“

Benno verkniff sich ein Grinsen. „Sie haben sich angegiftet. Wie immer. Es war alles normal. Dann wollte Santo plötzlich nicht mehr einsteigen, was meiner Meinung nach für Joyo ebenfalls ziemlich überraschend kam. Doch ihr kennt ihn ja, wenn es um Santo geht, würde er alles tun.“ Benno öffnete die Colaflasche und trank einen Schluck. „Selbst das System verlassen.“

Azem nickte und wandte sich an Frank. „Du weißt, was dieser Ausflug für deine Jungs bedeutet?“

Frank schluckte einmal, dann wurde sein Gesicht hart wie eine Felswand. „Ich weiß es, Azem, und wir werden nicht vom Protokoll abweichen.“

Plötzlich kam Miti aus dem Kontrollraum gestürmt. Er musste sich ducken, als er seinen mächtigen Körper durch die Tür schob. „Wir haben sie. Wir haben ein Signal!“

*

Nach einiger Zeit hatte sie der Weg weitergeführt und in Richtung Reeperbahn geleitet. Der Tag war durch und durch perfekt gewesen, und Nico war zuversichtlich, dass die Nacht dem Ganzen in nichts nachstehen würde.

Von Anna hatte er immer noch nichts gehört. Anfangs war er leicht eingeschnappt gewesen, weil sie die Auszeit einfach allein beschlossen hatte, ohne ihn darüber zu informieren. Aber mittlerweile hatte er den Gedanken an sie aufgegeben. Wenn sie die Distanz wollte, so würde er ihr nicht hinterherlaufen. Er wollte tanzen, er wollte feiern, er wollte sich abheben. Und alles ließ auf einen tollen

Abend schließen. Alle seine befürwortenden Kollegen aus der Cocktailbar waren mitgekommen. Keiner hatte es ihm verwehrt, diesen Abend zu einem unglaublichen Erlebnis zu machen. Alle wollten ihn feiern und freuten sich über seinen Erfolg. Er stand im Mittelpunkt, und wenn Anna sich nicht für ihn freuen wollte, so konnte er ihr auch nicht helfen.

Die Nacht sollte ihm gehören.

*

Miti lenkte den Wagen gezielt durch die Hamburger Nacht. Er wusste, wo sie hinsollten. Er hatte das Signal geortet.

Allerdings machte er sich wenig Hoffnung, die Mexikaner, geschweige denn, die Tasche, deren Signal sie gefunden hatten, hier überhaupt anzutreffen. Doch sie mussten es versuchen, sie mussten jeder Möglichkeit nachgehen. Es stand zu viel auf dem Spiel.

Dann hatte er die Stelle erreicht, die auf dem Hamburger Stadtplan im Kontrollraum plötzlich aufgeleuchtet war – eine einfache und nicht viel befahrene Seitenstraße, die in Richtung Baakenhafen führte. Zudem war sie nicht weit vom eigentlichen Auftragsort entfernt.

Miti warf einen verstohlenen Blick auf das Handydisplay, das Igor neben ihm in der Hand hielt, und schätzte den blinkenden Punkt mit ihrem ungefähren Standort ab. Es mussten nur noch ein paar Meter sein.

Frustriert sah er nach vorne. Auf der rechten Seite standen ein paar Fahrzeuge am Straßenrand, hinter denen er einscherte und den Wagen zum Stehen brachte. Der leuchtende Punkt des Senders war direkt vor ihnen.

Aufmunternd warfen Igor und er sich einen vielsagenden Blick zu, der beide nicht sonderlich überzeugte und stiegen aus dem Wagen. Alles was sie jetzt hier machen konnten, war lediglich eine Schadensminimierung. Ihnen war klar, dass sie die Tasche hier niemals finden würden. Aber vielleicht gab es dennoch einen Hinweis.

Igor schritt voran, das Handy als Ortungsgerät vor sich haltend, und stoppte, als er sich neben einem rostigen, gelben VW-Bus befand. Er nickte Miti kurz zu und deutete dann auf den Wagen.

Miti zog seine Waffe aus dem Hosenbund und machte sich bereit. Allerdings war eine Verteidigung hier nicht nötig. Sein erster Blick ging unter den Wagen und wie er vermutet hatte, lag hier nur das kleine Plastikplättchen, das sich in Azems Tasche befunden hatte.

Kapitel 12

Nicos Kopf dröhnte wie verrückt, als er aufwachte. Sein Hals war trocken und die Zunge klebte am Gaumen. Als er sich streckte, tat ihm alles weh.

Er grummelte schmerzerfüllt und drehte sich langsam zu seiner Bettnachbarin um. Mit geschlossenen Augen zog er sich an den warmen Körper heran und berührte mit der Nase die weiche Haut zwischen den Schulterblättern. Anna roch so verführerisch. Mit seinem linken Arm umschloss er sie noch fester, bis sich beide Körper eng aneinanderschmiegten. Verdammt, warum tat ihm nur der Kopf so weh? Diese kleine Bewegung hatte schon gereicht, dass es in seinem Schädel schwankte.

„Guten Morgen, Nico", sprach die Frau neben ihm mit wohligem Klang und ergriff den Arm, den er um ihren Körper geschlungen hatte.

Nico schrak zurück und blinzelte mit den Augen. Der Blick war verschwommen und die Konturen unscharf, aber er erkannte dennoch, dass neben ihm kein blonder Wuschelkopf, sondern braune Haare auf dem Laken lagen.

Sogleich riss er die Augen ganz auf und wich zurück. Jetzt konnte er klarsehen. Aber zu seiner Verwirrung war es nicht Anna, die hier in seinem Bett lag, sondern Vanessa.

Von der schnellen Bewegung irritiert drehte Vanessa sich um und sah Nico verwirrt an. Ihre Haare waren zerzaust und ihre Schminke verlaufen.

„Was ist los?", murmelte sie schlaftrunken.

Nico griff sich an den Kopf und sah an sich herunter. Sein Oberkörper war nackt, die Hose geöffnet. „Scheiße, was machst du hier?"

„Was?" Es klang empört.

„Was machst du hier?", wiederholte Nico. „Wo ist Anna?"

„Keine Ahnung." Vanessa zuckte achtlos mit ihrer nackten Schulter und ließ wieder den Kopf fallen.

Nico griff sich ein T-Shirt und machte eilig seine Hose zu, bevor er sich in die Küche begab. Er hatte großen Mist gebaut, zumindest sah es für ihn deutlich so aus.

Wo war Anna? War sie hier gewesen, als er mit Vanessa gekommen war? Hatte sie ihn möglicherweise erwischt? Bei was auch immer? Er konnte sich nicht daran erinnern, ob und was mit Vanessa noch gelaufen war, aber dass sie nackt in seinem Bett lag, kam ihm doch schon ziemlich suspekt vor.

Sein erster Blick ging ins Wohnzimmer, das direkt mit dem Flur zusammenhing, und dann in die Küche, aber es war keine Anna zu sehen. *Verdammt*, dachte er. Er hatte Scheiße gebaut, und sie hatte ihn dabei erwischt. Wütend schlug er mit der Hand an den Türrahmen.

„Was ist los?" Vanessa stand hinter ihm. Sie trug nur sein Hemd von gestern Abend, das gerade über ihr Gesäß reichte. Darunter waren ihre makellosen nackten Beine zu sehen.

Nico musterte sie kurz und kniff dann die Augen zu. „Anna ist nicht da. Was ist hier gelaufen, Vanessa? Ich meine … haben wir?" Er fuchtelte mit den Händen und schüttelte schmerzverzerrt den Kopf.

Vanessa lachte laut auf. „Du bist mir einer! Kannst du dich an nichts mehr erinnern?"

„Ich weiß gar nichts. War Anna hier? Hat sie uns gesehen?"

Vanessa unterdrückte ihr Lachen, sodass es in einem Kichern verebbte. „Es ist nichts passiert, Nico. Du bist sofort eingeschlafen, als wir hier waren."

„Gott sei Dank!" Er griff sich an seinen Kopf und ließ sich aufs Sofa sinken. „Ich habe ein komplettes Blackout. Ich kann mich an gar nichts mehr erinnern."

„Das ist schade. Es war ein sehr schöner Abend. Wie gesagt, bis du eingeschlafen bist."

„Wo sind wir gewesen?"

„Du willst mir jetzt nicht erzählen, dass du überhaupt gar nichts mehr weißt!"

„Doch, die China Lounge weiß ich noch, aber dann …"

„Dann sind wir noch ein bisschen die Reeperbahn rauf und runter. Du warst sehr spendabel. Im Moondoo haben wir uns dann zum ersten Mal geküsst."

„Wir haben *was*? Ich denke, es ist nichts passiert?"

„Mehr ist ja auch nicht passiert. Aber glaub mal nicht, dass ich mich alleine ausgezogen habe."

„Oh, verdammt!" Nico sprang vom Sofa auf und griff sich raufend in die Haare. Er hatte Anna betrogen, oder fast zumindest. Auch wenn sie nicht zum Äußersten gegangen waren, so fühlte er sich jetzt bereits als Verräter. Er musste mit ihr reden. Ihr alles erklären.

Aber wo war sie eigentlich?

Er ging in die Küche und erkannte die Brötchentüte und seine Nachricht. Beides lag unverändert auf dem Küchentisch. Sie hatte es nicht angerührt. Er hatte es ihr gestern Morgen so hinterlassen, damit sie nach ihrer Nachtschicht was zum Frühstücken hatte. Hatte sie es möglicherweise gar nicht gesehen? Oder war sie gar nicht nach Hause gekommen? Wo zum Teufel steckte sie bloß? Er hatte ihr mehr als eine Nachricht auf die Mailbox gesprochen, sie aber persönlich bisher nicht ans Telefon bekommen.

Er trat erneut in den Flur und erkannte, dass ihre Jacke und ihre Handtasche fehlten. Dann griff er nach seinem Handy und wählte ihre Nummer.

Vanessa musterte ihn neugierig und Nico wollte ihr gerade erklären, was er machte, als aus der Küche Annas Klingelton zu hören war. *Na klasse,* dachte Nico, so hatte er sie ja auch gar nicht erreichen können.

Er ging in die Küche und stöpselte ihr Handy von der Ladestation ab. Auf dem Display waren elf Anrufe in Abwesenheit und fünf Nachrichten aufgelistet. Mit schnellen Handgriffen ging er die Liste durch und erkannte, dass die meisten Anrufe von ihm gekommen waren. Nur einer war von Annas Mutter und ein weiterer von einer unbekannten Nummer. Das Erschreckendste aber war, dass das Handy seit Donnerstagabend hier liegen musste. Sie hatte es nicht mit zur Arbeit genommen.

Nico traf es wie ein Schlag, als ihm plötzlich die Tatsache bewusst wurde, dass Anna seit über vierundzwanzig Stunden verschwunden war.

Kapitel 13

Diego hatte nicht viel geschlafen. Aber er war auch nicht sonderlich müde gewesen. Er war wie ein Roboter, der Motor eine ewig laufende Energiequelle, die aber gerade nur so viel abgab, dass es fürs alltägliche Überleben reichte.

Nachdenklich drehte er seine Glock in der Hand und strich mit den Fingern über die ungleiche Oberfläche. Eine kurze Enttäuschung durchfuhr ihn, als er bedachte, dass er Azem und sein Gefolge aus diesem Grund verlassen wollte, aber dennoch an die Waffe gebunden war. Würde er jemals ohne sie leben können? Würde er wieder der Junge werden, den seine Mutter im Arm gehalten hatte? Er dachte an das Foto mit der liebevollen Frau, die ihr Kind anstrahlte.

Vielleicht war es ein Fluch, der auf ihm lastete wie ein böses Omen. Als Strafe dafür, dass er in seinem Leben so viel Unrechtes getan hatte und seine Mutter nicht hatte beschützen können. Sein Leben als Diego war wahrscheinlich zu sehr mit dem Santo verflochten, den er die letzten Jahre dargestellt hatte. Er brauchte einen Neuanfang.

Langsam stand er auf und schritt zum Fenster des kleinen Raumes. Draußen war ein Garten zu erkennen, den er gestern nur vage hatte sehen können, als sie im Dunkeln angekommen waren. Es sah gemütlich aus. Ein Garten mit Blumen und Rasen und Terrassentisch. Einfache, natürliche und ungefährliche Dinge, die ihm aber vollkommen fremd waren.

Er trat vom Fenster zurück und sah sich im Raum um. Ein Bett, ein Schreibtisch, ein Kleiderschrank, eine großzügige, grüne Pflanze in einem überdimensionalen Topf, die in der Ecke neben dem Fenster stand.

Einfache, natürliche Dinge, die er nicht hatte.

Er spannte die Hand fester um die Waffe und presste den Kiefer zusammen.

Es war die natürlichste Sache der Welt, dass man einen Schreibtisch, eine Riesenpflanze und ein hässliches Ölgemälde mit Katzenbabys an der Wand hängen hatte, worauf sein Blick plötzlich gefallen war und das er vor Zorn am liebsten von der Wand gerissen und zertreten hätte.

Warum hatte er das nicht? Warum war es ihm verwehrt worden? Es war nicht fair.

Schnell trat er an den Schreibtisch und fingerte an der Zigarettenpackung herum. Doch da seine Hände zu nervös waren, um eine einzelne Zigarette greifen zu können, holte er mit der Hand aus und schlug die Packung wütend zur Seite. In einem schnellen steilen Flug sauste sie zum Bett.

Diego entsicherte seine Waffe und zielte. Einzelne Zigaretten waren aus der Packung gefallen und lagen auf der lilafarbenen Bettdecke verteilt.

Einfache, natürliche Dinge, die ich nicht habe!

Dann wurde die Zimmertür hinter ihm geöffnet und lenkte ihn kurz von dem Vorhaben ab, auf eine Zigarettenpackung zu schießen.

*

Benno beobachtete Frank, wie dieser nervös auf und ab ging. Seine Gedanken waren wie in Stein auf seiner Stirn eingemeißelt.

Es war klar, dass Joyo und Santo den Sender entfernt und nur die Tasche mitgenommen hatten. Jeder hätte in ihrer Situation ähnlich gehandelt. Sie hatten ihre Spur geschickt ausgelöscht.

Doch wie ging es jetzt weiter?

Miti und Igor hatten nur einen kurzen Lagebericht abgegeben und waren seitdem nicht mehr aufgetaucht. Doch Benno wusste, was sie machten und wie sie sich möglicherweise fühlten. Es war keine angenehme Aufgabe, den Weg zwischen Fundort des Senders und Auftragsort abzuscannen. Noch dazu mit dem Wissen, dass es eher hoffnungslos als erfolgreich sein würde.

Franks Handy klingelte. Schon nach dem zweiten Vibrieren hatte er sein Telefon am Ohr. Benno richtete sich gespannt auf.

Bitte, lass sie was gefunden haben!

*

Annas Eltern hatten nichts von ihrer Tochter gehört. Erschrocken und halb hysterisch hatte Ute Selbig aufgenommen, dass ihr einziges Kind nicht aufgetaucht war und man nicht wusste, wo sie sich momentan befand. Nico hatte ihr versprechen müssen, dass er sich sofort melden würde, sobald er etwas hörte.

Anschließend hatte er noch ein paar von Annas Freundinnen angerufen, aber keine hatte etwas von ihr gehört. Er hatte gehofft, sie hier irgendwo zu finden. Er war sich sicher, dass sie wegen der blöden Streiterei eine Auszeit suchen würde.

Als letztes hatte er sogar im St. Lukas Krankenhaus angerufen und sich nach ihr erkundigt, aber selbstverständlich war sie dort auch nicht mehr. Die Kollegin am Telefon hatte ihm allerdings erzählen können, dass sie pünktlich gegangen war.

Aber wo war sie dann? War ihr vielleicht wirklich etwas passiert?

Vanessa war vor einiger Zeit unter die Dusche gesprungen, sodass Nico jetzt alleine im Wohnzimmer auf dem Sofa saß und vor sich hin grübelte. Was hatte er vergessen? Hatte Anna irgendetwas erwähnt, an das er jetzt nicht mehr dachte und bei seiner Überlegung außen vor ließ? Wollte sie irgendwo hin? Ohne Handy?

Er hatte eine ganze Handvoll Schmerztabletten genommen, und seine Kopfschmerzen waren endlich weniger geworden. Die Packung lag noch auf dem kleinen Tisch, für alle Fälle. Daneben stand sein Teller, den er noch nicht abgeräumt hatte, und der Fernseher lief als stupide Hintergrundmelodie. Alles Dinge, die ihn unter normalen Umständen maßlos störten. Er war ein Ordnungsliebhaber, und Anna zog ihn oft genug damit auf, dass es schon ein krankhafter Zwang war. Die mit Kartons vollgestellte Wohnung bedeutete für ihn momentan regelrecht einen Kampf mit seinen inneren selbst auferlegten Pflichten.

Plötzlich erregte die Nachrichtensprecherin im Fernsehen allerdings doch seine Aufmerksamkeit. Die junge Frau im blauen Kostüm berichtete über den grausamen Fund einer Männerleiche, die gestern im Hamburger Hafen gefunden worden waren.

Als Todesursache war eine Schussverletzung diagnostiziert worden. Ein Spaziergänger hatte die Leiche offensichtlich gestern Morgen mit seinem Hund entdeckt. Der Todeszeitpunkt wurde auf letzte Nacht in den frühen Morgenstunden geschätzt. Von den Tätern fehlte momentan noch jede Spur, aber die Polizei bat um Mithilfe und war auf der Suche nach möglichen Zeugen. Bei dem Opfer handelte es sich offenbar um einen bekannten Obdachlosen, der regelmäßig dort gesehen wurde.

Nico öffnete den Mund, als er die Bilder des Hafengeländes erkannte. Der Mord war in der Nähe des Baakenhafens geschehen und das offensichtlich genau an der Stelle, wo Anna und er in ihrer gemeinsamen Anfangszeit viel gewesen waren und, ob alleine oder mit Freunden aus der Uni, stundenlang an der Kaimauer gesessen und Bier getrunken hatten. Der Hafen gehörte dadurch irgendwie zum festen Bestandteil in ihrer Beziehung. Wie der Fels in der Brandung oder die Quelle, in der alles entstanden ist. Nico verband den Ort immer mit einem prickelnden und aufgeregten Gefühl.

Ging es Anna vielleicht ähnlich? Was war, wenn sie aufgrund der trüben Stimmung in der letzten Zeit hier Zuflucht suchen wollte? Er hatte selbst schon überlegt gehabt, ob er nicht mal wieder dorthin fahren sollte. Quasi an den Ursprungsort zurückkehren, um von dort in die Gegenwart zu schauen.

Todeszeitpunkt in den frühen Morgenstunden. Genau die Zeit, als Anna Feierabend hatte, und der Baakenhafen war nicht weit vom St. Lukas Krankenhaus entfernt.

Sie ist da gewesen, hauchte eine gemeine Stimme in seinem Kopf. War sie möglicherweise ein weiteres Opfer, weil sie Zeugin eines Gewaltverbrechens wurde? Vielleicht war sie gerade dazugekommen und hatte den oder die Täter gestört?

In seinem Inneren bildete sich ein Kloß, der ihm wie ein Stein im Magen lag. Anna war etwas passiert.

Kapitel 14

Joyo starrte mit weit aufgerissenen Augen ins Zimmer und machte in der nächsten Sekunde einen Sprung auf seinen Bruder zu, wobei er diesem die Waffe aus der Hand schlug. „¿Estás loco? ¿Qué haces ahí?“[18]

Diego sah seinen Bruder an, doch er verstand nicht, was dieser von ihm wollte, geschweige denn, wie der plötzlich aufgetaucht war. Sein apathischer Blick ging durch Joyo hindurch ins Leere.

Das brachte bei Joyo das Fass erneut zum Überlaufen. Er packte seinen Bruder am Kragen und schüttelte ihn. „¿Qué te pasa? No lo entiendo. ¿Qué paso? Me vuelves loco.“[19]

Diego zeigte keine Reaktion. Sein Körper hing schlaff und regungslos in Joyos Händen. Er war wie abgestorben.

Joyo holte mit der Hand aus und schlug Diego einmal kräftig ins Gesicht. „¡Despierta, despierta, despierta!“[20]

Diego fiel zurück und drehte den Kopf zur Seite. Er spürte den Schmerz auf seiner Wange, wo Joyos Ohrfeige ihn mit voller Kraft getroffen hatte.

„Was ist los mit dir?“, flüsterte Joyo kratzend. „Ich verstehe es nicht. Was ist mit dir passiert? Du machst mich verrückt!“

„Ich will hier weg“, murmelte Diego leise, sodass Joyo ihn kaum verstehen konnte.

„Und ich will meinen Bruder wiederhaben“, antwortete Joyo in der gleichen Lautstärke. „Du bist überhaupt nicht wiederzuerkennen. Was ist los? Alles nur wegen des Fotos?“

Diego antwortete nicht. Sein Blick ging leer an Joyo vorbei.

„Hey!“ Joyo schüttelte ihn erneut und zwang ihn, ihm in die Augen zu sehen. „Hey! Ich mache mir langsam echt Sorgen um dich. Das ist nicht normal, wie du dich hier aufführst. Reiß dich mal zusammen, okay?“

Diego hatte den Blick seines Bruders getroffen und schloss die Augen. Joyo hatte recht. Er musste sich beherrschen. Sie waren noch nicht sicher, auch wenn Azem und Frank vermutlich nicht wussten, wo sie sich momentan befanden. Er schlug die Augen wieder auf, und sogleich atmete Joyo erleichtert aus.

„Lass uns hier abhauen“, hauchte Diego leise, wohl bedacht, dass

---

[18] „Bist du verrückt? Was machst du da?“

[19] „Was ist los mit dir? Ich verstehe es nicht. Was ist passiert? Du machst mich verrückt.“

[20] „Wach auf, wach endlich auf!“

sie nicht gehört wurden. „Ich finde es nach wie vor nicht gut, dass wir hier Halt gemacht haben."

„Antonio und Maria werden uns nicht verraten. Du weißt genau, wie sie über Azem denken."

„Aber du weißt auch, in welcher Verpflichtung sie zu ihm stehen. Sie müssen uns melden."

„Nur wenn sie Verdacht schöpfen! Doch das werden sie nicht, wenn wir unsere Rolle nach Plan weiterspielen. Wir sind nicht auf der Flucht", erinnerte Joyo seinen Bruder an die ausgedachte Version ihrer spontanen Reise. „Wir handeln in Azems Auftrag. Es wird sie nicht verwundern, dass wir neue Gebiete abstecken. Für mögliche Geschäfte ist ihm kein Weg zu weit oder zu umständlich. Das können sie selbst bezeugen. Sie kennen ihn. Du darfst hier nur nicht wie ein Irrer abdrehen, verstanden? Spiel deine Rolle, mehr nicht!"

Diego nickte. „´tschuldige. Du hast recht."

Joyo verzog das Gesicht zu einem schiefen Grinsen. „Hab ich immer. Ach ja, und Enrico wird uns übrigens begleiten."

„Nein", schoss es laut aus Diego heraus.

Joyos Hände, die Diegos Schultern immer noch im festen Griff hatten verfestigten sich.

Vorsichtig sah er sich um und lauschte, ob er etwas Verdächtiges von unten hörte.

„Der wird nicht mitkommen", knurrte Diego, allerdings wohl bedacht, dass ihn keiner außer Joyo hören konnte.

„Wir haben quasi gar keine andere Wahl. Es ist sein Mann in San Sebastián. Wir können ihn nicht einfach nach seinem Kontakt fragen und ihn vollkommen außen vor lassen. Das würde den Verdacht nur verstärken. Azem macht seine Geschäfte so, dass sie seinen Anhängern nicht übel aufschlagen. Er macht sich nirgendwo einen schlechten Namen, sondern achtet peinlichst genau darauf, dass jeder seinen Vorteil draus ziehen kann und ihm keiner nachträglich in den Rücken fällt. Es wäre in seinem Interesse, wenn wir ihn mit einbezögen. Vertrau mir!"

„Aber Enrico ist skrupellos. Ich traue ihm nicht."

„Mein Freund wird er auch nicht werden. Aber wir sind auf seine Hilfe angewiesen, wenn wir hier weg wollen. Wir können uns nicht alleine auf die Suche nach möglichen Händlern machen, die vermutlich dichter mit Azem in Kontakt stehen, als wir es nur ahnen und uns dann direkt verraten. Nur so geht es, Diego!" Es war das erste Mal seit langer Zeit, dass sein Bruder ihn bei seinem wirklichen Namen nannte. Es klang fremd und ungewohnt in seinen Ohren, aber doch erinnerte er sich an die Zeit, als sie noch Rafael und Diego waren.

Doch es war lange her und in seinen Erinnerungen nur verschwommen.

„Okay!“, sagte Rafael überzeugt und schlug seinem Bruder aufmunternd mit den Händen auf die Schultern. „Ist alles klar? Wir können Enricos Wagen nehmen.“

Diego wartete und war nicht ganz so überzeugt wie sein Bruder. Er hatte eine komplizierte Rolle zu spielen. „Was ist mit ihr?“ Er warf einen fragenden Blick zum lila bezogenen Bett, ohne wirklich hinzusehen.

Rafael sah bei seinem Blick zur Seite beträchtlich lange auf Diegos Glock, die vorhin aufs Bett geschleudert worden war und hier immer noch unangerührt lag. „Du weißt, wie ich hierüber denke.“

Diego kniff finster die Augen zusammen. „Und du weißt, dass ich damit nichts mehr zu tun habe, Rafael. Ich bin raus.“ Der Name sprach sich so leicht. Sie mussten beide aus den Rollen schlüpfen, die sie unter Azems Regime gespielt hatten.

„Dann bleibt uns keine andere Wahl.“

Diego sah erneut zum Bett und überlegte. Doch Rafael hatte recht – es war wirklich zu gefährlich, und eine Wahl hatte er tatsächlich nicht.

„Also, los!“, forderte Rafael ihn auf, bevor Diego wieder auf andere Gedanken kommen konnte. „Schnapp dir dein Mädel, und dann geht's los!“ Rafael warf einen schelmischen Blick in Richtung Bett und drehte sich um.

Diego sah auf die lilafarbige Bettwäsche und nahm sich seine Glock. Während Rafael verschwand, bereitete er sich auf seine neue Rolle vor, die er ab jetzt zu spielen hatte – als Diego.

*

Benno hatte angespannt an Franks Lippen gehangen, während dieser telefoniert hatte und dabei immer bleicher geworden war. Zum Ende war er so starr geworden, dass er nicht mehr als kurze Wortbrocken herausbekommen hatte.

Für Benno war es allerdings zu unverständlich. Es machte keinen Sinn, und so war er umso gespannter, als Frank schließlich das Gespräch beendet hatte und das Telefon sinken ließ.

„Was? Was ist? Haben sie was gefunden?“ Benno war drauf und dran, Frank an den Schultern zu packen, um ihn zu schütteln.

„Das waren nicht die Jungs“, antwortete Frank knapp und war auch schon wieder dabei, neu zu wählen. „Es war Isabelle.“

Isabelle? War seiner Frau etwa etwas passiert?

Einen kurzen Augenblick dachte Benno, dass es vielleicht etwas zu Privates zwischen Frank und seiner Frau sein könnte, dass ihn nichts weiter anging, doch dann hörte er interessiert zu, als Frank erneut ins Telefon sprach.

„Azem? Ich bin´s. Frank. Wir haben ein Problem. Isabelle hat gerade angerufen. Es sieht ganz so aus, als wüsste ich, warum Joyo und Santo weg sind."

Eine kurze Pause entstand. Es war so leise geworden, dass man eine Stecknadel hätte fallen hören können. Bennos Herz raste wie wild, als Frank schließlich weitersprach.

„Die Papiere fehlen. Joyo und Santo müssen sämtliche Dokumente über die Transaktionen mitgenommen haben." Er machte eine Pause und atmete einmal tief durch.

Sie haben die Dokumente, huschte es durch Bennos Kopf. Joyo und Santo hatten sich ihr eigenes Grab geschaufelt.

„Ich weiß nicht, ob sie das tun würden", fuhr Frank fort. „Sie stecken doch selbst mit drin … Ja, ja, das sehe ich auch so. Haben Miti und Igor etwas gefunden? … Nein, bei mir nicht … Ja, ich melde mich sofort … In Ordnung, bis dann!" Frank nahm sein Handy vom Ohr und steckte es in die Tasche.

Dann drehte er sich zu Benno um. „Hast du davon gewusst?"

Es kam genauso patzig wie überraschend, sodass Benno einen Moment zögerte, bevor er antworten konnte. „Nein, natürlich nicht. Ich hatte keine Ahnung!"

Frank verkrampfte die Hände zu Fäusten und biss die Zähne fest aufeinander.

Dann hatte er wieder das Telefon an seinem Ohr und brüllte neue Befehle hinein.

Benno zog sich zurück und ließ sich langsam auf dem Sofa nieder. Den Schmerz spürte er nur leicht, als er sich setzte. Die Prioritäten hatten sich einmal um hundertachtzig Grad gedreht, die Verletzung am Bein spielte nur noch eine unangenehme Nebenrolle. Viel entscheidender war die Tatsache, was Joyos und Santos Verschwinden letztendlich hervorbrachte – Aussteigen war eine Sache, aber noch dazu mit Beweisen, die eine unsagbare Macht in den falschen Händen auslösen und Azems Geschäft in einer Sekunde wie eine Seifenblase zerplatzen lassen konnten, eine noch viel dramatischere. Santo und Joyo hatten mehr angerichtet, als sie anfangs gedacht hatten.

*

Es waren viele Spaziergänger unterwegs – mehr als sonst. Offensichtlich wollten die meisten nicht einfach nur das schöne Wetter genießen, sondern auch ein bisschen Sensation miterleben. Ruhig und gelassen, als hätten sie alle Zeit der Welt, schlenderten sie am Hafen entlang und warfen neugierige Blicke auf die vielen Polizeiwagen, die

Hunde und die meterlangen Absperrbänder, die in den Windböen flatterten.

Im abgesteckten Bereich herrschte ein wildes Treiben. Die Spurensicherung war immer noch mit ihrer Arbeit beschäftigt. Im Hafenbecken waren zwei Polizeitaucher, die nach Tatwaffen oder gar weiteren Leichen suchten. Aus allen Winkeln wurde fotografiert, abgesteckt, Proben genommen und abgesucht.

Miti stand in einiger Entfernung und beobachtete das Spektakel. Er hatte eine Sonnenbrille auf, hielt sich im Schatten versteckt und rauchte eine Zigarette nach der anderen. In seinem Inneren wurde es abwechselnd heiß und kalt. Außerdem war ihm speiübel, weil sich sein Magen im ungleichen Rhythmus zusammenzog.

Er konnte nicht genau sagen, wie lange er eigentlich schon hier war. Mehrmals hatte er bereits mit Azem und Frank telefoniert. Die letzte Information hatte das Fass endgültig zum Überschwappen gebracht. Das heutige Datum würde als Tag X in die Geschichte der Streetsurfer eingehen.

Joyo und Santo hatten zugeschlagen. Mehr als man sich je hätte vorstellen können.

Die halbe Nacht hatte er jetzt schon damit verbracht gehabt, mehr als nur eine lächerliche Senderplatine zu finden, doch es schien erfolglos. Bis auf den Wagen, der nicht weit des Auftragsortes zurückgelassen worden war, fehlte von Joyo, Santo und der Tasche mit nicht gerade geringem Wert jede Spur.

Doch was sollten sie tun? Wo sollten sie suchen?

Joyo und Santo waren welche von ihnen und kannten das System nur zu gut. Sie hatten teilweise in der Geburtsstunde der GPS-Sender für alle Mitglieder der Streetsurfer mitgewirkt und kannten sich in diesem Gebiet besser aus als so manch anderer. Wenn sie also nicht gefunden werden wollten, dann würde das auch nicht passieren. Sie konnten nur auf ein Wunder oder einen glücklichen Zufall hoffen.

Miti beobachtete die Polizisten in einiger Entfernung und überlegte, wie er reagieren sollte, würden sie jetzt plötzlich die Tasche aus dem Wasser fischen. *Das würde für Aufsehen sorgen!*

Nervös wippte er von einem Bein aufs andere und sah immer wieder auf sein Handy. Wenn doch nur Frank wieder anrufen würde und ihm sagen konnte, wo es weiterging. Eine Himmelsrichtung würde ihm schon reichen. Er wusste nicht weiter. Sie hatten quasi Zentimeter für Zentimeter abgegrast, doch ohne Erfolg. Dass Benno sich auch zu genau ans Protokoll halten musste und den verfluchten Obdachlosen erschossen hatte, wäre vielleicht auch nicht nötig gewesen. Zumindest hätten sie dann in Ruhe weitersuchen können, ohne von der

Polizei und den vielen Schaulustigen gestört zu werden. Es war so schon schwierig genug.

Er atmete tief durch und versuchte ruhig zu werden. Jetzt war Konzentration und Disziplin wichtig, und er durfte nicht ausrasten, dann wäre alles vorbei. Vor allem durfte er nicht auffallen. Alles musste wohlüberlegt passieren.

Der Schwarm der Spaziergänger war größer geworden. Es hatte sich wohl herumgesprochen, dass die Polizei hier immer noch beschäftigt war. Neugierig musterten sie die Umgebung, in der Hoffnung noch ein paar Blutspritzer, ausgerissene Haare, eine Waffe oder möglicherweise noch eine weitere Leiche zu finden.

Miti löste sich aus seinem Schattenversteck und mischte sich unter die Menschen. Langsam und gemächlich schlenderte er in ihrem Tempo mit und versuchte, dabei so entspannt wie möglich zu wirken.

Schräg vor ihm lief ein junges Pärchen. Miti konnte nicht anders, als ständig zu ihnen hinüberzustarren. Vor allem zu ihr. Sie war der Typ Frau, den es nicht oft gab und den man, egal ob Mann oder Frau, einfach gerne ansah. Sie war mittelgroß, schlank – exotisch. Ihr Gesicht und ihre Figur waren makellos schön. Sie trug eine enge weiße Bluse mit einem tiefen Dekolleté und dazu den passenden Rock mit Sommerblumenmuster. Durch ihre hohen Pumps wirkten ihre braun gebrannten Beine lang und elegant. Sie war nicht angezogen wie eine typische Spaziergängerin, und deshalb fiel sie noch mehr auf.

Bei ihrem Begleiter war es ähnlich. Er war groß, muskulös, hatte rotblonde, halblange Haare und trug ein beigefarbenes Designerhemd und die passende locker sitzende Leinenhose dazu. Auf eine Art wirkte er lässig, aber auch ein bisschen angespannt. Wahrscheinlich gehörte das zu seiner Coolness. Ein Schönling, dessen Lebensinhalt nur aus seinem Aussehen bestand.

Das Pärchen blieb stehen. Sie nahm seine Hand und sprach leise mit ihm. Miti konnte nicht verstehen, um was es ging, aber es schien etwas sehr Gefühlvolles zu sein. Der Mann sah irgendwie ein bisschen mitgenommen aus.

Die Frau fiel ihm um den Hals und drückte sich fest an ihn. Er schloss die Augen und vergrub sein angespanntes Gesicht in ihren Haaren. Sie schienen vollkommen allein auf dieser Welt zu sein.

Mit einem Mal riss das Klingeln seines Handys Miti aus dem romantischen Schauspiel. Er sah aufs Display und erkannte die Nummer. Seine Miene verfinsterte sich. Er war in der Realität zurück.

Bitte gib mir eine Spur! Bitte gib mir die Richtung!

Kapitel 15

Der Himmel war bedeckt, als Nico am Montag seinen ersten Arbeitstag in Bezug auf das neue Projekt antrat. Offensichtlich machte die Sonne erst mal eine Pause.

Er war nur wenig aufgeregt gewesen, als er mit der Bahn zur Firma gefahren war. Die Freude, die er Freitag noch verspürt hatte, wenn er an sein neues Büro dachte, war nicht mehr so groß. Heute war alles anders.

Anna war immer noch nicht wieder aufgetaucht. Es fehlte weiter jede Spur von ihr.

Am Samstagnachmittag war er schließlich mit ihren Eltern bei der Polizei gewesen, um eine Vermisstenanzeige aufzugeben. Allerdings wurden sie vertröstet. Da Anna im Unfallregister nicht auftauchte und bei einer Entführung in der Regel nach spätestens vierundzwanzig Stunden eine Lösegeldforderung ins Haus flattert, konnte man stark davon ausgehen, dass sie sich aus freiem Willen momentan nicht meldete.

Gefrustet hatten Nico und Vanessa sich später am Baakenhafen in den Mordtourismus gestützt, aber die erhoffte Spur oder die ersehnte Lösung von Annas Verschwinden blieben auch dort weiterhin offen. Anschließend waren sie in die neue Wohnung gefahren, doch außer der noch zu erledigenden Arbeit herrschte nur eine erdrückende Leere.

Den ganzen Vormittag hatte Nico heute damit verbracht, auf sein Projekt zu starren. Es war so weit fertig. Was jetzt fehlte, waren Einzelheiten an der Statik, die er noch berechnen wollte, aber er konnte sich einfach nicht konzentrieren. In seinem Kopf war kein Platz mehr für die Shopping Mall.

Als er nach der Mittagspause wieder in sein Büro gekommen war, hatte er sich gar nicht mehr die Mühe gemacht, an dem Projekt weiterzuarbeiten. Stattdessen war sein Blick auf das große Fenster gerichtet, das bis auf den Fußboden reichte. Sein Entwurf lag hinter ihm auf dem Schreibtisch. Die Aussicht von hier oben war wirklich so gut, wie er angenommen hatte. Doch irgendwie war der glitzernde Schimmer seiner aufsteigenden Karriere verblasst. Der Zauber war mit Anna verschwunden.

Er hatte keine Ahnung, wie lange er hier schon gestanden hatte, als es plötzlich an der Tür klopfte. Es war Vanessa. In ihrer Hand hielt sie eine kleine Yucca Palme.

„Hi“, sagte sie und schloss die Tür hinter sich. Sie trug einen perfekt sitzenden braunen Hosenanzug mit einer türkisfarbenen Bluse, die einladend weit aufgeknöpft war.

Nico war erleichtert und freute sich, sie zu sehen. Er hatte das Gefühl, dass er sie momentan sogar noch mehr brauchte als sonst.

„Ich weiß, ihr Männer macht euch nicht viel aus Blumen, aber ich finde, ein bisschen Grün im Raum lenkt ab und macht den Kopf frei. Meinst du nicht?“ Sie stellte die Pflanze auf einen kleinen Hocker, der direkt vor dem großen Fenster stand.

„Danke, Van“, antwortete Nico, während er beobachtete, wie sie die Pflanze hin und her drehte, bis sie richtig stand. Er warf einen flüchtigen Blick zum groß gewachsenen Pachira, der sich üppig zwischen Schreibtisch und den Couchsesseln ausgebreitet hatte und den Raum gar nicht so leblos machte, wie Vanessa ihn vielleicht gerade beschrieben hatte.

„Sie ist sehr schön“, bestätigte Nico dennoch. Er war ihr dankbar fürs Kommen, auch wenn sie den gesamten Raum mit Pflanzen vollstellen würde.

„Gibt es was Neues?“

Nico senkte den Kopf. „Leider nein. Keiner hat etwas von ihr gehört.“

Vanessa ließ ihren Blick durch den Raum schweifen und sah nachdenklich auf die Entwürfe, die Nico auf dem Schreibtisch liegen hatte. Nach einer kleinen Pause sagte sie: „Kann es nicht vielleicht sein, dass sie mit jemandem durchgebrannt ist?“

Nico schüttelte schweigend den Kopf.

„Irgendjemand, den du nicht kennst?“

„Sie ist viel zu gut und ehrlich, um zu betrügen.“

„Es war nur ein Gedanke. Es würde so vieles erklären. Wo kann sie sonst sein?“

„Ich habe keine Ahnung.“ Nico ließ betrübt den Kopf hängen. „Ich weiß nicht, was ich noch tun soll. Ich dachte, die Arbeit lenkt ab, aber so einfach ist es nicht.“

Dann klingelte Nicos Handy. Er erkannte eine Hamburger Nummer auf dem Display, die ihm unbekannt war. „Hallo?“

„Kommissar Pohlmann, Kripo Hamburg, guten Tag, Herr Flink. Wir haben das Auto Ihrer Freundin gefunden.“

*

Die letzten Tage im Hauptquartier waren die schlimmsten, die Benno je in dieser Konstellation erlebt hatte. Die Stimmung war mies und angeschlagen. Die Zukunft absolut aussichtslos. Keiner wusste, wie es in den nächsten Tagen weitergehen würde. Durfte Azem noch normal seinem Geschäft nachgehen oder war das zu gefährlich geworden?

Was hatten Joyo und Santo ausgepackt? Wie viel hatten sie verraten? Wer wusste über Azem Bescheid?

Es war das reinste Katz- und Mausspiel. Keiner wusste, ob sie wirklich das Loch verlassen durften oder der Kater nicht doch schon mit gewetzten Klauen davor hockte und nur auf eine günstige Gelegenheit wartete.

Azem hatte vorsorglich bis auf Weiteres einen Großteil seiner Geschäfte eingestellt und kümmerte sich nur noch um Restabwicklungen aus bereits erteilten Aufträgen. Doch es half nicht viel. Die Stimmung war auf dem Tiefpunkt und zog sich durch die gesamte Belegschaft. Alle bekamen es zu spüren. Außerdem wusste keiner, ob und wie es überhaupt weitergehen würde. Vielleicht waren einige ihren Job los. Obwohl das wohl eher nicht passieren würde, da der Job gleichzeitig eine ungeschriebene lebenslange Verpflichtung zugunsten Azems war. Und hierfür gab es kein Arbeitszeugnis, mit dem man sich auf dem Arbeitsamt für eine neue Stelle bewerben konnte.

Bennos Bein war besser geworden, wenn er auch noch stark eingeschränkt war. Eine weitere Sache, die ihn wahnsinnig machte.

Er wollte raus. Suchen. Finden. Santo und Joyo packen und am liebsten wer weiß was mit ihnen machen. Alles, nur nicht im Hauptquartier sitzen und warten, bis es schließlich eine Richtung gab oder der Untergang eingeleitet wurde.

Zusätzlich beschäftigte ihn ununterbrochen, dass er es war, der es quasi so weit hatte kommen lassen. Er war mit den Brüdern zusammen gewesen und hatte sie nicht aufgehalten.

Warum hatte er nicht eher geschossen, als Santo sich so blöd verhalten hatte? Warum hatte er sich anschießen und die zwei verschwinden lassen?

Es wurmte ihn, dass er gepatzt hatte. Er hätte es verhindern können. Doch er würde es wiedergutmachen. Santo und Joyo hatten seine Kugel sicher.

Kapitel 16

Für Nico war es unvorstellbar, wie sehr sich seine Prioritäten verschoben hatten. Eigentlich hätte er jetzt seinen zweiten aufregenden Arbeitstag im neuen Büro haben sollen. Die ganze letzte Zeit hatte er nur daran gedacht und alles andere um sich herum vergessen. Jetzt war die Shopping Mall plötzlich nur noch ein einfaches Einkaufszentrum, aber die erwartete Euphorie war nicht mehr da.

Nachdem er mit der Polizei telefoniert hatte, wollte er eigentlich direkt aufbrechen, doch es war schon zu spät, um eine achthundert Kilometer lange Strecke in Angriff zu nehmen. Vanessa hatte ihn davon überzeugen können, dass es nichts brachte, wenn sie erst abends ankommen würden und Anna im Dunkeln suchten.

Stattdessen war er jetzt erst am Dienstag auf der Autobahn unterwegs nach Freiburg.

Freiburg.

Ständig wiederholte er den Ort in Gedanken. Wie um alles in der Welt kam Annas Auto nach Freiburg? Es war quasi am anderen Ende von Deutschland. Was zum Teufel machte sie da?

Die Polizei hatte erzählt, dass Annas Auto in einem Wohngebiet stand und durch das Hamburger Kennzeichen aufgefallen war.

Doch war nur ihr Auto da oder sie auch? War sie möglicherweise wirklich durchgebrannt, wie Vanessa vermutet hatte? Oder war ihr Wagen vielleicht doch nur in Hamburg geklaut und jetzt in Freiburg abgestellt worden?

Nico hatte keine Ahnung. Das Einzige, was er wusste, war, dass er unbedingt nach Freiburg fahren musste, um sich das Ganze anzuschauen. Egal wie die Dinge dort standen. Er musste mit eigenen Augen sehen und vor allem verstehen, was hier passierte. Anna war in Hamburg bisher nicht zu finden gewesen, und ein Gefühl sagte ihm, dass er sie hier auch nicht weiterzusuchen brauchte.

So sauste er jetzt in Vanessas BMW über die Autobahn. Sie hatte ihm angeboten, ihren Wagen zu nehmen, da er momentan kein Auto besaß. In der Stadt brauchte er unter normalen Umständen schließlich keins.

Sie saß auf dem Beifahrersitz und döste. Nico hatte sie nicht gebeten mitzukommen, aber sie hatte sich nicht abwimmeln lassen. Sie wollte ihn unterstützen und wenn es nur zum Fahren war, wie sie gesagt hatte, da achthundert Kilometer für einen doch relativ lang sein konnten.

Irgendwie war er jetzt aber auch froh, dass sie mit war. Schließlich wusste er nicht, was ihn in Freiburg erwarten würde und konnte ein bisschen Mithilfe gebrauchen.

Das Wetter war wieder herrlich heute. Die Sonne hatte nur einen Tag Pause gemacht, und er war froh über die Klimaanlage, über die ihr Wagen verfügte.

Vanessa bewegte sich. Sie hatte ihre Sandalen ausgezogen, und ihre braunen Beine glänzten verführerisch, als sie sich jetzt streckte. Nico konnte nicht anders und ließ sich sofort vom Verkehr ablenken.

„Wo sind wir?", fragte sie und sah aus dem Fenster.

„Frankfurt."

„Soll ich dich mal ablösen?"

„Wir können beim nächsten Rastplatz halten."

„Das ist gut. Ich muss auch mal für kleine Beifahrerinnen."

*

Es war ein Geschenk des Himmels gewesen und genau zum richtigen Zeitpunkt gekommen.

Der gestrige Anruf.

Miti und Igor hatten sich sofort auf den Weg gemacht und waren ins etwa achthundert Kilometer entfernte Freiburg gefahren. Hier sollen sie gewesen sein – eins von Azems Schäfchen hatte geplaudert. Ein guter Mann. Er würde weiterhin unter dem Schutz seines Gebieters, stehen und das Grundprinzip in Azems Arbeit hatte sich tatsächlich ausgezahlt. Das Netz verflocht sich zu einem Ganzen und bildete einen Schirm, der alles umschloss. Solange sich jeder an Azems Richtlinien hielt, konnte also nichts schiefgehen.

Allerdings sollten sich die Mexikaner bereits wieder auf den Weg gemacht haben. Die genaue Richtung wusste das Schäfchen nicht, aber Miti war sich sicher, dass es ihm ganz schnell wieder einfallen würde, wenn er und Igor ihn freundlich darum baten. Auf alles gab es eine Antwort. Unwissenheit galt bei Azem nicht. Miti taten die armen Menschen jetzt schon leid, die sich mit solch guten Absichten an Azem gewandt hatten, um ihren Verdacht auszusprechen. *Hättet ihr lieber die Klappe gehalten,* dachte Miti.

Igor war wie immer schweigsam während der gesamten Fahrt. Die Spannung war im Fahrzeuginneren spürbar wie eine Stromquelle, deren Kontakte ständig Funken schlugen. Sie hatten jetzt Tage mit Warten verbracht und konnten endlich weiterkommen. Ein Ergebnis erzielen – in die eine oder andere Richtung.

Am Straßenrand erschien ein blaues Schild, das nur noch einen Rest von siebzig Kilometern bis nach Freiburg anzeigte. Es war nicht mehr weit, und sie waren bereit – auf was auch immer kommen mochte.

Das Schäfchen würde seine Bereitschaft schon zeigen.

*

„In hundert Metern rechts abbiegen – jetzt rechts abbiegen – in fünfzig Metern haben Sie ihr Ziel erreicht. Sie haben ihr Ziel erreicht.“

Vanessa hielt an. Die Polizei hatte ihnen den Standort des Golfs mitgeteilt. Hier waren sie jetzt, und hier stand er auch. Brav eingereiht zwischen den anderen Fahrzeugen auf dem Seitenstreifen.

Nico schluckte, als er aus dem Auto stieg. Er konnte nicht sagen, was er erwartet hatte. Einen Brief von Anna, mit dem sie alles erklärte? Vielleicht sie selbst, weil sie im Auto lag und schlief? *Ach, ist ja schön, dass du vorbeikommst.*

Sie hatten ein Stückchen weiter in der Reihe einen Parkplatz gefunden und gingen jetzt auf den Golf zu. Es tat gut zu laufen nach der langen Fahrt. Seit heute Morgen waren sie unterwegs gewesen und hatten reichlich Staus und Baustellen mitgenommen.

Von Weitem versuchte Nico zu erkennen, ob man irgendetwas an dem Wagen entdecken konnte, aber es schien nichts ungewöhnlich zu sein. Er ging um den Golf herum und schaute in die Fenster. Keine Anna. Aber auch kein Brief. Erleichtert stellte er außerdem fest, kein Blut zu finden.

„Was machen wir jetzt?“, fragte Vanessa mit einem Ausdruck von Skepsis und Besorgnis im Gesicht.

Nico sah sich um. Es war eine ruhige Wohngegend mit viel Grün. Passanten waren nicht viele unterwegs.

Sein Blick fiel auf einen dunklen Mercedes am Ende der Straße, in dem zwei Männer saßen. Einer sah direkt zu ihnen, der andere schenkte ihnen keinerlei Beachtung. Nico überlegte kurz, was sie dort wohl im Auto machten, doch dann fiel ihm wieder der eigentliche Grund ein, warum sie heute hier waren.

„Ich hab keine Ahnung“, antwortete er. Dann kramte er in seiner Hosentasche und holte einen Schlüssel hervor. „Ich habe Annas Zweitschlüssel mit.“

Nachdem er aufgeschlossen hatte, öffnete er die Tür, um das Innere genauer betrachten zu können. Dabei fiel eine Sonnenbrille auf den Boden, die in der Türablage gelegen hatte.

Nico hob sie auf und betrachtete sie. Es war nicht Annas und zudem keine Damensonnenbrille.

Er sah zu Vanessa rüber, die ihn die ganze Zeit beobachtet hatte. Er brauchte nichts zu sagen. Beide wussten sofort, was das zu bedeuten hatte. Wenn Anna nach Freiburg gefahren war, dann sicherlich nicht allein. Vanessas Vermutung, Anna könnte mit jemandem zusammen durchgebrannt sein, verstärkte sich bei ihm. Allerdings konnte das Auto auch bereits in Hamburg gestohlen worden sein und sie war nie hier gewesen.

Nur wo war Anna dann?

Vanessa öffnete die Beifahrertür und sah sich mit Nico gemeinsam um. Das Auto war ziemlich vermüllt. Im Fußraum lagen jede Menge leere Fast Food Tüten. Außerdem mischten sich noch einige Land- oder Stadtkarten, ein paar Rollen Klebeband, einzelne kleine Plastiktüten, unzähliges Papier, ein bisschen Kleidung und ein kaputter Rucksack dazu.

Auf der Rückbank lag eine dunkelblaue Wolldecke. Nico erkannte sie als das Geburtstagsgeschenk, das Anna vor zwei Jahren von ihrer Oma bekommen hatte. Die Decke war allerdings auch der einzige Gegenstand, den Nico in Annas Auto erkannte. Der Rest war ihm unbekannt und unerklärlich. Anna war zwar kein Ordnungsfreak, aber so wie jetzt sah ihr Auto unter normalen Umständen nicht aus.

Irgendetwas war hier passiert.

*

Miti schaute schnell zur Seite. War das ein Zufall?

Seit etwa drei Stunden hatte er mit Igor den Posten eingenommen und beobachtete das Haus von Antonio Suarez, dem Schäfchen, als plötzlich zwei alte Bekannte aufgetaucht waren.

Igor hatte von all dem nichts bemerkt und sah weiter teilnahmslos und ruhig auf das Haus. Natürlich hatte er das Pärchen am Hafen vor ein paar Tagen auch nicht gesehen. Er kannte sie nicht. Aber was machten sie hier? Ein sehr eigenartiger Zufall, wenn man bedachte, dass sich die beiden bereits in Hamburg am Tatort aufgehalten hatten und jetzt hier standen – an genau dem Ort, auf den alle seit einigen Tagen bereits sehnsüchtig gewartet hatten, um eine Richtung verfolgen zu können.

Es kann nur ein Zufall sein!, redete er sich ein.

Alles andere wäre unlogisch und würde die Angelegenheit in weitere unerklärliche Dimensionen lenken. Wie weit sollte das Ganze noch gehen, wenn der Schönling wegen der Mexikaner hergekommen war? Und woher hätte er die Information? Wieso wäre er hier?

Miti spürte, wie er plötzlich seine Hände verkrampft hatte und hoffte, dass Igor neben ihm das nicht merken würde.

Der Schönling hatte sich suchend umgeschaut und in seine Richtung gesehen. Miti konnte nicht sagen, ob er ihn erkannt hatte, war aber vorsichtshalber etwas weiter in den Sitz gerutscht. Der Schönling hatte seinen Blick allerdings schnell wieder abgewandt und beachtete den dunklen Mercedes nicht weiter, in dem sie sich befanden. Sein Interesse galt nur einem blauen Golf, der am Straßenrand geparkt war.

Gemeinsam mit seiner Partnerin untersuchten sie den Wagen mit verwunderten, beinahe betrübten Gesichtern und sahen sich immer wieder um. Dann setzten sie sich schließlich ins Fahrzeug rein. Die Türen blieben offen.

Jetzt konnte Miti nichts mehr entdecken, aber eigentlich war er ja auch nicht hier, um sich um irgendwelche dahergelaufenen Paare zu kümmern, sondern weil er diese verfluchten mexikanischen Betrüger finden wollte.

Von vorne kam ihnen eine kleine, zierliche Frau mit kurzen, schwarzen Haaren, einer dunklen Sonnenbrille und einem hellblauen Sommerkleidchen entgegen. Sie blieb beim Golf stehen und sprach das Pärchen an. Miti schätzte sie auf Mitte Fünfzig.

Nach einiger Zeit stiegen beide aus, damit sie sich besser unterhalten konnten. Sichtlich geschockt und mit immer bleicher werdenden Gesichtern hörte das Paar der Dame zu, die ihnen viel zu erzählen hatte.

Mitis Neugier brannte förmlich in seinem Körper. Eigentlich ging es ihn ja nichts an, aber dennoch war er sehr an den beiden interessiert. Was war hier los?

Nach einiger Zeit zeigte die Frau auf eines der Wohnhäuser auf der anderen Straßenseite und machte einladende Gesten, dass die zwei sie begleiten sollten. Das Pärchen schloss die Wagentüren und folgte der Frau zu dem gelb gestrichenen Mietshaus.

Miti richtete sich auf und atmete einmal tief durch. Es war entscheidend, was jetzt passierte.

Das Pärchen war nicht einfach mit irgendjemandem mitgegangen. Die Frau, die die beiden angesprochen und schließlich mitgenommen hatte, war genau in dem Haus verschwunden, das Miti und Igor seit einiger Zeit beobachteten.

Es konnte kein Zufall sein, dass das Pärchen sich hier aufhielt.

Sie waren gerade im Hauseingang von Antonio Suarez, Azems Schäfchen, verschwunden.

Kapitel 17

Blitze tauchten am Himmel auf. Gewitterwolken schoben sich wie unheimliche überdimensionale Berge am Horizont auf und drohten, sie zu erdrücken. Sie spürte die aufziehende Gefahr in der Luft. Den säuerlichen Geruch der Angst.

Sie leckte sich über die Lippen. Sie waren trocken und rau. Kratzig. Heftig presste sie sie aufeinander, um frisches Blut in ihnen zirkulieren zu lassen. Dann biss sie darauf und kaute an einzelnen Hautfetzen. Sie schmeckte Blut. Das verstärkte zusätzlich den bitteren Geschmack der Angst, die sie allgegenwärtig spürte.

Die Blitze zuckten erneut. Donner hallte aus der Entfernung mit. Das Unwetter würde heftig werden, wenn es weiter in ihre Richtung zog. Wie eine dreidimensionale Front schob sich die Bedrohung heran und es gab kein Entkommen. Sie konnte nicht fliehen.

Aber sie musste doch hier weg. Wie sollte sie es anstellen? Sie konnte nicht hierbleiben.

Sie hatte Angst. Panische Angst, die gallig schmeckte und ihren gesamten Körper lähmte, als wäre sie von einer Schlange gebissen worden. Der Schlange der Angst. Jede Faser ihres Körpers war infiziert worden.

Die Gewitterberge schoben sich weiter in ihre Richtung, und sie wusste, dass sie keine Chance hatte. Sie konnte nicht entkommen. Das Gewitter würde sie überall erwischen. Es gab keinen Unterschlupf, keinen Schutz.

Sie spürte die ersten Regentropfen. Sie waren groß, kalt und hart und kündigten das Unvermeidliche an. Die Gefahr hatte sie erreicht und packte sie brutal mit ihren grausamen, kalten Händen.

Ein Tropfen landete auf ihrer kaputten Lippe und mischte sich mit ihrem Blut. Die Angst suchte weitere Zugänge zu ihrem Körper und fand sie auch.

Ihr Herz fing an zu rasen, als wolle es sich gegen die Eindringlinge wehren. Trommelnd protestierte es laut von innen heraus, konnte sich aber kaum Gehör verschaffen. Die Gefahr war zu mächtig. Die Angst zu präsent. Es gab kein Zurück und auch keinen Ausweg. Sie musste sich den Gewitterwolken stellen. Alleine und ohne jegliche Hilfe.

Der Regen wurde mehr. Es dauerte nicht lange, bis sie bis auf die Haut nass war. Zur Angst kam jetzt die Kälte hinzu. Gänsehaut breitete sich auf ihrem Körper aus, aber auch diese Abwehr ihres Körpers konnte wenig ausrichten.

Es gab keinen Ausweg. Keine Rettung. Sie konnte nur versuchen, ihre Stellung zu bewahren, indem sie mutig den Regentropfen trotzte und es einfach über sich ergehen ließ.

Mittlerweile war der Regen zu einem sintflutartigen Erguss geworden. In Strömen peitschte das Wasser hernieder. Ihre Locken hatten sich zu langen, glatten Fäden geformt, die sich um ihr Gesicht verteilten.

Es blitzte erneut. Das Gewitter war jetzt direkt über ihr.

Verbissen presste sie die Zähne aufeinander und machte sich bereit. Wind erfasste sie und blies kalt und ungezügelt um sie herum. Sie konnte nicht ahnen, wie lange der Sturm andauern würde und wie es ausgehen sollte. Alles was sie tun konnte, war, sich mit all ihrer Kraft gegen an zu stemmen.

Doch das war nicht leicht. Angst und Gefahr hatten sie ausgemergelt. Zitternd sackten ihre Beine kraftlos zusammen. Taumelnd stürzte sie nach vorne und viel auf den harten, schlammigen Steinboden.

*

Von ihrem Platz aus konnten sie direkt in die Küche im Erdgeschoss schauen. Es brannte Licht. Vor einiger Zeit hatte Miti den Umriss eines Kopfes gesehen, und er meinte, den Schönling erkannt zu haben. Jetzt passierte nichts mehr. Vermutlich waren sie im Esszimmer auf der Rückseite des Hauses.

Er überlegte, was er jetzt machen sollte. Wie passte das Pärchen hierher? Gehörten sie dazu? Waren sie in die Flucht der Mexikaner involviert? Hatten Santo und Joyo bereits neue Kontakte geschlossen? Seit wann? Was wusste das Pärchen? War Azem bereits verraten?

Es machte ihn beinahe wahnsinnig, wenn er an die Folgen dachte, die die Ereignisse hier möglicherweise bereits in die Wege geleitet hatten. Vielleicht gab es schon gar kein Zurück mehr. Der Stein war ins Rollen gebracht worden, jetzt konnten sie nur noch danebenstehen, zusehen und auf eventuelle Schadensregulierung hoffen.

Igor wusste von all dem natürlich nichts und Miti beschloss, es auch dabei zu belassen. Es war schließlich möglich, dass er sich irrte, und dann war es nicht gut, wenn sich beide in diese Richtung verliefen. Igor sollte weiterhin die Chance behalten und alles neutral betrachten. Die Möglichkeit des Zufalls war schließlich immer noch gegeben.

Kurze Zeit später tat sich was. Die Haustür wurde geöffnet.

Miti konnte schon nicht mehr sitzen und schob sich nervös ein Stückchen hoch. Igor neben ihm verfestigte ebenfalls seinen Sitz und konzentrierte sich auf die Tür. Angestrengt starrten beide über die Straße.

Es war das Pärchen. Miti griff instinktiv an die Tür. Er war bereit. Er musste hier raus und denen hinterher.

Das Pärchen ging zur Straße und blieb stehen. Obwohl sein Fenster einen Spalt geöffnet war, konnte Miti nicht verstehen, was sie sagten. Doch ihre Körpersprache weckte seine Neugier von Neuem. Es schien etwas Ernstes zu sein. Ihre Gesichter waren betrübt. Nachdenklich starrten sie immer wieder auf den Fußboden oder schweiften mit ihren Blicken ohne einen bestimmten Anhaltspunkt in der Gegend herum.

„Was haben die besprochen?“, brummte Igor leise neben ihm und sprach damit Mitis Gedanken aus.

Miti zuckte ahnungslos mit den Schultern.

Von der anderen Seite näherte sich ein Taxi und hielt unmittelbar vor ihnen. Drinnen konnte man einen Fahrgast erkennen, der sein Geld zusammensuchte.

Miti wurde nervös.

Sie werden gleich verschwinden! Ich muss hinterher!

Vorsichtig öffnete er die Wagentür und schob sich heraus.

„Was hast du vor?“, fragte Igor. Seine Stimme klang nicht verdutzt, sondern eher, als hätte er bereits einen ähnlichen Gedanken gehabt. Vielleicht aber auch nur, weil er selbst nicht mehr im Wagen sitzen wollte.

„Warte hier und beobachte das Haus“, flüsterte Miti. „Ich will wissen, was sie besprochen haben. Ich nehme das Taxi.“

Als der Fahrgast endlich ausstieg, war das Pärchen schon nicht mehr zu sehen. Er musste schnell sein und sah sich prüfend nach allen Seiten um.

*

Der Sturm hatte nachgelassen und auch der Regen war weniger geworden. Verwirrt richtete sie sich auf und sah sich um. Schlamm klebte an ihrer Hose und an ihren Händen. Ihre Handballen waren vom Sturz aufgeschürft.

Sie stand ganz auf und strich ihre Kleider glatt. Dann ließ sie den Blick über die Landschaft schweifen.

Die Umgebung hatte sich verändert, und sie konnte überhaupt nicht mehr sagen, wo sie eigentlich war. Instinktiv warf sie einen flüchtigen Blick zum Himmel, doch die Sonne hatte hier weit und breit keine Chance, um ihr irgendwelche Hinweise auf eine Himmelsrichtung zu geben. Die Wolken schoben sich wie undurchdringbare Türme in mehreren Schichten übereinander. Jegliches Durchkommen unmöglich. Es war wie ein versperrter Weg nach draußen, oder als wäre sie in einem Zimmer ohne Fenster eingesperrt. Gefangen im un-

bekannten Niemandsland ohne eine Richtung. Gefangen in der eigenen Angst, auf diesem kargen, nassen und kalten Fleck Erde bleiben zu müssen, ohne jeglichen Kontakt nach draußen.

„Hallo?“, schrie sie so laut sie konnte in die Richtung, aus der die Wolken gekommen waren. Nichts als Felsen, vertrocknetes Land und abgestorbene Bäume in einer hügeligen trostlosen Natur.

„Hallo?“, brüllte sie in die andere Richtung. Die Umgebung sah hier gleich aus. Kein Halt. Kein Zeichen. Nichts, was ihr auch nur im Entferntesten bekannt vorkam.

Sie drehte sich im Kreis und suchte den Weg, über den sie hergekommen war, doch sie fand nichts, was ihr hierzu einen Ansatz gab.

Wie bin ich hierhergekommen? Wie bin ich hier hineingeraten? Was habe ich getan? Wie komme ich hier wieder raus?

ICH MUSS HIER WEG!

Panisch fing sie an zu laufen und rannte in die entgegengesetzte Richtung, aus der vorhin das Gewitter aufgezogen war. Ihre Füße machten schmatzende Geräusche, als sie durch das unwegsame Gelände stürmte. Sie strauchelte und konnte sich gerade noch abfangen, bevor sie fiel.

Sie zwang sich, weiterzulaufen und sah auf ihre Beine hinunter, um sich von deren tatsächlichem Lauf zu überzeugten. Sie bewegten sich vorwärts, aber wenn sie zur Seite sah, war hier immer noch ein und derselbe Baum zu sehen, den sie nicht überwinden konnte.

Sie lief auf der Stelle. Sie kam nicht voran.

Erneute Angst kam auf. Sie achtete nicht mehr auf ihre Füße und rutschte plötzlich, doch anders als vorhin konnte sie sich jetzt nicht abfangen und fiel. Sie stürzte auf den Boden und schlidderte einen glitschigen und schlammigen Abhang hinab. Ihre Handgelenke brannten, als sie den Sturz abfingen, als hätte sie sie verstaucht.

Dann war der Matsch urplötzlich verschwunden und sie fiel nur noch.

Ungebremst und unaufhaltsam.

Kapitel 18

Nico hatte sein Hemd ausgezogen und lag lang ausgestreckt auf dem Bett. Nachdenklich starrte er an die Decke und beobachtete zwei Fliegen, die um den Ventilator kreisten. Es war alles so undurchschaubar, was hier passierte. Er lag in einem quietschenden Hotelbett in Freiburg in einem spärlich eingerichteten Zimmer. Es gab lediglich ein dunkel furniertes Doppelbett mit passenden Nachttischen, einen kleinen Fernseher, daneben ein Telefon und einen Wandschrank mit wackelnden Schiebetüren. Das kleine Badezimmer war gerade mal etwas mehr als zwei Quadratmeter groß. Aber immerhin hatte das Zimmer einen winzigen Balkon zum Hof.

Im Moment war Nico das allerdings egal. Er drehte sich zur Seite und sah aus dem Fenster. Dabei gab die weiche Matratze unter seinem Gewicht nach und schwang noch lange hin und her. Sein Körper verschwand in einer Mulde.

Draußen war es dunkel. In den Nachbarfenstern brannte gelegentlich etwas Licht, und außer dem Plätschern der Dusche war nicht viel zu hören. Irgendwo bellte ein Hund. Die Atmosphäre vermittelte einen entspannten Abend. Doch der Schein trügte.

Nico stand auf und hielt sich den Rücken. *Diese Nacht würde furchtbar werden*, dachte er.

Er machte die Paar Schritte durch den Raum und öffnete mühevoll die Balkontür.

Die Luft war schön. Der Tag war abgekühlt, und es war angenehm und erfrischend.

Er atmete tief ein und spürte die Stiche in der Lunge, die die Kurzatmigkeit der letzten Stunden verursacht hatte. Atmen schien in seiner Situation zu einer lästigen Nebenbeschäftigung geworden zu sein, und er hatte selten die Zeit gefunden, einen kompletten Atemzug durchzuziehen.

Dann hörte er hinter sich eine Tür und drehte sich um. Vanessa war mit dem Duschen fertig. Sie trug einen hellblauen Schlafanzug und trocknete sich mit einem kleinen Hotelhandtuch die Haare ab.

„Das Wasser wird nicht richtig warm“, sagte sie, als sie bei Nico in der Balkontür angekommen war. „Aber nach dem heißen Tag heute ist das vielleicht auch gar nicht so schlimm.“

Nicos Augen tasteten sie von oben bis unten ab. Sie trug keinen BH. Der Stoff ihres Schlafanzuges war dünn, sodass man viel erahnen konnte.

„Willst du auch noch duschen?“ Sie stand mittlerweile auch auf dem Balkon und schaute nach unten. Mehr als zwei Leute fanden hier keinen Platz.

„Ja, gleich. Momentan kann ich es immer noch nicht richtig begreifen. Anna ist mit diesen zwei Typen einfach hier aufgetaucht und dann nach Spanien gefahren? Wieso? Ich versteh´ das einfach nicht."

Vanessa antwortete nicht. Die erhaltene Information war für beide ein Schock gewesen.

„Wie kann man sich in einem Menschen so täuschen?", fuhr Nico traurig fort. „Ich habe immer gedacht, wir gehörten zusammen. Wir kennen uns jetzt schon so lange. Warum habe ich nie etwas gemerkt? Warum haben wir uns noch eine gemeinsame Wohnung gesucht, und warum streicht sie am Vorabend noch das Wohnzimmer, wenn sie ohnehin beschlossen hat, am nächsten Morgen nach Spanien zu fahren und mich zu verlassen? Das macht doch alles keinen Sinn."

Vanessa nahm seine Hand.

„Ich suche die ganze Zeit nach Antworten, aber ich kann einfach keine finden. Mir fällt absolut nichts ein. Hat sie mir denn vielleicht lange schon irgendwelche Zeichen gegeben, die ich nicht erkannt habe?" Er fuhr sich mit den Händen durch die Haare. „Erst hab ich noch gehofft, es könnte sich alles um einen Irrtum handeln. Dass uns vielleicht einfach irgendeine dahergelaufene Tussi anspricht, um uns etwas über den fremden Wagen zu erzählen, aber diese Marita Suarez wusste ja fast alles von Anna. Und dann auch noch das Foto. Das will mir einfach nicht aus dem Kopf."

Nico setzte sich auf den einzigen Stuhl und hielt die Hände vor das Gesicht. Die lächelnde Anna im Arm eines fremden Mannes hatte sich in seinen Kopf eingebrannt. Wer war dieser Typ? Woher kannte sie ihn? Arbeitete er vielleicht auch im St. Lukas Krankenhaus? War er ein Patient gewesen?

Vanessa kniete sich neben ihn und massierte seinen Arm. Im Moment gab es keine passenden Worte, die ihn aufbauen oder die Situation mildern könnten.

Marita Suarez hatte nicht nur Annas Nachnamen gewusst, sie konnte sie auch treffend genau beschreiben. Die Frau, die vor zwei Tagen hier gewesen war, war definitiv die Person, die sie suchten. Aber wieso hatte sie sich als die Freundin des einen Mannes ausgegeben? Wieso waren sie jetzt nach Spanien weitergereist? Wieso hatte sie ihm nie etwas von einem anderen Mann erzählt? Wie lange lief das möglicherweise schon?

Nico richtete sich auf und beobachtete eine junge Frau schräg gegenüber, die gerade dabei war, die Gardinen zuzuziehen.

„Was willst du jetzt machen?", fragte Vanessa und sah zu ihm auf.

„Ich fahre morgen nach Hamburg zurück und kümmere mich um die Mall. Nach Spanien reise ich ihr bestimmt nicht nach. Sie will mich ja offensichtlich nicht mehr. Da hat sich die Sache mit der Wohnung auch erledigt."

Vanessa wirkte ein wenig erschrocken. Nachdenklich sah sie auf den Fußboden. „Meinst du, sie meldet sich noch mal?"

„Keine Ahnung. Ist mir auch egal."

„Marita sagte doch, dass sich ihre Neffen bestimmt noch mal melden würden. Willst du dann nicht noch mal nachfragen?"

„Nein. Ich bin ihr schon bis Freiburg hinterhergefahren. Sie soll bloß nicht denken, dass ich es nötig habe ihr nachzulaufen."

Er sah Vanessa an. Ihre Haut glänzte von den umliegenden Lichtern, und ihre dunklen, runden Augen sahen ihn mitfühlend an. *Oh, nein, ich habe es weiß Gott nicht nötig ihr nachzulaufen.*

Während er doch sonst immer versucht hatte, an Vanessas Schönheit vorbeizusehen, konnte er es jetzt zulassen. Sie hatte so etwas Zartes, Feines an sich, wie sie da neben ihm saß und ihm beistand. Hatte sie das überhaupt nötig? Sie war immer absolut gut zu ihm. Warum?

Er stand auf und nahm ihre Hände. Sie waren weich und geschmeidig. Obwohl er wusste, wie sie sich anfühlten, war es in diesem Augenblick auf einmal anders.

Da stand sie vor ihm. Zum Greifen nahe. Ihre reine Haut, die braunen Augen, das noch nasse dunkle Haar, das ihr über die Schulter fielt und feuchte Stellen auf ihrem Hemd hinterließ.

Mit der rechten Hand hielt er ihre fest, während die linke von der Schulter abwärts über ihren Rücken wanderte und an der Taille liegenblieb. Er konnte sie spüren. Jeden Muskel, jede Sehne. Der Schlafanzug war hauchdünn.

Für einen kurzen Augenblick tauchte Anna noch mal vor seinem geistigen Auge auf. War es richtig, was er hier machte? Sie hatte ihn verraten, doch das könnte er auch.

Er zog Vanessa an sich. Sein Atem wurde schneller, als sich ihre Körper berührten. Mit der rechten Hand strich er ihr eine widerspenstige Strähne aus der Stirn. Sie schloss die Augen unter seiner Berührung. Ihre Haut war so zart. So weich.

Dann nahm er ihr Kinn in die Hand und küsste sie. Erst vorsichtig und sachte, dann fester und intensiver. Sie erwiderte seinen Kuss sofort. Fast als hätte sie bereits darauf gewartet. Wie ein sprühender Funkenregen schoss ihm das Blut durch die Adern.

Seine Hände strichen über ihren Rücken und fanden ihren Po – dieser knackige Pfirsichpo, den er schon so oft bewundert hatte, war jetzt in seiner Hand. Dann strich er unter ihrem Hemd nach oben und konnte der Versuchung nicht widerstehen. Er folgte dem harten Instinkt in seiner Hose und schob sie zum Bett.

*

Miti versteckte sich schnell hinter der Badezimmertür, als die beiden in den Raum kamen. Aber wahrscheinlich hätte er auch mitten im Zimmer stehen können und sie hätten ihn nicht gesehen.

Es war leicht gewesen, hier reinzukommen. Die brennende Mülltonne auf der Straße hatte den guten Mann an der Rezeption nach draußen gelockt, sodass er ganz leicht hinter den Tresen spazieren konnte, um die Namen zu lesen und den Ersatzschlüssel zu holen. Nico Flink und Vanessa Habermann, Raum 307.

Als er dann noch vom Hinterhof gesehen hatte, dass beide auf dem Balkon standen, war er einfach so leichtsinnig gewesen und ins Zimmer geschlichen. Sie hatten es nicht mitbekommen.

Jetzt lagen sie beide auf dem Bett. Er hatte ihr Oberteil ausgezogen und küsste ihre Brüste.

Mann, was für pralle geile Dinger!, dachte Miti. Bei ihrem Anblick wurden seine Hände nass und er musste vermehrt seinen Speichel runterschlucken.

Aber er war nicht zum Vergnügen hier. Dafür hatte er ein anderes Mal Zeit. Er musste herausfinden, was die beiden wussten. Mit nassen Händen spannte er die Wäscheleine in seinen Fingern. *Beruhige dich! Sonst wird das hier nichts! Konzentrier dich!*

Der Schönling richtete sich auf, um seine Hose zu öffnen.

Das ist die Gelegenheit.

Mit einem riesigen Satz sprang Miti aus seinem Versteck, legte ihm blitzschnell die Leine um den Hals und zog ihn nach hinten.

Die Frau schrie sofort kreischend auf und sprang ans Kopfende des Bettes.

Der Mann war absolut überrumpelt und fiel plumpsend auf den Fußboden. Miti zog ihm dabei so fest die Schnur um den Hals, dass er kaum noch Luft bekam. Japsend versuchte er sich aufzurichten.

Miti hievte ihn hoch bis er stand und drückte ihn dann auf der Matratze nieder.

Sie hatte sich mittlerweile die Bettdecke vorgehalten und presste sich an die Wand.

„Was wollen Sie? Lassen Sie ihn sofort los!“ Ihre Stimme zitterte, während sie nach ihrer Handtasche tastete, die im Nachttisch lag. „Wollen Sie Geld?“

„Bleib sitzen! Finger weg vom Nachttisch!“, keifte Miti und drückte Nico dabei das Knie in den Rücken. Nico röchelte und sein Kopf wurde knallrot.

„Wo sind die Mexikaner?“

„Ich habe keine Ahnung, was sie meinen. Welche Mexikaner?“

Er erhöhte den Druck und Nico gab ein panisches Pfeifen von sich, das sofort erstickt wurde.

„Hören Sie auf! Hören sie sofort damit auf! Sie tun ihm weh.“

„Dann mach mal schön das Maul auf, Schätzchen.“

Kapitel 19

Marita scheuerte kräftig an den dunklen Stellen, die nach dem Braten in der Pfanne geblieben waren. Warum waren sie auch nur so hartnäckig? Sie hatte eine Drahtbürste in der Hand und rieb damit in gleichmäßigen Kreisen, sodass sie bereits erste Scheuerspuren auf dem Edelstahl sehen konnte, die Verfärbung aber weiterhin zu erkennen blieb. Sie erkannte die bleibenden Spuren der Bürste und wurde wütend. Warum das jetzt noch? Sie hatte gleich gewusst, dass es nicht richtig gewesen war und dabei dachte sie nicht allein an ihre Bratpfanne, die mit jeder Rille mehr zum Opfer ihrer Wut wurde.

Es waren vielmehr die Geschehnisse der letzten zwei Tage, die sie durcheinandergebracht hatten. Und sicherlich war das angebrannte Schweinefleisch ebenfalls ein Resultat hieraus.

„Kommst du langsam?“, brummte eine dunkle Stimme hinter ihr, die sie aber so zusammenfahren ließ, dass sie schreiend die Bratpfanne aus der Hand schleuderte.

Hastig drehte sie sich um und sah ihren Mann drohend an, der sich so an sie herangeschlichen hatte.

„Entschuldige, ich wollte dich nicht erschrecken.“ Der kleine und leicht untersetzte Antonio Suarez trat vor und hob die Bratpfanne vom Boden auf, an der seine Frau eben noch so verzweifelt rumgescheuert hatte.

Prüfend warf er einen Blick ins Innere. „Was hattest du hiermit vor? War dir der Boden zu dick?“

„Lass deine dummen Sprüche“, antwortete Marita kratzig und riss ihrem Mann die Pfanne aus der Hand, um sie achtlos in die Spüle zu werfen.

„Was ist los?“

„Das weißt du ganz genau.“ Sie drehte das Wasser im Spülbecken auf und beschloss, es doch noch mal mit der Einweichmethode zu versuchen, bevor der Boden wirklich noch ungleich wurde.

„Wir haben das Richtige getan“, kam die trotzige Antwort, mit der Maritas Mann sich auch direkt umdrehte, um sich wieder in Richtung Wohnzimmer zu bewegen, wo der Fernseher seine Aufmerksamkeit verlangte.

„Das sehe ich ganz anders“, entgegnete Marita, stellte das Wasser ab, nachdem sie die Pfanne ins Becken gelegt hatte und folgte mit einem Geschirrtuch in der Hand ihrem Mann ins Wohnzimmer.

Antonio ließ sich ächzend aufs Sofa fallen und heftete den Blick sofort auf die farbenfrohe Fernsehshow. „Du weißt, dass wir keine andere Wahl gehabt haben, als es Azem zu melden. Vergiss nicht, wie und unter welchen Umständen wir dieses Land und diesen Wohlstand erreicht haben. Wir müssen uns an die Regeln halten."

„Regeln", zischte Marita wütend durch ihre Zähne. „Für mich klingt es eher wie Verrat."

„An Azem, ja! An der Geschichte, die Joyo und Santo uns aufgetischt haben war etwas faul, das stimmt. Aber wir haben es gemeldet. Damit haben wir das Richtige getan." Antonio beugte sich ein Stückchen vor und griff nach der Fernbedienung, um den Ton lauter zu schalten.

„Wir haben die Jungs verraten! Und Enrico ist mit ihnen gegangen. Ihn werden sie genauso lynchen, sobald sie sie bekommen haben."

„Azem hat mir zugesichert, dass Enrico nichts geschehen wird. Er war sogar froh, dass er mitgegangen ist, da wir so den Kontakt halten können."

„Darf ich dich daran erinnern, dass wir noch nicht ein Lebenszeichen von unserem Sohn erhalten haben, seit sie vor zwei Tagen aufgebrochen sind?"

„Das wird seine Gründe haben. Du weißt, wie sie arbeiten. Sie bleiben unentdeckt, bis sie im entscheidenden Moment zuschlagen können. Rico wird sich melden, sobald er kann."

Marita rieb nervös ihre Hände im Handtuch ab. Wie konnte Antonio nur so ruhig bleiben? „Aber hast du nicht die Augen des Mädchens gesehen? Sie hatte furchtbare Angst."

„Vielleicht hatte sie Drogen genommen. Du weißt doch, was Azems Mädchen für welche sind."

„Nein!", antwortete Marita erbost. Wie konnte Antonio das bloß entgangen sein? „Sie hatte Angst."

Antonio zuckte achtlos mit einer Schulter. „Kann auch sein. Aber ist es verwunderlich, wenn man bedenkt, was sie in Spanien vorhaben? Neue Kontakte im Heroinfeld knüpfen. Was, zumindest Azem zufolge, kein Auftrag von ihm ist. Die Jungs sind auf eigene Faust unterwegs. Genau wie ich vermutet hatte, war hier etwas faul."

„Und wenn sie doch aber auf der Flucht vor Azem und seinen Leuten sind? Dann haben wir sie direkt auf ihre Spur geführt."

„Sie kennen das System doch selbst nur zu genau, schließlich gehören sie auch zu denjenigen, die die Vollstreckungen ausführen. Azems Netz funktioniert nur deshalb so gut, weil alle zusammenhalten. Das gibt uns Sicherheit, und ich muss dir wohl nicht erzählen, dass wir auf Azems Sicherheit angewiesen sind."

Marita drehte weiter das Handtuch in ihren Händen. Auch wenn

Antonio es noch so hinschob, dass sie tatsächlich das Richtige getan hatten, so hatten sie letztendlich doch Joyo und Santo verraten. Anders konnte man es nicht sagen. Immer wieder hatte sie den Anblick des Mädchens im Kopf.

Anna hieß sie.

Marita schloss die Augen und dachte an ihre Ana, die sie damals auf der Flucht hatten zurücklassen müssen. Ihr kleines Mädchen.

Sie konnte nicht sagen, woran es lag, aber diese Anna hatte sie an ihre Ana erinnert, obwohl der blonde Lockenkopf keinerlei äußerliche Ähnlichkeit mit ihrer schwarzhaarigen Tochter gehabt hatte. Doch es war dasselbe schweigsame und ruhige Geschöpf! Und wenn diese Anna weitere Gemeinsamkeiten mit ihrer verlorenen Tochter hatte, dann war sie bis aufs Feinste sensibel und verfügte über ein ungeheures Gespür für ihre Mitmenschen.

Marita waren daher auch die ängstlichen und fragenden Blicke nicht entgangen, die sie Santo und Joyo immer wieder zugeworfen hatte, als wäre sie ein unterlegener Hund, der ständig auf die Befehle des Herrchens wartete. Es war schon beinahe beängstigend. Und doch hatte sie sich allem gefügt.

Vielleicht war das auch mit ein Grund gewesen, weshalb Marita auf das Foto bestanden hatte, bei dem Santo auf ihren Befehl hin seinen Arm um seine schüchterne Freundin hatte legen sollen. Und ein Lächeln hatte sie von beiden verlangt, was ihnen zwar schwergefallen war, sie aber dennoch bereitwillig getan hatten.

Und dann waren sie so schnell abgereist. Rico hatten sie mitgenommen, weil er ihnen helfen wollte. Sie war nicht glücklich damit gewesen, ihren Sohn ziehen zu sehen, noch dazu, da er sich ins Fadenkreuz von Azems Schießhunden begeben hatte. Ein inneres Gefühl sagte ihr, dass sie die Sache nicht so auf die leichte Schulter nehmen sollten wie Antonio meinte. Natürlich hatte Azem ihnen bei ihrer damaligen Einreise nach Deutschland geholfen, ihnen falsche Papiere beschafft und ihnen zu einem sorgenfreien Leben verholfen, aber Marita tat sich mit der Bedingung schwer, die diesem unterlag.

Ewige Treue.

Es war wie der Lottogewinn, den du nicht behalten darfst.

„Und was ist mit dem Pärchen, das gerade hier war?“, fragte Marita leise und drehte immer noch das Handtuch in ihren Händen. „Er sagte doch, dass Anna seine Freundin sei.“

Antonio brummelte etwas, das leicht wie ein Lachen klang. „Hast du noch nie davon gehört, dass Azems Jungs nicht lange fragen, wenn sie an einem Mädchen interessiert sind? Santo wird sie ihm ausgespannt haben.“

„Und er folgt ihr durch halb Deutschland, um nach ihr zu suchen“, murmelte Marita verträumt und starrte auf die bunten Lichter des Fernsehbildschirms.

Antonio prustete. „Verrückter Kerl. Dabei hatte die Frau bei ihm doch weit mehr Klasse.“

Marita drehte sich zu ihm herum und funkelte ihn böse an.

„Was?“, fragte er unschuldig, doch ehe Marita etwas sagen konnte, klingelte es an der Haustür.

Marita und Antonio sahen sich kurz besorgt an, dann stand Antonio auf und ging in Richtung Flur. Marita drehte weiter an ihrem Handtuch und kam langsam hinterher. Ein ungutes Gefühl beschlich sie. Es war spät und wer immer jetzt an der Tür klingelte, schien einen triftigen Grund hierfür zu haben.

Als Antonio schließlich die Tür öffnete, erstarrte Marita vollkommen und stoppte abrupt das Gedrehe des Handtuches in ihren Händen – Azem hatte seine Hunde geschickt.

Kapitel 20

Sie nahm das Fallen nur noch als ein unaufhaltsames Rauschen war, in das sich mehr und mehr Stimmen mischten. Sie konnte den Weg nicht mehr sehen, auf dem sie eben noch gelaufen war. Der Baum war verschwunden, aber mit ihm auch die Gewitterwolken.

Die Schwerkraft verlor sich. Sie fiel nicht mehr, aber wirklich berühren tat sie auch nichts. Es war als würde sie schweben. Sie hatte den Boden unter den Füßen verloren und keine Kontrolle, in welche Richtung sie sich drehen würde. Es war ein unheimliches und sehr erschreckendes Gefühl.

Dann wurden die Stimmen lauter und klangen bewusster in ihren Ohren.

Spanische Wörter.

Sie konnte sie nicht verstehen, aber immerhin wusste sie jetzt, wo sie war und was passierte. Obwohl sie Letzteres eigentlich eher gar nicht wusste.

Eine Autotür wurde zugeschlagen und vor ihren Augen tauchte plötzlich die Windschutzscheibe ihres Golfs auf. Dem Blickwinkel nach befand sie sich auf dem Rücksitz. Der Schmerz des Sturzes war in ihren Handgelenken noch deutlich wie ziepende Nervenenden zu spüren. Sie sah hinab und erkannte das Klebeband, mit dem ihre Hände aneinandergebunden waren. Der Schmerz kam hiervon. Das Band zerrte an ihrer Haut und den kleinen Härchen. Sie erinnerte sich sofort daran und wusste noch, wann es passiert war. Spürte den festen Druck, als ihre Arme gepackt und das Klebeband fixiert worden war.

Das zweite Zuschlagen einer Autotür ließ sie aufblicken und sie erkannte den Mann, der mit dem Rücken zu ihr vor den Wagen trat und sich neben den zweiten gesellte, der bereits draußen gewesen war.

Sie kannte beide. Zwar wusste sie nicht genau, wie sie hießen, da sie sich nur auf Spanisch unterhielten und sie nichts verstehen konnte, aber sie kannte sie. Doch kennen war nicht immer positiv, und in diesem Fall spürte sie eine große Angst, wenn sie diese beiden Männer sah. Es waren böse Menschen. Schlimme Menschen. Mit Waffen.

Beim Anblick der beiden Gestalten vor ihrem Fahrzeug, die sich angeregt zu unterhalten schienen, verkrampfte sie sich und presste die Hände zu Fäusten, um das Zittern zu unterdrücken. Sie hatte Angst und obwohl sie instinktiv wusste, dass sie diese Szene bereits durchlebt hatte, war diese Angst nicht weniger.

Sie begann wieder auf ihrer Lippe zu kauen und sah sich um. Sie standen am Rand einer kleinen Straße. Kein Fahrzeug weit und breit. In einiger Entfernung waren die Dächer vereinzelter Häuser zu erkennen. Prüfend sah sie an sich herab und überlegte, ob sie diese erreichen könnte, doch innerlich wusste sie, dass sie es niemals schaffen würde.

Dann fiel der Blick wieder nach vorne durch die Windschutzscheibe. Die Männer stritten. Das hatten sie bisher die ganze Zeit getan. Sie würden ihr nichts tun, hatten sie mit vorgehaltener Waffe versichert, solange sie sich ruhig verhielt und das machte, was ihr gesagt wurde.

Sie beobachtete weiter die Silhouetten der beiden Männer und versuchte, sich deren Erscheinung einzuprägen. Doch es war schwierig. Sie waren verschwommen und unklar, als würde sie sie nicht wirklich sehen können.

Beide waren dunkelhaarig mit einer sportlichen Figur. Der, der mit dem Rücken zu ihr stand, war vielleicht ein Stückchen größer, der andere dafür aber eine Nuance breiter.

Dann schlug der kleinere plötzlich zu.

Sie kauerte sich zusammen und wagte nicht einmal mehr zu atmen.

Überraschenderweise aber wehrte der zweite Mann sich nicht, sondern ließ die Strafe über sich ergehen, als wäre er damit einverstanden.

Die Angst lähmte sie. Das Rauschen in den Ohren wurde wieder mehr, als wäre jemand auf der Suche nach dem richtigen Radiosender und hatte dabei die Lautstärke voll aufgedreht. Das Bild vor ihren Augen verschwamm zusehends und sie spürte, wie sie erneut den Halt verlor. Plötzlich verschwand die Windschutzscheibe und das restliche Innere ihres Golfs und die Schwärze der Angst übermannte sie vollkommen.

*

Die Gänge in dem alten um die Jahrhundertwende erbauten Hotel waren eng und nicht auf die Beschaffenheit des modernen Putzwagens ausgelegt. Eine Sache, die Susi Berger immer zutiefst aufregte.

Angestrengt wuchtete sie ihren störrischen Arbeitsbegleiter aus dem kleinen Fahrstuhl und war wieder einmal froh, dass sie nicht unter Klaustrophobie litt und diese Fahrt heil überstanden hatte. In dem Fahrstuhl mitsamt Putzwagen steckenzubleiben, stellte sie sich als einen der schlimmsten Albträume vor.

Mit weit nach vorne gestreckten Armen setzte sie den Wagen in Bewegung und verfluchte innerlich den dicken alten Teppich, der in jeder Etage ausgelegt war, sicherlich reichlich Gemütlichkeit ausstrahlte und mit seiner verschnörkelten Struktur auch wunderbar zu den roten Wänden mit den goldenen Verzierungen passte, im Arbeitsalltag gemeinsam mit dem schwerläufigen Putzwagen aber ein unnötiges Hindernis darstellte.

Doch nur noch heute, munterte sie sich auf. Heute war ihr letzter Arbeitstag vor ihrem zweiwöchigen Urlaub, den sie gemeinsam mit ihrem Mann und den beiden Kindern am Gardasee verbringen wollte. Sie hatte das Glück, dass sie sogar ihre Schicht mit einer Kollegin hatte tauschen können, sodass sie gleich nach der Arbeit gemeinsam mit ihren Kindern das Auto packen würde, um dann startklar zu sein, wenn ihr Mann nach Hause kam. Alles war perfekt geplant. Sie könnten schon morgen früh am Gardasee sitzen und frühstücken und würden nicht erst nachmittags dort eintrudeln.

Aufgeregt sah sie mindestens einmal in der Stunde auf ihre Uhr. Sie konnte es kaum erwarten und kam sich fast ein bisschen vor wie ein kleines Kind an Weihnachten. Heute machte das Bettenmachen, Toilette putzen und Staubsaugen richtig Spaß. Es war das letzte Mal für die nächsten zwei Wochen. Dann gab es nur noch gemütliches Familiencamping in Italien.

Mit ihren Gedanken war sie bereits zu Hause. *Soll Lukas die blaue kurze Hose auch noch mithaben oder reichen die, die ich bereits zusammengepackt habe?*

Sie klopfte kurz an Raum 307 und als keine Antwort kam, schloss sie auf. Sie ahnte nicht, was sie erwarten würde.

Eine Hose mehr wäre vielleicht besser, dachte sie weiter. *Und das Insektenspray darf ich auch nicht vergessen. Am See sind oft so viele Mücken.*

Mühevoll schob sie ihren Putzwagen ins Zimmer und erschrak kurz, als sie zwei halbnackte Menschen im Bett liegen sah.

Die schlafen ja noch, dachte sie genervt. *Wissen die denn nicht, dass man ein Schild raushängen kann?*

Etwas verärgert, weil sie den schweren Wagen zurückschieben musste, ging sie leise wieder raus.

Die Wäscheleine darf ich auch nicht vergessen, ratterten ihre Gedanken weiter. *Zwei Wochen mit Kindern voller Eis und Ketchup sind lang.* Verdutzt überlegte sie, wie sie jetzt auf einmal auf die Wäscheleine kam. Irgendwo hatte sie gerade eine gesehen. War in ihrem Putzwagen etwas, das sie an eine Wäscheleine erinnerte?

Nein! Jetzt wusste sie es.

Das Pärchen auf dem Bett.

Erschrocken drehte sie sich noch einmal um und starrte auf den Mann und die Frau, die dort bewegungslos auf dem Bett lagen. Sie hatten den Rücken zueinander gedreht und ihre Füße waren mit einer roten Wäscheleine zusammengebunden.

Susi schrie kurz auf und hielt eine Hand vor das Gesicht.

Die Frau hatte einen Knebel im Mund und starrte sie mit roten und verweinten Augen hilflos an.

*

Kontinuierlich drehte er seine Waffe in den Händen herum. Sein Gesicht war nachdenklich, gar verzweifelt. Er schien mit den Gedanken ewig weit entfernt zu sein.

Dann stand er plötzlich auf und trat ans Fenster. Für einen kurzen Moment blickte er hinaus. Es war nicht auszumachen, was er draußen sah, oder ob er überhaupt etwas wahrnahm.

Schließlich drehte er sich wieder um und schritt am Bett vorbei zu dem kleinen Schreibtisch, der auf der linken Seite vor der Tür stand. Hastig fingerte er an der Zigarettenpackung, die hier obendrauf lag, war aber zu ungeduldig, dass er keine Zigarette zu fassen bekam. Wütend holte er mit der Hand aus und schleuderte sie schwungvoll auf das Bett. Die Packung prallte an ihrem Bein ab und fiel zurück. Der Inhalt verstreute sich dabei großzügig auf der lilafarbigen Bettdecke.

Zornig starrte er erst auf die Zigaretten und dann auf sie. Auf seinen Blick folgte sofort die Waffe, die er plötzlich ohne Vorwarnung mit gestrecktem Arm auf sie richtete.

Instinktiv presste sie den Kiefer aufeinander und hörte auf zu atmen. Sie machte sich auf das Unausweichliche bereit und starrte hilflos in den Lauf.

Sein hasserfüllter Blick ruhte auf ihr. Er hatte die Augen zu kleinen Schlitzen zusammengekniffen, sodass sie nur noch schwer zu erkennen waren.

Tu´s endlich, *dachte sie*. Dann haben wir es hinter uns!

Doch dann wurde schlagartig die Tür geöffnet und der kleinere der beiden starrte sie mit großen Augen an. Allerdings nicht lange. In Sekundenschnelle hatte er die Tür hinter sich geschlossen, die Distanz zum anderen überwunden und seine Waffe auf das Bett geschleudert. Nach einem dumpfen Hüpfer blieb diese neben ihr liegen.

Er packte ihn am Kragen und warf ihm eine Reihe spanischer Schimpfwörter zu. Sie konnte diese natürlich nicht verstehen, aber in der zähneknirschenden Tonlage und der Art, wie er sie sprach, konnten es nur solche sein.

Sie erkannte die Verzweiflung in seinem Gesicht, da sein Gegenüber keine Reaktion zeigte und als er schließlich ausholte und ihm eine Ohrfeige gab, konnte sie es sogar nachvollziehen.

Was war los mit dem anderen? Er schien nur körperlich in diesem

Raum zu sein. Ansonsten war er wie weggetreten. Gar nicht Teil dieser Welt.

„Was ist los mit dir?“, flüsterte der Kleinere kratzend und leise, bedacht, dass sie auf dem Bett nichts verstehen sollte. Sie war verwirrt über den plötzlichen Sprachenwechsel. Bisher hatte sie die beiden in ihrer Gegenwart nur Spanisch reden hören. Angespannt richtete sie sich auf und versuchte, noch mehr zu erhaschen. Doch obwohl Deutsch weitergesprochen wurde, waren es nur einzelne kleine und unverständliche Brocken, die sie hören konnte.

„Okay!“, sagte der Kleine plötzlich lauter und überzeugter als zuvor. Aufmunternd schlug er dem anderen auf die Schultern. „Ist alles klar? Wir können Enricos Wagen nehmen.“

Der andere nickte und sah betrübt auf den Fußboden.

Dann warf er einen flüchtigen Blick in Richtung Bett. „Was ist mit ihr?“

Sie spürte deutlich, wie sich ihre Muskeln verkrampften. Es war furchtbar, wenn über sie gesprochen wurde, als wäre sie nicht anwesend. Noch dazu, wenn es in ihrer jetzigen Situation geschah. Angsterfüllt biss sie die Zähne aufeinander und zwang sich, die Tränen zurückzuhalten. Sie hatte in den letzten Tagen schon zu viel geweint.

Der Kleinere sah zu ihr. Auch er presste kurz den Kiefer zusammen, doch sah sein Gesichtsausdruck dabei nicht angsterfüllt aus wie ihrer. Er sah eher so aus, als würde ihm die ganze Angelegenheit überhaupt nicht passen. Seine Augen wanderten zur Waffe, die unmittelbar neben ihrem Bein lag. „Du weißt, wie ich hierüber denke.“

Sie werden mich erschießen!, *dachte sie. Sie war nicht blöd und konnte leicht eins und eins zusammenzählen. Doch warum hatten sie es nicht längst getan? Warum hatte er seinen Kollegen eben noch davon abgehalten, wenn seine Gesichtszüge doch so sehr dafür sprachen, dass er sie loswerden wollte?*

„Und du weißt, dass ich damit nichts mehr zu tun habe, Rafael. Ich bin raus“, antwortete der andere. Auch wenn die Antwort erleichternd klang, wurde sie nicht schlau daraus.

„Dann bleibt uns keine andere Wahl“, antwortete der Kleinere knapp.

Der Größere sah erneut zum Bett. Diesmal länger. Für einen Augenblick bohrten sich seine dunklen Augen in ihre, als würde er hier eine Antwort finden.

Er hatte ein hübsches, ovales Gesicht mit großen, dunklen Augen, schmalen Lippen und dezenten Augenbrauen. Als er jetzt den Kiefer zusammenpresste, erkannte sie ein nervöses Zucken auf der Wange und seine Sehnen am Hals traten kurz hervor.

„Also, los!", sagte der Kleinere auffordernd. „Schnapp dir dein Mädel und dann geht's los!"

Sie spürte, wie die Welt um sie herum plötzlich schwammig wurde und erkannte, dass sie immer noch im Traum war. Doch obwohl sie den Halt verlor, spürte sie die unüberwindbare Angst. Sie war so unbeschreiblich, dass sie schon Schmerzen bereitete.

Was hatten sie mit ihr vor? Warum sah dieser Mann sie so prüfend an? Wie lange würde diese traumatische Reise bloß noch gehen?

Sie zog die Beine an den Körper und wünschte sich, endlich aufzuwachen. Es sollte aufhören. Es sollte vorbei sein. Ein schlechter Traum. Mehr nicht.

Der Kleinere der beiden war inzwischen wieder verschwunden, während der andere, der sich ‚um sein Mädel kümmern' sollte, die Waffe vom Bett nahm und sie behutsam in den Händen drehte.

Sie wagte nicht aufzuschauen. Angestrengt kniff sie die Augen zusammen und bereitete sich innerlich auf das Schlimmste vor, was nur kommen mochte. Er würde sie erschießen oder einfach packen, vergewaltigen, foltern, schlagen oder was auch immer.

Das Rauschen in ihren Ohren wurde wieder mehr. Sie spürte den Fall und doch war sie in diesem Raum. Doch nicht mehr lange. Sobald er sie anfassen würde, würde sie weiterfallen. Und hoffentlich nicht wieder aufwachen. Weder im Traum noch in der Realität. Tränen flossen ihr über die Wangen und hinterließen heiße Spuren auf ihrer Haut. Die Schwärze wollte sie übermannen und bedrückte sie deutlich von allen Seiten.

„Willst du das hier überleben?" Die Frage kam genauso laut wie unerwartet.

Verstört zuckte sie zusammen und begann zu zittern.

„Hör auf zu heulen und mach die Augen auf", kam der Befehl.

Reiß dich zusammen! Nur noch einmal!

Langsam richtete sie sich auf und öffnete die Augen.

Sie sah wieder direkt in den Lauf, der steil auf sie gerichtet wurde. Zitternd versuchte sie, sich zu konzentrieren. Das Rauschen war mehr geworden und ihr ganzer Körper schien sich wie ein Drehkreisel zu bewegen.

„Willst du das hier überleben?", wiederholte er seine Frage zornig.

„Ja", hauchte sie leise und kratzig, dass es beinahe wie eine Frage klang.

Da von ihm keine Antwort kam, blickte sie langsam auf. Sein Gesicht war unscharf und je mehr sie sich hierauf konzentrieren wollte, desto mehr schien es zu verschwinden. Instinktiv spürte sie, dass sich ihr Traum gleich aus dieser Situation lösen würde. Es wurde unklarer. Dennoch erhaschte sie einen letzten wirklichen Blick auf seine Augen, die eine ganze Mischung aus Gefühlen ausstrahlten. Hass, Verachtung, Wut, aber auch Trauer.

Sofort wollte sie mehr sehen, doch das Bild vor ihren Augen verschwamm.

„Damit das hier funktioniert, muss ich dir die Fesseln abnehmen", hörte sie seine Stimme und spürte gleichzeitig seine Hände, die sich am Klebeband an ihren Handgelenken zu schaffen machten. „Marita und Antonio haben keine Ahnung davon, dass du unsere Geisel bist, und das sollen sie auch nicht. Wir schleusen dich hier durch, als wärst du eine von uns, ohne dass du irgendwelche Mätzchen machst. Hast du das verstanden? Ich könnte dich jetzt töten und mir die Mühe sparen, aber ..." Seine Stimme verlor sich, als wüsste er nicht genau, was er eigentlich sagen sollte.

„Ich werde gehorchen! Ich verspreche es!", erwiderte sie eifrig, bevor er es sich doch noch anders überlegte. Schmerzvoll verzog sie das Gesicht, als er das Klebeband von den kleinen Härchen riss.

Als es komplett entfernt war, hielt er ihre Hände mit seinen fest umschlossen und presste sie aneinander. „Vergiss es nicht. Es ist deine Entscheidung. Ich habe kein Interesse daran, ob du lebst oder stirbst. Sobald du versuchst zu fliehen oder etwas Falsches sagst, töte ich dich."

„Ich werde brav sein", lallte sie. Sie konnte ihn nicht mehr sehen. Er würde schießen. Daran zweifelte sie keine Sekunde. Es gab für sie keinen Ausweg. Sie konnte nur mitspielen.

Er zog sie an den Handgelenken vom Bett hoch, doch sie spürte ihren Körper nicht. Vor ihren Augen tauchte kurz sein Gesicht auf. Erschreckend nah, da sie jetzt vor ihm stand und er sie immer noch an den Händen gepackt hatte.

„Hey?", murmelte sie. Ihre Zunge war schwer wie Blei. „Wenn ich so tun soll, als würde ich dazugehören, muss ich wissen, wie du heißt."

Sie konzentrierte sich erneut auf sein Gesicht und zwang sich, die unscharfen Umrisse wahrzunehmen.

Wie gerade eben zeigte sein Gesicht wieder unzählige Gefühle auf einmal. Hinzu kam aber ein fragender und nachdenklicher Blick, als müsse er überlegen, was er sagen sollte.

„Ich bin Diego", antwortete er schließlich.

Sie wollte antworten, aber der Traum riss sie mit sich. Ungebremst stürzte sie weiter in das schwarze Loch.

Kapitel 21

Abrupt nahm das Fallen ein Ende und sie erwachte. Erschrocken fuhr sie auf und fasste sich an die Brust. Ihr Herz raste wie verrückt. Und sie war klitschnass, allerdings kam das nicht durch den Regen, den sie zu Beginn ihres Traums durchmachen musste – sie war nassgeschwitzt. Ihr T-Shirt klebte wie eine zweite Haut an ihrem Oberkörper, als hätte sie damit unter einer Dusche, oder wie eben im Traum, in einem Gewittersturm gestanden.

Aufgeregt befühlte sie ihren Körper und suchte Verletzungen, doch sie schien in Ordnung. Ihre Handgelenke waren durch das Klebeband rot gescheuert, das sie am Anfang ihrer Reise hatte tragen müssen.

Es war nur ein Traum!

Nur!

Das Nur war beinahe lächerlich.

Erleichtert, wieder Herr der Realität geworden zu sein, lehnte sie sich zurück und drückte den Kopf an die Wand. Der Traum war vorbei, aber die Angst und die Ungewissheit blieben. Die Gefahr war noch nicht vorüber.

Ihr Blick wanderte hoch zu dem kleinen Fenster oben unter der Decke, durch das freundlich die Sonne schien und dem Raum Licht gab. Wie ein Engelsleuchten strahlte es im warmen Gelb der Wand wieder. Es war das einzige in diesem Raum und zudem sehr klein. Außerdem war es so weit oben, dass man einen Stuhl bräuchte, um hinausschauen zu können. Sie hatte bereits versucht, die alte Liege, auf der sie jetzt saß, drunter zu schieben, aber sie war mit ihren ein Meter fünfundsechzig nicht groß genug, um es zu erreichen.

Die Wände liefen nach oben hin spitz zu, wie es für einen Dachboden üblich war. Der Fußboden bestand aus alten, abgenutzten Dielen. Es war dreckig und staubig und wenn man barfuß lief, musste man aufpassen, dass sich keine Splitter in die Füße bohrten.

Das Fenster war angelehnt, sodass sie hören konnte, wenn draußen ein Wagen vorbeifuhr oder Hunde in der Ferne bellten. Doch es kam nicht allzu oft vor. Wo auch immer sie war, viel Bewegung war nicht auf der Straße vor dem Haus.

Doch genau wie im Traum hatte sie nicht die leiseste Ahnung, wo sie war. Sie war hier gefangen und kam nicht von der Stelle.

Sie erhob sich von der Liege und zog ihr T-Shirt von der Haut ab, um etwas Luft zirkulieren zu lassen. Ihr Herzschlag beruhigte sich allmählich und wurde gleichmäßiger.

Dann vernahm sie Geräusche an der Tür. Sie drehte sich herum und sah gerade noch, dass die Klinke hinunter gedrückt wurde, bevor ihr Besucher eintrat.

*

Das Schlucken tat weh. Der Kopf dröhnte. Von der Nase kamen in regelmäßigen Abständen stechende Impulse und der Rücken fühlte sich an, als wäre er die Fahrbahn auf einer Autobahn gewesen.

Langsam öffnete Nico die Augen und blinzelte mit den Lidern. Wo war er?

Über sich konnte er verschwommen mehrere Neonröhren erkennen, die grelles Licht in seine Augen strahlten. Schnell schloss er sie wieder und drehte den Kopf vorsichtig zur Seite. Er sah ein Fenster. Direkt neben ihm hing ein Tropf. Der Blick in die andere Richtung fiel auf ein Beatmungsgerät.

Er war in einem Krankenhaus.

„Er wird wach", sagte eine Frauenstimme, und schon tauchte ein freundliches Gesicht über ihm auf und lächelte ihn an. Sofort gesellte sich ein zweites dazu.

„Guten Tag, Herr Flink", sagte die Stimme, die zum zweiten Gesicht gehörte. „Ich bin Dr. Kreuz. Wie geht es Ihnen?" Sie war eine brünette Frau mit großen Augen.

Nico musste erst mal alles ordnen. Er wusste gar nicht, ob er sprechen konnte. „Wo bin ich?", hauchte er.

„Sie sind überfallen worden. Jetzt liegen Sie in der Freiburger Uni-Klinik."

„Was ist passiert?" Mit der Hand, die nicht an einen Schlauch angeschlossen war, tastete er vorsichtig in sein Gesicht und befühlte das große Stützpflaster, das auf seiner Nase klebte.

„Ihre Nase ist gebrochen. Außerdem haben Sie einige schlimme Hämatome an Hals und Rücken."

Verwirrt sah er von der Schwester zur Ärztin und wieder zurück. Er hatte keine Ahnung, was das alles zu bedeuten hatte. Mühevoll versuchte er, sich aufzusetzen.

„Seien Sie vorsichtig, Herr Flink! Sie müssen sich langsam bewegen."

Freiburg? Langsam bewegen? Hämatome an Hals und Rücken? Was zum Teufel ist hier los? Hektisch setzte er sich im Bett auf. Die Schwester eilte ihm zur Hilfe.

„Ich versteh´ das alles nicht. Was mache ich hier?"

„Bleiben Sie ruhig! Sie haben einen heftigen Schlag an den Kopf bekommen."

Freiburg. Freiburg. Was mache ich in Freiburg? Dann dämmerte es ihm langsam, und er erinnerte sich daran, dass Annas Auto hier stand. Dass Anna verschwunden war. Gestern war er mit Vanessas BMW hierhergefahren.

Und er erinnerte sich an Vanessa. Das Hotelzimmer. In Bruchstücken fiel es ihm wieder ein.

„Wo ist Vanessa? Geht es ihr gut?"

Dr. Kreuz lächelte verlegen. „Frau Habermann geht es den Umständen entsprechend gut."

Nico versuchte, die Erinnerungsstücke an den gestrigen Abend in seinem Kopf wieder zusammenzusetzen, aber es war schwer. Er hatte ein paar Bilder vor seinem inneren Auge, wusste aber nicht, wie sie zusammengehörten.

„Ruhen Sie sich aus, Herr Flink! Ihr Gehirn wird sich nach und nach wieder erinnern können. Seien Sie froh, dass Sie so schnell schon wieder aufgewacht sind. Es hätte auch ganz anders ausgehen können. Am besten schlafen Sie jetzt erst mal."

Dr. Kreuz und die Schwester nickten ihm kurz zu und verließen dann gemeinsam den Raum.

Mit geschlossenen Augen versuchte Nico angestrengt, sich an den Abend zu erinnern. Sie waren bei dieser spanischen Familie gewesen und hatten dort gegessen. Die Frau hatte ihnen erzählt, dass Anna vor ein paar Tagen mit diesen mexikanischen Typen dort gewesen war. Marita Suarez. Genau, so hieß die Frau. Es hatte einen Auflauf gegeben, der mexikanisch gewürzt war. Er war sehr lecker, aber Nico hatte nicht viel essen können.

Marita hatte erzählt, dass Anna als Freundin des einen vorgestellt worden war. *Die Freundin.* Marita hatte sich gefreut, dass ihr Neffe so eine liebe und hübsche Frau an seiner Seite hatte. Sie hatte sogar ein Foto von den beiden gemacht. Ihm war jetzt noch übel, wenn er nur daran dachte. Wie hatte sie ihn nur so hintergehen können?

Mit einem Mal war die Erinnerung wieder ganz da. Vanessa und er waren in dieses miese Hotel gefahren, das Marita ihnen empfohlen hatte. Sie hatten Rabatt bekommen, weil Marita den Besitzer kannte.

Vanessa. Er schloss die Augen und erinnerte sich an sie. Er roch wieder ihren Duft und spürte ihren Körper. Hingebungsvoll. Leidenschaftlich. Explosiv.

Bis er plötzlich zurückgeworfen worden war und dieser Irre ihn auf das Bett gedrückt hatte. Er dachte an seinen Rücken und erkannte den Schmerz wieder. Dabei die einschneidende Schnur am Hals. Die Panik, dass das verzweifelte Lufthólen erfolglos blieb.

Er mochte nicht daran denken. Er war dem Grauen entkommen, aber auch nur ganz knapp. Erschrocken musste er jetzt feststellen, wie leicht er das hilflose Opfer eines geisteskranken Perversen geworden war.

Was hatte er gewollt? Waren sie ausgeraubt worden? Hatte er Vanessa was getan? Er musste unbedingt zu ihr und wissen, wie es ihr ging.

Und dann würde er so schnell wie es irgendwie möglich war nach Hause fahren, wo sein Job auf ihn wartete. Es wurmte ihn, dass er sich bereits am zweiten Tag hatte Urlaub nehmen müssen, nur weil er Anna hinterherfahren wollte. Und jetzt auch noch ein Krankenhausaufenthalt! Das passte absolut nicht in seinen Zeitplan.

Er richtete sich auf und ging erneut seinen Körper durch. Zu wissen, was passiert war, war ein gutes Gefühl. Sicherlich würde es auch bei der weiteren Genesung helfen, wenn er ein Ziel vor Augen hatte und sich nicht abbringen ließ.

Schmidt & Berger und die Shopping Mall in London waren nur der Anfang, und wenn Anna ihn einfach fallen lassen konnte, dann sollte ihn das auch nicht weiter stören.

Ein neuer Lebensabschnitt hatte begonnen. Die Ära Anna Selbig war beendet.

Kapitel 22

Der korpulente dunkelhaarige Mann schob sich durch die Tür und schloss sie anschließend wieder. Dann verzog er das Gesicht zu einem süffisanten Grinsen. „Hi, Anna!"

Anna schluckte und trat verlegen einen Schritt zurück. Sie mochte den Mann nicht, der gerade zur Tür hereingekommen war. Sein Name war Enrico, und er war seit dem Halt in Freiburg mit an ihrer Seite gewesen. Es war besserwisserisch und besitzergreifend, und obwohl sie eigentlich wenig mit ihm zu tun hatte, war die Angst vor ihm beinahe überwältigend. Wenn sie ehrlich sein sollte, konnte natürlich keiner der Männer einen Funken Sympathie erwecken, aber bei Enrico kam noch bitterer Ekel hinzu.

Er hatte hinter der Tür kurz gehalten, kam jetzt aber langsam auf sie zu. „Ich wollte nur mal nach dir sehen. Wo du doch die ganze Zeit hier oben hockst." Er ließ den letzten Satz als Verwunderung im Raum stehen.

Anna war klar, dass er wusste, was hier lief. Auch wenn sie selbst nicht ganz verstand, warum sie diese Rolle als Diegos vermeintliche Freundin zu spielen hatte.

Diego hatte auf die Handfesseln verzichtet, wenn sie hier oben in diesem Raum blieb. Immer wieder hatte er ihr versichert, dass ihm nichts an ihrem Leben lag und er sie sofort erschießen würde, sollte sie sich querstellen. Doch sofern sie gehorchte, würde er ihr nichts tun.

Natürlich wusste sie nicht, wie lange dieses Spiel noch andauern sollte, aber sie waren jetzt seit fünf Tagen unterwegs, und sie entwickelte langsam ein gewisses Vertrauen, dass sie Diegos Worten glauben konnte. Er schien wirklich kein Interesse an ihr zu haben. Alles, was er wollte, war, dass sie das machte, was er verlangte – und das war in der Regel nicht viel.

Doch diese Versteckspielerei gegenüber Enrico verstand sie nicht. Warum sollte sie so tun, als wäre sie freiwillig hier? Als gehöre sie zu ihnen? Warum sollte auch Enrico belogen werden, der doch mit ihnen vertraut zu sein schien?

„Warum ist die Tür von außen abgeschlossen?", fragte Enrico. „Hat man dich eingesperrt?" Er lachte übertrieben.

Anna rieb sich nervös die Hände an der Hose. „Ähm, nein. Die … Tür klemmt und schließt nicht richtig. Man muss sie abschließen, damit sie wirklich zu ist."

Enrico drehte sich um und betrachtete die alte, weiße Holztür, die einwandfrei geschlossen, aber nicht abgeschlossen war. „Jetzt ist sie zu.“

Anna lächelte verlegen. „Dann hat es wohl an dem richtigen Druck gefehlt.“

„Du bist ein Junkie, richtig? Diego hat Angst um sein Heroin, wenn du frei herumläufst.“ Ein schmutziges Grinsen umspielte seine Lippen. Es war ein weiterer Test. Er glaubte nicht daran, dass Anna freiwillig hier war. Und natürlich hatte er recht.

Anna hatte keine Ahnung, was es mit irgendwelchem Heroin auf sich hatte.

Enrico zog überlegen eine Augenbraue hoch. „Willst du nicht mit runterkommen? Es ist schönes Wetter draußen. Du könntest ein bisschen in die Sonne gehen.“

Er war noch nähergekommen und hielt nur so weit vor Anna, dass er die Hand hätte ausstrecken können, um sie zu berühren, wenn er gewollt hätte. Eine miefige Schweißwolke umhüllte ihn und schob sich mit ihm heran. Obwohl sie selbst sicherlich nicht viel anders roch, wurde ihr von dem Geruch beinahe übel.

„Ich … kann die Sonne nicht gut vertragen. Meine Haut, verstehst du?“ Zur Demonstration deutete Anna auf ihre mit Sommersprossen übersäten Unterarme. Sie war noch einen Schritt zurückgewichen und stand jetzt mit dem Bein direkt an der Liege. Weiter ging es nicht.

„Schade“, antwortete Enrico gespielt bedauernd. „Dabei ist es so schön da draußen!“ Er warf einen Blick zum kleinen Fenster, als würde man von hier das Himmelstor sehen können.

Anna vermutete, dass das eine Fangfrage werden würde. Er wollte sie mit Absicht in die Enge treiben, um über den Ort zu reden, in dem sie sich befanden. Doch genau hier war das Problem – Anna wusste nicht, wo sie waren.

Sie vermutete allerdings, dass sie sich irgendwo in Spanien befand. Auf der Fahrt hierher, während sie mit Diego gemeinsam auf der Rückbank von Enricos Mercedes gesessen hatte und wie verrückt an einem gleichgültigen und nicht panischen Gesichtsausdruck gearbeitet hatte, hatte sie so viel es ging auf Straßenschilder geachtet und so gut sie konnte versucht, die Strecke auf ihrer inneren Landkarte wiederzufinden. Es war dunkel geworden, als sie die ersten Schilder von Toulouse gesehen hatte. Danach war der Rest nicht mehr zu verfolgen gewesen.

Vorgestern Abend waren sie hier angekommen. Ganze zwei Tage hatte sie in diesem Raum verbracht und nichts gemacht außer die Wand anzustarren und ununterbrochen zu überlegen. Es war eine schwierige Situation und überhaupt nicht leicht, die Beherrschung zu bewahren. Doch wenn sie eins kannte, dann waren das Disziplin und nach Vorgaben leben. Pläne machen.

Ihr Plan war, heil wieder aus dieser Sache herauszukommen. Die Möglichkeiten hierzu konnte sie nur schätzen. Sie könnte einen Fluchtversuch starten, der mit großer Wahrscheinlichkeit mit ihrem Tod enden würde, oder sie konnte auf das Wort des Verbrechers hoffen, dass ihr am Ende nichts geschehen sollte.

Sie hatte sich für den zweiten Plan entschieden, und an dem hielt sie rigoros fest. Es würde ihr nichts geschehen. Dafür musste sie nur die Haltung bewahren. Sie musste das Spiel mitspielen. Dies war der einzige Weg, wenn sie Nico und ihre Eltern wiedersehen wollte.

„Vielleicht könnten wir nur kurz spazieren gehen. Wir könnten im Schatten laufen“, schlug Enrico vor. Anna stellte fest, dass er übertrieben große, weiße Zähne hatte. Sein Gesicht war rund, und er hatte speckige Pausbäckchen wie ein kleiner Junge. Anna schätzte ihn auf Anfang zwanzig – jünger als die anderen.

„Danke, aber momentan ist es mir zu warm draußen. Ich wollte mich eigentlich noch einmal hinlegen.“ Sie deutete auf die zerknüllte Liege, auf der sie gerade diesen furchtbaren, nicht enden wollenden Albtraum gehabt hatte.

„Puh, ich finde hier drinnen ist es viel wärmer als draußen. Regelrecht stickig.“ Enrico fuhr sich einmal mit der Hand über die Stirn. „Aber wenn du nicht willst, müssen wir auch nicht rausgehen.“ Er trat einen weiteren Schritt näher. „Dir muss schrecklich langweilig sein. So alleine hier oben. Ich könnte dir etwas Gesellschaft leisten.“

Wie erstarrt hielt Anna still, als seine Finger über ihre Wange strichen.

„Ich bin mir sicher, dass Diego nichts dagegen hätte, wenn wir beide uns ein wenig amüsieren.“

Kapitel 23

Annas Herz schlug ähnlich schnell wie gerade im Traum. Und auch die Angst, die sie vorhin gespürt hatte, war in vergleichbarer Form wieder da.

Enrico strich weiterhin mit seiner Hand kreisend von Wange zu Kinn und wieder zurück und ließ dabei seinen Blick schmachtend zwischen ihrem Gesicht und ihrem nassen T-Shirt hin- und hergleiten.

Anna wagte nicht, sich zu rühren. Jetzt war die Situation eingetreten, die sie so lange schon befürchtet hatte. Was sollte sie tun? Konnte sie sich wehren oder musste sie es über sich ergehen lassen? Gehörte das zur Absprache mit dazu?

„Diego lässt dich zu sehr allein“, murmelte Enrico verträumt.

„Das stört mich nicht, ich bin gerne für mich“, antwortete Anna leise, sodass sie sich selbst kaum hören konnte. Es war ein kläglicher Versuch, ihn von seinem Vorhaben abzubringen.

„Aber er sollte sich mehr um dich kümmern. Warum darfst nicht unten bei uns sein? Er pfercht dich hier oben ein wie ein Tier. Das ist nicht richtig.“

„Ich nehme es ihm nicht übel“, hauchte Anna wie in Trance.

Enrico grinste. „Du hast Angst vor ihm, oder?“

„Er braucht seine Ruhe, wenn er Geschäfte macht.“ Verdammt noch mal, was sagte sie hier? Sie ahnte nur im Entferntesten, um was es hier überhaupt ging und warf einfach mal einen Trumpf in den Raum. Doch sie hatte keine andere Wahl. Sie musste alles versuchen.

„Du hast sogar große Angst vor ihm, nicht wahr? Ich kenne ihn, er kann sehr brutal sein. Ich glaube, als Frau wäre ich auch nicht gerne in seiner Gegenwart. Aber keine Angst, *ich* werde dir nicht wehtun.“ Er schob sich näher an sie heran und griff an ihre Brust. „Das hier wird unser Geheimnis bleiben, er wird hiervon nichts erfahren.“ Sein Atem streifte über ihr Gesicht, als er sprach.

„Wohl kaum, Rico!“, platzte eine dunkle Stimme dazwischen.

Anna und Enrico drehten blitzschnell die Köpfe zur Tür.

Hier stand Diego, seine Waffe zielte mit gestrecktem Arm auf sie. Ein für Anna vertrautes Bild, da sie die Augenblicke an einer Hand abzählen konnte, an denen sie ihn mal ohne seine Pistole gesehen hatte. Eigentlich nie.

„Diego.“ Schnaufend trat Enrico zurück. „Anna und ich wollten uns nur ein wenig die Zeit vertreiben. Du hast doch sicherlich nichts dagegen, oder?“

Anna starrte verängstigt zu Diego, der immer noch in der Tür stand. Sie hatte nicht gehört, wie er reingekommen war. Natürlich war sie erleichtert, dass er sie womöglich vor Schlimmerem bewahrt hatte, allerdings konnte sie nicht sagen, ob er etwas dagegen haben könnte. Seiner Teilnahmslosigkeit nach, die ihn ununterbrochen umgab, waren sie und ihr Befinden ihm schlichtweg egal.

Sein Gesichtsausdruck machte ihr wie gewöhnlich Angst. Hass, bitterböse Wut, aber auch Gleichgültigkeit und eine Spur Trauer waren die Gefühle, die sie in seinem Gesicht lesen konnte. Bisher hatte er ihr keine anderen Auswahlmöglichkeiten zur Verfügung gestellt. Sie hatte ihn noch nie lachen sehen. Jegliche Spur der Freude war, als würde sie gar nicht in sein Gesicht passen.

„Wir wollten nur ein bisschen Spaß haben“, fuhr Enrico fort und hob abwehrend die Hände.

Diego hatte seine Waffe noch nicht wieder runtergenommen. „Raus hier!“

„Schon gut, schon gut. Es ist deine, ich weiß. Ich dachte nur … du warst nicht da … also konnte ich doch …“ Enrico hatte sich komplett von Anna gelöst und ging langsam in Richtung Tür.

„Nimm deine Glock runter, Mann“, beschwerte sich Enrico, als er Diego an der Tür erreichte und mit fragendem Blick zur Klinke griff. „Du tust ja so, als hätte ich sonst was getan.“

„Hau ab!“, brüllte Diego und holte mit seiner Waffe aus. Doch er traf Enrico nicht, sondern ließ die Hand nur drohend über seinen Kopf gleiten.

Enrico duckte sich und schob sich, bemüht schnell zu sein, durch die Tür. „Entspann dich, Kumpel. Ich bin ja schon weg.“

Diego griff hinter sich und zog die Tür heran, sodass er mit Anna alleine war.

Die Angst war nicht verflogen. Im Gegenteil. Dieser wütende Blick, die glänzende Waffe und zu alldem noch der mögliche Verstoß, den sie hier begangen hatte. Oder zumindest würde er ihn vermuten.

„Ich habe nichts verraten“, stotterte Anna schnell und aufgeregt, während Diego langsam auf sie zukam. „Es ist nichts geschehen.“

Mit etwa einem Meter Abstand blieb er vor ihr stehen und musterte sie.

Die Waffe war zwar nicht direkt auf sie gerichtet, aber sie war da und das reichte schon aus.

„Ich schwöre dir, es ist nichts passiert. Er hat von mir nichts erfahren. Du musst mir glauben, bitte!“ Anna spürte das Rauschen in ihren Ohren, als würde sie im nächsten Moment wieder von einem Traum mitgerissen werden, der sie aus dieser Gefahrensituation befreite. Doch das hier war kein Traum mehr, der geistige Albtraum war vorüber, aber nicht so der reelle – hier war sie noch mittendrin.

„Ich habe mich genau an den Plan gehalten", fuhr sie weiter fort. „Bitte, nimm die Waffe weg!" Sie kniff die Augen zusammen und fühlte neue Tränenbahnen auf ihren Wangen. *Er muss mir glauben, er muss mir vertrauen!*

Es war ruhig, doch sie wagte, nicht die Augen zu öffnen. In ihren Ohren pochte der Pulsschlag. Schweiß schoss ihr aus den Poren und ihre Zunge klebte wie ein trockener Lappen an ihrem Gaumen.

Dann vernahm sie Schritte. Sie kamen dichter. Ein Kratzen über den Boden, dann war es ruhig.

Verwirrt öffnete sie die Augen und erkannte, dass er sich direkt vor ihr auf den Boden gesetzt hatte. Die Waffe lag neben ihm. Griffbereit, aber er hatte sie nicht mehr in der Hand. In seinen Augen war Verwunderung oder gar Faszination zu lesen, auch wenn die vorherigen Gefühle nicht verschwunden waren. Doch vielleicht waren sie ein so fester Bestandteil von seinem Wesen, dass er ohne Hass und Wut gar nicht auskommen konnte.

Anna blinzelte zweimal und wusste nicht, was sie machen sollte. Sie stand immer noch wie angewurzelt vor der Liege, mit einem Bein spürte sie das harte Metall.

„Setz dich", kam der Befehl von Diego, und er klang fast überrascht, dass er sie dazu bringen musste.

Anna sah kurz zurück und ließ sich dann auf die Liege nieder. Mit der rechten Hand wischte sie sich durch das Gesicht, um die heißen Tränenspuren zu entfernen.

„Vielleicht hat er recht", begann Diego ruhig.

Anna sah ihn fragend an, weil sie ihm nicht ganz folgen konnte.

„Ich war nicht da", erklärte er. „In seinen Augen kümmere ich mich vielleicht wirklich nicht genug um dich. Immerhin bist du für ihn freiwillig hier. Da passt es natürlich nicht zusammen, dass du die ganze Zeit hier oben hockst." Er wandte den Blick ab und sah kopfschüttelnd auf den Fußboden. Sein Gesicht war verzerrt, als hätte er gerade große Probleme mit seinen Gefühlen, die sich wieder alle auf einmal aufdrängten und über die er Herr zu werden versuchte.

„Wir haben einen Deal und daran halte ich mich", fuhr er plötzlich fort und sein Blick bohrte sich mit einem Mal wieder tief in ihre Augen. „Ich werde dir nichts tun. Es dauert nicht mehr lange und dann wirst du nach Hause können. Bisher machst du es sehr gut. Ich habe keinen Grund, dir etwas zu tun. Meine Abmachung steht."

Anna atmete leise aus.

Seine Augen lagen immer noch auf ihrem Gesicht, und sie konnte nicht anders, als seinen starren Blick zu erwidern. Sie traute sich nicht mal zu blinzeln.

Doch es war nicht unbedingt die Angst von vorhin, die sie hierzu verleitet hatte, sondern vielmehr die Faszination, wenn sie in sein Gesicht sah. Der permanente Kampf in seinen Augen, gegen seine aufkommenden Gewaltgefühle anzukommen, war absolut fesselnd. Sie erkannte, dass er nicht anders konnte als böse zu sein, auch wenn er es noch so sehr versuchte. Sie sollte Vertrauen schöpfen, das wollte er ihr mitteilen, aber es schien, als hätte er hier drin keinerlei Erfahrung.

„Bitte hab keine Angst vor mir“, hauchte er so leise, dass Anna fast meinte, ihn nicht gehört zu haben.

Sie wollte diese Bitte gerne erwidern, aber wahrscheinlich war es so, als würde man einem Hund einen saftigen Knochen hinhalten und ihn bitten, diesen nicht zu wollen.

*

Es klopfte an der Tür und wenig später wurde geöffnet.

Ein dunkelhaariger Mann trat ins Krankenzimmer. Hinter ihm folgte eine kleine blonde Frau mit einer schwarzen Brille auf der Nase. Ihre Gesichter waren angespannt und Nico hatte sofort bei ihrem Anblick ein seltsames Gefühl. Ihre Aura umgab etwas Bedrohliches und er vermutete auf den ersten Blick, dass es sich hier um Polizisten handelte.

Als dritte Person folgte zu Nicos großer Überraschung Vanessa. Sie war blass und ließ die Schultern hängen. Ihr Blick wirkte leer und apathisch und um ihre Augen war die Haut gerötet und aufgequollen.

Nico richtete sich nervös auf und achtete nur noch auf sie. Er hatte sie seit dem Hotel nicht mehr gesehen. Was war geschehen?

Viel, hauchte eine Stimme in seinem Kopf. Auch wenn er noch nicht mit ihr gesprochen hatte, konnte er auf den ersten Blick sehen, dass die Vanessa, die gerade den Raum betreten hatte, nicht mehr dieselbe war.

Der Mann setzte ein gequältes Lächeln auf und kam schleppend auf Nico zu. „Guten Abend. Kommissar Burmann mein Name. Das ist meine Kollegin Kommissarin Hessler. Frau Habermann kennt uns bereits, aber wir müssten Ihnen noch ein paar Fragen stellen, Herr Flink.“

„Natürlich.“

Kommissar Burmann zog einen Stuhl heran und setzte sich ans Bett. Die Kommissarin blieb am Bettende stehen. Burmann zückte einen kleinen Block aus seiner dunklen Cordjacke und begann bereits ohne Befragung, sich etwas zu notieren.

„Erfreulich, dass Sie wieder bei Bewusstsein sind, Herr Flink“, sagte die Kommissarin lächelnd, während sie ihre Hände auf die Bettkante legte. Ihre Finger waren tadellos manikürt.

Nico nickte dankbar.

Kommissar Burmann wischte sich mit einer Hand über das Gesicht und ließ einen leisen Seufzer ertönen. Er wirkte gestresst und sah abgemergelt aus. Im Gegensatz zu seiner gepflegten Kollegin hatte er ziemlich viel Ähnlichkeit mit einer Vogelscheuche.

„Frau Habermann hat uns bereits erzählt, warum Sie in Freiburg sind“, begann Kommissar Burmann leise. „Wir haben auch mit den Kollegen in Hamburg gesprochen und die Vermisstenmeldung geprüft.“

Nico musste sich konzentrieren, um mitzukommen. Sein Kopf war immer noch langsam und schläfrig und er fragte sich, was er ihnen noch erzählen könnte, wenn sie doch schon Vanessa befragt hatten. Der Überfall war so schnell gegangen, und außerdem hatte er den Mann nicht sehen können.

Es entstand eine kurze Pause, in der Kommissar Burmann plötzlich noch verbiesterter wirkte. „Ich will ganz offen zu Ihnen sein“, fuhr er schließlich brummend fort, „wir haben keine Ahnung, wer dieser brutale Unbekannte gewesen sein kann, ob es sich hier nur um einen Einzelfall gehandelt hat oder sich bald alle Pärchen in der Gegend in Acht nehmen müssen. Wir wissen es nicht. Er hat keine brauchbaren Spuren hinterlassen. Auf den Kameras ist nichts zu sehen, und im Hotel will ihn auch keiner bemerkt haben.“ Er machte eine Pause und sah zwischen Nico und Vanessa hin und her.

Nico schluckte und überlegte, was ihm zum Überfall noch im Gedächtnis geblieben war. Er hatte insgeheim gehofft, dass die Polizei Informationen liefern würde, aber da hatte er sich offenbar getäuscht. Alles hing jetzt von seinem beziehungsweise Vanessas Erinnerungsvermögen ab.

„Frau Habermann sagte, dass Sie Ihre Freundin nicht angetroffen haben, Frau Suarez, die Sie spontan zum Essen eingeladen hatte, Ihnen aber bestätigen konnte, dass sie bei ihr zu Besuch gewesen ist. Ist das richtig?“

„Ja.“

„War sonst noch jemand bei Familie Suarez oder waren Sie ganz allein?“

„Nein, nur wir.“

„Der Name Ihrer Freundin ist Anna Selbig, habe ich das richtig notiert?“

War, dachte Nico verbiestert. „Ja.“

„Wissen Sie, ob Frau Selbig mit der Familie Suarez vorher schon in Kontakt stand?“

„Nein, ich glaube nicht. Davon weiß ich zumindest nichts. Aber ich habe auch nicht geahnt, dass sie mit einem Mexikaner durchgebrannt ist. Ich habe keine Ahnung, was hier noch alles möglich ist.“

„Mexikaner?“, fragte Burmann hellhörig und notierte sich gleich wieder etwas auf seinem Block.

„Ja, genau. Frau Suarez zeigte uns sogar ein Foto. Dann war es eindeutig, dass es tatsächlich Anna war.“

„Haben Sie dieses Foto zufällig mitgenommen?“

„Nein. Natürlich nicht. Was soll ich damit? Die Frau hat mich betrogen.“

„Frau Habermann“, wandte er sich jetzt an Vanessa, „der Mann, der sie überfallen hat, hat auch mit Ihnen gesprochen, richtig?“

„Ja.“

„Ist Ihnen dabei vielleicht ein Akzent aufgefallen? Möglicherweise spanisch?“

„Nein. Wenn, dann klang es eher osteuropäisch.“

„Ist Ihnen jemand gefolgt, als Sie ins Hotel gefahren sind?“, wandte er sich wieder an Nico.

„Ich hab keine Ahnung. Es wurde dunkel. Wir sind hier in der Stadt. Hier ist eine Menge los.“

„Hat Familie Suarez erzählt, ob sie noch Besuch erwarteten, als Sie gefahren sind?“

Nico kniff verwirrt die Augenbrauen zusammen. „Sie haben nichts erwähnt. Ich denke nicht. Es war ja schon spät. Zehn Uhr, denke ich.“

„Was passierte dann im Hotel? Ist Ihnen da jemand aufgefallen?“

„Nein. Wir haben unseren Schlüssel bekommen und sind direkt auf unser Zimmer gegangen. Außer dem Mann an der Rezeption war keiner zu sehen.“

„Können Sie ungefähr abschätzen, wann der Überfall war?“

„Ich schätze mal so gegen elf.“

„Sie waren also erst eine Stunde dort?“

„Es kann sein, ich weiß es nicht.“

„Waren Sie die ganze Zeit zusammen, bis der Überfall geschah?“

„Ja.“

Er wandte sich an Vanessa. „Frau Habermann, Sie hatten gesagt, dass Sie noch geduscht hätten. Ist das richtig?“

Vanessa nickte kurz.

„Wo waren Sie in dieser Zeit, Herr Flink?“

„Ich lag auf dem Bett.“

„Sie haben das Zimmer nicht noch einmal verlassen?“

„Nein, warum sollte ich?“

„Wissen Sie noch, wie lange Sie im Badezimmer verbracht haben, Frau Habermann?“

„Vielleicht zwanzig Minuten?“ Vanessa warf einen fragenden Blick zu Nico und zuckte mit den Schultern.

„Herr Flink hätte also durchaus Zeit gehabt, das Zimmer unbemerkt zu verlassen?“

„Was soll denn das?“, fragte Nico erbost. Die ganze Fragerei kam ihm etwas merkwürdig vor, zumal der Kommissar sich gar nicht wirklich für den Überfall zu interessieren schien.

„Das will ich Ihnen gleich erklären, Herr Flink. Frau Habermann, in welchem Zustand haben Sie Herrn Flink angetroffen, als sie wieder aus dem Badezimmer gekommen sind? War er unverletzt?“

„Ja. Er war auf dem Balkon.“

„Was ist mit dem Unbekannten, Herr Flink? Können Sie ihn mir beschreiben?“

„Leider nicht. Er ist mir direkt auf den Rücken gesprungen. Hier sollten Sie lieber Vanessa fragen.“

„Das habe ich bereits. Sie beschreibt den Mann als jemanden, der etwa Ihre Statur hat und eine Maske trug.“

„Was wollen Sie damit sagen? Soll ich das etwa gemacht haben? Soll ich mich so zugerichtet und uns beide überfallen haben?“ Nicos Brustkorb blähte sich wütend auf und verursachte Schmerzen im Rücken.

„Wissen Sie, wie Ihre Freundin mit den Mexikanern weitergereist ist?“, fragte Kommissar Burmann und überging damit Nicos aufgebrachte Frage.

„Laut Marita sind sie mit dem Auto ihres Sohnes gefahren.“ *Warum antworte ich ihm eigentlich noch?*

„Das heißt, es wäre dann noch einer mehr. Hat diese Marita Suarez zufällig einen Namen genannt? Sei es den ihres Sohnes oder einen der Mexikaner?“

„Ich weiß nur noch, dass einer der Mexikaner Diego hieß“, antwortete Nico. „Den anderen Namen habe ich vergessen. Wie ihr Sohn heißt, hat sie nicht gesagt.“

„Frau Habermann, Sie sagten, der Unbekannte im Hotel hat sich für genau diese Männer interessiert. War er mit der Information zufrieden, die Sie ihm geben konnten?“

„Nein. Ich hatte ihm gesagt, was ich wusste, aber ich glaube, für ihn war es nicht ausreichend.“

„Es ging ihm nur um die Mexikaner. Nichts anderes“, murmelte Kommissar Burmann und schaute auf seine Notizen. Er sprach mehr zu sich selbst, als dass er hierauf eine Antwort erwartete. Seine Stirn war in Falten gezogen und mit der linken Hand strich er sich gleichmäßig über den Bart, während er die Notizen auf seinem Block zu inhalieren schien. „Sie werden genau über die Dinge ausgefragt, die Sie kurz vorher erfahren haben."

Nico und Vanessa beobachteten ihn mit erwartungsvollen Gesichtern. Für Nico driftete die ganze Geschichte immer weiter ins Ungewisse und Unwahrscheinliche ab. Steckte Anna tatsächlich in all dem mit drin? Wusste sie irgendetwas, das diesen Typen interessierte? War sie in irgendwelche kriminellen Dinge verstrickt? Aber wieso? Wo kam diese verbrecherische Ader plötzlich her? Warum hatte er nie etwas mitbekommen? Es war absolut unbegreiflich für ihn.

„Wissen Sie, was merkwürdig an diesem Fall ist?" Kommissar Burmann riss Nico abrupt aus seinen Gedanken und warf im nächsten Moment zwei Fotos auf die Bettdecke vor ihm.

Es waren Porträtbilder, und als Nico sie erkannte, erstarrte er augenblicklich. Vanessa neben ihm stieß einen verstörten Laut aus. Bei den Personen auf den Bildern handelte es sich um das Suarez-Ehepaar. Die Gesichter waren blass, die Augen geschlossen, im Hintergrund blankes Metall.

Nico hob den Kopf und starrte den Kommissar panisch mit weitaufgerissenen Augen an. „Was ist passiert?"

„Sie wurden erschossen", antwortete der Kommissar knapp. „Es ist wirklich ein erschreckender Zufall und sehr bedauerlich, was der armen Familie Suarez kurz nach Ihrem offiziellen Besuch passiert ist. Sie geben Informationen weiter, die Ihnen nicht gefallen. Ihre Freundin hat Sie hintergangen. Das muss Sie doch wütend gemacht haben!"

Vanessa schluchzte laut neben ihm auf und lenkte ihn kurz vom Kommissar ab.

Dieser holte sich Nicos Aufmerksamkeit aber schnell wieder zurück. „Sie haben das Ehepaar Suarez als Letzte lebend gesehen. Vermutlich jedem würde bei Informationen wie diesen eine Sicherung rausspringen."

Der Kommissar fixierte seinen Blick auf Nicos Gesicht. „Familie Suarez wohnt nur zwei Straßen vom Hotel entfernt. Wollen Sie nicht doch noch einmal überlegen, was sie gemacht haben, während Frau Habermann unter der Dusche war?"

Kapitel 24

Diego beobachtete sie interessiert. Sie versuchte, sich wirklich nicht zu bewegen. Zu groß war die Angst vor ihm.

Doch sie sollte keine Angst mehr haben. Sie sollte ihm vertrauen, oder genauer gesagt, sollte man ihn einfach nur nicht fürchten.

Er hatte die Waffe noch ein Stückchen weiter zur Seite gelegt, damit sie sich sicherer fühlen würde. Diese verdammte Glock! Er wurde sie einfach nicht los. Es war, als hätte er einen Magneten an den Händen, der die Waffe immer wieder zu ihm führte.

Doch das durfte nicht mehr sein. Er hatte Azems Welt aus genau diesem Grund verlassen, wieso war es dann so schwer, die Glock und all das dazugehörige Blut hinter sich zu lassen? War er wirklich so kaputt, dass er nicht mehr ‚normal' sein konnte?

Sie war normal. Ein einfacher Mensch. Lebendig und glücklich.

Er beneidete sie.

Aber konnte er das nicht auch haben? Wenn er wirklich hart dafür kämpfte?

Doch die blutige Waffe, seine unbezähmbare Wut und den grenzlosen Hass hinter sich zu lassen, war sicherlich mit dem Entzug eines drogensüchtigen Junkies zu vergleichen. Es würde ein schwerer Weg werden, aber er hatte sich entschlossen, ihn zu gehen. Er wollte in Mexiko nicht als der Mann auftauchen, der er hier gewesen war. Es sollte nicht so kommen, dass alle Welt ihn fürchtete, nur weil sie ihm ins Gesicht sahen.

Je mehr er darüber nachdachte, desto mehr widerte er sich selbst an. Er war Abschaum. Ein Nichts, das ohne seine schützende Glock und den stahlharten, durchtrainierten Körper wertlos war. Unfähig auch nur einen einzigen sozialen Kontakt herzustellen, der nichts mit Gewalt zu tun hatte.

Er holte mit der rechten Hand aus und schleuderte die Glock beiseite, sodass sie kratzend über den Boden rutschte und kurz vor der Wand zum Halten kam.

In seinem Augenwinkel erkannte er, dass sie durch seine ruckartige Bewegung zusammenzuckte und verstört die Beine an den Körper zog.

Du hast selber schuld, flüsterte eine böse innere Stimme, *es liegt nur an dir, dass sie solch eine Angst hat.* Wütend über sich selbst presste er die Zähne zusammen und schloss die Augen. *Reiß dich zusammen! Sie ist ein normaler Mensch, du willst einer werden!*

Blitzschnell riss er die Augen auf, weil ihm plötzlich eine Idee gekommen war. Zu allem Überfluss war sie allerdings durch sein rasches Augenöffnen erneut zusammengezuckt. Doch er ließ sich davon nicht beirren.

Sie würde ihm helfen können. Vielleicht konnte sie es ihm beibringen – soziale Kontakte. *Normalsein.*

Vorsichtig, bedacht, keine schnelle Bewegung zu machen, streckte er beide Hände aus und legte sie mit den Handflächen offen nach oben auf seinen Knien ab. Dabei ließ er ihr Gesicht nicht aus den Augen.

Ängstlich fixierte sie seine Hände. Ihre Augen huschten unruhig hin und her.

Diego atmete einmal tief durch und überlegte, was er tun sollte. Es war schwer, was er hier machte. Er hatte keine Kontakte zu anderen Menschen abseits des Hauptquartiers. Er wusste nicht, was er tun sollte.

Wie fing man ein Gespräch an, wenn es nicht um das Geschäft ging? Wenn man wusste, dass der Gesprächspartner ein einfacher Mensch und kein Opfer, Verhandlungspartner oder ein Mitglied aus dem Hauptquartier war? Was sollte hier am Ende eines Gespräches rauskommen?

Er spürte, wie ihm plötzlich das Atmen schwerfiel, als würde er untrainiert einen Marathon laufen. Aber er war das ganze Gegenteil von untrainiert. Nichts konnte ihn so schnell aus der Puste bringen.

Außer das hier.

Einen einfachen Menschen anstarren. Hilflos ausgeliefert. Die rettende Glock gute drei Meter entfernt.

Es war schlimmer als jeder Marathon!

„Ist alles in Ordnung?“, fragte sie plötzlich und ihre Stimme überraschte ihn.

Wieso sagte sie etwas, wenn er es doch so sehr versuchte? Wie lange hatte sie für ihre Frage gebraucht?

„Ich weiß es nicht“, stammelte er. Er spürte, wie sich der Schweiß auf seiner Stirn sammelte. Normalerweise hatte er keine Probleme mit drückender Hitze, aber jetzt hatte er das Gefühl, als würden die Wände des kleinen Raumes unaufhaltsam näher rücken.

Reiß dich zusammen, mahnte er sich. *Du wirst Mexiko nicht überleben, wenn du dich nicht einmal mit dieser Frau unterhalten kannst.* Er erinnerte sich an ihren Namen und nahm sich vor, dass er ihn von jetzt an auch denken wollte. Sie war nicht einfach nur eine Frau, eine Geisel, ein einfacher Mensch – sie war Anna.

„Erzählst du mir etwas über dich?“, fragte er stockend und konzentrierte sich dabei bedacht auf jedes einzelne Wort. „Anna?“

Sie riss die Augen auf. Verwundert starrte sie ihn an, als hätte sie ihn nicht richtig verstanden. Einen kurzen Moment dachte er, dass er in seiner Verzweiflung versehentlich Spanisch gesprochen hatte.

„Was willst du wissen?“, kam ihre plötzliche und unerwartete Gegenfrage. Sie wirkte zutiefst überrascht.

„Etwas über dich. Irgendetwas.“ Er überlegte verzweifelt, ob er schon etwas über sie wusste, das er jetzt aufgreifen konnte. Aber außer ihrem Namen, den Rafael anfangs einmal erfragt hatte, weil es das Ganze einfacher machte, und ihrem Wagen, mit dem sie nach Freiburg gefahren waren und der eine Krankheit im Sinne eines schnellen Wagens war, wusste er nichts über sie.

So viel zu seiner sozialen Kontaktaufnahme. Sie war ihm egal gewesen. Er hatte sie nicht beachtet.

Bis jetzt. Jetzt würde sie ihm helfen. Seine Lehrerin in Sachen ‚Führe ein belangloses Gespräch‘ werden. Lektion eins – benimmt dich nicht wie ein Trottel.

Doch vielleicht war Reden fürs Erste auch zu schwierig. Er beobachtete, wie sie auf ihrer Unterlippe kaute. Die Haut war stellenweise schon rissig und kaputt. Er erinnerte sich, dass er sie bereits hatte kauen sehen, sich aber nicht weiter dafür interessiert hatte. Nicht so jetzt.

„Was machst du immer mit deiner Lippe?“

Sie hörte sofort auf und presste die Lippen aufeinander. In ihren Augen erkannte er, dass sie schon wieder Angst vor ihm bekam. Das machte ihn noch wütender, aber er musste sich zusammenreißen.

„Du kaust da ständig drauf. Warum machst du das?“ Vielleicht sollte er sie einfach nicht mehr anschauen, damit er nicht durch ihre Reaktionen abgelenkt wurde. Andererseits wollte er natürlich aus ihnen lernen.

„Ich weiß nicht. Eine schlechte Angewohnheit, denke ich.“

Er beobachtete ihre Lippen beim Sprechen. „Tut es nicht weh?“

„Eigentlich nicht. Nur wenn es einreißt, aber dann ist es auch meistens zu spät.“ Sie hatte eine tiefe Falte zwischen den Augenbrauen. Sie war verwirrt, so viel konnte er deuten. „Meistens bekomme ich aber gar nicht mit, dass ich kaue. Ich tue es unbewusst, wenn ich nervös bin.“

„Bist du jetzt nervös?“

Sie zögerte einen Augenblick. „Nein. Jetzt habe ich eher Angst.“

Und er hasste sich wieder. Die Waffe lag immer noch weit weg. Er hatte sich nicht bewegt, und doch hatte sie Angst vor ihm. „Ich habe dir gesagt, dass du keine Angst vor mir haben sollst“, knurrte er.

Sie schluckte.

„Warum hast du es trotzdem?“

„Es lässt sich nicht so leicht abschalten."

„Traust du mir nicht?"

Sie wartete einen Moment, bis sie weitersprach. „Doch, eigentlich schon. Zumindest glaube ich, dass du es versuchen willst. Mir nichts tun, meine ich."

Wow! Sie hatte ihn sofort durchschaut. Und sicherlich erkannte sie auch, wie schwer es ihm fiel.

„Du bist sehr ehrlich", gestand er ihr.

„Meistens ist es das Beste. Ehrlichkeit zahlt sich aus, Unehrlichkeit holt einen irgendwann ein."

Das reicht jetzt, dachte er, *geh hier wieder weg! Übertreib es nicht!*

Doch er konnte sich nicht losreißen. Irgendwie fand er Gefallen an ihr. Dieser lockeren und entspannten Art, wie sie mit ihm sprach, obwohl sie doch solche Angst hatte. Wie bekam sie ihre Gefühle nur unter Kontrolle, um so beherrscht mit ihm zu reden?

„Darf ich dich etwas fragen?" Ihre Stimme klang klar und frisch.

„Ja." Die Spannung folterte ihn. Was wollte sie wohl wissen? Würde er ihr antworten können?

„Verrätst du mir, wo wir sind?"

Er wartete einen Moment, bis er antwortete. Sie hatte sich aufrechter hingesetzt und wirkte nicht mehr so ängstlich wie am Anfang ihrer Unterhaltung. Schaffte er es etwa? Konnte er seinen bösen Teil überspielen?

„San Sebastián."

Sie wirkte plötzlich erfreut und lächelte leicht. „Golf von Biskaya, richtig?"

Diego war so fasziniert von ihrer plötzlichen Gefühlsänderung, dass er sie wie ein Geisteskranker anstarrte. „Richtig."

„Ich habe schon viele Bilder von der Bucht gesehen", erzählte Anna munter weiter. „Es war sogar mal in meiner Urlaubsplanung, ich bin aber nie hier gewesen. Es muss sehr schön da draußen sein." Sie sah wehmütig zum kleinen Fenster hoch.

Diego folgte ihrem Blick. „Es ist wunderschön." Er würde es ihr gerne zeigen. Vielleicht könnte er seine Lehrstunden nach draußen legen? Ihr die Stadt zeigen, unbefangen mit ihr durch die Straßen laufen?

Nein, das war zu gefährlich. In Europa sollte er nicht mehr als nötig draußen unterwegs sein. Azem hatte seine Augen überall.

„Warum bist du nicht hier gewesen?", fragte er stattdessen.

Sie lächelte kurz und wirkte für einen Moment traurig. „Mein Freund wollte damals lieber nach England. Er meinte, es brächte nichts, da wir kein Spanisch können und wir hier kein richtiges Englisch lernen würden, wenn es nur von Spaniern gesprochen wird."

„Kannst du gar kein Spanisch?"

„Es reicht nicht, um euch zu verstehen." Plötzlich grinste sie. „Aber ich habe mal einen Volkshochschulkurs gemacht. Da lernt man allerdings auch nur das Übliche wie: Buenos días, me llamo Anna[21] und so weiter."

„Reicht in Spanien vielleicht gerade zum Überleben", stellte er fest.

„Wie kommt es, dass du beide Sprachen kannst? Bist du Spanier?" Sie hatte sich ein Stückchen vorgebeugt und blickte ihn interessiert an.

Im gleichen Zug lehnte er sich weiter zurück. Wie weit durfte er gehen? Was durfte er ihr überhaupt sagen? Vielleicht sollte er sich doch lieber wieder nach unten begeben.

Ohne den Blick von ihren Augen abzuwenden, stand er langsam auf und beobachtete dabei ihren Ausdruck. Sie wich sofort zurück, als er sich bewegte. Ihre Augen weiteten sich.

„Entschuldige, hab ich was Falsches gesagt? Das wollte ich nicht", flehte sie, und er erkannte wieder ihre Angst.

Enttäuscht ließ er den Kopf hängen und ging zu seiner Glock, um sie aufzuheben. Er hatte es nicht geschafft, ein vollkommen angstfreies Gespräch mit ihr zu führen. Woran lag das?

Als er wieder zurückkam, blieb er kurz vor ihr stehen. Nachdenklich drehte er die Waffe in seinen Händen. Es war komisch, die Hitze war nicht weniger geworden, es hatte sich nichts verändert, und doch fühlte er sich besser. Er hatte seine Droge wieder bei sich. Seine Sicherheit.

„Darf ich dich etwas fragen?" Er drehte sich zu ihr um und hätte sich am liebsten selbst geohrfeigt, als er ihr Gesicht sah. Die Angst stand wie in großen Buchstaben auf ihre Stirn geschrieben. Ihre Augen waren rot umrandet.

Sie antwortete nicht.

„Warum hast du solch eine Angst vor mir?", fing er an. Beim Blick auf seine Waffe konnte er diese Frage aber eigentlich selbst beantworten. „Ich meine, abgesehen von der Tatsache, dass ich eine Waffe in den Händen halte, gedroht habe, dich zu töten, sobald du versuchst zu fliehen. Was ist es an *mir*, was dir Angst macht?" Er war verzweifelt, und er hasste sich dafür.

Sie starrte ihn an, sagte aber nichts.

---

[21] Guten Tag, ich heiße Anna

„Bitte, Anna! Sag es mir! Ich muss es wissen!“

„Deine Augen“, antwortete sie plötzlich. „Du hast etwas an den Augen, das sehr böse wirkt, als ob du mich hasst und unsagbar wütend auf mich bist, wenn du mich ansiehst. Ich habe dann Angst, weil ich nicht weiß, wie sehr du dich unter Kontrolle hast.“ Sie atmete schwer und zitterte leicht. Es hatte sie offenbar viel Mühe gekostet.

„Ehrlichkeit zahlt sich aus“, murmelte er leise ihren Satz von vorhin. Er war ihr für ihre Ehrlichkeit dankbar, hasste sie aber auch zugleich, weil sie direkt ins Schwarze getroffen hatte. Seine Waffe konnte er ablegen, die Muskeln und die Härte des Körpers könnten verschwinden, aber wie war es mit den Augen? Wie wurde er den Hass los, der sich permanent in seinen Augen widerspiegelte?

Wütend drehte er sich um und ging zur Tür. Er musste hier raus. Als er ging spürte er ihren Blick in seinem Rücken. Er wollte ihr erklären, dass er sie nicht hasste, dass er es selbst war, den er zutiefst verabscheute.

Als er die Türklinke runterdrückte, hielt er kurz inne und dachte an ihre noch unbeantwortete Frage. „Ich komme aus Mexiko.“ Er sprach, ohne sich umzudrehen und verschwand durch die Tür.

Kapitel 25

Der Kontrollraum des Hauptquartiers verfügte über zahlreiche GPS-gesteuerte Fahndungsprogramme, die ganz Europa abdecken konnten. Für Azems Geschäfte war es unverzichtbar zu wissen, wo sich seine Schäfchen befanden.

Benno hatte jetzt seit einiger Zeit die blinkenden Punkte von Miti und Igor verfolgt, die ihren Weg nach Spanien absolviert hatten. Inzwischen waren sie da und vor Ort, es fehlte nur noch der entscheidende Wink. Die letzte Fahne, die die Richtung deuten sollte.

Es war jetzt fast eine Woche vergangen, seit Joyo ihm ins Bein geschossen hatte, und Benno versuchte, sich daran zu erinnern, wann das letzte Mal das Geschäft für so lange Zeit aus der Bahn geworfen worden war. Doch er konnte sich an keine Situation erinnern, die dieser auch nur annähernd gleichkam.

San Sebastián, dachte er und rief sich erneut die Satellitenkarte der spanischen Stadt auf den Monitor. Zwanzig Kilometer südlich der französischen Grenze am Golf der Biskaya mit einer muschelförmigen Bucht. Es waren schöne Bilder, die er hierzu im Internet aufrufen konnte.

Warum waren sie hier? Was hatten sie vor? Und vor allem, was hatte die Frau mit all dem zu tun?

Miti hatte nicht nur den derzeitigen Aufenthaltsort bekannt gegeben, sondern auch herausgefunden, dass Joyo und Santo in Begleitung einer gewissen Anna Selbig waren, die sich angeblich als Santos Freundin ausgab. Benno hatte zweimal nachfragen müssen, als Miti ihm hiervon erzählt hatte. Santo hatte eine Freundin? Seit wann? Wie war die Frau dazu gekommen?

Vor einer Woche hatten sie noch gedacht, Santo hätte aus einer Kurzschlussreaktion gehandelt, doch wenn diese Frau jetzt dabei war, wurde vielleicht schon seit Längerem geplant, dass sie sich absetzen wollten.

Und warum zum Teufel nannte Santo sich wieder bei seinem gutbürgerlichen Namen Diego? Was um alles in der Welt hatte ihn hierzu bewegt? Ging er etwa ab jetzt auch in die Kirche?

Benno hatte diese Anna gecheckt, aber nichts Auffälliges herausfinden können. Sie arbeitete als Krankenschwester und studierte nebenbei Medizin. Aufgewachsen war sie in einem soliden Einfamilienhaus in Harvestehude. Wie war Santo bloß an sie rangekommen? Keiner aus dem Quartier hatte etwas davon mitbekommen, dass er plötzlich eine Freundin haben sollte.

Er hatte sich die Seiten über San Sebastián bereits aufgerufen, als Miti und Igor sich dorthin auf den Weg gemacht hatten. Seither hatte er nichts anderes getan, als sich mit der spanischen Touristenstadt zu beschäftigen, was in diesem Fall nicht bedeutete, dass er sich über die Sehenswürdigkeiten schlau machte. Vielmehr versuchte er, einzelne Leute von Azem dort und in der Umgebung zu mobilisieren, damit sie ihnen bei der Suche nach Joyo und Santo behilflich sein konnten.

Sie wussten den Ort, aber das brachte ihnen nicht wirklich viel, wenn sie gegen ihr eigenes System spielen sollten. Die Mexikaner waren Teil hiervon. Für ihre Überführung würde mehr vonnöten sein, als bei gewöhnlichen Aktionen. Sie gehörten nicht zu der Sektion, in der etwas ‚normal' ablief und mit einem Alltagsgeschäft zu vergleichen war.

Hier gehörte noch ein Quäntchen Glück dazu.

*

Nico hätte sich am liebsten im Bett hin und her gewälzt, aber die Schmerzen ließen dies nicht zu. Draußen war es langsam dunkel geworden. Die Schwestern hatten ihre abendlichen Runden gedreht, die letzten Pillen waren eingeworfen worden, und jetzt sollte die Nachtruhe eintreten.

Aber wie?

Nico konnte sich das alles nicht vorstellen. Wie war es so weit gekommen? Wo war der Fehler? Wo war der Haken? Wie war es möglich, dass man ihn verdächtigte, einen Doppelmord begangen zu haben? Was war wirklich mit der armen Familie Suarez passiert? Hatte Anna womöglich etwas mit dem zu tun?

Anna, wo bist du hier bloß reingeraten?

Zudem hatte der Kommissar so intensiv in seinem Alibi herumgestochert. Hatte alles widerlegt, was Nico getan hatte. Okay, es wäre vielleicht machbar gewesen, dass er, während Vanessa unter der Dusche gestanden hatte, Herrn und Frau Suarez getötet hatte, aber wie hätte er es anstellen sollen? Er hatte keine Waffe, und er hat auch nie eine besessen. Sie mussten das doch sehen! Wie würde jemand wie er solch einen kaltblütigen Mord begehen und sich anschließend wieder seelenruhig ins Hotelbett legen können?

Er hätte ein Ventil gebraucht, um seine Wut zu entladen, hatte der Kommissar gemeint. Nico dachte an die Befragung und wie kurz er vorm Ausrasten gewesen war, ohne zu ahnen, was es für ihn bedeutete. Der Kommissar hatte mit seiner Wut seine Vermutungen wahrscheinlich noch bestätigt gesehen.

Anna, was hast du getan? Was hast du mir *angetan?*

Der Kommissar hatte angeordnet, dass Nicos Zimmer von einem

Wachmann beaufsichtigt werden würde. Er stand quasi unter Arrest. Morgen früh würde er mit einem Anwalt sprechen.

Es war alles so absurd! Sahen die das denn nicht?

Vanessa war stillschweigend verschwunden. Ohne Abmeldung war sie mit einem Mal nicht mehr da gewesen, als er noch die beiden Kommissare in seinem Zimmer gehabt hatte. Seither hatte er nichts von ihr gehört. Aber sie würde doch wohl nicht so verrückt sein und an diesen Unsinn glauben? Doch half ihm das?

Was war mit Schmidt & Berger? Hatten sie schon davon gehört? Hatte die Polizei hier schon gebohrt? Würden sie denen glauben oder ihm? War es überhaupt wichtig, ob ihm jemand glaubte? War sein Ruf nicht ohnehin weg, wenn er erst mal in Verbindung mit einem Mord gestellt wurde? Wer sollte ihm denn jetzt noch vertrauen? Die Mundpropaganda war doch meistens besser als jede Nachrichtensendung, zudem sich schlimme Neuigkeiten immer lukrativer und schneller verkaufen ließen. Keinen würde es interessieren, dass Nico Flink am Ende doch unschuldig war. Langweilig. Jeder war unschuldig, entscheidend waren die, die tatsächlich etwas begangen hatten.

Wütend drehte er sich herum und ignorierte die Schmerzen im Rücken, als er sich auf die Seite legte.

*

Anna hatte sich auf ihrer Liege zusammengerollt. Es war längst dunkel, sie hatte kein Licht im Raum. Nur durch das kleine eckige Fenster in der Wand konnte sie das Schimmern einer Straßenlaterne erkennen, die irgendwo in der Nähe stehen musste.

Obwohl sie hundemüde war, konnte sie nicht einschlafen. Das seltsame Verhalten Diegos machte ihr zu schaffen. Er war so eigenartig gewesen. Er hatte sich gezwungen, bei ihr zu sein und mit ihr zu reden, aber warum? Irgendetwas hatte ihn plötzlich fasziniert. Irgendetwas wollte er erfahren. Es war wie eine Art Test, den er versuchte zu bestehen.

War er vielleicht wirklich so gefährlich, dass er sich auf die Probe hatte stellen wollen? Wie weit konnte sie ihm tatsächlich trauen?

Sie dachte an ihren Vater, der immer meinte, traue einem Menschen, bis er dich vom Gegenteil überzeugt. Doch hier ging es nicht um eine Gartenschere, die man so lange vertrauensvoll an den Nachbarn verlieh, bis dieser sie nicht mehr zurückbrachte. Hier war Anna die Gartenschere. Eine Gartenschere, die sich mit einer Handgranate abgab. Eine falsche Reaktion und sie würde hochgehen.

Dennoch tröstete sie der Gedanke an ihren Vater. Es war schön zu wissen, dass ihre Eltern da waren, wenn auch etliche Meilen entfernt, aber trotzdem fühlte sie sich nicht alleine. Sie würde sie wiedersehen.

Ganz bestimmt. Sie würde sich an den Teil der Abmachung halten. Mit Vertrauen würde sie weiterkommen. Das Gespräch vorhin war so surreal, dass sie eigentlich nur an etwas Gutes in Diego glauben musste.

Ein Geräusch ließ sie aufhorchen. Es waren Schritte auf der Treppe. Sofort verspannte sie sich und zog die Decke fester an sich heran. Es kam jemand zu ihr.

Jetzt noch? Wie spät mochte es sein?

Dann wurde langsam die Klinke heruntergedrückt. Anna richtete sich sofort auf und presste sich an die Wand.

Lass es nicht Enrico sein, der seinen verpassten Versuch von heute Morgen nachholen möchte, dachte Anna verzweifelt und überlegte, was sie tun konnte.

Angestrengt starrte sie auf den Schatten, der sich leise durch die Tür schlich. Sie konnte nicht erkennen, wer es war.

Er schloss die Tür direkt hinter sich, blieb aber noch reglos dort im Schatten stehen.

Annas Herz schlug ihr bis zum Hals. Es war so laut, dass sie rein gar nichts mehr aus ihrer Umgebung wahrnahm.

„Wer ist da?“ Ihre Stimme schwankte und klang nicht ganz so hart, wie sie es erhofft hatte. Sie zog die Decke noch ein Stückchen fester und bildete ein Knäuel aus ihrem Körper, zu dem es keinen schnellen Zugang gab. Vielleicht würde sie so Zeit gewinnen, sollte ihre Weiblichkeit das Ziel dieses nächtlichen Besuchs sein.

Leise Schritte kamen in ihre Richtung. Dann fiel ein Teil des Lichts aus dem Fenster in der Decke auf ihren Besucher.

„Hast du schon geschlafen?“, fragte Diego. Er ging direkt bis zur Liege vor und stoppte an der Stelle, wo er heute Morgen bereits gesessen hatte. „Ich wollte dich nicht aufwecken.“

„Nein. Ich war noch wach.“

Er atmete aus und es klang erleichtert. „Ich habe keine Waffe dabei.“

Anna hörte die Information zur Beruhigung an sie, glaubte aber, hier auch eine Spur Überzeugung an ihn selbst zu herauszuhören.

„Ich bin im Dunkeln gekommen, damit du meine Augen nicht sehen kannst“, fügte er erklärend hinzu.

„Was willst du?“

„Ich würde gerne mit dir reden.“

„Wie spät ist es?“

„Kurz vor zwölf. Aber ich werde nicht lange bleiben, damit du schlafen kannst.“

Anna musterte den Schatten, der vor ihr im schwachen Licht der

Lampe dämmrig schimmerte. Was war los mit ihm? Wo kam dieser plötzliche Wandel her, dass er sich für sie interessierte?

„Okay."

Diego ließ sich auf den Boden sinken und nahm den Platz von heute früh wieder ein. Es war wirklich so dunkel, dass Anna seine Augen nicht erkennen konnte. Sein Umriss war nur ganz schwach auszumachen, da der Schein aus dem Fenster ihn jetzt nicht mehr erreichte.

„Über was willst du reden?", fragte sie interessiert. Sie musste jetzt besonders aufpassen, da sie nur an seiner Stimme die Laune erkennen würde.

„Ich weiß nicht genau. Vielleicht erzählst du mir etwas über dich?"

„Mein Leben ist langweilig. Du kommst aus Mexiko. Ich glaube, du hast mehr zu erzählen."

Er atmete einmal tief durch, als hätte Anna einen wunden Punkt getroffen. „Versuch es trotzdem. Was für ein Leben hast du bis vor einer Woche geführt?"

„Sind wir schon so lange weg?"

„Fast. Morgen vor einer Woche."

„Ich kriege die Tage gar nicht mehr zusammen." Anna hatte nicht registriert, wie lange sie tatsächlich schon weg war. Es ging ihr gut, aber das wusste natürlich keiner. Was dachten ihre Eltern? Was war mit Nico? Wo hatten sie sie schon überall gesucht? Vielleicht hatten sie sie schon für tot erklärt.

Ihre Kehle schnürte sich mit einem Mal zu, sodass sie kaum noch atmen konnte.

„Erzählst du es mir?", bohrte Diego nach. Anna überlegte, ob er ihr Gesicht genauso wenig erkennen konnte wie sie seins.

Sie räusperte sich kurz und versuchte den Gedanken an ihre verzweifelte Familie zu vertreiben. „Ich … ich bin Krankenschwester." Eigentlich wollte sie mehr erzählen, aber plötzlich liefen ihr heiße Tränen über das Gesicht und sie fing an zu schluchzen.

„Was ist los?", hörte sie seine verwirrte Stimme.

„Ich will nach Hause, Diego. Bitte lass mich gehen! Bitte!"

„Du wirst nach Hause kommen. Das verspreche ich dir."

„Wann?"

„Es dauert nicht mehr lange."

Anna schob sich zum Kopfende der Liege und tastete nach den Erfrischungstüchern, die sie hier stehen hatte. Laut schnaubend putzte sie sich die Nase und wischte sich das Gesicht sauber.

„Erzähl mir von deinem Leben als Krankenschwester!", forderte Diego sie auf, als sie schließlich fertig war.

„Ich studiere nebenbei noch Medizin“, antwortete Anna schniefend. „Nur Krankenschwester hat mir irgendwie nicht gereicht.“

„Also möchtest du Ärztin werden?“ Er klang fasziniert.

„Wenn ich irgendwann mal fertig bin. Es ist sehr anstrengend.“ Sie putzte sich erneut die Nase.

„Erzähl mir von deiner Familie. Hast du Geschwister?“ Er klang, als würde er von einem anderen Stern kommen und hätte keinen blassen Schimmer, was auf dem Planet Erde eigentlich passierte.

„Mein Vater ist Zahnarzt, meine Mutter betreibt eine Praxis für Ergotherapie. Geschwister habe ich keine.“

„Also liegt die Medizin bei euch in der Familie?“

„Vielleicht.“

„Das hört sich so einfach an.“

„Es ist nicht immer leicht.“

Diego verstummte kurz und schien die Informationen zu verarbeiten.

„Was ist mit dir?“, fragte Anna vorsichtig. „Was machst du so?“

„Ist das eine ernst gemeinte Frage?“

„Keine Ahnung, ich glaube schon.“

„Guck mich doch an! Was bin ich denn? Was kann ich denn? Angst machen und töten. Aber das ist auch alles.“

Anna atmete tief durch und zog die Decke fester. Seiner Stimme war deutlich anzuhören, wie wütend er war.

„Von einem Medizinstudium war bei mir zumindest nie die Rede“, schnaubte er.

„Was ist mit deinen Eltern?“

Diego bewegte sich kurz und verlagerte seinen Sitz. „Sie sind tot. Rafael und ich sind adoptiert. Ich war acht, Rafael elf, als wir nach Deutschland kamen.“

„Okay.“ Anna stellte es sich schwierig vor, in dem Alter von Mexiko nach Deutschland zu kommen und bei einer fremden Familie ein neues Leben anzufangen. „Wie war das?“, traute sie sich dennoch zu fragen.

Es dauerte einen kurzen Moment, bis Diego weitersprach. „Auf der einen Seite hatten wir hier alles – materiell gesehen. Aber trotzdem waren wir nichts. Wir haben nie dazugehört.“

Warum spricht er nur in der Vergangenheitsform? War es jetzt etwa vorbei?

Er machte eine erneute Pause. Anna konnte nicht genau sehen, was er tat, aber er schien irgendetwas mit seinen Händen zu machen. *Sein Leben macht ihn wütend*, dachte Anna. *Sicherlich ist bisher so einiges schiefgegangen.*

Anna stellte sich den tollwütigen Diego mit seiner Waffe in einem Arbeitsamt vor. Hier schien wirklich kein Platz für ihn zu sein. „Und jetzt wollt ihr es in Spanien versuchen?"

„Nein, wir gehen nach Mexiko."

„Was ist mit deinen Adoptiveltern? Ich meine, du hast doch irgendwie eine Familie, oder nicht?"

„Nein!", knurrte er. Sein Atem beschleunigte sich. Kam hierher der Hass?

„Das tut mir leid." Anna wusste nicht, was sie sonst sagen sollte. Konnte sie sich überhaupt für seine schlechte Kindheit entschuldigen?

Sie war in einer Bilderbuchwelt aufgewachsen. Ihre Eltern hatten ihr jeden Wunsch von den Lippen abgelesen, sie hatte nie irgendwelche finanziellen Engpässe miterlebt, sie war überall angesehen und beliebt. Ihr fiel keine drastische, schlechte Erinnerung ein, die sie aus ihrem Lebenslauf erzählen konnte.

„Was ist mit Enrico?", fragte Anna und dachte an den dicken Mann, der heute früh seine Wurstfinger nach ihr ausgestreckt und der sich als Cousin ausgegeben hatte. „Ich meine, wenn ihr adoptiert seid … wie geht das dann? Ist er ein richtiger Cousin?"

„Er ist einer von uns. Das ist alles."

Ein Geräusch an der Tür ließ beide aufschrecken. Noch ehe Anna registrieren konnte, dass die Tür geöffnet wurde, war Diego auch schon auf den Beinen.

Dann wurde die kleine vergilbte Lampe über ihnen angeknipst.

Anna kniff kurz die Augen zusammen, erkannte dann aber Rafael, der in der Tür stand.

Abwechselnd blickte er zwischen Diego und Anna hin und her. Er sah sie finster an und hatte die Stirn in Falten gezogen. In dieser Version hatte er wirklich eine große Ähnlichkeit mit seinem Bruder. War der fiese Blick vielleicht vererblich? Wo sie ansonsten nicht viel gemeinsam hatten, da Rafaels Gesicht breiter und gedrungener wirkte, Diego dagegen im Ganzen größer und gestreckter war, so war dieser Blick doch eine große Gemeinsamkeit. Oder war es nur der gleiche Hass, der aus ihnen sprach? Rafael war wahrscheinlich ähnlich auf ihre Adoptiveltern zu sprechen wie sein Bruder.

Die Tür hinter ihm war offen und Anna konnte den Ansatz der schmalen Wendeltreppe erkennen. Direkt oben an der Ecke war die Toilette, auf die sie stets in Begleitung ihrer Entführer, meistens Diego, geführt wurde. Rafael hatte eigentlich wenig mit ihr zu tun. Fast als wäre er nicht für sie verantwortlich, sondern sein Bruder.

„Qué pasa?“[22], fragte Rafael forsch und funkelte Diego böse an.

„Solo hablamos“[23], antwortete Diego.

Er entfernte sich von Anna und ging langsam auf seinen Bruder zu.

Rafael ließ Anna nicht aus den Augen. Er schien sie förmlich durchbohren zu wollen. Grimmig biss er die Zähne fest aufeinander und blähte die Nasenlöcher auf.

Anna versteifte sich instinktiv und wich ein Stück zurück. Seine Mimik machte ihr Angst.

Als Diego bei ihm angekommen war, drückte Rafael ihm seine Waffe in die Hand. „Olvidaste tu Glock.“[24]

Diego verspannte sich, als hätte er einen Stromschlag bekommen, als er die Waffe entgegennahm. Anna konnte beobachten, wie es unter der Oberfläche förmlich zu pulsieren begann. Er schien ein großes Problem mit der Pistole zu haben. Deshalb vermutlich auch die Anspielung, dass er ohne sie hergekommen war. Es war ihm nicht leichtgefallen und doch wollte er sie loswerden. Allerdings schien Rafael nichts von dem inneren Kampf zu wissen, den sein Bruder austrug.

Sie sprachen nicht, aber die Spannung zwischen ihnen hätte die kleine Lampe an der Decke betreiben können.

Wortlos trat Rafael zurück und gab Diego den Vortritt. Ohne sich noch einmal nach Anna umzudrehen, huschte er durch die Tür und war verschwunden.

Rafael warf Anna einen letzten finsteren Blick zu, dann ging auch er hinaus und schloss die Tür hinter sich.

Das Klacken des Schlosses wirkte lauter als sonst und unterstrich ihre Gefangenschaft mehr denn je. Sie war nicht freiwillig hier. Sie war eingesperrt. Seit fast einer Woche wurde sie durch halb Europa verschleppt. Es gab kein Entkommen für sie. Sie konnte nur beten. Und genau das tat sie jetzt.

*

„¿Qué estas pensando?“[25], fauchte Rafael wütend, als sie die schmale Wendeltreppe nach unten stiegen. „Ella no es una de nosotros. ¿Lo sabías?“[26]

Diego ignorierte seinen Bruder und ging unaufhaltsam weiter.

„¡Te hablo!“[27] Rafael packte ihn am Arm und riss ihn herum. „No

---

[22] „Was ist los?“

[23] „Wir reden nur.“

[24] „Du hast deine Glock vergessen.“

[25] „Was denkst du dir dabei?“

[26] „Sie ist keine von uns. Weißt du das?“

[27] „Ich rede mit dir!“

es el momento de tener una conversación relajada. ¿Está claro para ti?“[28]

Natürlich wusste Diego, was sein Bruder ihm sagen wollte. Natürlich wusste er, was er meinte. Doch er schien ihn einfach nicht zu verstehen und seine aufgeblasene Art, als wäre er sein Vormund, machte es nicht besser. Niemand schien ihn zu verstehen.

Außer Anna vielleicht.

Sie sprach anders mit ihm als alle anderen. In ihren Gedanken spielten vollkommen andere Absichten. Sie kannte seine Welt nicht. Sie war eine Fremde. Aber genau das faszinierte ihn auch so. Eine Außenstehende, ohne Vorurteile oder Annahmen. Sie hatte keine Ahnung, wer er eigentlich war.

„Diego, was ist mit dir los? Wir sind nicht zum Vergnügen hier. Du weißt, was mit der Frau passieren muss, wenn sie zu viel über uns weiß.“

„Sie heißt Anna.“

„Was?“

„Ihr Name. Sie heißt Anna.“

„Na und?“ Rafael kam näher, bis sein Gesicht direkt vor dem seines Bruder war. „Du kennst die Regeln, Diego, und du weißt, was auf dem Spiel steht. Da du dich weigerst, sie zu töten, was ich schon vor einer Woche hatte tun wollen, muss sie so lange bei uns bleiben, bis wir im Flieger sitzen. Und glaub mir, es ist nicht ratsam, wenn sie weiß, wie viele Falten du am Sack hast und es anschließend bei Azem ausplaudert.“

„Azem wird sie nicht kriegen.“

„Nein? Bist du dir da sicher? Sicherlich wird sie zur Polizei laufen, sobald wir sie frei lassen, und ich brauche dir nicht zu erzählen, wie sehr wir immer vom wässrigen Informationsnetz der Polizei profitiert haben. Sie ist tot – so oder so. An sich kann ich es auch jetzt gleich erledigen.“ Er zog seine Waffe aus dem Hosenbund und lud sie durch.

Diego schlug Rafael zurück und baute sich drohend vor ihm auf. „Wag es ja nicht, ihr zu nahe zu kommen!“

„Warum nicht? Was willst du noch von ihr?“

Lernen. Aber das konnte er seinem Bruder unmöglich erklären.

„Ich werde mich um sie kümmern, okay? Azem wird sie nicht kriegen, ich lass mir etwas einfallen.“ Er gab seinem Bruder einen letzten Stoß und drehte sich um.

Rafael stieß einen verachtenden Laut aus. „Mein Bruder, der Ba-

---

[28] „Es ist nicht der richtige Moment um entspannte Unterhaltungen zu führen. Ist dir das klar?“

bysitter. Wenn wir in Mexiko sind, kaufe ich dir einen Hund. Damit du nicht dem nächstbesten Frauenzimmer hinterherlaufen musst."

Ohne jede Vorwarnung drehte Diego sich wieder zu seinem Bruder herum und schlug ihm die Faust ins Gesicht. Rafael fiel zurück und hielt sich den Mund. Im schwachen Schein der Lampe, die von unten die Treppe raufstrahlte, erkannte Diego das Blut, das aus seiner Lippe quoll.

„Sie heißt Anna", wiederholte er und ließ seinen Bruder verdutzt über die schnelle und unerwartete Reaktion auf der Treppe zurück.

Kapitel 26

Kommissar Burmann hatte nicht viel geschlafen. Dieser Fall hatte sich als tieferes Fass als ursprünglich angenommen herausgestellt.

Nico Flink war unschuldig. Zumindest deutete alles darauf hin.

Leider.

Die Obduktion hatte ergeben, dass die Familie Suarez erst nach Mitternacht getötet worden war. Nico Flink war zu dieser Zeit aber bereits überfallen worden.

Zudem hatten mehrere Anwohner bei den Befragungen einen dunklen Mercedes mit einem Hamburger Kennzeichen gemeldet, der ihnen tagsüber direkt vor dem Haus der Familie Suarez aufgefallen war. Es waren also noch mehr Besucher aus dem Norden hier gewesen als der junge Mann mit seiner hübschen Begleiterin.

Laut den Beobachtungen hatten sich die Fremden in Anbetracht der Tatsache, dass nur wenige Stunden später ein Mord geschah, äußerst verdächtig verhalten. Irgendwie hatte jeder der Nachbarn sie mal im Wagen sitzen gesehen, sich jedoch nichts dabei gedacht, was in der Summe aber ergab, dass die beiden Männer sich den ganzen Tag dort aufgehalten haben mussten.

Hier ging die Spur weiter, aber hier hörte sie auch im gleichen Augenblick auf. Niemand hatte die Insassen genau gesehen oder das Kennzeichen notiert.

Er war gestern früh in der Wohnung gewesen. Sie war verwüstet und unordentlich.

Die Familie war mit jeweils nur einem und gut gezieltem Schuss direkt in den Kopf getötet worden. Auftragsarbeit. Keine Tat aus Rache wegen einer verschwundenen Freundin oder eines einfachen Raubmords. Der Täter hatte hier ohne Gefühl gehandelt. Das machte die Sache natürlich nicht leichter. Wenn hier Profis am Werk waren, konnte man ebenfalls davon ausgehen, dass man keine brauchbaren Spuren finden würde. Sie verstanden ihr Handwerk.

Über das Motiv konnte natürlich bisher auch nur gerätselt werden. Nico Flink hätte es vielleicht aus Eifersucht oder Wut getan. Hier gab es den Hintergrund der verschwundenen Freundin, was eine mögliche Richtung eingeschlagen hätte.

Doch was jetzt übrig blieb, war ein einfaches Ehepaar mit Migrationshintergrund, beide in ansässigen Firmen beschäftigt und mit gutem Stand in der Bürgerschaft vertreten. Das machte wenig Sinn. Warum hatte es ein Auftragskiller auf sie abgesehen? Wie tief musste er hier graben?

Er trank einen großen Schluck von dem fast kalten Kaffee und stellte anschließend seine Tasse wieder an die Seite seines überladenen Schreibtisches.

Er war heute früh gekommen. Die meisten Kollegen waren noch nicht im Haus. Aber er hatte es zu Hause nicht mehr ausgehalten. Er konnte besser arbeiten, wenn er Ruhe hatte.

In der Mitte seines Tisches hatte er ein großes Blatt ausgelegt, auf dem er allerlei Namen und Gesülze abgelassen hatte, was ihm jetzt im Kopf herumschwirrte. *Nicht nachdenken, sondern frei nach Schnauze aufschreiben, was dir einfällt.* Das war seine Devise, und meistens fuhr er gut hiermit. Hinterher konnte er immer noch ausstreichen, was das Zeug hielt, aber so kam wenigstens alles raus, auch wenn es nur ein winziger unbedeutender Gedanke in seinem Hinterkopf war. Brain-Barfing nannte er es, weil er alles, was in seinem Gehirn auftauchte, sofort auskotzte.

Er trank einen weiteren Schluck Kaffee und stellte fest, dass dieser doch schon zu kalt war. Angewidert spuckte er das kalte Gebräu wieder in die Tasse zurück.

„Ich muss zurück“, brummelte er leise zu sich selbst und vollführte die ersten Striche in seiner Hirnausbeute, von denen er überzeugt war, dass er diese Einfälle nicht brauchen würde. Er konnte nicht ganz oben anfangen, wenn er nicht wusste, wo es losging. Der Zusammenhang musste her, aber genau das war das Problem.

Alles hatte vor ein paar Tagen begonnen, als Familie Suarez Besuch von sogenannten ‚Mexikanern‘ bekommen hatte, wie Frau Habermann und Herr Flink es beide bestätigt hatten. Diese Männer waren der Schlüssel. Der entscheidende Antrieb für diesen Mord. Die Hintergründe für den Besuch waren weitestgehend unbekannt. Nur dass es nach Spanien weitergehen sollte, hatte man erfahren.

Doch wer waren diese Männer?

Keiner der Anwohner der Familie Suarez hatte mitbekommen, dass hier Besucher gekommen waren. Niemand hatte sie gesehen. Es gab keinen Anhaltspunkt, wer diese Männer waren.

Nichts.

Nur einen Strohhalm vielleicht. Er würde sofort hiernach greifen. Es war alles, was er hatte.

Er machte einen dicken Kringel um den einen Namen, auf den er alles setzen würde. Die einzige Chance, die er hier überhaupt hatte. Auch wenn er ihr einen Doppelmord nicht direkt nachweisen konnte, so stand sie wahrscheinlich doch in unmittelbarer Verbindung mit denjenigen, die hiermit zu tun hatten.

Umständlich drehte er sich zur Seite und fischte das kleine Foto aus seiner Jackentasche, das er gestern Abend noch von Nico Flink erhalten hatte. Die Frau hierauf lächelte ihn freundlich an, als würde sie ihm Mut zusprechen.

„Danke, ein bisschen Glück werde ich brauchen“, murmelte er leise und klebte das Bild von Anna Selbig direkt in die Mitte seiner Aufzeichnungen.

Wenn er sie hatte, würde er mit Sicherheit auch erfahren, wo sich die anderen aufhielten. Eine Frau wegen Doppelmordes über Europol und Interpol zu suchen, war vielversprechender als jede Vermisstenanzeige.

*

Anna war nicht verwundert, als Rafael ihr heute Morgen das Frühstück brachte und nicht Diego. Irgendwie war die Situation gestern eindeutig gewesen, dass Diegos Aufenthalt bei ihr ihm nicht ganz passte.

Ohne sie eines Blickes zu würdigen, stellte er ihr das Essen vor die Liege.

„Musst du noch mal aufs Klo?“, fragte er, ohne dabei wirklich die Lippen zu bewegen.

„Ja, bitte“, antwortete Anna und sprang auf. Auch wenn sie nicht gemusst hätte, wäre sie gegangen. Hauptsache sie konnte für einen kleinen Moment diesen Raum verlassen.

Rafael trat einen Schritt zurück und stemmte die Hände in die Hüften. Eine Hand blieb dabei auf dem Waffenknauf liegen, der oben aus seiner Hose herausschaute. „Beeil dich!“

Dein Blick reicht schon, dass ich spure, dachte Anna und erkannte eine langsam verkrustende Stelle an seiner Unterlippe, die ihr vorher nicht aufgefallen war.

Bevor sie in das kleine Badezimmer ging, sah sie aufmerksam die Treppe runter. Jedes Zeichen war wichtig. Sehen konnte sie allerdings nichts, da es eine Wendeltreppe war. Nur ein paar gedämpfte Stimmen drangen zu ihr hoch.

Rafael öffnete die Badezimmertür ein Stückchen weiter und trat energisch mit dem Fuß auf.

Ich geh ja schon, dachte Anna und verschwand in den kleinen, dunklen Raum. Er war so winzig, dass man sich vor der Toilette gerade umdrehen und die Tür schließen konnte. Oben in der Ecke war ein altes, brüchig wirkendes Milchglas eingebaut, das allerdings zu klein wäre, um dort hindurchzuklettern.

Sie beeilte sich und spritzte sich anschließend kaltes Wasser ins Gesicht, um sich etwas abzukühlen und zu erfrischen.

Einen kurzen Moment später war sie wieder alleine in ihrem

Raum. Nachdenklich starrte sie auf das belegte Brötchen auf dem Teller. Es war nicht selbstgemacht, sondern fertig vom Bäcker gekauft.

Wenn sie nur wüsste, wo sie hier war! Sie versuchte die Stimmen zu trennen, die sie ab und zu vernahm. Aber sie konnte kein Wort verstehen und somit auch nicht zuordnen, wer sonst noch alles da unten hockte.

Sie hoffte, dass Diego das nächste Mal wieder das Essen bringen würde. Sie wollte noch mehr erfahren. Musste wissen, was hier passierte. Und aus welchem Grund auch immer schien er ebenfalls Interesse an ihr zu haben.

Wenn er das nächste Mal kam, würde sie weniger Angst haben und sich voll auf ihn konzentrieren. Vielleicht konnte sie dann erfahren, was mit ihm los war. Er verhielt sich so seltsam. Der permanente Hass, der aus ihm herausströmte.

Aufgeregt biss sie vom Brötchen ab und fieberte dem nächsten Besuch entgegen. Er würde nicht lange auf sich warten lassen, bestimmt nicht.

*

Im gleichmäßigen Rhythmus stemmte Benno die Gewichte nach vorne und wieder zurück. Er spürte die Muskeln im Nacken, wie sie sich streckten und anschließend wieder zusammenzogen. Warm und voller Pulsion. Ein angenehmes Gefühl.

Noch angenehmer würde es allerdings sein, auf den Boxsack einzuschlagen, der in der hinteren Ecke des Fitnessraumes hing und momentan schlaff auf den nächsten Schlag wartete. Hier konnte er sich immer am besten abreagieren.

Doch um einen Punch von ihm zu erhalten, musste er wohl noch etwas warten. Seinem Bein ging es zwar schon besser, aber er war noch nicht fit genug, um die Schritte und Sprünge beim Schlagen auszugleichen.

Also war der Bizeps dran.

Vor, zurück, vor, zurück.

Sein Brustkorb hob und senkte sich in gleichmäßigen, ruhigen Zügen. Es strengte ihn nicht an. Die Kondition war gut. Genau wie sie sein sollte. Er war ein perfektes Arbeitstier, jederzeit für die nächste Aufgabe bereit, allerdings momentan notgedrungen lahmgelegt. Es machte ihn wahnsinnig, hier zu warten. Auf diese Weise würden sie nicht weiterkommen. Sie mussten handeln. Irgendwie. Egal was. Es war unerklärlich, wie Joyo und Santo so unbemerkt nach Spanien verschwinden konnten. So etwas durfte nicht passieren. Das System war nicht mehr sicher.

Vor, zurück, vor, zurück.

Die Bewegung seiner Arme machte ihm klar, wie es momentan um sie stand – sie traten auf der Stelle.

Vor, zurück, vor, zurück.

Wütend stemmte er die Hantel in die Aufhängung und sprang von der Liege auf. Er konnte das nicht mehr. Es war demütigend.

„Benno, kommst du mal? Ich glaub, ich hab da was", hörte er Jessis Stimme aus dem Kontrollraum nebenan.

Sie war die einzige Frau, die direkt bei ihnen mitmischte und mehr oder weniger mit die Drecksarbeit machte. Wahrscheinlich war sie auch eigentlich eher ein Kerl als eine Frau, auch wenn sie durch ihre kleine, zarte Figur, die sie zudem stets in zu große Hosen und weite Kapuzenpullis hüllte, nicht so wirkte. Benno mochte sie nicht sonderlich. Vielleicht war das aber auch ein reines Eitelkeitsding, weil er wusste, dass Jessi ihn genauso wenig mochte. Für ihn gehörte ein Mädchen in Pumps an eine Stange, aber nicht im Blaumann unter ein Auto.

Dennoch war sie Meisterin ihres Fachs, wenn es um Ortung und Informationen ging, wobei Letzteres auf ihre außergewöhnlichen Hackerfähigkeiten zurückzuführen war.

Benno griff nach dem schwarzen Handtuch, das neben der Hantelbank hing und presste es sich in den Nacken, als er die wenigen Schritte in den Kontrollraum hinüberging. „Was hast du?" *Bitte lass sie wirklich etwas gefunden haben!*

Jessi saß mit dem Rücken zu ihm. Auf dem Stuhl sah sie von hinten nicht viel größer aus als ein Kind, das sich in einem gigantischen Technikraum verlaufen hatte. Vor ihr auf dem Tisch standen vier Monitore nebeneinander, mit denen alles verfolgt werden konnte, was Azem in den Umlauf brachte. Jeder Agent war zur eigenen Sicherheit mit mindestens einem Sender ausgestattet. Es gab keine Privatsphäre in Azems Geschäft, dafür aber auch keine unerwarteten Angriffe. Jeder kannte das Prinzip. Sobald man unter Azems Hand stand, zog das System einem zwar die Hosen aus, gleichfalls konnte man sich allerdings keinen zuverlässigeren Schutzengel vorstellen. Das Netz beschützte einen.

Es sei denn, zwei der Schutzengel hatten vor, in die Hölle abzutreten, wie es momentan der Fall war. Benno bekam Bauchschmerzen, wenn er daran dachte.

Im Hintergrund summten riesige graue Server, doch auf die achtete Benno nicht weiter. Was viel mehr seine Aufmerksamkeit fesselte, war das Bild der blonden Frau, die vor Jessi auf dem Monitor aufleuchtete. Er kannte sie, wenn ihm auch genau dieses Bild unbekannt war.

Fasziniert beugte er sich vor und stützte sich auf der Tischkante ab. „Anna Selbig."

„Ist sie das?"

„Ja, das ist sie. Wo hast du das her? Was ist das?" Benno erkannte unscharf den schwarzen Text neben dem Bild, den Jessi ausgeblendet hatte.

Jessis Finger flogen über die Tastatur, dann tauchte die ganze Seite plötzlich neu und komplett auf dem Monitor auf. Annas Bild war jetzt nicht mehr ganz so groß, dafür aber war der Text lesbar. „Europol und Interpol fahnden nach ihr."

„Was? Nach ihr? Was hat sie getan?"

Jessi markierte eine Zeile aus dem Text und holte sie groß hervor. „Sie wird wegen Doppelmordes gesucht."

Benno überflog den Text. „Marita und Antonio. Scheiße!" Die Polizei musste den Zusammenhang zu Joyo und Santo gefunden haben und wollte sie mithilfe der Fahndung nach Anna finden.

Jessi murmelte etwas Unverständliches.

„Wie ist das möglich? Wer ist sie, zum Teufel?" Fassungslos griff er sich an den Haaransatz und wischte sich über das Gesicht.

„Ich habe nichts über sie finden können", versicherte Jessi. „Sie ist so unschuldig wie Maria vor der Jesu-Empfängnis. Es ist schon bald gespenstisch."

„Vielleicht hast du nicht alles gefunden? Vielleicht ist dir etwas durch die Finger gerutscht?"

Jessi funkelte ihn böse an. Ihre Augen waren wie immer mit reichlich Kajal umrandet, was die Haut im Kontrast zu den ebenfalls pechschwarzen Haaren noch weißer wirken ließ. Drohend bleckte sie die Zähne und schob ihr Zungenpiercing vor. Eine eigenartige Angewohnheit, die sie immer machte, wenn ihr etwas nicht passte.

„Wie kommt sie an Santo ran?", überlegte Benno weiter. „Weiß sie über uns Bescheid? Hat sie ihnen bei ihrer Flucht geholfen? Hat er dir gegenüber je irgendetwas erwähnt?"

Jessi atmete stöhnend aus. „Du weißt, dass ich schon befragt wurde. Zweifelst du an Azems Test?"

Benno schüttelte den Kopf. Azem hatte nach dem Verschwinden von Santo und Joyo alle einem Lügendetektortest unterziehen lassen, um alle Eventualitäten ausschließen zu können. Natürlich hatte keiner weiterhelfen können. Das Leben als Streetsurfer könnte transparenter nicht sein. Es gab keine Geheimnisse untereinander.

„Sie sieht so lieb aus", bemerkte Jessi. „Wie ein braves Schulmädchen."

Benno schnaubte. Wenn er an ihren Hintergrund dachte, war sie das auch. Er hatte sie geprüft, war in ihrer Wohnung gewesen, hatte ihr Leben studiert, doch es gab nichts, was auch nur im Geringsten eine Verbindung zu ihnen herstellen konnte.

„Du weißt, dass es ziemlich scheiße ist, wenn die Polizei sie vor uns findet“, fuhr Jessi trocken fort.

„Das brauchst du mir nicht sagen“, schnauzte Benno. „Ich werde mit Miti sprechen. Sie müssen sich beeilen. Was auch immer sie tun, aber wir müssen jetzt handeln.“

Er machte auf dem Absatz kehrt und verließ den Kontrollraum.

Anna Selbig. Ein dahergelaufenes Schulmädchen – der Nagel zu Azems Sarg.

Kapitel 27

Es dauerte fast den ganzen Tag, bis Diego endlich auftauchte. Anna war schon halb wahnsinnig geworden vor Langeweile und dem hoffnungsvollen Warten. Um sich zu beschäftigen, war sie viel im Raum auf und ab gelaufen und hatte Übungen gemacht. Doch es half wenig gegen den Umstand, dass ihr die Decke auf den Kopf fiel.

Es musste schon Nachmittag gewesen sein, als sie schließlich das Schloss klacken hörte und einen kurzen Augenblick später Diegos Gesicht zu sehen war.

Im ersten Moment war sie erleichtert, aber dann kehrte die Verzweiflung wieder zurück, da er ihr doch nicht helfen würde. Er hatte gesagt, dass ihr nichts geschehen und er sie letztendlich freilassen würde, aber wann sollte das sein? Sie hatte keine Geduld mehr zu warten. Sie durfte sich durch seine Gesellschaft keine Hoffnung machen.

Er schob sich in den Raum und schloss die Tür hinter sich. In der Hand hielt er einen weißen Teller, der auf die Entfernung etwas Ähnliches wie Eintopf enthielt.

Anna schluckte und stellte fest, dass sie ihn hasste. Er hatte sie der Freiheit beraubt und hielt sie hier wie einen Hund. Angewidert wandte sie den Blick ab und sah zu dem reichlichen Wasservorrat, den sie vor ihrer Liege beherbergte. Hatte sie hier nicht irgendetwas Vergleichbares wie eine Waffe? Die Tür hinter ihm war nicht verschlossen, wenn sie Glück hatte, würde er sich wieder ohne seine Pistole zu ihr hochgetraut haben. Gab es nicht irgendeine Möglichkeit, wie sie ihn überwältigen konnte?

„Möchtest du etwas essen?“ Ohne ihre Antwort abzuwarten, trat er vor. Als Anna nicht reagierte, blieb er in einiger Entfernung zu ihr stehen. „Was ist?“

Anna stand in der hinteren Ecke und hatte die Hände zu Fäusten geballt. Sie schätzte ihre Möglichkeiten ab. Könnte sie ihn anspringen? Doch was dann? Sie hätte womöglich nicht die geringste Chance.

Ohne dass sie etwas gesagt hatte, reagierte sein Körper auf ihre Drohgebärde. Seine Muskeln spannten sich und seine Augen visierten sie mit messerscharfen Blicken.

Und sofort war es ihr klar – sie hätte keine Chance. Nicht die geringste.

Er war wie eine erfahrene Raubkatze, sie dagegen ein fauler Stubenkater, der sich kurzzeitig an seinen Urkampfinstinkt erinnerte.

Sie entspannte sich und wischte sich mit den Händen durch das Gesicht. *Bitte lass ihn verschwunden sein, wenn ich die Augen wieder aufmache!*

Doch er war noch da. Unverändert. Wachsam. Bereit.

Sie strich sich durch die strähnigen Haare und ging dann langsam auf ihn zu. Sie sollte einfach etwas essen. Sicherlich würde sich ihre Laune ändern, sobald sie etwas im Magen hatte.

Kurz vor ihm stoppte sie abrupt, weil er immer noch nichts an seiner Haltung geändert hatte. Einen Moment funkelte er sie an, dann trat er langsam vor und reichte ihr den Teller. Sobald Anna ihn in den Händen hielt, stahl er sich schnell zurück, als würde sie ihn sonst mit einer ansteckenden Krankheit infizieren.

Anna studierte ihr Essen und ging langsam zur Liege rüber, auf die sie sich gemächlich setzte. Es war wirklich ein Eintopf und er sah gut aus. Bei dem Geruch merkte sie erst, wie viel Hunger sie hatte. „Danke!"

Er regte sich nicht. Wahrscheinlich könnte auch das Haus um ihn herum zusammenstürzen, er würde sich nicht bewegen, sondern sie weiter anstarren. Denn das tat er, ohne dass Anna ihn anschaute. Sie spürte seinen Blick, als würde sie von einem Scheinwerfer angestrahlt werden.

„Möchtest du duschen?" Die Frage kam so plötzlich wie unerwartet.

Anna starrte ihn an und verschluckte sich dabei fast an ihrem Essen. Hatte er sie das gerade wirklich gefragt? Oder war es nur eine Halluzination?

„Komm mit!", forderte Diego sie auf, als sie nicht reagierte.

Anna sprang sofort auf und stellte ihren Eintopf zur Seite. Alles war besser, als weiter in diesem Raum gefangen zu sein. Nervös trat sie durch die weiße Tür und starrte die Wendeltreppe hinunter. Rechts neben ihr war das kleine Bad, das sie bereits die letzten Tage kennengelernt hatte. Doch der Weg nach unten war ihr unbekannt. Es schien eine Ewigkeit her zu sein, als sie diese Stufen hochgestiegen war.

Diego drehte sich zu ihr um, als sie nicht weiterging. Schnell wandte sie ihren Blick vom Badezimmer ab und folgte ihrem Entführer die steile Wendeltreppe nach unten.

Merk dir alles! Was ist hier unten? Nimm alles auf!

Das Haus schien nicht besonders groß zu sein. Die Wendeltreppe führte direkt in einen schmalen Flur, von dem es rechts zur Küche mit der Eingangstür ging und links zwei geschlossene Türen waren. Es war niemand zu sehen. Weder Rafael noch der Cousin Enrico oder sonst irgendjemand.

Diego öffnete die erste Tür auf der linken Seite und schob sie hindurch. Das Badezimmer war nicht viel größer als das oben, nur dass hier noch eine Dusche mit reingezwängt war.

Annas Blick ging sofort zu dem kleinen Fenster und in Gedanken überlegte sie, ob sie da wohl durchpassen würde. Sie befand sich im Erdgeschoss, es sollte also kein schwerer Akt sein. Allerdings schien es so, als wäre es von außen mit dornigem Gestrüpp bewachsen, was einen Ausstieg etwas schmerzhaft machen würde.

Diego zog Anna zu sich herum und sah ihr eindringlich in die Augen. „Versuch nicht, hier abzuhauen! Ich würde dich sofort kriegen."

Anna erwiderte seinen festen Blick und sah dann auf ihre Hände, die von seinen umklammert wurden.

„Darf ich jetzt duschen?" Es kam pampiger als sie es beabsichtigt hatte.

Diego ließ sie los und trat einen Schritt zurück. „Handtücher liegen im Regal", murrte er und nickte mit dem Kopf in die Richtung, ohne sie aus den Augen zu lassen. „Das Fenster geht nur schwer auf und ich würde es sofort hören."

Als er draußen war und die Tür hinter sich zugezogen hatte, atmete Anna tief durch. Was sollte sie tun? Die Dusche war verlockend, aber das Fenster auch.

Sie stellte sich auf die Zehenspitzen, um aus dem nicht bewachsenen Teil ausgucken zu können.

Der Busch vor dem Fenster war groß. Es würde ein sehr schmerzhaftes Vorhaben werden. Sie erkannte einen kleinen Hinterhof und eine hohe Hecke. Sicherlich würde sie hier irgendwo durchschlüpfen können. Aber sie zögerte, so verlockend es auch sein mochte. Wie er schon gesagt hatte, würde er das Fenster hören, wenn sie es öffnete.

Es blieb ihr also keine andere Wahl. Fürs Erste zumindest, denn so ganz war sie von ihrem Fluchtplan noch nicht abgewichen. Es musste sich nur eine andere Möglichkeit ergeben.

Sie zog sich aus und stellte sich unter das erfrischend kühle Nass. Zeitlos genoss sie das Wasser auf ihrer Haut und die Seife in ihren Haaren. Sie wollte nicht aufhören. Lieber endlos hier stehen bleiben und auf den nächsten Tag warten.

Nach einiger Zeit klopfte es an der Tür. „Bist du bald fertig?"

Ohne zu antworten trocknete sie sich ab und zog sich langsam wieder an. Was würde sie nur für ein paar frische Sachen tun!

Dann war sie fertig und fühlte sich gut. Vorsichtig drückte sie die Klinke runter.

Diego hatte direkt vor der Tür gewartet.

Sie konnte sich das Lächeln nicht verkneifen, als sie jetzt vor ihm stand. Eine erfrischende Abkühlung, bevor sie gleich wieder in ihr stickiges Verlies geführt wurde.

Diego musterte sie ausgiebig. Sein seltsames Interesse schien sich mehr denn je zu verstärken. Er sah sie an, als wäre sie von einem anderen Stern.

Doch Anna war es unangenehm, wie er sie durchleuchtete. Nervös trat sie von einem Fuß auf den anderen. Er stand mit dem Rücken zur Treppe. Wenn sie also wieder nach oben wollten, müsste er sich mal in Bewegung setzen.

Schließlich reagierte er und trat einen Schritt zurück, um sie vor sich zu schieben. Die Wendeltreppe war nicht weit, doch durch seine Verzögerung hatte Anna Zeit gehabt, in die andere Richtung zu schauen. Geradeaus ging es in die Küche und Anna konnte den Schein der geöffneten Haustür erkennen.

Wie Blitze zuckten ihre Gedanken in ihrem Kopf. Ohne zu überlegen, was es eventuell für Konsequenzen haben könnte, stürmte sie geradewegs in großen Sätzen zur offenen Tür. *Ich komme hier raus. Ihr könnt mich mal, ihr Scheißkerle!*

Diego schien mit ihrer überraschenden Flucht nicht gerechnet zu haben. Zumindest reagierte er nicht. Im Nu war sie in der Küche und auf dem Weg nach draußen.

Die Luft roch gut. Und auch wenn es bereits dämmrig wurde, so baute die Hitze sich dennoch wie eine zähe Mauer auf, die sie beinahe erschlug, als sie in sie eindrang. Doch sie versprach Freiheit. Was hatte sie lange drinnen sein müssen und immer nur ihr kleines Fenster angestarrt.

Allerdings blieb dieser Genuss nur von kurzer Dauer. Anna war gerade aus der Tür heraus, als sie Rafael und Enrico direkt in die Arme lief, die unmittelbar vor dem Haus gestanden hatten.

Natürlich.

Warum hatte Diego sich auch sonst nicht bewegt? Er wusste, dass die anderen beiden hier waren.

Rafael starrte sie entgeistert an. Doch dann packte er sie an den Armen und riss sie herum.

Anna taumelte und stürzte zu Boden. Der harte Steinboden schrammte an ihren Knien.

„Was ist los? Was soll das?“, hörte Anna Enricos verwunderte Stimme, als Rafael sie ruppig an den Armen nach oben zerrte. Anna taumelte und fand schwer Halt auf ihren Beinen.

„Ich hab´s gewusst, ich hab´s ja gewusst“, jubelte Enrico siegessicher und klatschte vor Freude in die Hände. „Ich hab gewusst, dass sie nicht freiwillig mit ist. Was ist mit ihr? Habt ihr sie entführt?“

Rafael schob Anna ins Haus. Enrico folgte ihnen und schloss die Tür.

„¿Qué haces, Diego? ¿Por qué está aquí abajo?“[29], fauchte Rafael und verstärkte seinen Griff an Annas Armen. Es fühlte sich fast so an, als würde er sie zerquetschen wollen.

„Ihr seid gar nicht in Azems Auftrag hier, hab ich recht?“ Enrico witterte offenbar eine Sensation. „Habt ihr ihm die kleine Schlampe geklaut?“

Anna wusste, dass sie gerade ihr Todesurteil besiegelt hatte. Sie hatte sich nicht an die Abmachung gehalten.

Rafael stieß sie nach vorne, sodass Anna erneut ausrutschte und auf den Knien bremste. „Voy a terminar esto ahora!“[30]

Obwohl Anna nicht sehen konnte, was er hinter ihr machte, meinte sie das kurze Klacken zu hören, als er seine Waffe durchlud. Sofort schloss sie die Augen und bereitete sich auf das Unausweichliche vor.

„Tu es nicht!“ Diegos Stimme.

In Annas Kopf drehte sich alles. Sie sollten es einfach tun, damit sie es hinter sich hatte. Ihr Körper fing an zu zittern, aber sie wehrte sich dagegen. Sie durfte jetzt keine Schwäche zeigen. *Mama. Papa. Nico. Ich liebe euch. Es tut mir leid, dass ich nicht zurückkommen konnte!*

Würde sie den Knall hören, bevor sie getroffen wurde oder kam er gleichzeitig mit Schmerz und Tod? Sie wartete fieberhaft auf den Startschuss, als wäre sie ein Läufer auf der Aschebahn – bereit ins Licht zu treten.

„Du wirst sie hier nicht erschießen!“, knurrte Diego seinen Bruder an und Anna konnte sich zu gut sein Gesicht hierzu vorstellen.

„Wir können sie nicht behalten, Diego!“

„Aber können wir es uns leisten, dass man den Schuss hört?“

„Ich kann den Schalldämpfer holen.“

„Und dann? Was ist mit ihrer Leiche? Sollten wir hier wirklich noch weiter auffallen, weil wir ihre Leiche entsorgen müssen?“

Anna regte sich nicht, sondern wartete.

Doch es geschah nichts. Langsam wagte sie, die Augen zu öffnen und blinzelte ins Licht.

Diego stand vor ihr. Hinter sich hörte sie, wie Rafael ein paar Schritte zurücktrat.

„Da hast du ja noch mal Glück gehabt, Liebchen!“ Enrico hatte sich zu ihr runter gebeugt und strich ihr über den Nacken.

---

[29] „Was machst du, Diego? Warum ist sie hier unten?“

[30] „Ich werde das jetzt beenden.“

„Nimm deine Finger weg!“, fauchte Anna und holte mit dem linken Arm aus.

Enrico hatte mit einer Abwehr nicht gerechnet und taumelte tatsächlich zwei Schritte nach hinten.

Doch auf jeden Knall gab es ein Echo. Enrico brauchte nur eine winzige Sekunde zum Reagieren, dann sah Anna seine Faust auf sich zukommen. Sie spürte den berstenden Schlag in ihrem Gesicht und wurde zur Seite geschleudert. Mit einem harten Aufprall knallte ihr Kopf auf die Tischkante.

Dann wurde alles schwarz.

Kapitel 28

Nico hatte den Tag besser überstanden als erwartet. Möglicherweise waren es aber auch nur die vielen Schmerzmittel, die ihm den Tag versüßt hatten.

Zudem hatte er auf den Anwalt verzichten können, da sich offenbar neue Spuren aufgetan hatten, die ihn entlasteten. Es war für ihn sowieso schleierhaft, wie er in solch eine Sache hatte reinrutschen können, dass man ihn eines Doppelmordes verdächtigte.

Er hatte sich an einen kleinen Tisch gesetzt, der in seinem Krankenzimmer direkt vor dem Fenster stand. Sitzen war angenehmer als liegen. Nachdenklich sah er hinaus und beobachtete einen Schwarm Vögel, der sich unten vor dem Eingang von Passanten mit Brotkrumen füttern ließ.

Er hatte verdammtes Glück gehabt. Das wurde ihm nach und nach erst richtig bewusst. Es hätte nicht viel gefehlt und dann würde er jetzt genauso wie die freundliche Marita und ihr Mann Antonio in einer kalten Leichenhalle liegen und auf den letzten Termin warten.

In was war er hier bloß reingeraten? Und vor allem Anna? Wie steckte sie in all dem drin?

Unter normalen Umständen hätte er für sie die Hand ins Feuer gelegt und versichert, dass sie sich niemals mit solchen Typen abgeben würde.

Wenn er dann aber wieder an das fröhliche Bild von ihr neben dem freundlich lächelnden Mann dachte, dann durchfuhr ihn dieser schmerzhafte Vertrauensbruch und das unbeschreibliche, erdrückende Gefühl, den anderen doch nicht so gut zu kennen, wie man es eigentlich gedacht hatte. Nicht mal im Traum hätte er sich ausgemalt, dass sie ihn so hinterrücks verlassen würde. *Der nette Neffe hatte jetzt eine wundervolle Freundin. Wie schön für ihn.*

Wo sie jetzt wohl war? Lag sie irgendwo am Strand unter einer Palme in seinem Arm und machte sich über ihn, den eitlen, prüden Nico, lustig?

Am meisten wurmte ihn, dass sie nicht mal wusste, in welch eine Gefahr sie ihn und Vanessa durch ihren aufregenden Seitensprung gebracht hatte. Während sie sich hier im Krankenhaus mit Schmerzmitteln über Wasser hielten, lag sie vermutlich in einem schönen Nobelhotel in Spanien und ließ sich von ihrem neuen Lover von vorn bis hinten durchvögeln.

Oh, Anna, ich hasse dich!

Er war gespannt, wie es ausgehen würde. Der Kommissar hatte

nicht viel aus sich rausquetschen lassen, als er heute Morgen hier gewesen war, um ihm von seiner Entlastung zu berichten.

Möge er Anna finden und mit ihr machen, was er wollte. Ihm war es egal.

*

Das Schwarze verschwamm nach und nach und wurde langsam schummerig. Ihr Kopf dröhnte und drehte sich, dass sie glaubte, sich irgendwo festhalten zu müssen. Doch wo? Sie konnte nichts sehen. Ein bisschen erinnerte es sie an den Traum, den sie vor ein paar Tagen gehabt hatte.

Ihre Zunge war pelzig, und sie schmeckte Blut. Davon wurde ihr übel. Sie stöhnte auf und drehte sich herum. Der Untergrund war hart und kalt.

„Anna? Ist alles in Ordnung?" Diegos Stimme. Ziemlich dicht.

Sie blinzelte und erkannte Holzbeine. Ein Tisch und Stühle. Brauner Fliesenboden.

Langsam stützte sie sich ab und schob sich hoch. „Aua, mein Kopf!" Sie griff mit der linken Hand an ihre Stirn und versuchte gleichzeitig das Blut in ihrem Mund wegzuschlucken. Offenbar hatte sie sich auf die Lippe gebissen.

Sie hob den Kopf und sah direkt in Diegos verbiestertes Gesicht. Sie drehte sich weiter herum und erkannte Rafael und Enrico mit einem ähnlichen Ausdruck.

Was hatte sie auch anderes erwartet?

Dann erkannte sie ein kleines, weißes Blatt von einer Küchenrolle, das Diego in den Händen hielt. Auffordernd streckte er es ihr entgegen.

Anna griff danach und drückte es sich an die Lippe. Ein kurzer Kontrollblick auf das blutige Tuch verriet ihr, dass sie offenbar die richtige Stelle gefunden hatte. Es war voller Blut.

Diego schüttelte den Kopf und sah sie verwirrt an. „Nein, hier!" Er deutete mit seiner Hand auf ihre rechte Schläfe.

Anna gehorchte und berührte die Stelle, auf die er deutete. Das Tuch war sofort hellrot. „Oh!"

Auf einmal erkannte sie, dass sie voller Blut war und es kam nicht von der Lippe. Vorsichtig fühlte sie mit der rechten Hand an ihre Schläfe und tastete eine tiefe Wunde. Über ihre Wange hatten sich dicke Blutbahnen gebildet, die bereits ihr T-Shirt und den Boden unter ihr voll gekleckert hatten.

„Rafael, el botiquín de primeros auxilios!"[31]

---

[31] „Rafael, den Erste-Hilfe-Kasten!"

„No tenemos uno.“ [32]

Diego murmelte etwas Unverständliches und riss ein weiteres Tuch von der Rolle ab. Nach einem prüfenden Blick in ihre Augen, legte er es vorsichtig auf die klaffende Wunde und presste fest zu.

Anna zuckte und biss die Zähne aufeinander. Je klarer ihr Kopf wurde, desto mehr spürte sie, wie sehr der stechende Schmerz der Wunde das Dröhnen im Kopf übertrumpfte. Um den Schwindel zu unterdrücken, schloss sie die Augen.

„Das muss genäht werden“, stellte Diego schließlich fest. Anna war sich nicht sicher, ob die Information ihr oder den wütenden Kumpanen galt.

Rafael prustete los. „No es posible, lo sábes.“[33]

„Das ist mir egal. Die Wunde ist zu tief.“

„¿Y qué piensas hacer? Ir al hospital?“[34]

„Hast du einen besseren Vorschlag?“ Diego riss ein neues Tuch von der Küchenrolle ab und fuhr mit seiner Behandlung unbeirrt fort.

„Primero hablarás español, quando ella esté con nosotros.“[35]

Diego warf das Tuch beiseite und wickelte ein ganzes Band von der Spule ab.

Dann knüllte er es zu einem dicken Knäuel zusammen und presste es an Annas Kopf. „Halt das fest!“, befahl er ihr und nahm ihre Hand, um sie auf die Wunde zu drücken.

Im nächsten Augenblick war Diego aus Annas Blickfeld verschwunden.

„Mir ist ganz egal, was dann passiert. Und ich werde nicht spanisch reden. Anna kann ruhig mitbekommen, was hier los ist. Es ist immerhin ihr Kopf.“

Jetzt war Annas Neugier doch größer als ihr schmerzender Kopf. Interessiert sah sie zu den Brüdern hoch, die sich mit roten Köpfen gegenüberstanden, als wären sie Hähne bei einem Kampf. Mit ihren Blicken schienen sie sich bereits zu durchbohren, bevor das Gehacke losgehen würde.

„Du kannst nicht ins Krankenhaus“, sagte Rafael jetzt auch auf Deutsch. „Was willst du denen erzählen? Es ist viel zu gefährlich.“

„Es gibt aber keine andere Wahl. Guck sie dir doch an!“

„Was ist denn, wenn dich jemand erkennt?“

„Wir sind jetzt seit einer Woche verschwunden und haben noch

---

[32] „Wir haben keinen.“

[33] „Das geht nicht, das weißt du!“

[34] „Und was hast du vor? Ins Krankenhaus gehen?“

[35] „Erstmal wirst du spanisch reden, wenn sie bei uns ist.“

nicht mal den kleinsten Hinweis von ihnen erhalten. Sie wissen nicht, wo wir sind."

„Und wenn doch? Das können wir nicht wissen."

„Vielleicht müsst ihr auch nicht ins Krankenhaus", mischte Enrico sich ein. „Fahrt zu Raúl. Er ist Arzt und ein guter Freund von meinen Eltern. Er wird keine Fragen stellen."

Rafael und Diego musterten sich kurz, als sie diese Überlegung abwägten.

„Das wäre vielleicht eine Möglichkeit", stimmte Rafael schließlich zu.

„Ich kann sie hinfahren. Es ist nicht weit", schlug Enrico vor.

„Nein", brummelte Diego kühl. „Ich mache das." Dann drehte er sich um. Seine Augen funkelten vor Wut. „Anna, steh auf! Wir fahren los."

*

Benno hatte heute schon mehrmals mit Miti gesprochen. Bisher gab es nichts Neues. Es war schwer, nach jemandem zu suchen, der nicht gefunden werden wollte.

Miti und Igor waren bisher die meisten Hotels und Pensionen durchgegangen, hatten gezielt auf neue Besucher geachtet und zudem alle Kontakte, die Azem in der Umgebung hatte, genauestens unter die Lupe genommen. Doch bisher hatte es hier nichts gebracht.

Sie sind gar nicht da, dachte Benno immer wieder. Es war nur eine falsche Fährte, die sie ihnen gelegt hatten, falls sie sie überhaupt so weit verfolgen würden. Sie konnten schon wer weiß wo sein.

Er war im Fitnessraum, konnte aber keine Energie für die Geräte aufbringen. Stattdessen hatte er die Musik laut aufgedreht und es sich in einem der Relaxsessel gemütlich gemacht. Der laute Bass vibrierte dabei durch seinen ganzen Körper. Er war abgeschottet von der Außenwelt, nur sein Handy lag auf seinem Bauch. Sehnsüchtig fieberte er der Vibration aus dieser Richtung entgegen, die ihn hoffentlich weiterbringen würde.

Plötzlich berührte ihn etwas Kaltes an der Schulter. Im Nu drehte er sich herum und sprang auf.

Jessi stand direkt hinter seinem Stuhl. Sie hatte die Augen weit aufgerissen und bewegte den Mund, war durch die tiefen Bassfrequenzen hinweg aber nicht zu verstehen.

Hastig griff Benno nach der Fernbedienung und stellte die Musik leiser.

„... sie sind!", konnte er gerade noch von ihr verstehen.

„Was hast du gesagt?" Er drückte erneut, um die Musik ganz auszustellen.

„Wir haben sie. Ich weiß, wo sie sind“, sagte Jessi aufgeregt.

„Ehrlich? Wo?“ Benno setzte sich in Bewegung und folgte Jessi so schnell ihn sein verletztes Bein in den Kontrollraum ließ.

Sie huschte blitzschnell wieder auf ihren Stuhl und bediente die Tastatur. „Hier! Ich habe zwei Adressen: Raúl Fernandez, Calle de la Catedral und Infanta Cristina Kalea. Beides San Sebastián.”

Benno erkannte zwei Markierungen auf dem Bildschirm. „Wo sind Miti und Igor?”

Jessi tippte erneut. Kurz darauf schimmerten zwei weitere Lämpchen auf dem Monitor.

„Das ist nicht weit“, rief Benno aufgeregt und zog sein Handy aus der Tasche. „Warum gibt es zwei Adressen?“

„Ich weiß es nicht. Offenbar ist Santo gerade zur ersten Adresse unterwegs.“

„Warum?“

„Keine Ahnung. Vielleicht eine Falle? Sie teilen sich auf oder so?“

Benno überlegte. Sicherlich hatten sie hier Geschäfte zu erledigen. Immerhin hatten sie das Heroin noch bei sich.

„Ich schicke Miti zu diesem Raúl und Igor zur anderen Adresse. Sie sollen sich bereit machen. Hast du über diesen Raúl schon etwas gefunden?“

„Nein, aber ich bin dabei.“ In Windeseile huschten ihre Finger erneut über die Tastatur.

„Sag mir Bescheid, sobald du was hast.“ Er legte das Handy an sein Ohr und wartete, bis er von Miti eine Antwort bekam. „Wo hast du die Adressen überhaupt her?“

Jessi drehte sich herum und lächelte. „Das Netz funktioniert. Einmal Azem, immer Azem.“

Erleichtert drehte Benno sich um und gab Miti die entsprechenden Informationen weiter.

Kapitel 29

Anna war aufgeregt und angespannt, als sie sich auf den Weg machten. Sie kam aus diesem Haus heraus. Endlich!

Auf dem Weg zum Wagen hatte sie sich noch einmal umgedreht, um es sich genauer anzuschauen, aber es war schnell dunkel geworden, sodass sie nicht mehr erkennen konnte als vor ein paar Tagen, als sie angekommen waren. Das Haus war hell verputzt, nicht allzu groß und von einer hohen und dichten Hecke umgeben. Die benachbarten Häuser waren ähnlich. Eine einfache Wohngegend? Sie hatte etwas anderes erwartet.

Als sie ins Auto gestiegen waren und die Straße entlangfuhren, stellte Anna fest, dass es sich um eine relativ ruhige Gegend handelte. Erst nachdem Diego ein paar Mal abgebogen war, wurde einem wirklich bewusst, dass man sich in einer Stadt befand.

Die Straßen wurden voller und breiter. Die Hauser größer und standen enger aneinander.

Bisher hatten sie kein Wort gesprochen. Diego fuhr halsbrecherisch und viel zu schnell. Vermutlich versuchte er sich aber auch nur, dem Verkehr anzupassen und nicht aufzufallen.

Anna hielt sich so gut sie konnte mit ihrer freien Hand fest. Mit der anderen drückte sie weiterhin das Küchenrollenknäuel auf ihre tiefe Wunde.

Auch wenn die Umstände vielleicht nicht ganz rosig waren, so genoss Anna trotzdem die Fahrt. Es war ein schöner Abend, und es war herrlich, endlich etwas von San Sebastián sehen zu können, auch wenn es bereits dunkel war. Sie saß nicht mehr in ihrem Zimmer, das war entscheidend.

„Sobald du behandelt bist, werde ich dich wegbringen“, sagte Diego plötzlich.

Anna fuhr herum und sah ihn fragend an.

„Unsere Zeit ist vorbei“, fuhr er überzeugt fort und schob verbissen die Lippen vor.

Anna spürte, wie ihr Herz plötzlich zu rasen begann. Wegbringen? Was bedeutete das? Würde er sie letzten Endes doch erschießen? Klar, sie hatte auch nichts anderes verdient. Immerhin hatte sie sich nicht an ihre Abmachung gehalten und einen ziemlich blöden Fluchtversuch unternommen. Vorhin hatte er seinen Bruder abgehalten, aber auch nur, weil er praktisch gedacht hatte und nicht, um ihr das Leben zu retten. Die Nachbarn in der idyllischen Wohngegend sollten natürlich nicht mitbekommen, wer neben ihnen eingezogen war. Sicherlich würde er sie an einen verlassenen Ort bringen, wo sie ganz für sich waren.

Angstschweiß bildete sich in ihrem Nacken. Das Pochen in der Wunde an ihrer Schläfe wurde mehr. „Es tut mir leid. Ich wollte das nicht.“ Irgendwie musste sie ihn umstimmen.

Er drehte kurz den Kopf zur Seite und sah sie finster an. „Warum entschuldigst du dich?“

Anna war wie vor den Kopf geschlagen. „Ich … habe mich nicht an unsere Abmachung gehalten.“ War sie ihm etwa gar nicht wichtig gewesen? Hatte er nicht gemerkt, was ihre Flucht in diesem Fall bedeutet hatte?

„Die Abmachung gilt nicht mehr.“

Sie kniff die Augen zusammen und versuchte, ruhig weiter ein- und auszuatmen. Wenn die Abmachung nicht mehr galt, konnte er machen, was er wollte. Ach was, er war ein Verbrecher und hatte eine Waffe: Er konnte die ganze Zeit tun und lassen, was er wollte. Sie sah aus dem Fenster und dachte daran, was sie doch für ein naives, dummes Ding gewesen war, sich auf diesen Deal einzulassen, der am Ende rein gar nichts wert gewesen war.

„Ich werde dir Geld geben. Reichlich. Ich möchte, dass du damit untertauchst und für die nächsten zwei Monate nicht nach Hause fährst. Geh nicht zur Polizei!“ Er drehte sich kurz zur Seite und funkelte sie wütend an. „Und das sage ich nicht, weil du uns nicht verraten sollst“, erklärte er weiter, „sondern zu deiner eigenen Sicherheit. Du hast mich nie gesehen, klar?“

Anna sah ihn verwirrt an. Hatte sie gerade richtig verstanden?

Da sie nicht antwortete, drehte er fragend den Kopf zu ihr herüber. „Was ist?“

„Du … lässt mich frei?“

„Was sollte ich sonst machen?“ Er klang so perplex, als wäre alles andere absolut unvorstellbar.

„Ich dachte, du würdest …“

Er sah wieder auf die Straße und biss die Zähne aufeinander. Die altbekannte Wut schien wieder in seinem Körper aufzukochen.

„Nein, das werde ich nicht“, knurrte er bissig, sodass Anna Angst bekam, ihn am Ende doch noch auf die Idee gebracht zu haben.

„Du kannst gehen“, erklärte er erneut. „Doch halte dich von der Polizei fern. Es …“ Er zog die Stirn in Falten und suchte nach der richtigen Erklärung. „Es ist leider so, dass die Polizei nur unser kleineres Übel ist. Doch es gibt noch andere Menschen, vor denen du dich in Acht nehmen musst. Ich denke nicht, dass man die Verbindung zwischen uns sehen wird. Doch man sollte es ihnen nicht auf die Nase binden. Daher ist es ganz wichtig, dass du niemandem von Rafael und mir erzählst, was möglicherweise die Spur zu dir lenken würde."

Anna wandte den Blick ab und sah nachdenklich auf das Armaturenbrett. Es war so verwirrend, was er ihr gerade erzählte. „Aber was soll ich denn dann erzählen? Warum bin ich hier?" *Ich bin eine Geisteskranke und einfach so von zu Hause abgehauen?* Niemand würde ihr diese Geschichte abkaufen!

„Keine Ahnung! Lass dir etwas einfallen, Hauptsache du erwähnst uns nicht dabei."

Abgehackt und stockend bewegte sich ihr Brustkorb auf und ab. Es war eine seltsame Wendung, die diese Geschichte plötzlich genommen hatte. Sie kam frei. Okay! Das klang gut! Aber welchen Preis zahlte sie hierfür? Wer waren die Leute, vor denen Diego und Rafael auf der Flucht waren, und was konnten sie ihr anhaben, sobald sie wussten, dass sie mit ihnen zusammen gewesen war?

Anna kaute auf ihrer Lippe und versuchte, den üblen Beigeschmack zu bekämpfen.

Diego wurde plötzlich langsamer und Anna sah nervös aus dem Fenster. Es war eine breite Straße, und es herrschte reichlich Verkehr. Vor ihnen stoppte ein großer Lieferwagen, der offenbar zum Ausladen anhalten wollte.

Diego scherte aus und schoss an ihm vorbei. „Wir sind gleich da. Bist du bereit?"

Bereit? Wofür? War sie bisher überhaupt einmal um jegliche Einwilligung gefragt worden?

*

Miti war bereit. Endlich gab es eine Spur. Endlich würden Igor und er nicht mehr im Dunkeln herumstochern. Jetzt war Handeln angesagt. Sie konnten das Ganze noch heute Abend abschließen. Ein tolles Gefühl.

Er hatte die Adresse sofort gefunden, nachdem er den erlösenden Anruf von Benno erhalten hatte. Die Wohnung von Raúl Fernandez befand sich in einem vierstöckigen hellbraunen Haus mit dunklen vergitterten Balkonen vor den großzügigen Fenstern. Es war eine hübsche Straße, die ein gemütliches Flair vermittelte.

Vor etwa fünf Minuten war er angekommen und hatte seinen Wagen nicht weit vom Eingang entfernt zwischen den parkenden Autos abgestellt. Er ging davon aus, dass Santo sicherlich nicht mit ihm rechnen würde. Probleme sollte er natürlich bekommen, wenn er sich hier genau umschaute und den bekannten Mercedes in der Autoreihe entdeckte.

Miti war hin und her gerissen, ob er den Wagen noch an einen anderen Ort stellen könnte, aber die Zeit war zu knapp. Laut Benno hatte Santo sich wohl gerade auf den Weg hierher gemacht. Er wusste nicht, wie lange es noch dauern würde. Außerdem würde er Gefahr laufen, Santo entweder zu verpassen oder ihm direkt in die Arme zu laufen, wenn er ihn im Wagen sah oder sich anschließend zu Fuß nähern würde. Sein Posten hier war keine optimale Lösung, aber unter den gegebenen Umständen die einzige, die er sich erlauben konnte. Die Sache war heikel, da er die Umgebung vorher nicht hatte ausspähen können. Sie setzten alles auf eine Karte.

Nervös sah er auf seine Uhr. Mittlerweile waren zehn Minuten seit dem Gespräch mit Benno vergangen. Er hatte sich zufälligerweise unmittelbar in der Nähe befunden und daher nicht mal zwei Minuten gebraucht, um seinen Posten hier zu beziehen. Doch langsam wurde er nervös.

Wo war Santo? Er war auf dem Weg hierher gewesen, bevor Miti überhaupt davon gewusst hatte. Von wo musste er ganz hierher fahren, wenn er jetzt immer noch nicht da war? Oder hatte er ihn etwa verpasst? Gab es einen Hintereingang, der von der Straße nicht einzusehen war, über den er ins Haus gelangt war? Oder kam er überhaupt nicht hierher? Wie zuverlässig war Bennos Quelle?

Miti entschärfte seine Waffe und legte sie auf seinem Oberschenkel ab. Dann griff er nach seinem Handy. Benno musste noch mehr herausfinden. Entweder wurden sie hier gerade verarscht oder sie würden ihn verpassen. Doch sie konnten sich keine Fehler leisten.

*

Diego bog plötzlich ab und bretterte eine breite Zufahrt hinauf. Dann lenkte er den Wagen zwischen zwei stehende Fahrzeuge und kam quietschend zum Stehen.

Anna löste ihren verkrampften Griff, als der Motor schließlich verebbte und musterte verwundert den grauen Betonklotz vor ihr, der im ersten Moment eher befremdlich als einladend auf sie wirkte. Der Eingang bestand aus einer großen Glaswand mit weißen Fensterrahmen, die etwas an das Schaufenster eines Kaufhauses erinnerte. Darüber prangte großzügig die Schrift ‚Hospital Donostia'.

Hospital? Krankenhaus?

Verwirrt drehte sie sich zu Diego herum. „Krankenhaus? Sollten wir nicht zu einem Freund fahren?"

Diego hatte sich eine Schirmmütze aufgesetzt und schob sich trotz der Dunkelheit eine Sonnenbrille auf die Nase. „Es ist besser, wenn Rafael nicht immer weiß, was los ist."

Anna hörte kurzzeitig auf zu atmen. Traute er nicht mal seinem eigenen Bruder?

„Wir gehen doch ins Krankenhaus?“ Sie konnte nicht sagen, warum, aber irgendwie machte sie dieser Umstand ganz kribbelig. Es war, als würden sie etwas Verbotenes tun. Sie hielten sich nicht an die Absprachen.

„Ich halte das Krankenhaus für sicherer. Hier sind mehr Menschen.“ Er hatte seine Waffe hervorgeholt und drehte sie prüfend herum. „Bist du bereit, deine Rolle aus Freiburg noch einmal zu spielen?“

Anna antwortete nicht, da sie immer noch über die Tatsache nachdachte, dass Diego seinen Bruder hinterging. Wie kam er hierzu? Hatte Rafael etwas Entscheidendes gesagt oder getan, das ihr entgangen war? Oder vielleicht Enrico?

„Du bist meine Freundin und am Hotelpool ausgerutscht, okay?“, half Diego ihr auf die Sprünge, als sie immer noch nichts sagte. „Und mach bitte keine Dummheiten. Du hast mein Wort, dass ich dich anschließend gehen lasse. Darauf kannst du dich verlassen. Okay?“

Anna musterte ihn fasziniert. Durch seine Sonnenbrille konnte sie seine Augen nicht erkennen, aber sie spürte, dass hier noch mehr hinter steckte. Irgendetwas versuchte er zu überspielen.

„Rafael weiß nicht, dass du mich gehen lässt, richtig?“

Abrupt drehte er den Kopf herum und Anna wusste, dass sie genau ins Schwarze getroffen hatte. Er tat es aus freien Stücken. Warum? Mit Sicherheit war sein Bruder nicht sonderlich einverstanden mit dieser Aktion. Und mit der aktuellen auch nicht.

„Bist du bereit?“ Diego überspielte ihre Andeutung, indem er seine Tür öffnete. Anna lächelte und spürte tiefe Dankbarkeit, als sie seinem Beispiel folgte. Er tat es für sie und heimste sich dabei wahrscheinlich noch so manchen Ärger ein.

So schnell ihre aktuelle körperliche Verfassung es zuließ, schlüpfte sie aus dem Wagen. Durch die Bewegung federte ein neues Ziehen von der Wunde aus und mischte sich mit dem Dröhnen im Kopf.

„Nimm meine Hand“, befahl Diego, als sie gemeinsam vor dem Wagen standen und in Richtung Eingang liefen.

Anna gehorchte brav. Mit der anderen hielt sie weiterhin ihre Wunde.

„Ich könnte dich auch jetzt schon gehen lassen“, flüsterte er ihr ins Haar, „aber ich denke, du würdest vielleicht ein bisschen zu viel Aufmerksamkeit auf dich ziehen, wenn du ohne eine einleuchtende Erklärung so herumläufst.“

Anna blickte in seine dunkle Brille und nickte. Sicherlich hatte er recht.

Dann schritt Diego zügig voran und zog Anna hinter sich her. Sein

Griff war fest und Anna konnte die Kraft erahnen, die dahintersteckte. Höflich ließ er ihr den Vortritt, als sie durch die Tür traten und schob sie mit der freien Hand an ihrem Rücken sachte vorwärts.

Anna erkannte einen überschaubaren Empfangsbereich. Hinter einem Tresen auf der linken Seite, auf den Diego zusteuerte, saßen zwei schwarzhaarige Damen. Rechts von ihnen waren einzelne weiße Ledersofas aufgestellt, die von einer Handvoll Menschen besetzt waren. Anna ließ ihren Blick flüchtig über die restlichen Anwesenden huschen und fragte sich, wie glaubhaft ihre Maskerade wohl war, die sie hier spielten. Immerhin hatte Diego sich eine Sonnenbrille aufgesetzt, die den hasserfüllten und gefühlslosen Blick verdeckte, der nicht so sehr zu einem besorgten Lebensgefährten passte.

Diego war direkt zur Aufnahme gegangen und sprach bereits mit einer Dame hinter dem Tresen. Sie trug wie ihre Kollegin ein türkises T-Shirt, auf dem Anna das Krankenhausemblem von draußen wiedererkennen konnte.

Ohne dass Anna sich umsehen musste, spürte sie die Blicke der restlichen Patienten und Besucher auf sich. *Egal ob Deutschland oder Spanien – ein blutverschmiertes Hemd ist überall eine Sensation.* Wie kleine Dolche fühlte sie die Augen im Rücken, als sie sich neben Diego direkt an den Tresen stellte.

Es war ein komisches Gefühl, aber der feste Handgriff, den er auch jetzt noch nicht wieder aufgegeben hatte, bereitete ihr eine gewisse Zuversicht. Sie war nicht allein. Er würde das hier regeln.

Das ist krank, dachte sie. Er hatte sie entführt, und sie klammerte sich an ihn, als hänge ihr Leben von ihm ab.

Die Dame hinter dem Tresen blickte mitfühlend, wenn nicht vielleicht auch ein bisschen skeptisch zu ihr auf.

Anna sah in Richtung Sofas und traf die Augen eines Mannes, die sie abartig anstarrten. Neben ihm saß eine dunkelhaarige Frau mit einem Kopftuch, die ein Kind auf dem Schoß hielt und immer wieder schützend versuchte, die Aufmerksamkeit des kleinen Jungen von Anna abzulenken.

Anna bekam Panik, als sie das sah und spürte die Gefahr. Doch warum erst jetzt?

Sie war nicht beim Badevergnügen am Hotelpool gestolpert.

Ihr Kopf war brutal auf eine Tischkante geschlagen worden.

Neben ihr stand ein Krimineller, der sie und ihren blutigen Kopf auf halsbrecherische Weise hierhergefahren hatte. Zudem hatte dieser immer noch seine Waffe bei sich, und immer noch war sein Blick so hasserfüllt und wütend.

Aber wenn sie ihre Angst jetzt diagnostizieren sollte, dann war das die kleine Familie auf dem weißen Ledersofa, die ihr Angst machte. Die Gefahr kam von außerhalb.

Schnell wandte sie den Blick wieder ab und starrte auf Diegos und ihre umschlossenen Hände. Trotz der absurden Situation sah es natürlich aus.

Langsam ließ sie ihren Blick an seinem muskulösen Arm hochfahren. Auf dem rechten Oberarm schaute das untere Ende eines Tattoos unter dem schwarzen T-Shirt hervor. Wo sein Gesicht zu Beginn ihrer Reise noch glatt gewesen war, wurde es jetzt von einzelnen dunklen Bartstoppeln bedeckt. Seine Augen konnte sie durch die Sonnenbrille nicht sehen, zudem war seine Aufmerksamkeit weiterhin auf die Dame hinter dem Tresen gerichtet.

Diese hatte ihren Blick gesenkt und fingerte in Unterlagen auf ihrem Schreibtisch herum, wirkte aber dennoch distanziert und wenig hilfeleistend. Vielleicht lag es aber auch nur daran, dass Anna die Sprache nicht verstand. Doch im Ganzen hatte sie das Gefühl, dass sie hier nicht willkommen waren. Nicht Diego, nicht Anna mit ihrem verletzten Kopf, sondern beide als Einheit.

Plötzlich stand die Frau hinter dem Tresen auf und murmelte etwas Entschuldigendes. Sie entfernte sich einige Schritte und blieb kurz vor einer schwingenden Glastür bei einem Mann im gleichfarbigen türkisen Shirt stehen. Sie warf noch einen prüfenden Blick in ihre Richtung und begann dann leise zu sprechen.

„Was ist los?“, fragte Anna.

„Sie muss etwas klären“, murmelte Diego, während er die Frau nicht aus den Augen ließ. Abwechselnd schielten sie oder der Mann zu ihnen hinüber.

„Meinst du, es gibt ein Problem, weil ich meine Versichertenkarte nicht dabeihabe?“

„Ich glaube, wir haben noch ein ganz anderes Problem“, antwortete er, und sein Körper versteifte sich, wie bei einer angriffslustigen Raubkatze, bevor sie zum Sprung ansetzt.

Anna sah etwas verwirrt zu dem ungleichen Pärchen hinüber. „Was ist denn?“

„Komm!“, befahl Diego und drückte Anna seine Hand in den Rücken.

„Wieso? Was ist los? Was ist mit meiner Wunde?“, fragte Anna etwas überrascht, während sie von Diego eilig zum Ausgang geschoben wurde.

„Wir müssen weg. Schnell! Ich glaube, man hat uns erkannt!“

„Erkannt? Aber wieso? Ich meine …“ Sie blickte sich um und sah, wie die Empfangsdame aufgeregt auf sie zeigte und wild gestikulierte.

„Lauf!“, schrie Diego und zog Anna aus der Eingangstür hinaus.

Anna wusste nicht ganz, was hier passierte und wieso sie erkannt worden sein sollten, aber irgendetwas in ihr schien auf Diego zu hören, und so stürmte sie mit ihm aus dem Gebäude heraus und auf den Wagen zu.

Sie waren eine Einheit.

Kapitel 30

Bennos Puls war auf Hundertachtzig. Er konnte förmlich spüren, wie sein Blut in stoßartigen Wellen durch seine Halsschlagader schoss und gepresst nach vorne drängte. Wie bei einem Wettlauf der kleinen Blutkörperchen, bei dem es um alles ging. Ihm wurde fast schlecht.

Hastig legte er den Hörer auf und rannte in den Kontrollraum. Frank war inzwischen gekommen und sah wie Jessi gebannt auf den Monitor.

„Er hat ihn nicht gekriegt", schnauzte Benno garstig in Jessis Richtung. „Was war das für ein bescheuerter Tipp? Santo war nicht da."

„Tut mir leid, wenn dein Köter zu dämlich ist und ihn nicht erwischt hat", fauchte Jessi böse zurück.

„Miti hat alles getan, was er konnte. Aber wahrscheinlich war deine Adresse vollkommen falsch, weil dein Metall den Empfang gestört hat", schnauzte Benno in Anspielung auf Jessis reichhaltige Piercingsammlung im Ohr.

„Genug jetzt", brummte Frank dazwischen. „Das bringt uns hier doch nicht weiter."

„Santo ist nicht aufgetaucht", kommentierte Benno dennoch weiter. „Und diesem Raúl Fernandez war er auch vollkommen unbekannt."

„Was ist mit Igor?", wollte Frank wissen und sah gleichzeitig auf den Bildschirm.

„Er überwacht die zweite Adresse. Sobald Miti wieder bei ihm ist, schlagen sie zu."

„Nein, wartet noch!", sagte Frank schnell. „Wir dürfen sie nicht einzeln bekommen. Es bringt uns nichts, wenn wir nur Joyo haben. Santo wäre gewarnt. Wir würden ihn niemals erwischen. Und dann wäre es schlimmer als vorher."

„Was schlägst du vor?"

„Wir warten." Frank richtete sich auf und sah Jessi und Benno verschwörerisch an. „Wir wollen nicht hetzen. Dann machen wir nur Fehler, und einer allein wäre schon zu viel."

Er machte eine Pause und stand auf. „Santo und Joyo scheinen bisher nicht zu wissen, dass wir da sind. So soll es vorerst bleiben. Wir beobachten sie unauffällig und schlagen im entscheidenden Moment zu."

*

Er hatte noch nicht einmal die Tür richtig geschlossen, als er auch schon den Wagen startete. Sobald das erste Lebenszeichen des Motors ertönte, legte er den Rückwärtsgang ein und raste in Windeseile vom Parkplatz.

Anna blickte sich noch einmal um und erkannte, wie die Empfangsdame aus der Eingangstür lief und aufgeregt mit den Armen fuchtelte. Bevor sie um die nächste Ecke bogen, kam der Mann dazu und starrte ihnen verstört hinterher.

Diego hatte recht. Sie waren offenbar wirklich erkannt worden. War er vielleicht doch zu unvorsichtig gewesen? Lief sein Bild möglicherweise durch ein internationales Fahndungsraster? Was hatte er getan, dass sie ihn suchten?

Anna zitterte vor Aufregung und hatte schon fast vergessen, weshalb sie eigentlich hier gewesen waren. Die Kopfschmerzen waren nur noch Nebensache.

„Scheiße, scheiße, scheiße!“, fluchte Diego und haute dabei wütend auf das Lenkrad. Er trat energisch aufs Gaspedal und lenkte den Wagen gekonnt durch den vierspurigen Verkehr. Er fuhr noch wilder als auf der Fahrt hierher.

Anna krallte sich ängstlich an der Seitentür fest und musste sogar beide Hände nehmen. Sie hatte sich nicht mal anschnallen können, bevor Diego losgesaust war, traute sich jetzt aber auch nicht mehr, den Griff zu lockern.

„Wer bist du, Anna?“, brüllte Diego plötzlich über den lauten Motor hinweg. Er hatte die Brille wieder abgenommen und Anna wäre bei dem funkelnden Anblick seiner Augen am liebsten aus dem Wagen gesprungen. „Wer bist du, zum Teufel?“

Anna überlegte verzweifelt, was er jetzt meinen könnte.

Waren sie nicht gerade auf der Flucht, weil *er* erkannt worden war? Was hatte sie getan? Hatte sie etwas falsch gemacht? Sie hatte sich doch so sehr an die Vorgaben gehalten. Oder doch nicht? Was war los?

Er bremste scharf, riss den Wagen herum und bog in eine schmale Seitenstraße ab. Während er wieder hochschaltete, warf er einen prüfenden Blick in den Rückspiegel.

„‚La mujer de la televisión‘[36], haben sie gesagt“, fuhr er fauchend fort. „Weißt du, das bedeutet?“

Wieder dieser Blick.

Und wieder der Drang, einfach aus dem fahrenden Fahrzeug zu springen.

„Die Frau aus dem Fernsehen“, erklärte er schnauzend. „Von wegen Medizinstudium und Krankenschwester. Was bist du? Ein Fern-

---

[36] ‚Die Frau aus dem Fernsehen‘

sehstar? Gehört dir irgendeine Talkshow oder spielst du in so einer Reality-Soap mit?“

Plötzlich war der Groschen gefallen und Anna verstand, weshalb er so aufgebracht war – sie hatten nicht ihn erkannt, sondern *sie*.

Schlagartig fing ihr Herz an, den ohnehin schon rasenden Schlag noch zu beschleunigen.

Wie war das möglich, dass man sie suchte? War sie irgendwo aufgetreten, was jetzt im Fernsehen gezeigt wurde? Hatten Nico und ihre Eltern eine Vermisstenanzeige gestartet?

Aus Diegos Mund folgte eine Reihe spanischer Schimpfwörter, die Anna nicht verstehen konnte.

„Ihr habt mich entführt“, murmelte sie leise. „Ist es dann nicht naheliegend, dass es eine Vermisstenmeldung hierzu gibt?“

„Im spanischen Fernsehen?“, fragte er patzig. „Wer bist du, dass sie dich *hier* suchen? Woher wissen sie, dass du in Spanien bist?“

„Ich habe keine Ahnung.“

„Du hast kein Handy bei dir. Wir sind seit einer Woche zusammen. Hast du dennoch auf irgendeine Weise Kontakt nach Hause aufgenommen und denen gesagt, wo du bist?“

„Nein!“

„Ich muss es wissen, Anna! Weiß irgendjemand, dass du bei mir bist?“

„Niemand weiß es. Wie hätte ich es denn machen sollen?“

Er hatte inzwischen den Weg aus der Stadt herausgefunden und sich auf einer Autobahn eingefädelt. Immer wieder sah er sich um, ob sie jemand verfolgte.

Anna presste sich panisch in den Sitz und fand auf gerader Strecke doch letztendlich den Mut, um schnell den Anschnallgurt zu schließen. Sie hasste schnelles Autofahren. Diego hingegen schien vollkommen entspannt, was die Geschwindigkeit anging.

Die Landschaft wurde bergig und bewaldet. Es kamen ein Tunnel, eine Brücke und wieder ein Tunnel. Die Autobahn war sehr abwechslungsreich und schlängelte sich mit schlechter Voraussicht durch die Dunkelheit. Diego rauschte unaufhaltsam weiter, und Anna überlegte, wie weit er wohl noch fahren würde.

Im Vorbeifahren erkannte Anna ein Geschwindigkeitsschild und schaute ängstlich auf den Tacho. Diego fuhr entschieden zu schnell. „Fahr langsamer, Diego!“

Er achtete nicht auf sie, sondern schaute weiter verbissen auf die Straße.

„Wir sind zu schnell! Oder willst du, dass sie uns erwischen?“, schrie sie laut.

Diego sah sie plötzlich verwirrt an, als würde er sich wundern, wo sie auf einmal herkam. Dennoch drosselte er die Geschwindigkeit. Allerdings nahm er gleichzeig die nächste Ausfahrt, bog an der folgenden Kreuzung rechts ab und fädelte sich auf einer Landstraße ein.

Anna beobachtete aufmerksam alle Straßenschilder und versuchte, die Städtenamen irgendwo einzuordnen. Ob Diego wusste, wo er hinfuhr? Wahrscheinlich nicht. Es kam ihr zumindest nicht so vor.

Doch dann bog er erneut rechts ab und kam auf einem kleinen, dunklen Parkplatz zum Stehen, der nur von der Landstraße befahren werden konnte. Nicht weit von ihnen erkannte Anna ein kleines Toilettenhäuschen, daneben einen Holztisch mit zwei Bänken. Die dazugehörige Lampe strahlte hell, zeigte allerdings nur in eine Richtung, sodass sie in ihrem Wagen nicht gesehen werden konnten.

Angespannt krallte Diego sich am Lenkrad fest und starrte auf den leuchtenden Ball vor sich. Der Motor lief surrend weiter, als wäre er selbst zu nervös und könne gar nicht anders.

Anna warf einen verzweifelten Blick nach draußen. Bis auf die Lampe war es stockdunkel, und sie hatte keine Ahnung, was um sie herum war. Außer den vereinzelten Scheinwerfern, die auf der Straße an ihnen vorbeisausten, konnte sie keine Lichter oder andere Anzeichen erkennen, die auf Zivilisation hindeuteten. San Sebastián schien weit hinter ihnen zu sein.

Ihr Atem ging schnell, und sie war nervös. Wie ging es weiter? Was ging in Diego vor, dessen Umriss sie durch den Schein der Lampe schwach schimmern sah?

Sie starrte verwegen auf den Türgriff und ein kurzer Gedanke in ihrem Kopf schlug vor, jetzt die Chance zu nutzen und einfach abzuhauen. Ihre Hand zuckte bereits in die Richtung, als Diego plötzlich aus dem Auto ausstieg. Mit einem lauten Knall schlug er die Tür zu und entfernte sich vom Wagen. Er war nach rechts ins Dunkel verschwunden und kurze Zeit später konnte sie ihn nicht mehr erkennen.

Anna blieb etwas verwirrt sitzen. Was sollte sie jetzt machen? Aussteigen? Fliehen? Wo sollte sie hin? Sie befand sich auf einer Landstraße im Nirgendwo.

Sie entschied sich allerdings, ebenfalls auszusteigen und atmete die frische Luft ein, die unglaublich belebend schmeckte.

Sie sah sich um, aber es war nicht mehr zu erkennen als vom Wagen aus. Neben dem Parkplatz ging eine bewaldete Böschung hinab, die ziemlich steil aussah. In einiger Entfernung war ein Schild, aber es war zu dunkel, sodass Anna den nächsten versprochenen Ortsnamen nicht erkennen konnte.

Diego hatte sich einige Schritte vom Wagen entfernt und war

schließlich stehen geblieben. Mit gesenktem Blick stützte er sich an der Leitplanke zur Böschung ab und starrte in den Abgrund. In seiner Hand glimmte eine Zigarette, die hellrot aufleuchtete, als er sie an den Mund führte.

Beim Absetzen der Hand erkannte Anna plötzlich den schimmernden Metallglanz der Waffe. Abrupt blieb sie stehen und erstarrte.

Die Abmachung galt nicht mehr, hatte er vorhin gesagt. Sie waren an einem abgelegenen Ort, wo sie niemand so schnell finden würde. Warum sollte er nicht hier einfach alles beenden?

Kapitel 31

Kommissar Burmann fand keine Ruhe, solange er nicht weiterkam. Diese Nacht würde zermürbend werden. Er war müde und sehnte sich nach einer Erholung für seinen Kopf.

Auf dem Tisch vor sich lagen seine Gedanken ausgebreitet. Mit verschiedenen Farben hatte er Spuren und Verbindungen aufgezeichnet. Sie hatten die Fahndung nach Spanien ausgeweitet, doch bisher war kein Hinweis zu Anna Selbig eingegangen. Es war, als würde man nach der bekannten Nadel im Heuhaufen suchen. Zudem blieb weiterhin die Ungewissheit, dass das Auffinden der Hamburgerin ihnen noch gar nicht weiterhelfen würde. Den Schlüssel stellten diese beiden ominösen Mexikaner dar. Doch waren sie noch zusammen? Waren sie überhaupt in Spanien? Es war nur ein leiser Wink, dem sie hier folgten. Sie tappten im Dunkeln und stocherten auf gut Glück in der Nacht herum.

Erschöpft kniff er die Augen zusammen und rieb sich mit der Hand durch das Gesicht. Er hatte viel mit der Kripo in Hamburg telefoniert, war aber zu keinem Ergebnis gekommen. Es gab weder dort noch hier in Freiburg Spuren, die sie verfolgen könnten.

Für heute würde er Feierabend machen. Er war jetzt seit mehr als zwölf Stunden mit dem Fall beschäftigt gewesen. Vielleicht würde eine Runde Schlaf neue Ideen bringen. Innerlich stellte er sich aber bereits darauf ein, dass er diesen Fall nicht würde klären können. Sobald Profikiller am Werk waren, waren sein Wissen, seine Fähigkeiten und aber auch seine technischen Möglichkeiten ausgeschöpft.

Er knipste das Licht aus und nahm seine Jacke, die über der Stuhllehne gehangen hatte. Dann machte er sich auf den Weg nach draußen. Das graue Linoleum quietschte unter seinen Schuhen, als er in den Flur trat.

Er sah Licht durch das milchige Glasfenster des Nachbarbüros schimmern und zögerte kurz, griff dann aber doch zur Klinke und öffnete die Tür.

Seine Kollegin Kommissarin Hessler saß wie erwartet in der Mitte des Raumes hinter einem Schreibtisch und beugte sich über den Bildschirm.

Er seufzte leicht.

Die junge Kollegin war so verteufelt ehrgeizig, dass es schon krankhaft war. Es musste ihr erster richtig großer Fall sein, und sie schien sich offenbar vorgenommen zu haben, diesen auch zu lösen. Wusste sie denn nicht, wie hoffnungslos es war? Sie würde all ihre

Kraft einsetzen, doch früher oder später musste sie einsehen, wie unbefriedigend ihr Job teilweise war. Die wirklichen Erfolgsquoten waren nur an einer kleinen Zahl zu messen.

„Willst du gar nicht nach Hause?“, fragte Burmann in den Raum. Die rechte Hand hielt er immer noch am Türgriff.

Seine Kollegin drehte sich halb um und blinzelte. Ihre blonden Haare federten dabei im Schwung mit. Ihr Gesicht war blass und unter ihren Augen zeichneten sich bereits die ersten dunklen Ränder ab. „Ich mache nur noch das hier schnell fertig.“

„Es ist spät!“

Vergeude dein Leben nicht in diesem Raum, dachte er grimmig. Aus eigener Erfahrung hatte er miterleben müssen, wie das reale Leben ganz schnell an einem vorbeizog und man den Anschluss verlor.

„Ich weiß. Aber ich bin auch gleich so weit.“ Sie lächelte verlegen.

Kommissar Burmann nickte und schloss dann die Tür. Sie würde es schon noch schnell genug erfahren. Die wirklichen Chancen, in diesem Fall noch Erfolg zu haben, wurden von Minute zu Minute weniger.

Schwerfällig wuchtete er die große Eingangstür auf und schlurfte langsam die drei Stufen hinunter. An sich hatte er es nicht eilig. Er hatte zu viel Zeit in diesem Gebäude verbracht, sodass letztendlich zu Hause keiner mehr auf ihn wartete. Es würde niemandem auffallen, wenn er einfach hierblieb.

Er seufzte und steuerte auf seinen grünen Peugeot zu, der auf der anderen Straßenseite stand. Er würde sich auf dem Weg nach Hause noch etwas zu Essen aus dem Imbiss an der Ecke mitnehmen. Anschließend würde er seiner Tochter schreiben, zu der er nach und nach versuchte, wieder etwas Kontakt aufzubauen. Er wollte wiedergutmachen, was er die letzten Jahre zerstört hatte.

Die Funkübertragung fürs Wagenschloss funktionierte seit einiger Zeit nicht mehr, daher musste er die Straße überqueren und selbst aufschließen. Er hatte gerade den Schlüssel in die schmale Öffnung gezwängt, als er hinter sich seinen Namen hörte.

„Harald, warte!“

Er drehte sich um und erkannte seine junge Kollegin. Sie war die Stufen hinuntergesprungen und rannte ihm entgegen. Das blasse Gesicht war plötzlich rot erleuchtet.

„Wir haben sie! Wir haben Anna Selbig gefunden!“

„Wo?“

„In einem Krankenhaus in San Sebastián. Sie sind wirklich in Spanien. Europol hat uns gerade die Bilder der Überwachungskamera übermittelt. Sie ist klar zu erkennen.“

Der Kommissar zog grob seinen Schlüssel aus dem Loch und rannte auf seine Kollegin zu. „Wo sind sie jetzt?“

„Sie sind verschwunden, aber wir haben das Auto mit Kennzeichen. Die Polizei ist unterwegs. Es wird sicherlich nicht mehr lange dauern, dann finden sie sie.“

Sie stürmten zurück ins Gebäude, und mit einem Mal wirkten die Wände gar nicht mehr so beengend wie vorher.

„Und da ist sogar noch mehr“, verkündete die Kommissarin freudig, während sie in ihr Büro traten und sie um den Schreibtisch herumging. „Der Wagen ist auf keinen anderen als Enrico Suarez gemeldet.“

„Der Sohn!“

„Genau. Wenn wir Glück haben, ist er sogar bei ihnen in der Nähe.“

„Die Handydaten! Können wir eine GPS-Ortung machen?“

Sie lächelte und begann die Eingabe auf der Tastatur. „Ich bin schon dabei.“

*

Wenn Diego sich mit anderen verglich, so hasste er sich selbst immer noch am meisten. Er war nicht in der Lage, sein Leben zu ändern. Dabei konnten das so viele. Es war die einfachste Sache der Welt, aber er war hierzu nicht fähig.

Er war ein Nichts, ein Niemand.

Ausgiebig nahm er einen erneuten Zug an seiner Zigarette. Er hatte den Filter erreicht. Die Zigarette war vorbei, aber sein Bedürfnis noch lange nicht.

Enttäuscht, weil das Nikotin ihn so sehr in der Hand hatte und doch nicht wirkte, schnippte er die abgebrannte Zigarette weg und zündete sich direkt die nächste an. Der Qualm breitete sich in seinem Körper aus und half ihm, eine Nuance entspannter zu werden, aber er spürte, dass es nicht ausreichte. Zudem wurde ihm schwindelig. Der Boden hob plötzlich ab und verschwamm unscharf vor seinen Augen.

Hier half kein Nikotin. So sehr er es auch versuchte, aber in diesem Fall half nur die Droge, die er in der anderen Hand hielt.

Angespannt schielte er auf die Glock in seiner zitternden Hand. Der Ausweg könnte so einfach sein. Hier war er ungestört. Er könnte die Böschung hinunterstürzen und es würde vermutlich eine Ewigkeit dauern, bis ihn jemand finden würde. Es wäre zu Ende und er wäre frei. Vielleicht nicht von seinen Sünden erlöst, aber auch nicht mehr in ihrem direkten Angesicht.

Er atmete japsend auf und zog erneut an der Zigarette. Innerlich wusste er, dass er eine Entscheidung getroffen hatte. Er würde es tun.

Das Nikotin umhüllte ihn. Der Schwindel nahm zu. Er spürte das kalte Metall der Leitplanke an seinem Bein. Vielleicht brauchte er die Glock gar nicht und würde einfach das Gleichgewicht verlieren und die Böschung hinunterstürzen.

Doch dann kam ganz abrupt und unerwartet ein Griff an seinem rechten Oberarm hinzu. „Hey? Ist alles in Ordnung?"

Erschrocken fuhr er herum.

Es war keine zufällige Berührung. Sie hatte seinen Arm gegriffen und sah ihn mit großen Augen besorgt an.

Diego war wie erstarrt, doch dann sammelte er sich langsam wieder. Die Realität kehrte zurück. Ihre Hand blieb unbeirrt auf seinem Arm liegen. Das Nikotin benebelte seine Sehkraft, der Schwindel wurde mehr.

Er schloss die Augen und ließ sich auf den Boden nieder, sodass er sich mit dem Rücken an die Leitplanke lehnte. Das kalte Metall half ihm, über Schwindel und Hitze Herr zu werden.

„Bist du okay?" Eine Hand berührte plötzlich seine Stirn.

Schlagartig riss er die Augen auf. Sie hockte direkt neben ihm. Warum fasste sie ihn an?

Sie entfernte die Hand von seiner Stirn und griff stattdessen an sein Handgelenk, um seinen Puls zu messen. Verwirrt musterte er ihr Gesicht, während sie die Schläge zählte.

Ihr Blick war gesenkt und zwischen den Augen hatte sich eine Falte gebildet. Ihre Haare waren wieder getrocknet und wellten sich in den gewohnten Locken. Kurz hatte er ihr Gesicht vor Augen, als sie aus der Dusche gekommen war und ihre Haare so glatt und fremd herabgehangen hatten. Sie hatte ein hübsches Gesicht, wenn da nicht diese große Wunde und die eingetrockneten Blutspuren wären.

Er nahm einen erneuten Zug von der Zigarette, doch der Schwindel wurde nicht weniger. Die erwartete Entspannung wollte nicht eintreten.

„Gib mir die Zigarette!", befahl sie plötzlich und griff auch schon danach. Sie musterte sie grimmig und trat sie aus. Er hatte gar nicht mitbekommen, dass er bereits wieder den Filter erreicht hatte.

„Leg dich hin!" Sie griff mit beiden Händen an seine Schultern und versuchte, ihn zur Seite zu drücken, aber er stemmte sich dagegen.

„Leg dich hin und nimm die Beine hoch!", wiederholte sie.

Er spürte, wie er schwankte und der Gedanke an eine waagerechte Position gar nicht so abwegig war.

Er ließ sich von ihr zur Seite drücken und spürte wenig später den harten Asphaltboden unter seinem Kopf. Mit schnellen Handgriffen hatte sie seine Beine gepackt und sie auf der Leitplanke abgelegt. Dann huschte sie herum und befühlte wieder seine Stirn.

Er schloss die Augen und wollte mit dem Kopf schütteln, aber der Schwindel war zu stark. „Warum machst du das?“

„Dein Kreislauf war im Keller. Aber gleich sollte es dir wieder bessergehen.“

Er öffnete die Augen.

Sie hatte wieder sein Handgelenk gepackt und schaute nachdenklich auf seine hochgelegten Beine.

„Nein, das meine ich nicht. Es ist doch offensichtlich, dass … Ich meine, warum …“ Warum half sie ihm? Er war der letzte Abschaum und sollte jetzt eigentlich vorm Höllentor schmoren. Wie konnte sie ihm helfen, nach allem, was er ihr angetan hatte?

Sie sah ihm in die Augen, und er wusste, dass sie verstand, was er meinte.

„Es ist mein Beruf“, antwortete sie knapp.

„Ein guter Beruf“, murmelte er. Der Schwindel wurde weniger, und er spürte, wie es ihm langsam besserging. Mit seiner freien Hand tastete er zur Seite und fühlte die Zigarettenpackung.

„Vielleicht solltest du jetzt nicht unbedingt rauchen“, sagte sie vorsichtig, aber bestimmt.

„Ich wollte ohnehin aufhören.“ Er hob die Beine von der Leitplanke und setzte sich langsam auf. Sie hockte angespannt daneben, als wäre sie bereit, ihn jeden Moment wieder aufzufangen.

Sein Blick fiel auf die Glock, als er sich aufgesetzt hatte. Vorsichtig nahm er sie in die Hand. „Auch damit wollte ich aufhören. Aber ich kriege das irgendwie nicht hin.“ Er sah kurz zu ihr und spürte ihren fragenden Blick, als er wieder auf seine Droge schaute.

Doch genau das brachte ihn auch wieder zu ihrer eigentlichen Situation. „Sie haben dich erkannt, Anna. Nicht mich, was naheliegend gewesen wäre, sondern dich. Ich habe keine Ahnung, warum.“

Das Warum konnte er nicht erklären, aber die Folgen hierzu waren naheliegend. Er würde sie jetzt nicht mehr gehen lassen können. Natürlich wusste er nicht, ob es eine Verbindung zu Azem gab, aber er konnte das Risiko nicht eingehen. Es war nicht mehr auszuschließen, dass Azem Wind davon bekommen hatte, dass sie mit ihnen unterwegs war. Gleichzeitig bedeutete das, dass sie mit Sicherheit wussten, wo sie sich befanden. Wo sie doch die letzten Tage sich noch so sicher geglaubt hatten und ihr Glück kaum hatten fassen können, sah es jetzt so aus, als wäre es doch noch anders gekommen. Es war einfach wie verhext. Man konnte Azem nicht entkommen. Es war allgemein bekannt, und doch hatten sie es versucht.

„Du kannst mich nicht mehr freilassen, richtig?“ Ihre Stimme war kratzig und holprig.

Sein Blick fuhr sofort auf. Woher wusste sie das? War es so naheliegend? Was sah sie, wenn sie in sein Gesicht schaute? Konnte sie auch nur im Entferntesten ahnen, was für ein Mensch er war?

„Nein“, war seine kurze, knappe Antwort.

Sie schluckte einmal deutlich und sah dann zur Seite. Sie hatte die Arme um ihre Knie verschränkt und klammerte sich fest.

„Es tut mir leid“, hörte er sich selbst sagen. Und das war die Wahrheit.

Sie zog die Nase hoch und wischte sich mit der Hand durch das Gesicht. „Wie… wie lange noch?“

Er wollte etwas tun. Irgendetwas musste er doch machen! Er verspürte den plötzlichen Impuls, sie zu berühren, so wie sie es eben bei ihm getan hatte, aber er konnte es nicht. Stattdessen ballte er die Hände zu Fäusten.

„Ich kann es nicht sagen. Wir müssen abwarten, was weiter passiert. Wenn sie …“ Er überlegte, wie er es am besten verständlich machen konnte, ohne Azems System erklären zu müssen. Sie durfte nur so wenig wie möglich wissen, falls sie doch geschnappt werden würde.

„Wenn sie keine Verbindung zwischen uns herstellen können“, fuhr er erklärend fort, „hast du vielleicht eine Chance.“

„Mit *sie* meinst du nicht die Polizei, richtig?“

Es war so erschreckend, die Wahrheit aus ihrem Mund zu hören. „Richtig.“

„Wer sind *sie*?“ Sie drehte den Kopf herum. Ihre Augen waren feucht und auf ihrer Wange hatten sich Tränenspuren durch das eingetrocknete Blut gebahnt.

„Das kann ich dir nicht sagen. Es ist am besten, wenn du so wenig wie möglich weißt.“

„Für den Fall, dass sie mich erwischen“, schlussfolgerte sie daraus. „Die Polizei oder *sie*?“

„Beide. Wenn die Polizei dich hat, können *sie* dich anschließend sofort aufspüren.“

„Aber ich habe doch nichts getan? Was wollen die denn von mir?“

„Mich.“

Sie kniff die Augen zusammen und nickte vorsichtig.

Er stellte sich vor, wie sie innerlich versuchte, die Zusammenhänge zu finden. Es dürfte ziemlich schwer sein, da ihr so viele Informationen fehlten. Doch er durfte nicht mehr erzählen. Sie wusste eigentlich schon viel zu viel.

„Das heißt, sobald ich wieder zu Hause bin, muss ich ständig warten, bis jemand kommt und nach dir fragt?“

Er hatte schon so viele Leben zerstört. Warum ging es jetzt weiter, wo er doch all das nicht mehr wollte? „Wir müssen uns etwas einfallen lassen.“

Sie machte ein seltsames Geräusch und bei ihren Mundwinkeln sah es kurzzeitig so aus, als würde sie lächeln wollen. Warum? War das jetzt auf einmal komisch? Fasziniert musterte er sie. Ihr Gesicht war so interessant zu lesen.

„Meinst du nicht, dass es nur noch schlimmer wird, je länger ich bei dir bleibe?“

„Bis wir festgestellt haben, dass sie *dich* suchen und nicht mich, war ich noch der Meinung.“ Er wusste, dass es lächerlich war, aber irgendwie gefiel ihm ihre Aussage, dass sie bei *ihm* war. Sie sprach so vertraut, als hätte sie rein gar keine Angst mehr vor ihm.

„Es wird noch schlimmer werden“, murmelte sie leise.

„Oder auch nicht. Wenn wir abwarten, können wir vielleicht herausfinden, was sie wissen.“

Sie nickte und presste die Lippen aufeinander. Es war wie eine neue Abmachung, die sie indirekt getroffen hatten. Diego wusste, dass er ihr vertrauen konnte. Ihre ungezwungene Ehrlichkeit war einfach verblüffend.

„Was machen deine Schmerzen?“, fragte er schließlich. In der Aufregung war der eigentliche Grund ihrer Fahrt schon beinahe untergegangen.

„Sind noch da, falls du das meinst?“

„Meinst du, du könntest es selbst nähen, wenn ich dir das notwendige Material dazu besorge?“

Anna riss die Augen auf und zog das Kinn an die Brust. „Etwa vorm Spiegel?“

„Ich glaube nicht, dass wir eine andere Wahl haben. Du darfst nirgendwo öffentlich auftauchen, und ich würde ungern auf Enricos Freund zurückgreifen.“

Sie sah vor sich auf den Boden, und Diego hätte zu gern gewusst, was sie jetzt dachte. Wusste sie von seinem Verdacht? Was ahnte sie? Wie sah die Situation für eine Außenstehende aus?

Diego griff nach seiner Glock und erhob sich.

Anna sah ihm fragend nach und musterte ihn. Sicherlich war sie immer noch auf der Hut, ob es ihm nicht doch wieder schlechter gehen würde.

Doch dann griff sie nach der Zigarettenpackung und stand ebenfalls auf. Ungehemmt trat sie einen Schritt vor und reichte sie ihm.

„Danke, aber ich habe aufgehört." Er nahm die Packung entgegen und warf sie schwungvoll die dunkle Böschung hinab.

Wenn er es schaffen wollte, sollte er zumindest mit den Zigaretten anfangen. Die Glock würde dann irgendwann folgen, wenn er so weit war.

Kapitel 32

„Verdammt, Santo? Was machst du da?“ Benno hatte sich weit nach vorne gebeugt und begutachtete die Bilder, die Jessi auf den Monitor geholt hatte. Sie zeigten Santo in einem Krankenhaus in San Sebastián.

„Wer ist die Frau?“, fragte Azem verwundert, obwohl sie schon die ganze Zeit darüber gesprochen hatten und keiner hierfür eine Erklärung hatte.

„Uns muss ganz gehörig etwas entgangen sein“, sagte Frank teilnahmslos. „Die Art, wie sie sich an ihn klammert, ist erschreckend. Er muss sie schon länger kennen. Aber wer ist sie? Wieso hat keiner etwas von ihr gewusst?“

„Vielleicht führt er schon länger ein Doppelleben?“, überlegte Benno laut.

„Aber wie sollte das gehen?“, fragte Frank. Seine Stimme klang leicht besorgt. „Er ist Tag und Nacht hier gewesen. Gerade in den letzten Wochen hat er viel Zeit hier in der Halle verbracht.“

„Irgendetwas muss vorab gelaufen sein“, entgegnete Azem und richtete sich auf. Seiner Haltung nach hatte er genug gesehen. „Überleg doch mal, wie sie verschwunden sind! Wie haben sie das gemacht, wenn ihnen keiner geholfen hat? Marita und Antonio waren die einzigen, die ihnen begegnet sind, und selbst sie haben diese Frau als Santos Freundin bestätigt. Wer soll sie also sonst sein? Doch das macht sie nur umso gefährlicher.“

Er drehte sich um und ging zur Tür. „Ich bin mir ziemlich sicher, dass diese Fremde unseren Jungs bei ihrem Ausriss geholfen hat. Santo und Joyo sind Experten, wenn es um das Verwischen von Spuren geht. Sie hat ihnen geholfen, darauf verwette ich meine Hände.“

Benno, Jessi und Frank sahen sich fragend an. Es war so naheliegend, was Azem erzählte, aber dennoch war es nicht zu glauben.

Wie hatten sie es auf die Beine gestellt? Seit wann lief das schon zwischen Santo und dieser Anna Selbig? Wieso hatte keiner etwas mitbekommen? Wo war das Loch im System?

„Ihr müsst sie noch einmal überprüfen“, forderte Frank.

„Aber das haben wir doch schon“, erwiderte Benno pampig. „Ich war in ihrer Wohnung und habe dort alles auf den Kopf gestellt. Sie ist so sauber wie ein frischer Babyarsch. Bei ihr gibt es überhaupt nichts.“

„Irgendetwas müssen wir aber übersehen haben. Sie kann doch nicht einfach so aufgetaucht sein. Ich kann mir nicht vorstellen, dass

Santo und Joyo sich einfach so in ihr Auto gesetzt haben. Da muss mehr dahinter sein.“

Benno hob abwehrend die Hände. „Wenn ich es besser wüsste, Frank, würde ich dir sofort zustimmen. Aber dieses Mädel hat vor Santo noch nie einen mexikanischen Schwanz gesehen. Sie ist seit sieben Jahren mit ein und demselben Typen zusammen. Momentan wohnt sie bei ihm, doch sie haben bereits eine gemeinsame Wohnung, die sie gerade renovieren. Was hat Santo damit zu tun?“

„Perfekte Tarnung. Ich muss dir sicher nicht erzählen, wie sehr er alle täuschen kann.“

Benno fuhr sich aufgebracht mit der Hand über die kurzen Haare. „Aber doch auch nur bis zu einem gewissen Grad. Warum sollte er sich diese Mühe machen?“

„Um unbemerkt zu verschwinden. Genau das, was sie jetzt getan haben.“

„Warum sie wohl verletzt ist?“, murmelte Jessi. Es klang eher teilnahmslos, als würde sie mit sich selbst reden.

Benno und Frank sahen abrupt wieder auf den Bildschirm, auf dem Santo in einer Endlosschleife die Unbekannte zur Tür reinschob und sich dann mit ihr an seiner Seite zum Tresen begab.

„Denk dran, dass sie noch die Tasche bei sich haben. Möglicherweise gab es hier Probleme. Wir wissen nicht, ob sie das Heroin schon losgeworden sind.“

„Meinst du, er hat sie bei der Transaktion dabeigehabt?“ Jessis Stimme klang verwundert.

„Woher soll ich das wissen? Ich verstehe gar nichts mehr, was die beiden angeht. Ich weiß weder, was sie plötzlich geritten hat zu verschwinden noch warum die Frau dabei ist. Doch ich weiß, dass sämtliche Dokumente ebenfalls fehlen und wir kurz davor sind, ganz übel auf die Schnauze zu fallen, wenn wir sie nicht kriegen!“ Franks Kopf war hochrot angelaufen. Energisch drehte er sich um und verschwand in die Halle.

Benno und Jessi sahen ihm schweigend hinterher. Nicken taten beide nicht. Man wollte keine Versprechungen machen, da die Aussichten nicht riesig waren.

Sie hatten beide Anna Selbig bereits ausgekundschaftet. Sollte sich hier nicht noch etwas Entscheidendes auftun, würden die bisherigen Ergebnisse weiterhin bestehen bleiben. Und diese waren leider wertlos.

Als Frank verschwunden war, drehten sich beide wieder den Monitoren zu und sahen ein weiteres Mal, wie Anna Selbig sich förmlich an Santo klammerte und sich ängstlich umsah.

„Wovor hat sie Angst?“, stellte Jessi schließlich die Frage, die Benno allerdings auch bereits auf den Lippen gehabt hatte.

Benno beugte sich vor und begutachtete erneut die Nahaufnahme von Anna Selbig, die Santo musterte, als würde ein Blinder zum ersten Mal die Sonne sehen. „Sie klebt an ihm wie Hundescheiße an einem Schuh.“

Jessi antwortete nicht.

Ein Grund mehr für Benno, um sie erneut zu piesacken. „Es ist lange her, dass Santo sich so mit einem Mädchen verhalten hat, oder? Ich glaube, nicht mal dich hat er damals so angesehen.“

Jessi schob sich geschickt mit ihrem Stuhl zurück und huschte an ihm vorbei.

Benno konnte sich ein Lächeln nicht verkneifen. „Hey, was hab ich denn gesagt?“ Er steckte sich eine Zigarette an und hüstelte in sich hinein. Er wusste, dass sie ihm innerlich recht gab.

*

Rafael war unruhig und ging die ganze Zeit in der kleinen Küche auf und ab. Immer wenn ein Auto vor dem Haus langsamer wurde, sah er angespannt aus dem Fenster, weil er hoffte, dass sein Bruder mit Anna wiederkam.

Er hatte kein gutes Gefühl bei der Sache. Sie waren schon zu lange fort. Warum hatte er es bloß zugelassen?

Enrico trat aus dem Badezimmer zu ihm und rieb sich die Hände. „Sind sie immer noch nicht wieder zurück?“

Rafael sah kurz zu ihm rüber und schüttelte den Kopf, ohne etwas zu sagen.

„Ich werd Raúl mal anrufen und fragen.“ Enrico griff nach dem Prepaid-Handy, das Rafael für ihn besorgt hatte und drückte auf dem Nummernfeld herum. Kurze Zeit später hielt er es sich ans Ohr und lauschte.

Mit Sicherheit ist Diego nicht mal dort gewesen, dachte Rafael. Bei dem Gedanken, dass sein Bruder so schnell eingelenkt hatte, könnte er sich selbst in den Hintern beißen. Vermutlich hatte er niemals vorgehabt, dorthin zu fahren.

Aber wo war er dann?

Brachte er es zu Ende, wie sie es schon vor einiger Zeit hätten machen sollen? Anna konnte nicht heil aus dieser Sache herauskommen, das musste ihm doch klar sein. Warum schob er es jetzt auf die lange Bank? Was war nur los mit ihm?

Er erkannte das schwache Licht eines Scheinwerfers, der am Haus vorbeirauschte, aber nicht stehen blieb.

Die Ungeduld war zermürbend.

„Ich kann ihn nicht erreichen“, murmelte Enrico leise neben ihm.

Rafael schloss die Augen und betete für Diego, dass er wirklich nicht das getan hatte, was er jetzt vermutete.

Dann klingelte es plötzlich, aber es kam nicht vom Prepaid-Handy. Mit einer entschuldigenden Geste zog Enrico sein Alltagstelefon aus der Hosentasche und nahm das Gespräch an. „Hallo?“

Rafael drehte sich herum und verspannte sich. Dieses Handy war sofort zurückzuverfolgen. Enrico wusste das.

Er war kurz davor, dem korpulenten Mann das Handy aus der Hand zu schlagen, als dieser plötzlich leichenblass wurde.

*

Sie waren wieder ins Auto gestiegen und weitergefahren. Diego hatte gemeint, dass sie über einen Umweg nach San Sebastián zurückfahren würden und mied die Autobahn.

Annas Kopf dröhnte und hämmerte wie verrückt. Anfangs hatte sie den Weg mitverfolgt und versucht, Straßenschilder einzuordnen, aber irgendwann wurde es ihr doch zu viel. Die Bilder verschwammen mehr und mehr.

Letztendlich hatte sie sich in ihrem Sitz zusammengerollt und die Augen geschlossen, da die Scheinwerfer der entgegenkommenden Autos zu sehr blendeten. Das Licht war schon einem Brennen auf der Netzhaut gleichzusetzen.

Keine Gehirnerschütterung, dachte sie kämpferisch. Doch es sah ganz so aus, als würde sie durch ihre Begegnung mit der Tischkante noch mehr davontragen als einen offenen Kopf.

In ihrem Bauch schienen jeder Hubbel und jede Kurve eine unangenehme, schwappende Welle zu erzeugen, die gegen die Magenwand klatschte und als wäre das nicht schon genug, wurde ihr plötzlich unsagbar übel.

„Halt an! Anhalten! Sofort!“ Panisch hielt sie sich die Hand vor den Mund.

Diego sah zu ihr rüber und erkannte die Situation. So schnell er konnte, stoppte er den Wagen und fuhr an die Seite.

Noch als der Mercedes rollte, hatte Anna bereits die Tür geöffnet und ihrem Mageninhalt freien Lauf gelassen. Es kam nicht viel, weil sie ihr Essen vorhin gegen eine Dusche eingetauscht hatte.

Angestrengt keuchte und röhrte sie. Die Magensäure brannte im Hals. In zuckenden Krämpfen beugte sich ihr Körper zusammen und versuchte, noch das Letzte aus sich herauszupressen. Tränen rollten ihr über die Wangen. Dann würgte sie wieder und holte die übriggebliebene Galle hervor, die einen herben und bitteren Geschmack in ihrem Mund zurückließ.

Zitternd fasste sie an den Türgriff, um sich abzustützen, da sie Angst hatte, kopfüber aus dem Wagen zu fallen. Doch plötzlich spürte sie eine Hand auf ihrem Rücken. Es war keine zufällige Berührung, aber auch keine packende Klaue, die sie an einer möglichen Flucht hindern würde. Es war eher wie ein Halten, damit sie nicht tatsächlich fiel. Sie lag einfach flach auf ihrem Rücken und signalisierte genau das – sie war da. Anna war nicht alleine, es gab noch eine Hand, die ihr Trost aussprach.

Für einen kurzen Moment hielt Anna inne. Die Situation war verwirrend. Kurz huschten Bilder aus Deutschland durch ihren Kopf, die zwar nicht zur brenzligen Lage passten, jetzt aber in ihrer Erinnerung auftauchten. In ihnen sah sie Nico, der stets einen großen Bogen um sie machte, wenn ihr auch nur annähernd schlecht wurde. Sie kannte es nicht, dass ihr jemand in solch einer Situation beistand, aber es tat gut.

Noch verwirrender als Diegos Geste mochte aber wahrscheinlich sein Gesichtsausdruck sein. Anna malte sich aus, wie sein wütender und unzufriedener Blick auf ihr ruhte, während sie sich übergeben musste. Oder war das Mitgefühl vielleicht sogar in seinem Gesicht zu lesen?

Die Neugier war zu groß. Sie stützte sich vom Türgriff ab und schob sich zurück. Schnell drehte sie ihren Kopf herum und sah ihn an. Sie musste unbedingt sein Gesicht sehen.

Er zog allerdings in der gleichen Geschwindigkeit seine Hand zurück und kniff die Augenbrauen zusammen. Es war nur eine Millisekunde Besorgnis, die sie in seinem Gesicht lesen konnte. Doch es hatte gereicht, um eine andere Seite an ihm zu erkennen. Fasziniert musterte sie ihn weiter, bis er ihr schließlich ein Taschentuch reichte.

„Danke.“ Sie nahm das Tuch entgegen und wischte sich durch das Gesicht, bis es wieder einigermaßen sauber war. Nur der Geschmack und der dröhnende Kopf würden bleiben.

„Wir haben leider kein Wasser mehr“, sagte Diego, „aber sobald wir an eine Tankstelle kommen, hole ich etwas.“

„Okay.“ Sie sprach so leise, dass es kaum zu hören war.

„Geht´s wieder?“

Anna nickte und lächelte ihm vorsichtig zu.

Diego vergewisserte sich kurz, dass sie sich nicht wieder aus dem Wagen herauslehnen würde. Dann legte er den Gang ein und fuhr geschmeidig an.

Anna beobachtete noch kurz sein Gesicht, aber dann merkte sie, dass der Blick zur Seite nicht gerade förderlich gegen ihre Übelkeit war. Sie schloss die Augen und vergrub sich wieder in ihrem Sitz. Je weniger sie sich bewegte, desto angenehmer war es für ihren Kopf. Dennoch meinte sie, eine kleine Veränderung in seinem Gesichtsausdruck gesehen zu haben. Die Wut war geteilt.

Sie hatte den Sitz zurückgestellt und döste vor sich hin. Die Übelkeit wurde weniger, und das Brummen und sanfte Schaukeln des Wagens wirkten jetzt eher beruhigend. Vielleicht konnte sie ihre Gehirnerschütterung noch etwas eindämmen, wenn sie ein bisschen schlief, denn sie war tatsächlich müde.

Doch ihre Entspannung nahm ein plötzliches Ende. Das gemütliche Schaukeln und Brummen hatte gleichzeitig mit einem scharfen Bremsen aufgehört.

Anna riss verwirrt die Augen auf, als Diego auch schon den Rückwärtsgang einlegte und den Wagen zurücksetzte. „Was ist los?"

„Wirst du gleich sehen." Er fuhr schräg an die Seite und machte den Motor aus.

„Komm steig aus!" Während Diego das sagte, war er auch schon aus dem Wagen gesprungen.

Aussteigen? Hier? Verdutzt musste Anna feststellen, dass neben ihr dicht gedrängt Häuser standen und sie sich gar nicht mehr, wie sie erwartet hatte, irgendwo in der Pampa befanden, sondern einen Ort erreicht hatten. Sie hatte offensichtlich länger geschlafen, als sie ahnte. Ihr kam es so vor, als wären sie gerade erst von der Stelle losgefahren, an der sie sich übergeben hatte.

Bevor sie allerdings noch weiter überlegen konnte, war Diego auch schon an ihrer Seite und öffnete die Wagentür.

Langsam stieg sie aus und sah sich um. War hier vielleicht die Tankstelle, von der Diego vorhin gesprochen hatte? „Wo sind wir?"

„Komm hier mit rein", sagte Diego und schob sie auf einen Hauseingang zu. Nervös sah er sich zu beiden Seiten um.

Sie standen in einer schmalen Straße mit einfachen, weißen Häuschen, alle dicht an dicht aneinandergebaut. Es war weit und breit kein Mensch zu sehen. Die spärliche Beleuchtung der Straßenlaternen ließ es wie eine Geisterstadt erscheinen. Was zum Teufel wollten sie hier?

Mit schnellen Schritten hatte Diego sie in einen Hauseingang geschoben. Bevor er klingelte, konnte Anna kurz noch den Namen *Doctor Salviano* auf dem Schild erkennen.

Sie warteten einen Moment. Dann drückte Diego noch einmal.

Anna hatte keine Ahnung, wie spät es war, aber sicherlich war es nicht die richtige Zeit für die reguläre Sprechstunde. Für einen kurzen Moment hoffte sie sogar, dass keiner da sein möge, damit sie sich wieder ins Auto setzen und weiterschlafen konnte. Ihr Kopf brummte und brauchte dringend Ruhe.

Als Diego das dritte Mal klingeln wollte, wurde die Tür geöffnet und ein kleiner Mann mit weißen, verwuschelten Haaren stand vor ihnen. Seine Haut war faltig und von der Sonne gebräunt. Erschrocken sah er zwischen beiden hin und her, bis er nur noch mit weit aufgerissenen Augen Anna anstarrte.

Ich bin das Highlight. Selbst für diesen alten Dorfdoktor scheint mein blutiger Kopf ein Ereignis zu sein. Anna fühlte sich unwohl unter seinem Blick.

Der kleine, alte Mann hatte den Mund weit geöffnet, vermochte aber keinen Ton rauszubekommen. Wie zur Salzsäule erstarrt stand er vor ihnen.

Will er mich nicht hineinbitten?, dachte Anna verwirrt. Sicherlich lag es an der Uhrzeit, dass er sich so seltsam verhielt. Sie konnte sich nicht vorstellen, dass er – sollte er wirklich der Arzt sein – sie mit ihrem blutverschmierten Kopf so lange hier draußen stehen ließ.

Doch auch Diego machte keine Anstalten, dass etwas passierte und starrte angespannt an dem alten Mann vorbei ins Haus. Irgendetwas hatte dort seine Aufmerksamkeit erregt. Anna konnte die monotonen Klänge eines Fernsehers hören.

Sie machte einen Schritt nach vorne, um ihm zu signalisieren, dass sie gerne rein wollte und Hilfe benötigte. Als sie jetzt mit Diego auf einer Höhe stand, konnte sie sehen, was ihn so fesselte und weshalb der Doktor sie so erschrocken angeschaut hatte.

Ihr Blick fiel direkt auf den Fernseher und sie erkannte, wie eine junge, blonde Frau freundlich aus dem Bildschirm lächelte. Für einen kurzen Moment blieb ihr fast das Herz stehen. Deswegen also der ganze Wirrwarr.

Das spanische Fernsehen zeigte ihr Bild in den Nachrichten. *La mujer de la televisión*, hatte Diego es genannt. Deshalb hatte die Schwester im Krankenhaus sie ebenfalls erkannt. Es war tatsächlich sie, die gesucht wurde. Nicht Diego oder sonst irgendwer.

Ihre Vermisstenanzeige war international geschaltet.

Kapitel 33

Miti beobachtete das Haus und wartete.

Igor war vor Kurzem verschwunden und erkundete die Rückseite des weißen Hauses, das sich so sehr hinter seiner hohen Hecke verbarg, dass es von der Straße kaum auszumachen war.

Warum hatten sie sich gerade hier versteckt? Wie waren sie an diese Adresse gekommen?

Es war eine noble Wohngegend, und sicherlich brauchte man das nötige Kleingeld, um hier eine Miete zu bezahlen. Für die Observierung war es allerdings auch alles andere als optimal. Es war nicht viel Bewegung auf der Straße, und mit Sicherheit war ihr Wagen längst aufgefallen. Sie mussten zusehen, dass sie die Zeit hier so schnell wie möglich verkürzten. Morgen früh durften sie hier nicht mehr stehen. Egal wie der Befehl aus Hamburg lautete.

Er ballte die Hände und drückte sich im Sitz zurück. Er hatte diesen Stand-by-Modus satt. Sie hatten eine Adresse, sie waren endlich weitergekommen. Es war wie eine Folter, dass sie nicht zuschlagen durften. Er war sich sicher, dass sie es längst hätten beenden können.

Die Beifahrertür wurde geöffnet und Igor ließ sich neben ihm auf dem Sitz nieder. Geräuschlos schloss er die Tür hinter sich.

Miti schielte in den Rückspiegel, aber die Straße blieb ruhig. Es war schon beinahe erschreckend ruhig hier. Die Straßenlaternen sandten einzelne Lichtkegel auf den Boden. Dazwischen wirkte der Schatten noch dunkler als er eigentlich war.

„Von hinten ist das Haus nur schwer zu erreichen“, begann Igor seinen Bericht. Er nahm ein Blatt Papier aus dem Handschuhfach und fing an zu zeichnen.

Miti erkannte die Form des Hauses mit den angrenzenden Hecken.

„Von hier kann man auf das Grundstück gelangen“, erklärte Igor und fuhr mit dem Stift über das Blatt. „Allerdings muss man dafür über das Nachbargrundstück. Hier gibt es eine Hintertür, die sieht leicht aus und scheint der einzige Zugang für uns zu sein.“

„Fenster?“

„Gibt es. Hier und hier. Aber vor dem Haus wächst reichlich Gestrüpp. Keine Chance da unauffällig durchzukommen.“

Miti nickte. „Wie sieht es drinnen aus?“

„Direkt hinter der Hintertür scheint die Küche zu sein. Doch ich konnte nicht dichter ran, weil sie sich hier aufgehalten haben.“

„Joyo?“

„Genau. Und der Sohn.“

Miti dachte an das Fahndungsfoto, das das Hauptquartier ihm von Enrico Suarez übermittelt hatte. „Was ist mit Santo?“

„Er war nicht da.“

„Bleibt also zu klären, ob er wirklich das Haus verlassen hat oder sich noch irgendwo drinnen aufhält.“

Miti sah erneut zum Haus und beobachtete das kleine Fenster oben im Dach. Das einzige Fenster, das die Hecke von der Straße aus nicht verdeckte.

Die Adresse bei Raúl war eine Fehlanzeige gewesen. Wenn Santo also wirklich dort hatte hinfahren wollen, so hatte dieser noch nie von ihm gehört. Aber natürlich konnte Santo auch ganz woanders sein. Und zu allem Überfluss war es außerdem möglich, dass er gar nicht hierher zurückkommen würde. Er könnte sich von Joyo getrennt haben, und sie würden sie niemals gemeinsam erwischen. Immerhin wussten sie, wie man sich unauffällig verhielt. Sie waren Teil der Schattenwelt.

Warum also sollten Igor und er noch warten? Es war zu riskant, Joyo und den anderen weiterhin nur zu beobachten.

„Wir geben ihnen noch eine halbe Stunde“, bestimmte Miti. „Dann sind wir hier weg.“

Igor nickte und Miti wusste, dass er ihm nichts erklären musste. Sie würden nicht fahren, ohne den Auftrag abgeschlossen zu haben.

*

Erschrocken hatte Anna mit ansehen müssen, wie Diego mit einem Mal die Pistole gezückt und sie dem Alten vor die Brust gehalten hatte. Energisch war er die letzte Stufe hochgeschritten und hatte laut auf den verängstigten Mann eingesprochen, der immer kleiner zu werden schien und schließlich den Weg ins Haus freimachte.

Sobald sie drinnen waren, hatte Diego sofort die Tür hinter sich geschlossen, ohne die Waffe vom Doktor abzuwenden. Blitzschnell war sein Blick außerdem die Treppe hinauf und in den hinteren Raum gehuscht.

Der Doktor hatte die ganze Zeit aufgeregt gesprochen und abwehrend die Hände vor sich gehalten.

Anna war ebenfalls verängstigt gewesen und Diego nur widerwillig gefolgt. Außerdem hatte sie nicht recht gewusst, ob sie hinter ihm stehen bleiben oder sich zum alten Mann begeben sollte. Drohte er nur dem Arzt oder galt die Wut auch wieder ihr? Auf wessen Seite war sie? Sie wollte auf keinen Fall zu jemandem gehören, der mit einer Waffe herumfuchtelte, aber möglicherweise hatte sie gar keine andere Wahl, auch wenn sie sich instinktiv in Richtung Doktor geschoben hatte.

Diego hatte nicht aufgehört, dem Doktor wütende Befehle zuzufauchen und Anna hatte erkannt, dass dieser Ton einfach sein Naturell zu sein schien. Der Hass gehörte zu seinen innersten Gefühlen, war jederzeit zu hundert Prozent abrufbar und nur schwer zu verbergen.

Dann hatte der Arzt sich schließlich herumgedreht und eine schmale weiße Tür geöffnet, die rechts vom kleinen Flur abging.

Diego hatte noch einen prüfenden Blick in den hinteren Raum geworfen, dessen Tür parallel zur Eingangstür lag und in dem man noch den laufenden Fernseher erkennen konnte, dann war Anna von ihm hinter dem Arzt hergeschoben worden. Bisher hatte niemand ihre Anwesenheit bemerkt, der Doktor schien offenbar allein gewesen zu sein.

Der Raum war als eine kleine Arztpraxis eingerichtet. Doch sie war spärlich und alles schien zudem die besten Jahre bereits hinter sich zu haben.

Sobald Anna ein paar Schritte gegangen war, hatte Diego sie losgelassen und ihr drohend zugenickt. Er selbst war an der Tür stehen geblieben, hielt die Waffe vor sich bereit und beobachtete abwechselnd den kleinen Flur und die Haustür.

Der Raum war sehr schmal und verlief längs zum Haus. An der Außenwand war eine kleine Liege aufgestellt, auf die Anna sich hatte setzen sollen.

Es war alles so schnell gegangen, dass Anna noch gar nicht begreifen konnte, dass sie gerade selbst im Fernsehen zu sehen gewesen war. Sie wurde gesucht, und man hatte sie nicht aufgegeben. Dieses Gefühl war ein großer Trost und eine unerklärliche Erleichterung. Zudem wurde sie sogar über Landesgrenzen hinaus gesucht.

Sie fühlte einen Stich im Herzen, wenn sie daran dachte, wie sehr sie ihre zurückgelassenen Freunde und Familienmitglieder doch vermisste. Sie hatte ein Zuhause, und genau dieses rief nach ihr.

Während Anna ihren Gedanken nachhing, hatte Doktor Salviano mehrere fragende und ängstliche Blicke zwischen Anna und Diego hin- und hergeworfen, bis er sich letztendlich nur noch Anna zuwandte.

Er sagte etwas direkt zu ihr und setzte sich dann eine kleine Brille auf, die vorne auf der Nasenspitze liegen blieb. Während er ihre Wunde genauer begutachtete, spürte Anna Diegos hasserfüllten Blick auf sich ruhen und wünschte sich, er hätte einfach schon viel eher abgedrückt, um ihr diese permanente Folter zu ersparen.

Was wollte er denn überhaupt noch von ihr? Warum gab er sich mit ihr ab? Sobald sie hier raus wären, würde sie auf ihre Freilassung bestehen.

Der Doktor lächelte vorsichtig und sagte etwas, das Anna nicht verstand. Sie sah ihn fragend an und schielte dann vorsichtig zu Diego hinüber.

„Er gibt dir eine örtliche Betäubung, dann näht er!"

Anna wandte den Blick schnell wieder von seinem zornigen Gesicht ab und sah dem kleinen Mann in die winzigen freundlichen Augen.

Sie schluckte kurz, als sie daran dachte, gleich wieder bei Diego ins Auto steigen zu müssen. Konnte sie diesem Arzt nicht irgendwie zeigen, dass sie eine Geisel war? Sie war nicht freiwillig hier. Hatte er denn in den Nachrichten nicht gesehen, dass sie als vermisst gemeldet worden war? Erkannte er nicht, dass Diego ihr Entführer war? Es musste doch naheliegend sein.

Der Arzt wiederholte seine Worte, die Anna auch diesmal immer noch nicht verstand. Doch Diego antwortete pampig aus dem Türrahmen heraus und beantwortete somit die Frage des Arztes auf Spanisch.

Doktor Salviano murmelte etwas und ging zu einem der kleinen Schränkchen, die an der gegenüberliegenden Wand hingen und öffnete ihn. Einen kurzen Moment später kam er mit einer Spritze zurück.

Ich bin eine Geisel, dachte Anna und sah den Arzt flehend an. *Bitte helfen Sie mir!*

Das war alles, was Anna sich zu tun traute. Diego hatte sie bisher nicht eine Sekunde aus den Augen gelassen.

Es folgten ruhige Worte aus dem Mund des alten Mannes, während er fürsorglich Annas Schulter tätschelte. Sicherlich dachte er, Anna hätte vor der Behandlung Angst. Dann betupfte er Annas Schläfe und setzte die Nadel.

Anna biss die Zähne zusammen und sah auf den Fußboden. Doch vor ihrem geistigen Auge sah sie immer noch Diegos hasserfüllten Blick, der wie ein Feuer in ihr brannte.

*

Sie hatten sich erneut aufgeteilt. Miti würde noch eine Weile im Wagen warten, bis Igor sich meldete, sobald er seinen Posten auf der Rückseite des Hauses eingenommen hatte. Dann würde Miti sich ebenfalls aufmachen und zur Vorderseite schleichen. Es musste ein Überraschungsangriff werden, und dieser würde mit Sicherheit auch eintreten, wenn sie gleichzeitig die Türen stürmten.

Zum Teufel mit Santo! Wenn er nicht da war, würden sie zur Not im Haus auf ihn warten, bis er wieder zurückkam. Miti wusste, dass ihnen die Geschichte andernfalls mit der Zeit aus dem Ruder laufen würde. Wenn sie Glück hatten, waren sie bisher dank der hohen Hecke noch nicht gesehen worden, aber ein Problem würde es alleine dann werden, wenn Santo demnächst auftauchte und den Mercedes hier stehen sah. Es wäre verwunderlich, wenn er ihm nicht auffallen würde.

Miti rieb die Hände aneinander und überlegte, was er tun sollte. Er sah kurz in den Rückspiegel und entschied sich dann dafür, den Wagen in die Nebenstraße zu stellen. Igor war hinterm Haus, das hieß, dass die Observierung trotzdem stattfand, aber er konnte es nicht riskieren, dass Santo am Haus vorbeifuhr und ihn entdeckte, nur weil er ein Fahrzeug aus Azems Fuhrpark hier stehen sah. Außerdem war der Hauptteil der Observierung bereits abgeschlossen. Nach dem Zuschlag würden sie hier verschwinden.

Beinahe geräuschlos fing der Motor an zu surren, als er ihn startete. Er war gerade ein paar Meter gefahren, da erkannte er Igors Namen auf dem Display in der Mitte des Armaturenbretts.

„Igor?“

„Ich bin da.“

Miti rollte langsam am Haus vorbei und ließ dabei einen flüchtigen Blick zur Seite schweifen. Durch das Fenster neben der Eingangstür war Licht zu erkennen. Joyo und Maritas Sohn befanden sich offenbar immer noch in der Küche. Es würde ein Kinderspiel werden.

„Gut, ich bringe kurz den Wagen weg, dann komme ich nach. Wo sind sie?“

„Sie sind immer noch in der Küche. Und sie scheinen zu warten.“

„Dann steigt die Hoffnung, dass Santo tatsächlich wiederkommen wird.“

„Sollen wir doch auf ihn warten?“

Miti hatte das Ende der Straße erreicht und bog nach rechts ab. „Nein. Wir schlagen jetzt zu. Santo übernehmen wir später, wenn er nach Hause kommt.“

„In Ordnung. Sag mir Bescheid, wenn es losgehen soll. Ich warte direkt an der Hintertür.“

„Ich fahre gerade in eine Parklücke. Gib mir fünf Minuten.“ Miti lenkte den Benz behutsam hinter einem weiteren Mercedes in eine Lücke am rechten Straßenrand. Dann ließ er den Motor zur Ruhe kommen und suchte seine Munition zusammen.

Es würde hässlich werden.

Kapitel 34

Der Arzt hatte Annas Wunde mit sieben Stichen nähen müssen. Anna hatte sich später die Naht im Spiegel angesehen und musste zugeben, dass er seine Arbeit wirklich ganz gut gemacht hatte. Das Desinfizieren und die Spritze für die lokale Anästhesie hatten wehgetan, aber danach hatte der gute, alte Mann doch gezeigt, dass er etwas von seinem Handwerk verstand. Er hatte ordentlich und sauber genäht, sodass Anna mit etwas Glück keine allzu große Narbe zurückbehalten würde.

Und sie hatte sich waschen können. Der Arzt hatte ihr sogar ein Hemd zur Verfügung gestellt, das zwar nach altem Kleiderschrank roch, aber immer noch besser als ihr blutiges T-Shirt war.

Jetzt waren sie auf dem Rückweg nach San Sebastián. Diego hatte den Mercedes seines ‚Cousins' gegen den klapprigen Renault des Arztes eingetauscht. Doch auch wenn dieser Wagen eine deutlich geringere PS-Leistung hatte, so schien Diego an seiner Fahrweise wenig zu ändern.

Anna hatte die Straßenschilder beobachtet und erkannte, dass die Distanz nach San Sebastián nach und nach immer weniger wurde – Zeit, diesen Lebensabschnitt zu beenden!

„Ich möchte, dass du mich bei der nächsten Gelegenheit rauslässt." Sie war genäht und sauber. Die Halloween-Maskerade, als wäre sie gerade einem Massaker entsprungen, war verschwunden, sodass sie niemand deswegen aufhalten würde. Außerdem wurde sie gesucht, weil sie in Hamburg von ihrer Familie als vermisst gemeldet worden war. Die nächste Polizeistelle würde ihr mit Sicherheit helfen, wieder nach Hause zu kommen.

Als sie keine Reaktion hierauf erhielt, drehte sie den Kopf zur Seite und wagte einen flüchtigen Blick.

„Hast du den Verstand verloren?", schnauzte Diego wütend.

„Nein, aber ich will wieder nach Hause. Du hast gesagt, dass ich gehen kann, sobald ich versorgt bin."

„Das war, *bevor* du im Fernsehen aufgetreten bist!"

„Meinst du wirklich, meine Vermisstenmeldung wird mir den Hals brechen und eine Verbindung zwischen uns herstellen?"

Den Ursprung des Fotos hatte sie sofort erkannt. Nico hatte es bei einer romantischen Hafenrundfahrt gemacht, als sie frisch zusammen gewesen waren. Er musste sie schrecklich vermissen.

Diego machte ein seltsames Geräusch, das ein bisschen wie ein unterdrücktes Lachen klang.

Verwirrt drehte Anna den Kopf zu ihm herum und starrte ihn fasziniert an. Um seine Lippen schimmerte tatsächlich ein Lächeln, wenn auch nur ein sarkastisches. Anna bekam vor Staunen den Mund nicht mehr zu.

„Du hast nichts von dem verstanden, was sie im Fernsehen berichtet haben, oder?" Er drehte seinen halben Oberkörper zu ihr herum und strahlte sie an.

Sarkastisch.

Aber er lachte.

Anna war wie geblendet, sodass sie nicht antworten konnte.

„Das war keine einfache Vermisstenanzeige, falls du das vermutest." Er machte eine kurze Pause und sah sie weiter fragend an, ohne den Blick auch nur sekundenweise auf die Straße zu richten. „Du wirst wegen Mordes gesucht." Er schnaubte einmal durch die Nase.

Anna rührte sich immer noch nicht. Ohne zu blinzeln, starrte sie in sein erheitertes Gesicht.

„Was ist?", fragte er schließlich verwundert.

„Du lachst!", war alles, was Anna sagen konnte.

„Ja, und?"

„Ich habe dich noch nie lachen sehen!"

Sofort verschwand die Heiterkeit. Mit beiden Händen ergriff er das Lenkrad und starrte stur geradeaus auf die Fahrbahn. „Normalerweise habe ich auch nicht viel zu lachen."

Anna schüttelte den Kopf und versuchte, die Informationen zu sortieren. Ihre Kopfschmerzen waren zwar weniger geworden, erschwerten das konzentrierte Denken aber dennoch.

„Ich werde wegen Mordes gesucht?" Hier musste ein Fehler unterlaufen sein. Hatten sie womöglich die Daten vertauscht? War eine Mörderin jetzt als vermisst gemeldet und sie musste sich einen fremden Schuh anziehen?

„Doppelmord", verbesserte Diego sie. Sein Blick war weiterhin fest auf die Fahrbahn geheftet.

„Wen soll ich getötet haben?"

„Sollte ich das nicht besser dich fragen?"

Anna lehnte sich im Sitz zurück und beobachtete die Striche auf der Straße, die rasend schnell unter ihnen hindurchsausten. Es musste ein Irrtum vorliegen. Aber dieser müsste sich doch leicht aufklären können.

„Fahren wir zur Polizei. Ich habe nichts getan. Das muss ein Fehler sein. Wir müssen das wieder zurechtbiegen." Und Diego musste ihr dabei helfen. Er könnte für sie übersetzen. War er ihr das nicht irgendwie schuldig?

„Ist das dein Ernst?“ Er verzog das Gesicht und sah mit zusammengekniffenen Augenbrauen zu ihr herüber.

„Ja. Ich bin unschuldig. Hier muss ein Missverständnis vorliegen. Ich habe niemanden umgebracht. Das müssen sie mir doch glauben. Ich sage die Wahrheit.“

„Ehrlichkeit zahlt sich aus, richtig?“ Ein kleines Lächeln umspielte wieder seine Lippen.

Anna war erleichtert, weil er sie offenbar zu verstehen schien. Seit einer Woche hatte sie sich noch nie so wohl bei ihm gefühlt wie jetzt gerade. „Ja, genau. Das tut sie immer!“

Er lachte erneut, dass sein Körper sogar leicht dabei zitterte.

Anna wurde ganz euphorisch. Er verstand sie. Sie konnte nicht begreifen, wie das möglich war, aber dieser Mann, der seit einer Woche nur gefühllos und kalt zu ihr gewesen war, zeigte mit einem Mal eine warme Seite.

„Anna, ich weiß, dass du niemanden getötet hast.“ Er warf ihr einen kurzen, ehrfürchtigen Blick zu. „Ganz im Gegenteil. Ich habe noch nie jemanden kennengelernt, der von Grund auf so *gut* ist. Du könntest es gar nicht. Ehrlichkeit zahlt sich aus – bei dir ist sie wie in Stein auf deine Stirn geschrieben.“

Anna schnappte kurz nach Luft. Hatte er ihr gerade ein Kompliment gemacht? Sie meinte plötzlich, dass ihr Herz schneller zu schlagen begann.

„Aber dass du niemanden getötet hast, bedeutet nicht, dass niemand getötet wurde, Anna. Oder in diesem Fall besser zwei.“

Anna blinzelte nervös und versuchte, ihm zu folgen.

„Es ist ein komischer Zufall, dass du entführt wurdest und dir plötzlich ein Doppelmord angehängt wurde, findest du nicht?“

Schlagartig wurde Anna eiskalt. Sofort schob sie sich zurück und erkannte knallhart, was er meinte. „Ihr? Ihr habt mir das angehängt?“ Wie dumm war sie doch gewesen? Wie hatte die Naivität sie nur besiegen können?

„Nein, verdammt noch mal!“, brüllte Diego. Das vorherige Lächeln war der altbekannten Wut gewichen. „Wir doch nicht! Zu welchem Sinn und Zweck, sollten wir das tun?“

„Damit ihr nicht belastet werdet?“

„Und dann schleppen wir dich trotzdem weiter wie eine Trophäe mit uns herum? Seht mal her, hier ist sie!“

Anna wurde fast schlecht bei seinem sarkastischen Ton. Er verspottete sie.

„Ich habe dir doch gesagt, dass die Polizei nicht das Schlimmste wäre, weißt du noch? Dass es da noch mehr gibt?“

Anna erinnerte sich an das Gespräch auf dem Parkplatz. „Du meintest, dass *sie* mich suchen würden, um dich aufzuspüren?“

„Richtig. Und wenn die Polizei dich wegen Doppelmordes sucht, muss hier eine Verbindung bestehen. Ich bin mir ziemlich sicher. Ich habe keine Ahnung, wie sie es herausgefunden haben, aber wenn sie dir einen Doppelmord anhängen, um dich zu finden, müssen sie wissen, dass du bei uns bist. Das erhöht die Erfolgschancen, dich zu finden. Irgendwie haben sie es geschafft, dass die Polizei nach dir fahndet.“

„Arbeiten sie für die Polizei?“

Diego verkrampfte sich und schnaubte leicht. „Nein. Man könnte eher sagen, dass die Polizei für sie arbeitet.“

Er sah zu ihr rüber. „Ihnen entgeht nichts, was die Polizei herausfindet.“

Anna hing wie hypnotisiert an seinen Lippen, als er sprach. „Woher weißt du so viel über sie?“

Diego verstärkte den Griff am Lenkrad und Anna konnte erkennen, dass er große Probleme hatte, über dieses Thema zu sprechen. „Ich war einer von ihnen.“

Gebannt musterte Anna den dunklen Schatten neben sich auf dem Fahrersitz. „Und wer sind sie?“

Diego schwieg und Anna dachte erst, dass er gar nicht mehr antworten würde.

„Schlechte Menschen. Harmlos ausgedrückt.“

Anna blinzelte und konzentrierte sich weiter auf den Fremden an ihrer Seite. Wer war dieser Mann? Woher kamen diese Aggressionen? Sein Hass? War dieser Pulk dafür verantwortlich, dass er so war? Sie brannte vor Neugier und wollte unbedingt mehr erfahren.

„Du hast sie verlassen?“ Es war eigentlich mehr eine Schlussfolgerung als eine Frage.

„Ich bin gerade dabei.“ Er atmete schwer aus, als hätte er gerade einen Mord gestanden.

Anna versuchte, die Informationen zu ordnen und mit dem bereits vorhandenen Wissen zu vereinen. Seine Wut, seine teilweise unerwarteten und erschreckenden Reaktionen, seine Waffe, die er permanent bei sich trug und dennoch immer wieder loswerden wollte. Es war, als würde er einen Kampf austragen, den er gegen sich selbst führte. Oder gegen ein zweites Ich, das er zu überdecken versuchte.

Sie zuckte erschrocken zurück, als er plötzlich den Kopf zu ihr drehte. Natürlich hatte er gemerkt, dass sie ihn wie eine Geisteskranke angestarrt hatte. Es war unhöflich, jemanden so lange und ununterbrochen anzusehen, aber Anna hatte bei ihrer plötzlichen Erkenntnis gar nicht registriert, dass sie es getan hatte. Verlegen lächelte sie ihn an.

Er musterte sie. Nicht böse. Ausdruckslos, ohne Wut. Dann zog er leicht die Mundwinkel nach oben und es sah wie der Ansatz eines Lächelns aus, das nicht ganz durchkommen wollte, bevor er den Blick wieder auf die Straße richtete.

Anna folgte seinem Beispiel und sah schweigend durch die Windschutzscheibe vor sich. Es war eine unangenehme Stille entstanden. Sie hatte gebohrt, und er hatte Dinge über sich preisgegeben, die er vielleicht unter normalen Umständen nicht erzählt hätte. Er hatte die Hosen halb runtergelassen, schien aber dennoch nicht zu wissen, ob er das Richtige getan hatte und wie es jetzt weiterging. Und Anna ging es ähnlich.

Sie wurde wegen Mordes gesucht. Sie war keine einfache Geisel mehr, und sie wusste, dass Diego das ähnlich sehen musste. Zu einem bestimmten Punkt gehörte sie jetzt dazu. Es gab diese Verbindung zwischen ihnen, die die unbekannten, schlimmen Menschen sofort aufspüren würden, wenn sie nicht vorsichtig waren. Diego lag daher an ihrer Sicherheit genauso viel wie an seiner.

Doch wer war getötet worden? Was waren das für Menschen, die im wahrsten Sinnes des Wortes über Leichen gingen, um an Diego und seinen Bruder ranzukommen?

Sie waren mittlerweile in San Sebastián angekommen und es würde sicherlich nicht mehr lange dauern, bis sie das Haus erreicht hätten.

„Wie geht es jetzt weiter?“, fragte Anna nach einiger Zeit der Stille. Seltsamerweise war sie tief entspannt, obwohl es aufgrund der momentanen Situation eigentlich nicht der Fall sein sollte. Aber es half ihr, dass sie ihn jetzt besser verstehen konnte.

Diego stockte kurz, als er links abbog und länger als nötig zur Seite schaute. Sein Blick war angespannt und fest, als er ihn wieder nach vorne richtete.

Anna sah ebenfalls zur Seite, erkannte aber nur zwei dicht aneinander geparkte Mercedes, die am Straßenrand standen.

Diego murmelte etwas Unverständliches.

Dann erkannte Anna das kleine weiße Haus mit der hohen Hecke, in dem sie sich bis vorhin noch aufgehalten hatte. Doch wider Erwarten fuhr Diego direkt daran vorbei.

„Was ist?“ Was war los? Warum hielt er nicht an? Hatte sie sich im Haus vertan?

„Wir können nicht anhalten. Sie sind bereits hier!“

Anna sah sich panisch um. *Sie* waren hier? Die Leute, die schlimmer waren als die Polizei und vor denen Diego sich verstecken musste?

Schlagartig wurde ihr eiskalt. Sie richtete den Blick wieder auf den Weg vor sich und krallte sich nervös am Sitzpolster fest.

*

Miti war zu Fuß zum Haus zurückgegangen und hatte im Schutz der Hecke einen guten Unterschlupf gefunden. Er war hier von der Straße nicht zu sehen, würde aber selbst jeden erkennen, der den Weg entlangkam oder das Haus verlassen würde.

Wieder und wieder sah er auf seine Armbanduhr und zählte die Minuten. Wie lange sollten sie noch auf Santo warten? Inzwischen hatten sie ihm schon viel mehr Zeit eingeräumt, als sie anfangs geplant hatten.

Sie durften nicht länger warten. Er zog sein Telefon aus der Tasche, um Igor Bescheid zu geben.

Doch ein Scheinwerfer irritierte ihn, der von hinten aus der Seitenstraße kam, in der er gerade den Mercedes abgestellt hatte. Sofort ließ er das Handy sinken und presste das leuchtende Display an seine Brust, damit der helle Schein ihn nicht verraten würde. Dann fuhr der Wagen an ihm vorbei.

Im schwachen Licht der Straßenlaterne erkannte er die schimmernden Umrisse zweier Personen, doch für eine Identifizierung reichte es nicht aus. Der grüne Renault verlangsamte seine Fahrt allerdings leicht, als er am Haus vorbeifuhr. Dann verschwanden die Rücklichter in einiger Entfernung, als sie nach rechts abbogen.

Was jetzt?

Miti wählte Igors Nummer und hielt sich dann direkt das Handy ans Ohr. „Wir warten noch einen Augenblick. Pass gut auf, Igor!"

„Worauf denn? Was ist los?"

„Ich bin mir nicht ganz sicher, ob Santo gerade aufgetaucht und am Haus vorbeigefahren ist. Wir sollten noch einen kleinen Moment warten."

„Wenn er vorbeigefahren ist, hat er doch sicherlich etwas gemerkt. Wo bist du? Hat er dich etwa gesehen?"

„Nein, das kann er nicht. Vielleicht dreht er auch um und kommt zurück. Nur einen kleinen Moment, Igor. Glaub mir, wir müssen uns nur ganz kurz gedulden."

„Okay, aber wirklich nicht länger als fünf Minuten diesmal. Dann gehe ich rein!"

Kapitel 35

Diego war ein kleines Stück weitergefahren und schließlich in eine Seitenstraße abgebogen. An der Ecke löschte er die Scheinwerfer und bog ohne Licht in eine Parallelstraße zur Infanta Cristina Kalea ein, von der man über das angrenzende Grundstück ihr Haus von hinten erreichen konnte. Dann hielt er schließlich an und stellte den Motor ab.

Die Straße war ähnlich aufgebaut wie ihre. Einfamilienhäuser, teilweise hinter Hecken verborgen, die jetzt zu schlafender Zeit dunkel und verlassen wirkten.

Diego fasste an den Türgriff. „Warte hier! Ich bin gleich zurück."

„Wo willst du hin?" Es war schon bald ein hysterisches Kreischen, das Anna von sich gab. Wie ein aufgescheuchtes Reh hatte sie die Augen weit aufgerissen und zitterte leicht. Sie sah so flattrig aus, als würde sie jeden Moment wegspringen wollen.

„Ich werde nachsehen, ob die Luft rein ist. Dann komme ich wieder und wir verschwinden von hier." Prüfend musterte er den Weg vor sich. Er hatte die Gegend vor ein paar Tagen bereits ausgekundschaftet und wusste, wo er hinmusste.

„Nimm mich mit, bitte! Ich kann hier nicht warten!"

Er sah in ihr flehendes Gesicht und überlegte, ob sie vielleicht wirklich hysterisch geworden war. Ihre Haut war fleckig und ihre Augen quollen beinahe aus ihren Höhlen.

„Du kannst nicht mitkommen. Ich weiß nicht, ob sie vielleicht schon im Haus sind."

„Aber ich kann hier nicht warten. Was ist, wenn sie hierherkommen? Wenn sie mich finden?"

Diego überlegte, ob man Angst noch steigern konnte. All die Zeit, die sie nun schon zusammen gewesen waren, hatte er oft genug Panik und Angst bei ihr gesehen, aber nie hatte sie so ausgesehen wie jetzt. Sie bot so viele Facetten, während er dagegen so vollkommen stumpf war. Wie fühlte sich das an, was sie jetzt spürte?

„Bitte, Diego!"

Er spürte ihre Hände auf seinem Arm.

„Du wirst nicht merken, dass ich bei dir bin! Aber lass mich nicht hier sitzen! Bitte nicht!"

Er senkte den Blick und sah auf ihre hellen, kleinen Hände, die sich an seinen dunklen Unterarm gekrallt hatten. Der Kontrast zeigte ihm noch einmal deutlich, was er ohnehin schon wusste: Sie war das komplette Gegenteil von ihm. Sie passten nicht zueinander, und sie durfte nicht bei ihm sein. Und doch fand er den Gedanken, sie hier im Wagen zurückzulassen, furchtbar.

Er hob seine linke Hand und führte sie zu seinem rechten Arm. Langsam ließ er sie über ihren Händen schweben, ohne sie zu berühren. Er spürte ihre Wärme, aber er konnte sie nicht anfassen.

Dann befreite er sich abrupt aus ihrem Griff und holte seine Glock hervor. „Du bleibst dicht hinter mir, okay?"

Anna nickte eifrig und griff an ihren Türöffner.

„Sei vorsichtig!", mahnte er, dann stieg er aus.

Leise trat er um den Wagen herum und traf sie auf dem Gehweg. Er griff ihre Hand und zog sie mit in den schützenden Schatten der Bäume am Straßenrand. Aufmerksam sah er die Straße auf und ab und stellte zufrieden fest, dass sie das Gleiche tat. Sie würde ihn nicht verraten. Sie hatte dasselbe Ziel wie er. Es war ein befremdliches Gefühl, sich auf jemanden verlassen zu können, der nicht zu Azems Clan gehörte. Sie war eine vollkommen Fremde und dennoch vertraute er ihr. Wie war das möglich?

Sie drehte sich zu ihm herum und sah ihn fragend an.

Er nickte ihr zu, dann lief er im Schutz der angrenzenden Hecke in Richtung Nachbargrundstück zu ihrem Haus. Sie hatte seine Hand nicht losgelassen und klammerte sich an ihn, wie ein Ertrinkender an einen Rettungsring. Zufrieden stellte er fest, dass sie wirklich kein Geräusch machte.

Sie mussten nicht weit gehen, dann waren auch schon die groben Umrisse ihres Hauses von hinten zu erkennen. Er fragte sich, ob sie wohl wusste, welches es war. Immerhin hatte sie die letzten Tage nur oben in dem kleinen Raum verbracht.

Das Nachbargrundstück war ebenfalls mit einer Hecke umgeben, zudem gab es hier allerdings noch einen Zaun, der den natürlichen Schutzwall verstärken sollte. Von vorne konnte man außerdem nicht durch die Pforte gehen, weil hier sofort der Bewegungsmelder startete, wenn man sich nur auf dem Gehweg vor dem Haus aufhielt.

Doch Diego kannte bereits einen anderen Weg.

Die Hecke machte an der westlichen Ecke eine Pause, weil sie hier durch eine Garage abgelöst wurde, die direkt an der Grundstücksgrenze zur Straße stand. Diego hatte es vor ein paar Tagen bereits ausprobiert und festgestellt, dass der kleine Bau begehbar war. Von hier konnte man in den Garten springen und sich durch die Hecke zu ihrem Haus schleichen. Jetzt war nur die Frage, wie geländegängig Anna war.

Als sie die Garage erreicht hatten, drückte Diego Anna in den schützenden Schatten an der Wand. „Hier müssen wir rauf!"

Anna drehte sich um und sah die grob verputzte, helle Wand an. Sollte sie Zweifel haben, so überspielte sie diese gut. „Okay!“

„Du darfst kein Geräusch von dir geben. Ich werde vorgehen und sehen, wie es auf der anderen Seite aussieht.“

Sie hatte den Mund weit geöffnet. Er konnte ihre Angst deutlich erkennen, aber dennoch riss sie sich enorm zusammen.

„Wie kommen wir da rauf?“

Diego antwortete ihr nicht, sondern stemmte zur Demonstration einen Fuß gegen die Wand und den anderen gegen einen Zaunpfahl am Nachbargrundstück. Dann schob er sich nach und nach ein Stückchen weiter nach oben, bis der Pfahl auf halber Höhe der Wand zu Ende war. Ab hier war Können gefragt.

Er hing im rechten Winkel zur Wand. Der linke Fuß war fest ans Gemäuer gepresst. Dann griff er mit der linken Hand nach oben und erreichte die Außenkannte. Einen kurzen Moment wartete er und konzentrierte sich, dann stieß er sich mit dem rechten Fuß vom Pfahl ab und griff gleichzeitig mit der rechten Hand ans obere Ende der Garage. Beide Füße waren jetzt ans Gemäuer gestemmt, und er konnte Schritt für Schritt nach oben gehen, bis er sich das letzte Ende hochzog und geräuschlos auf dem Dach landete.

Er lauschte einen Moment, aber es war nichts zu hören. Bei den angrenzenden Häusern waren genau in seiner Höhe die Rollläden vor den Fenstern runtergelassen, sodass ihn niemand bemerkt hatte.

Dann schob er sich langsam vor und warf einen prüfenden Blick auf den Garten unter ihm. Er war nicht sonderlich groß und schloss beinahe unmittelbar mit der Hecke zu ihrem Haus ab. Doch er konnte nichts erkennen. Die Luft schien rein – zumindest auf dieser Seite der Hecke.

Er drehte sich um und sah wieder zu Anna hinunter, die immer noch den Mund leicht geöffnet hatte. Allerdings sah sie jetzt eher erstaunt als ängstlich aus. Auffordernd nickte er ihr zu, doch Anna schüttelte resignierend den Kopf.

„Das kann ich nicht“, flüsterte sie.

Diego, der ohnehin schon geduckt war, ließ sich jetzt ganz auf den Bauch nieder und schob sich weit über die Kante, sodass seine Arme großzügig nach unten baumelten. „Versuch dich an der Wand abzustemmen und nimm meine Hand!“

Anna fragte weder noch kommentierte sie sein Vorhaben, sondern gehorchte sofort. Sie stellte sich auf die Zehenspitzen und streckte ihre Hände nach oben. Diego ergriff sie oberhalb der Handgelenke, sodass beide jeweils um das andere Gelenk greifen konnten, und zog sie hinauf.

Anna hatte den Blick gesenkt und konzentrierte sich auf ihre Füße, die sie an der Wand Stückchen für Stückchen nach oben setzte. Diego stellte zufrieden fest, dass es sogar leichter ging, als er erwartet hatte. Sobald sie die Hälfte geschafft hatte, griff er unter ihre Schultern und zog sie das letzte Stück hinauf.

Sie schnaufte leicht, als sie dicht an ihn gepresst das Dach erreichte.

Diego hielt warnend den Finger vor die Lippen und lauschte. Doch er konnte nichts hören. Die Umgebung blieb friedlich und ruhig.

Anna kauerte immer noch in seinem Arm und schien nicht mal richtig zu atmen. Diego spürte ihre ausstrahlende Wärme und lockerte seinen Griff.

„Das war gut", lobte er sie. Bisher war es kein großer Aufwand gewesen, dass sie Teil der Mission war.

„Danke." Sie lächelte und er überlegte, ob sie eigentlich noch mehr hatte sagen wollen. Sie drehte den Kopf herum und musterte die angrenzenden Häuser. „Wie geht es jetzt weiter?"

„Wir müssen hier wieder runter." Diego dachte an den Abstieg und die angrenzende Hecke. Er drehte sich herum und schob sich an den hinteren Rand der Garage. Als er die Kante erreicht hatte, sah er kurz hinunter und dann wieder zu ihr zurück. Anna war ihm gefolgt und wagte ebenfalls einen kleinen Blick.

„Ich gehe vor. Pass gut auf, wie ich es mache. Halte dich dicht an der Wand und lass dich dann fallen. Ich werde dich auffangen."

Anna sah kurz ihn und dann wieder die rau verputzte Wand an.

Diego konnte sich nur zu gut denken, was sie dachte. Die Oberfläche der Garage würde mit Sicherheit böse Spuren hinterlassen, wenn man nicht vorsichtig war. Er wollte ihr sagen, dass sie keine Angst haben brauchte, dass ihr nichts passieren würde, aber er wollte ihr keine falschen Hoffnungen machen. Er hatte den Wagen der Streetsurfer erkannt und es war eindeutig. Wenn sie also nicht noch vor dem Haus auf der Lauer lagen, dann waren sie mit Sicherheit bereits drinnen.

Vielleicht hätte sie doch im Wagen bleiben sollen? Doch allein der Gedanke daran bereitete ihm ein ungutes Gefühl. Sollten sie sie alleine erwischen, würde er keine Chance mehr haben, sie zu retten.

Doch eines Tages musst du sie gehen lassen, erinnerte ihn eine dunkle Stimme aus seinem Inneren. Ein böser Dämon, der immer alles zunichtemachte. Er konnte nicht ewig auf sie aufpassen. Eines Tages würde Azem sie finden, es war nur eine Frage der Zeit.

Finde eine Lösung bis dahin!

Anna drehte den Kopf zu ihm herum und sah ihn auffordernd an.

„Wann geht es los?“ Sie fing wieder an, auf ihrer Lippe herumzubeißen. Ein Zeichen, dass sie nervös war.

„Jetzt“, antwortete er schnell und wandte den Blick ab. Er hatte sie angestarrt und war ganz in Gedanken versunken gewesen. Doch er musste sich konzentrieren. Er würde einen Weg finden, dass sie wieder ein gefahrloses Leben führen konnte, sobald diese Geschichte vorbei war. Aber das konnte er nicht jetzt entscheiden.

Er drehte sich herum und ließ langsam die Beine über die Mauer gleiten, nachdem er sich unten umgesehen hatte. Dann schob er den Oberkörper hinterher und ließ sich herabhängen. Einen kurzen Moment wartete er, scannte die Entfernung zum Boden ab und landete kurz darauf auf der Erde. Er war leise gewesen, dennoch ließ es sich nicht vollkommen geräuschlos machen.

Geduckt kroch er zur Seite und wartete. Für einen kurzen Moment glaubte er, ein Geräusch vom Nachbargrundstück vernommen zu haben. Hatte sie jemand entdeckt?

Angestrengt starrte er durch die dichte Hecke und versuchte, den Hintereingang ihres Hauses auszumachen. War da gerade jemand gewesen? Rafael? Enrico? Oder jemand ganz anderes?

Er wartete. Es mussten etwa zwei Minuten gewesen sein, dann entschied er sich, es herauszufordern. Wenn auf der anderen Seite der Hecke einer von Azems Leuten war, würden sie ebenso lange warten wie er. Aber vielleicht hatte er sich auch geirrt und es war gar nichts gewesen.

Ganz egal! Es musste auf jeden Fall schnell gehen, und Anna musste vom Dach runter, falls doch noch einer der Rollläden der benachbarten Häuser hochgezogen werden würde und sie entdeckt wurde. In der Hecke wäre sie zumindest vor den Blicken der Bewohner verborgen. Auf dem Dach könnte sie gut für einen Einbrecher gehalten werden, und das Risiko durften sie nicht zusätzlich eingehen.

Er drehte sich zum Dach herum und erkannte ihren Haaransatz, während sie an der Kante kauerte. Langsam schob sie ein Bein nach dem anderen über den Rand und verweilte einen Moment, bis sie sich mit dem Oberkörper vom Dach löste. Dann hing sie schließlich herab wie ein nasses Wäschestück an der Leine.

Er trat vor, um sie auffangen zu können und hörte genau in dem Moment hinter sich ein Geräusch. Doch er widerstand dem Drang, sich umzudrehen und breitete die Arme aus, als Anna sich in genau diesem Moment fallen ließ.

Er packte sie grober als geplant mit beiden Händen und machte gleichzeitig einen Satz zur Seite in den dunklen Schatten, den die Garage zwischen der Mauer und der angrenzenden Hecke bot. Hier drückte er sie unsanft zu Boden und kauerte sich über sie. Die Glock war bereits schussbereit in seiner Hand, bevor Anna überhaupt zu merken schien, dass sie nicht mehr auf dem Dach war.

Sie atmete schnell und flach. Sie versuchte, es zu unterdrücken, doch ihre Angst schien zu groß zu sein.

Schützend presste er sich an sie und hoffte, dabei ihre Atmung zu beruhigen. Ihr Körper strahlte eine enorme Wärme aus, dass ihm schon selbst ganz heiß wurde. Hatte sie vielleicht Fieber? Ging es ihr nicht gut? Er wollte sie ansehen, aber er traute sich nicht, den Blick von der Richtung abzuwenden, aus der er gerade das verdächtige Geräusch gehört hatte.

Doch irgendwie war ihm auch verdammt heiß. War er die Wärmequelle und nicht sie? Auch sein Atem ging ungewöhnlich rau, als wäre er derjenige, der die Angst an ihrer Stelle spürte.

Was war los?

Er war die Hitze. Er war die Angst. Er, der doch eigentlich seit ewiger Zeit nichts mehr fühlte und sich ewig danach sehnte. Was hatte das zu bedeuten? Warum wurde ihm so heiß, wenn er sie berührte?

Auf der anderen Seite der Hecke erkannte er plötzlich einen Schatten, der sich pirschend näherte. Er konnte nicht sagen, ob sie schon entdeckt waren, aber er musste etwas tun. Er musste den Schatten abfangen und ihm zuvorkommen.

Ihr durfte nichts geschehen.

*

Diego erhob sich und presste den Finger vor die Lippen, wie er es vorhin bereits getan hatte.

„Sei leise und bleib hier ganz ruhig sitzen!“, hauchte er ihr zu. Seinen Blick konnte sie nicht deuten, da er zu sehr die Hecke im Visier hatte, die das Nachbargrundstück abgrenzte.

Dann schob er sich an ihr vorbei und verschwand im dunklen Gebüsch. Einen kurzen Moment später konnte sie ihn nicht mehr erkennen.

Anna blinzelte nervös und rieb sich die Rippen, die doch ziemlich schmerzten, nachdem Diego sie gerade vom Dach abgefangen hatte. Es war so schnell gegangen, dass sie im ersten Moment gedacht hatte, sie würde fallen.

Irgendetwas schien auf der anderen Seite der Hecke gewesen zu sein, das ihn so reagieren ließ.

Wo war er jetzt? Verzweifelt versuchte sie, Bewegungen auf der anderen Seite auszumachen, aber es war schwierig. Zu allem Überfluss schlug ihr Herz in doppelter Geschwindigkeit und ließ das Blut durch ihre Ohren rauschen. Außerdem meldeten ihre Beine an, dass sie nicht mehr allzu lange in dieser Position hocken würden.

Dann erkannte sie eine Bewegung. Es ging schnell, anschließend erfolgte ein Stöhnen.

Anna erschrak und versteifte sich noch mehr. Was war passiert? War mit Diego alles in Ordnung? Hatte er jemanden von *ihnen* gestellt oder war es umgekehrt gewesen? Was sollte sie tun, wenn er nicht zurückkam? Wieder über die Garage? Den direkten Weg am Haus vorbei oder einfach hier sitzen bleiben, bis die Sonne aufging?

Sie war an Diego gebunden – sie konnte es drehen und wenden, wie sie wollte.

Doch dann vernahm sie ein neues Geräusch aus der Nähe der Hecke. Es war ziemlich dicht, ungefähr die Stelle, in der Diego durch die natürliche Wand verschwunden war.

„Anna?“, hauchte er leise, sodass sie erst meinte, es sich eingebildet zu haben. „Komm hierher, Anna!“

Sie zögerte kurz und sah sich um, aber ihre Umgebung war immer noch genauso dunkel wie vorher. Sie konnte nichts erkennen, zumindest auf dieser Seite der Hecke.

„Anna?“, drängte er erneut.

Sie wagte nicht zu antworten, erhob sich aber leise und schlich in die Richtung, aus der sie seine Stimme gehört hatte. Als sie an der Hecke stand, konnte sie seinen Schatten dahinter deutlich erkennen. Er saß wie sie ebenfalls in der Hocke.

„Steig hier durch. Hier geht es.“ Er beugte sich ein Stück vor und deutete auf eine Stelle, die tatsächlich etwas lichter aussah als der Rest. Durch die Zweige konnte sie den Umriss eines weißen Hauses ausmachen, das gut die Rückseite ihrer Herberge darstellen konnte. In einem der unteren Fenster neben der schmalen Hintertür brannte Licht.

Anna nahm ihre Hände vor und schob sich durch die steifen und piksenden Äste. Glücklicherweise wurde sie von Dornen verschont. Doch es war rutschig, da einzelne Blätter und Zweige auf dem Boden lagen. Außerdem befand sich die Hecke auf einem kleinen Hang, da sie bergauf steigen musste.

Durch den nach vorne verlagerten Schwerpunkt geriet sie ins Rutschen und fiel auf ihr Knie. Es tat nicht weh, aber es war ärgerlich. Bevor sie sich wieder aufrichten konnte, griff Diego nach ihren Händen und zog sie heraus.

Im schwachen Schein des Lichts, das aus dem unteren Fenster kam, musterte sie sein Gesicht, das wieder die bereits bekannte Wut zeigte, die nur zu gern zum Vorschein kam. Doch diesmal teilte sie seine Meinung: Es war nicht gerade der richtige Zeitpunkt, um laut durch eine Hecke zu rutschen.

Diego sah sich nervös um und Anna folgte seinem Beispiel.

Erschrocken stellte sie dabei fest, dass nicht weit von ihnen ein dunkel gekleideter Mann auf der Erde lag. „Wer ist das?"

„Igor", antwortete Diego, als wäre er ein alter Bekannter. „Ist alles in Ordnung?", fragte er sie, ohne den reglosen Mann weiter zu beachten. Anna spürte seinen finsteren Blick auf ihr haften.

„Ja", hauchte Anna, konnte Diego aber nicht ansehen. Ihre Augen waren auf den Fremden geheftet, der auf der Seite am Boden lag und sich nicht bewegte. Sein Körper war gekrümmt, die Hände auf dem Rücken.

Dann drehte Diego sich herum, und Anna folgte ihm sofort, als er auf den Fremden zuging.

Nervös sah sie sich im dunklen Garten um. „Ist er einer von *ihnen*?"

„Ja." Diego hatte den Mann erreicht und packte ihn im Nacken.

Der Fremde kam taumelnd auf die Beine und strauchelte, als Diego ihn vor sich herschob. Annas Blick traf kurzzeitig sein Gesicht, das von der Nase abwärts mit Blut verschmiert war.

Erschrocken blieb sie stehen und realisierte die Situation, während Diego kaltherzig und zielsicher den Mann vor sich herschob. Er öffnete die kleine Hintertür und gab dem Fremden einen Stoß, während er ihm gleichzeitig mit erhobener Waffe ins Innere folgte. Anna erkannte, dass die Hände des Fremden auf dem Rücken zusammengebunden waren.

Sie beeilte sich, um nicht den Anschluss zu verlieren. Diego war ihre Fahrkarte, und sie sollte lieber nicht ohne ihn erwischt werden. Sie war nicht überrascht, als die schmale Hintertür tatsächlich in die kleine Küche führte, in der sie vorhin so schmerzhaft Kontakt mit der Tischkante genommen hatte.

Rafael und Enrico saßen jetzt genau an diesem Tisch und starrten sie verwundert an. Offenbar hatten sie gar nicht mit Diego gerechnet oder es war einfach die Tatsache, dass sie durch die Hintertür und mit dem blutenden Fremden eintraten.

Rafael schaltete als Erster und sprang abrupt von seinem Stuhl auf. „Igor!", wiederholte er den Namen, den Diego vorher schon genannt hatte.

Diego schlug erneut dem Fremden in den Nacken. Dieser fiel nach vorne, und Anna erkannte, dass Diego ihm im letzten Moment noch ein Bein stellte, sodass er schwerfällig und ungebremst auf den Boden krachte.

„Was hat das zu bedeuten?“, fauchte Diego in die Richtung seines Bruders.

„Igor? Was macht der hier?“, stellte Rafael seinem Bruder eine direkte Gegenfrage. Dann drehte er sich herum und spähte zum vorderen Fenster.

„Komm von der Tür weg! Igor wird nicht alleine hier sein.“

Enrico, der bisher perplex das Geschehen beobachtet hatte, sprang plötzlich von seinem Stuhl auf und starrte zur Haustür, als würde diese im nächsten Augenblick einfallen.

Rafael zog seine Waffe hervor, und Enrico tat es ihm gleich.

„Wo hast du ihn gefunden?“ Rafael machte einen Schritt ans Fenster und spähte vorsichtig an den Gardinen vorbei.

„Er hat hinterm Haus gelauert. Mitis Mercedes steht eine Straße weiter.“

„Was hat das zu bedeuten?“ Enricos Stimme zitterte leicht. Er warf einen verstohlenen Blick auf das blutige Gesicht des Eindringlings und schien bei Weitem nicht so abgeklärt zu sein wie die beiden Brüder.

„Wieso sind die hier, Rafael?“ Diegos Stimme fuhr wie eine Guillotine durch die Luft.

„Scheiße! Verdammt! Ich habe keine Ahnung, Diego!“ Rafael sprang vor und warf sich auf Igor, der immer noch benommen auf der Erde lag. Er kniete sich auf seine Brust und schlug ihm mit der rechten Faust fest ins Gesicht. „Mach dein Maul auf, Igor! Wie habt ihr uns gefunden?“ Es folgte der nächste Schlag und Anna schloss vor Ekel die Augen.

Es war der reine Instinkt, der sie vor Gewalt schützte. Mit ihrem gesunden Menschenverstand vermied sie jegliche Gefahr. Sie hatte noch nie gesehen, wie jemand zusammengeschlagen wurde und konnte der Brutalität auch jetzt nicht standhalten. Mit geschlossenen Augen hörte sie Rufe, Schläge, Tritte und das ächzende und jammernde Stöhnen des blutenden Mannes auf dem Boden. Sie wollte sich die Ohren zu halten. Sie sollten damit aufhören. Warum machten sie immer weiter? Erkannten sie denn nicht, wie es dem armen Mann ging? Was hatte er getan, dass er so etwas verdient hatte?

„Aufhören! Aufhören! Hört auf!“, vernahm sie mit einem Mal ihre kreischende Stimme, die alles übertönte.

Von sich selbst erschrocken riss sie die Augen auf und spürte die heißen Tränen auf ihren Wangen. Ihre Hände hatte sie sich tatsächlich auf die Ohren gepresst.

Vor ihren Augen lag der Mann am Boden. Reglos und ohne jegliche Lebenszeichen. Die drei Männer waren wie Raubtiere über ihn gebeugt, hatten aber in ihren Bewegungen innegehalten und sahen Anna vollkommen perplex an. Aus allen drei Augenpaaren sprühten Wut und Unverständnis in ihre Richtung.

Kapitel 36

Miti hörte den Schrei von drinnen und zuckte sofort zusammen. Was war passiert? Es war eine Frauenstimme, und sie schien in Panik. War das die Unbekannte? Diese Anna Selbig oder wie sie hieß?

Ihn beschlich ein ungutes Gefühl, weil sie offenbar immer noch mit Santo und Joyo unterwegs war, und das machte die Angelegenheit nicht leichter. Welche Rolle spielte sie? Wer war möglicherweise noch bei ihnen? Es gefiel Miti nicht, dass er so im Dunkeln tappen musste und nicht wusste, was eigentlich los war. War Santo vielleicht sogar auch im Haus? Hatte er sie verpasst? Oder war die Frau mit Joyo und dem Sohn alleine dort?

Sie konnten nicht warten.

Er fischte sein Handy aus der Tasche und wollte gerade Igors Nummer wählen, um ihn zum Zuschlag aufzufordern, als er plötzlich erneute Scheinwerfer die Straße entlangkommen sah. Es waren zwei Wagen hintereinander, doch das war nicht das eigentliche Problem. Im Schein der Straßenlaterne hatte er die Umrisse der Leuchten auf dem Dach der Wagen gut erkennen können.

So ein verdammter Mist!

Innerlich fluchend suchte er dennoch Igors Nummer heraus und wählte. Sie konnten alles ertragen, aber wenn ihnen jetzt die Polizei auf den Pelz rückte, würden sie hier nicht weiter agieren können.

Er hörte das Freizeichen, als hinter ihm aus der entgegengesetzten Richtung ebenfalls ein Wagen angefahren kam und in unmittelbarer Nähe von ihm hielt.

Miti musste sofort seinen Posten verlassen.

*

Die Tränen liefen wie Regengüsse unaufhaltsam weiter über Annas Gesicht. Es hörte nicht auf. Aber bei dem Anblick des geprügelten Mannes sah Anna auch keinen Grund, sich hierfür zu schämen. Ihre Hände hatte sie zu Fäusten geballt. Mit weit aufgerissenen Augen starrte sie auf das blutige Leid und versuchte verzweifelt, auch nur die kleinsten Lebenszeichen zu erkennen.

Dann summte es plötzlich leise. Es kam vom Boden. Nicht weit von dem Mann entfernt lag ein Mobiltelefon in einer dunklen Lederhülle auf dem Fußboden, das ihm offenbar aus der Tasche gefallen war.

Die Aufmerksamkeit richtete sich schlagartig von Anna auf das kleine Kommunikationsgerät.

Doch nur eine Sekunde.

Dann setzte Rafael sich plötzlich in Bewegung und griff danach. Für einen kurzen Augenblick sah er auf das Display. „Miti. Wir müssen verschwinden. Wie ist der Weg hinten?"

„Miti ist nicht unser einziges Problem", berichtigte Diego seinen Bruder. Es war auffällig, wie oft der eine den anderen mit einer Gegenfrage oder spontanem Themenwechsel konfrontierte. Seine Stimme klang zudem noch eine Oktave tiefer als sonst.

Interessiert sah Anna in seine Richtung, aber seine Augen waren fest auf Rafael gerichtet, fast, als würde er nicht wollen, dass Anna sein Gesicht sah.

„Anna wird von der Polizei landesweit wegen Mordes gesucht." Er nickte einmal kurz in ihre Richtung, ohne sie anzusehen. „Azem muss einen Doppelmord begangen haben, den sie ihr jetzt anheften wollen."

Anna entging nicht der Blick, den Rafael Enrico zuwarf. Dieser wurde noch eine Nuance bleicher, als er es ohnehin schon gewesen war.

„Verdammt! Marita und Antonio!", fluchte Rafael und drehte sich auf der Hacke halb zur Seite. Mit der rechten Faust holte er einmal in der Luft aus, ohne jemanden zu schlagen. „Uns hat eine Kommissarin aus Freiburg angerufen. Sie wurden getötet."

Anna blieb mit einem Mal die Luft weg. Die freundliche Tante und der kleine Mann, bei denen sie in Freiburg hatten übernachten können, waren tot? Ihr wurde schlagartig kalt. Voller Trauer und Fassungslosigkeit senkte sie den Blick.

„*Sie* war das? *Sie* hat das getan?"

Annas Kopf fuhr blitzschnell hoch, als sie Enricos Schatten auf sich zukommen sah. Doch Diegos steifer, nach vorne ausgestreckter Arm hinderte ihn ohne große Aufwendungen an seinem weiteren Vorhaben.

„Wie soll sie das gemacht haben, Rico?", fragte Rafael übellaunig, als wäre ihm jegliche Erklärung hierzu zu viel. „Wir sind gemeinsam gefahren, hast du das vergessen?"

„Wie kann euch eine Kommissarin aus Freiburg anrufen?", knurrte Diego, ohne Enricos Anliegen auch nur im Geringsten zu beachten.

Rafaels Augenlid zuckte nervös, bevor er sprach. „Enrico hatte sein Mobiltelefon angeschaltet."

Diego drehte sich wütend herum und für einen kurzen Moment erhaschte Anna einen Blick auf sein Gesicht, bevor er sich wieder von ihr abwandte. Es war tiefrot vor Wut. An einigen Stellen konnte man schon von Purpur sprechen.

„Das war der Grund, dass sie uns jetzt haben! Das ist dir klar oder?", schnauzte er in Enricos Richtung.

„Meine Eltern sind tot! Entschuldigung, dass ich nicht so ein abgewrackter Azem-Boy bin wie … " Sein Satz wurde durch einen Fausthieb von Diego unterbrochen.

Enrico torkelte zurück und hielt sich an der Wand fest. „*Sie* ist doch an alldem schuld! Am besten knallen wir sie direkt ab und verschwinden von hier, bevor die Polizei uns ihretwegen noch auf die Schliche kommt."

Wie auf sein Stichwort klopfte es plötzlich an der Tür. „Policía! Abran la puerta por favor!"[37], befahl eine Stimme von draußen.

Alle sahen sich mit einem Mal wie erstarrt an. Anna traute sich nicht, auch nur einen weiteren Atemzug zu nehmen. Die Polizei war da. So schnell?

„Policía! Abran la puerta!", wiederholte die Stimme von draußen. Sie war lauter geworden. Die Schläge auf dem Holz hallten in ihrer Intensität nach.

*

Der trockene Mund weckte Nico. Auf seiner Zunge hatte sich ein übler Belag gebildet, der seiner Meinung nach von den vielen Schmerzmitteln zu kommen schien, die er alle hatte nehmen müssen.

Mühsam richtete er sich auf und tastete nach der kleinen Lampe über seinem Bett. Der Schmerz in seinem Rücken erinnerte ihn noch einmal daran, warum er überhaupt hier war.

Er griff nach der Seltersflasche und setzte sie sich an den Mund. Er trank mit gierigen Zügen und sah dabei träumend über das Nachbarbett zu dem Fenster, wo die Gardine nur den unteren Teil bedeckte, oben aber ein kleiner Spalt blieb, der den Mondschein hereinließ.

Gegen Mittag war er heute in dieses Zimmer gekommen, da sie ihn nicht mehr auf der Intensivstation überwachen mussten. Seiner Meinung nach hätte er auch längst gehen können, aber sie redeten viel von notwendiger Überwachung und möglichen Rückfallerscheinungen. Er hatte sich letzten Endes überreden lassen. Doch nur für diese Nacht. Morgen würde er die Heimreise antreten.

Vanessa war bereits gestern früh entlassen worden und verbrachte diese Nacht in einem benachbarten Hotel, bis sie morgen gemeinsam fahren würden.

Er stellte die Flasche zurück auf den kleinen Nachttisch an seinem Bett und löschte die Lampe über sich. Es dauerte eine Weile, aber dann hatten seine Augen sich wieder an das dämmrige Mondlicht ge-

[37] „Polizei! Öffnen Sie bitte die Tür!"

wöhnt, das den kleinen Raum erhellte. Sein Zimmerpartner, ein älterer Mann mit einer neuen Hüftprothese, röchelte friedlich weiter und schien sich durch das kleine Licht nicht gestört gefühlt zu haben.

Nico beneidete ihn um seinen Schlaf. Er hatte bisher nicht wirklich ein Auge zumachen können. Immer wieder driftete er in einen Halbschlaf ab, der von Träumen durchzogen war, die alle nur von ein und derselben Person handelten.

Er drehte sich zur Seite und griff nach seinem Handy, das in einem kleinen Fach im Nachttisch lag und klappte die Hülle auf. Er wusste, was er machen würde, und genau das beunruhigte ihn. Er hatte es den ganzen Tag immer und immer wieder getan. Es war wie eine Sucht.

Mit gezieltem Fingertippen huschte er in die Bildergalerie und traf auf das erwartete Ziel seiner Suche: Anna – in den verschiedensten Lebenspositionen aus ihrer gemeinsamen siebenjährigen Zeit. Er sah sie lachen, schmollen, konzentriert, verträumt oder albern. Es gab so viele Facetten, dass er sie nicht alle dokumentieren konnte, und doch hatte es eine gegeben, die er nie erwartet hatte.

Sie hatte ihn verraten und betrogen.

Aber wie war es möglich? Anna war die Ehrlichkeit in Person. Sie konnte nicht lügen, nicht mal, wenn sie es noch so sehr wollte und sich verbissen darauf konzentrierte. Es ging einfach nicht. Und genau deshalb konnte sich der Gedanke, dass sie ihn betrogen und verlassen haben sollte, auch nicht in seinem Kopf festsetzen.

Er fand eines seiner Lieblingsbilder, das Anna in einer hellblauen Bluse im Sonnenschein mit zerzausten Locken auf einer Hafenfahrt zeigte. Sie lachte fröhlich, als würde die Sonne direkt aus ihr herausstrahlen.

Doch dieses Bild war jetzt in den Händen der Polizei und zeigte eine bisher unbekannte dunkle Seite. Irgendwie hatten sie sie mit dem Mord in Verbindung bringen können.

Anna, was hast du bloß getan?

Er strich über das Handy und löste dadurch den Wählknopf aus. Er rief sie an. Er dachte daran, wie einfach es doch wäre, sie jetzt fragen zu können, was los war, aber sie hatte ihr Handy in seiner Küche liegen gelassen, und er würde sie nicht erreichen können. Er wollte gerade wieder auflegen, als genau in dem Moment am anderen Ende abgenommen wurde.

„Hallo?“ Eine Männerstimme.

Nico erkannte sie nicht. Einen kurzen Moment dachte er, sich verwählt zu haben, aber sein Daumen kreiste immer noch über der strahlenden Anna in ihrer blauen Bluse, die er als Hintergrundbild für ihre Anrufe gespeichert hatte. Er konnte sich gar nicht verwählen.

„Wer … wer ist da?“ Ihr Handy hatte in seiner Wohnung gelegen. Wer war hier am Telefon?

„Ein Freund“, antwortete die Stimme.

„Wie kommen Sie an das Handy?“

„Komisch, wenn ich irgendwo anrufe, erkundige ich mich eigentlich nach der Person, das Telefon ist mir aber herzlich egal.“

„Wo ist Anna?“

Es entstand eine kleine Pause. „Ganz in der Nähe.“

Nicos Herz klopfte laut in seiner Brust. „Geben Sie sie mir!“

„Tut mir leid, sie schläft. Ich möchte sie ungerne wecken.“

„Wer sind Sie? Der neue Typ?“ Nico dachte an den Namen, den Marita ihnen genannt hatte. „Diego?“

Der Mann am anderen Ende klang leicht amüsiert. „Du scheinst gut informiert zu sein. Wenn ich der Neue bin, bist du dann der Alte?“

Es war wie ein Schlag in die Eingeweide. Wie kam Anna an diesen Kerl? „Was ist passiert?“

„Ich glaube, eine ganze Menge.“

„Seit wann kennen Sie Anna? Wie lange läuft das schon?“

Wieder war ein leichtes Schmunzeln am anderen Ende zu vernehmen. „Nicht sehr lange, aber dafür ziemlich gut. Ich habe mich sehr intensiv mit ihr beschäftigt, wenn du verstehst, was ich meine.“

Nico spürte einen aufkommenden Brechreiz. „Wecken Sie sie jetzt! Sofort! Ich will es von ihr hören. Sonst glaube ich nicht, dass es vorbei ist!“

„Ein gebrochenes Herz! Wie traurig, aber glaube mir, das geht schnell vorbei.“

„Geben Sie sie mir!“

Der Mann am anderen Ende schwieg kurz. „Tut mir leid, aber ich glaube, dass sie den Schlaf jetzt gut gebrauchen kann. Die Sache war für sie auch nicht leicht, verstehst du?“

„Wie kommen Sie an das Handy? Anna hatte es in meiner Küche liegengelassen.“

„Das weiß ich. Doch sie hat mich gebeten, es ihr zu holen, Nico.“

Es lief Nico wie ein Kübel Eis über den Rücken, als er seinen Namen aus dem Mund des Fremden hörte.

„Weiß sie, dass wir uns alle große Sorgen um sie machen? Ihre Mutter ist halb krank vor Angst. Wir haben Anna als vermisst gemeldet, und ich bin ihr bis Freiburg hinterhergefahren. Weiß sie das alles? Weiß sie, dass ich überfallen worden bin und hier im Krankenhaus liege?“

„Sie wird sich bei ihrer Mutter melden, sobald ihr danach ist. Vielleicht solltest du jetzt aber ebenfalls ein bisschen schlafen, Nico. Ich kümmere mich schon um sie." Dann war die Verbindung unterbrochen.

Nico zitterte vor Wut und drückte die Wahlwiederholung. Es rauschte kurz, dann ertönte Annas Stimme auf der Mailbox und bat den Anrufer, ihr eine Nachricht zu hinterlassen. Nico warf das Handy achtlos von sich, sodass es klackend an der hinteren Bettkante aufschlug.

Vom Nachbarbett vernahm er eine Bewegung, dann knipste der alte Mann seine Nachtlampe an. „Ist alles in Ordnung?"

Nein, hätte Nico am liebsten zurückgebrüllt. Denn das war es ganz und gar nicht.

*

Benno kicherte immer noch in sich hinein, als das Gespräch bereits beendet war. Er hatte einen wunden Punkt erwischt. Es gab einen Romeo zu Santos Julia. Das war sehr interessant.

Wenn dieser Nico nie etwas geahnt hatte, standen sie zumindest in derselben Ausgangsposition. Auch für sie war die Geschichte zwischen Anna und Santo vollkommen neu und unerwartet gekommen. Und er wurde in seiner Einschätzung über Anna zusätzlich bestätigt. Dieses Mädchen schien wirklich genauso zu sein, wie er vermutet hatte – ein ruhiges, braves und gutbürgerliches Mädchen. Warum und wie es jetzt an einen überdrehten, brutalen und gefährlichen Straßengangster gekommen war, sollte wohl noch für eine Weile ein Geheimnis bleiben. Umso mehr aber reizte ihn jetzt diese Geschichte. Was hatte Santo sich nur dabei gedacht?

Er hatte das Telefon zur Seite gelegt und den Netzempfang unterbrochen. Sollte dieser Nico es noch einmal versuchen, würde er nicht zu ihm durchkommen. Ein Gespräch mit ihm war natürlich auf eine Weise hilfreich und interessant, konnte aber auch gefährlich werden. Er musste aufpassen, dass die Angelegenheit unter der Oberfläche gehalten wurde, auch wenn es noch so verlockend war, das gebrochene Herz ein bisschen weiter zu zerstückeln.

Die Einstellung in Annas Handy war gerade beendet, als plötzlich sein eigenes klingelte. Im Display erkannte er Miti, was so viel bedeutete, wie, dass sie die Sache erledigt hatten. Benno wusste aus den Gesprächen davor, dass sie sich in Position befanden und nur noch zuschlagen brauchten.

„Miti, wie sieht´s aus", grüßte er, immer noch durch das vorherige Telefonat mit Nico aufgeheitert.

„Nicht gut. Ich musste meinen Posten verlassen. Die Polizei ist da."

„Was ist passiert?"

Miti gab einen kurzen Lagebericht ab. Er hatte das Haus verlassen müssen, die Polizei hatte das Grundstück weiträumig umstellt und nach kurzer Zeit das Haus gestürmt. Was mit Joyo und Enrico im Inneren geschehen war und ob sie sie festgenommen hatten, konnte er nicht sagen. Doch die Anwesenheit der Polizei erschwerte die Angelegenheit zusehends. Er konnte nicht dort bleiben.

„Okay, dann zieht euch so weit wie nötig zurück. Ihr seid nicht mehr alleine." Benno dachte an die Verstärkung aus weiteren Azem-Anhängern, die in San Sebastián aus der Umgebung dazugestoßen waren.

Miti räusperte sich, bevor er weitersprach. „Da gibt es dann noch ein weiteres Problem. Igor meldet sich nicht mehr."

Kapitel 37

Diego hatte gewusst, dass ihnen nicht viel Zeit blieb. Die Vordertür konnten sie mit großer Wahrscheinlichkeit ausschließen, aber wie sah es hinten aus? War die Polizei auch schon im Garten?

Vorsichtig hatte er die Hintertür geöffnet und das kleine Stück bis zur Hecke inspiziert. Der Mond hatte hell geleuchtet und ihm bei seiner Suche geholfen. Und tatsächlich – war da nicht eine Bewegung auf dem Dach des Hauses schräg gegenüber zu sehen gewesen?

Sie mussten sich aufteilen, wenn sie diesen Hexenkessel verlassen wollten.

Kurz und knapp hatte er sich mit seinem Bruder abgesprochen, dann war er durch die Tür geschlichen und hatte Anna hinter sich hergezogen. Im Halbschatten an der Hauswand versteckt, hatten sie den Weg zum seitlich angrenzenden Grundstück gesucht. Ebenfalls eine Hecke und ebenfalls wieder eine stachelige Angelegenheit, um diese zu durchdringen. Doch sie hatten es geschafft.

Anna war ihm brav gefolgt, als sie an einer Poolanlage vorbei zur nächsten Begrenzung vorgedrungen waren, bis sie auf diesem Weg drei Grundstücke passiert hatten und die Straße erreichen konnten. Dort hatten sie sich nicht weit von der Stelle befunden, an der Diego vorhin Mitis Mercedes gesehen hatte. Gezielt hatte er einen Blick auf die parkenden Autos geworfen, aber wie es zu erwarten gewesen war, war der Wagen nicht mehr da.

Miti hatte sich neu aufgestellt, die Karten waren neu gemischt worden und in Anbetracht der Tatsache, dass er sie bereits gefunden hatte, würde er es mit Sicherheit wieder schaffen. Sie würden nur überleben können, wenn sie noch tiefer untertauchten.

Die Straße vor ihnen verlief parallel zur Bucht, rechts ging es in die Infanta Cristina Kalea ab, in der ihr Haus stand. Doch die Zeit dort war jetzt vorbei.

Er tippte Anna einmal leicht an und nickte geradeaus. Sie mussten die Straße überqueren, die in der Mitte durch eine grüne Straßeninsel getrennt wurde.

Anna richtete sich auf und folgte ihm schnell, bis sie auf der anderen Seite hinter einer Buschreihe Schutz fanden.

Diego drehte sich um und sah links aus der Infanta Cristina Kalea zwei Männer in Uniform um die Ecke schleichen. Sie hatten gerade den richtigen Moment gefunden.

Wortlos tippte Diego Anna erneut an und wollte sich in Bewegung setzen, aber sie reagierte nicht.

Ihr Blick war fest auf die Bucht vor ihnen gerichtet, die geradezu malerisch aussah.

Sie befanden sich in einem Park, der zwischen den Wegen einzelne kleine und größere mit verschiedenen Büschen und Palmen bewachsene Inseln bot. Dahinter begann direkt der Strand. Der große, helle Mond spiegelte sich glitzernd auf den einzelnen kleinen Wellen, die von den Häusern der Stadt und den kantigen Felsen der Landschaft in Form einer Muschel eingerahmt wurden. In der Mitte des Wassers ragte eine gigantische, felsige, aber bewachsene Insel heraus. Es war wirklich ein schöner Anblick, aber sie hatten keine Zeit.

„Komm“, raunte er ihr zu.

Ihr Gesicht war hell erleuchtet durch die Reflektion auf dem Wasser. Ihre Locken schimmerten geradezu um ihren Kopf wie der Heiligenschein eines Engels.

Schnell wandte er den Blick wieder ab, weil er es nicht ertragen konnte. Sie sah nicht nur so aus, sondern hatte wirklich die Züge eines Engels, und er war der Teufel, der sie immer weiter in die Dunkelheit zog.

Geduckt schlich er sich vorsichtig an den einzelnen Inseln vorbei, die ihnen guten Schutz boten. Er sah sich nicht zu ihr um, merkte aber trotzdem, dass sie dicht hinter ihm war.

Kurze Zeit später hatten sie den Park parallel zum Strand durchquert und das Ende erreicht. Würden sie weiter dieser Richtung folgen, könnten sie nur über den Sand weitergehen. Doch ohne Deckung war dieser Weg gefährlich. Der Mond war verräterisch, und ihr blonder Lockenkopf zog die Strahlen beinahe magisch an, sodass sie wie ein Spot leuchtete. Ihnen blieb nur der Weg über eine angrenzende Mauer, die das städtische Leben vom Badevergnügen trennte. Er presste sich fest an die Steine und prüfte, ob die Luft rein war.

Dann drückte er sich mit den Handballen ab und ließ seine Beine elegant über die Mauer huschen. Sofort drehte er sich um, um ihr zu helfen, doch sie war ihm bereits gefolgt und schob sich auf dem Bauch rutschend über die Steine.

Sie lächelte leicht, als sie neben ihm auf ihre Füße plumpste; wohl aus Freude darüber, dass sie das Hindernis so schnell und unbeschadet überwunden hatte, doch er konnte sich gar nicht freuen.

Er warf einen erneuten kritischen Blick auf ihre hellen Locken und die breite Straße, die sie jetzt zu überqueren hatten. In den dunklen, schwarzen Schatten der großen Häuser würden sie gut verschwinden können, aber bis sie dahin kamen, mussten sie diesen hell erleuchteten und trotz der Nacht doch recht befahrenen Platz überwinden. Zudem blieb ihnen nicht viel Zeit, da Annas Heiligenschein sicherlich jetzt bereits die Aufmerksamkeit auf sich zog. Warum musste auch gerade heute Vollmond sein?

Ohne lange zu warten, griff er erneut nach ihrer Hand und zog sie auf die Straße. Sie folgte schnell.

Diego hatte die Stadt in den letzten Tagen oft genug besucht, sodass er sich hier mittlerweile bestens auskannte, und ihm war auch eine Idee gekommen, wo sie sich weiter würden verstecken können.

Sie hatten die große Hauptstraße überquert und eine einspurige Seitenstraße erreicht, an deren Rand sie sich jetzt bewegten. Auch wenn der Mond sie hier nicht mehr erreichen konnte, so war die Beleuchtung stark und Anna wirkte im Schein der Lampen wie ein bunter Hund. Sie müssten unbedingt etwas mit ihrem Aussehen machen, wenn sie noch weiter dieses Spiel spielen würden. Doch sie nutzten den Halbschatten der Markisen vor den Geschäften, die teilweise fest mit den Häusern verbunden waren und daher auch nachts nicht eingefahren wurden.

Dann hatten sie die Seitenstraße erreicht, auf die er es abgesehen hatte. Sie war dunkel, wenig befahren und jetzt in der Nacht so leblos, wie er es erhofft hatte. Er drängte sie weiter zum Laufen, merkte aber, wie sehr sie mittlerweile aus der Puste war. Seit sie die Infanta Cristina Kalea verlassen hatten, waren nicht mal fünf Minuten vergangen, die sie mehr oder weniger im Dauerlauf zurückgelegt hatten, wobei der größte Teil hiervon aus geducktem Lauf bestanden hatte.

Schließlich tauchte das kleine Kellerfenster in einem der mehrstöckigen Häuser auf, das er vorher bereits ausgekundschaftet hatte. Es war offen und groß genug, dass man schnell den Weg hereinschaffte.

Diego stoppte Anna und deutete ihr an hindurchzusteigen, während er sich nervös auf der Straße umschaute.

In einiger Entfernung waren Menschen an einem Wagen beschäftigt. Sie lachten laut und schlugen schließlich die Türen zu, als Anna sich gerade auf den Boden niederließ, um im Fenster zu verschwinden.

Sie musste warten! Unbedingt!

Diego hörte das Starten des Motors in seinem Rücken und zog Anna im gleichen Augenblick nach oben. Ihm blieb keine Zeit zum Handeln. Der Scheinwerfer näherte sich ihnen und würde sie voll treffen. Ihre blonden Locken würden wie ein Katzenauge den Schein reflektieren.

Er drückte sie mit dem Rücken an die Wand, stemmte seine Ellenbogen dagegen und umrahmte ihren Haarkranz mit seinen Unterarmen. Dann presste er seine Lippen auf ihre.

Er war hart und ruppig, obwohl es kein wirklicher Kuss war. Er bewegte sich nicht, doch auch von ihr kam weder Regung noch Widerstand. Im Augenwinkel verfolgte er den Lichtstrahl des Wagens, der ohne großes Aufsehen an ihnen vorbeirauschte. Anna blieb hinter ihm vollkommen verborgen und für einen Außenstehenden mussten sie wie ein normales Liebespärchen ausgesehen haben, das mit einem Mal von der Leidenschaft überkommen worden war.

Schließlich löste er sich von ihr und beobachtete die Rücklichter des Wagens, der auf die Hauptstraße abbog, bis sie verschwunden waren.

Anna stand immer noch reglos an die Wand gepresst, als wäre sie dort festgefroren. Ihr Brustkorb ging pumpend auf und ab. Sie war vom Laufen immer noch nicht wieder ganz zu Atem gekommen.

Diego sah sich erneut in der schmalen Straße um. Es war niemand zu sehen. Sie mussten sich beeilen.

„Da rein! Los!“, befahl er Anna und deutete erneut auf das Fenster.

Sie gehorchte sofort und setzte sich vor ihm auf den Boden, um die Beine in dem dunklen Loch verschwinden zu lassen. Dann schob sie sich hindurch und war verschwunden.

Diego warf einen letzten Blick in beide Richtungen und folgte ihr dann.

Unten im Keller war es stockfinster, und Diegos Augen brauchten einen kleinen Augenblick, um sich an die Dunkelheit zu gewöhnen. Die Luft roch muffig mit einem Hauch Farbverdünner. Der Fußboden bestand aus einfachem Sand oder war so dreckig, dass es sich so anfühlte, keinen festen Boden unter den Füßen zu haben.

Diego zog sein Feuerzeug aus der Tasche und beleuchtete das Innere, da er bisher außer dem Fenster noch nichts in diesem Raum kannte.

Es schien der Lagerraum eines Malers zu sein. An den Wänden Regale mit Farbdosen, Töpfen, Eimern und Silikonspritzen. In der rechten Wand war die einzige Tür eingelassen. Sie war nur angelehnt und bot möglicherweise die Alternative, noch weiter ins Haus einzudringen. Links neben der Tür war eine Reihe Farbrollen und Teleskopstangen an die Wand gelehnt.

Diego drehte sich im Kreis und entdeckte in der Ecke einen Haufen Laken, die zwar über und über mit Farbklecksen befleckt waren, aber vielleicht dennoch als Lager dienen könnten. Darüber hing ein kleines, ebenfalls mit Farbe verschmiertes Waschbecken an der Wand.

„Setz dich dort hin!“ Mit dem Feuerzeug deutete er in die Richtung und Anna gehorchte sofort.

Er ließ das Flämmchen erlöschen und wünschte sich, die Zigaretten doch nicht entsorgt zu haben. Er brauchte etwas, das ihn ablenkte und auf andere Gedanken brachte, damit er nicht durchdrehte.

Sie hatten sich gefährlich tief in die Geschichte reinmanövriert. Doch wie war das gekommen? Woher wusste Miti Bescheid? Sie waren so vorsichtig gewesen. Eigentlich hätte der Weg von Hamburg bis hierher alle Spuren verwischen sollen. Wie hatten sie hier eine Verbindung erkennen können? Es wurden ständig Autos geklaut. Wie war ihnen Annas Golf aufgefallen?

Ihm wurde plötzlich heiß. Er brauchte Wasser.

Wie ein verdurstender Mann in der Wüste steuerte er auf das Waschbecken zu und drehte den Hahn auf. Erst benetzte er nur kurz die Hände, aber dann beugte er sich mit seinem gesamten Kopf unter den Wasserstrahl.

Wasch dich nur rein, es wird dir doch nichts nützen!

Es war nicht nur wie eine Einbildung, er meinte wirklich, diese Stimme in seinem Kopf zu hören.

Halt die Klappe, wollte er sagen. Er hielt den Kopf noch weiter unter das Wasser und konzentrierte sich auf das laute Plätschern an seinen Ohren.

Sie werden dich immer und überall finden! Du wirst ihnen niemals entkommen!

Er krallte sich am Waschbecken fest, weil er Angst hatte, das Gleichgewicht zu verlieren.

Dann drehte er das Wasser wieder ab und lauschte. Es war nichts zu hören. Keine Geräusche aus dem Haus, keine Stimmen, nichts.

Er wollte sich konzentrieren und überlegen. Er musste Zusammenhänge finden, wissen, wie es dazu kam, was passiert war, aber sein Kopf war leer. Es war, als hätte er vergessen, wie man denkt.

Was war los? Er wusste, wie er für gewöhnlich vorgehen musste, wenn er Strategien überlegen sollte. Ganz egal, ob sie für Angriff oder Verteidigung gedacht waren, sich zu konzentrieren war für ihn normalerweise so einfach wie Fahrradfahren. Doch wieso konnte er nicht mehr denken?

Er ließ das Waschbecken los und rutschte langsam auf den Boden. Er fühlte sich angeschlagen und erschöpft. Doch es war keine körperliche Erschöpfung, der Ursprung hierzu lag in seinem Kopf.

Sollte er nicht einfach ehrlich sein? Es gab hierzu keine Lösung. Er würde es nicht schaffen. Warum also noch weitermachen und sich unnötig quälen? Azem konnte man nicht entkommen. Hatte er das nicht oft genug gepriesen und ausgeübt?

Gib's auf, Santo! Dein Leben ist im Arsch, du wirst es nicht ändern können! Ganz egal, wie sehr du deine Herkunft auch verleumdest.

Er blickte auf und sah in den schwachen Schein, den das offene Kellerfenster in den ansonsten dunklen Raum warf. Mit ein bisschen Fantasie sah es aus wie das Tor zum Himmel, das die Richtung zur Erlösung zeigte.

Bitte, oh Herr, erlöse mich von meiner Qual!

Ein Leuchten erschien wie als Antwort auf seine Bitte im Fenster. Ein weißer Lichtstrahl erfasste ihn.

Er konnte nicht sagen, ob zeitgleich oder kurz danach, aber plötzlich hörte er einen lauten Schrei. Daraufhin folgte sogleich ein Aufprall, der ihn zur Seite riss.

*

Kommissar Burmann wurde durch das Klingeln seines Telefons geweckt. Doch er hatte ohnehin nicht gut geschlafen, und so kam ihm die Unterbrechung sogar beinahe recht. Mühsam drehte er sich zur Seite und griff nach seinem Handy. „Hallo?“

„Hallo, habe ich Sie geweckt? Hessler hier!“, hörte er die melodische Frauenstimme seiner Kollegin.

Kommissar Burmann kniff die Augen zusammen, um die genaue Uhrzeit auf dem Radiowecker zu erkennen. Es war kurz vor drei. „Um diese Uhrzeit ist das wohl nicht verwunderlich. Was gibt es?“

„Es tut mir wirklich leid, dass ich Sie störe, aber ich habe eine Rückmeldung aus Spanien bekommen.“

„Sind Sie etwa immer noch im Büro? Hatte ich Ihnen nicht gesagt, Sie sollen nach Hause gehen?“

„Das werde ich auch noch, aber die Nachricht kam rein, bevor ich gehen wollte. Wollen Sie sie jetzt hören?“

Burmann setzte sich langsam auf und griff nach der Wasserflasche, die direkt neben seinem Bett stand. „Schießen Sie los!“

„Sie konnten sie tatsächlich aufspüren. Enrico Suarez, meine ich, und die anderen beiden Männer mit der Frau. Sie haben sie gefunden.“

Der Kommissar verschluckte sich fast an seinem Wasser. „Sie haben sie geschnappt?“ War es möglich, dass sie so viel Glück hatten? Möglicherweise war seine übereifrige und ehrgeizige Kollegin doch nützlicher, als er anfangs gedacht hatte.

„Nein“, bedauerte die junge Kommissarin. „Leider sind sie entkommen. Aber sie konnten das Haus aufspüren, in dem sie sich die letzte Zeit aufgehalten haben.“

Enttäuscht erhob sich der Kommissar und machte sich Richtung Toilette auf. „Und dafür haben Sie mich jetzt mitten in der Nacht angerufen? Hätte das nicht Zeit bis morgen gehabt?“

„Das war ja noch nicht alles!“

„Was denn noch?“

„Die Polizei hat einen Mann erwischt. Einen Alexander Igor Indiczew, ein Deutsch-Albaner, wohnhaft in Hamburg.“ Er hörte, dass sie den Namen ablesen musste. „Er lag schwer verletzt in der Küche. Vermutlich gehört er zu ihnen. Ich versuche gerade, eine Verbindung zu Anna Selbig herzustellen.“

„Konnte der Mann schon befragt werden?“

„Das ist leider das Problem. Er musste in ein künstliches Koma versetzt werden. Er ist momentan nicht vernehmungsfähig.“

Kommissar Burmann brummelte vor sich hin und schaltete das Licht im Badezimmer an. Bis der Mann aus dem Koma erwacht war, würde mit Sicherheit längst Gras über die Sache gewachsen sein. Davon abgesehen war es fraglich, wie glaubhaft und wertvoll seine Aussagen dann überhaupt sein mochten.

„Aber da ist noch mehr“, versprach die Kommissarin und ihre Stimme ging am Ende vielversprechend eine Oktave höher.

„Jetzt wollen Sie es aber wissen, nicht wahr?“

„Haben Sie mal von den Streetsurfern gehört?“

„Nein!“

„Das ist eine Gruppierung, die hauptsächlich im Hamburger Untergrund auftaucht. Es ist nicht viel über sie bekannt, aber vermutlich gehen so einige Drogengeschäfte, Menschenhandel und Bordelldelikte auf deren Konto. Sogar Kopfgeld und Auftragsmord werden ihnen nachgesagt. Nicht bestätigt leider, aber es gibt hier viele Vermutungen über mögliche Zusammenhänge.“

„Interessant“, murmelte der Kommissar wenig teilnehmend, als seine Kollegin eine kurze Pause machte.

„Sie kennzeichnen sich alle mit einem kleinen S in Form einer Schlange, das sie als Tattoo tragen. Ich habe mal gehört, dass es bei den Streetsurfern keinen Austritt gibt. Einmal dabei, immer dabei. Die sind schlimmer als die Mafia.“

„Wirklich interessant.“ Burmann hörte ihr nur mit halbem Ohr zu und spürte den vermehrten Druck in seiner Blase. Er überlegte kurz, ob sie es wohl hören würde, wenn er jetzt pinkelte, während sie mit ihm sprach.

„Und jetzt kommt das Entscheidende“, fuhr die Kommissarin fort, ohne sich durch das geringe Interesse ihres Kollegen von ihrer Euphorie beirren zu lassen. „Dieser Alexander Igor Indiczew hat ein solches Tattoo. Er ist einer von ihnen. Der Mord an dem Suarez Ehepaar ist also tatsächlich ein Auftragsmord gewesen. Ich glaube, hier sind richtig dicke Fische durch Freiburg geschwommen.“

Der Kommissar konnte nicht mehr innehalten und ließ der Natur freien Lauf. Wohl aber achtete er darauf, dass der Strahl seitlich das Porzellan traf, damit es nicht zu laut war.

„Wissen Sie, was das bedeutet?“ Kommissarin Hessler konnte offenbar die mangelnde Euphorie ihres älteren Kollegen nicht verstehen. „Das sind Hände aus dem Untergrund, die hier ihre Finger ausgestreckt haben. Hier können wir richtig was erreichen.“

Der Kommissar schüttelte die letzten Tropfen ab. „Die Kollegen in Spanien sollen DNA-Proben nehmen. Vielleicht gibt es tatsächlich einen Zusammenhang mit dem Mord in Freiburg, und wir können die Tat zuweisen. Sprechen Sie noch einmal mit Hamburg!“

Er hatte allerdings weiterhin Zweifel. Selbst wenn die Kollegen in Hamburg mehr Informationen über den Mann oder diese Organisation liefern konnten, so hatten sie trotzdem nur ein Mitglied geschnappt, das nicht vernehmungsfähig war und ihnen nicht weiterhelfen konnte.

Kapitel 38

Das Leuchten des vorbeifahrenden Scheinwerfers ließ für einen kurzen Moment die Waffe erstrahlen, die unmittelbar auf seine Schläfe zielte.

Annas Reaktion war intuitiv. Sie hatte nicht über ihr Handeln nachgedacht, sondern lediglich einen Sprung nach vorne gemacht, um ihm die Waffe vom Kopf zu schlagen.

Diego hatte wie in Trance in den Lichtstrahl des Fensters gesehen und war auf ihre Attacke nicht vorbereitet gewesen. Schwankend taumelte er zur Seite und stützte sich mit der rechten Hand am Boden ab, um nicht ganz umzufallen.

Die Waffe fiel ihm dabei aus der Hand und rutschte ein paar Zentimeter über den Boden.

„Bist du bescheuert?", schrie Anna aufgebracht, als sie sich selbst aufgefangen hatte und die Situation wieder unter Kontrolle zu sein schien. „Hast du gerade versucht, dich umzubringen?"

Diego antwortete nicht. Verwirrt sah er an sich herunter und auf die Waffe neben ihm, als könne er sich gar nicht erklären, wie die dorthin gekommen war. Seine Atmung ging stoßend und unregelmäßig. Seine Augenlider blinzelten zittrig, und sein Gesicht war bleich geworden, als wäre er seekrank.

Anna dachte an den Moment zurück, als sie vor gar nicht langer Zeit auf dem Parkplatz gestanden hatten. Sein Ausdruck hatte hier ähnlich ausgesehen. Hatte er das dort etwa auch schon vorgehabt? War er suizidgefährdet? Anna wusste, dass sie sich die Frage direkt mit einem Ja beantworten konnte, doch das machte die Angelegenheit nicht leichter.

„Hey? Ist alles in Ordnung?" Sie kniete vor ihm und traute sich nicht, sich wieder ganz auf die Fersen zurückzusetzen. Zu sehr stand sie selbst unter Schock bei dem Gedanken, was hier gerade beinahe passiert wäre. Dann beugte sie sich vor und griff mit ihrer Hand nach seiner. „Hey?"

Verwundert hob er den Kopf. Seine Augen waren rot, als würde er kurz vor einem Weinkrampf stehen. Der Blick war schmerzverzerrt, doch auch die altbekannte Wut war hier noch zu lesen. Galt sie vielleicht einfach nur ihm selbst? War er wütend auf sich beziehungsweise hasste er sich sogar so sehr, dass er sich umbringen wollte? Keine Tat aus Verzweiflung, sondern purer Hass.

„Bist du okay?" Es machte sie fast wahnsinnig, dass er nicht antwortete.

Was ging in ihm vor? Hatte er etwa gar nicht mitbekommen, was gerade fast geschehen wäre? Er schien gar nichts zu realisieren.

Langsam ließ er seine rechte Hand über ihrer schweben, die seine linke hielt. Dann senkte er sie herab und umschloss ihre. Konzentriert und wie in Zeitlupe drehte er seine linke Hand herum, sodass sie sich ineinander schmiegten und eine Höhle bildeten, in der Annas Hand gehalten wurde. Sein Blick war dabei gesenkt und fasziniert auf das Zusammenspiel gerichtet.

Anna beobachtete ihn skeptisch. Er wirkte wie ein Blinder, der das erste Mal in die Sonne blinzelt.

„Seit wann hast du schon diese Gedanken?“ Es war ein Versuch. Irgendwie musste sie ihn wieder in die Spur bekommen.

„Eine Weile“, murmelte er leise. Seine Aufmerksamkeit galt weiter Annas Hand, die seine Finger zärtlich streichelten.

„Weiß dein Bruder davon?“ Anna spürte, dass ihr Atem mittlerweile genauso stoßend und unrhythmisch ging, wie es bei ihm gerade eben noch der Fall gewesen war.

„Nein.“

„Du musst es ihm sagen!“ Er war krank, und Rafael hatte keine Ahnung davon. Anna erkannte plötzlich, dass das Leben der beiden Brüder eigentlich sogar noch gefährlicher und unberechenbarer war, als sie bisher gedacht hatte. Diego war wie eine tickende Zeitbombe, die jeden Augenblick hochgehen konnte.

„Nein.“

„Du brauchst Hilfe, Diego!“

Schlagartig richtete er den Blick auf und sah sie an. „Kannst du mir helfen?“

„Nein.“ Anna schüttelte abwehrend den Kopf. „Du brauchst professionelle Hilfe. Eine Therapie!“

Diego ließ den Blick wieder sinken und führte seine Streicheleinheiten fort. „Eine Therapie.“ Es klang, als würde ihn der Gedanke belustigen.

Anna beugte sich herab und versuchte, sein Gesicht zu erkennen.

„Wie soll das gehen?“, fragte er schließlich. „Soll ich einfach in eine Praxis spazieren und mich behandeln lassen?“

„Normalerweise machen Menschen das so, ja.“

Seine Mundwinkel hoben sich leicht an, und Anna erkannte ein ähnliches, sarkastisches Lächeln, das sie auch vorhin im Auto entdeckt hatte. „Normale Menschen.“

Anna wartete neugierig.

Er bewegte die Lippen, als würde er noch mehr sagen wollen, doch er tat es nicht. Trotzdem konnte Anna deutlich erkennen, dass seine

Fassade bröckelte. Er ließ sie dahinter schauen und was es zu sehen gab, war äußerst spannend.

„Warum willst du dich umbringen?“ Vielleicht war die Frage zu direkt, aber sie musste sie einfach stellen.

„Meinst du nicht, dass ich den Tod verdient hätte?“

„Nein!“

„Du weißt nicht, was ich getan habe.“ Seine Stimme klang beinahe flehend, als würde es für ihn eine Erlösung sein, wenn sie ihm endlich den Tod wünschte.

Doch Anna wollte nicht lockerlassen. Flüsternd fuhr sie fort. „Was ist es, Diego? Was ist passiert?“ Sie spürte, wie die Reibung an immer denselben Stellen auf ihrer Hand bereits unangenehm wurde, sagte aber nichts.

„Hasst du dich so sehr, dass du dich deshalb töten willst?“

Sofort war sein Kopf wieder oben. „Woher weißt du, dass ich mich hasse?“

Anna lächelte, als Teil für ihre zutreffende Vermutung. „Es steht dir ziemlich deutlich auf die Stirn geschrieben.“

Diego seufzte und fuhr mit kreisenden Bewegungen auf Annas Hand fort. Es schien ihn sichtlich zu beruhigen. „Ich habe schlimme Sachen getan, aber ich kann sie nicht wiedergutmachen. Alles, was ich anfasse, hat mit Blut zu tun. Innerlich weiß ich, dass es nicht richtig ist und ich etwas Falsches mache. Doch ich kann nichts anderes. Sobald ich etwas berühre, klebt Blut an meinen Händen. Ich kann nichts gegen dieses Leben tun.“

„Jeder hat eine Chance. Jeder kann sich sein Leben selbst wählen. Du bist nicht verpflichtet, so zu leben!“

Er lächelte wehleidig. „Die Chancenverteilung ist nicht immer gerecht.“

„Es ist nicht zu spät, ein neues Leben anzufangen. Du kannst dich ändern, Diego. Niemand zwingt dich, so zu sein, wie du bist.“

Er kniff die Augen zusammen und Anna vermutete, dass hier noch mehr war, er ihr aber nicht erzählen wollte oder konnte. „Ich kann mich nicht konzentrieren. Es ist so, als würde mein Leben mich überfallen, und ich komme nicht mehr dagegen an. Es hält mich fest und foltert mich. Ich kann so nicht mehr leben, aber eine Alternative sehe ich für mich nicht. Es gibt keinen Ausweg.“

Anna zuckte zusammen, als sie seine Abneigung so deutlich hörte, versuchte aber, es sich nicht anmerken zu lassen. Er klang so endgültig und voller Überzeugung. „Klingt ein bisschen, wie bei einem Burn-out.“

Er zog die Mundwinkel kurz nach oben, und dieses Mal konnte

Anna behaupten, ein richtiges Lächeln in seinem Gesicht zu sehen. „Du meinst diese Manager-Krankheit?"

„Glaub mir, sie tritt nicht nur bei Managern auf." *Auch bei Leuten wie dir, was auch immer du bist,* dachte Anna still hinzu.

Sein Lächeln verschwand wieder, als er den Blick erneut auf ihre umschlossenen Hände richtete. „Was gerade passiert ist, muss unbedingt unter uns bleiben, versprichst du mir das?"

Anna schluckte und wandte den Blick ab. Diego brauchte Hilfe und die Sache für sich zu behalten, machte es nicht besser.

„Versprichst du es mir?"

„Ja." Sie nickte zögernd und überlegte, wie sie es fertigbringen konnte, ihm zu helfen.

„Du kannst nicht sonderlich gut lügen, oder?"

„Ich lüge nicht!"

„Dann wiederhol noch einmal, dass du nichts hiervon erzählen wirst, und sieh mich dabei direkt an!"

Anna blinzelte und überlegte, was sie sagen sollte. Sie war wirklich nicht gut im Lügen.

Diego lächelte und lehnte sich zur Seite, um seine Waffe zu holen.

Anna versteifte sich sofort und beäugte ihn argwöhnisch. Es war nicht gesund für ihn, mit dieser Waffe herumzulaufen.

Offenbar dachte Diego dasselbe. „Hier! Nimm sie!"

Sofort hob Anna abwehrend die Hände hoch und wich zurück. „Nein!"

„Warum nicht?"

„Ich kann keine Waffe bei mir haben. Das geht nicht."

Diego griff nach ihrer Hand und zog sie hervor. Dann drehte er sie herum, sodass die Handfläche nach oben zeigte. Eine Sekunde später lag die Waffe darin.

Anna hielt den Atem an und verspannte ihren Arm, als würde sie plötzlich einen vollen Zehnlitereimer tragen.

Diego musterte sie interessiert. Es war eine sichtliche Faszination in seinem Gesicht zu lesen. „Hast du etwa noch nie eine Waffe in der Hand gehalten?"

Anna schüttelte energisch den Kopf. „Noch nie. Aber ich glaube, es hat mir auch nicht gefehlt."

Ein erneutes Lächeln huschte über sein Gesicht, dann griff er nach der Waffe und erlöste sie von ihren Qualen. Leichtfertig drehte er die Pistole in seiner Hand hin und her und betrachtete sie. „Wirst du mir helfen, Anna?"

Erleichtert, die Waffe wieder los zu sein, wurde ihr Gemüt dennoch weiter durch diese Frage erschwert. „Ich wüsste nicht wie."

„Du bist Krankenschwester. Und du studierst Medizin. Ich bin mir sicher, dass du mir irgendwie helfen kannst.“ Er richtete den Blick von der Waffe wieder auf sie. „Bitte.“

„Ich weiß nicht, ob eine Therapie Erfolg hat, solange wir noch unter diesen Umständen zusammen sind. Die Ungewissheit trägt nicht gerade dazu bei, dass du dein Leben umstellen kannst.“

„Da hast du wahrscheinlich recht.“ Er senkte den Blick, als würde er intensiv darüber nachdenken. Die Pistole ließ er dabei entspannt in seiner Hand hin und her wippen.

Anna wusste, dass sie sich wohler fühlen würde, wenn er die Glock wieder von sich wegschob, aber hierzu konnte sie ihn nicht auffordern. Also gab sie sich einen Ruck und griff danach.

Er überließ sie ihr breitwillig und folgte der Waffe mit seinem Blick, als sie diese in ihren Händen wog.

Anna musterte das gefährliche Metallstück in ihrer Hand. Da sie ohne große Brüder aufgewachsen war, hatte sie nicht mal als Kind eine Spielzeugpistole in der Hand gehalten.

„Wie schießt man damit?“ Sie kam sich blöd vor. Sicherlich klang es so, als würde man einen Schreibwarenhändler fragen, wie die Kugelschreiber benutzt wurden.

„Momentan ist sie gesichert, da kann nichts passieren. Wenn man damit schießen möchte, wird hier die Munition geladen.“ Er griff an das hintere Ende, ohne dass Anna die Waffe aus der Hand legen konnte. Seine Hände strichen beiläufig über ihre Haut und lösten urplötzlich ein Kribbeln in ihr aus. Verlegen starrte Anna auf die Pistole und hoffte, dass Diego nicht mitbekommen hatte, was die unerwartete Berührung in ihr hervorgerufen hatte. Seine Hände huschten währenddessen erneut über die Waffe und sicherten sie wieder.

Anna holte tief Luft und legte die Pistole behutsam neben sich.

Als sie wieder aufsah, lächelte Diego sie an. „Ist das Lektion eins der Therapie? Wie werde ich die Glock los?“

Anna lachte. „Könnte man so sagen.“

Eine plötzliche Vibration ertönte aus Diegos Hosentasche. Er setzte sich leicht zur Seite, um in die Tasche greifen zu können und zog dann ein Handy heraus.

„Rafael“, sagte er, wohl als Begrüßung, aber auch um Anna über den Anruf zu informieren. Sein Blick war mit einem Mal auf die Wand vor ihnen gerichtet, während er konzentriert zuhörte. Anna verspannte sich, als sein Gesichtsausdruck wieder zu der harten Maske wurde, die er gerade für eine kurze Zeit abgelegt hatte. Jetzt verwandelte er sich wieder zurück.

„Wir sind im Keller“, sprach er ins Telefon. Da er nicht weiter erklären musste, schien sein Bruder zu wissen, um welchen Keller es sich handelte.

„Ja, ich komme.“ Er stand auf und drehte sich mit dem Rücken zu Anna. „Nein, ich mach das. Wartet einen Augenblick, bis ich da bin.“ Er drehte sich wieder halb herum, sodass Anna sein Gesicht im Halbschatten erkennen konnte. Es war unnahbar und kalt. Gefühle, Trauer und Schmerz, die sie vorhin noch hatte lesen können, waren wie weggeblasen. Es war, als hätte er sein privates Gesicht gegen das geschäftsmäßige ausgetauscht. „Nein, sie wird hier bleiben“, fügte er schließlich noch hinzu und beendete das Gespräch.

Der letzte Satz war wie ein Stichwort für Anna. Im Nu sprang sie von ihren Laken auf. „Was ist los? Was habt ihr vor?“

Diego steckte das Handy wieder in seine Hosentasche. „Ich muss noch einmal zurück.“

„Warum?“

Er überlegte kurz, als wüsste er nicht, welche Antwort die richtige für sie wäre. „Es ist besser, wenn du nicht alles weißt.“

„Aber du nimmst mich mit!“

„Nein, diesmal nicht. Ich muss jetzt schnell sein, und der Weg ist nicht der beste, den man im Dunkeln auf Zeit zurücklegen kann.“

Anna schüttelte den Kopf und überlegte fieberhaft, wie sie ihn überzeugen konnte. Er konnte sie hier nicht zurücklassen. Wo sollte sie hin? Was sollte sie tun?

„Setz dich wieder auf die Laken und verhalte dich ganz still. Es wird nicht lange dauern.“

Anna sah auf den unordentlichen Stoffhaufen und dann wieder zu ihm. „Versprich mir, dass du wiederkommst!“

Er kniff die Augen zusammen und sagte nichts.

Er kann auch nicht sonderlich gut lügen, dachte Anna, traute sich aber nicht, es laut auszusprechen.

„Setz dich hin“, wiederholte er und trat ans Fenster, um hinauszusteigen.

Anna sah auf den Haufen und hob die Waffe auf. „Solltest du die hier nicht lieber mitnehmen?“

Diego hielt in seiner Bewegung am Fenster inne und sah auf die Pistole. Seine Augenwinkel zuckten kurz, doch dann senkte er den Blick. „Ich brauche sie nicht mehr.“

„Meinst du nicht, dass sie hilfreich sein könnte, solange du sie nicht gegen dich richtest? Diese Leute sind immer noch hinter dir her, oder nicht?“

Diego nickte zustimmend. „Ja, aber genauso auch hinter dir. Du hängst jetzt mit drin, weißt du nicht mehr?“

Anna sah auf die gefühlten zehn Kilo in ihrer Hand. Seine Aussage war wie ein Schlag ins Gesicht und drückte nur umso mehr die Wahrheit aus.

„Setz dich auf die Laken und verhalte dich ruhig“, wiederholte er und machte sich zum Aufstieg aus dem Fenster bereit. „Es wird nicht lange dauern.“

Kapitel 39

Benno hatte gute Arbeit geleistet, sodass Miti nicht lange hatte warten müssen. Azem hatte überall seine Fäden, sogar hier in Spanien. So hatte Benno einen seiner Jünger aktivieren können, der für Miti ein neues Auto bereitstellte. Nicht weit entfernt der Infanta Cristina Kalea hatte Miti sich mit ihm getroffen und den Mercedes gegen einen unauffälligen weißen Renault Mégane getauscht.

Joyo und Santo hatten Igor erwischt, es war nur zu naheliegend, dass sie auch mit ihm rechneten und hellwach waren. Miti konnte nicht einmal ausschließen, dass sie seinen Mercedes bereits gesehen hatten. Die ganze Observierung war hierdurch in ein neues Licht gerückt. Er musste noch vorsichtiger sein.

Mit dem weißen Renault war er schließlich zurückgefahren. Benno blieb über das Hauptquartier mit der Polizei in Verbindung. Alles, was er jetzt machen konnte war zu versuchen, die Spur wieder aufzunehmen. Es war schwierig und nur gering Erfolg versprechend.

Als er jetzt langsam am Haus vorbeifuhr, freute er sich, dass die Infanta Cristina Kalea eine ruhige und wenig befahrene Straße war. Neugierig sah er zur Seite und beobachtete das hinter der hohen Hecke verborgene Anwesen, ohne dass ein Fahrzeug hinter ihm drängelte.

Es war nichts zu sehen. Die Polizei war nicht mehr da. Igor hatten sie mit einem Krankenwagen davongefahren; wie es ihm ging, wusste Miti nicht. Doch hiervon durfte er sich jetzt auch nicht ablenken lassen.

Dank der internationalen Fahndung hatten sie zumindest ein paar Informationen erhalten. Er wusste, dass die Polizei die anderen nicht hatte schnappen können. Doch auch von der Tasche war nichts berichtet worden. Zu allem Überfluss konnte er aber auch nicht sagen, wie genau die spanische Polizei mit ihrer Berichterstattung war.

Er fuhr die Straße bis zum Ende und bog dann rechts ab, um die Parallelstraße wieder herauszufahren. Diese war genauso trostlos wie die andere. Eine ruhige Wohngegend, abseits der Touristen und daher still und friedlich in der Nacht.

Die Parallelstraße endete an einer Querstraße, die hinter einem kleinen Park den Strand abgrenzte. Er stoppte, als er sie erreicht hatte und ließ sich kurzzeitig vom Mond einnehmen, der hoch über den Klippen stand und hell und strahlend leuchtete. Dies war der perfekte Platz für seine Observierung! Er drehte den Wagen und parkte anschließend an der kleinen mit Inseln aus Bäumen und Palmen bepflanzten Parkanlage. Von hier hatte er die Infanta Cristina Kalea optimal im Blick, könnte zur Ablenkung aber auch zum Strand schauen und den vollen Mond bewundern.

*

Diego schaffte die Strecke tatsächlich noch ein bisschen schneller, als er sie vorhin mit Anna zurückgelegt hatte. Nur auf sich konzentriert pirschte er sich durch die Nacht und versuchte, sich auf seine Rolle vorzubereiten, die er zu spielen hatte. Es war nicht gerade leicht und bei Weitem auch nicht ungefährlich, aber auch nicht unmöglich.

Bei der plötzlichen Flucht war es ihnen nicht gelungen, die Tasche mitzunehmen, also mussten sie es jetzt nachholen. Rafael und Enrico waren nicht weit gelaufen und hatten sich in einem der Nachbargärten versteckt, während die Polizei im Haus gewesen war.

Er entschied sich, wieder den Weg über den Strand und die kleine Parkanlage zu nehmen, auch wenn er sicherlich einen kürzeren Weg direkt durch die Stadt gefunden hätte. Doch nur im Schatten der bepflanzten Inselgruppen würde er direkt in die Infanta Cristina Kalea hineinschauen können. Mit dem kräftigen Mond als seinen Begleiter schob er sich durch die Nacht, bis er schließlich den Strand erreicht hatte.

Er spürte, dass er aufgebracht und mit seinen Gedanken nicht ganz bei der Sache war. Es hatte sich viel geändert, und er wusste, dass sein Leben eine Wendung machen würde. Er fühlte es förmlich. Mehr und mehr wurde der alte Santo beiseitegeschoben und durch wen auch immer ersetzt. Er würde noch herausfinden, in welche Richtung es ab jetzt gehen würde. Merkwürdigerweise kam in dieser neuen Perspektive aber immer ein und dasselbe Gesicht vor. Sobald er nur einmal die Augen schloss, sah er ihre Locken, die mit Sommersprossen übersäte Nase und die zutiefst ehrlichen Augen – das Gesicht eines Engels. Seines Engels, der ihm das Leben gerettet hatte. Es mochte Schicksal oder Zufall gewesen sein, als sie zu ihr ins Auto gesprungen waren, aber ihm kam es eher wie ein Wunder vor.

Schließlich hatte er die angrenzende Buschreihe erreicht, die den Park zur Straße abschirmte. Von hier hatten sie vorhin ihren Lauf gestartet. Er sah die Straße hinunter und anschließend geradeaus in die Parallelstraße, deren Namen er immer noch nicht genau wusste und erkannte in einiger Entfernung den alten Renault des Arztes – sein Ziel.

Eine plötzliche Bewegung von links lenkte ihn ab. Auf der rechten Straßenseite stand ein weißer Renault Mégane, aus dem sich ein großer Mann aus der Fahrertür schälte.

Das Ganze wäre nicht sonderlich verwunderlich, wenn er nicht den Blick so penetrant in Diegos Richtung gerichtet hätte. Vielleicht wäre es Diego andernfalls nicht mal aufgefallen, aber er war plötzlich nur ein paar Meter von einem alten Bekannten entfernt.

*

Das Hauptquartier war in heller Aufregung seit dem Gespräch mit Miti. Sie hatten Igor verloren. Auch wenn er nicht tot war, so waren sein Krankenhausaufenthalt und sein schlechter Zustand diesem gleichzusetzen. Sie konnten nicht mehr mit ihm rechnen. Miti war mehr oder weniger auf sich allein gestellt.

Ein Grund mehr für Benno, dass er endlich den Weg nach Spanien auf sich nehmen würde. Bisher hatte Frank ihn hiervon abgehalten, aber jetzt würde er sich nicht mehr bevormunden lassen. Ganz egal, was mit seinem Bein war.

Jessi hatte sich seit dem Telefonat wieder fieberhaft vor ihre Monitore geklemmt. Ihre Laune war noch übler als gewöhnlich. Schlafmangel führte bei ihr nicht nur zu noch dunkleren Rändern unter den Augen, sondern zudem auch noch zu einem extrem leicht reizbaren pubertären Gezeter.

Doch heute war ihm ausnahmsweise einmal nicht danach, sie zu reizen und mit ihren Emotionen zu spielen wie an anderen Tagen. Heute war sein eigenes Gemüt schon aufgebracht genug, und er war Jessi dankbar, dass sie ihn in Ruhe ließ, auch wenn er es vielleicht gar nicht verdient hätte.

Frank war gerade gekommen, nachdem Benno ihn angerufen hatte. Es war Alarmstufe dunkelorange. Handlung war gefragt.

Nachdem Frank bei Jessi den neusten Stand über die Monitore verfolgt hatte, kam er zu Benno in den Aufenthaltsraum und ließ sich ihm gegenüber auf dem Sofa nieder. „Wo ist Miti jetzt genau?“

Benno richtete sich auf und rieb die Hände aneinander. „In der Nähe des Hauses, wo sie sich bisher aufgehalten haben.“

„Hat er das Auto getauscht?“

„Ja, der Mercedes ist weg.“

„Es war nicht so schlau, die beiden mit diesem Wagen runterfahren zu lassen.“

„Es musste so schnell gehen. Wir haben nicht darüber nachgedacht.“

Frank nickte einmal. „Die Jungs sind weg?“ Er kniff die Augen zusammen, als würde ihm dieser Gedanke plötzlich noch mehr Sorgen bereiten.

Benno war kurz irritiert, als Frank bei Joyo und Santo immer noch von seinen ‚Jungs‘ sprach. Hatte er sie bei Azem aufgrund des Verrats nicht zum Abschuss freigegeben?

„Ja, aber sobald sie Miti noch einmal vor die Augen laufen, sind sie fällig“, versprach Benno überzeugt. Sie hatten weit Schlimmeres verdient, als einfach nur erschossen zu werden.

„Sie werden nicht getötet“, fuhr Frank plötzlich dazwischen.

Benno sah fragend auf. „Ich denke, das war mit Azem abgesprochen. Gleichbehandlung wie bei allen anderen.“

Frank senkte nachdenklich den Blick. „Es sind meine Jungs.“

Benno spürte, wie ihm plötzlich das Blut ihn den Kopf schoss. Es hatte bei Azem noch nie einen Freifahrtschein gegeben. Und einen Totalverrat, wie Franks ‚Jungs‘ ihn begangen hatten, konnte man erst recht nicht durchgehen lassen. Sie kannten die Regeln, ihre Handlung bedeutete den totalen Krieg.

„Das können wir nicht machen!“

„Doch“, erwiderte Frank. „Azem und ich haben noch einmal miteinander gesprochen, und er kann es verstehen. Den Jungs soll nichts geschehen. Ich möchte, dass sie lebendig zurückgeholt werden, damit wir hier die Geschichte in aller Ruhe klären können.“

Benno schüttelte abwehrend mit dem Kopf. Er war ganz und gar nicht damit einverstanden. Joyo und Santo hatten den höchsten Verrat begangen, den man bei den Streetsurfern nur machen konnte.

„Es kann keiner aussteigen. Das wisst ihr doch! Wie soll das gehen? Es ist zu gefährlich, wenn das Wissen über uns in die Welt getragen wird. Das muss ich euch doch nicht erzählen.“

„Natürlich nicht. Keiner sagt, dass sie unbestraft davonkommen sollen. Wir werden die Angelegenheit klären und besprechen. Dann werden wir entscheiden, wie es weitergeht, aber ich kann ihnen kein Mordkommando hinterherschicken.“

„Und was ist mit Igor? Was haben sie mit ihm gemacht? Was ist mit meinem Bein? Joyo und Santo sind nach wie vor auf Töten aus wie eh und je. Warum sollen wir jetzt auf einmal nach anderen Regeln spielen?“

„Vielleicht sind unsere Regeln nicht immer die richtigen. Vielleicht hätte man die ganze Geschichte abwenden können, wenn wir andere Regeln gehabt hätten.“

Benno glaubte, sich in einem schlechten Traum zu befinden. „Die Regeln sind die, die Azem und du schon immer vorgelebt haben. Und sie sind die richtigen. Wir müssen die Spreu vom Weizen trennen, hast du immer gesagt. Unser Geschäft ist zu gefährlich, um gutmütig zu sein. Ich halte es für einen großen Fehler, wenn wir jetzt damit anfangen.“

Frank rutschte auf dem Sofa nach vorne an die Kante und sah Benno tief in die Augen. „Es tut mir leid, dass du es so siehst. Immerhin waren du und Santo ziemlich gute Freunde. Ihr seid gemeinsam durch dick und dünn gegangen. Willst du wirklich seinen Tod?“

„Er hat es selbst zu verantworten. Er kennt das Geschäft und weiß, was er getan hat. Dafür kann ich keine Verantwortung übernehmen.“

„Vielleicht sind ein bisschen Einsicht und Verständnis manchmal aber auch nicht verkehrt. Fragst du dich gar nicht, warum sie weg sind?“

„Einsicht und Verständnis sind Schwächen des Menschen. Doch wir Streetsurfer kennen keine Schwächen. Und wer sich nicht daran hält, hat genauso zu bezahlen wie jeder andere auch.“

Frank nickte anerkennend. „Ich schätze deine Ansichten, Benno. Und es macht mich stolz zu sehen, zu was du es gebracht hast. Doch ich denke, wir sollten mit Santo und Joyo nicht zu hart ins Gericht gehen, solange wir nicht wissen, was sie hierzu bewegt hat. Sie müssen ihre Gründe gehabt haben.“

Benno kniff wütend die Augenbrauen zusammen. Jetzt in diesem Fall von der Richtlinie abzuweichen, würde den Tod der Streetsurfer bedeuten. Sie hatten einen Ruf zu verlieren. Niemand wagte es, sich den Streetsurfern zu widersetzen, doch sobald sie diese Lücke zuließen, würden mit großer Wahrscheinlichkeit bald Nachahmer folgen, die den gleichen Behandlungsstatus wie Joyo und Santo genießen wollten. Mit Sicherheit war Frank das bewusst, und dennoch war er bereit, diesen Preis zu zahlen, um seine ‚Jungs‘ wieder zurück in Muttis Schoß zu holen. Was mit den anderen war, schien ihn offenbar wenig zu interessieren, doch ihrer aller Leben hing hiervon ab. Er unterschrieb das Todesurteil all seiner Anhänger, wenn er ausgerechnet jetzt seine Einsicht zeigte.

Doch letztendlich zuckte Benno geschlagen mit den Schultern. Frank war der Boss. Und auch wenn ihm das nicht passte, so sollte er sich ihm besser fügen. „Dann werde ich Miti mal entschärfen, bevor er wirklich noch auf eins deiner Schäfchen zielt.“

Frank nickte dankbar, als Benno aufstand und sein Telefon aus der Tasche zog.

Du wirst dich noch wundern, dachte Benno, während er das Handy ans Ohr legte und den Aufenthaltsraum verließ. *Doch Unfälle passieren leider schneller als man denkt.*

Er würde nicht zulassen, dass Santo und Joyo je wieder einen Fuß in diese Halle setzten – zumindest nicht lebendig. Nein, niemals würde er das zulassen.

*

„Guten Abend, Santo“, begrüßte Miti seinen ehemaligen Kollegen, der nur ein paar Meter von ihm entfernt zwischen den Büschen der

Parkanlage hervortrat und jetzt beinahe zum Greifen nah vor ihm stand. Er konnte sein Glück kaum fassen, dass dieser tatsächlich so unerwartet vor ihm auftauchte.

Santo sah direkt in seine Richtung und zeigte einen kurzen Anschein von Überraschung, aber dann richtete er seinen Blick wieder auf die Straße zurück. „Abend, Miti!“

Als wäre Miti wirklich nur ein flüchtiger Bekannter, den man zufällig auf der Straße grüßte, ging er weiter.

Miti spürte eine ungeheure Wut in sich aufsteigen. Was fiel diesem arroganten Arschloch eigentlich ein? Spazierte einfach weiter, als wäre nichts.

„Bleib stehen, Santo“, knurrte Miti und hob seine Waffe. Santo war nur etwa vier Meter von ihm entfernt. Er sollte einfach abdrücken und verschwinden. Der Reiz juckte in seinem Finger.

Santo hielt kurz inne und sah zur Seite. Aus dem Augenwinkel schielte er zu ihm, als hätte er auf dieser Seite zufällig etwas Interessantes entdeckt. Doch es waren weder Angst noch eine Art Fluchttrieb in seinem Gesicht zu sehen. Nur die Kälte, die ihnen antrainiert worden war und sich niemals wirklich ablegen ließ.

Miti versteifte sich, als Santo immer noch keine zutreffende Reaktion zeigen wollte. „Glaub mir, ich schieß dich nieder“, versprach Miti, und er wusste, dass er es tun würde. Santo hatte es nicht anders verdient.

Santo drehte sich schließlich zu ihm herum und kam langsam auf ihn zu, während er sich vorsichtig umsah. „Nimm die Waffe runter, Miti!“

„Dafür ist es zu spät!“

Was bildete der sich ein? Dachte er, dass er noch verhandeln konnte? Wusste er nicht, was sie getan hatten?

Santo schritt ungehindert weiter, bis er unmittelbar vor Mitis erhobener Waffe stand und schielend in den Lauf schaute. „Ich glaube nicht, dass du mich erschießen willst, wenn die Polizei hier noch in den Hecken lauert, oder?“

Miti drehte den Kopf herum. Er hatte niemanden entdecken können. Wusste Santo etwa mehr als er? Plötzlich vibrierte sein Telefon in der Hosentasche, und er sah kurz nach unten.

„Steck die Waffe weg und geh ans Telefon, Miti.“ Mit diesen Worten drehte Santo sich um, und im selben Augenblick erkannte Miti ein kurzes Schimmern in der Hecke auf der gegenüberliegenden Straßenseite. Hier war jemand, und Santo wusste es ganz genau.

Er entfernte sich ruhig aber direkt von Miti und betrat eilig den Bürgersteig in der Parallelstraße zur Infanta Cristina Kalea. Seine

Haltung war angespannt und wachsam. Er hatte Miti den Rücken zugedreht, der wie eine Zielscheibe aufleuchtete.

Doch Miti entschied sich dagegen und wandte sich wieder seinem Wagen zu. In der Hecke tat sich was. Er war nicht alleine hier, und das war nicht gut.

Er öffnete die Tür und ließ sich wieder hinters Steuer rutschen.

Santo war bereits ein ganzes Stückchen gegangen und stoppte plötzlich bei einem Wagen, der an den Straßenrand geparkt war. Was hatte er vor? Sein Verhalten war viel zu auffällig und rein gar nicht typisch für einen sonst so aufmerksamen und bedachten Menschen.

Nicht weit entfernt auf der gegenüberliegenden Straßenseite wurde ein Wagen gestartet, als Santo sich gerade in sein Fahrzeug setzte.

Miti knurrte und verfluchte die Polizei. Wie sollte er jetzt die Verfolgung aufnehmen, wenn die auch hinterherfuhren? Seufzend zog er sein Telefon aus der Tasche und nahm ab.

In der Ferne strahlten Santos Scheinwerfer auf und setzten sich in Bewegung. Sie kamen direkt auf ihn zu, bogen vor ihm ab und verschwanden in der Infanta Cristina Kalea. Der Zivilwagen der Polizei rollte langsam an und verzichtete auf die Scheinwerfer, bis Santo um die Ecke gebogen war.

Warum startete er in der Seitenstraße, um die paar Meter zum Haus zu fahren, wo er doch zu Fuß schon fast dran vorbeigelaufen war?

Er spürte den kurzen Impuls, sofort hinterherzufahren, doch das war mit der anwesenden Polizei zu offensichtlich.

Zu offensichtlich. Genau, das ist es. Santo war viel zu offensichtlich hier aufgetaucht. Er wollte gesehen werden. Er war der Köder.

Miti spürte neuen Mut, weil er gleich etwas Entscheidendes miterleben würde. Sicherlich war Santo gekommen, um die Polizei oder möglicherweise auch ihn von hier wegzulocken. Irgendetwas würde hier gleich passieren.

Mit halbem Ohr gab er sich letztendlich seinem Anrufer hin, der bereits mehrmals versucht hatte, seine Aufmerksamkeit zu erlangen. Seine Augen waren dabei fest auf die Einfahrt zur Infanta Cristina Kalea geheftet, in der Santo gerade mit dem Wagen verschwunden war und direkt vor dem Haus hielt, in dem sie sich noch bis vorhin aufgehalten hatten.

Kapitel 40

Anna wurde fast wahnsinnig in ihrem Versteck. Sie hatte sich nicht wieder hingesetzt, obwohl sie eigentlich hundemüde hätte sein müssen. Die Spannung und Ungewissheit zerrten aufreibend an ihren Nerven wie an den Saiten einer schlecht gestimmten Harfe. Es war beinahe nicht zu ertragen.

Ab und zu schielte sie auf die Waffe auf den Laken. Kurzzeitig spielte sie mit dem Gedanken, ihm einfach zu folgen. Den Weg würde sie möglicherweise wiederfinden. Doch dann? Sie wusste nicht, was er genau vorhatte und wo die anderen waren. Würde sie letzten Endes ziellos durch die Stadt laufen, ohne zu wissen, wo sie war? Wo er war?

Anna drehte sich herum, weil sie meinte, ein Geräusch gehört zu haben. Die Tür zum weiteren Teil des Hauses war nur angelehnt. Was war, wenn hier jetzt tatsächlich jemand auftauchte? Wo sollte sie sich verstecken?

Sie machte einen Satz zu den Laken und griff nach der Waffe. Dann drückte sie sich unter das Waschbecken in der Ecke. Der Boden war feucht und klebrig, doch sie schob sich weiter, bis sie mit dem Rücken fest an die Wand gepresst unter dem Abflussrohr kauerte.

Da war das Geräusch wieder. Es kam von der Tür. Anna vermutete hier einen Flur, der diesen Raum mit den restlichen des Hauses verband. Sie schielte zum Fenster und überlegte, ob sie den Weg nach draußen noch schaffen könnte, bevor ihr Besucher eintrat.

Die eben noch schwere und furchterregende Waffe war mit einem Mal gar nicht mehr so bedrohlich. Sie empfand es eher als Erleichterung, dass Diego sie bei ihr gelassen hatte. Sie erinnerte sich an seine Handgriffe, die sie entsichert hatten, und machte es genauso. Es klappte sofort.

Mit wild pochendem Herzen umklammerte sie die Glock und beobachtete den Schatten, der gerade durch die Tür den Raum betreten hatte.

*

Benno genoss die kalte Nachtluft und zog sehnsüchtig an seiner Zigarette. Er war fiebrig und aufgeregt. Miti war kurz davor gewesen. Ganz kurz. Doch er stimmte ihm zu, dass hier noch mehr passieren würde. Es wurmte ihn mehr und mehr, dass er nicht bei ihm war und an seiner Stelle die Sache beenden konnte.

Aber er konnte anders helfen. Er hatte die Zügel in der Hand und konnte Miti sagen, wo er hingehen sollte.

Nervös wischte er über sein Telefon und suchte die Nummer seines Informanten hervor. Mit etwas Glück würde er Miti dann sofort sagen können, wo das Spiel weiterging.

Er fand die richtige Nummer und hielt sich das Handy an sein Ohr, während er erneut inhalierte und die aufsteigenden Qualmwolken in den Nachthimmel tanzen sah. Einzelne Sterne hoben sich schwach schimmernd vom beinahe wolkenlosen Himmel ab.

Aus dem kleinen Lautsprecher im Telefon ertönte das erste Freizeichen, doch genauso plötzlich war es in ein Besetztzeichen verwandelt worden.

Benno nahm den Arm herab und musterte das Display. Der Anruf war von der anderen Seite beendet worden, doch noch ehe er es erneut versuchen konnte, erhielt er eine kurze Nachricht: *Kann jetzt nicht reden.*

Benno konnte sich nur vage vorstellen, was das bedeutete und klickte auf antworten: Was ist los?

Ich bin nicht allein.

Wo bist du?

Es kribbelte in seinen Fingern, wenn er bedachte, wie nah er der endgültigen Vollstreckung doch war. Der Mann am anderen Telefon hatte die Möglichkeit, jetzt und in diesem Augenblick Großes zu bewirken.

Nicht weit vom Haus entfernt.

Kannst du Miti sehen?

Nein.

Kannst du ihm ein Zeichen geben?

Ich glaube nicht.

Wo wollen sie hin?

Ich weiß es noch nicht. Ich melde mich.

Benno ballte die Fäuste. Er musste etwas tun und konnte es nicht. Es war zum Wahnsinnigwerden. Wütend sprang er zwei Schritte vor und trat kräftig gegen einen Müllcontainer, der direkt neben der Hauswand stand. Dann riss er die schwere Metalltür auf und stürmte zurück in die Halle.

Frank saß nicht mehr auf dem Sofa, sondern hatte sich zu Jessi in den Kontrollraum gesellt.

Er drehte sich fragend um, als Benno plötzlich hinter ihn sprang. „Hast du Miti erreicht?"

Benno war so wütend, dass er kaum Luft bekam. „Ja."

„Was ist los?"

„Ich werde hinfahren."

Frank kniff die Augen zusammen und wollte mit einem Gegenargument starten, das Benno nur zu gut bekannt war. Aber Benno hob sofort abwehrend die Hände.

„Alle deine Argumente werden mich nicht umstimmen, Frank. Ich muss nach Spanien. Glaubst du nicht, dass ich mehr Erfolg hätte als Miti? Die Jungs …“, dieses Wort ging ihm nur schwer über die Lippen, aber er wusste jetzt, wie er den Adoptivvater ködern konnte. „Ich kann die Jungs von ihrem Vorhaben abbringen und davon überzeugen, wieder nach Hause zu kommen, wo sie doch nun einmal hingehören. Glaubst du das nicht? Santo und ich sind wie Brüder, hast du das nicht gerade selbst gesagt? Ich kann hier nicht mehr warten, ich muss da einfach hin. Ich werde sie zurückholen.“

Frank presste die Lippen aufeinander. Einen kurzen Moment schien es, als würde er gleich losschreien, aber dann ordneten sich seine Züge, und er lege eine Hand auf Bennos Schulter. „Du hast recht. Wenn es einer kann, dann du.“

Benno nickte erleichtert. Er würde endlich gehen können und die Sache zu Ende bringen.

Geschäftsmäßig wandte er sich an Jessi und ließ seine Hand genauso beruhigend und zuversichtlich auf ihre Schulter gleiten, wie Frank es gerade bei ihm gemacht hatte. „Was sagt die Polizei?“

Jessi funkelte ihn finster an, aber er ließ seine Hand, wo sie war. Es ging voran und das war Grund genug, um seine Laune aufzuhellen. Jessi zu necken gehörte dann obligatorisch dazu.

„Soweit ich es deuten kann, haben sie das Haus gestürmt“, knurrte Jessi patzig und schüttelte seine Hand ab. „Sie sind noch vor Ort, aber nicht mehr offensichtlich, wenn die Angaben richtig zu verstehen sind.“

„Klingt, als wärst du dir nicht sicher.“

„Mein Spanisch ist leider nicht das beste.“

„Hat Santos horizontaler Unterricht nicht ausgereicht?“

„Außerdem wurde das Gebiet abgeriegelt, und sie haben Straßensperren aufgestellt“, überging Jessi Bennos obszönen Kommentar.

Benno konnte sich ein Lächeln nicht verkneifen und strahlte das Satellitenbild an, das auf Jessis Monitor zu sehen war. „Hier ist das Haus, richtig?“ Er fuhr mit dem Finger über den Bildschirm. „Etwa hier muss Miti sein.“ Seine Fingerspitze tippte einmal den äußeren Rand zur Bucht an. „Und haltet euch fest: Santo ist genau hier!“ Er wanderte mit dem Finger nur wenige Zentimeter zum Haus zurück.

„Er ist im Haus?“, fragte Jessi ungläubig.

„Miti hat ihn gesehen?“, ergänzte Frank.

Benno grinste über das ganze Gesicht. „Er hat sogar mit ihm gesprochen.“

Jessi kniff die Augen zusammen und schüttelte ungläubig mit dem Kopf.

„Was hat er gesagt?“ Franks Augen waren weit geöffnet und Benno fragte sich, ob er dieses Vaterphänomen sonst auch schon an ihm beobachtet hatte.

„Dass er Weihnachten wieder zu Hause sein wird, Papa“, witzelte Benno.

„Aber die Polizei!“, fuhr Jessi panisch dazwischen. „Sie werden ihn kriegen.“

„Du weißt, dass wir nur noch schwer an ihn rankommen, wenn sie ihn verhaftet haben“, ergänzte Frank, und Benno wurde fast schlecht bei der ganzen ungewohnten Vaterfürsorge.

„Ich glaube, das werden sie nicht.“ Benno hatte immer noch zu viel Spaß an der Sache und wollte das auch nicht verheimlichen. Santo hatte noch einen Trumpf im Ärmel und genau den würde er auch ausspielen. „Er ist nicht zu Fuß da, er hat ein Auto.“

Als hätte er eine plötzliche Luftveränderung hervorgerufen, wandelte sich die Stimmung. Jessi entspannte die Schultern und Frank atmete erleichtert aus.

„Was für einen Wagen hat er?“, wollte Jessi wissen und fing sogleich an, auf ihrer Tastatur zu tippen.

Benno schmunzelte. „Keine Ahnung, aber wie wir Santo kennen, wird er sich nicht mit etwas Gewöhnlichem abgeben.“

*

Diego sah in den Rückspiegel und erkannte im Mondschein den schwachen Umriss des Wagens, der ihn verfolgte. Er hatte direkt vor dem Haus gehalten und musterte die Umgebung.

Das Haus schien verlassen. Die Lichter waren aus. Es waren etwa zwei Stunden vergangen, seit sie hier gewesen waren. Die Polizei hatte das Haus durchsucht – ob sie was gefunden hatten, würde sich gleich zeigen.

Er öffnete die Tür und schob sich aus dem Auto heraus. Die Umgebung schien so weit sicher, aber er konnte nicht vorsichtig genug sein. Eile war angesagt.

Hastig schritt er auf den Eingang zu und öffnete die Tür. Er brauchte kein Licht anzumachen, da er wusste, worauf er zu achten hatte, und genau hier stand sie auch. Direkt hinter der Eingangstür war eine schwarze Reisetasche abgestellt. Diego griff danach und rannte zum Auto zurück.

Draußen war nichts zu sehen, aber er wusste, dass er beobachtet wurde. Der Boden war verdammt heiß geworden.

Er warf die Tasche hinter sich auf den Rücksitz und startete den

Motor bereits, während er sich hinter das Lenkrad schwang. Dann gab er Gas und wünschte sich, doch noch in Enricos Mercedes zu sitzen, der den Abstand zum hinterherfahrenden Fahrzeug um einiges entschärfen würde. Doch er musste sich mit einem kleinen Fünfzig-PS-Motor abfinden, der schon beim Anfahren mit durchgetretenem Gaspedal aufschrie.

Als er gerade das Ende der Infanta Cristina Kalea erreicht hatte, leuchteten links neben ihm bunte Polizeisirenen auf. *Jetzt geht es los*, dachte er. Das Spiel hatte begonnen.

*

Das Licht wurde angeschaltet. Anna schob sich noch tiefer in die Ecke, oder zumindest versuchte sie es, denn es ging hier nicht mehr weiter.

Ein kleiner, dunkelhaariger Mann war in den Keller gekommen und hatte sich direkt den Regalen an der gegenüberliegenden Wand gewidmet. Seine Kleidung wirkte viel zu groß für ihn und war über und über mit Farbe bekleckert. Die Haare waren zu einem lockeren Pferdeschwanz zusammengebunden und wippten beim Gehen.

Anna wagte nicht, auch nur einen Mucks von sich zu geben.

Der Mann inspizierte eingehend die Regale und verrückte dabei fachmännisch die einzelnen Dosen auf seiner Suche. Er schien öfters hier unten zu sein, da seine Griffe gezielt und sicher wirkten. Er kannte sich hier aus.

Noch hatte er sie nicht bemerkt, dennoch beschlich Anna ein ungutes Gefühl. Was würde er tun, wenn er sie hier unter dem Waschbecken sitzen sah? Er brauchte sich doch nur einmal umdrehen. Vielleicht würde er auch noch ein Laken mitnehmen, wenn es notwendig war. Was würde sie dann tun? Diego hatte ihr seine Waffe zum Schutz zurückgelassen, aber war sie wirklich bereit, hiermit zu schießen? Auf einen Menschen?

Doch sie hatte Glück.

Der Künstler schien das Gesuchte gefunden zu haben und drehte sich mit einer Dose in der Hand um. Er schlurfte, als er sich in Richtung Ausgang begab und Anna dankte der Beschriftung, die ihn mehr interessierte als die Ecke mit dem Waschbecken. Mit einem lauten Klacken wurde der Lichtschalter umgelegt, und der Besucher war wieder verschwunden.

Anna wagte nicht zu atmen, als die Dunkelheit sie neu umhüllte. Sie hatte es gefahrlos überstanden, aber lange würde sie nicht hier bleiben können. Sobald es Tag war, würde permanent Licht durch das Fenster fallen, und mit Sicherheit würde der Künstler wiederkommen.

Bitte mach schnell, Diego, dachte sie flehend und faltete die Hände über der Glock zusammen. *Bitte komm ganz schnell zurück und hol mich hier raus!*

Sie schloss die Augen und sah ihren Entführer vor sich. Das hasserfüllte Gesicht, die tiefen dunklen Augen, die Gleichgültigkeit, aber auch Trauer widerspiegelten. Sie spürte ein unsagbares Verlangen, ihn endlich wiederzusehen.

*

Miti war ruhig auf seinem Posten geblieben und hatte das Spektakel beobachtet. Wie er erwartet hatte, war Santo nur kurz im Haus verschwunden, um anschließend die Polizei auf seine Spur zu locken. Er war der Köder, der von der eigentlichen Beute ablenken sollte und die Polizei hatte diesen tatsächlich geschluckt. Doch Miti wusste, dass Santos Aktion nur ein Ablenkungsmanöver war – die entscheidende Sache würde in kurzer Zeit im oder am Haus stattfinden.

Er startete den Motor, um sich bereitzumachen. Als er sich sicher war, dass die Straße weiterhin ruhig blieb, fuhr er langsam an und lenkte seinen Wagen langsam in die Infanta Cristina Kalea.

Und da passierte es.

Vor ihm tauchten urplötzlich Joyo und Enrico auf. Sie waren im Haus gewesen und rannten mit einer dunklen Reisetasche in der Hand auf die Straße, wo sie in einen schwarzen, kleinen Seat sprangen, der unter einem Baum geparkt hatte. Sie waren schnell. Nur eine Sekunde Unachtsamkeit und sie wären einem entkommen.

Da ist der Stoff, dachte Miti. *Santo hatte nur eine Attrappe bei sich.*

Langsam ließ er seinen Wagen hinterherrollen und wartete, bis sie die Infanta Cristina Kalea verlassen hatten. Dann erst schaltete er die Scheinwerfer ein und drückte gleichzeitig das Gaspedal hinunter. Er würde folgen, aber dennoch Abstand bewahren. Joyo und Enrico glaubten sich mit großer Wahrscheinlichkeit sicher und dieses Gefühl wollte er ihnen ungerne nehmen.

*

Es war schwer, aber nicht unmöglich, auch wenn zu dem Zivilfahrzeug ein Streifenwagen hinzugekommen war.

So schnell der kleine Renault konnte, jagte Diego ihn vorwärts, doch innerlich wusste er, dass es auf diese Weise so nicht lange dauern würde. Dieser Wagen war sogar noch langsamer als der von Anna.

Mit quietschenden Reifen lenkte er spontan in eine Seitenstraße nach links, doch das war kein Hindernis für seine Verfolger. Er drückte das Gaspedal runter und visierte eine rote Ampel an, die in kurzer Entfernung rasend schnell auf ihn zukam. Er wusste, dass er nicht halten würde. Es war Nacht und das Risiko nicht allzu groß, dass er mit Verkehr rechnen musste, auch wenn es durchaus möglich war.

Er dachte an Anna, die vor etwa einer Woche auf einer menschenleeren Kreuzung an einer roten Ampel in Hamburg gestanden und auf ihn gewartet hatte. Warum war sie nicht gefahren? Für sie wäre es eine deutlich ungefährlichere Situation gewesen als alles andere, das sie jetzt durchleben musste.

Er sauste an der roten Ampel vorbei und warf einen kurzen Blick in den Rückspiegel. Seine Verfolger kamen nach, wenn auch etwas verhaltener. Kurz dachte er daran, wie einfach es doch hätte sein können, wenn er mit einem Wagen zusammengeprallt wäre. Dann wäre es vielleicht vorbei gewesen.

Doch dann dachte er wieder an Anna, die noch allein im Keller saß und auf ihn wartete. Sie vertraute ihm und würde wahrscheinlich ewig dort sitzen, wenn er nicht zurückkehrte. Er hatte es ihr versprochen, und war das nicht Teil des neuen Lebens, das er anstrebte? Versprechen einhalten. Er musste zurück. Jetzt ging es nicht nur um ihn oder seinen Bruder oder Benno, Azem oder für wen er sonst den Kopf hingehalten hatte. Jetzt ging es um *sie*. Und er würde sie wiedersehen!

Die Verfolger schlossen auf. Die Straße machte eine enge Rechtskurve und stieg langsam bergauf. Serpentinenartig schlängelte sich der schmale Weg den Hang hinauf. Der Motor des Renault beschwerte sich lautstark unter den Anstrengungen, die Verfolger hatten weniger Mühe und hielten problemlos mit.

Die Serpentine schob sich etwa über sechs Rechts- und Linkskurven von hohen Mauern der angrenzenden Grundstücke eingesäumt den Berg hinauf, bis der Mond plötzlich groß und mächtig vor ihm auftauchte. Die Straße machte eine erneute scharfe Linkskurve und wurde auf der rechten Seite nur von einer halbhohen Mauer gesäumt, die ganz unerwartet den Blick auf die Bucht von oben freigab. Der dunkle Nachthimmel war mittlerweile leicht von morgendlicher Rötung durchzogen, was mit dem Kontrast des dunkelblauen Wassers und den grün bewachsenen Felseninseln ein unbeschreibliches Farbenspektakel bot.

Doch dann bauten sich plötzlich mit grellen, leuchtenden Lichtern mehrere Streifenwagen vor ihm auf. Quer über die Straße war eine Barriere errichtet worden. Hier war kein Durchkommen, so viel war sicher.

Doch Anna wartete auf ihn. Er musste zurück.

Kapitel 41

Es rappelte laut und Anna vernahm ein Geräusch vom Fenster. Sofort zog sie sich erneut zusammen und lud die Waffe. Wer war da? Kam Diego zurück? Würde er sie jetzt holen?

Ihre Hände zitterten leicht, als sie die Glock vor sich in Richtung Fenster richtete. Sie hörte deutliche Geräusche. Irgendjemand war hier draußen.

Waren *sie* es? Die Männer, vor denen Diego auf der Flucht war? Diejenigen, die noch schlimmer waren als die Polizei?

Zwei Beine tauchten plötzlich im Fenster auf, die sich zu ihr in den Raum schoben. Dann rutschte der gesamte Körper nach. Angestrengt starrte Anna auf den Schatten, doch sie konnte ihn nicht erkennen, da er mit dem Kopf über dem Fenster und damit über dem schwachen Lichtstrahl war.

„Anna?“, fragte eine Stimme vorsichtig, und gleichzeitig erhellte die kleine Lampe eines Telefons die Dunkelheit.

Blinzelnd kniff Anna die Augen zusammen, als der Schein in ihre Richtung strahlte.

„Verdammt, nimm die Waffe runter“, knurrte Rafael.

Anna war wie erstarrt und erkannte, dass das Licht zappelig auf sie zukam. Im nächsten Moment spürte sie eine Bewegung an ihrem Bein.

„Gib mir die Glock“, forderte Rafael erneut und streckte die Hand danach aus.

Anna gehorchte brav und hielt sie Diegos Bruder hin. Rafael griff nach der Pistole und sicherte sie sofort.

„Warum hast du die?“, drängte er.

„Diego hat sie mir gegeben“, hörte Anna sich selbst sagen. Ihre Stimme klang taub und hohl.

„Warum?“

Anna erkannte nach und nach sein Gesicht in der Dunkelheit. Bitterböse Augen waren auf sie gerichtet, als hätte sie etwas ganz unglaublich Furchtbares getan.

„Wo ist Diego?“, stellte Anna eine Gegenfrage.

Rafael schüttelte zornig den Kopf und fluchte Unverständliches vor sich hin. Dann drehte er sich herum und trat wieder zum Fenster.

„Was ist los?“ Anna war mit einem Satz auf den Beinen.

Irgendetwas stimmte hier nicht. Rafael verhielt sich so, als würde es nicht wie geplant verlaufen. Lag es nur an der Waffe? War es Teil des Plans, dass Diego sie eigentlich bei sich haben sollte? Oder wahrscheinlich war es nicht Teil des Plans, sondern eher Teil des Lebens, dass er permanent die Glock bei sich trug. Hätte Anna mit einer Niere seines Bruders hier gesessen, hätte Rafael wahrscheinlich entspannter reagiert.

„Zieh das an!“, fauchte Rafael, während er sein Telefon hervorzog und Anna gleichzeitig ein altmodisches Kopftuch und eine große Sonnenbrille entgegenwarf. Doch sie nahm die Sachen nur am Rande wahr. Stattdessen ließ sie Rafael nicht aus den Augen, der wie gebannt ins Telefon horchte.

„Was ist los?“, wiederholte Anna mit Nachdruck, als Rafael das Telefon wieder vom Ohr nahm, ohne gesprochen zu haben.

„Wieso hat er die Waffe nicht dabei? Kannst du mir das mal erklären?“, schrie er sie wütend an.

Anna zuckte zusammen und trat instinktiv einen Schritt zurück? „Er meinte, es sei sicherer … für mich.“ Es war wohl nicht der richtige Augenblick, Rafael vom beinahe Suizid seines Bruders zu erzählen.

„Das ist Wahnsinn!“ Rafael schlug wütend mit der freien Hand gegen die Wand.

„Er ist in Gefahr, oder?“ Sie mochte es nicht aussprechen. Allein der Gedanke daran war unerträglich. Er musste wiederkommen. Sie musste ihm helfen, sie brauchte ihn.

„Es ist das reinste Selbstmordkommando, wenn er das ohne Waffe durchziehen will.“

Selbstmordkommando?

Nein! Diego, nein! Tu das nicht! Was auch immer du vorhast, tu es nicht!

„Los jetzt“, fauchte Rafael und deutete auf das Fenster.

„Wir müssen ihm helfen! Wo ist er?“

Rafael stieß einen zischenden Laut aus. „Dem kann man nicht helfen.“

Anna überlegte, ob sie ihm erzählen sollte, was sie wusste. Wenn Rafael Diegos Aktion schon so betitelte, dann sollte er auch wissen, wie recht er damit hatte. Es war nicht so abwegig, wie er möglicherweise dachte.

Aber hatte Diego das mit Absicht getan? Hatte er deshalb die Waffe hier gelassen, um keine andere Wahl zu haben, wenn es hart auf hart kam?

Anna wurde plötzlich klar, dass er offenbar noch kranker war, als sie anfangs angenommen hatte. Er musste sich behandeln lassen. Sein Leben hing am seidenen Faden, wobei hier die größte Gefahr von ihm selbst ausging.

„Kommt ihr jetzt?“, hörte Anna die Stimme von Enrico, der offensichtlich oben am Fenster stand.

Rafael nickte Anna drohend zu. Sie wickelte sich das Kopftuch um und setzte sich in Bewegung.

Der Ausstieg aus dem Fenster war schwerer als das Reinkommen, weil Anna sich an der oberen Steinkante festhalten musste und der Halt hier sehr schlecht war. Sie rutschte einmal ab und schrammte sich die Arme auf. Es tat weh und brannte auf der Haut. Sie wollte stehen bleiben und die Wunden begutachten, aber Rafael schlug ihr auffordernd auf den Rücken.

„Los jetzt! Wir müssen hier raus.“

Anna spürte, dass ihr Tränen in die Augen stiegen. Es kam alles zusammen. Die Angst vor dem Ungewissen, der Schmerz, Rafaels Wut, aber vor allem auch Diegos dumme Aktion.

Sie biss die Zähne zusammen und krallte sich erneut an der Steinkante fest. Diesmal stemmte sie die Füße fester an die Wand und zog sich nach oben. Ihre Fingerkuppen verkrampften sich schmerzhaft, als sie ihr Gewicht zu tragen hatten, aber sie schaffte es. Auf allen Vieren kroch sie aus dem Kellerloch und hatte sich noch nicht einmal richtig aufgerichtet, als Rafael auch schon neben ihr auftauchte. Wütend wischte sie sich mit der Hand über das Gesicht und wünschte sich, nicht damit bestraft zu sein, bei jeder Gelegenheit sofort zu heulen.

Es war heller geworden. Der Himmel deutete langsam den Beginn des neuen Tages an.

Rafael drehte den Kopf in beide Richtungen und nickte anschließend. „Die Luft ist rein. Du kannst verschwinden.“

„Wie bitte?“

„Wir halten dich nicht mehr. Du kannst gehen. Die Sache ist vorbei und mit dem Tuch und der Sonnenbrille wird dich so schnell keiner erkennen.“

„Aber Diego … Er hat …“

„Diego kommt alleine zurecht, da brauchst du dir keine Sorgen zu machen. Wir werden ihn später treffen.“

„Ich komme mit.“ Sie musste mit. Er konnte sie hier nicht stehen lassen und das nicht aus dem Grund, dass sie dann alleine war und nicht wusste, wo sie hinsollte. Nein, sie musste wissen, wie es Diego ging. Irgendwie fühlte sie sich verpflichtet, ihm zu helfen.

„Nein.“ Rafael drehte sich herum und gab Enrico ein Zeichen. „Diego bat mich, dir das hier zu geben.“ Er zog Annas Handtasche aus der Beifahrertür eines kleinen, schwarzen Seats und warf sie ihr entgegen. „Es ist noch alles drin. Und ich habe dir fünftausend Euro reingelegt. Ich denke, das ist genug, um damit nach Hause zu kommen."

Anna starrte ungläubig auf ihre Tasche. Sie war frei, sie hatte ihre Tasche wieder. Ihren Pass, sie hatte Geld. Es war ein komisches Gefühl, befreiend aber gleichzeitig auch beängstigend. Sie wusste, dass sie nicht frei war. Diego hatte gesagt, dass sie genauso zur Zielscheibe geworden war, wie die anderen. Sie konnte nicht gehen.

„Nein, wartet!"

Rafael war um das Auto herumgegangen und öffnete die Fahrertür. Enrico schob sich schnaufend auf den Beifahrersitz.

Das kann nicht Diegos Wille sein, dachte Anna. Hatte er nicht gesagt, dass er wiederkommen würde? Und hatte er sie nicht kurz vorher gebeten, ihn zu therapieren? Es konnte nicht in seinem Interesse liegen, dass sie jetzt abserviert wurde.

„Ich komme mit", wiederholte Anna und öffnete die hintere Tür genau in dem Moment, als Rafael den Motor gestartet hatte.

Er drehte den Kopf herum und funkelte sie böse an. „Raus aus dem Wagen!"

Anna hielt dem Blick trotzig stand und drückte sich in den Sitz. Wenn sie hier wieder aussteigen sollte, würde er sie zerren müssen.

„Lass sie mitkommen", erwiderte Enrico plötzlich und drehte sich süffisant grinsend herum. „Ich bin sicher, dass wir noch unseren Spaß mit ihr haben werden, nicht wahr, Anna?"

Anna schluckte einen schweren Kloß hinunter und nickte. Vielleicht war dieser Preis notwendig. Sie war bereit, ihn zu zahlen.

Zu ihrer Erleichterung erntete Enrico jetzt Rafaels Blick. Er fauchte noch etwas in seine Richtung, aber dann fuhr er an.

Anna konnte nicht sagen, wie erleichtert sie war. Sie war immer noch dabei. Freiwillig und unwissend, wie ihre Reise weitergehen würde.

*

Benno hatte nicht viel Zeit für die Vorbereitungen gebraucht. Das Hauptquartier war mit allem ausgestattet, was man für längere Zeit zum Untertauchen, Überleben oder auch Verreisen brauchte.

Kurze Zeit später war er zu Jessi in den Kontrollraum zurückgekehrt, wo sie mit Frank vor dem Bildschirm saß und Santos Aufnahme aus dem Krankenhaus wiederholte. Frank hatte sich nach vorne gebeugt und analysierte vertieft jede Bewegung seines Ziehsohnes.

Benno fühlte leichte Stiche der Eifersucht. Frank hatte nie große Unterschiede zwischen ihnen gemacht. Wie die meisten der Streetsurfer war auch Benno mehr oder weniger ohne Eltern auf der Straße aufgewachsen. Frank war daher auch gefühltermaßen sein eigener Vater, auch wenn Benno das niemals aussprechen würde. Doch allein was das Verhalten anging, zeigte Benno mehr Liebe und Respekt, als er es bei Santo Frank gegenüber je erlebt hatte. Santo hatte als Jugendlicher auf dem Kriegsfuß mit seinen Adoptiveltern gestanden und schien es nie richtig akzeptieren zu wollen, bei ihnen leben zu müssen. Ganz anders als sein älterer Bruder Joyo, der sich überall schneller eingefügt hatte.

„Ich bin fertig", ließ Benno die anderen wissen, da sie noch keine Notiz von ihm genommen hatten.

Frank drehte sich herum und sah erst auf den Reisetrolley, dann zu Benno. Ein wehleidiges Lächeln umspielte seine Lippen. Jessi hielt es nicht für nötig, sich umzudrehen.

„Ich drücke dir die Daumen." Frank erhob sich von seinem Stuhl und kam herüber. „Ich stehe tief in deiner Schuld, wenn du mir meine Jungs wieder zurückholst."

„Wir sind eine Familie, wir gehören zusammen."

„Recht hast du, Benno!" Er legte wie vorhin seine Hand auf Bennos Schulter und lächelte ihn schwerfällig an. Es schien wirklich hart für ihn zu sein, dass seine Adoptivsöhne ihn verlassen hatten.

Benno überlegte, ob es hier vielleicht doch eine größere Verbindung gab, die er nur nie gesehen hatte. Für Santo waren seine Adoptiveltern stets Luft gewesen.

„Pass gut auf dich auf!"

Benno nickte zuversichtlich und machte sich dann auf den Weg, bevor er am Ende doch noch von Franks Gefühlen beeinflusst wurde. Santo und Joyo würden für das bezahlen, was sie getan hatten. Und der Preis war der übliche, der für so etwas gängig war – das nackte Leben.

*

Diego griff instinktiv an seine Hose, stellte aber fest, dass die Waffe gar nicht da war. Er hatte die Glock zurückgelassen.

Kurz war er erschrocken, aber dann fühlte er das starke Gefühl, frei zu sein. Er wollte sein altes Leben hinter sich lassen, und so in etwa würde es sich wahrscheinlich anfühlen. Auch wenn er jetzt noch voll und ganz in seinem bisherigen Leben steckte.

Die Barriere der Polizeiwagen hatte sich einmal quer über die gesamte Straße gestellt. Dahinter konnte er einige Polizisten ausmachen, die sich verschanzt hielten. Ihm blieb nicht viel Zeit.

Ungehindert hielt er dennoch auf die Barriere zu und musterte seine Umgebung. Die Straße war weiterhin von Mauern umsäumt, allerdings war sie breiter geworden. Mit Sicherheit würde er wenden können, aber in seinem Rückspiegel waren die Verfolger weiterhin zu sehen.

Dann erkannte er auf der linken Straßenseite eine schmale Einfahrt zu einem hellen dahinterliegenden Haus, das mit hohen Mauern umgeben war. Das war der perfekte Platz für sein Manöver.

Er schaltete einen Gang runter, um bei erhöhter Drehzahl die volle Leistung zu erhalten, die der schwache Renault an diesem Hang zur Verfügung hatte.

Auf halber Höhe zur Einfahrt drehte er das Lenkrad abrupt nach links herum und zog gleichzeitig die Handbremse an, sodass der Wagen seitlich und entgegen der Fahrtrichtung zur Auffahrt rutschte. Eine Millisekunde später krachte das Auto mit den Kotflügeln an die äußeren Begrenzungspfeiler und keilte sich so in der Einfahrt ein. Durch den plötzlichen Aufprall oder auch den enormen Druck der Deformierung des Wagens zerbarsten die Scheiben auf der Beifahrerseite.

Diego hob schnell seine Hände an den Kopf, um sich gegen den Rückschlag zu schützen, dann sprang er über den Beifahrersitz und huschte aus dem zersplitterten Seitenfenster hinaus.

Er stand auf einer kurzen und sehr schmalen Hofeinfahrt, die sein Wagen jetzt komplett versperrt hatte. Doch er hörte hinter sich bereits aufgeregte Rufe, und lange würde seine eigene Barriere die Verfolger wohl nicht aufhalten können.

So schnell er konnte, huschte er nach rechts in den angrenzenden Garten, der mit allerlei Büschen und Sträuchern bepflanzt war. Mit der natürlichen Deckung als Schutz rannte er geduckt voran, bis er am hinteren Ende des Grundstücks angekommen war. Auch hier war die gleiche alte Mauer, die das Haus zur Straße eingrenzte.

Diego sah sich um. Bisher konnte er nicht sehen, ob ihm jemand gefolgt war, aber er durfte es auch nicht darauf ankommen lassen. Er konnte sich nicht vorstellen, dass die Polizei auf der anderen Seite der Mauer war, die auf den ersten Blick nichts als Wildnis versprach. Doch wenn er sich länger hier aufhielt, würde es nicht lange dauern, bis sie die Belagerung außerhalb dieses Grundstücks aufnahmen.

Gezielt sprang er auf die Mauer zu und grub seine Finger und Füße in die teilweise ausbrechenden Steine. Es war beinahe so, als würde man eine Leiter hochsteigen. Im Nu war er auf der Mauer, duckte sich kurz, um die Lage auf der anderen Seite abzuschätzen und ließ sich dann hinunterfallen.

Er wartete kurz und lauschte, doch er konnte keine Laute vernehmen. Die Polizei hatte offenbar keine Ahnung, wo er war und suchte weiterhin das Grundstück ab.

Dann setzte er sich leise, aber schnell in Bewegung und versuchte dabei zu orten, wo er sich genau befand. Rechts neben ihm dürfte in einiger Entfernung die Straße sein. Den Mond über der Bucht konnte er nicht mehr ausmachen, da der wilde Wald die Sicht auf den Himmel genommen hatte. Er konnte also nur dem Gefühl nach weiterlaufen und versuchen, so schnell es das unwegsame Gelände zwischen den Bäumen, Sträuchern und Felsen zuließ, vorwärtszukommen.

Der Lauf war zäh, es war ein wahrer Kampf, und schon bald glaubte er, von oben bis unten mit Kratzern und Schrammen der Dornen und Äste übersät zu sein.

Ein plötzlicher und schwer einzusehender Dornenzweig verfing sich in seiner Haut und riss in seinem Lauf die Innenseite seines rechten Unterarms auf. Diego biss die Zähne zusammen und hob den Arm, um sich gegen weitere Angreifer in seinem Gesicht zu schützen.

Er spürte neuen Mut, wenn er bedachte, was er alles machen würde, um sein altes Leben endlich verlassen zu können. Und der Schmerz, den er jetzt an all den offenen Stellen seines Körpers spürte, signalisierte ihm, dass er auf dem richtigen Weg war. Er war dabei, Santo hinter sich zu lassen und Diego zu empfangen. So schwer der Weg auch sein mochte, er würde ihn schaffen. Santo würde sterben. Vielleicht konnte er ihn schon hier im Dickicht zurücklassen.

Plötzlich tauchte in einiger Entfernung der Schein einer Lampe auf. Es war kein bewegliches Licht, sondern eine feste Beleuchtung.

Vorsichtig schlich er sich heran und robbte die letzten Meter auf dem Bauch, um nicht gesehen zu werden.

Vor ihm breitete sich ein steiniger, steiler Hang nach unten aus, der direkt an eine Straße angrenzte. Rechts neben ihm stand ein großes, gelbschimmerndes Gebäude mit etwa zehn Stockwerken und einem großzügigen Foyer hinter einer Glaswand. Der Schriftzug hierrüber verlief schräg zu ihm, sodass er nur das Wort Hotel und dahinter vier Sterne erkennen konnte. Der Parkplatz zu seiner Linken war mit vielen leuchtenden Laternen versehen. Hinter der Straße lag das Meer. Allerdings war die Bucht nicht mehr da, was bedeutete, dass er sich am westlichen Teil befand und San Sebastián rechts neben sich gelassen hatte. Vor ihm lag nichts als der weite Atlantik, die Richtung die er ebenfalls anstrebte. Hinter ihm ging langsam die Sonne auf und hatte ihre Fühler vorsichtig ausgestreckt, die rote Schimmer auf den dunklen Himmel malten.

Diego begutachtete den Hang und suchte nach einer Möglichkeit zum Abstieg. Doch hier war es zu steil und außerdem war es nicht gerade ratsam, sich im Scheinwerferlicht eines Hotels auf den Parkplatz abzuseilen.

Er schob sich wieder zurück und ging dann vorsichtig im Schutz der Bäume mit der Straße auf der rechten Seite in südlicher Richtung weiter. Hinter ihm waren keine Geräusche zu hören, und er glaubte, die Polizei tatsächlich hinter sich gelassen zu haben.

Er war ein ganzes Stück weitergegangen, als der Hang nach und nach weniger wurde und schließlich auf gleicher Höhe mit der Straße war. Zu allem Überfluss wurde es jetzt allerdings auch mit den Versteckmöglichkeiten weniger und gleichzeitig erweckte die aufgehende Sonne seine Umwelt zum Leben.

Jede Möglichkeit ausnutzend, schlich er sich an der Straße entlang. Auf der rechten Seite breitete sich der Ozean gigantisch aus, während auf er linken Seite nach kurzer Zeit wieder die Bucht erschien, die von hier oben aber nur noch wie eine kleine Pfütze wirkte. Die Felseninsel in der Mitte der Bucht erinnerte an einen übergroßen Schildkrötenpanzer.

Die Straße wurde breiter und teilte sich in der Mitte aufgrund eines bewachsenen, riesigen Felsens, der unmittelbar in der Mitte lag, sodass der Platz an beiden Seiten zu schmal für eine zweispurige Straße war. Angrenzend war dadurch ein kleiner Parkplatz in der Mitte der Straße entstanden.

Diego schlich abseits des Fußweges hinter einem grauen aus einzelnen Betonpfählen zusammengesetzten Zaun und nutzte jeden Baum, um sich zu verstecken. Leider gab es hiervon nicht mehr viele. Den dichten Wald hatte er hinter sich gelassen.

Von unten kam ein Lastwagen den Berg hochgefahren, der sich quälend die Steigung hochschleppte und zischend an ihm vorbeifuhr. Offenbar war das Ziel das weiter oben liegende Hotel, denn mehr kam auf diesem Hügel nicht.

Er wollte gerade weitergehen, als er plötzlich die Silhouette von Polizeileuchten auf dem Dach eines hinter dem Lastwagen fahrenden Autos entdeckte

Der Polizeiwagen fuhr nicht weiter, sondern lenkte auf den Parkplatz in der Mitte der Straße ein, um hier zu halten. Die Beamten waren vielleicht zehn Meter von Diego entfernt, als sie aus dem Wagen stiegen und sich umsahen.

Diego inspizierte seinen möglichen Fluchtweg. Eigentlich hatte er vorgehabt, weiter der Straße zu folgen, aber hier waren keine Versteckmöglichkeiten mehr. Der Blick war offen, um auf der einen Seite den Ozean und auf der anderen die malerische Bucht betrachten zu können. Nur die große Felseninsel in der Mitte der Straße bot Schutz durch einzelne Bäume, doch um sie zu erreichen, müsste er erst einmal eine Fahrbahn überqueren.

Die Polizei und zwei weitere Wagen hatten auf dem Parkplatz gehalten. Die Polizisten liefen direkt zu den Fahrzeuginsassen und sprachen mit ihnen. Auch wenn sie kein Foto von ihm dabeihatten, zeigte ihre Körpersprache, dass sie offensichtlich von ihm sprachen.

Na toll, dachte Diego und drehte sich um. Hinter dem breiten Stamm einer Tanne begutachtete er den Weg hinunter in die Bucht, aber er war zu steil. Im Fels waren einzelne Sträucher und Bäumchen verwachsen, aber auf keinen Fall würde er hier einen sicheren Abstieg wagen können.

Ein weiterer Polizeiwagen kam heran. Zwei Beamten stiegen aus und sprachen kurz mit ihren Kollegen, dann stoppten sie einen vom Hotel kommenden Wagen. Eindringlich sprachen sie mit dem Fahrer und gingen prüfend um das Fahrzeug herum.

Diego sah zum Himmel und verfluchte die Sonne, die ihn mehr und mehr verriet, wenn er jetzt weitergehen würde.

Einer der Polizisten des ersten Streifenwagens sprach lange in sein Funkgerät und gab dann ein Zeichen an seinen Kollegen. Sie drehten sich im Kreis herum und zeigten mit den Armen auf die Umgebung außerhalb der Straße.

Dann setzten sie sich in Bewegung. Der eine ging in Richtung Atlantik, der andere kam direkt auf ihn zu.

Kapitel 42

Die Sonne tat ihr Bestes, um das Leben in der Stadt zu erwecken. Es war beinahe erschreckend, wie viele Menschen plötzlich auf der Straße waren. Vielleicht kam es Anna aber auch nur so seltsam vor, weil sie so lange schon keine weiteren Menschen mehr gesehen hatte. Sie war schließlich seit mehr als einer Woche mit den gleichen Männern, oder besser mit dem einen Mann unterwegs und hatte keinen Kontakt zu anderen bekommen.

Rafaels Fahrstil war nicht viel anders als der seines Bruders. Beide kannten nur das Gaspedal und eine abrupte Bremse, wenn es wirklich gar nicht mehr anders ging.

Anna drückte sich in die Rückbank und klammerte sich am Türgriff fest, während sie sich bemühte, Rafaels Manöver so gut sie konnte vorauszusehen.

Kurze Zeit später hatten sie die Autobahn erreicht, und Anna versuchte Stellen wiederzuerkennen, die sie auf ihrer Fahrt mit Diego bereits gesehen hatte, aber es kam ihr gar nichts bekannt vor.

Die Landschaft rauschte an ihnen vorbei, ohne dass jemand von ihnen etwas sagte. Ab und zu schielte sie schräg zu Rafael hinüber, dessen Gesicht sie halb von hinten sehen konnte. Seine Mimik war verbissen wie immer. Anna hätte ihn zu gerne gefragt, wie es jetzt weitergehen würde, aber sie traute sich nicht, ihn anzusprechen. Sicherlich würde er weiterhin dazu stehen, dass sie nicht mehr mitzufahren brauchte, und Anna konnte schlecht abschätzen, wie stark Enricos Interesse an ihr tatsächlich war.

Vielleicht war es doch ein Fehler gewesen, so penetrant auf eine Mitfahrgelegenheit zu bestehen. Wer wusste denn schon, wo sie jetzt eigentlich hinfuhren oder wie es weiterging? Sie wusste selbst, dass ein erneuter Suizidversuch von Diego nicht unmöglich war und er vielleicht schon gar nicht mehr lebte.

Ein Telefon klingelte und ließ sie aufhorchen. Nervös setzte sie sich in ihrem Sitz auf, als Enrico das Gespräch annahm.

Anna lauschte angestrengt, doch da er nur Spanisch sprach, konnte sie nichts verstehen. Dann legte er wieder auf, ohne eine Erklärung abzugeben. Klar, Rafael hatte wahrscheinlich aus den Worten mitgehört, um was es ging und brauchte keinen Übersetzer.

„War das Diego?“ Anna konnte sich ihre Neugier einfach nicht verkneifen.

Die Männer auf den vorderen Sitzen reagierten nicht. Rafael sah weiter stur auf die Fahrbahn, beide Hände fest ans Lenkrad gepresst, als würde er sich damit beruhigen wollen. Von Enrico sah sie nur den runden Hinterkopf und die zwei kleinen Fettwülste, die sich in seinem Nacken aufschoben. Doch keiner antwortete ihr.

„War das Diego?“, fragte sie erneut, diesmal lauter.

Ohne zu antworten griff Rafael zum Radio und drehte die Musik lauter.

Anna biss sich auf die Lippe und versuchte verzweifelt, nicht erneut eine Träne für diesen Mann zu verschwenden, doch es war erfolglos. Wütend wischte sie sich durch die Augen und starrte stur aus dem Fenster.

Was machte sie noch hier? Sie war alles andere als erwünscht, und sie wollte partout nicht hier sein. Sie öffnete ihre hellbraune Lederhandtasche, die sie endlich wiederbekommen hatte und erkannte einen kleinen weißen Umschlag, in dem sie das Geld vermutete. Sie würde gehen können. Sie war frei.

Doch innerlich wusste sie, dass sie nur davonlaufen würde, wenn sie jetzt ging. Diego hatte gesagt, dass diese Menschen sie genauso jagen würden wie ihn. War Rafael das nicht bewusst? Oder einfach nur egal? Anna war sich sicher, dass sie hier auf Letzteres tippen konnte.

Diego, wo bist du?

Die Gedanken an ihn machten sie müde. Außerdem waren sie so hoffnungslos. Was war, wenn ihm jetzt wirklich etwas passiert war? Sie würde nie dahinterkommen, wer sie eigentlich jagte und ob sie jemals wieder ein normales Leben führen konnte. Sie brauchte ihn, damit er sie hierauf vorbereitete. Wusste er das denn nicht? War ihm klar, wie sehr sie an ihn gebunden war?

Doch Anna wusste auch, dass sie sich mit diesen Gedanken nur selbst etwas vormachte. Menschen in einem Gesundheitszustand wie Diego ihn erreicht hatte, waren nur schwer dazu fähig, überhaupt ihren Einfluss auf die Umwelt wahrzunehmen.

Er hatte die Waffe zurückgelassen.

Für Anna war es anfangs einleuchtend gewesen. Sie hatte sich verteidigen sollen, für den Fall, dass diese Unbekannten auftauchten, doch in Wirklichkeit bedeutete diese Geste etwas ganz anderes.

Das aggressive Verhalten Rafaels, seine Ignoranz und auch seine Mimik verrieten, was Anna schon unterbewusst befürchtet hatte – Diego stand einer Gefahr gegenüber, die er nicht überstehen würde, und genau das war Teil seines Plans, um ungehindert von der Bildfläche zu verschwinden. Genau genommen starb er sogar einen Heldentod, der den anderen ermöglichte, unbemerkt die Stadt zu verlassen.

Anna griff sich an den Bauch, als sich ihr Magen verkrampfte und versuchte nicht mehr, den Tränenschwall aufzuhalten, der sich jetzt ankündigte.

*

Nico konnte nicht sagen, wie er es fertiggebracht hatte, aber irgendwie hatte er doch noch Schlaf gefunden. Allerdings fühlte er sich eher wie erschlagen. Mit großer Wahrscheinlichkeit hatten aber auch nur die Medikamente ihren Dienst getan und großzügig dazu beigetragen.

Er wachte auf, als die ersten Sonnenstrahlen durch den oberen Teil des Fensters fielen. Doch er wartete nicht lange, bis die offizielle Weckrunde der Schwestern erfolgte, sondern setzte sich sofort auf, um sich anzuziehen. Es dauerte allerdings nicht lange, bis die ersten Laute auf dem Flur zu hören waren und das Leben sich auch in seinem Zimmer ausbreitete. Geschäftsmäßig wirbelten die Schwestern hin und her und kamen schließlich mit dem Frühstück.

Nico hatte nicht viel Hunger. Seine Gedanken kreisten weiter um Anna und das seltsame Telefonat, das er letzte Nacht geführt hatte. Sein Telefon lag vor ihm auf dem Tisch, und er war drauf und dran, es noch einmal zu versuchen. Doch irgendwie zögerte er. Eigentlich musste er zugeben, dass er gar nicht wissen wollte, wie es Anna jetzt in diesem Augenblick erging.

Sie hatte ihn abserviert. Eiskalt. Es tat weh, aber sollte er ihr jetzt noch weiterhin das Gefühl vermitteln, wie viel sie ihm bedeutete? Oder zumindest mal bedeutet hatte? Konnte er nicht genauso hart und kaltherzig sein wie sie?

Er schob sein Tablett zur Seite und drehte sich herum. Ihm war der Appetit endgültig vergangen.

Es dauerte nicht lange, bis der Arzt kam und eine kurze Visite machte. Da Nico schon angezogen und abreisefertig war, war seinem tatsächlichen Aufbruch auch nichts mehr entgegenzusetzen. Der Arzt gab sein Okay unter Vorbehalt, dass Nico sich in Hamburg sofort bei einem Kollegen vorstellte und die Verletzungen auskurieren ließ.

Zwei Stunden nach dem ersten Sonnenstrahl, der ihn heute Morgen geweckt hatte, durfte er das Krankenhaus verlassen. Glücklicherweise stand Vanessas BMW schon vor dem Gebäude, als er herauskam. Innerlich schwor er sich, nie wieder einen Fuß nach Freiburg zu setzen und hoffte, diese Geschichte einfach ganz schnell vergessen zu können.

Vanessa stieg aus dem Wagen, als sie ihn entdeckte. Ohne etwas zu sagen, hielt sie ihm die Beifahrertür auf und half ihm beim Einsteigen.

Nico holte tief Luft, bevor er sich reinsetzte. Der Schmerz durchzog den ganzen Rücken und lief schon in die Beine über. *Oh, Anna, dieses Miststück!*

Vanessa glitt geschmeidig neben ihm auf den Sitz. Dann startete sie den Motor und fuhr langsam an.

Nico schielte zur Seite und warf ihr einen vorsichtigen Blick zu. Sie wirkte angespannt und gestresst, auch wenn sich das nicht in ihren Bewegungen widerspiegelte, die eher langsamer waren als gewöhnlich.

Als sie bestimmt schon zwei Minuten gefahren waren, ohne dass einer von ihnen irgendetwas sagte, fragte er sie schließlich, wie es ihr ging.

Doch von ihr kam keine Antwort. Sie drehte lediglich den Kopf zur Seite und blickte ihm kurz in die Augen.

Nico schluckte schockiert bei ihrem Anblick. Die sonst so freudigen und liebevollen Augen waren trostlos und stumpf. In ihr war mehr kaputtgegangen als bei ihm durch die körperlichen Schäden.

*

Die Tränen waren irgendwann verebbt, hatten aber wunde und scheuernde Spuren auf der Haut hinterlassen. Ihre Wangen brannten wie bei einer Hautreizung. Anna fühlte sich leer und ausgetrocknet.

Die kleine Uhr in der Mittelkonsole verriet ihr, dass sie seit etwa zwei Stunden unterwegs waren. Die Sonne hatte zudem mehr und mehr an Kraft gewonnen und strahlte hell und heiß vom hellblauen Himmel herab. Keiner sprach ein Wort, aber es brauchte auch nichts gesagt zu werden.

Wieder und wieder hatte Anna mitbekommen, wie Rafael sein Handy ans Ohr gehalten hatte, ohne zu sprechen. Für Anna bedeutete es schlichtweg das bereits befürchtete. Diego war nicht mehr zu erreichen. Rafael verlor kein Wort hierüber, aber Anna erkannte den Schmerz und die Ungewissheit in seinem Gesicht.

Nach und nach wurde Anna allerdings von einer erdrückenden Müdigkeit übermannt, sodass sie letztendlich die Augen schloss und von einer zähen Taubheit eingehüllt wurde.

Ein Klingeln weckte sie schließlich. Verwirrt sah sie nach vorne und erkannte auf der Mittelkonsole, dass bereits weitere zwei Stunden vergangen waren. Was war passiert? Es kam ihr so vor, als hätte sie nur einmal kurz die Augen geschlossen.

Doch das war jetzt egal.

Fieberhaft riss sie die Augen auf, als Rafael blitzschnell zum Telefon griff und das Gespräch annahm.

Seine Körpersprache veränderte sich sofort. Anna schöpfte ein bisschen Hoffnung. Doch natürlich sprach er wieder Spanisch. Was hatte sie auch anderes erwartet? Verkrampft krallte sie sich mit beiden Händen im Sitzpolster fest und lauschte angespannt. Doch sie wurde nicht schlau. Es konnte genauso gut ein weiterer Komplize oder sonst wer sein.

Niedergeschlagen sackte sie in der Rückbank zurück und lehnte den Kopf an die Scheibe. Es war heiß geworden, und die Luft im Wagen war stickig. Ihre Zunge klebte wie ein trockener Lappen am Gaumen.

„Sie sitzt im Wagen", hörte sie plötzlich Rafael auf Deutsch sagen. Im ersten Moment dachte sie, er hätte mit ihr gesprochen, aber dann erkannte sie, dass er immer noch telefonierte.

Der Sprachenwechsel!

Im Nu richtete Anna sich auf. Rafael warf ihr einen kurzen Blick im Rückspiegel zu. Dann legte er auf und verstaute das Handy wieder in der Mittelkonsole.

Er hatte mit Diego gesprochen. Ganz klar!

Annas Herz schlug heftig, als sie sich langsam zurücklehnte. Diego hatte angerufen, einige Dinge mit seinem Bruder besprochen und sich dann nach ihr erkundigt. Anna war sich sicher, dass Rafael ihretwegen ins Deutsche gewechselt hatte, damit sie Bescheid wusste. Wie es weiterging, war ihr dadurch natürlich immer noch nicht klar, aber die entscheidende Information, dass er noch am Leben war, hatte er ihr vermittelt, und dafür war sie ihm sehr dankbar.

Plötzlich war sie wach. Die Taubheit war zumindest kurzzeitig vorüber.

Rafael fuhr an der nächsten Abfahrt ab und wendete den Wagen, um mit der gegenüberliegenden Auffahrt wieder auf die Autobahn zu fahren. Sicherlich hatte Diego einen Zielort durchgegeben, an dem sie mit ihm zusammentreffen würden.

Anna war aufgeregt und kribbelig. Sie wusste nicht, wie weit sie fahren mussten, aber das war auch egal. Sie presste die Lippen zusammen und dachte daran, wie krank es war, ihrem Entführer entgegenzufiebern, aber genau das war es, was sie tat.

*

„Entschuldigen Sie, wir werden jetzt starten. Bitte legen Sie ihr Telefon zur Seite. Vielen Dank!" Grüne Augen leuchteten ihm entgegen. Darunter strahlte ein aufgesetztes Lächeln. Die braunen Haare waren zu einem strengen Knoten zusammengebunden. Die Flugbegleiterin nickte freundlich, aber bestimmend und wandte sich dann der nächsten Sitzreihe zu.

„Aber natürlich", murmelte Benno leise und zog überlegen eine Augenbraue hoch, ohne dass die Flugbegleiterin es sehen konnte.

Es war nicht der richtige Zeitpunkt, um jetzt das Handy abzuschalten. Vor nicht einmal fünf Sekunden hatte er eine neue Adresse bekommen, an der es weitergehen würde. Handy weglegen war jetzt ganz und gar nicht drin.

Aufgeregt überflog er erneut die Nachricht, die er soeben bekommen hatte. Miti musste unbedingt Bescheid wissen, damit er rechtzeitig dort wäre, bevor Santo am geheimen Treffpunkt ankam, den er mit seinem Bruder ausgehandelt hatte.

Hastig tippte er auf dem Display herum und hielt das Telefon dabei tief zwischen seine Beine, um es vor der Flugbegleiterin und ihren Kolleginnen zu verbergen. Das Flugzeug hatte bereits den Terminal verlassen und sich in Richtung Startbahn begeben. Es dauerte nicht mehr lange, bis es losgehen würde. Natürlich war es ihm auf der einen Seite ziemlich egal, was ihm von einer gewöhnlichen Kostümdame vorgeschrieben wurde, aber es störte die Sache doch enorm, zumal es keine einfachen Urlaubsgrüße waren, die er hier verschicken wollte.

Er drückte auf Senden und massierte seine Schusswunde am Bein, mit der er immer noch zu kämpfen hatte, wenn sie hin und wieder zwickte. Dann schob er das Telefon in seine Tasche und warf der Flugbegleiterin ein anerkennendes Lächeln zu.

„Ist alles in Ordnung?“, fragte sie und wirkte durch seinen schmeichelnden Blick leicht verlegen.

„Alles bestens“, versicherte Benno und er fühlte wirklich so. „Sie versüßen mir den Tag!“ Er feuerte ein verführerisches Lächeln ab und zwinkerte ihr schelmisch zu.

Sie nickte freundlich und ging weiter.

Das Handy summte in seiner Tasche, und er konzentrierte sich wieder auf den entscheidenden Teil seiner Reise. Es war Miti, der zurückschrieb, dass er nicht mehr weit zu fahren hatte, um an der angegebenen Adresse zu sein. Die Sache lief, und es dauerte nicht mehr lange, bis er direkt mitspielen könnte, anstatt nur die Fäden in der Hand zu halten.

Das Flugzeug setzte sich schließlich in Bewegung, und Benno machte es sich in seinem Sitz bequem. Jetzt sollte nichts mehr schiefgehen. Er war unterwegs, Miti war kurz vor dem Treffpunkt und mit Enrico hatten sie eine permanente Verbindung.

Kapitel 43

Sie waren erneute zwei Stunden gefahren. Anna hatte nervös aus dem Fenster gesehen und fieberhaft versucht, etwas Entscheidendes zu entdecken, das ihr irgendwie weiterhelfen würde. Sie sollten wieder auf Diego treffen, aber sie wusste immer noch nicht, wo. Zu fragen traute sie sich nicht. Das einzige, was sie in den letzten zwei Stunden gesagt hatte, war ein kurzes Danke, als Rafael ihr eine Wasserflasche nach hinten gegeben hatte, die sie an einem kurzen Stopp an einer Raststätte gekauft hatten. Doch zu mehr war sie nicht in der Lage. Ihre Mitnahme hing immer noch an einem seidenen Faden, und sie wollte Rafael zeigen, dass er es nicht bereuen würde, sie mitgenommen zu haben. Diego würde ihr mit Sicherheit alles erzählen, wenn sie gleich auf ihn treffen sollten.

Aufgeregt und nervös biss sie auf ihre Unterlippe. Es hatten sich bereits einzelne Hautfetzen gelöst und ab und zu schmeckte sie Blut. Sie wusste, dass sie damit aufhören sollte, aber sie konnte es nicht.

Nach und nach war die Umgebung wieder bewohnter geworden. Sie waren in städtischere Regionen unterwegs. Bisher hatte Anna vor allem trockene Berge sowie einzelne Burgen und Häuser gesehen.

Rafael war mehr und mehr dazu gezwungen, die Geschwindigkeit zu verlangsamen. Die Straßen wurden voller, der Verkehr stockend, und Anna hatte das Gefühl, dass die Fahrbahnen gleichzeitig schmaler wurden.

Angespannt sah sie aus dem Fenster und hoffte, keinen Verdacht zu erregen. Sie hatte immer noch das altmodische Tuch auf dem Kopf und würde es so schnell nicht abnehmen.

In jedem der vorbeifahrenden Fahrzeuge konnte einer von *ihnen* sitzen. Sie kannten sie, aber Anna hatte keine Ahnung, mit wem sie es hier eigentlich zu tun hatte.

Rafael ordnete sich rechts ein und fuhr von der Autobahn hinunter. Als sie an der nächsten roten Ampel anhalten mussten, diskutierten sie, in welche Richtung sie weiterfahren sollten. Sie sprachen Spanisch, aber ihre Handbewegungen und Reaktionen verrieten sie.

Als sie wieder angefahren waren, bogen sie noch mehrere Male ab, drehten wieder um und bogen erneut ab. Anna war nach und nach immer verwirrter und hoffte, dass es sich bei ihren Entführern um Taktik handelte und sie nicht wirklich die Orientierung verloren hatten.

Sie richtete sich auf, um besser aufpassen zu können. Doch auf was sollte sie achten? Sie konnte sich nicht vorstellen, dass Diego frei und sichtbar an der nächsten Straßenecke stand und den Daumen raushielt.

Hatte sie Rafael vielleicht doch falsch verstanden? Hatte er sogar etwas Spanisches gesagt, das sich neben dem Fahrtwind und dem Motorenlärm in ihren Ohren angehört hatte, wie ‚sie sitzt im Wagen'? Hatte ihr Wunschdenken ihr dazu verholfen, dies zu verstehen? Und hatte Rafaels anschließender Blick in den Rückspiegel ihr nur gegolten, weil sie sich so plötzlich aufgesetzt hatte? Sicherlich hatte sich Rafael nur gewundert, warum sie mit einem Mal aufgeschreckt war.

Anna wurde plötzlich übel. Sie hatte alles falsch verstanden. Es gab keinen Diego. Gleich würden neue Geschäfte abgewickelt werden, und sie hing immer noch mittendrin.

*

Das Handy vibrierte an seinem Schenkel. Gespannt zog er es aus seiner Hose und begutachtete die Nachricht.

Ein zufriedenes Lächeln huschte über Bennos Lippen, als er die Neuigkeit erfuhr. Miti hatte den Platz erreicht, an dem Santo und Joyo in wenigen Minuten aufeinandertreffen würden. Es lief ausgezeichnet.

Schnell wischte er über das Display, um Enrico auf Miti vorzubereiten. Er musste einen Weg finden, um sie aufzuhalten. Und vor allem sollte Enrico sich bereithalten. Benno kannte ihn nicht sonderlich gut und hoffte, dass er nicht überreagieren würde, aber zur Not hatte Miti hierzu auch die nötigen Anweisungen.

Während er die hinweisgebende Nachricht an Enrico schrieb, hatte er nur beiläufig bemerkt, dass ein Schatten neben ihm aufgetaucht war.

„Darf ich Ihnen noch etwas bringen?"

Benno hob den Kopf und sah zur Flugbegleiterin. Ihre Wangen waren leicht gerötet, als wäre sie erst vor Kurzem an der frischen Luft gewesen. Ihr Blick huschte schnell zum Handy und dann wieder zurück auf sein Gesicht.

„Nein, danke! Ich habe alles", antwortete er lächelnd und steckte das Telefon in seine Tasche.

Die Flugbegleiterin entfernte sich, als sein Handy erneut vibrierte. Er holte es nur halb hervor und erkannte gleich zwei Nachrichten. Die erste kam von Enrico: *Wir sind jetzt da.*

Die zweite von Miti: *Sie fahren gerade auf den Platz. Jetzt geht's los!*

*

Anna sah sich fragend um, als sie schließlich einen trockenen mit zahllosen Schlaglöchern überfüllten Sandplatz befuhren. Er war von einzelnen Häusern umgeben, schien aber nicht im Zentrum des kleinen Ortes zu liegen. Die Häuser im nahen Umfeld waren einzelne Wohnhäuser und erschreckend ruhig.

Es war inzwischen kurz vor zwölf und unerträglich heiß geworden. Die Sonne brannte auf das Dach des schwarzen Seats und schien ihn zerfließen lassen zu wollen. Die Luft im Wagen war stickig und triefend, trotz der Klimaanlage, die auf Hochtouren lief, aber wohl lange nicht mehr gewartet worden war.

Was sollten sie jetzt hier? Wo war Diego? Sollte er hier auftauchen? Aber wo war er dann? Und wo kam er her?

Rafael parkte den Wagen an der vorderen Seite neben den anderen Autos. Sie würden hier vielleicht nicht so schnell auffallen, dennoch aber zügig verschwinden können.

Anna sah sich nervös um und musterte die anderen Fahrzeuge. Es war ihr nicht geheuer, hier zu warten. Irgendwie hatte sie das komische Gefühl, beobachtet zu werden, aber vielleicht war das auch nur eine aufkommende Paranoia, weil sie hinter jedem Schatten eine Gefahr witterte.

„Wo bleibt der denn?“, fragte Enrico plötzlich laut und auf Deutsch.

Anna stellte überrascht fest, wie nervös seine Stimme klang. Da er die ganze Zeit nur auf Spanisch vor sich hin gebrummelt hatte, hatte Anna ihn offenbar ganz falsch eingeschätzt. Von ihrer Position aus hatte sie lediglich Rafaels besorgtes Gesicht sehen können, die Haltung Enricos aber ganz anders wahrgenommen. Doch er schien genauso nervös zu sein wie sie.

„Er wird gleich kommen.“ Rafaels Stimme klang ruhig und sicher.

Anna atmete entspannt aus und musterte die Umgebung. In den Häusern auf der anderen Straßenseite waren die Rollläden hinuntergelassen, um der Hitze Einhalt zu gewähren. Sie sahen verlassen und leer aus, nur die von Balkon zu Balkon gespannten Wäscheleinen zeugten von Bewohnern im Inneren.

Der Parkplatz selbst war relativ weitläufig, doch es gab viele Versteckmöglichkeiten hinter den einzelnen Fahrzeugen. Auf der hinteren Seite waren größere Container, die ebenfalls Schutz boten. War Diego irgendwo hier? Hatte er sich hier versteckt und auf sie gewartet? Aber wenn er wirklich hier war, warum kam er dann nicht? Worauf wartete er noch?

Rafaels Telefon klingelte erneut und riss Anna abrupt aus ihren Gedanken.

„Diego!“, sprach er knapp und fordernd ins Telefon.

Für Anna bedeutete es gleichermaßen Genugtuung wie Sorge. Er war nur einen Telefonanruf entfernt, aber wo war er wirklich? Warum kam er nicht einfach zu ihnen und setzte sich ins Auto, wie es doch abgesprochen sein sollte? Sie konnte diese Ungewissheit nicht mehr ertragen.

Während Rafael noch zuhörte, startete er bereits den Motor. Dann trat er das Gaspedal runter und rauschte vom Parkplatz. Die Vorderräder wirbelten dabei gewaltigen Staub auf und verringerten die Sicht aus dem Seitenfenster, sodass Anna für einen kurzen Moment gar nichts sehen konnte.

„Verdammt, was machst du?“, schrie Enrico laut.

Rafael schmiss das Handy zur Seite und riss das Lenkrad herum, als sie mit durchdrehenden Reifen die Straße erreichten. „Es ist nicht sicher hier.“

„Nein, fahr zurück! Was ist mit Diego?“ Enrico schwankte schwerfällig hin und her, als der Wagen etwas unsanft vom Parkplatz auf die Straße stieß.

„Wir werden ihn woanders treffen.“

„Wo?“

„Siehst du gleich.“

„Nein, ich muss es wissen!“

Rafael warf einen kurzen Blick zu seinem Beifahrer. „Warum ist das so wichtig?“

„Weil mir der Arsch auf Grundeis geht und ich nicht länger in dieser stickigen Karre verbringen möchte.“

Anna hielt sich geduckt auf der Rückbank und schielte dabei vorsichtig aus dem Heckfenster. War hier nicht gerade ein weiteres Auto angefahren, als sie den Parkplatz verlassen hatten? An sich wäre es nichts Ungewöhnliches, aber auffallend war, dass sie vorher niemanden gesehen hatte, der über den Parkplatz zu seinem Auto gelaufen war. Die Person musste also wie sie ebenfalls im Wagen gesessen und gewartet haben.

Anna wusste, dass es kein Zufall sein konnte, wenn dieser Wagen direkt nach ihnen losfuhr.

Hier hat noch jemand auf Diego gewartet.

Wie gebannt sah sie aus dem Rückfenster und beobachtete die Fahrzeuge hinter sich. Sie hatte nur erkennen können, dass das Auto auf dem Parkplatz weiß gewesen war, aber mehr hatte sie auf die Schnelle nicht gesehen.

Jetzt fuhren auch weiße Autos hinter ihnen. Ganz klar. Doch welches war das Gefährliche? Oder hatte sie sich gar getäuscht, und es war doch ein anderes?

Rafael hatte den Parkplatz schnell verlassen, musste sich dann aber dem Verkehr anpassen. Er war einmal rechts abgebogen und umfuhr den Sandplatz, sodass er jetzt etwa auf Höhe der hinteren Seite an einer roten Ampel zum Stehen kommen musste. Er klopfte nervös mit den Fingerspitzen auf dem Lenkrad und Anna überlegte, warum er nicht einfach losfuhr, als sie auf der gegenüberliegenden Straßenseite ein Polizeiauto stehen sah, das an die Seite geparkt war.

Als die Ampel schließlich auf Grün wechselte, wurde genau in dem Moment neben ihr die Seitentür geöffnet und Diego sprang in den Wagen. Er hatte noch nicht mal ganz gesessen, als er bereits seinem Bruder von hinten auf die Schulter schlug. „Fahr! Fahr! Fahr! Verdammt! Fahr los!“

Rafaels Augen weiteten sich im Rückspiegel, dann gab er Gas.

Kapitel 44

Der Seat rauschte mit Vollgas die Straße entlang. Rafael sah dabei allerdings mehr in den Rückspiegel als auf die Straße. „Was war los?“, fauchte er nach hinten.

„Miti war dort. Er hat auf mich gewartet.“

„Miti? Wie kann das sein?“ Sein Bruder schien genauso überrascht wie er es gerade gewesen war, als er plötzlich seinen ehemaligen Kumpanen angetroffen hatte. Es war für Diego unerklärlich, wie er hier auftauchen konnte.

Als die Polizisten auf dem Gipfel über San Sebastián angefangen hatten, die Umgebung genauer zu inspizieren, hatte er keine andere Wahl gehabt, als auf die Tanne zu klettern, hinter der er sich versteckt hatte. Doch auch hier war er nicht lange sicher gewesen.

Die Polizei hatte mit noch einem weiteren Wagen Verstärkung bekommen und weitläufig die Gegend abgesucht, während auf der Straße die Wagen kontrolliert wurden, die vom Hotel den Weg wieder hinunter suchten.

So auch der Lastwagen.

Die Polizei hatte sich diesen besonders gründlich vorgenommen und sogar die Plane auf der Ladefläche geöffnet, um die Ladung zu kontrollieren. Diego hatte verdammtes Glück gehabt, als der kontrollierte Wagen nochmals auf den Parkplatz fuhr und der Fahrer das Toilettenhäuschen aufsuchte, das neben der kleinen Felseninsel aufgestellt war.

So hatte Diego seine Chance genutzt, um leise wieder von der Tanne hinabzusteigen und sich dann im Schatten zum stehenden Lkw zu schleichen. Die Polizisten hatten den Bereich um die kleine Insel auf der Straße bereits abgesucht, sodass er hier keine große Gefahr sah, und doch hätten sie nur im entscheidenden Moment zu ihm sehen brauchen.

Als er den Wagen schließlich erreicht hatte, hatte er sich an der Felsseite um den Lkw herumgeschoben und war im Schatten der Insel unter die Plane gerutscht. Es war sehr riskant gewesen, aber er hatte es geschafft.

Etwa zwei Stunden war er dann auf dem Lastwagen mitgefahren und hatte sich zwischen den unterschiedlichen Paletten versteckt, bis er schließlich bei der Entladung im passenden Moment davongeschlichen war.

Er war der festen Meinung gewesen, dass er die Polizei abgeschüttelt hatte, aber wieso hing Miti immer noch an ihm dran?

Miti hatte ihn definitiv nicht durch den Wald verfolgt, demzufolge hätte er ihn auch nicht sehen können, wie er in den Lastwagen geklettert war.

Wieso aber wusste Miti, wo er war? Dieser Gedanke nagte wie ein penetrantes und nicht enden wollendes Hämmern an ihm.

Er drehte sich um und sah aus dem Rückfenster, doch hinter ihnen fuhr kein Wagen. Niemand folgte ihnen.

„Bist du dir sicher, dass es Miti gewesen ist?", fragte Rafael von vorne und prüfte die Seitenspiegel.

„Ja."

„Was für einen Wagen fuhr er?"

„Den gleichen, den er bereits beim Haus hatte. Einen weißen Renault Mégane."

Er sah sich erneut um. In einiger Entfernung fuhr ein schwarzer VW-Bus, bog aber gleich darauf wieder ab. Ansonsten war die Fahrbahn hinter ihnen frei. Sie wurden nicht verfolgt, aber dennoch blieb er angespannt, weil er wusste, dass er beobachtet wurde.

Allerdings nicht von draußen – sein Beobachter saß hier im Wagen. Bisher hatte er nicht gewagt, den Kopf zur Seite zu drehen, aber er spürte ihren Blick auf sich ruhen, als würde sie ihn direkt berühren. Er atmete tief durch, als müsste er sich selbst Mut zusprechen, dann wandte er den Kopf herum.

Anna starrte ihn mit weit aufgerissenen Augen an. Die Wangen darunter waren feucht und gerötet. Ihr lockiges Haar wurde durch ein altmodisches Tuch zusammengehalten.

Er sah sie an und es traf ihn gleichzeitig wie der Schlag. Ihre Augen, ihr Blick, ihre Haut, ihre ganze Gestalt – alles schrie nach ihm. Wie war das möglich? Was war hier los?

Sie wischte sich durch das Gesicht, aber sogleich löste sich eine neue Träne aus ihrem Auge.

Warum weinte sie? War sie verletzt?

„Bist du okay?" Seine Stimme war leise und hatte einen ganz seltsamen Klang.

„Ja." Sie schluckte einmal und verbiss sich dann in ihrer Unterlippe.

Er ballte die Hände zu Fäusten und überlegte, wie er sie hiervon abhalten konnte. Er formte die Lippen und bewegte sie auf und ab, aber er wusste nicht, was er sagen konnte. Zum ersten Mal saß er nach seiner aufreibenden Flucht seinem Engel gegenüber, und wenn er sich doch die ganze Zeit gewünscht hatte, ihr Gesicht wiederzusehen, so fehlten ihm jetzt mit einem Mal die Worte.

„Wie geht es dir?", fragte sie stattdessen und musterte ihn besorgt.

„Ich bin okay.“ Es klang wie die monotone Antwort einer Puppe, die verschiede Sätze parat hatte. Sein Blick war unverändert auf ihre Augen gerichtet.

„Du bist verletzt.“ Es war keine Frage, sondern eine Feststellung. Ihre Augen sahen kurz nach unten, dann trafen sie seinen Blick wieder.

„Es ist nicht schlimm.“ Er sah an sich herab und begutachtete seinen Körper. Die Kleidung war zerrissen, dreckig und teilweise blutverschmiert, aber er hatte durchaus schon Schlimmeres erlebt.

„Oh, Gott, was ist mit deinem Arm?“, schrie sie plötzlich und streckte ihre Hände vor.

Er hatte gar nicht gemerkt, dass er bei seiner Bewegung den rechten Unterarm nach oben gedreht hatte und der tiefe Riss des Dornenstrauches nun zum Vorschein kam.

„Das muss behandelt werden.“ Sie griff nach seinem Arm und zog ihn zu sich herüber.

Vorsichtig strich sie mit den Fingern über die wulstige Schwellung, und er überlegte, ob nur durch ihre Berührung schon die Heilung eintreten könnte. Momentan tat der Arm nämlich gar nicht weh, stattdessen fühlte er nur ein Stechen in der Brust.

„Das kann sich übel entzünden“, fuhr sie fort und sah ihn plötzlich fragend an. Oder hatte sie ihm vielleicht eine Frage gestellt, die er gar nicht gehört hatte?

„Er wird es überstehen, nicht wahr, Diego?“ Rafaels fauchende Stimme ließ sie zusammenzucken. Sofort nahm sie ihre Hände zurück und setzte sich wieder aufrecht hin.

Diego wünschte sich, dass Rafael sie nicht so erschreckt hätte. Ihre Berührung hatte gutgetan und seltsamerweise war es das, wonach er sich jetzt am meisten sehnte. Ein befremdliches Gefühl.

„Du hattest deine Waffe vergessen“, erinnerte Rafael ihn plötzlich und hielt gleichzeitig seine Glock zu ihm nach hinten.

Diego sah seinen Blick im Rückspiegel. Ihm war klar, dass Rafael es wusste. Diego würde seine Waffe nicht einfach so irgendwo vergessen oder liegenlassen. Er hatte sie aus Absicht zurückgelassen und der Blick seines Bruders sagte ihm auch, was er davon hielt. Wenn er vielleicht auch nicht die genauen Umstände für seine Entscheidung kannte.

Diego nahm seine Glock entgegen und achtete nicht weiter auf Rafaels beißenden Blick.

Er drehte die Waffe in der Hand und steckte sie schließlich an ihren alten Platz in seiner Hose.

Dann spürte er plötzlich eine leichte Berührung am Arm. „Soll ich sie lieber einstecken?" Anna flüsterte so leise, dass er sie selbst fast nicht verstehen konnte.

Er sah auf ihre Hand, die auf seinem Ellenbogen lag und wünschte sich, dass sie sie nicht mehr entfernen möge.

„Es ist okay." Und das war es wirklich.

Er hatte Abstand zu sich selbst gewonnen. Seine eigenen Werte und Instinkte hatten sich entfernt. Ein neues ungewohntes Bedürfnis war in den Vordergrund gerückt und bildete den Mittelpunkt seines Denkens. Und er brauchte sich in diesem Fall nichts vormachen: Es war ganz klar Anna, um die es hier ging und die ihn seltsamerweise wie einen Magneten anzog.

Sie nahm ihre Hände wieder zurück und lächelte, als wäre sie erleichtert. Er hob vorsichtig seine Mundwinkel an und versuchte, ihr Lächeln zu erwidern. Es war nicht schwer, und es fühlte sich richtig an.

„Wo bist du gewesen?", fragte sie schließlich, vielleicht durch sein freundliches Gesicht ermutigt.

Er blickte an sich herunter und überlegte, welche der Schrammen er sich wo zugezogen hatte. „Im Wald."

„Ist das Harz?" Sie deutete mit einem Finger auf die klebrige Flüssigkeit, die über und über an seinen Klamotten hing.

Wie ein abgerichteter Hund, der sein Revier beschützte, griff er sofort nach ihrer Hand, als sie in seine Nähe kam.

Verängstigt zuckte sie zurück und wollte sie wieder wegziehen, aber er hielt sie fest.

Erneut versuchte er sein Lächeln, um ihr keine Angst zu machen. „Ja."

Er drehte ihre Hand herum und fuhr mit den Fingerspitzen über ihre Handinnenfläche, wie er es bereits vor einigen Stunden im Keller getan hatte. Sie ließ ihre Hand locker und entspannte sich. Eine kurze Zeit beobachtete sie schweigend ihre Hand in seiner, ohne sich zu regen.

„Wo fahren wir hin?", hauchte sie schließlich leise.

Diego konnte ahnen, warum sie flüsterte und rückte ein Stückchen zu ihr hinüber. Wieder und wieder schossen Rafaels wütende Blicke durch das Glas des Rückspiegels zu ihnen nach hinten.

Doch es war ihm egal. Der Engel brauchte ihn und er brauchte den Engel.

Er sah von der Hand auf und traf Annas Augen. Er wünschte sich so sehr, ihr die Wahrheit sagen zu können. Er wollte, dass sie ihm vertraute. „In die Wüste."

„Wüste?" In ihrer Stimme klang ein Hauch Panik mit.

„Ja, dort werden wir uns verstecken. Du brauchst keine Angst zu haben.“ Er hatte gar nicht gemerkt, wie sehr er sich zu ihr gebeugt hatte, aber ihr weit nach vorne gezogener Anschnallgurt zeigte deutlich, wie sehr sie ihm ebenfalls nahegekommen war.

„Wir fahren in die Nähe von Zaragoza. Dort werden wir uns verstecken, bis etwas Gras über die Sache wächst.“

Anna atmete einmal tief ein und sah aus, als ob ihr plötzlich übel geworden war. Dann warf sie einen flüchtigen Blick durchs Heckfenster. „Werden wir noch verfolgt?“

Diego ließ seine Finger weiter über ihre Hand kreisen, während er sich umdrehte und die freie Straße hinter ihnen erkannte. „Ich glaube nicht.“

„Hat er dich verwanzt?“, blökte Rafael plötzlich von vorne.

Diego fühlte ein Zucken in Annas Hand, fuhr aber mit seiner Streicheleinheit ungehindert fort. Es war klar, dass Rafael sie trotz der Lautstärke und des rauschenden Motors noch verstand. Wie ein Schießhund lauerte er nach hinten.

„Ich wüsste nicht, wie“, entgegnete Diego.

„Du hast ihn doch getroffen. Denk dran, wie schnell das passieren kann.“

„Aber er hat mich nicht berührt.“

„Vielleicht den Wagen?“

Das war die einzige Möglichkeit, die Diego auch vermutet hatte.

Miti könnte den Wagen verwanzt haben, was schon beeindruckend war, da er zu ihm eigentlich keine Verbindung hatte aufbauen können. Er war nur einmal mit dem grünen Renault des Doktors zum Haus gefahren. Aber vielleicht hatte Miti ihn hier gesehen und vorsichtshalber eine Wanze platziert, nachdem er mit Anna ausgestiegen war.

Es war verdammt knapp gewesen, doch das wurde ihm erst jetzt richtig klar. Als Diego dann vorhin das Auto geholt hatte, hätte Miti per GPS sehen können, wo er hingefahren war und hatte ihm dann quasi den Weg abgeschnitten, als er die andere Richtung zum Hotel gewählt hatte. Sicherlich hatte er sich ausrechnen können, dass er zu Fuß oben am Hotel ankommen musste und hatte demzufolge dort auf ihn gewartet. Und vermutlich hatte er ihn hier gesehen, als er in den Lastwagen gekrochen war. Alles andere war dann nur noch ein Kinderspiel für einen Profi wie Miti. Eine andere Möglichkeit gab es für Diego nicht. Jetzt am Sandplatz dürfte sich seine Spur verloren haben, doch sie mussten weiterhin sehr vorsichtig sein.

Er ließ die Frage seines Bruders offen und antwortete nicht. So oder so würde Rafael noch auf ihn zukommen, und Diego hatte jetzt keine Lust über Dinge zu diskutieren, die sich doch nicht mehr ändern ließen.

„Wie lange fahren wir?“, fragte sein Engel von der Seite.

So lange wie es nötig ist, um dich sicher zu wissen, dachte er.

Kapitel 45

Benno verbrachte den weiteren Flug hibbelig auf seinem Platz und wartete auf neue Nachrichten. Santo und Joyo waren Miti entwischt, und Enrico meldete sich gar nicht mehr. Benno saß also tatenlos hier in der Luft und war vollkommen machtlos. Es wurmte ihn ungeheuerlich.

Er hatte mehrere Nachrichten an Enrico geschrieben und war kurz davor, ihn anzurufen, aber er wusste, wie gefährlich das war. In Anwesenheit von Santo und Joyo würde er schlecht mit ihm telefonieren können. Allerdings nagte mehr und mehr der Gedanke an ihm, dass Enrico aufgeflogen war und Joyo in möglicherweise ausgeschaltet hatte. Wenn das so war, würde er direkt nach der Ankunft das nächste Flugzeug für den Rückflug besteigen können. Enrico war die einzige Hoffnung, die sie jetzt noch hatten. Doch was war los mit dem Schwachkopf?

Die Unwissenheit machte Benno beinahe wahnsinnig.

Wieder und wieder las er die bereits erhaltenen Nachrichten und prüfte, ob er hier irgendeine Entschlüsselung übersehen hatte. Auch das Hauptquartier hatte er bereits angezapft, aber von Jessi gab es ebenfalls keine neuen Informationen. Die Polizei hatte mehrere Straßensperren in San Sebastián errichtet, aber es war niemand ins Netz gegangen. Benno wusste mittlerweile zudem, dass die Polizei auch niemanden mehr finden würde, da sie nicht mehr in San Sebastián waren. Wenn sie also nicht noch ein anderes As im Ärmel hatten, hatten sie sie jetzt verloren.

Über ihm erschien plötzlich ein leuchtendes Warnsignal zum Anschnallen und wurde mit einem akustischen Bing begleitet. *Na endlich*, dachte er.

Er schielte zur Seite und versuchte, an seinem Sitznachbarn vorbei durchs Fenster zu schauen, um die aktuelle Flughöhe einzuschätzen, aber bei der Landung waren die Fenster nun mal begehrt, sodass er nicht mehr als den Hinterkopf eines kurzhaarigen Mannes erkennen konnte.

Er schloss die Augen und vergrub sich tiefer in den Sitz. Sobald er in San Sebastián landen würde, wäre Eile angesagt. Er musste so einiges in Ordnung bringen. Seine Schussverletzung am Bein zwickte im entscheidenden Moment, als würde sie seine Meinung noch bestätigen wollen.

Oh, Santo und Joyo, ihr seid sowas von tot!

*

Anna sah nervös aus dem Fenster, als Rafael den Seat nach einiger Zeit an eine Tankstelle lenkte. Auf den letzten Straßenschildern hatte sie lesen können, dass Zaragoza noch über hundertfünfzig Kilometer entfernt war.

Sie war froh über die Pause. Es war so drückend heiß im Auto, dass es kaum auszuhalten war. Ganz abgesehen von dem zusätzlichen Zigarettenqualm, den Enrico und Rafael wieder und wieder von sich gaben.

Nachdem der Wagen stand und Rafael zum Tanken ausgestiegen war, hatte Diego sich neben ihr verspannt und musterte die Umgebung um sie herum. Jedes Auto hatte mit einem Mal seine Aufmerksamkeit.

Die Tankstelle grenzte direkt an eine aus rotem Backstein gemauerte Gaststätte mit einer komplett verglasten Giebelseite an. Dahinter und rechts daneben waren zahlreiche Parkplätze, die alle mit einem Sonnenschutz versehen waren, dessen Dach aus mehreren Tüchern bestand, die einzeln einfachen Zeltspitzen ähnelten.

Rafael kam schließlich aus dem Tankstellengebäude heraus und stieg wieder in den Wagen. „Alles klar?“

„Draußen ja“, antwortete Diego knapp.

Es war klar zu spüren, wie eingespielt die beiden aufeinander waren. Es hatte vorher keine Absprachen gegeben und doch schien jeder zu wissen, was zu tun war.

Rafael startete den Wagen und lenkte ihn zu einem der hinteren Parkplätze.

Anna sehnte sich nach dem Schatten, doch als sie schließlich darunter standen, merkte sie, dass der Unterschied nicht allzu groß war. Die Sonne brannte jetzt zwar nicht mehr direkt auf das schwarze Wagendach, aber dennoch wurde die Hitze um sie herum nicht weniger.

„Tut mir leid, Jungs. Ich hab 'ne Mädchenblase“, entschuldigte sich Enrico lachend und stieg aus dem Wagen, sobald der Motor aus war. Sie standen mit dem Gesicht in Richtung Gaststätte und hatten ebenfalls die Tankstelle im Visier.

Die beiden Brüder reagierten nicht auf Enrico. Schweigend blieben sie im Wagen sitzen und beobachteten das Geschehen vor sich. Ein Lastwagen fuhr zur Tankstelle und stoppte an der Zapfsäule. Eine Familie mit drei kleinen Kindern kam aus der Gaststätte und ging auf einen grünen Mercedes zu.

Es herrschte reger Betrieb, aber Anna konnte nichts erkennen, was ihre Aufmerksamkeit erwecken würde.

Rafael war offensichtlich derselben Ansicht und stieg schließlich aus dem Wagen. Allerdings ging er nicht, wie Anna erwartet hatte, in

Richtung Gaststätte, sondern trat um den Wagen herum, um den Kofferraum zu öffnen.

„Es sieht so aus, als ob uns niemand gefolgt wäre“, erklärte Diego plötzlich.

Anna sah verwirrt zu ihm – sie konnte nicht sagen, ob sie das wirklich beruhigte. Sie sollten hier frei sein? Sie hatten die Verfolger abgehängt? Die Gefahr war vorüber? Wenn sie Diego betrachtete und seine zerrissenen und verschmierten Klamotten sah, war es nicht gerade das, was sie glauben konnte. Dazu kam außerdem noch, dass nach ihr unabhängig von den *gefährlichen* Verfolgern auch polizeilich gefahndet wurde.

Rafael tauchte plötzlich an Diegos Tür auf und warf einen Haufen Kleidung in den Wagen. „Beeilt euch trotzdem!“

Es gab keine weitere Erklärung. Die Brüder verstanden sich ohne Worte.

Anna fragte sich, wie das möglich war, da sie sie doch oft genug streitend mitbekommen hatte. Hatten sie etwa letztendlich mehr Gemeinsamkeiten, als sie eigentlich dachte?

Während Rafael schließlich ebenfalls in Richtung Toilettenhaus ging, zog sich Diego sein blutiges und zerrissenes T-Shirt über den Kopf. Zum Vorschein kamen weitere blutige Spuren an einem festen, durchtrainierten Oberkörper. Die größte Schramme verlief über seine linke Brust.

Des Weiteren konnte Anna den Rest des Tattoos erkennen, das sie schon unter seinem T-Shirtärmel an seinem rechten Oberarm gesehen hatte. Es waren breite ineinanderfließende Linien, doch Anna wusste nicht, ob es eine Bedeutung hatte. Es wand sich verspielt weiter auf die Schulter, aber die eigentliche Aufmerksamkeit wurde durch eine Schlange in Form eines großen S geweckt, das auf seiner rechten Brust protzte. Sie war wie in einer Höhle unter dem großflächigen Tattoo geborgen und funkelte mit kleinen roten Augen in Annas Richtung.

„Huh!“, hörte Anna sich überrascht sagen und wünschte sich sofort eine Ohrfeige.

Diego hielt in seiner Bewegung inne, als er sich gerade ein neues T-Shirt überziehen wollte und sah sie fragend an.

Anna kniff die Augen zusammen und spürte, wie ihr das Blut ins Gesicht schoss. „`tschuldige, das wollte ich eigentlich gar nicht sagen. Du gehst wohl oft ins Fitnessstudio?“

Diego biss die Zähne zusammen und zog das neue frische T-Shirt über seinen Kopf. „Das ist nur ein Körper. Der hat nichts zu bedeuten.“

„Das klingt so, als wärst du eine Maschine.“

„Bin ich auch“, antwortete er grimmig und rutschte zur Seite, um sich die Hose auszuziehen.

Anna sah verlegen aus dem Fenster und beobachtete ein paar trockene Sträucher, die sich schwankend im Wind bogen. Sie dachte an Diegos Reaktion und an Nico, nachdem er seine Fitnesskarriere gestartet hatte. Nico hatte regelmäßig vor dem Spiegel gestanden und die Muskeln sprechen lassen, nachdem er seine ersten Kurse hinter sich hatte. Mit der Zeit war er immer eitler geworden. Anna konnte sich nicht einmal daran erinnern, wann er das letzte Mal nach dem Duschen einen Bademantel getragen hatte. Irgendwann hatte das lockere Handtuch um die Hüften gereicht, sodass sein Oberkörper frei blieb und er ihn präsentieren konnte – auch wenn nur Anna und die Wände als Zuschauer da waren. Ein Abblocken wie bei Diego, wenn man ihn auf seinen Erfolg ansprach, würde bei Nico nie infrage kommen.

Diego verzog den Mund zu einem geraden Strich und kniff die Augenbrauen zusammen, während er sich die Schuhe wieder anzog. Er hatte die helle Stoffhose gegen eine feste Jeans getauscht und statt des zerfetzten, schwarzen T-Shirts ein weißes angezogen. Wenn man jetzt von den einzelnen Kratzern im Gesicht und dem Krater am rechten Unterarm absah, wirkte er schon wieder ganz ansehnlich.

„Warum hasst du dich so?“, fragte Anna frei heraus. Es war bald tragisch zu sehen, wie der Mann unter sich selbst zu leiden hatte.

Diego drehte den Kopf herum und bewegte die Lippen. Doch er sagte nichts.

Dann öffnete er die Tür und stieg aus dem Wagen. „Rafael hat recht, wir sollten uns beeilen.“

Anna brauchte keine zweite Aufforderung, um den stickigen Innenraum endlich zu verlassen. Sie rückte ihre Sonnenbrille zurecht und zupfte ihr Tuch gerade, dann stand sie neben dem Wagen und spürte ein heißes Lüftchen, das um ihren verschwitzten Körper wehte.

Diego hatte vor dem Seat gewartet und beobachtete sie, während sie um den Wagen herumging. Dann gingen sie gemeinsam auf die Gaststätte zu.

„Versuch nicht aufzufallen“, murmelte er leise und hob den rechten Arm an, als würde er ihn um ihre Schultern legen. Doch es war nur seine Hand, die rechts von ihrem Hals Platz fand. Der Arm lag locker hinter ihrem Rücken und berührte sie nicht.

Er will seine Wunde verstecken, dachte Anna. Den größten Teil hatte er durch die neuen Sachen abgedeckt, aber der tiefe Riss am rechten Unterarm würde mit Sicherheit auffallen.

„Wie soll ich nicht auffallen, wenn ich dieses furchtbare Tuch trage?“, flüsterte Anna ebenso leise und beugte sich weit zu ihm herüber, bis sie seine Barthaare an ihrer Stirn fühlte. Sie versuchte, unbeschwert zu klingen. Es konnte nicht schaden, wenn sie von außen wie ein witzelndes Pärchen wirkten, das auf dem Weg zur Toilette war.

Diego antwortete mit einem festeren Griff. Er zog sie dichter heran, bis ihre Körper sich beim Laufen berührten.

Dann hatten sie die Gaststätte erreicht. Die Form erinnerte an eine alte Scheune und passte von der Optik her rein gar nicht in diese Provinz ähnliche Umgebung. Eine einfache Berghütte hätte hier mehr Charme gehabt als dieser künstlich aufgeblasene Fleck in der Landschaft, den dieses neumodische Bauwerk verursachte.

Als sie das Gebäude erreicht hatten, begaben sie sich sofort in Richtung Damentoilette, die sich den Schildern zufolge auf der Rückseite des Gebäudes befinden sollte.

Diego blieb stehen und sah sich erneut um, als die Tür zum Waschraum auftauchte. Das Gebäude machte einen kleinen Winkel, sodass man von hier keinen Blick auf die Tankstelle und den restlichen Parkplatz hatte. Hinter ihnen im Rücken rauschte die Autobahn vorbei, doch sonst schienen sie unbemerkt.

Anna steuerte geradewegs auf die Tür zu, doch Diego drehte sie plötzlich herum. Seine Hände ruhten weiter auf ihren Schultern, seine Augen bohrten sich tief und durchdringend in ihre. „Gibt es einen Grund, mich nicht zu hassen?“

Anna war verwirrt, dass er das Thema plötzlich wieder aufgriff. Doch sie wusste nicht, was sie hierauf antworten sollte. Sie konnte nur erahnen, was in ihm vorging. Was auch immer diesem Mann widerfahren war, hatte ihn dazu gebracht, sich selbst so abgrundtief zu verabscheuen.

Es passierte so schnell, dass Anna erst gar nicht wusste, wie ihr geschah. Diego hatte sie angesehen, verzweifelt, in Selbsthass eingehüllt, doch im nächsten Moment presste er seine Lippen auf ihre. Genau wie am Abend vorher in der Gasse hielt sie still. Es gab schließlich Schlimmeres als jemanden zu küssen, wenn es um die eigene Sicherheit ging.

Er schob sie ein Stückchen rückwärts, dann löste er sich von ihr. Beinahe genauso abrupt, wie er sie mit dem Kuss überfallen hatte. „Beeil dich!“

Anna wagte nicht, den Kopf zu drehen, doch aus den Augen beobachtete sie die Umgebung und konnte zu ihrer Überraschung niemanden sehen, für den ihr spontanes Theaterstück vorgesehen war.

Hatte er sie einfach so geküsst?

Anna drehte sich langsam in Richtung Damentoilette und musste sich am Türrahmen festhalten, da ihr plötzlich schwindelig geworden war.

*

Benno war unruhig und drauf und dran, den Flughafen ohne sein Gepäck zu verlassen. Nervös tippelte er am Gepäckband auf und ab und visierte ununterbrochen das kleine Tor an, durch das sich die einzelnen Koffer unter länglichen Gummilappen in den Warteraum schoben.

Die ersten hatten ihre Runde schon fast wieder beendet, als endlich sein Koffer auftauchte. Schon als er ihn durch die Öffnung fahren sah, eilte Benno schnell in seine Richtung und riss ihn vom Band, noch bevor er die erste Biegung machen konnte. Eine ältere Frau sah ihn mit zusammengekniffenen Augen belehrend an, doch Benno beachtete sie nicht.

Mit dem Rollkoffer hinter sich, stürmte er in Richtung Ausgang und hielt nach Miti Ausschau. Er erkannte ihn in einiger Entfernung auf einem der hinteren Parkplätze und eilte direkt auf ihn zu.

Er hatte gerade den einspurigen Zubringer vor dem Flughafeneingang überquert, als sein Telefon klingelte. Sofort holte er es aus seiner Tasche und erkannte erleichtert, dass Enrico ihn endlich anrief. Während er zügig weiterging, wischte er einmal über das Display und hielt es direkt ans Ohr. „Enrico! Wo seid ihr?“

„Hallo Benno! Wir sind ein ganzes Stückchen ins Land reingefahren. Momentan sind wir an einer Raststätte.“ Es war nur ein leises Flüstern, das bei Benno aus der Ohrmuschel ankam.

„Was war los? Warum habt ihr nicht gewartet?“

„Tut mir leid, es ging nicht. Santo muss Miti gesehen haben. Zumindest sagt er das und Joyo ist daraufhin sofort losgefahren. Ich hatte keinen Einfluss auf ihn, glaub mir.“

Benno dachte an den kleinen übergewichtigen und cholerischen Mann. Er gehörte nicht zu ihnen. Auch wenn er genauso bei Azem in der Schuld stand wie manch anderer, so hatten die Streetsurfer hier noch einen anderen Stellenwert. Sie waren die Wölfe, Leute wie Enrico wollten vielleicht gerne auch als solche anerkannt werden, waren aber lediglich nicht mehr als lästige Kojoten. „Wie geht es jetzt weiter?“

„Wir fahren nach Zaragoza, oder besser in die Nähe. Hier werden wir untertauchen. Außerdem gibt es noch einen Abnehmer für Azems Tasche. In San Sebastián hatten wir ja leider keine Zeit mehr dafür.“

„Du hast es richtig erkannt. Es ist Azems Heroin.“

„Ja, das weiß ich. Und ich schwöre, wenn ich gewusst hätte, dass diese Transaktion nicht in seinem Auftrag geschieht, hätte ich es niemals so weit kommen lassen. Sie haben mich arg getäuscht."

Benno hatte Mitis Wagen erreicht und nickte ihm zu.

Miti griff sofort nach seinem Koffer und lud ihn in den Kofferraum, während Benno sich bereits auf dem Beifahrersitz niederließ.

„Wo genau werdet ihr hinfahren?" Er musste Fakten wissen und konnte sich nicht weiter mit dem Gejaule des verlogenen Mitläufers abgeben.

„Ich kenne die Adresse nicht. Ich muss sehr vorsichtig sein. Die beiden sind sehr misstrauisch und passen auf wie Schießhunde. Ich habe mein Handy abgeben müssen, als wäre ich ein kleiner Schuljunge auf einem Klassenausflug. Alles, was sie benutzen, sind kleine Prepaid-Handys und wenn ich richtig bin, haben sie selbst diese bereits wieder ausgetauscht. Ich weiß nicht, wann ich das nächste Mal mit dir reden kann."

„Wo bist du gerade?"

Benno vernahm ein leises Kichern durchs Telefon.

„Ich bin auf der Damentoilette. Für mich schien hier der einzige Ort zu sein, an dem sie nicht nach mir suchen würden."

„Okay! Ich sitze jetzt im Wagen. Wir fahren nach Zaragoza." Die Anweisung galt gleichzeitig Miti, der sofort den Motor startete. „Ich will über jeden Zwischenfall informiert werden. Gib mir die Adresse, sobald du sie hast."

„Ja, natürlich. Du kannst dich auf mich verlassen!"

„Ich will es schwer hoffen."

*

Anna taumelte in den Waschraum und musste erst einmal nach Luft schnappen. Sie hatte das Gefühl, als wäre es plötzlich noch heißer um sie herum geworden.

Doch dann sammelte sie sich und trat an das Waschbecken. Sie musste einen kühlen Kopf bewahren. Der Kuss hatte nichts zu bedeuten, und außerdem war die Situation nicht gerade dazu angebracht, sich von sowas derart durcheinanderbringen zu lassen.

Anna schämte sich für ihre Gedanken und aufkommenden Gefühle, wenn es doch rein gar nichts zu bedeuten hatte. Sie war eine Schauspielerin, zumindest musste sie es sein. Diegos Rolle war schließlich keine andere.

Sie bediente den Wasserhahn und hielt ihre Unterarme direkt unter den kalten, harten Wasserstrahl. Es tat gut und war so belebend.

Dann riss sie sich Brille und Kopftuch herunter und steckte ihren Kopf direkt ins Wasser. Die Abkühlung kam sofort. Gedanklich stellte sie sich vor, wie hier noch ein zusätzliches Zisch-Geräusch den Raum füllen würde.

Als sie sich wieder aufrichtete, traf sie ihr Spiegelbild vor sich und erschrak.

Zunächst, weil sie mit ihrer blassen Haut, der großen Narbe, dem darunterliegenden Bluterguss und den nassen Haaren, die strähnig über ihr Gesicht verliefen, mehr einer Leiche als einem lebenden Menschen ähnelte, zum anderen aber, weil sie hinter sich im Spiegel Enrico stehen sah, der etwa nur drei Meter hinter ihr an der Kabinenwand zur ersten Toilette lehnte und sie stillschweigend beobachtete. Ihr Herzschlag verdoppelte sich plötzlich und holperte ungestüm voran.

Sofort drehte sie sich um, um ihrem Gegenüber direkt zu begegnen. Sie war so dumm gewesen, sich nicht vorher zu erkundigen, ob überhaupt noch jemand im Waschraum war. Doch die Situation vor der Tür hatte sie zu sehr durcheinandergebracht, sodass sie hier gar nicht drüber nachgedacht hatte. Und jetzt war es sogar noch schlimmer, als wenn sie einen gewöhnlichen Reisenden hier angetroffen hätte.

„Hallo, Anna," murmelte Enrico leise und kam langsam auf sie zu. Anna wollte noch einen Schritt zurücktreten, aber sie stand bereits mit dem Rücken zu den Waschbecken. Hier ging es nicht weiter.

„Du hast noch etwas einzulösen, richtig?" Er hatte sie erreicht und griff nach einer ihrer triefenden Haarsträhnen, die ihr glatt und nass über das Gesicht hingen.

Anna drehte ihren Kopf zur Seite, doch sofort spürte sie seine Hand an ihrem Kinn, die ihr Gesicht wieder zurückdrehte, damit sie ihn ansah.

„Ich könnte dich sofort kaltmachen", knurrte er. Sein Gesicht war nicht mal eine Hand breit von ihrem entfernt und Anna spürte den faulen Atem eines leeren Magens auf ihrer Haut.

„Niemanden juckt es, ob du dich wieder ins Auto setzt oder nicht. Wir brauchen dich nicht mehr. Im Gegenteil wäre es eher eine Erleichterung, wenn du nicht mehr da wärst." Er presste seinen Körper an ihren und Anna spürte die kalte Waschbeckenfront durch ihre dünne Hose. Wo ihr gerade noch heiß gewesen war, so war ihr plötzlich bitterkalt geworden. Sehnsüchtig wünschte sie sich die Hitze von vorhin zurück, die das Zittern ihres Körpers verhindern könnte.

Doch natürlich war es nicht wirklich kalt geworden und das wusste sie auch. Sie hatte sich vorhin aufgedrängt, damit sie mitgenommen wurde und jetzt war es an der Zeit, den Preis hierfür zu bezahlen.

Enrico hatte sie mit beiden Händen gepackt und fing langsam an, ihren Hals zu liebkosen. Sein Hemd war durchgeschwitzt und nass und ein Teil des penetranten Geruches aus dem Auto traf sie wieder, jetzt allerdings im vollen Maße und ohne andere Gerüche als Verdünner – sein Schweiß.

Anna schloss die Augen und versuchte, die Umwelt um sich herum zu verdrängen. Sie wollte nicht, dass das hier passierte. Es musste noch einen anderen Weg geben. Sie fühlte sich angeekelt und beschämt und als Enrico schließlich seine Hand unter ihr T-Shirt schieben wollte, stieß sie ihn mit voller Wucht zurück.

„Nimm die Finger weg!“

Enrico schwankte. Seine Augen waren weit aufgerissen und gierig.

Gleichzeitig wurde die Tür geöffnet, aber Anna wagte nicht, zur Seite zu sehen. Enrico würde sicherlich den nächsten Versuch starten, aber sie hatte nicht vor, ihn dieses Mal überhaupt an sich heranzulassen.

„Anna!“ Die Stimme kam von der Seite aus der geöffneten Tür.

Anna drehte den Kopf herum, doch Diego sah sie nicht an. Sein Blick war auf Enrico gerichtet.

„Rico! Wir müssen los!“ Seine Stimme spiegelte drängenden Nachdruck wider. Sein Gesicht war ernst und natürlich von Hass durchzogen. Wusste er, was gerade vorging?

„Was ist los?“, fauchte Enrico.

Diego antwortete nicht, sondern wandte sich wieder Anna zu. „Komm, Anna! Schnell!“

Anna brauchte keine weitere Aufforderung, um aus diesem Hexenkessel zu verschwinden und Diego hatte es wirklich eilig. Irgendetwas musste passiert sein. Hastig griff sie nach Sonnenbrille und Kopftuch und eilte zur Tür.

„Warum so eilig?“, schnauzte Enrico hinter ihnen, während sie ins Freie traten.

Diego hatte bereits in kurzen, schnellen Sätzen die Hausecke erreicht und verschwand.

Anna beeilte sich, um ihm zu folgen. Als sie schließlich um die Ecke bog, erkannte sie verwundert, dass Rafael bereits mit dem Seat auf sie wartete.

Ein panisches Gefühl beschlich sie, als sie die Autotür öffnete und sich neben Diego auf die Rückbank warf. Irgendetwas musste passiert sein. Sie hatten sich so sicher geglaubt, doch etwas schien diesen Frieden getrübt zu haben.

Enrico kam als Letzter zum Wagen und ließ sich wie vorhin wieder auf dem Beifahrersitz nieder.

Rafael fuhr sofort an und jagte an der Tankstelle vorbei, während Enrico sich schnaufend am Griff über der Tür festhielt und sich mühsam hochzog, um sich richtig hinzusetzen.

„Könnt ihr mir vielleicht einmal erzählen, was hier los ist?“, schnauzte er grimmig und Anna dachte an seinen verschwitzten Körper, den er jetzt eigentlich in einer anderen Situation hatte sehen wollen.

Keiner der Brüder antwortete, aber Diego reichte eine Zeitung nach vorne.

Anna sah nicht viel, doch was sie erkannte, war entscheidend – auf der Titelseite war ihr Fahndungsfoto und daneben eins von Enrico abgebildet.

Das war es also.

Auch wenn sie die *gefährlichen* Verfolger abgehängt hatten, so war die Polizei immer noch auf der Suche nach ihnen, und jetzt hatten sie auch Enrico mit ins Visier genommen.

Anna griff nach ihrem Tuch und wickelte es sich wieder um den Kopf. Es war wie der mühselige Griff nach einem Strohhalm und doch war es alles, was sie tun konnte. Dann setzte sie sich noch die breite Sonnenbrille auf, die ihre Augen zwar großzügig abdeckte, aber dennoch nicht verhindern konnte, dass ihr die Tränen kamen.

Egal, was auch kommt, dachte sie. *Ich werde nirgendwo sicher sein. Sie werden mich überall finden. Überall.*

Kapitel 46

Nico war noch nie so froh gewesen, nach Hause zu kommen. Die grausame Fahrt hatte endlich ein Ende. Er konnte nicht sagen, ob die drückende Stimmung im Fahrzeug oder die Schmerzen schlimmer waren. Er freute sich auf Abstand und auf sein Bett. Auch wenn Liegen schmerzhaft war, so war es sicherlich besser, als im Auto durch ganz Deutschland zu fahren. Vielleicht könnte er Vanessa überreden, dass sie über Nacht blieb.

Sehnsüchtig fieberte er seinem Wohnblock entgegen und war freudig überrascht, als sie ausnahmsweise direkt vor der Wohnung einen Parkplatz fanden. Normalerweise war es an einem Freitag um diese Uhrzeit unmöglich, aber heute schien das Schicksal ihn doch noch besänftigen zu wollen.

Wie die ganze Fahrt über, so schwiegen sie auch jetzt, als sie ausstiegen. Nico konnte Vanessas Sätze von heute an einer Hand abzählen. Es war Zeit, dass hier wieder Normalität einkehrte und sie das Geschehene hinter sich ließen.

Vanessa kam wortlos um den Wagen herum und hakte sich bei ihm unter, um ihn bei den Stufen zu stützen. Zuvorkommend und hilfsbereit erledigte sie ihren Job als Krankenschwester, doch die Stimmung war absolut beklemmend. Nico wünschte sich, sie würde wenigstens etwas sagen, damit er ihre Lage einschätzen konnte. Ihre Teilnahmslosigkeit machte ihn beinahe wahnsinnig.

Doch als sie schließlich die letzte Treppe zu seiner Wohnung erreicht hatten, blieb Vanessa plötzlich wie angewurzelt stehen und starrte mit weit aufgerissenen Augen auf Nicos Wohnungstür.

„Was ist?“, fragte Nico, als es nicht weiterging.

Vanessa sagte nichts. Warum sollte sie auch? Nico wurde mit einem Mal wütend, dass er sie überhaupt gefragt hatte. Sie gab ja ohnehin keinen Ton von sich. Absolute Zeitverschwendung.

Verärgert wollte er die letzten Schritte alleine zurücklegen, stockte aber, da sie sich verkrampft an seinen Arm klammerte und ihn zurückhielt.

Verwundert sah er zu ihr herunter und folgte dann ihrem Blick, der direkt auf seine Wohnungstür gerichtet war.

Am weißen Holzrahmen waren kleine Spuren zu erkennen, einzelne Holzteilchen waren herausgesplittert. Die Tür dahinter sah verschlossen aus, aber wenn er jetzt genau hinschaute, dann erkannte er, dass sie nur angelehnt war.

Hastig stemmte sich Nico die letzten Stufen hoch und schlug mit der Faust gegen die Tür, sodass sie sich öffnete. Sofort baute sich das erwartete Chaos vor ihm auf.

Es war tatsächlich eingebrochen worden.

Vanessa war auf der Treppe stehen geblieben, kam jetzt aber langsam nach. Wie ein Schatten schlich sie sich heran und stoppte hinter Nico.

Die Wohnung war total verwüstet. Die Umzugskartons, die im Flur auf den Transport in die neue Wohnung gewartet hatten, waren komplett geleert und durcheinandergeworfen worden. Bücher, Zeitschriften und CDs, die er noch nicht verstaut hatte, mischten sich mit den Heftern und Zetteln, die Anna bereits in den Kartons verpackt hatte. Dazwischen der zerbrochene Topf einer Hängepflanze mitsamt Inhalt, die im Flur auf einer Anrichte gestanden hatte. Es war das reinste Chaos. Man konnte nicht mal mehr den Fußboden erkennen.

„Ach, du meine Güte!", murmelte Nico geschockt.

Vanessa sagte nichts. Mit weit aufgerissenen Augen starrte sie an Nico vorbei ins Leere, als wäre sie Zeugin eines grausamen Verkehrsunfalls geworden.

Dann fing sie plötzlich an zu schreien.

Nico dachte erst, sie hätte etwas neues Erschreckendes entdeckt, aber sie stand unverändert in der Wohnungstür.

Es war ein schrilles, ohrenbetäubendes Kreischen, wie das Quietschen von Fingernägeln auf einer Tafel. Unaufhaltsam und nervtötend. Und sie hörte nicht auf. Immer auf derselben Frequenz bleibend, stieß sie einen ganz unerträglichen Ton aus.

„Vanessa! Beruhige dich!" Nico packte sie an den Schultern und schüttelte sie.

Ihr Gesicht hatte alle Farbe verloren und war weiß wie die Wand. Doch sie hörte nicht auf, diesen furchtbaren, durch Mark und Bein dringenden Schrei auszustoßen.

Nico drehte sie grob herum und stieß sie mit dem Rücken gegen die Wand, damit sie ihn ansehen musste. „Vanessa! Hör auf! Es ist niemand mehr hier."

Der Schrei verstummte. Sie zitterte unter seinen Händen und schien nur physisch anwesend zu sein. Ihr Blick war trüb und leer.

„Es ist alles gut, Vanessa. Okay?"

„Wer war das, Nico?" Sie war kaum zu hören.

„Ich weiß es nicht."

„Wer war das?" Ihre Stimme wurde lauter und drohender. „Wer hat das getan?", schrie sie jetzt hysterisch, „du hast gesagt, es wird nichts mehr passieren? Wer verfolgt uns hier? Was wollen die von uns? *Wer war das, Nico?*"

„Beruhige dich, Vanessa.“

„Nein, tue ich aber nicht. Irgendjemand will uns hier fertigmachen. Uns umbringen.“ Ihr Gesicht verzerrte sich zu einer verzogenen und gruseligen Maske, aus der die Augen weit hervortraten. Fahrig schlug sie mit den Händen um sich.

Nico hatte Mühe, ihren Schlägen auszuweichen.

„Wer war das? Wer hat das getan?“ Ihre Stimme zitterte, weil sie zu hyperventilieren begann. Tränen flossen plötzlich sintflutartig über ihr Gesicht und zeichneten schwarze Spuren auf die Geistermaske.

„Ich weiß es nicht. Bitte beruhige dich!“

„Wer war das? Wer war das? Wieso tun die das? Wieso …“ Ihre Worte wurden von den Tränen verschluckt. Sie bewegte nur noch aufgebracht die Lippen auseinander, aber es kam kein Ton mehr heraus. Dann verlor sie ihre Körperspannung und ließ sich rücklings an die Wand fallen. Geräuschlos sackte sie zu Boden, als wäre sie von einer Kugel getroffen.

Nico hockte sich neben sie und nahm sie in den Arm. Jetzt hatte sie keine Kraft mehr, sich zu wehren und schluchzte laut, sodass es durch den ganzen Hausflur hallte.

„Es ist alles gut, Van. Beruhige dich, okay? Niemand tut dir was.“ Nico wusste nicht, was er da versprach, aber er hatte keine Ahnung, was er sonst sagen sollte.

Seit er die Wohnung betreten hatte, huschte ein Phantombild des Anrufers durch seinen Kopf, mit dem er letzte Nacht über Annas Handy telefoniert hatte. Er war sich ziemlich sicher, dass er diesen für dieses Durcheinander verantwortlich machen konnte. Der Fremde musste hier gewesen sein, um das Handy zu holen.

Aber was zum Teufel wollten sie hier bei ihm? War er wirklich nur gekommen, um Annas Handy zu holen? Aber warum hatte er dafür alle Kartons durchsucht? Suchte man einen alltäglichen Gegenstand wie ein Handy nicht eher an offensichtlichen Stellen wie Küchenarbeitsplatte oder einer Steckdose? Warum all die Kartons? Was hatten sie noch gesucht? Was war möglicherweise noch verschwunden?

Nervös massierte er Vanessas Schulter und war sich sicher, dass er das Kapitel Anna wohl doch nicht so schnell abschließen konnte, wie er gehofft hatte. Es holte ihn ein.

*

Die weitere Fahrt über hatte kaum einer ein Wort gesagt. Ab jetzt war nicht nur Anna eine Zielscheibe der Polizei, sondern auch Enrico.

Anna hatte sich zusammengekauert und starrte regungslos aus dem Fenster. Sie war müde und nickte immer wieder ein.

Wozu auch wach bleiben?, dachte sie sich.

Diego neben ihr schien sich die gesamte Fahrt nicht zu bewegen. Wenn sie hin und wieder zu ihm herüberschaute, erkannte sie seine altbekannte Hassfassade. Er wirkte gebeutelt und schwer mitgenommen. Kurzzeitig überlegte sie, ob er sich vielleicht doch mehr verletzt hatte, als eigentlich angenommen. Doch wenn man genauer hinsah, war es eindeutig, dass es ein seelischer Schmerz war, der diesen Mann fesselte. Er brauchte Hilfe. Und das so schnell wie nur möglich.

Doch sie konnte ihm nicht helfen. Genauso wenig, wie sie weiter ihre Augen offenhalten konnte. Die Gedanken in ihrem Kopf ließen sich nur zäh bewegen, und so gab sie den Kampf irgendwann auf. Durch das entspannte Brummen des Motors ließ sie sich schließlich überwältigen und schlief ein.

Sie erwachte erst wieder, als es draußen bereits zu dämmern anfing. Die Bewegungen des Fahrzeugs hatten sich verändert und sie aus dem Schlaf geholt. Das permanente Rauschen des Fahrtwindes hatte abgenommen, die stetige ruhige Fahrt wurde von einer langsameren und kurvigeren abgelöst.

Anna richtete sich auf und sah aus dem Fenster. Sie hatten die Autobahn verlassen und fuhren eine schmale, hügelige Straße entlang, die sich durch eine trockene, steinige und braune Landschaft schlängelte. *Die Wüste*, dachte sie aufgeregt und sah sich aus allen Fenstern um, in der Hoffnung, etwas Zivilisiertes entdecken zu können. Man konnte aufgrund der Dämmerung nicht weit schauen, aber eine Stromleitung, die parallel mit der Straße verlief, deutete wenigstens ein kleines bisschen Leben in dieser trostlosen Gegend an.

Rafael bog nach einiger Zeit ab und steuerte geradewegs auf ein einzelnes Haus zu, das nur durch diese kleine Straße erreicht werden konnte.

Es war weiß, mit einem braunen Dach und einem kleinen Balkon in der gleichen Farbe. Die ebenfalls braunen Rollläden an den Fenstern waren überall runtergelassen und ließen das Haus schlafend und verlassen erscheinen. Es waren weder Autos noch Menschen zu sehen, und der Garten, wenn man das traurige trockene Fleckchen denn so nennen konnte, das hinter den Steinmauern zum Vorschein kam, unterschied sich in keiner Weise von der staubigen Landschaft rundherum.

Rafael fuhr an einer kleinen Veranda vorbei und hielt geradewegs auf die Garage zu, die direkt an das Wohnhaus angrenzte. Kurz davor hielt er an und Enrico stieg aus, um das Tor zu öffnen. Als er es nur halb angehoben hatte, setzte Rafael den Seat schon wieder in Bewegung, um ihn hier drin verschwinden zu lassen.

„Wir sind da“, sagte Diego, als sie in die Garage fuhren. Er drehte den Kopf herum und musterte sie prüfend, als würde er auf eine Reaktion von ihr warten. Es war der erste Satz, den er zu ihr sprach, seit sie die Raststätte verlassen hatten.

Anna blickte sich um. Sie standen in einer größeren Garage, als das Gebäude von außen vermuten ließ. An den Wänden befestigte Regale mit allerlei Werkzeugteilen.

Rafael stieß plötzlich einen jubelnden Laut aus und riss die Wagentür auf. „Wir sind da, Mann! Wir haben´s geschafft.“

Anna sah Diego fragend an, der noch im Wagen sitzen geblieben war.

„Das Haus gehört einem Bekannten“, erklärte Diego. „Es steht zum Verkauf und ist deswegen momentan leer. Hier können wir vorerst bleiben.“

Anna nickte schweigend. Ihr Gefängnis für die nächsten Tage, Wochen – weiter mochte sie gar nicht denken. „Hier können sie uns nicht finden?“

„Uns ist niemand bis hierher gefolgt.“

Anna wusste nicht, ob es Absicht war, aber ihr fiel auf, dass er nicht einfach ‚Nein‘ sagte. So wie er ihre Frage gerade beantwortet hatte, konnte er es möglicherweise nicht ausschließen.

„Verstehe“, murmelte sie leise.

Diego atmete einmal tief ein und machte dabei ein Geräusch, als würde er starke Schmerzen haben.

Anna drehte sofort den Kopf herum, aber er wandte sich schnell zur Seite und öffnete die Tür, sodass sie sein Gesicht nicht mehr sehen konnte.

„Lass uns endlich dieses furchtbare Auto verlassen“, grummelte er vor sich hin, als Anna nur noch seinen Rücken sehen konnte.

Sie stutzte kurz, doch dann brauchte sie keine zusätzliche Aufforderung, um endlich aus dem warmen und stickigen Seat auszusteigen. Ihr Körper war steif und ihr Nacken schmerzte nach der unbequemen Haltung auf der Rückbank. Sie musste sich komplett drehen, um zur Seite zu sehen.

Sie stand direkt vor den Regalen und musterte das großzügige Schraubensortiment, die gut gefüllten Werkzeugkästen, Sägen, Bohrmaschinen und Flexgeräte. Unter dem Regal war sogar ein gelber Luftkompressor untergebracht.

Sie dachte kurz an die Werkstatt ihres Vaters, der nur Hobby-Bastler war und dessen Equipment bei Weitem nicht an den Inhalt dieser Garage heranreichte. Durch ihn wusste sie den Wert zu schätzen. Wenn der Besitzer diese Gegenstände nicht mehr holte, bevor das

Haus verkauft wurde, machte er ein großes Verlustgeschäft. Aber vielleicht waren sie auch Teil des Verkaufswertes. Sie überlegte, ob sie draußen vor dem Haus ein Verkaufsschild gesehen hatte. Sie meinte, keins bemerkt zu haben. Allerdings war es auch dämmrig gewesen und sie hatte nicht darauf geachtet, weil sie es zu dem Zeitpunkt noch nicht gewusst hatte.

„Willst du hier Wurzeln schlagen?"

Anna drehte sich herum und erkannte, dass Diego sie anstarrte und seiner Haltung nach, schien er das schon länger zu tun.

„Wem gehört das alles? Wird das mit verkauft?", fragte sie belanglos. Was für eine bescheuerte Frage! Als würde sie sich für Werkzeug interessieren und wäre kurz davor, ein Angebot zu machen.

Diego antwortete nicht. Allerdings schüttelte er leicht den Kopf. Wenn es sie nicht täuschte, dann wollte er ihr dadurch mitteilen, dass sie Dinge dieser Art nicht fragen sollte.

„Lass uns reingehen", sagte er stattdessen und drehte sich zu einer Holztür in der linken Wand, die das gleiche Braun wie die Fenster draußen hatte.

Anna stellte erst jetzt überrascht fest, dass Rafael und Enrico nicht mehr in der Garage standen. Zögernd folgte sie Diego, als dieser durch die Tür schritt.

Im ersten Moment war es stockfinster, da die Rollläden von außen runtergelassen waren. Die Luft stand und war trocken und muffig, aber immerhin relativ kühl.

Sie gingen durch einen kurzen Flur, dann erhellte ein schwaches Licht den Raum, und Anna erkannte eine Küche. Von hier ging es ins offene Wohnzimmer, in dem auch der Esstisch stand. Es war nicht gerade modern, aber doch gepflegter, als Anna gedacht hätte, als sie das Haus von außen gesehen hatte. Die Räume waren alle in Cremeweiß mit dunklen Holzakzenten gehalten und gut aufeinander abgestimmt. Und außerdem war alles noch komplett eingeräumt und möbliert.

Anna schielte skeptisch auf eine Zeitung, die in der Ecke auf einem kleinen Tischchen lag, aber sie konnte aus der Entfernung kein Datum erkennen.

„Die Schlafzimmer sind oben", sagte Enrico und zeigte auf die Treppe direkt neben der Haustür, die links an der Wand entlangführte.

Anna folgte Diego nach oben, wo sich der Flur gabelte und rechts und links zu einzelnen Räumen abging. Auf der rechten Seite wurde er lediglich durch ein Geländer gesäumt.

Während Enrico am Treppenabsatz direkt nach links steuerte und in einer offenen Zimmertür verschwand, wandte Diego sich in die entgegengesetzte Richtung und führte Anna am Geländer vorbei, bis er die letzte der insgesamt vier Türen auf dieser Seite öffnete.

Anna folgte ihm neugierig und war irgendwie froh, als sie schließlich in ihrem neuen Zimmer stand. Der Raum war durch die runtergelassenen Rollläden düster und stickig. Aber auch wenn er noch ein bisschen kleiner war als der Raum in San Sebastián und nur eine spärliche Einrichtung hatte, die lediglich aus einem schmalen Bett, einem instabil aussehenden Kleiderschrank und einem mit Aktenordnern und einem klobigen Computerbildschirm bepackten Tisch bestand, so hatte sie doch das Gefühl, dass sie sich hier ein wenig ausruhen könnte. Das Bett sah verlockend aus und versprach eine längst überfällige Ruhe.

Seufzend ließ sie sich auf die graue Bettwäsche am Fußende plumpsen und streckte die Beine aus. Welch eine Wohltat nach der langen Zeit im stickigen Auto. Auch das Tuch hatte sie mittlerweile endlich abgelegt. Den Kopf an die Wand gepresst, schloss sie die Augen und atmete einmal tief durch. In ihrem Inneren spürte sie immer noch die Vibration der Fahrt und hörte das Rauschen des Fahrtwindes in ihren Ohren.

„Ist alles in Ordnung?“, hörte sie plötzlich Diegos Stimme. Sie öffnete die Augen und sah ihn an. Er stand direkt in der Tür, über ihm ein etwa handgroßes Holzkreuz mit dem geschundenen Jesus.

„Es geht schon“, murmelte sie und stand wieder auf, wobei sie sich über ihre müden Beine rieb.

„Wir bleiben hier eine Weile, bis sich die ganze Aufregung gelegt hat.“

„Okay.“

„Lass die Rollläden bitte unten. Es soll nicht auffallen, dass wir jetzt hier sind.“

„Okay.“ Anna nickte zustimmend. Nichts wollte sie jetzt mehr, als unerkannt zu bleiben.

Diego musterte sie, ohne etwas zu sagen, doch auch Anna blieb stumm. Eine leicht peinliche Situation entstand, in der sich beide reglos anstarrten.

„Okay“, murmelte Diego schließlich und löste die Starre als Erster. „Ich lasse dich dann mal allein. Die Dusche ist unten.“ Dann war er weg, als wäre es ihm unangenehm, noch länger in ihrer Nähe zu sein.

Kapitel 47

Kommissar Burmann hatte gleich am Morgen gewusst, dass er nicht hätte arbeiten sollen. Nachdem er mitten in der Nacht mit seiner jungen Kollegin telefoniert hatte, war an Schlaf auch dummerweise nicht mehr zu denken gewesen. Stattdessen hatte er sich im Bett herumgewälzt und sich den Kopf zermartert. Denn auch wenn er sich wenig Hoffnung machte, so hatten die neuen Informationen ihn doch nicht mehr schlafen lassen.

So war es gekommen, dass er sich nach einiger Zeit an den Rechner gesetzt hatte, um etwas über diese Untergrundbewegung zu erfahren, die sich Streetsurfer nannte. Und es gab hierzu tatsächlich etwas zu lesen. Sogar ein Abbild des Schlangentattoos konnte er finden, das offenbar ihr Erkennungszeichen war.

Doch wie bei allen nächtlichen Ermittlungen hatte er sich auch dieses Mal mitreißen lassen und nicht mitbekommen, wie kalt ihm nach und nach in seinen Boxershorts und dem Feinrippunterhemd wurde. Die Rechnung hatte er am nächsten Morgen zu bezahlen, als er am späten Vormittag mit stechenden Halsschmerzen aufwachte. Bevor er zur Arbeit ging, schmiss er gleich eine ganze Ladung Tabletten ein, doch diese verlor mit der Zeit zunehmend an Wirkung. Je mehr der Tag voranschritt, desto mehr spürte er das Fieber aufsteigen.

So war es nicht verwunderlich, dass er sich zum Feierabend nur noch quälte. Und auch die Neuigkeiten, die Kommissarin Hessler vorhin verkündet hatte, konnten nur wenig zu seiner Aufheiterung beitragen.

Sie waren wieder gesehen worden.

Er kniff die Augen zusammen und rieb sich über die müden und heißen Lider, doch er sah die Bilder immer noch. Enrico Suarez, aufgenommen durch eine Überwachungskamera an einer Autobahnraststätte. Ein ganzes Stückchen von San Sebastián entfernt, wo sie bisher vermutet worden waren.

Sie waren ihnen also entkommen.

Die große Entdeckung, die der spanischen Polizei allerdings nicht aufgefallen war, weil sie nicht wussten, wonach sie genau suchen sollten, war der zweite Mann, der mit einer Frau an seiner Seite ebenfalls auf dem Video auftauchte. Es war ein komischer Zufall, und wäre Enrico Suarez, der durch das internationale Fahndungsraster erkannt worden war, nicht aufgefallen, hätte man den Unbekannten mit der Frau ebenfalls nicht entdeckt.

Burmann hatte gemeinsam mit seiner Kollegin mehrmals das Video abgespielt und gesehen, wie erst Enrico Suarez auf der Damentoilette verschwunden war und anschließend das Pärchen nachkam.

Die Frau trug ein buntes Tuch und eine dicke Sonnenbrille, dafür war der Mann diesmal zu sehen, sodass sie tatsächlich ein unscharfes Profilbild von ihm machen konnten. Kommissar Burmann war sich absolut sicher, dass es sich hier um Anna Selbig mit ihrem Freund handelte, der sie bereits ins Krankenhaus begleitet hatte. Offenbar hatte sie sich getarnt, um nicht aufzufallen, nur ihr Begleiter war diesmal unvorsichtiger geworden.

Merkwürdig wurde das Geschehen allerdings erst, nachdem Anna ebenfalls in der Damentoilette verschwand und ihr Begleiter aus der Kamera trat.

Wo man als Betrachter meinte, abschalten zu können, spitzte sich das Finale gerade erst richtig zu: Kurze Zeit war nichts zu sehen, bis Annas Freund urplötzlich auftauchte und noch im Lauf die Tür aufriss. Hier sah man ihn kurz von hinten, während er in den Waschraum sprach. Doch dann drehte er sich blitzschnell um und verschwand wieder. Mit ihm folgte Anna, dieses Mal mit offenen, nassen und strähnigen Haaren und einen Augenblick später Enrico Suarez.

Wohin sie danach verschwunden waren und was der Grund ihres abrupten Aufbruches gewesen war, blieb rätselhaft. Es gab keine weitere Kamera, die den folgenden Lauf einfing, und zu allem Überfluss, war das ganze Video inzwischen mehr als fünf Stunden alt. Wenn sie also, was das Naheliegendste war, sofort weitergefahren waren, so war es schlicht unmöglich, sie jetzt weiterzuverfolgen. Es gab keinen Anhaltspunkt, dem man nachgehen könnte.

Doch einen Teilerfolg konnten sie immerhin registrieren, indem sie jetzt ein weiteres Bild von Annas neuem Freund hatten.

Kommissar Burmann öffnete die Augen und musterte erneut das pixelige Profil des unbekannten Streetsurfers.

Wo seid ihr nur hingefahren?, fragte er das Foto und griff nach seiner Tablettenpackung, um die furchtbare Kreissäge in seinem Hals endlich stumpf laufen zu lassen.

*

Es war schnell dunkel geworden, doch der Mond tat sein Bestes, wie auch in der letzten Nacht, um ab und zu durch die Wolken zu blinzeln. Diese schoben sich in dunklen Bergen übereinander und bildeten die verschiedensten Formen und Figuren.

Diego war müde und erschöpft, aber sein Kopf hatte zu viele Probleme zu lösen, als dass er sich schlafen legen konnte. Er musste eine Entscheidung treffen, wie es weitergehen würde, bevor es am Ende noch zu spät war.

„Hey, was machst du hier draußen?“

Diego brauchte sich nicht umzudrehen, um die Stimme seines Bruders zu erkennen. Er hatte sich auf die Verandastufen gesetzt, die in den kleinen Vorgarten führten, und hielt seinen Blick weiter geradeaus auf die bröckelige Steinmauer und die dahinterliegenden Wolkenberge gerichtet, als er die Schritte seines Bruders auf dem Holz neben sich spürte.

Rafael kam heran und setzte sich neben ihn. „Hey? Was machst du?“ Er gab Diego einen kleinen Hieb auf die Schulter, weil dieser nicht antwortete.

„Ich sehe mir die Wolken an“, murmelte Diego leise.

„Was ist mit den Wolken?“ Rafael kramte in seiner Hosentasche und fischte eine Schachtel Zigaretten heraus.

„Nichts.“

Rafael nahm sich eine Zigarette und steckte sie an.

„Glaubst du wirklich, dass du hier rauchen solltest?“, fragte Diego. Seine Stimme klang leise und teilnahmslos.

„Wieso sollte ich nicht?“, stellte Rafael eine Gegenfrage. „Meinst du, man wird den Rauch riechen und uns so auf die Schliche kommen?“ Er gluckste leicht und blies Diego den Rauch demonstrativ ins Gesicht.

„Man könnte die Glut sehen.“

Rafael zischte einmal durch die Zähne. „Glaubst du nicht, dass du vielleicht lieber rauchen solltest?“ Großzügig hielt er seinem Bruder die Schachtel hin.

„Ich habe aufgehört.“

„Schlecht für die Gesundheit, oder was?“, prustete Rafael und steckte die Schachtel wieder zurück.

Diego achtete nicht auf ihn, sondern starrte weiter die Wolken an. Er fühlte sich hilflos und allein. Seine Augen brannten und waren trocken, als würde er jeden Moment anfangen zu weinen, doch er tat es nicht. Er musste etwas tun, doch er wusste nicht, was. Was war die richtige Entscheidung? Wie ging es weiter? Er hatte keine Ahnung und das machte ihm Angst – es war ein Gefühl, das er nicht kannte.

„Mal ehrlich, Diego, was ist los?“, brach Rafael schließlich neben ihm das Schweigen. Er nahm erneut einen kräftigen Zug an der Zigarette und wirkte für einen Augenblick genauso panisch und ungewiss wie Diego.

„Ich weiß es nicht“, antwortete Diego aufrichtig.

„Du hast dich verändert.“

„Ich weiß.“

„Warum? Was ist passiert?“

„Ich habe keine Ahnung."

Wieder ein tiefer Zug, als würde Rafael sich selbst ermutigen wollen. „Ich habe mit Frank telefoniert."

„Hast du nicht!", fauchte Diego und drehte blitzschnell den Kopf herum.

Rafael lächelte ihn an, als würde er sich über Diegos Reaktion freuen.

„Das hast du nicht!", wiederholte Diego erneut und seine Augen funkelten böse.

Rafaels Lächeln verschwand. „Nein, habe ich nicht. Aber ich ziehe es ernsthaft in Erwägung."

Diego starrte wieder auf die Wolken, die den Mond gerade vollkommen verdeckten, und atmete tief durch. „Warum?"

„Weil ich es muss. Sieh dich doch einmal an, Diego! Weißt du eigentlich, wie du aussiehst? Hast du dir in den letzten Tagen mal ins Gesicht gesehen? Du wirkst, als würdest du jeden Augenblick in tausend Stücke zerbrechen." Rafael drückte die Zigarette auf der Verandastufe aus und stieß den letzten Rauch aus. „Du brauchst Hilfe, Diego!"

„Aber nicht von Frank!"

„Warum nicht? Er ist unsere Familie. Die Jungs sind alles, was wir haben."

„Wir hatten eine Familie, aber die lebte nicht in Deutschland."

„Meinst du, alles wird besser, wenn du in Mexiko bist? Unsere Eltern sind tot!"

„Woran wir nicht unschuldig sind."

„Hör auf, dir hierfür die Schuld zu geben! Wir waren Kinder!"

„Das ist keine Entschuldigung."

„Und was genau bitte möchtest du in Mexiko machen? Die alte Hütte ausgraben, in der wir aufgewachsen sind? Es ist keiner mehr da."

Diego sah zu seinem Bruder hinüber und atmete schwer ein und aus. Warum konnte Rafael ihn nicht verstehen? Warum war es nicht zu offensichtlich, was er wollte? „Unsere Eltern haben ein Grab. Ich möchte mich für das entschuldigen, was ich getan habe."

Rafael griff erneut nach seinen Zigaretten und steckte sich die nächste an. Nachdem er zweimal den Rauch in den Himmel geblasen hatte, hielt er seinem Bruder erneut die Schachtel hin. „Willst du nicht doch eine rauchen? Es macht mich nervös, wenn du nur so neben mir sitzt."

Diego schüttelte den Kopf.

„Okay", fuhr Rafael fort und nahm einen erneuten kräftigen Zug.

„Deal: Wir fahren nach Mexiko. Wir fahren zum Grab, zur Hütte, wir gehen alle alten Wege ab, an die wir uns erinnern können, wir beten, meinetwegen gehen wir auch in die Kirche – alles, was du willst, um dich wieder zur Vernunft zu bringen. Aber dann kehren wir zurück. Unser Zuhause ist nicht in Mexiko, Diego."

Diego schloss die Augen und überlegte fieberhaft, was er wollte. Würde der Vorschlag seines Bruders ausreichen, um ihn zu heilen? Um ihm wieder eine neue Perspektive zu geben?

Er konnte es nicht sagen. Sein Kopf war müde und wie betäubt. Er war unfähig überhaupt zu denken.

Langsam erhob er sich von der Verandastufe und blickte ein letztes Mal auf die Wolkenberge. Sie hatten ein neues Bild geschaffen und formten durch die unterschiedlichen Schattierungen ein schönes Muster.

Warum konnte er nicht auch einfach neu anfangen? Er wollte alles hinter sich lassen und sich neu aufschieben, wie die Wolken.

„Deal?", fragte Rafael, der immer noch auf der Verandastufe saß, doch Diego reagierte nicht. Langsam ging er auf die geöffnete Tür zu.

„Was ist eigentlich mit deiner Freundin, wenn wir nach Mexiko fahren? Hast du dir darüber mal Gedanken gemacht?"

Diego blieb abrupt stehen. Hinter sich hörte er ein leises Kichern, als Rafael von der Stufe aufsprang und zu ihm kam.

„Hab ich mir doch gedacht. Den Gedanken hast du vollkommen verdrängt, oder? Aber vielleicht solltest du dir wirklich mal überlegen, was mit ihr passieren soll. Es ist langsam Zeit, sie abzuschieben."

„Sie wird nicht abgeschoben", knurrte Diego, der den Begriff kannte und wusste, dass Rafael nicht vorhatte sie gehen zu lassen, wenn er das sagte. Gleichzeitig wusste er aber auch, dass Rafael ihm einen Köder hingeworfen und er sofort angebissen hatte.

Rafael schmunzelte. „Okay. Aber was dann? Hast du dir etwas überlegt?"

„Ich wollte sie fragen, ob sie mitkommt."

„Nach Mexiko? Bist du verrückt?", brüllte Rafael laut und unkontrolliert.

Diego drehte sich sofort um und beobachtete die Umgebung. Es war ruhig und verlassen, aber man konnte niemals wissen, wer sich nicht doch zufällig hier aufhielt.

Rafael sah sich ebenfalls um und zügelte seine Stimme, als er weitersprach: „Das kann nicht dein Ernst sein."

„Ist es aber", flüsterte Diego zurück.

Rafael verdrehte die Augen. „¿Y por qué? ¿Por qué esta mujer?

¿Qué tiene ella que te vuelve tan loco?“[38] Er starrte seinen Bruder an, als wäre er tatsächlich verrückt.

„No sé“[39], antwortete Diego so leise, dass es kaum zu hören war. „Anna es como un milagro.“[40]

Ein Wunder, dachte Diego und spürte ein unbeschreibliches Verlangen nach genau diesem Wunder.

Sie war seine Heilung, zumindest bereitete sie den Weg hierfür. Und sein Bruder bedeutete genau das Gegenteil. Er war der Teufel, der mit der Versuchung frohlockte, ihn wieder ins Verderben zu ziehen.

Er presste die Lippen aufeinander und ging eilig ins Haus. Der Engel war nicht weit, und nichts würde ihn davon abhalten, zu ihm zu gehen.

*

Nachdem Anna sich vor einigen Minuten nach einer unglaublich wohltuenden Dusche wieder vorsichtig in ihr Zimmer geschlichen hatte, begann sie, dieses zu untersuchen.

Es war leise im Haus. Enrico schien seit seinem ersten Gang aufs Zimmer nicht mehr herausgekommen zu sein. Vorhin hatte sie Stimmen auf der Veranda gehört und vermutete, dass Diego und sein Bruder dort waren. Sie hätte nachschauen, das ganze Haus begutachten können, aber momentan war ihr nicht danach. Fürs Erste reichten ihr die vier Wände, die als ihr Zimmer bezeichnet wurden. Alleinsein tat nach der Aufregung der letzten vierundzwanzig Stunden sehr gut.

Ihre erste Aufgabe zurück in ihrem Zimmer sah sie darin, ihre Tür von innen sicher zu machen. Sie wusste nur zu gut, dass es wahrscheinlich nur eine Frage der Zeit sein würde, bis Enrico einen neuen Versuch startete, doch in der Tür steckte kein Schlüssel.

Anna öffnete den Kleiderschrank und zog die einzelnen Schubladen heraus. Er war nicht sonderlich voll, doch einen Schlüssel fand sie hier auch nicht. Außer ein paar Jacken und zusätzlichen Decken, die auf dem Schrankboden lagen, war hier nichts zu finden.

Dann widmete sie sich dem Schreibtisch, der zwar aufgrund der Fülle vielversprechend wirkte, aber keinen Schlüssel beherbergte. Verzweifelt drehte sie sich im Zimmer herum, als sie von draußen plötzlich einen Schrei hörte.

Instinktiv hielt sie inne und lauschte. Es war kein Hilfeschrei oder Ähnliches gewesen, vielmehr war wütend gebrüllt worden und Anna

[38] „Und warum? Warum diese Frau? Was hat sie, dass du so verrückt bist?“
[39] „Ich weiß nicht“
[40] „Anna ist wie ein Wunder.“

meinte, Rafael dabei erkannt zu haben. Sie lauschte und schlich ans Fenster.

Leises Gemurmel kehrte wieder ein, wie es vorher der Fall gewesen war.

Nur eine der üblichen Unstimmigkeiten zwischen den Brüdern, dachte sie.

Als sie jetzt am Fenster stand, fiel ihr Blick auf einen etwa einen Meter langen Stock, der in der Ecke neben der Tür lehnte. Sie nahm ihn vorsichtig hoch und begutachtete ihn.

Er hatte eine hübsche Form, die Rinde war bereits ab und am oberen Ende, hatten einzelne kleine Ästchen ein verwundenes Knäuel gebildet, sodass er dem eines Zauberers ähnelte. Er war leicht und möglicherweise nicht endlos stabil, aber vielleicht konnte er trotzdem als Türverriegelung helfen.

Sie klemmte ihn schräg zwischen Tür und Fußboden, doch als sie mit dem Fuß noch einmal nachstupste, um den Halt zu festigen, brach er genau in der Mitte in zwei Teile.

Na klasse, dachte Anna und beugte sich runter, um den oberen verknasteten Kopf des Stocks aufzuheben.

Als sie jetzt noch dichter an der Tür war, vernahm sie plötzlich leise Schritte auf dem Flur. Angespannt erstarrte sie und lauschte. Die Person ging leise und vorsichtig. Offenbar wollte sie kein Geräusch machen.

Anna merkte sofort, wie sich ihre Nackenhaare aufstellten. Panisch umfasste sie das krüppelige Ende ihres Zauberstabs und machte sich bereit. Sie würde sich wehren. So sehr man eine Abwehr mit diesem Stummel wirklich Abwehr nennen konnte.

Die Schritte vor der Tür verstummten, aber Anna war sich sicher, dass sie bis hierhergelaufen waren. Nervös krallte sie sich an ihrer Waffe fest und hielt sie hoch vor ihren Kopf.

Dann klopfte es an der Tür. „Anna?"

Das war nicht Enrico.

„Anna, darf ich reinkommen?" Die Klinke wurde runtergedrückt und langsam öffnete sich die Tür.

Anna stand immer noch wie erstarrt im Raum und war auf einen Zuschlag vorbereitet.

Dann schob sich Diego herein und stutzte kurz, als er Anna direkt hinter der Tür stehen sah. Verdutzt sah er zwischen ihr und den Holzteilchen auf dem Fußboden hin und her. „Was machst du hier?"

Anna ließ ihre Waffe herabsinken. „Ich wollte die Tür verrammeln."

„Hat wohl nicht geklappt", stellte Diego fest und schloss die Tür hinter sich. Dann beugte er sich herunter und sammelte die Reste ein. „Das hätte Enrico wohl wenig abgehalten."

Anna musste zugeben, dass er recht hatte. Ihr Versuch erschien ihr nun ziemlich lächerlich. „Es gibt keinen Schlüssel."

Diego sah sich flüchtig im Raum um, als suche er nach einer Lösung. „Ich werde aufpassen."

„Willst du die ganze Nacht vor der Tür sitzen?"

„Wenn es sein muss."

„Bist du denn gar nicht müde nach dem Tag. Wir haben die ganze Nacht nicht wirklich geschlafen."

„Es geht schon."

„Stimmt, du bist ja eine Maschine. Die brauchen keinen Schlaf, richtig?" Anna konnte sich ein Lächeln nicht verkneifen und ging zurück zum Bett, um sich hinzusetzen. Sie war einfach zu müde zum Stehen und verschlug ihre Beine zum Schneidersitz, als sie sich mit der Seite an die Wand lehnte.

„Gut aufgepasst", stimmte Diego ihr zu, doch Anna erkannte den leichten Ansatz eines sarkastischen Lächelns, während er ihr ein paar Schritte in den Raum folgte.

„Ich bin hundemüde und könnte sofort einschlafen", sagte Anna, um das Thema noch einmal zu unterstreichen. Es war nicht natürlich, dass er so sehr den Helden spielte und vorgab, keine menschlichen Bedürfnisse zu haben. Es war einfach lächerlich.

„Ich werd nicht lange stören", entschuldigte er sich.

„Nein, du störst nicht. Wirklich nicht." Er hatte eine weiche Seite. Anna hatte in der letzten Zeit mehr und mehr Ansätze hiervon gesehen. Doch es fiel ihm schwer, seine Fassade komplett abzulegen und das Dahinterliegende zu zeigen.

„Setz dich doch!" Anna dachte an seinen letzten nächtlichen Besuch in San Sebastián. Wann war das eigentlich gewesen? Was war seitdem alles passiert?

Doch anders als beim letzten Mal, als er mit bedachtem Abstand vor ihr auf dem Boden gesessen hatte, kam er jetzt direkt zu ihr und nahm diesmal neben ihr auf dem Bett Platz. Er winkelte sein linkes Bein an, sodass er ähnlich schräg wie sie auf dem Bett saß und sein Oberkörper parallel zu ihrem war.

Anna holte einmal tief Luft und hörte dann auf zu atmen. Die Situation war so verdreht. So komisch. Sie hatten so viel Zeit gemeinsam verbracht, doch immer war es aus einer Gefahr heraus gewesen. Sie konnte gar nicht sagen, wie oft sie allein schon seine Hand gehalten hatte. Einmal abgesehen von den zwei Küssen. Aber jetzt saß er freiwillig und ohne Zwang zum Greifen nah neben ihr. Es war, als hätte sie ein wildes Tier dazu gebracht, ihr zu vertrauen und nahezukommen.

Diego sagte nichts, doch Anna glaubte zu spüren, dass es ihm ähnlich ergehen musste. Seine Augen waren geweitet und sein Brustkorb ging stockend auf und ab, als würde ihn etwas beim Atmen hindern.

„Geht es dir gut?“ Anna hatte vorhin gesehen, wie er die Waffe wieder einstecken musste. Jetzt war er geduscht und schien sie nicht dabei zu haben, aber sie konnte sich vorstellen, welche Last er damit hatte auf sich nehmen müssen.

„Ja“, antwortete er leise. Den Blick weiterhin auf ihrem Gesicht, dass es Anna schon bald unangenehm wurde. „Jetzt.“

Anna lächelte, doch dann senkte sie den Blick, weil sie seinen Augen nicht standhalten konnte. Stattdessen kamen jetzt wieder seine frischen Wunden ins Bild, als sie nach unten schaute. Der Krater an seinem rechten Unterarm war gewaschen, aber dennoch markant.

„Tut das sehr weh?“ Anna stand auf, um eine Pflasterpackung vom Schreibtisch zu nehmen, die sie vorhin bei ihrer Erkundung entdeckt hatte. Es waren keine besonders qualitativen, aber es wäre sicherlich besser, als wenn sie gar nichts machen würde.

„Nein, nicht sehr.“

„Und sonst würdest du es auch nicht zugeben, oder?“ Anna setzte sich wieder auf ihren alten Platz und griff nach seinem Arm. Es war keine optimale Lösung, aber vielleicht die einzige Möglichkeit, wenn er keine sehr breite Narbe behalten wollte.

Die Wunde schien sauber. Sie drückte sie zusammen und spürte eine kleine Anspannung in seinem Körper. Dann nahm sie ein Pflaster aus der Packung fixierte ihren Griff.

„Es ist nicht schlimm, Schmerzen zuzugeben“, sagte Anna leise, während sie ein weiteres Pflaster befestigte. Die Haut hatte sich in der Mitte wieder komplett verschlossen, aber Anna verzog unglücklich den Mund. Es war nur eine Frage der Zeit, bis sie sich wieder lösen würden. Die Klebefläche war zu gering und außerdem schienen es nicht mehr die neuesten Pflaster zu sein.

„Das wird nicht lange funktionieren. Lass uns sehen, ob wir einen Verbandskasten im Seat finden!“ Anna wollte aufstehen, aber Diego griff nach ihrer Hand.

Wie vorhin im Seat oder vorher im Keller begann er langsam, sie zu massieren.

Anna wagte nicht, sich zu bewegen. Ihre Hände schienen eine enorme Wirkung auf ihn zu haben. Es war, als wäre das für ihn die Möglichkeit, Normalität zu spüren und seine verdrehte Welt zu verlassen.

„Das tut gut", murmelte Anna leise. Es war wirklich angenehm, was er machte, aber viel mehr wollte sie ihn darin unterstützen, das Gefühl zu haben, etwas Richtiges zu tun.

Diego hob kurz den Blick, dann senkte er ihn wieder. Seltsamerweise wirkte er jetzt für einen Augenblick verlegen.

Anna beobachtete sein friedliches Gesicht. Je länger er ihre Hände hielt, desto mehr verlor er seine harte, hasserfüllte Seite und verwandelte sich in einen schwachen, kleinen Mann. Anna drängte den Gedanken sofort zur Seite, als dieser aufkam, aber sie tat ihm gut. Das konnte sie nicht leugnen.

„Wenn ich dich fragen würde", flüsterte er leise, ohne den Blick von ihren Händen abzuwenden, „ob du mit mir nach Mexiko kommst, würdest du es tun?"

Er brauchte sie wie eine Droge.

Als sie nicht antwortete, sah er plötzlich auf.

„Falls du mich fragen würdest oder fragst du mich gerade?", versuchte Anna seine Anfrage zu umgehen.

„Ich frage dich."

„Nein", antwortete Anna, ohne lange darüber nachzudenken.

Diegos Gesicht verzog sich und sah kurz enttäuscht aus. „Warum nicht?"

„Weil ich nach Hause möchte. Zu meiner Familie."

Diego senkte wieder den Kopf und nickte. „Natürlich."

Dann verzog er das Gesicht. Die Unzufriedenheit mit sich selbst kam wieder hervor. Von ganz tief unten sprudelte es heraus und verwandelte sein Gesicht in die altbekannte Fratze.

Dann zog er langsam seine Hände weg. Anna wollte nach ihm greifen, aber er war aufgestanden und drehte sich zur Tür herum.

„Warte! Bleib stehen!" Sie sprang auf und fasste ihn am Arm. Schwungvoll stellte sie sich ihm in den Weg. „Bitte geh nicht. Ich möchte dir helfen, Diego. Wirklich! Aber ich weiß nicht, wie. Warum bist du so, wie du bist?"

Diego schwieg. Seine dunklen Augen schimmerten traurig und schienen noch tiefer in den Höhlen zu liegen als gewöhnlich. Dann öffnete er die Lippen, aber die Worte verliefen sich ins Leere.

„Ich werde dir helfen, okay?", begann Anna zuversichtlich. „Ich weiß noch nicht wie, aber ich werde es versuchen."

Der Ansatz eines Lächelns umspielte seine Lippen. Oder war es eher die Erleichterung?

Anna konnte erkennen, wie noch mehr seiner harten Fassade zu bröckeln begann, doch was darunter zum Vorschein kam, war alles andere als sehenswert. Die Hülle war leer. Es war ein kleiner, eingeschüchterter Junge ohne jeglichen Halt. Wie ein Krebs, der ohne seinen Panzer nicht überleben konnte.

Er hob seine rechte Hand an Annas Wange und strich mit seinem Daumen vorsichtig über ihre Haut. Es war zaghaft und leicht.

Annas Atmung stockte kurzzeitig, doch dann war sie sich sicher, dass sie den nächsten Schritt machen musste. Er gab momentan so viele Gefühle preis, dass es furchtbar für ihn sein musste. Sie wollte ihm helfen und sie musste ihm zeigen, dass es richtig war.

Sie trat einen Schritt vor, schlang ihre Arme um seinen Körper und vergrub ihren Kopf an seiner Brust. Es war keine feste Umarmung, dennoch hatten sie vollen Körperkontakt und sie spürte seine plötzliche Anspannung.

Doch nur für einen kurzen Moment. Dann erinnerte er sich an seine natürlichen Instinkte und schloss seine Arme ebenfalls um sie. Erst ruhten sie zaghaft auf ihrem Rücken, doch dann verfestigte sich der Griff. Er senkte den Kopf und steckte seine Nase in Annas Haare. Seine Atmung verkrampfte sich und gleichzeitig begannen seine Arme über ihren Rücken zu streicheln.

Anna schloss die Augen, als sie seinen festen Oberkörper spürte. „Du bist keine Maschine, Diego“, flüsterte sie leise. „Lass dir das nicht einreden!“

Als Antwort darauf stockte Diegos Atmung erneut. Sie hatte offensichtlich genau ins Schwarze getroffen.

„Wann bist du das letzte Mal umarmt worden?“

„Ich weiß es nicht.“

Anna hörte die Unsicherheit und Schwäche in seiner Stimme und strich beruhigend über seinen Rücken. „Es ist okay. Du brauchst dich nicht zu schämen!“

Diego sog die Luft ein, dass es für Anna kurzzeitig wie ein Schluchzen klang. Zu gerne hätte sie ihm ins Gesicht geschaut, um seine Reaktionen zu erkennen, aber er brauchte noch Zeit.

„Kommst du mit mir nach Mexiko?“, flüsterte er erneut in ihr Haar.

Dieser Gedanke war und blieb offenbar fest in seinem Kopf verwachsen.

„Was gibt es in Mexiko?“

Er antwortete nicht, doch Anna glaubte, eine Bewegung zu spüren, als würde er wieder die Lippen bewegen. Sie schob sich zurück und sah ihn an.

Er sah furchtbar aus. Als wäre sein Gesicht mit einem Schlag um Jahre gealtert. Um seine Augen hatten sich Falten gebildet, die Nasenlöcher waren weit aufgebläht und sein Kopf steckte verkrampft auf dem Hals, als würde er bei der nächsten falschen Bewegung abfallen. Er bewegte tatsächlich die Lippen, aber er sagte nichts.

„Das, was du brauchst, ist nicht in Mexiko, Diego. Es ist in dir drin.“

Er verzog das Gesicht, als würde er in einen Weinkrampf ausbrechen, aber es kamen keine Tränen, was den Anblick nur noch schlimmer machte.

Anna spürte, wie seine Hände auf ihrem Rücken zu zittern begannen und die Bewegung in stockenden und abgehackten Wellen in seinen Körper überging. Es wurde mehr und mehr, bis er schließlich zu schwanken anfing. Anna packte ihn erneut und presste ihn an sich, um die Krämpfe zu verringern. „Es ist alles gut.“

Sie atmete tief durch, als sie erkannte, wie weit sie bereits vorgestoßen war. Dieser Mann stand einem bestialischen Trauma gegenüber und war gerade dabei, dieses zu konfrontieren.

„Was haben sie nur mit dir gemacht?“

Kapitel 48

Nico hatte die Polizei verständigt und Vanessa anschließend zu ihr nach Hause gefahren. Sie war fahrig und aufgebracht. Das Schreien hatte Gott sei Dank nachgelassen, aber dennoch war sie merkwürdig gewesen. Teilnahmslos und verwirrt. So als hätte man plötzlich vergessen, ihren Akku aufzuladen.

Er hatte sie in ihr Bett gebracht und ihr immer wieder ruhig zugesprochen. Merkwürdigerweise aber schien sie seine beruhigenden Worte überhaupt nicht zu brauchen, was ihn noch besorgter machte. Ihre Panik hatte sich in Reglosigkeit umgewandelt, die geradezu beängstigend war.

Er machte sich Sorgen um sie, ein Grund für ihn, bei ihr auf dem Sofa zu schlafen. Der zweite Grund hierfür war, dass er es sich nicht vorstellen konnte, in seiner aufgebrochenen Wohnung zu übernachten.

Er würde die größten Spuren des Chaos´ morgen in aller Ruhe beseitigen, wenn er sich an den Gedanken gewöhnt hatte. Fremde Menschen hatten ohne Skrupel und Umschweife sein Leben durchwühlt. Und all das direkt nachdem oder gar gleichzeitig, als er am anderen Ende Deutschlands brutal überfallen worden war. Das konnte kein Zufall sein. Noch dazu, wenn man bedachte, dass Anna auf so merkwürdige Weise verschwunden war. Jemand spielte hier ein böses Spiel, in dem seine Freundin offenbar der Jackpot war. Alles drehte sich um sie.

Er hatte die ganze Nacht nicht schlafen können und war froh, als er Vanessa schließlich im Badezimmer hörte. Durch die Schlitze in den Rollos fielen schon seit einiger Zeit die ersten Lichtstrahlen herein. Die Nacht war vorüber und der Tag würde beginnen. Mühsam richtete er sich auf.

Nach kurzer Zeit kam Vanessa zu ihm in die Wohnküche. Sie war blass und sah krank aus. Sie glich mehr einem Geist als der sonst so attraktiven Frau, die sie normalerweise war. Durchsichtig. In einer anderen Welt.

„Wie geht es dir? Konntest du schlafen?“, erkundigte sich Nico.

Vanessa zuckte mit den Schultern. Eine Spur von Gleichgültigkeit auf dem Gesicht.

„Soll ich dir einen Kaffee machen? Das hilft bestimmt.“ Nico stand zähneknirschend auf und quälte sich zur Küchenzeile.

Um den Rücken etwas zu entlasten, stützte er sich mit einer Hand auf der Arbeitsplatte ab und angelte mit der anderen nach den Tassen im Regal. Beim Strecken durchzuckte ihn der Schmerz wie tausend Messerstiche, sodass er kurz aufstöhnte und aus Reflex eine Tasse fallen ließ. Krachend zersprang sie auf dem Fußboden.

Vanessa zuckte zusammen und stieß wieder einen grausigen, schrillen Schrei aus, der dem von gestern ziemlich ähnlich war. Ihre rot umrandeten Augen weiteten sich dabei panisch und ließen sie noch blasser erscheinen.

Sofort wollte Nico zu ihr springen, um sie zu beruhigen, aber mit einem Mal drehte sie sich zu ihm herum und fauchte ihn an. „Das ist alles deine Schuld!“

Nico sah verwirrt auf die Scherbenstücke auf dem Fußboden und fragte sich, ob es eine besondere Tasse gewesen war.

„Du bist an allem schuld“, fluchte sie weiter und boxte mit den Fäusten wütend gegen seine Brust. „Wegen dir sitzen wir jetzt in dieser Scheiße. Sie haben uns beinahe umgebracht, ist dir das klar?“

Nico vergaß die Tasse, da sie nicht der Grund für Vanessas Wut zu sein schien. „Wieso ist es meine Schuld? Was hab ich denn getan?“

„Du hattest doch diesen tollen Einfall, Anna hinterherzufahren, und jetzt sieh, was du erreicht hast! Anna ist weg, und wir sind grad noch mal von der Schippe gesprungen.“

„Und daran bin ich schuld?“, knurrte Nico wütend zurück.

„Natürlich! Oder glaubst du, es ist ein Zufall, dass wir gerade in Freiburg überfallen wurden, wo Anna kurz vorher gewesen ist und zur gleichen Zeit in Hamburg deine Wohnung ausgeraubt wird?“

„Und was kann ich dafür?“

„Du hättest sie einfach laufen lassen sollen. Sieh doch, was jetzt passiert. Du hast vermutlich auch noch die Spur auf mich gelenkt. Nicht mehr lange und dann fallen sie auch bei mir ein. Oh, ich hasse dich, ich hasse dich!“ Vanessa begann wieder, mit den Fäusten auf ihn einzuschlagen. Ihr Kopf war plötzlich von schneeweiß auf feuerrot umgesprungen.

Nico hob die Hände und versuchte ihre Schläge abzuwehren. „Du bist doch paranoid!“

„Ich will, dass du verschwindest!“, fauchte Vanessa und eilte zur Wohnungstür. „Geh zurück zu Anna oder was auch immer, aber komm nicht auf die Idee, dich noch einmal hier blicken zu lassen. Sonst rufe ich die Polizei!“ Sie hatte die Tür geöffnet und sah ihn auffordernd an.

„Es ist nicht meine Schuld“, beteuerte Nico erneut. „Ich habe nichts von alldem gewusst. Glaubst du das etwa? Glaubst du, ich hätte uns mit Absicht der Gefahr ausgesetzt?“

„Entscheidend ist, dass du es getan hast“, zischte Vanessa.

„Aber doch aus einem ganz anderen Grund. Ich war besorgt."

„Dann kannst du ja jetzt direkt weitermachen! Aber verschwinde aus meiner Wohnung! Sofort!"

„Bitte, Van, es tut mir leid, was passiert ist. Ich werde es wiedergutmachen. Versprochen!"

„Verschwinde", sagte sie plötzlich leise, aber konsequent. „Ich will dich außerhalb der Arbeit nicht mehr sehen!"

Nico huschten allerlei Antworten durch den Kopf, aber keine passte jetzt wirklich dazu. Also sagte er nichts und machte zwei große Schritte an Vanessa vorbei, um die Wohnung zu verlassen.

*

Diego blinzelte zweimal und musste kurz überlegen, wo er sich befand, als er erwachte. Es war relativ hell im Raum, auch wenn die Rollläden runtergelassen waren, doch die Sonne fand dennoch ihren Weg durch die kleinen Schlitze in den Lamellen.

Er lag auf dem Fußboden. Unter ihm eine zusammengefaltete Wolldecke, die das Holz zwar angenehmer machte, mit einem richtigen Bett aber nicht zu vergleichen war. Doch das war egal. Wichtig war gewesen, wo er sich befand. Er war mit seinem Engel zusammen.

„Guten Morgen", hörte er ihre Stimme und sah auf. Sie hatte sich leicht vom Bett hinunter gebeugt und lächelte ihn freundlich an. Ihre hellen Locken umrandeten ihren Kopf wie einen Kranz.

„Guten Morgen", antwortete er und sah ihr direkt in die Augen. Wie er sich kannte, würde er sich wieder den ganzen Tag nicht sattsehen können.

„Hast du gut geschlafen?" Ein Grinsen huschte über ihr Gesicht.

„Erstaunlicherweise ja. Wie spät ist es?"

„Mittag."

Er hatte bis Mittag geschlafen? Er lag schon den halben Tag in diesem Raum?

„Es ist keine Schande, einmal länger zu schlafen", beruhigte sie ihn, als hätte sie seine Panik mitbekommen. „Wir haben viel hinter uns. Und du bist keine Maschine. Weißt du noch?"

Diego rieb sich mit der Hand durch die Augen und dachte an den gestrigen Abend. Sie hatte mehr für ihn getan, als sie vielleicht vermutete und er hatte mehr aufkommen lassen, als er sich je erträumt hätte. Es war schmerzhaft gewesen, was gestern passiert war, aber es hatte geholfen. Es war, als würde er einen tosenden Fluss überqueren und hatte dabei erkannt, dass die andere Uferseite viel schöner war. Der Weg war schwierig, aber er hatte ihn begonnen und würde sich weiter durch die Strömung kämpfen und das Dunkel hinter sich lassen.

Als sie schließlich mit den paar Decken aus dem Kleiderschrank für ihn ein Bett neben ihrem auf dem Fußboden gebaut hatte, war er zutiefst dankbar und erleichtert gewesen. Er hätte diesen Raum oder eher sie nur mit körperlichen Schmerzen verlassen können. Sie hatte die nie wirklich verheilte Wunde in seinem Inneren noch einmal aufgerissen und nur sie war in der Lage, diese wieder zu heilen.

„Übrigens hast du geschnarcht“, lachte sie plötzlich.

„Ich schnarche nicht“, entgegnete er.

„Doch, tust du!“

Diego überlegte, ob ihm irgendjemand schon mal erzählt hatte, dass er schnarche. Es war ihm bisher nicht bekannt gewesen, doch irgendwie klang es aufregend. Es war normal, dass Menschen schnarchten. War das ein erster Schritt in die richtige Richtung? In das Normalwerden?

Er richtete sich halb auf, sodass sein Gesicht ihrem näher kam. „Hast du mich beobachtet?“

Ihre Augen strahlten plötzlich und sie biss sich verlegen auf die Lippe. „Ein bisschen.“

Er lächelte bei dem Gedanken, dass es ihr unangenehm war. Er wollte, dass sie alles über ihn erfuhr und wenn es nur einfache Schlafrituale waren. Sie würde ihm helfen. Er würde ein normaler Mensch werden. Dank ihr. „Was habe ich gemacht?“

„Geschlafen!“

„Sonst nichts?“

Das Gesicht des Engels über ihm zog verwirrt die Augenbrauen zusammen. „Was hast du sonst erwartet?“

„Ich weiß nicht. Vielleicht etwas Ungewöhnliches.“

„Nein, tut mir leid. Du hast keine Lottozahlen genannt oder gesagt, was ich dieses Jahr zu Weihnachten bekomme.“

Er lächelte über ihre unbeschwerte Redensart. Es tat gut, sie angesichts der aktuellen Lage scherzen zu sehen. „Aber geschnarcht habe ich.“

„Vielleicht musst du mal geölt werden. Jede Maschine braucht ab und zu ihre Wartung.“

„Möglicherweise würde bei mir auch schon etwas zu essen reichen. Hast du Hunger?“

„Oh ja, sehr!“ Sie setzte sich auf und schob ihre Bettdecke zurück. Diego sah beschämt zur Seite, als er ihre nackten Beine sah, bevor sie nach ihrer Hose griff.

„Vielleicht sollten wir nicht zusammen unten auftauchen“, überlegte er laut, während er ebenfalls in seine Hose stieg. Rafael würde mit Sicherheit durchdrehen, wenn er hiervon erfuhr.

„Glaubst du wirklich, deinem wachsamen Bruder ist entgangen, dass du letzte Nacht nicht in deinem Zimmer geschlafen hast?“ Sie war fertig angezogen und strich sich mit den Fingern durch die Haare, um ihren Struwwelkopf zu ordnen.

„Nein, mit Sicherheit ist ihm das nicht entgangen“, murmelte Diego resigniert.

Soll er mir doch die Hölle heiß machen, dachte er. Es war erstaunlich, wie egal ihm das wirklich war. Er hatte sich komplett von einer relativ fremden Frau leiten lassen. So etwas hatte es in seinem bisherigen Leben nie gegeben.

Er vergewisserte sich, dass Anna so weit war, dann öffnete er die Tür. Höflich ließ er ihr den Vortritt und folgte ihr, als sie hindurchgehuscht war. Ihre Locken hüpften fröhlich und leicht. Diego war wie geblendet und kniff kurz die Augen zusammen, um sich auf seine eigenen Schritte zu konzentrieren.

Was war letzte Nacht bloß passiert? Wie konnte sich die Anziehungskraft noch verstärken?

Sie war an der Treppe angelangt und vergewisserte sich kurz, ob er ihr noch folgte. Dann stieg sie die Stufen hinunter. Erst leichtfüßig, aber zum Ende wurde sie stockender, dass er kurz dachte, sie würde sogar stehen bleiben. Bevor sie den Fuß auf den Boden setzte, holte sie noch einmal tief Luft.

Sie hat Angst, aber niemand soll es ihr anmerken, dachte Diego. Er wollte sie am liebsten packen und wieder die Treppe nach oben in ihr Zimmer zerren, damit ihr die folgende Gegenüberstellung erspart blieb.

„Da kommen ja unsere zwei Schmusekatzen“, bemerkte Enrico und grinste dabei über das ganze Gesicht.

Er saß mit Rafael am Esstisch. Vor ihnen lag eine Zeitung, daneben eine Tüte mit geschnittenem weißen Brot. Beide rauchten, sodass über ihnen bereits eine blaue Wolke den Raum erfüllt hatte.

Diego schob Anna an Enrico vorbei an das hintere Ende des Tisches.

Rafael hatte nicht einmal von der Zeitung aufgesehen, seit die beiden den Raum betreten hatten, aber Diego wusste, dass das nur die Ruhe vor dem Sturm war. Es war Rafaels Art, manchmal die Außenwelt auszublenden, während er innerlich brodelte und der Schaum ihm schon fast aus dem Mund lief. Dafür würde es später umso schlimmer werden.

„Ist sie wenigstens gut, die kleine Flachtitte?“, witzelte Enrico und warf Anna einen prüfenden Blick zu.

Diego holte mit der rechten Hand aus und packte Enrico an der

Kehle. Dann schleuderte er ihn rücklings an einen der dunklen Holzbalken, die einzeln verteilt im Raum standen. „Pass bloß auf, was du sagst!"

„So schlimm?" Enrico steuerte zum Gegenangriff und zielte mit der Faust auf Diegos Kinn. Doch sein Schlag verfehlte ihn, weil Diego sich duckte und im nächsten Augenblick Enricos Kopf erneut gegen den Balken schlug. Enrico röchelte kurz auf und verdrehte die Augen.

„Genug jetzt", knurrte Rafael von hinten.

Diego drehte sich nicht um. Er kannte seinen Bruder gut genug, um sich sein Gesicht zum Tonfall vorzustellen.

Er gab Enrico einen letzten Stoß und ließ ihn los. Dieser taumelte zurück und fasste sich an die Gurgel. „Mann, Rafael, dein Bruder sollte sich wegen einer dahergelaufenen Puta[41] wirklich nicht so aufregen."

Diego knurrte innerlich und machte eine schnelle Bewegung in Enricos Richtung, sodass dieser ängstlich die Hände über dem Kopf zusammenschlug.

„Diego! Hör auf! Enrico, setz dich wieder!", hörte Diego die Stimme seines großen Bruders, doch er achtete nicht auf ihn.

Er nahm sich vor, Enrico heute das letzte Mal angesehen zu haben und ging auf Anna zu, die mit weit aufgerissenen Augen hinter dem Tisch stand und lange nicht mehr so gelassen und vertraut wirkte, wie sie es oben im Zimmer getan hatte. Diego hasste Enrico dafür umso mehr und wünschte sich, ihm niemals begegnet zu sein.

„Tut mir leid, aber mir ist der Appetit vergangen", brummelte Enrico als Antwort auf Rafaels Aufforderung und ging die Treppe nach oben.

Diego deutete Anna an, an der kurzen Seite Platz zu nehmen und sie folgte brav. Er setzte sich auf einen Stuhl an der langen Seite, der ihr am nächsten und Rafael auf der gegenüberliegenden Seite am weitesten entfernt war.

„War das wirklich notwendig?", fauchte Rafael über den Tisch.

Diego spürte, wie es unter seiner Oberfläche brodelte. Seine Hände zitterten, als er die Brottüte zu Anna schob und nach der Wasserflasche griff. Es fehlte nicht viel und er würde den ganzen Tisch umschmeißen.

„Hey, ich rede mit dir!", brüllte Rafael. Im Augenwinkel erkannte Diego, dass er sich aufgerichtet und leicht über den Tisch gebeugt hatte.

---

[41] Schlampe

Ja, du sprichst mit mir, und ich werde dir gleich antworten, dachte Diego und ballte die Fäuste. Er war unsagbar wütend und wusste auch, dass er sich bei der nächsten Gelegenheit nicht mehr würde beherrschen können.

Oben war es ihm so gut gegangen. Er hatte gelacht. *Er hatte geschnarcht*. Es war so unbeschwert gewesen. Er hatte Teile des Glücks erfahren können, von denen er niemals geträumt hatte. Und doch war er nicht einmal seit zwei Minuten hier unten, und alles war wie vorher, als hätte es die Anna-Therapie niemals gegeben.

Er hasste Enrico dafür, er hasste Rafael dafür, aber am meisten hasste er sich dafür, dass er so unfähig war, *normal* zu sein.

„Te estoy hablando, cabrón …“[42], begann Rafael seine spanische Schimpfpredigt, aber Diego fuhr ihm sofort dazwischen.

„Pero no estaré contigo …“[43] Eine plötzliche Berührung ließ ihn stoppen. Verwirrt drehte er den Kopf zur Seite, sah kurz auf Annas Hand auf seinem Arm und dann in ihre Augen. Sie blinzelte und schüttelte ganz schwach mit dem Kopf.

Diego schloss die Augen und atmete einmal tief durch. Anna hatte recht. Es machte keinen Sinn, mit Rafael in diese Richtung weiterzulaufen. Er war viel schlauer und würde das anwenden, was er gerade lernte.

Langsam öffnete er wieder die Augen und sah das erste Mal seinen Bruder an. Annas Hand lag immer noch auf seinem Arm, aber genau das war auch gut so.

Rafael funkelte ihn über den Tisch hinweg wütend an, aber Diego spürte nichts außer der kleinen Hilfe an seiner Seite.

„Ich kann ihn nun mal nicht leiden“, erklärte er holprig. Die Wut auf Enrico war nicht weniger geworden, aber er wusste jetzt, wie er das Ventil regeln konnte. Entspannt sah er weiter Anna an, während er mit seinem Bruder sprach. „Er sollte lieber aufpassen, was er sagt.“

„Ich kann ihn doch genauso wenig leiden“, fügte Rafael seinen Teil hinzu. „Aber wir können ihn jetzt nicht mehr loswerden. Er klebt genauso an uns wie …“

„Möchtest du was trinken, Anna?“ Diego überging Rafaels Anspielung und hielt Anna die Wasserflasche hin. Er versuchte, unbeschwert zu klingen, wie er es oben auch geschafft hatte, und verzog den Mund so gut es ging zu einem Lächeln. Mit Sicherheit wirkte es nicht echt, aber Anna lächelte leicht zurück und nickte dankbar.

---

[42] „Ich rede mit dir, Arschloch…“

[43] „Aber ich werde nicht mit dir…“

„Como quieras …“[44], brummelte Rafael, nahm sich seine Zigarettenpackung und stand auf. „Pero no olvides esto!“[45] Er griff nach einer kleinen Packung mit einer schwarzhaarigen Frau auf der Vorderseite und warf sie in ihre Richtung, sodass sie unkoordiniert über die Brotpackung rollte.

Diego sah ihm nicht nach, als er den Raum verließ. Sein Blick war fest auf Anna gerichtet, die sichtlich angespannt war.

Doch als die Tür hinter Rafael schließlich zufiel, begann sie, tief durchzuatmen.

Diego konnte nicht anders und griff sofort nach ihren Händen. Er hatte es überstanden, dank ihr. Sie war ein Geschenk des Himmels. Durch ihren Halt beflügelt, verstärkte er sein Lächeln und strahlte sie voll an.

Anna lächelte verlegen zurück. Dann nickte sie nervös in Richtung Haarfärbepackung, die Rafael gerade über den Tisch geworfen hatte. „Was ist das?“

Diego folgte ihrem Blick. „Wir haben gedacht, dass wir dein Aussehen ändern müssen.“

Anna entzog ihm plötzlich ihre Hände und verzog das Gesicht.

Jetzt zeig mal, was du kannst, dachte Diego. Hatte er nicht letzte Nacht so viel über Gefühle gelernt? Jetzt konnte er beweisen, wie er in der Praxis Feinheiten schliff. Und das war härter und schwerer als jeder unterlegene Faustkampf, den er sich vorstellen konnte.

„Hier im Haus sind wir vorerst sicher. Aber ganz Spanien hat deine blonden Locken gesehen und hält danach Ausschau.“ Er wickelte eine Haarsträhne zwischen seine Fingerspitzen und zog sie lang. „Mit den langen Haaren wird man dich schnell erkennen.“

„Meine Haare sollen auch ab?“

Allein der Gedanke tat ihm schon weh. Es war, als würde man einem Engel die Flügel stutzen. „Glaub mir, es bricht mir selbst das Herz, dir diese schönen Haare zu nehmen.“

„*Du* willst mir die Haare schneiden?“ Es klang wie ein Vorwurf.

Diego lächelte verlegen.

„Und dann färbst du sie mir?“ Man erkannte einen wütenden Unterton, als sie nach der Packung griff und diese begutachtete. „In negro?“[46]

Diego nickte. „Wir müssen es tun. Es tut mir leid.“

„Hast du so etwas schon mal gemacht?“

---

[44] „Wie du willst…“
[45] „Aber vergiss das hier nicht!“
[46] schwarz

„Sehe ich so aus?“ Diego zog fragend eine Augenbraue hoch, während Anna verzweifelt ihren Kopf auf den Tisch fallen ließ.

Kapitel 49

Nico war nur widerwillig gegangen und hatte böse mit sich gekämpft, um nicht einen Schreikrampf zu bekommen, als er das Haus verlassen hatte.

Sie ist nur durcheinander, hatte er sich wieder und wieder gesagt. Es war nur zu verständlich, dass ihre Nerven blank lagen und sie nicht weiterwusste. Vielleicht würde ihr mit der Zeit klar werden, dass es nicht seine Schuld war.

Zu Hause machte er sich so gut es eben ging ans Aufräumen. Die Schmerztabletten schienen heute ganz gut zu wirken, und so konnte er tatsächlich ein bisschen hin und her stellen. Es war das absolute Chaos.

Er stellte schnell fest, dass man es ausschließlich auf Annas Sachen abgesehen hatte. Alle seine Wertgegenstände waren noch da.

Neben dem Bett hatte eine Reisetasche mit Annas Kleidung gestanden. Die war nicht mehr da. Der Karton mit ihren Ordnern für Versicherungen, Zeugnisse, Arbeitspläne, Bankunterlagen etc. fehlte. Außerdem sämtliche Fotos von ihr. Auch das letzte aus ihrem Urlaub in Dänemark, auf dem sie beide zu sehen waren, hing nicht mehr im Wohnzimmer.

Irgendwer hatte großes Interesse an ihr. Die Typen hatten alles mitgenommen, was auch nur irgendwie mit ihr in Verbindung gestanden hatte. Aber warum?

*

Anna saß auf der untersten Stufe der Veranda und sah in den Vorgarten. Die Mauer war etwa sechs Meter von ihr entfernt, dahinter erstreckte sich eine weite, trockene Landschaft. Langes, braunes Gras auf staubigem Sandboden. Entlang der Straße standen lediglich ein paar Büsche, die so verwachsen waren, dass sie ein kleines Dickicht bildeten.

In der Ferne erhoben sich einige Berge, über die sich eine Stromleitung mühte. Alles in allem eine triste Aussicht, aber besser als nichts. Sie war dem Ort näher, wenn sie wenigstens den Himmel sehen konnte, anstatt in einem Zimmer zu sitzen und die Wand anzuschauen. Malerisch wurde das Ganze erst durch die langsam sinkende Sonne, die den Himmel bereits mit den ersten roten Streifen durchzogen hatte und einen unglaublichen Untergang versprach.

So kann ich mich ablenken und dieses furchtbare Spiegelbild so schnell es geht wieder verdrängen, dachte sie.

Diego hatte sich Mühe gegeben, aber er war nun mal kein Friseur.

Anna fand, dass sie grausam aussah. Ihr Haar war pechschwarz und kurz. Sehr kurz. Viel zu kurz.

Wenn man dazu noch ihre Narbe an der Schläfe und die blau angelaufene Wange sah, erblickte man eine vollkommen andere Frau im Spiegel.

Oder war sie auf den ersten Blick überhaupt noch eine?

Momentan war es sicherlich schwer zu erkennen, da sie auch noch ein weites Hemd von Diego trug. Sie hatte ihre Sachen so gut es ging per Hand gewaschen und in ihrem Zimmer zum Trocknen aufgehängt. Sicherlich würde es hier draußen schneller gehen, aber sie waren ja eigentlich gar nicht hier.

So kam es, dass sie im Moment eher wie ein Boxer aussah, der bei seinem letzten Kampf nicht gut abgeschnitten hatte. Wenn man dann noch die Waffe in Betracht zog, die neben ihr lag und auf einen möglichen Einsatz wartete, war sie vielleicht sogar ein illegaler Boxer, der sich gegen eventuelle Racheakte bezüglich verlorener Wetten zur Wehr setzen musste.

Diego war vor einiger Zeit nach Zaragoza gefahren, um noch ein paar Besorgungen zu machen und hatte darauf bestanden, dass sie nicht ohne die Waffe blieb. Wobei Anna nicht wusste, ob Diego an die innere Gefahr durch Enrico oder an mögliche Eindringlinge von außen dachte.

Zudem hatte er einen lautstarken Streit mit Rafael ausgefochten. Anna hatte nicht gewusst, worum es genau ging und was Diego vorhatte, aber es schien wohl wichtig zu sein. Er war nur ungern gefahren, und sie hatte gespürt, wie schwer es ihm gefallen war, sie hier zurückzulassen.

Doch seltsamerweise ging es ihr nicht anders. Es war nur zu offensichtlich, dass sie bei Enrico und Rafael nicht sonderlich hoch im Kurs stand. Jede Zeit ohne Diego, der ihr schützend zur Seite stand, war reiner Nervenkitzel.

Sie schloss die Augen und hielt ihr Gesicht direkt in die untergehenden Sonnenstrahlen. Es war warm und angenehm, und sie spürte, wie sehr das Licht ihr guttat, um ihre Angst zu beruhigen.

Doch dann hörte sie einen Motor näherkommen. Sofort waren ihre Augen auf und visierten die schlängelnde Straße an, die zum Haus führte.

Der Seat kam zurück.

Am liebsten hätte sie einen Luftsprung gemacht, doch sie zügelte sich. Im Schutz des Verandaschattens blieb sie sitzen, während der Wagen durch die schmale Einfahrt und dann den Weg zur Garage hochfuhr. Sobald sie Diego entdeckte, hob sie schnell die Hand, um ihm zu winken, doch er schien sie nicht zu sehen. Dann verschwand der Seat in der Garage.

Sie überlegte kurz, ob sie hinlaufen sollte, aber dann entschied sie sich doch dafür, zu warten. Sicherlich würde er noch Dinge mit Rafael und Enrico zu regeln haben, und denen musste sie nicht unnötig begegnen.

Sie drehte ihren Kopf wieder in die Sonne und strich sich die Haare aus dem Nacken, die nicht mehr da waren. *Verdammt, mich wird keiner mehr wiedererkennen, wenn ich zurück in Deutschland bin.*

Aber war das nicht auch Sinn und Zweck der ganzen Geschichte? Die Frage war allerdings, ob und wann sie überhaupt wieder ‚normal' leben könnte? Wann würde das Versteckspielen vorbei sein?

Plötzlich hörte sie Schritte hinter sich. Sie drehte sich um und erkannte Diego. Wie vorhin im Auto trug er noch die dunkle Sonnenbrille, sodass sie seine Augen nicht sehen konnte, aber um seine Lippen schimmerte ein schwaches Lächeln. In der einen Hand hielt er eine braune Papiertüte, in der anderen zwei kleine grüne Flaschen.

„¿Quieres una cerveza?"[47]

„Was?"

„Möchtest du ein Bier?" Diego hielt ihr eine der Flaschen entgegen. Wasserperlen bedeckten das Äußere des Glases und versprachen eine angenehm kühle Erfrischung.

„Gerne."

Er setzte sich neben sie und nahm die Brille ab. Ein Strahlen huschte über sein Gesicht. Dann trank er einen großen Schluck aus seiner Flasche. „Vielleicht solltest du die Zeit hier nutzen und Spanisch lernen. Eine bessere Möglichkeit gibt es nicht."

„Ach, lass mal. Ich bin nicht so gut in Sprachen."

„Spanisch ist gar nicht so schwer."

„Klar, für dich nicht."

„Ich bin mir sicher, hier würdest du es lernen."

„Mit Rafael und Enrico als Lehrer?" Anna musste lachen. „Nein, danke!"

Diego schmunzelte und nippte erneut an seinem Bier. Dann reichte er die Tüte rüber. „Hier, für dich!"

Fragend nahm Anna sie entgegen. „Was ist das?"

Dann warf sie einen kleinen Blick hinein und erkannte eine Handvoll Pflegeartikel. Neben Zahnbürste, Shampoo, Deodorant, Nagelschere und Sonnencreme hatte er ihr sogar Tampons mitgebracht.

---

[47] „Möchtest du ein Bier?"

Wow, so weit sind wir also schon. Bei Nico wartete sie heute noch auf den Tag, dass es passierte.

„Ich war einfach so frei und habe dir ein bisschen mehr als nur eine Zahnbürste mitgebracht", sagte er und widmete sich gleich wieder seinem Bier, als wäre es ihm unangenehm, noch mehr darüber zu reden.

„Danke", flüsterte Anna leise zurück, die insgeheim schon überlegt hatte, wie sie demnächst an Tampons kommen sollte, wenn sie diese wirklich brauchte.

Sie drehte den Kopf zu ihm und lächelte leicht.

Er holte einmal tief Luft und blinzelte. Seine dunklen Augen strahlten keinen Hass mehr aus, wie sie das die letzten Tage erlebt hatte. Zwischen den Wimpern war Wärme. Anna war so fasziniert von dieser plötzlichen Wandelung, dass sie ihn wie eine Geisteskranke anstarrte.

„Und? Musstest du jemanden erschießen?", fragte Diego nach einiger Zeit und räusperte sich. Er hatte seine Augen von ihren abgewandt und sah zur Waffe, die neben ihr auf dem Holz lag.

Anna schüttelte kurz den Kopf, um wieder im Hier und Jetzt anzukommen. Dann griff sie nach der Glock und gab sie ihm zurück. „Da sind noch zwei im Haus, die hab ich für dich übrig gelassen."

Wie auf ihr Stichwort wurde der Motor gestartet. Anna sah überrascht zur Seite. Dann fuhr der Seat langsam aus der Garage. Rafael saß am Steuer und den Schatten daneben deutete Anna als Enrico.

„Wo fahren sie hin?"

Diego presste die Lippen aufeinander und sah dem Wagen nach, als er die Auffahrt runterfuhr und dann über die schmale Straße verschwand. „Ist nicht wichtig."

Anna beobachtete ihn, wie er nervös seine Finger knetete und dann gierig an seiner Flasche sog. Aber sie wollte nicht weiter bohren. „Okay." Ihr Blick folgte der Straße, auf der der Seat gerade ins Ungewisse verschwunden war.

„Darf ich dich etwas fragen?", fuhr sie nach einiger Zeit fort.

Er drehte den Kopf zu ihr und runzelte die Stirn. In seinen Augen schimmerte Zuversicht, aber dennoch eine gewisse Unsicherheit. Anna las in seinem Blick, dass er ihre Frage beantworten wollte, aber noch nicht wusste, ob er es konnte beziehungsweise durfte.

„Wenn das hier vorbei ist", begann Anna schließlich und musterte ihn angespannt. Sie wollte nicht, dass ihr auch nur das Kleinste in seiner Mimik entging. Er hatte sich sofort versteift, als sie nur den Satz begonnen hatte. „Wie wird es dann sein? Ich meine, kann ich überhaupt noch normal leben? Kann ich je wieder über eine Straße laufen, ohne Angst zu haben, dass mich Menschen verschleppen, von denen ich nicht mal weiß, wie sie überhaupt aussehen, du aber erzählst, dass sie schlimmer seien als die Polizei?“

Diego presste die Lippen zusammen, als wollte sein gesamter Körper die Aussage zu dieser Frage verweigern. Dann aber setzte er die Flasche an den Mund und trank den Rest in einem Zug leer.

Anna deutete es als ein Nein. Wahrscheinlich riet er ihr indirekt, das Gleiche mit ihrem Bier zu tun, da es für sie ohnehin keine andere Wahl geben würde.

Traurig sah sie wieder auf die staubige und trostlose Landschaft vor sich und dachte plötzlich, dass dieses Stückchen Erde immer noch lebendiger blieb als alles, was sie vor sich glaubte. Ihre Zukunft bestand ab jetzt nur noch aus Flucht und Verstecken, wenn sie nicht den direkten Abschuss suchte.

„Es wird so sein wie vorher“, sagte Diego schließlich überraschend.

Sie wandte den Blick von der trockenen Einöde ab, um sein Gesicht zu sehen. „Wie soll das möglich sein? Ich denke, man wird mich genauso suchen wie dich?“

Diego kniff die Augen zusammen, als würde er nach einer Erklärung suchen müssen. „Sagen wir, ich habe für dich eine Art Lebensversicherung abgeschlossen. Dir wird nichts geschehen.“

Anna brauchte einen Moment, um die Bedeutung der Worte in ihrem Kopf zu verstehen. „Was hast du getan?“

Diego schüttelte den Kopf. „Ist nicht wichtig. Dir wird nichts geschehen. Das ist entscheidend.“

„Warst du dafür gerade weg?“

„Genau.“

Es ratterte ins Annas Kopf. Was hatte er getan? Was für eine Lebensversicherung? Was hatte das zu bedeuten?

„Du kannst mir vertrauen“, wiederholte Diego mit Nachdruck und drehte seinen gesamten Oberkörper in ihre Richtung. „Es wird niemand nach dir suchen. Du hast nichts mit der Geschichte zu tun und das wissen sie auch. Spätestens jetzt. Sie lassen dich in Ruhe!“ Den letzten Satz knurrte er förmlich heraus, sodass Anna leicht zusammenzuckte. Doch sie wusste, dass die Drohung nicht ihr galt.

„Was ist mit der Polizei?“

„Du hast nichts getan, Anna. Bleib bei der Wahrheit. Du wurdest entführt und nach Spanien verschleppt. Gib ihnen unsere Namen, wenn du willst. Sag ihnen, wo wir gewesen sind. Es ist egal, weil wir dann nicht mehr da sein werden. Die Polizei weiß eigentlich auch, dass du nichts getan hast. Die Fahndung ist nur raus, weil sie sonst

Angst haben, zu lange im Dunkeln tappen zu müssen. Sie kennen unsere Gesichter nicht. Doch sobald sie feststellen, dass du nichts weißt, weil ich dir nichts erzähle“, wiederholte er seine Erklärung für die ständigen Ausreden. „werden sie dich gehen lassen. Ehrlichkeit zahlt sich aus, weißt du nicht mehr? Du kannst also gar nicht lügen, weil du nichts weißt. Und wenn du dann wieder zu Hause bist, wird alles so sein wie immer. Dafür habe ich quasi eine Police abgeschlossen, wenn du es so nennen willst. Sie werden diese nicht aufs Spiel setzen.“

Anna spürte, wie ihre Augen bei jedem Satz weiter aufgingen. Es klang so verlockend und doch so unsicher. „Das heißt, ich kann gehen? Jetzt?“

Diego verzog das Gesicht. „Vielleicht noch nicht jetzt. Warte noch. Vielleicht zwei Tage.“

„Warum?“

„Sagen wir, die Police ist jetzt noch nicht gültig. Ich will sichergehen, dass jeder von ihnen sie erhalten hat.“

„Ich verstehe das nicht? Was hast du getan, dass sie mich in Ruhe lassen?“

Diego drehte sich herum und sah in die Ferne. Sein Kiefer zuckte, die Hände waren zu Fäusten geballt. Schmerz durchzog sein Gesicht. „Ich habe einen hohen Preis hierfür gezahlt. Eine Sache, die sie unter keinen Umständen abschlagen können.“

Anna starrte ihn auffordernd an, aber es kam nichts mehr.

Dann drehte er sich plötzlich zu ihr herum und blinzelte entschuldigend. „Anna, du kannst mich noch so sehr löchern. Ich werde es dir nicht sagen. Denk daran, dass du nicht lügen kannst.“ Der Ansatz eines Lächelns huschte über seine Lippen.

Anna verdrehte die Augen und wandte den Blick ab.

Er schien wirklich nicht mehr erzählen zu wollen oder können. Wahrscheinlich musste sie sich damit abfinden. Aber wie sollte das gehen? Sie wusste, dass sie von jetzt an jeden Tag Acht geben würde, und der Gedanke, dass ihr nur nichts passierte, weil Diego wer weiß was getan hatte, war zudem auch nicht besser. Besaß er vielleicht nur noch eine Niere? Hatte er sich verkauft?

„Weiß Rafael, was du getan hast? Ich meine die Police?“

„Nein.“

Der Grund hierfür war Anna klar. Rafael hielt nicht sonderlich viel von Anna. Für ihn war sie wahrscheinlich noch mehr Last als Enrico. Außerdem würde das Wissen über diese Lebensversicherung sicherlich auch nur einen weiteren Streit zwischen den Brüdern auslösen.

„Warum tust du das?“

Diego drehte den Kopf und sah sie ungläubig an. „Was meinst du?“

„Na, diese Police und das alles. Du könntest mich genauso gut gehen lassen. Ich gehöre nicht in deine Welt.“

„Das stimmt“, sagte er und es klang wie eine Erleichterung. „Aber du bist nun mal blöd hineingerutscht. Ich könnte mich dafür entschuldigen und dir viel Glück wünschen, aber ich glaube nicht, dass ich mich dann noch einmal im Spiegel betrachten könnte. Du hast mir geholfen, Anna. Dafür danke ich dir. Es … es ist vielleicht Schicksal.“

Anna dachte an die Woche zurück und die Veränderungen, die sie an Diego erlebt hatte. Das hasserfüllte Gesicht, der gestresste Blick und nicht zuletzt die Tatsache, dass er vor ihren Augen versucht hatte, sich das Leben zu nehmen. Es war ein komisches Gefühl, wenn sie bedachte, ihn in zwei Tagen zu verlassen. Vielleicht nie wiederzusehen.

Nur noch zwei Tage! Aber warum auch nicht? Was hatte sie denn gedacht? Dass sie für immer zusammenbleiben würden? Hier in dieser Hütte?

Es war seltsam, aber irgendwie hatte Anna bisher nicht darüber nachgedacht, Diego wieder verlassen zu müssen. Unterbewusst hatte sie gedacht, weiter für ihn da zu sein und auf ihn aufzupassen. Zumindest bis sie sich sicher sein konnte, dass ihm nichts mehr passierte, und dabei dachte sie nicht an Fremdeinwirkung.

War er schon so weit, dass sie ihn gehen lassen konnte? Hatte sie ihm tatsächlich helfen können? Was war, wenn er doch wieder in seine alten Gewohnheiten zurückfiel und sich etwas antat?

Du bist nicht für ihn verantwortlich, meldete sich gleich eine innere Stimme, um ihr indirekt die Fragen zu beantworten.

Er hatte recht, die Zeit war zu Ende, und sie würde ihr Leben wiederaufnehmen.

„Und ihr …“ Anna musste sich einmal räuspern. „Ihr geht nach Mexiko?“

Es ist richtig, Anna, dachte sie. *Es ist absolut richtig, dass die Zeit jetzt vorbeigeht.* Warum nur hatte sie das Gefühl, ihn nicht verlassen zu können. Allein der Gedanke, ihm ‚Auf Wiedersehen‘ sagen zu müssen, verschaffte ihr einen Kloß im Magen.

„Ja. Das Flugzeug geht übermorgen Abend.“

„Ihr habt sogar schon einen Termin?“ Die Frage schoss viel zu schnell aus ihr raus. *Das war peinlich!*

Diego lächelte leicht. „Komisch, oder? In zwei Tagen ist alles vorbei. Und bald spricht keiner mehr davon.“

„Gefühlt hätte ich gedacht, es geht ewig so weiter“, antwortete

Anna und überspielte ihre Unsicherheit mit einem künstlichen Lachen. Sie hatte Angst. Die Ungewissheit der Zukunft bereitete ihr Panik.

„Freust du dich nicht auf zu Hause?“, fragte Diego besorgt, der ihr Verhalten offenbar falsch verstanden hatte.

„Doch natürlich. Meine Eltern sind bestimmt krank vor Sorge. Und Nico.“

„Ist das dein Freund?“

„Ja. Ich meine … ich weiß nicht. Wir haben uns ziemlich viel gestritten in der letzten Zeit. Wir haben uns nicht aussprechen können, bevor …“ Anna dachte an ihren letzten Streit, der wie eine dunkle Wolke in der Luft hing, wenn sie an ihre gemeinsame Zeit dachte. Das Leben mit ihm wirkte unrealistisch und fremd. Es war nicht das, was ihr den Wunsch auf ihr Zuhause gab.

„Es sind nur noch zwei Tage. Dann wirst du sie wiedersehen.“ Diego wandte den Blick wieder auf die triste Landschaft und wirkte irgendwie traurig.

„Werdet ihr in Mexiko auch erwartet?“

„Nein.“ Er griff nach einem dünnen Stock, der an der Verandastufe lehnte und fing an, damit in der Erde zu stochern.

„Was wirst du dann tun?“ Anna wusste, dass ihre Erinnerungen an diese Zeit niemals vorbeigehen würden, wie Diego es gerade gemeint hatte. Bis zu ihrem Lebensende würde diese Erfahrung ein prägender Moment in ihrem Leben bleiben.

Diego atmete einmal tief durch, sagte aber nichts.

Anna überlegte, ob das zu seiner Taktik gehörte, da sie nichts erfahren sollte oder ob er das vielleicht noch gar nicht wusste.

„Ich wünschte, ich hätte dich unter anderen Umständen kennengelernt“, sagte er schließlich völlig unerwartet, ohne auf Annas Frage genauer einzugehen.

Er sah sie nicht an, sondern hatte den Blick fest auf die staubigen Berge vor ihnen gerichtet. Die Sonne war noch ein Stückchen gesunken und färbte den Himmel leuchtend rot.

Als Anna nicht reagierte, drehte er auffordernd den Kopf herum. „Einfach so. Auf der Straße oder beim Einkaufen. Aber nicht so wie jetzt.“

Anna schluckte, wenn sie an die ersten Tage und die Angst vor ihm dachte. „Du hättest mich gar nicht gesehen!“

Diego kniff fragend die Augenbrauen zusammen. „Wie meinst du das?“

„Glaubst du wirklich, dass ich dir in einem Supermarkt aufgefallen wäre und du mit mir gesprochen hättest? Wir sind viel zu verschieden.

Solche Typen wie du interessieren sich nicht für so kleine Strebermiezen wie mich. Du wärst an mir vorbeigelaufen oder vielleicht wäre ich auch einfach vorher schon deinem fiesen Blick ausgewichen und hätte mich im nächsten Gang versteckt.“ Anna lächelte bei dem Gedanken, sich Diego bei einer alltäglichen Tätigkeit wie Einkaufen vorzustellen. Sie sah ihn nur in seiner bösen Welt.

Diego antwortete nicht, aber er musterte Anna nachdenklich.

„Vielleicht hast du sogar recht“, räumte er schließlich ein.

„Natürlich habe ich recht! So wie du auf die Außenstehenden wirkst, ist es ein natürlicher Überlebensinstinkt, dir aus dem Weg zu gehen.“ Anna lächelte. Sie freute sich, dass sie mittlerweile so weit war, um so unbeschwert mit ihm reden zu können.

„So wie du das sagst, klingt es, als wäre ich ein gefährliches Tier.“

Anna lachte und er lächelte ebenfalls. „Glaub mir, du bist ihm vielleicht ähnlicher, als du denkst. Obwohl du mit der Zeit zahmer geworden bist.“

Er richtete sich auf und hielt die Hände wie Pfoten vor den Körper, als würde er Männchen machen. „Vielleicht kann man mich noch dressieren?“

Anna gluckste und schüttelte mit dem Kopf. „Nein, lieber nicht.“

Er nahm die Hände wieder runter und strahlte über das ganze Gesicht. *Eine Premiere!*

„Danke, Anna!“

Er musste nicht erklären, wofür – Anna war absolut klar, was er meinte. „Gern geschehen.“

Kapitel 50

Erst hatte Benno überlegen müssen, wer diese dunkelhaarige Frau wohl sein mochte, aber dann war es ihm doch schnell klar geworden.

Sie sah schlecht aus und war deshalb nur schwer zu erkennen gewesen. Ihr Haar war verdammt kurz und schwarz gefärbt. Die schönen Engelslocken – einfach weg.

Es war Anna Selbig.

Obwohl er sie nie persönlich kennengelernt hatte, wusste er über sie schon eine ganze Menge und es war spannend, wie sich hier alles zusammenfand.

In Hamburg hatte er ihre Wohnung durchsucht. Mit ihrem Freund hatte er schon gesprochen und jetzt saß sie hier auf der Veranda. Die Haare waren weg, aber das Gesicht konnte man eben auf die Schnelle nicht zu sehr verändern.

Genüsslich hielt er sich erneut das Fernglas vor die Augen und beobachtete das gesellige Treiben der beiden. Zu seiner großen Freude, war sie nämlich schon seit einiger Zeit nicht mehr allein.

Santo saß neben ihr.

Dicht.

Sie wirkten erschreckenderweise so vertraut, als würden sie sich tatsächlich schon eine Ewigkeit kennen, denn auch wenn Santo ein guter Schauspieler war, so gab es jetzt keinen Grund, hier irgendjemandem etwas vorzumachen. Es war keiner hier.

Doch wie war es möglich, dass sie Benno so hatten hintergehen können? Er hatte nichts bei Anna gefunden. Es gab keinen Hinweis darauf, dass sie sich vorher schon einmal gesehen hatten. Anna hatte weder Bilder noch Notizen noch eine von Santos Nummern in ihren Sachen gehabt.

Santo musste alles geplant hatte. Ein Ausstieg bei den Streetsurfern war lebendig nicht möglich. Wenn man es trotzdem versuchen wollte, ging das also nur, wenn es hierfür keine Spuren im Nachhinein gab. Also hatte auch Anna alles geheim gehalten. Schlaue Taktik. Doch nicht ausreichend, denn er hatte sie trotzdem gefunden.

„Hat sich was geändert?“, fragte Miti neben ihm.

Benno nahm das Fernglas herunter und gab es ihm. „Nichts. Sie sitzen immer noch dort.“

Miti und er hatten sich in einiger Entfernung hinter ein paar trockenen Sträuchern versteckt. Das Haus und die Veranda konnte man von hier wunderbar sehen, aber für mehr Details war das Fernglas von Vorteil.

Miti nahm das Fernglas und hielt es sich ebenfalls vor die Augen. „Wie lange warten wir?"

Benno steckte sich eine Zigarette an und inhalierte den Rauch. Er musste nachdenken – und das konnte er so am besten. Die Umstände hatten sich für sie zum Vorteil gewandt. Santo schien nicht damit zu rechnen, dass sie hierhin verfolgt worden waren. Es war beinahe erschreckend zu sehen, wie entspannt er auf der Veranda saß und scherzte. Benno konnte sich nicht wirklich erinnern, wann er ihn mal in dieser Verfassung gesehen hatte.

Doch das alles spielte ihnen in die Hände: das abgelegene Haus, Santos Unwissenheit über ihn und Miti hier in der Nähe und seine unbeschwerte Ablenkung durch das Mädchen. Es war schwer, Santo wirklich einmal vollkommen überlisten zu können, doch dieses Mal sah es gut aus.

„Solange sie auf der Veranda sitzen, wird es nicht gehen. Sie würden uns die Straße entlangfahren sehen."

„Aber vielleicht sollten wir die Gelegenheit nutzen, solange Joyo weg ist. Momentan sind sie uns unterlegen." Miti senkte das Fernglas herab und gab es an Benno zurück.

„Das mag wohl stimmen." Benno warf einen erneuten Blick durch das Glas.

Santo schien irgendeine aufregende Geschichte zu erzählen und machte dabei wild gestikulierende Bewegungen mit seinen Händen. Was war los mit dem Kerl?

„Aber sieh dir den Himmel an", fuhr Benno fort. „Es dauert nicht mehr lange, bis die Sonne ganz untergegangen ist, dann können wir es wagen."

Er hatte die beiden wieder ins Visier genommen und wünschte sich zu sehr, von den Lippen ablesen zu können.

Doch dann stand Santo plötzlich auf. Er lachte und sah zu Anna hinab, bis diese auch schließlich aufstand. Irgendetwas hatte er ihr erzählt, das sie ganz stutzig gemacht hatte. Benno konnte ihre fragenden und Santos überlegenen Gesichtszüge gut durch das Fernglas erkennen.

Ja, ja, ja, dachte Benno und konnte sein Glück kaum fassen, als sich die beiden ins Haus begaben.

Die Straße war frei. Jetzt stand ihnen der Weg offen, um dem trauten Pärchen einen Besuch abzustatten.

*

Im Haus war es angenehm kühl durch die runtergezogenen Rollläden. Diegos Augen brauchten einen Moment, um sich an die Dunkelheit zu gewöhnen, doch hinter sich hörte er Annas nackte Füße auf dem

Fliesenboden. Er wusste nicht, ob vom Bier oder von der Sonne, aber ihre Schritte waren leicht tapsig, als wäre sie benommen.

„Also? Was soll ich tun?“, fragte Anna immer noch ungläubig und leicht provozierend und stützte sich an der Küchenzeile ab.

„Du kannst mir helfen, das Gemüse zu schneiden.“

„Ich kann immer noch nicht glauben, dass du wirklich kochen willst“, entgegnete sie verwundert, und er hatte wieder ihren verwirrten Blick vor Augen, als er ihr auf der Veranda von seinem Kochvorhaben erzählt hatte.

„Auch ich muss essen.“

„Ja, aber ich hätte nicht gedacht, dass du kochen kannst. Ich meine, ernähren sich Leute wie du, wenn sie überhaupt essen, nicht nur von Fast Food und Pizza Service.“

Diego konnte sich denken, wen sie meinte, wenn sie von ‚Leuten wie ihm‘ sprach. Zur Demonstration zog er seine Glock aus dem Hosenbund und ließ sie gekonnt mit mehreren Kreisen um seinen Zeigefinger schwirren, bevor er sie auf der Arbeitsplatte ablegte. Obwohl er sie nicht ansah, spürte er ihren Blick auf sich haften und freute sich innerlich. „Mach den Mund zu, Anna!“

Hinter ihm japste sie nach Luft, und er musste lachen.

„Findest du nicht, dass du ziemlich stark in Klischees lebst?“ Er griff nach dem Bund Karotten, die er vorhin gekauft hatte und legte sie in die Spüle. Nachdem er sie abgewaschen hatte, legte er sich eine auf ein Schneidbrett und glitt in Windeseile mit dem Messer drüber, sodass einzelne kleine Kreise entstanden. Es hatte wirklich etwas Profihaftes.

Was Anna nicht wusste, war natürlich, dass sie diese Übung regelmäßig als Geschicklichkeitstraining absolvieren mussten. Durch das schnelle gleichmäßige Schneiden wurden Konzentration, Präzision und Geschwindigkeit trainiert.

Mit einer raschen und geschickten Bewegung ließ er sie in den Topf fallen. Anschließend konnte er nicht anders, als sich triumphierend zu ihr umzudrehen. „Und? Du könntest mich sofort deinen Eltern vorstellen, oder nicht?“

Er lachte und freute sich über ihr verblüfftes Gesicht. Er war nicht nur blutrünstig und böse. Das war ein gutes Gefühl. Er hatte etwas Menschliches an sich, das nichts mit dieser Killermaschine zu tun hatte, die er gezwungen war zu sein. Einen kurzen Moment dachte er sogar wirklich daran, ihren Eltern vorgestellt zu werden. Doch er unterdrückte das beängstigende Gefühl, dieser Sache nicht gewachsen und nicht gut genug für sie zu sein. Niemals wäre er das, ganz egal wie sehr er es auch versuchen würde.

„Warum kannst du das so gut?“, fragte Anna.

Diego war voller Tatendrang und griff sich die nächste Karotte. In geübten Schnitten war sie genauso wie die erste. „Ich koche einfach gerne.“

Er würde die Trainingsgeschichte auslassen. Das machte ihn wieder unrealistisch, doch die Tatsache, dass er eine lächerliche Sache wie Karottenschneiden so gut konnte, machte ihn unglaublich menschlich, wie er fand. Es war schön, in etwas gut zu sein, das ‚normal‘ war. Auch wenn die Umstände, warum es so war, wieder seinen anderen Teil bestätigten.

Anna trat näher und musterte ihn bei seiner Arbeit, als er sich die nächste Karotte schnappte. „Ich glaube, du brauchst mich gar nicht, oder?“

Er konnte sich sein Lächeln nicht verkneifen. Es tat so gut. So unbeschreiblich gut. Sie stand neben ihm und war beeindruckt, obwohl er nicht am festesten zuschlug, nicht am genauesten gezielt und nicht am kältesten gemordet hatte. Sie bewunderte ihn, weil er Karotten schnitt. Er war ein ganz normaler Mensch, der etwas konnte.

„Gibt es noch mehr, mit dem du mich überraschen kannst?“ Sie stand dich neben ihm und beugte sich vor, um die Ausbeute in seinem Topf zu begutachten.

Durch ihre plötzliche Nähe irritiert, drehte er sich herum. Ihre Augen waren weit geöffnet und musterten ihn interessiert.

Diego schnappte nach Luft.

„Ich kann dir nicht bei deiner Steuererklärung helfen“, sprach er langsam und legte das Messer zur Seite. „Ich habe nicht mal einen brauchbaren Schulabschluss.“

Wie durch einen Magneten angezogen, schob sie sich weiter an ihn heran. Mit beiden Händen griff er an das untere Ende ihrer Haarspitzen im Nacken, die wirr vom Kopf abstanden. Auf der rechten Seite waren sie länger als auf der anderen. Er hatte den Engel verunstaltet, aber er war immer noch er. Es waren die gleichen Augen, die ihn anstrahlten und niemals zu erlöschen schienen.

„Und ich kann dir auch nicht die Haare schneiden“, gestand er, obwohl das nicht wirklich ein Geheimnis war.

„Die wachsen wieder nach“, murmelte Anna wie in Trance.

„Aber ich kann …“ Er konnte nicht klar denken. Sollte er ihr das gestehen? Sie stand so dicht vor ihm, dass sie alles durcheinanderbrachte.

Er senkte den Kopf herab und visierte ihre Lippen an. Er hatte sie bereits geküsst und versuchte, sich daran zu erinnern, wie sich ihre Lippen angefühlt hatten. Doch es war anders gewesen.

Auf der Straße in San Sebastián war es nur aus Selbstschutz geschehen. Und auch an der Raststätte war es eine Kurzschlussreaktion gewesen, weil er plötzlich die Kamera an der Wand entdeckt hatte.

Doch jetzt?

Er *wollte* sie küssen. So sehr!

Vorsichtig berührte er ihre Schläfe und strich sanft über die Wunde. „Tut es noch weh?“ Er konnte nicht atmen. Es war, als würde sie die gesamte Luft für sich beanspruchen.

„Nein“, hauchte sie, und er überlegte, ob sie dasselbe dachte.

„Ich habe dich kaputt gemacht. Das tut mir leid.“

„Es war nicht deine Schuld“, wisperte sie leise, sodass er sie kaum verstehen konnte.

Er zog ihren Kopf zu sich heran. Ihre Münder waren nur noch einen Hauch von einander entfernt. Er konnte ihren Atem spüren. Es war nur eine letzte Instanz, die hier fehlte, doch er war sich mit einem Mal nicht mehr sicher.

Dieser Kuss war anders und entscheidender als jeder andere Kuss in seinem Leben. Er hatte aus Verlangen geküsst, aus Leidenschaft, als Tarnung oder weil es einfach nur zum Sex dazugehörte, aber nie war es wie jetzt – nie war es aus Liebe geschehen. Endlich hatte er ein Wort für die Gefühle gefunden, die er seinem Engel gegenüber empfand.

Mit nur halbem Gehör nahm er ein Geräusch wahr, das von rechts aus Richtung der Tür kam. Er beachtete es nicht. Zu sehr war er mit der Erkenntnis beschäftigt, die er gerade erlangt hatte.

Doch Anna reagierte und drehte den Kopf zur Seite. Sie verkrampfte sich und versuchte, sich seinem Griff zu entziehen, um Abstand zwischen sie zu bringen.

Nein, geh nicht weg, dachte er, ohne den Kopf zu drehen und nachzusehen, was seinen Engel so erschreckt hatte.

Ich liebe dich, fügte er in Gedanken hinzu und konnte sein Glück kaum fassen.

„Diego“, hörte er plötzlich die Stimme seines Bruders. Sie klang drohend und passte überhaupt nicht in diese unglaubliche Situation.

Diego spürte Annas Unbehagen und ließ, wenn auch gegen den eigenen Willen, seine Hände von ihr ab.

Sofort trat sie zwei Schritte zurück, um Abstand zwischen sie zu bringen.

Doch Diego hatte sie bisher nicht aus den Augen gelassen.

Sie sah aufgeregt zwischen ihm und Rafael hin und her. Vielleicht war Enrico auch da. Diego wusste es nicht. Sie faszinierte ihn viel zu sehr, als dass er den Blick von ihr abwenden würde. Ihre Haut war leicht gerötet. Beschämt blinzelte sie mit den Lidern und sah Diego flehend an.

„Diego", fauchte Rafael erneut.

Anna zuckte bei seinem Ton ängstlich zusammen und schien noch einen Schritt nach hinten zu weichen. Bittend starrte sie Diego an, die Sache endlich zu übernehmen.

Diego entspannte sich und lehnte langsam den Oberkörper zurück. Dann lächelte er sie beruhigend an. Er würde sich hierum kümmern, sie brauchte keine Angst zu haben.

„Rafael." Obwohl Diego seinen Bruder ansprach, hatte er immer noch nicht den Blick abwenden können.

Anna sah verlegen auf den Boden und atmete schnell, als hätte sie gerade einen Dauerlauf hinter sich gebracht.

„Sind wir etwa zu früh?", hörte er Enricos gehässige Stimme.

„Nein, gar nicht", antwortete Diego und tat Anna den Gefallen, sich endlich von ihr abzuwenden.

„Wir machen gerade das Essen", fügte er hinzu und deutete mit der Hand auf den Kochtopf, der auf dem Herd stand.

Rafael stand nur etwa drei Meter von ihm entfernt und Diego war kurzzeitig überrascht, wie er so nah gekommen war, ohne dass er es bemerkt hatte. Doch noch viel beängstigender war sein Blick, den er auf Anna abfeuerte. Er sah sie an, als wäre sie ein kleines Insekt, vor dem man sich ekeln und das zerquetscht werden musste.

„Ja, ja. Das sieht man", witzelte Enrico, aber Diego beachtete ihn nicht.

Sein Blick war fest auf Rafael gerichtet, von dem die eigentliche Bedrohung ausging. Diegos Körper verspannte sich wie durch einen angeborenen Reflex oder war es nur das eingetrimmte Kampftraining? Doch er war nicht so ruhig und entspannt, wie er es normalerweise in dieser Situation war. Die Sache war aus dem Gleichgewicht geraten. Eigentlich sollte er sich in diesem Moment nur auf seinen Gegner konzentrieren, aber Anna zog seine Aufmerksamkeit magisch an. Auch wenn er nicht mal zu ihr sah, konnte er Rafael nicht klar, sondern nur durch einen Schleier gehüllt sehen.

„Ist die kleine Schlampe denn wenigstens gut in der Küche?" Enricos Bemerkung ging leer im Raum unter.

Diego hatte weiter Rafael im Visier, der sich immer noch nicht bewegte und er fühlte, wie sehr er die Angelegenheit unterschätzt hatte.

„Anna, geh nach oben", murmelte er zu ihr und trat seitwärts zwei Schritte nach links, um sich zwischen sie und Rafael zu schieben.

„Ja, genau! Geh hoch und mach dich schon mal frei!"

Diego achtete nicht auf Enricos Geplänkel. Er sah nur seinen Bruder an und schob sich in dessen Sichtfeld, um den starren Blick von Anna abzulenken.

Rafael hatte sich immer noch nicht bewegt. Auch als Diego jetzt vor ihm stand, zeigte sich keinerlei Reaktion in ihm. Der gleiche starrende Blick, mit dem er gerade noch Anna anvisiert hatte, lastete jetzt auf Diego. Für einen längeren Moment standen sie nur ruhig da und fixierten sich.

Diego kannte seinen Bruder zu gut, um zu wissen, dass er innerlich brodelte. Es war eine gewohnte Haltung, wenn er kurz davor war, die Beherrschung zu verlieren.

„Du Idiot!“, knurrte Rafael ihn schließlich an.

Diego spannte die Nackenmuskeln an. Rafaels Blick bohrte sich in seinen Körper, als wären es spitze Dolche.

„Was denkst du dir eigentlich dabei? Hast du überhaupt mal darüber nachgedacht, was du gerade machst?“ Rafael richtete sich auf und schob die Brust vor.

Diego antwortete nicht.

„Was ist los mit dir?“, fauchte Rafael und packte Diego am Kragen. „Ich begreife es nicht. Wir hängen da alle mit drin? Ist dir das gar nicht klar? Was ist dein Problem?“

„Nimm die Hände weg“, brummte Diego zurück und schüttelte seinen Bruder ab. Doch für diesen war es nur der Schuss ins Pulverfass.

Rafael machte einen Satz auf Diego zu und schlug ihm mit der Faust ins Gesicht. „Du kannst mir nicht den Mund verbieten, wenn du uns gerade in den Abgrund stürzt.“

Diego spürte, wie eine ungeheuerliche Wut in ihm aufstieg, die er schon so lange zurückgehalten hatte. Doch jetzt schien die geeignete Gelegenheit, um das Ventil zu öffnen. Rafaels Schlag hatte ihn taumeln lassen, aber dann stand er wieder fest und holte selber aus.

„In den Abgrund sind wir schon gestürzt, als wir noch in Hamburg lebten. All die Jahre haben wir für die Hölle gelebt, aber ich bin da jetzt raus.“

„Hört ihn euch an“, knurrte Rafael und sprang seinen Bruder erneut an. „Hier kommt Santo, der Heilige! Und alles nur, weil er einmal einer dahergelaufenen Frau zu lange in die Augen geschaut hat.“

Diego packte Rafael und schleuderte ihn zu Boden. Doch Rafael drehte sich herum und rollte seinen Bruder direkt weiter auf den Rücken. Er griff nach Diegos Handgelenken, um diesen auf den Fußboden zu drücken, aber Diego hielt dagegen. Mit aller Kraft löste er sich aus den Klauen seines älteren Bruders und ließ seine Hand in dessen Gesicht rauschen. Rafael taumelte zurück, sodass Diego sich unter ihm lösen konnte, doch dann hatte Rafael ihn wieder.

So ging es zwischen ihnen immer weiter. Diego kannte es zu gut. Rafael und er waren in etwa gleich stark, und wenn man dann noch tagtäglich gegeneinander trainierte und wusste, welche Tricks und Griffe der eine anwandte, dann war ein Kampf zwischen ihnen niemals fair.

„Was hast du dir nur dabei gedacht?“, wiederholte Rafael kurzatmig im Gerangel. „Du kannst sie nicht mitnehmen. Sie ist keine von uns. Du bist so dumm, wenn du sie jetzt an dich heranlässt.“

„Halt dich da raus!“, knurrte Diego zurück und schob sich wieder vor, um die Oberhand zu gewinnen.

Doch sein Bruder war in diesem Moment stärker. Er bekam schließlich beide Hände unter seinen Griff, drehte Diegos Arm herum und presste ihn mit dem Gesicht auf den Steinboden. Wenn Diego nicht wollte, dass er ihm den Arm brach, sollte er jetzt lieber ruhig liegen bleiben.

Rafael atmete einmal tief durch. „Ich meine es ernst, Diego! Sie muss gehen. Bevor es zu spät ist.“

Diego bewegte sich nicht, da er den Griff kannte und wusste, dass er verloren hatte.

Rafael hatte keine Ahnung, wovon er sprach.

„Du bist nicht mehr du selbst, Diego, merkst du das denn gar nicht? Ich erkenne dich nicht mehr. Was ist aus dir geworden? Ich will meinen Bruder zurück!“

Er war mit Rafael einer Meinung: Er wollte sein Leben zurück, aber er wusste, dass Rafael eine andere Definition vom Leben hatte als Diego. Wenn Rafael sagte, dass er seinen Bruder zurückhaben wollte, dann meinte er, dass sie schleunigst wieder bei Azem im Hauptquartier einkehren sollten.

„Ich werde mit Frank telefonieren“, fuhr Rafael fort, als Diego immer noch nicht antwortete und bestätigte damit Diegos Vermutung. „Wir gehen zurück. Alles wird wieder wie früher, du wirst sehen!“

„Fahr zur Hölle!“

„Verdammt, Diego! Es geht so nicht. Du brauchst Hilfe, aber ich kann das nicht alleine. Wenn das so weitergeht, laufe ich auch noch Amok wie du!“

Ich brauche Hilfe, dachte Diego.

Es war das zweite Mal, dass Rafael dies aussprach. Es war also keine zufällige Floskel gewesen. Diego war vorher nicht bewusst, wie viel sein Bruder von seinem Leiden eigentlich mitbekommen hatte. „Ich gehe nicht zurück. Niemals.“

„Und was willst du dann machen? Die Frau mitnehmen und mit ihr nach Mexiko fahren?“

„Ich habe sie gefragt.“

„Herrgott, Diego!“ Rafael veränderte ruckartig seine Position und Diego ließ einen Schmerzensschrei aufkommen, als Rafael seinen Arm drehte. „Du kannst sie nicht behalten. Wir können sie nicht mitnehmen. Schlag sie dir aus dem Kopf!“

„Das kann ich nicht.“

Ganz unerwartet und plötzlich öffnete Rafael seinen Griff und ließ Diego frei. Dieser richtete sich auf und massierte seinen Arm.

„Donnerwetter, Jungs. Das war ´ne geile Show.“ Enrico klatschte neben ihnen anerkennend Beifall, aber keiner der Brüder beachtete ihn.

„Es geht nicht“, wiederholte Rafael mit Nachdruck. „Du kannst sie nicht mitnehmen.“

Diego ignorierte den fiesen Nachgeschmack, den der Satz seines Bruders in seinem Kopf hinterließ. Stattdessen richtete er sich auf und sah auf die Stelle, an der Anna eben noch gestanden hatte.

Sie war nicht mehr da.

*

Anna hatte kurz gezögert, aber dann hatte sie Diegos Rat befolgt und war die Treppe nach oben hochgerannt. Im Lauf hatte sie noch nach hinten geschielt, doch die eigentliche Aggression hatte sie bereits vorher erkannt, als Rafael überhaupt die Küche betreten hatte. Es war ihr unverständlich, wie Diego in seiner Anwesenheit so ruhig und apathisch bleiben konnte. Anna hätte am liebsten bereits bei Rafaels Ankunft die Flucht ergriffen.

Von unten hörte sie Rafael schimpfen. Kurz darauf polterte es, als hätte ein Kampf begonnen.

Anna spürte Tränen auf ihren Wangen und riss ihre Zimmertür auf. So schnell sie konnte, schlug sie diese wieder hinter sich zu und presste ihren Rücken ans Holz. Ihr Herz klopfte laut und ihr Brustkorb pumpte stoßend.

Sie wusste nicht, ob von der Aufregung oder vom schnellen Laufen, aber ihr Kopf begann sich plötzlich zu drehen. Es rauschte in ihren Ohren, der Raum verschwand vor ihr, und sie musste die Augen schließen.

Stützend griff sie zur Seite, um sich abzufangen, doch sie fand keinen Halt. Sie prallte mit dem Hinterkopf an die Tür und ließ sich langsam auf den Fußboden sinken.

Um sich selbst Halt zu geben, vergrub sie den Kopf zwischen den Knien und versuchte, gegen den unaufhaltsamen Schwindel anzukämpfen. Nach nur kurzer Zeit war ihre Hose von den Tränen durchtränkt.

Sie konnte die Gewalt nicht mehr ertragen. Seit mehr als einer Woche war sie inzwischen hier, lebte dichter am Tod als am Leben und ließ ein traumatisches Erlebnis nach dem anderen hinter sich.

Sie wollte sich winden, drehen, schreien, an die Wände schlagen – alles, was ihr nur helfen könnte, diese ausweglose Angst zu vergessen, die sie mehr und mehr von innen heraus zerfraß.

Doch sie war machtlos. Während sie hier an die Tür gekauert saß, fühlte sie sich so leer und hilflos, dass sie nicht mal glaubte, einen Arm heben zu können.

Genauso wenig war sie dazu in der Lage, gegen die Tür zu drücken, als sich diese plötzlich vorsichtig in ihrem Rücken bewegte.

Sie öffnete die Augen und erkannte Diegos Gestalt über sich. Er war unscharf durch die Tränen, vielleicht trug der Schwindel aber auch dazu bei.

„Lass mich in Ruhe!“, fauchte sie ihn an. Sie wollte ihn nicht sehen. Er war doch schließlich der Grund für diese ganze Misere, in der sie steckte. Sie kochte vor Wut und verspürte den Drang, auf irgendetwas einzuschlagen.

Als hätte sie das Gegenteil oder gar nichts gesagt, ließ sich Diego geschmeidig ihr gegenüber in die Hocke nieder.

Wütend wischte sie sich mit dem Handrücken durch die Augen und streifte dabei unglücklich mit einem Fingerring über das Augenlid. Die Haut brannte, doch sie ignorierte die Irritation. „Ich will, dass du gehst!“

Es war wirklich so, als würde sie eine Ermutigung aussprechen. Diego verlagerte sein Gewicht nach vorne und streckte eine Hand zu ihr aus.

„Hast du nicht gehört?“, fauchte Anna durch ihre Tränen hindurch. Sie wollte nach Hause. Und wenn das nicht ging, dann wollte sie wenigstens alleine sein.

Diego ließ sich vor ihr auf die Knie fallen und breitete die Arme aus. Was war los mit dem Kerl?

Im nächsten Moment hatte er Anna fest umschlossen und drückte sie an sich. Anna versuchte, ihn von sich zu schieben, aber erstens war er zu stark und zweitens hatte sie keine Kraft, um auch nur den leisesten Widerstand zu leisten.

„Ich will alleine sein“, murmelte sie stattdessen, doch während sie sprach, spürte sie, dass sie das eigentlich nicht wollte.

Wie vorher bereits hörte Diego zum Glück nicht auf das, was man von ihm verlangte und hielt Anna weiter in seinem Griff umschlossen.

Anna schlang schließlich ebenfalls ihre Arme fest um ihn und schluchzte an seine Schulter. „Ich will nach Hause, Diego. Ich kann nicht mehr."

„Es dauert nicht mehr lange."

„Du hast gesagt, ich bin frei. Bitte lass mich gehen! Bitte!"

„Denk dran, was ich gesagt habe. Noch bist du nicht sicher. Warte, bis die Police wirkt." Er sagte es so, als wäre es eine Tablette, die Anna einnehmen musste.

Anna dachte über seine Worte nach. Dann schob sie sich von ihm weg, und diesmal ließ er es tatsächlich zu. Doch Anna hatte einen Entschluss gefasst.

„Ich werde nur noch morgen warten." Es war eine Entscheidung, die sie durchziehen würde. Andernfalls würde er sie mit Gewalt daran hindern müssen. Sie konnte nicht länger in dieser Situation leben.

Er kniff zweifelnd die Augenbrauen zusammen. Seine Unterlippe war aufgeplatzt und blutig, was Anna bisher durch ihren Tränenschleier noch gar nicht aufgefallen war.

Anna lächelte schwach und strich vorsichtig an der Wunde vorbei über seine Wange. Unter ihren Fingern spürte sie seine borstigen Bartstoppeln.

Er griff nach ihrer Hand und stoppte sie in ihrer Bewegung. „Geh nicht!"

„Ich muss. Ich kann nicht länger bleiben."

Er nahm seine zweite Hand hinzu, um ihre fest umschlossen zu halten. „Komm mit mir nach Mexiko!"

Anna blinzelte zweimal. „Das kann ich nicht."

„Warum nicht?" Sein Flehen klang fast einem Drogenabhängigen ähnlich, dem der Stoff verwehrt wurde.

„Weil ich nach Hause möchte. Zu meiner Familie."

Diego nickte, doch es sah nicht wie ein richtiges Einverständnis aus.

„Es würde nicht gehen, Diego", fügte sie als Entschuldigung hinzu, zu der sie sich irgendwie verpflichtet fühlte. „Wir sind zu verschieden. Ich kann nicht in dieser dauerhaften Angst und Gewalt leben."

Diego sah kurz auf seine Hände, dann lächelte er zu Annas Überraschung. „Ich weiß."

Kapitel 51

Nico machte sich Sorgen um Vanessa. Er hatte den ganzen Tag nichts mehr von ihr gehört, und das beunruhigte ihn. Er hätte nicht gedacht, dass sie ihre Forderung so knallhart durchzog. Eigentlich war sie kein nachtragender Typ, sondern gehörte eher zu denen, die schnell klein beigaben und die direkte Konfrontation scheuten.

Doch warum war es jetzt geschehen? Sah sie denn gar nicht, dass er genauso unschuldig in die Sache hineingerutscht war wie sie? Er war doch nicht absichtlich nach Freiburg gefahren, um sich dort überfallen zu lassen. War das so unklar?

So gut er konnte, lenkte er sich mit Aufräumen und dem neuen Einrichten seiner Wohnung ab. Die Einbrecher hatten ihm ja schon einen Gefallen getan und die meisten von Annas Sachen verschwinden lassen, sodass er gar nicht mehr viel wegwerfen musste. Wenn sie nur auch die Gedanken und Gefühle hätten mitnehmen können, die ihm durch den Kopf spukten. Es war ein bitteres Gefühl, einmal an Anna, aber auch an Vanessa zu denken. Wenn Anna ihn so plötzlich und unerwartet verlassen hatte, warum musste er dann gleichzeitig auch Vanessa verlieren? Es war wie ein schlechter Traum. Unrealistisch und verdreht.

Um sich von seinen trüben Gedanken abzulenken, überlegte er sich viele Möglichkeiten, wie er die Räume verändern und einige Möbel anders hinstellen konnte. Anna war weg – es war ein Neuanfang.

Er musste es realistisch sehen, auch wenn es schwerfiel. Die neue Wohnung, die sie eigentlich gemeinsam beziehen wollten, würde er gleich am Montag kündigen. Sicherlich hätte er sich diese durch den Verdienst an dem London Projekt auch locker alleine leisten können, aber warum in Hamburg bleiben, wenn ihm die ganze Welt offenstand? London würde nur der Anfang sein, und er hatte keine Freundin mehr, die ihn an einem bestimmten Standort hielt.

Er war frei.

*

Anna hatte sich doch noch einmal berappelt, um unten etwas zu essen. Doch sie saß mit Diego alleine am Tisch. Wo die anderen waren, wusste sie nicht, legte aber auch keinen Wert drauf. Die Stimmung war auf Messers Schneide und kurz davor zu kippen.

Diego verhielt sich merkwürdig und war sehr schweigsam. Während des Essens sprach er kein Wort und auch Anna wagte nicht, etwas zu sagen.

Er hatte vorher angedeutet, dass er und Rafael später noch einmal wegmussten. Das letzte Mal, wie er noch betont hatte, doch Anna wusste nicht, was es bedeuten sollte. Ihr war nicht wohl bei dem Gedanken, aber hauptsächlich, weil sie die Zeit dann alleine sein würde.

Doch Diego hatte vorgesorgt. Ohne dass Anna ihr Bedenken erklären musste, hatte er sie in das Zimmer neben ihrem gebracht. Es war größer als ihres, machte einen kleinen verwinkelten Bogen und das Entscheidende – es gab einen Schlüssel zur Tür.

Wortlos hatte Diego Anna nach dem Essen nach oben begleitet und sie in diesen Raum geführt. Sein Gesicht hatte dabei ausgesehen, als ob es der letzte Gang zum Galgen sei.

Anna wusste nicht, was los war, traute sich aber auch nicht, ihn zu fragen.

Kurz bevor er gegangen war, hatte er schließlich wieder seine Waffe hervorgeholt und sie neben Anna auf den Nachtschrank gelegt. Sein Gesicht hatte wie betäubt ausgesehen und ähnelte erschreckend dem, das Anna die ersten Tage kennengelernt hatte.

Dann war er schließlich verschwunden, nachdem er wiederholt gesagt hatte, dass sie unbedingt in diesem Raum bleiben sollte. Es war schon bald übertrieben, wie er mit Nachdruck hierauf pochte, und Anna überlegte sich für einen Moment ernsthaft, wie es diesem Mann wohl ergehen würde, wenn sie morgen tatsächlich aus seinem Leben verschwand. Es war unvorstellbar und sicherlich nicht ohne Folgen für seine kaputte Seele, wenn er sie ziehen lassen musste.

Dennoch ist es das Richtige, begann sie sich einzureden. Sie konnte nicht hierbleiben und viel weniger konnte sie mit nach Mexiko auswandern. Warum auch? Und wohin? Sie gehörte nach Hause zu ihrer Familie und zu Nico, falls es hier noch eine Chance gab.

Und er?, dachte Anna und wurde traurig, wenn sie an Diego dachte.

Er gehörte auch irgendwohin, vielleicht nicht zu Rafael, mit Sicherheit auch nicht zu Enrico und erst recht nicht zu denjenigen, vor denen er davonrannte, aber irgendwo musste sein Platz sein. Doch auch wenn sie inzwischen etwas wie eine Beziehung zu ihm aufgebaut hatte, hieß es nicht, dass sie ihm ewig helfen konnte.

Enrico hatte unten den Fernseher laufen, und Anna hörte immer wieder Applaus und Menschen lachen. Es schien eine Art Show zu sein, die er sich ansah.

Anna hatte sich eine Zeitung mit nach oben genommen und sich auf dem Bett ausgebreitet. Zwar konnte sie kein Spanisch, aber es tat irgendwie gut, darin zu blättern, auch wenn sie sich nur die Bilder anguckte und sich den Rest dazu reimte.

Draußen war es dunkel geworden, aber sie war nicht müde. Sie wusste, dass sie keine Ruhe finden würde, solange Diego nicht zurück war.

Ihr war heiß, und sie musste sich aufsetzen. Die Luft stand im Raum, und zu gerne hätte sie die Rollläden aufgezogen und das Fenster aufgerissen, um die schöne Abendluft hereinzulassen, aber die Läden mussten unten bleiben. Das Haus war schließlich *nicht bewohnt.*

Sie griff nach der Zeitung und wedelte sich Luft zu, um keinen Hitzekoller zu bekommen. Ihr war schummerig vor den Augen und ihr Herz raste. Schweiß strömte aus all ihren Poren, sodass ihr T-Shirt wie eine zweite Haut an ihrem Körper klebte. Sie war unruhig und fahrig und stand schließlich vom Bett auf. Mit geballten Fäusten ging sie schließlich im kleinen Zimmer auf und ab und war doch so machtlos. Sie konnte nichts anderes tun, als zu warten, aber genau das machte sie wahnsinnig.

Er war weg und sie wusste nicht, wohin. Die Police zu ihrem Schutz hatte ihm verboten, es ihr zu erzählen, doch es war, als wäre mit ihm auch ein Teil von ihr gegangen.

Sie kniff die Augen zusammen und versuchte zu realisieren, was passiert war. Sie kannte diesen Mann doch so gut wie gar nicht. Warum fühlte sie dann diese starke Verbindung? Gleichzeitig war die Angst da, da sie wusste, wie sehr er in Gefahr war.

Sie setzte sich wieder auf das Bett und atmete tief durch, um sich zu beruhigen. Neben ihr brannte die kleine wackelige Nachttischlampe und war alles, was es an Licht gab. Es war ruhig. Außer dem Fernseher von unten und ihrem ratternden Herzschlag war kein Ton zu hören.

Das ist krank, dachte sie, als sie sich ihrer Gefühle klar wurde und gleichzeitig wusste, dass sie morgen nicht einfach so würde gehen können. Es wäre keine Erleichterung, wenn sie ihn verlassen würde und wieder zu Hause war. Denn auch wenn sie dadurch sicher wäre, so war es immer noch Diego, um dessen Leben sie fürchten musste und wahrscheinlich niemals erfahren würde, wie es mit ihm ausgegangen war.

Sie legte die Zeitung zur Seite und machte das Licht aus. Sie deckte sich fürs Wohlgefühl ein wenig mit der dünnen Decke zu und schloss die Augen. Mühsam versuchte sie, ihre Gedanken zu verscheuchen, doch plötzlich hörte sie ein Geräusch von unten.

Sofort riss sie die Augen wieder auf und lauschte. Es waren Stimmen. Kurz. Laut. Ein abrupter Schrei.

Waren sie schon wieder zurück? Sie schätze die Zeit mit ihrer inneren Uhr ab, aber da sie nicht wusste, wo sie hingefahren waren, konnte sie auch unmöglich sagen, wann sie wiederkommen würden.

Angestrengt versuchte sie, noch mehr zu hören, aber ihr Herz schlug so laut, dass sie nur das Bumm Bumm in den Ohren hörte.

Ruhig! Nicht atmen! Was war da?

Es war nichts zu hören, und das war seltsam. Warum sprachen sie nicht weiter, wenn sie zurück waren? Zumindest ein Gemurmel, das Verrücken eines Stuhls oder das Zuschlagen einer Schranktür? Warum war es jetzt so leise?

Anna konzentrierte sich und versuchte, zumindest den Fernseher noch einmal raushören zu können. Nichts.

Hatte sie sich das Ganze vielleicht nur eingebildet? War gar nichts gewesen oder hatte Enrico aufgeschrien, weil etwas Aufregendes im Fernsehen geschehen war? Aber wieso hörte sie dann jetzt nichts mehr?

Ihre Hände wurden feucht, und ihr war heiß und kalt zugleich. Was sollte sie tun?

Entweder wartete sie hier und machte sich vor Angst in die Hose, oder sie ging runter, würde nachsehen, was es war und könnte danach halbwegs befriedigt schlafen, weil Enrico wahrscheinlich nur über irgendeinen schlechten Witz im Fernsehen gelacht hatte.

Oder aber, und sie wusste, dass das der eigentliche Grund war, sie würde runtergehen, um zu sehen, ob tatsächlich Diego zurückgekehrt war. Sie musste ihn sehen und konnte nicht warten, bis er irgendwann nach oben kommen würde, zudem sie auch nicht einmal wusste, ob er dann nach ihr schauen würde. Sie musste jetzt schon wissen, ob es ihm gut ging.

Langsam stand sie auf und öffnete die Tür. Sie quietschte leise und Anna verfluchte sie dafür. Schleichend ging sie durch den kleinen Flur und sah vorsichtig die Treppe hinunter.

Sie konnte nichts sehen, weil der Wohnbereich mit dem Fernseher in der anderen Richtung lag. Aber das Gelächter aus der Mattscheibe war deutlich zu vernehmen. Er war also doch noch an, nur der Ton war runtergedreht worden.

So leise wie möglich, ging sie die Treppe nach unten. Dort angekommen ging sie um die Treppe herum und erschrak, als sie zum Fernseher schaute.

Im Wohnzimmer stand ein vollkommen fremder Mann. Er war groß, mit einem kahlrasierten Schädel und vielen Tätowierungen an den Armen. Auf dem Boden zu seinen Füßen lag ein bewegungsloser Enrico.

Anna wollte aufschreien und hielt sich die Hand vor den Mund.

Im selben Moment hatte der Mann sie entdeckt. Er drehte sich zu ihr um und starrte sie mit großen, furchteinflößenden Augen an.

Eine Sekunde brauchte sie zum Reagieren, dann war sie bereits wieder auf der Treppe und rannte nach oben.

Der Mann kam mit drei großen Sätzen hinterher und hatte sie fast eingeholt. Dann packte er ihr Bein und zog sie runter, sodass sie auf die Treppe fiel.

Anna schrie auf und trat ihm mit dem anderen Fuß ins Gesicht, dass er sie loslassen musste. Auf allen Vieren krabbelte sie die Treppe hoch und hatte nur ihre Zimmertür vor Augen. Im Geist spielte sie bereits durch, wie sie die Tür hinter sich abschließen und Diegos Waffe in die Hand nehmen würde. Warum hatte sie diese bloß oben liegen gelassen?

Sie war oben und sprang so schnell sie konnte vorwärts. Doch der Mann war direkt hinter ihr und warf sich mit seinem ganzen Gewicht auf sie. Die Dielen knackten, als sie beide auf den Boden prallten.

Nein! Nein! Nein! Anna zappelte unter ihm wie ein Fisch, konnte sich aber nicht befreien.

Dann spürte sie plötzlich einen harten Schlag auf ihrem Kopf und die Welt verschwamm vor ihren Augen. Das Gelächter im Fernseher wurde leiser und war bald nicht mehr da.

Kapitel 52

Nico sah nur mit halbem Auge hin, als der nächste Werbeblock im Fernsehen auftauchte. Normalerweise reagierte er in diesem Moment akribisch schnell. Seiner Meinung nach war Werbezeit im Fernsehen tote Zeit, die er nicht wiederbekam und die sich nicht ersetzen ließ. Wenn er dann bedachte, wie wenig Zeit er generell in seinem Leben für Freizeit hatte, fühlte er sich schon fast beleidigt oder persönlich angegriffen, wenn der Film durch einen weiteren Werbeblock unterbrochen wurde.

Doch so nicht heute. Wenn er ehrlich war, hatte er sogar schon zwei Werbeblöcke gesehen und startete jetzt den dritten, der sich mit schnellen Bildern und imposanter Musik aufdrängte und den Film ablöste. Heute war ihm ziemlich gleichgültig, was er überhaupt im Fernsehen sah und wenn er zugeben musste, so hatte er von dem Film, in dem Sandra Bullock einem schwarzen Jungen helfen wollte, noch gar nicht so viel mitbekommen.

Er lag auf dem Sofa, vor ihm eine Tüte Chips, daneben ein Bier. Beides hatte er noch nicht einmal angerührt. Er hatte keinen Appetit.

Die Türklingel schellte und ließ ihn kurzzeitig aus seiner Teilnahmslosigkeit aufwachen. Er warf einen flüchtigen Blick auf die Küchenuhr, die er von hier sehen konnte, und stellte überrascht fest, dass es schon kurz vor zwölf war. Wer kam denn jetzt noch?

Anna, dachte er.

Vielleicht war sie es und sogleich stellte er innerlich fest, wie sehr er sich hierüber freuen würde, auch wenn er sie eigentlich abschreiben wollte.

Es klingelte erneut und so stand er schließlich von seinem Sofa auf. Es zog einmal durch seinen Rücken, als er die Position änderte.

Auf dem kurzen Weg zur Wohnungstür dachte er dann allerdings daran, dass es auch der Eine oder die Unbekannten sein konnten, um ihm einen weiteren Besuch abzustatten.

Bevor er die Tür öffnete, griff er nach seinem alten Tennisschläger, der in einer blauen Tasche eingepackt an der Wand lehnte. Sicherlich würde er im Ernstfall nicht viel hiermit ausrichten können, aber er war besser als gar nichts.

Er sah durch den Spion, doch im Flur war es dunkel. War keiner da? Hatte er Halluzinationen?

Doch dann klingelte es wieder. Wer auch immer im Flur stand, bevorzugte die Dunkelheit.

Er bekam Angst, dennoch legte er die kleine Kette vor und öffnete.

Vor der Tür stand keine Anna, aber auch nicht wie vermutet ein Pack vermummter Gestalten, die mit Schlagstöcken auf ihn losziehen wollten.

Es war eine kleine, zierliche Frau. Sie trug einen weiten Kapuzenpullover und eine ebenso große schlabbrige Hose, sodass sie ein bisschen wie ein kleines Kind wirkte, das sich in die Kleidung seiner Eltern gestohlen hatte. Ihr Gesicht war blass. Da kein Licht im Treppenhaus brannte, lag es außerdem im Schatten und war durch die weit vorgezogene Kapuze nur schwer zu erkennen. Ihre Augen waren schwarz geschminkt und wirkten wie dunkle Löcher auf einem hellen Grund. Am linken Rand ihrer Unterlippe krallten sich Piercings in Form von Ringen in die Haut.

Nicos erster Gedanke war, dass sie sich in der Tür geirrt hatte. Sicherlich wollte sie zu einem seiner Nachbarn. Schnell ging er die umliegenden Wohnungen im Kopf durch und überlegte, welchen Bewohner er hier in die Gothic-Schiene einordnen konnte.

„Das Licht war noch an“, sagte sie plötzlich völlig unerwartet und offenbar als Erklärung für ihre späte Störung.

Nico kniff die Augen zusammen und überlegte, ob er sie vielleicht von irgendwo her kannte. Er traf so viele Menschen und lernte zudem ständig neue kennen. Aber er war sich sicher, dass er ein Gesicht wie ihres und vor allem ihre Erscheinung wiedererkennen würde.

Die Fremde musterte Nicos Gesicht. Natürlich war die Nase der Hingucker überhaupt. Er hatte bereits auf der Rückfahrt von Freiburg und heute in Hamburg feststellen müssen, wie sehr ein Pflaster auf der Nase die Blicke der Leute anzog.

„Kann ich irgendetwas für Sie tun?“ Nico bemerkte, dass die Frau keinerlei Unsicherheit ausstrahlte. Sie schien tatsächlich zu ihm zu wollen.

Sie lehnte sich ein Stück zur Seite, um an Nico vorbei in die Wohnung zu schauen. „Wie geht's Vanessa?“

Das verwirrte Nico noch mehr. Woher kannte sie Vanessa? Wieso brachte sie sie mit ihm in Zusammenhang? Und vor allem, warum schien sie zu wissen, dass ihr etwas passiert war?

Doch statt einer Gegenfrage, sagte er einfach nur: „Ganz gut.“

„Was hat sie in Freiburg gemacht?“, fragte die Fremde weiter, bevor Nico den nächsten Gedanken fassen konnte.

„Sie war mit mir da.“ Schon als Nico den Satz ausgesprochen hatte, wusste er, wie dämlich das klang. Aber er war zu verwirrt. Er konnte diese Frau nirgendwo einordnen und auch keinen Sinn in ihren Fragen finden.

„Ist sie jetzt zu Hause?“

„Ja. Zumindest denke ich das."

Die Fremde zog prüfend die Augenbrauen zusammen. Oder wenigstens tat sie etwas, das im Halbschatten so aussah. Dann drehte sie sich um und stieg die Treppen hinunter.

Nico sah ihr verdutzt hinterher. Er hatte noch nicht einmal verstanden, dass sie da war und was sie wollte, da machte sie sich schon wieder auf den Weg. Es dauerte eine Treppeneinheit, bis er endlich reagierte.

„Hey, warte!" Nico machte einen schnellen Satz hinter ihr her. „Wer bist du? Warum willst du das wissen?"

Die Fremde begann plötzlich zu laufen und war in nur wenigen Schritten unten. Nico hörte ihren schnellen Gang im Hausflur und schließlich, wie sie die Haustür aufriss.

Verwundert blieb er auf halber Treppe stehen und lauschte den Geräuschen. Es machte keinen Sinn, ihr jetzt hinterherzulaufen, da er sie nicht einholen würde.

Aber was wollte sie? Warum war sie gekommen, um ihn nach Vanessa auszufragen? Wer war sie?

Eine Sache konnte er allerdings schon beantworten: Sie hatte sich nicht in der Tür geirrt, sondern wirklich ihn besuchen wollen. Und jetzt war sie auf dem Weg zu Vanessa.

Ich muss es ihr sagen!

Er nahm sein Handy und suchte ihre Nummer heraus.

*

Es war später geworden, als Diego vermutet hatte. Etwas zäh und schwerfällig hatte sich der ganze Deal hingezogen, aber jetzt war alles erledigt. Das Heroin war weg, dafür hatten sie einen schönen Batzen Geld bekommen. Er hatte die letzten Vorkehrungen getroffen und war erleichtert, wenn er daran dachte, wie einfach es am Ende doch noch gegangen war.

Morgen Abend würde er die Papiere abholen können, womit er dann eine neue Identität erlangt hätte. Es war alles vorbereitet und schien ohne Probleme zu laufen. Selbst Rafael hatte inzwischen erwähnt, dass er wirklich gerne nach Mexiko fahren würde und es nicht nur aus Nächstenliebe tat. Er war seinem Bruder dadurch einen Schritt nähergekommen und das machte den Gedanken leichter. Es lief. Er hatte es geschafft und dennoch fühlte er ein Stechen in der Brust, wenn er an morgen dachte.

Er würde sie ziehen lassen müssen.

Er wusste, dass es so weit war und er sie nicht halten konnte, doch es war, als wäre es das Verkehrteste auf der ganzen Welt. Er sah eine Zukunft vor sich, vor der er mehr Angst hatte, als ihn der Alltag im

Hauptquartier abschreckte. Und dennoch hatte er sie gewählt. Er hatte eine Entscheidung getroffen, aber inzwischen war er sich nicht mehr so sicher, ob er das wirklich durchziehen konnte.

Nicht ohne sie!

Als sie die Auffahrt zum Haus hochfuhren, erkannten sie allerdings sofort, dass etwas nicht stimmte. Die Haustür war offen und bei einem Gebäude, das eigentlich leer stehen sollte, durfte so etwas natürlich nicht passieren.

Diego beschlich ein ungutes Gefühl. Enrico und Anna waren allein. Was war hier passiert? Hatte er ihr etwas getan? War sie möglicherweise daraufhin abgehauen?

Er hätte nicht gehen dürfen, wusste er sofort und verspürte gleichzeitig die innere Bestätigung, dass er sie morgen nicht gehen lassen durfte. Er würde sie nicht ziehen lassen können. Hierzu war er noch nicht bereit.

Rafael warf einen schnellen Blick zu Diego rüber und ließ den Wagen ausnahmsweise vor der Garage stehen. Dann hatte er seine Waffe in der Hand und lud das Magazin durch. Sein Gesicht sprach Bände.

Aber hatte er recht? War Azem hier? Hatten sie sie doch noch gefunden?

Diego sprang aus dem Wagen und rannte geduckt auf die Haustür zu.

Rafael folgte ihm und pirschte sich in seinem Schatten an das Haus heran.

Sie warteten einen Moment und lauschten. Drinnen schien es ruhig, nur Fernsehstimmen waren zu hören.

Rafael hielt seine Waffe konzentriert vor sein Gesicht und bereitete sich vor.

Diego ertappte sich mehrmals dabei, wie er nach seiner Waffe griff, diese aber nicht da war. Er hatte sie oben gelassen und stand jetzt unbewaffnet im Schützengraben.

Rafael stupste ihn wortlos an und nickte.

Diego wusste, was das hieß, ohne dass er eine Erklärung hierfür brauchte. Langsam erhob er sich und schob sich in Richtung Haustür, als Rafael ihn plötzlich packte.

„Wo ist deine Waffe?“, zischte er so leise, dass es fast nicht zu hören war.

Diego presste die Lippen aufeinander und funkelte seinen Bruder an.

„Du bist so dämlich“, fauchte Rafael und schob sich an Diego vorbei. Diego war klar, dass er seinem Bruder nichts vormachen konnte.

Diego folgte Rafael, während der sich mit erhobener Waffe ins Haus schob. Langsam pirschte er sich voran und musterte dabei haargenau seine Umgebung.

Sie waren, anders als sie es gewöhnlich taten, direkt durch die vordere Eingangstür ins Haus gegangen. Rechts von ihnen lag die Küche, vor ihnen der große, dunkle Esstisch und an der linken Wand schloss die Treppe nach oben den Raum ab. Hinter der Treppenwölbung schimmerte das bläuliche Licht des Fernsehers.

Diego nahm den unteren Teil kurz auf, dann wanderte sein Blick nach oben zu der verschlossenen Zimmertür, hinter der er Anna zurückgelassen hatte.

Kurze Erleichterung trat ein, als er sie in dem gleichen Zustand vorfand, wie er sie verlassen hatte. Sie war geschlossen. Vielleicht war doch gar nichts passiert. Vielleicht war Enrico durch die Vordertür gegangen, um zu rauchen und hatte sie nicht wieder zugemacht. Was schon schlimm genug war, aber dennoch war er erleichtert, eine logische Erklärung hierfür gefunden zu haben.

Rafael machte plötzlich zwei große Schritte in Richtung Fernseher hinter der Treppe und stockte dann. Diego folgte seinem Bruder und erkannte, was ihn so verschreckt hatte.

Vor dem Fernseher lag Enrico regungslos auf dem Fußboden. Um seinen Rumpf hatte sich eine Blutlache gebildet.

Rafael funkelte Diego an und deutete auf die Wand unter dem Treppenaufgang. Diego machte drei schnelle Schritte und drückte sich an die Wand, um die hintere Ecke des verwinkelten Wohnzimmers zu schauen.

Hier war nichts. Er drehte sich um und schüttelte mit dem Kopf. Das Erdgeschoss war sauber.

Rafael hatte sich neben den leblosen Körper gekniet und hielt zwei Fingerspitzen an Enricos Hals. Diego erkannte aus seiner Perspektive deutlich das Einschussloch in seiner Brust und sah die Bestätigung seiner Vermutung im Gesicht seines Bruders, als dieser schließlich wortlos wieder aufstand. Eine winzige Sekunde brauchte Diego zum Verarbeiten, dann setzte er sich in Bewegung und sauste die Treppe hinauf.

Lass sie im Zimmer sein, flehte er innerlich. Er hatte die Tür erreicht und drückte die Klinke herunter. Sie war nicht verschlossen. Aufgebracht schlug er sie zur Seite und stürmte in den Raum.

Das Bett war zerwühlt, aber leer. Genauso wie das Zimmer. Anna war nicht hier.

Warum? Was war passiert?

Er griff nach seiner Glock, die auf dem kleinen Nachtschrank neben dem Bett lag und stürmte wieder hinaus. In seinem Kopf rauschte es, als er versuchte, das Geschehene zu ordnen.

Anna ist weg!

Aber wo war sie hin und vor allem wie? Bis zum nächsten Ort war es weit. War sie möglicherweise zu Fuß unterwegs? Oder war sie noch in der Gegend und hatte sich versteckt, bis sie wiederkamen?

Er rannte die Treppe wieder runter und trat in die offene Haustür. Draußen war es stockdunkel. Es war nichts zu erkennen. *Verdammte Wüste*, fluchte er innerlich.

„Bist du jetzt zufrieden?“, brummelte Rafael hinter ihm. „Ist es das, was du wolltest? Du hast sie so weit integriert, bis sie genauso wurde wie wir und tötet?“

„Das hat sie nicht getan!“, schnauzte Diego zurück.

„Nein, natürlich nicht. Du vertraust ihr ja blind. Aber ich glaube, hier haben wir beide sie unterschätzt.“ Wütend schritt Rafael an seinem Bruder vorbei und verschwand nach draußen.

Nein, das war nicht Anna, dachte Diego. Sie war der Engel und Engel töteten nicht, sondern schenkten Leben. Sie konnte das nicht getan haben.

Oder hatte sie keinen anderen Ausweg gewusst? Hatte seine Welt sie doch schon so sehr geprägt, dass sie dazu in der Lage war? War es ihre Rache an Enrico für seine Taten?

Enricos Mobiltelefon klingelte und löste ihn aus seinen Gedanken.

Er erkannte eine unterdrückte Nummer, zögerte kurz, nahm dann aber das Gespräch an. „Hallo?“

„Santo, wie schön deine Stimme zu hören!“

Es war wie ein übler Schlag in die Magengrube, als Diego erkannte, wer hier der Maulwurf war. Enrico hatte sie an Benno verraten.

„Vermisst du deine Mieze, Santo? Sie ist jetzt bei mir.“

*

Es war dunkel, als sie erwachte. Ein Motor dröhnte und ihre Umgebung schwankte.

Sie wollte die Augen öffnen, aber es ging nicht. Irgendetwas war ihr darüber gebunden worden. Nur wenn sie versuchte, dennoch die Lider zu öffnen, konnte sie schwach an ihrer Nase vorbeischauen. Erschreckenderweise war es dann immer noch dunkel um sie herum.

Sofort bekam sie Panik und versuchte sich aufzurichten, stieß dabei allerdings gegen etwas Hartes, das sie in ihrer Bewegung einschränkte.

Sie konnte nicht anders, als in ihrer halben Liegeposition zu verharren.

Wild trat sie hin und her und versuchte, sich irgendwie aus ihrer Situation zu befreien.

Dabei merkte sie, dass sie nicht mal ihre Hände benutzen konnte. Ihre Arme waren auf ihren Rücken gebunden.

Raus hier, raus hier!

Panisch zappelte sie hin und her. Jedes Mal gab es ein dumpfes Geräusch, wenn sie an die Decke oder die Wände stieß. Sie waren mit Teppich versehen und erst jetzt erkannte sie den Geruch. Es roch nach Gummi, Benzin und einer Art Lösungsmittel.

Sie war in einem Kofferraum.

Ihr wurde übel und sobald sie das Schlechtsein bemerkte, musste sie sich auch schon übergeben, ohne dass sie es hätte verhindern können. Es kam einfach ohne Vorwarnung raus.

Sie versuchte wieder, sich aufzurichten, aber das ging ja nicht. Tränen liefen ihr über das Gesicht. Es war so dunkel, dass sie ihr Erbrochenes nicht mal sehen konnte. Sie konnte es nur erahnen. Und riechen. Der beißende, säuerliche Geruch fraß sich in ihre Nase.

Wo um alles in der Welt war sie? Und wie war sie hierhergekommen? Angestrengt versuchte sie, sich an die letzten Stunden zu erinnern. Aber es fiel ihr nicht ein.

Ihr Mund war trocken und brannte.

Es war verdammt heiß und stickig.

Irgendwo unter ihr war ihr Erbrochenes.

Das war alles, was sie wusste.

*

Benno konnte sein Glück kaum fassen. Er hatte sie in der Hand, und es war einfacher gewesen, als er anfangs vermutet hatte. Ein bisschen war es schon enttäuschend, dass er nicht mehr herausgefordert worden war. Er hatte Santos Verzweiflung in der Stimme gehört und wusste, dass er ihn an den Eiern hatte. Dieses Mädchen war genau das, was er wollte und es wäre der Eintrittspreis, den er zahlen würde.

Er klatschte einmal in die Hände und stieß einen Freudenschrei aus, sodass Miti vom Fahrersitz fragend zu ihm rüberschaute.

„Wir haben sie!“ Benno juchzte und streckte die geballte Faust zum Jubeln in die Luft.

„Noch haben wir nur *sie.* Ich denke, um wirklich in Freude auszubrechen, fehlt noch ein entscheidender Teil“, belehrte ihn Miti.

„Alles andere ist nur eine Frage der Zeit. Du hättest Santos Stimme hören sollen, als ich gerade mit ihm gesprochen habe. Sie werden kommen.“

„Glaubst du wirklich?“

„Sei nicht so pessimistisch, Miti! Ich habe Santo den Treffpunkt genannt. Ware gegen Mädchen. Ein ganz klares Spiel. Santo wird sich das nicht entgehen lassen können, und dann ‚pao'!" Benno formte die Finger zu einer Pistole und schoss in die Luft.

„Ich finde eher, dass du ziemlich optimistisch bist. Es ist nur ein Mädchen. Davon haben wir alle mehr als genug. Wieso soll das ziehen? Ich finde, wir sollten umkehren und sie direkt zur Strecke bringen. Wir wissen, dass sie jetzt im Haus sind. Warum also warten?"

„Überleg doch mal, wie oft sie vorhin weggefahren sind! Ich vermute stark, dass das Heroin nicht mehr da ist. Wir müssen also warten, bis sie sich vorbereitet haben."

Benno sah aus dem Fenster und beobachtete kurz die schwarze Nacht. Es war schon zu einfach. Miti machte sich völlig unnötige Sorgen, aber er hatte schließlich auch nicht Santos Stimme gehört. Außerdem war Miti viel zu sehr Trampeltier, als dass er wirklich erkennen würde, was in Santo jetzt vorging. Dieses Mädchen war wie ein magischer Schlüssel für Santo.

Er griff nach seinem Telefon und wählte das Hauptquartier an. Es gab schließlich Großes zu berichten. Frank würde sicherlich vor Freude durchdrehen, wenn er ihm von dem Kontakt zu Santo berichtete. Benno war auf dem richtigen Weg und würde alles dafür geben, um die geliebten, aber doch so frechen Lausebengel wieder nach Hause zu holen.

Allerdings konnte er nicht dafür garantieren, dass es keine Unfälle geben würde. Sie passierten halt. Aber es würde nicht Bennos Schuld sein. Mit Sicherheit würde Frank so etwas wie Notwehr verstehen. Es war alles Ansichtssache.

Es ertönte immer noch das Freizeichen, während er euphorisch über sein weiteres Vorgehen nachdachte, aber niemand nahm ab. Warum war das Hauptquartier nicht besetzt?

Grummelnd legte Benno auf und versuchte es bei Frank direkt. Normalerweise tat er dies nicht mitten in der Nacht, aber er würde es verstehen und außerdem war es heute so etwas wie ein Notfall. Frank musste schließlich Bescheid wissen.

„Ja?"

„Ich wünsche dir eine wunderschöne Nacht, Frank!" Benno wurde schnell überschwänglich, wenn seine Endorphine verrücktspielten.

„Benno, was ist los?"

„Wir haben sie, Frank. Wir haben die Jungs im Sack." Benno schilderte kurz die nächsten Schritte, hatte aber das Gefühl, als würde Frank ihm nur halb zuhören.

Verstand er denn gar nicht, was das bedeutete?

„Das ist gut", antwortete Frank, aber er klang wenig überzeugend.

„Was ist los?“ Benno richtete sich angespannt auf. Irgendetwas war passiert.

„Es sieht so aus, als hätte Santo sich auf diesen Teil bereits vorbereitet.“

„Was? Wie meinst du das? Was ist los?“

Frank räusperte sich und schien seine Lage zu ändern. Dann flüsterte er: „Er hat uns eine Nachricht geschickt, aber wir können sie nicht lesen, weil sie verschlüsselt ist. Es wird ein Countdown angezeigt, der morgen Abend zu Ende geht.“

„Was heißt das?“ Es waren mehr laute Gedanken als eine Frage an Frank.

Der Adoptivvater stöhnte auf. „Irgendetwas hat Santo morgen Abend vor. Ich habe keine Ahnung, was.“

Benno schüttelte den Kopf, um das Unbegreifliche zu verdrängen. Was hatte Santo vor? Was hatte er geschickt und warum verschlüsselt? Es war nicht normal, dass es im Hauptquartier ein IT-Problem gab, das nicht zu lösen war. Das Wort ‚verschlüsselt‘ war eigentlich nicht im Sprachgebrauch, den Benno aus Franks Mund kannte. Aber natürlich war ihr Gegenüber diesmal auch ein anderer als sonst – nämlich jemand aus den eigenen Reihen, und Santo kannte das System. Es war quasi so, als würden sie auf sich selbst schießen oder sich selbst ein Loch graben.

„Was ist mit Jessi? Kann sie das nicht knacken?“ Jessi konnte alles. Benno hatte nie jemanden kennengelernt, der sich mehr in die Online-Welt aus Software, Firewalls, Netzwerken und Datenbanken schleusen konnte als sie. Auch wenn er sie nicht leiden konnte und bei ihrer weiblichen Erscheinung mehr von abstoßend als anziehend sprach, so fühlte er jetzt eine starke Verbindung zu ihr und schätzte sie als Person.

„Das ist das nächste Problem. Sie ist nicht da, und wir wissen nicht, wo sie steckt.“

*

Diego hätte das Telefon am liebsten an die Wand geschmissen. Sie waren hintergangen und überlistet worden. Die Folgen davon waren mehr als schlimm.

Benno hat Anna.

Es war das Schlimmste, was Diego sich überhaupt vorstellen konnte. Mit einem Mal erschien der Gedanke an das ‚Verlassen‘, was ihm eigentlich am nächsten Morgen bevorgestanden hatte, wie die lächerliche Tatsache, sie nur kurz nicht sehen zu können. Wie gerne würde er sie verlassen und niemals in seinem Leben wiedersehen, wenn er das gegen die jetzige Situation eintauschen könnte.

„Wer war das?“, pflaumte Rafael von der Seite. Er stand in der geöffneten Tür und sah verbiestert zu Diego. Seiner Haltung nach schien er schon länger hier gestanden zu haben.

„Sie haben sie“, knurrte Diego zurück, als wäre Rafael direkt daran schuld.

„Der Verräter liegt da drüben.“ Er nickte in Richtung Enrico und wusste, dass er nicht mehr erklären musste, damit Rafael den Zusammenhang fand.

Rafael folgte Diegos Blick, dann sah er ihn wieder an. „War das Benno?“

Diego griff nach seiner Glock, die er für das Telefonat auf den Esstisch gelegt hatte und prüfte die Ladung. „Der ist so gut wie tot.“

„Was hast du vor?“

Diego sah seinen Bruder an, als würde dieser plötzlich eine Sprache sprechen, die er nicht verstand.

„Anna da rausholen natürlich. Wir treffen uns morgen am See von Villamayor. Du kennst ihn. Wir sind schon dran vorbeigefahren.“ Vor Diegos geistigem Auge tauchte der alte Baggersee auf, der einsam und schutzlos nicht weit von ihnen in der Wüste lag.

„Bitte sag mir, dass du krank bist und Fieber hast, aber *wir* werden nicht zu diesem See fahren!“

Diego wartete einen Moment, um seine Wut zu zügeln. Innerlich wollte er am liebsten auf Rafael einschlagen, aber das hatte momentan wenig Sinn. „Du weißt, dass Anna den morgigen Tag nicht überlebt, wenn wir sie dort nicht rausholen.“

„Und du weißt, dass es der reinste Selbstmord ist, wenn wir dorthin fahren. Sie werden uns töten.“

„Ich weiß.“

„Aber Anna werden sie dann auch töten.“

„Nein.“ Diego steckte das Magazin wieder zusammen.

Rafael packte seinen Bruder und zog ihn zu sich heran. „Ich werde es dir jetzt nur einmal sagen, Diego, also höre gut zu: Wir werden nicht zu Benno fahren und uns erschießen lassen! Und du wirst es auch nicht tun! Es tut mir leid um Anna, aber daran können wir jetzt nichts mehr ändern. Sie hatte die Wahl zu gehen, aber sie hat es nicht getan. Sie hat etwas zu lange mit uns Verbrecher gespielt, Diego, aber dafür sind wir nicht verantwortlich und ich werde es nicht zulassen, dass wir alles auf eine Karte setzen, wo wir doch schon so weit gekommen sind. Sie gehört nicht zu uns. Zieh sie als Kollateralschaden mit ab, wenn du so willst, aber …“

Rafael atmete einmal auf, als würde er in eiskaltes Wasser steigen. „Nimm die Waffe weg, Diego!“

Aber Diego tat es nicht. Stattdessen drückte er den Lauf seiner Glock nur noch fester an den Bauch seines Bruders und auch wenn er sich geschworen, oder es zumindest versucht hatte, nie wieder einen Menschen mit seiner Waffe zu bedrohen oder gar zu erschießen, so spürte er doch, dass es jetzt das Einzige war, was er tun konnte. Es fühlte sich so richtig an. Die Glock sprach zu ihm und bestärkte sein Tun. Sie war auf seiner Seite, zumindest für den Augenblick. „Meinst du nicht, dass du auch nur mit einer Niere leben kannst?"
„Nimm die Waffe runter", wiederholte Rafael und gleichzeitig spürte Diego einen Lauf an genau derselben Stelle wie bei seinem Bruder.

Er atmete einmal tief durch, spürte aber zur selben Zeit, wie gut ihm der Lauf tat. Es war die Bedrohung, die ernst genommen werden wollte und er war mit seinem vollen Körper dazu bereit, die Gefahr anzunehmen, in der Anna sich befand. Er würde auch angeschossen und mit einer zerfetzten Niere zum See von Villamayor fahren, wenn es darum ging, Anna nur noch ein letztes Mal zu sehen.

Anna. Die entführte Entführte. Das Opfer aller. Oder einfach nur sein Engel, der ihn erretten würde.

Bis zum grausamen Ende.

Er zog seine Pistole vom Rumpf seines Bruders ab und richtete sie gegen sich selbst. Er wusste, dass er schießen würde und es auch konnte.

Rafael riss die Augen auf und starrte ihn panisch an. Auch er wusste, wozu Diego in der Lage war.

Kapitel 53

Nico hatte die ganze Nacht nicht mehr richtig schlafen können. Anna nagte sowieso ununterbrochen an seinem Unterbewusstsein, aber Vanessa und der seltsame dazugehörige Besuch hielten ihn zusätzlich wach.

Im Nachhinein waren ihm noch so viele Fragen eingefallen, die er die Fremde hätte fragen können, aber er war in dem Moment einfach zu perplex gewesen.

Wo kam sie her? Was wollte sie von Vanessa und warum kannte sie sie überhaupt? Wie war die Verbindung zu ihm entstanden? Es gab so viel, was er wissen musste.

Und doch vermutete er stark eine Verbindung zu Freiburg und damit auch zu seinem Wohnungseinbruch. Warum sonst würde sie sich nach Vanessa erkundigen? Sie musste davon Wind bekommen haben, aber warum? Und woher? Gehörte sie möglicherweise zu dem Pack dazu? Und was wollten sie überhaupt? War es wirklich Anna, die hier die Quelle des Ursprungs war, oder hatten sie noch etwas ganz anderes im Sinn?

Direkt nachdem die Fremde verschwunden war, hatte Nico bei Vanessa angerufen. Sie hatte zwar gewünscht, dass er sich nicht mehr bei ihr melden würde, aber Nico sah das gerade geschehene Ereignis als Notfall an und ließ sich nicht von seinem Vorhaben abbringen. Die Fremde hatte gefragt, ob Vanessa zu Hause war. Wenn sie jetzt also wusste, wo sie wohnte, dann war es gut möglich, dass sie ihr auch noch einen Besuch abstatten würde. Sollte Vanessa dann nicht lieber gewarnt sein, damit sie ihr nicht die Tür öffnete?

Doch er erreichte sie nicht. Ohne dass das Freizeichen ertönte, ging direkt die Mailbox ran. Das gab ihm mehr oder weniger den Freifahrtschein, es immer wieder zu versuchen. Allerdings erfolglos.

Er versuchte sich einzureden, dass sie nur schlief und ihr Handy ausgeschaltet hatte. Aber je länger die Nacht war, desto unerträglicher wurde seine Ungeduld.

*

Diego hatte sie so oft vor diesen Unbekannten gewarnt, die schlimmer waren als die Polizei, und Anna war sich sicher, dass der Mann, der sie überfallen hatte nur einer von ihnen sein konnte. Doch genau dieser Gedanke machte es noch schlimmer als alles andere. Es war, als würde sie dem Hai direkt ins Gesicht schauen, bevor er zubiss, und sie wusste genau, dass es geschehen würde.

Ich komme hier nicht mehr lebend raus.

Diego und Rafael waren nicht da gewesen. Sie wussten also auch nicht, was passiert war und wo sie war. Keiner wusste das. Wie sollten sie sie finden, wenn sie hier gefesselt in diesem Kofferraum lag? Es war aussichtslos. Sie war allein und verloren. Und genau dieses Gefühl war es, das allgegenwärtig war. Sie hatte die Schwelle von einfacher Angst zu Panik überschritten. Es gab keinen Ausweg, und sie würde sterben – ihre Reise war hier zu Ende.

Es war fast lächerlich, wenn sie daran dachte, dass sie doch bereits entführt war und jetzt quasi ihren Entführern entrissen wurde. Konnte es denn wirklich noch schlimmer kommen?

Sie tastete mit ihren aneinandergebundenen Händen im Kofferraum herum. Vielleicht konnte sie etwas finden, das ihren Aufenthalt hier drin entweder beschleunigen oder möglicherweise beenden könnte. Sie hatte Angst vor dem Gedanken, aber ein Teil von ihr hoffte einen Benzinkanister und ein Feuerzeug zu finden.

Es war sehr schwierig, weil ihre Hände auf dem Rücken waren und sie auf der Seite lag. Angestrengt hielt sie den Kopf schräg, damit sie nicht in ihrem Erbrochenem liegen musste.

Mit ihren Händen fühlte sie eine Holzstange, etwa so dick wie die eines Spatens. *Das macht Hoffnung,* dachte sie. *Damit ist die Beerdigung schon mal sichergestellt.*

Außerdem fand sie noch etwas, das eine Jacke sein konnte. *In einer Tasche könnte ein Feuerzeug sein,* flüsterte der Teufel in ihrem Kopf.

So gut es ging versuchte sie, die Jacke zu drehen und die einzelnen Taschen zu befühlen. Wenn sie ein Feuerzeug finden sollte, fehlte ihr aber immer noch der Benzinkanister dazu.

Sie fand kein Feuerzeug, aber etwas anderes: ein Handy.

Aufgeregt wirbelte sie es in ihren Händen hin und her, ohne es angucken zu können. Sie wusste nicht, ob es an war, aber es fühlte sich ähnlich an wie ihr eigenes und das konnte sie im Schlaf bedienen. Innerlich dankte sie ihrem alten Gewohnheitsinstinkt, der sich bisher dagegen gesträubt hatte, ihr altes Tastenhandy gegen ein Touch-Screen Handy einzutauschen. Und auch diesem Besitzer musste sie hierfür dankbar sein.

Voll konzentriert drückte sie die Kombination zur Entriegelung der Tastensperre. Ihr Herz machte einen Luftsprung, als es zur Bestätigung piepte. *Ich hab es geschafft.*

Jetzt musste es nur noch mit dem Wählen klappen. Und vor allem musste sie eine Nummer wissen. Sie hatte alle Namen in ihrem Telefon gespeichert, sodass sie sich keine Nummer merken musste.

Sie wusste nur ihre eigene und die Festnetznummer ihrer Eltern.

Eventuell würde sie auch noch Nicos Nummer hinkriegen, aber da war sie sich ein bisschen unsicher, weil sie immer zwei Ziffern vertauschte.

Zuerst würde sie es bei ihren Eltern versuchen. Mit Schweißperlen auf der Stirn fühlte sie vorsichtig über das Handy und drückte auf die einzelnen Tasten, bei denen sie meinte, dass es die richtigen sein mochten.

Ich komme hier raus! Ich schaffe das, schöpfte sie neue Hoffnung.

Als sie meinte, fertig gewählt zu haben, drückte sie auf die Taste hinter der sie den grünen Hörer vermutete. Sie durfte absolut keinen Fehler machen. Jedes Vertippen würde sie in eine unbekannte Ebene oder möglicherweise sogar in das Menü des Handys führen, aus dem sie nicht mit verbundenen Augen wieder herausfinden würde.

Bitte lieber Gott, lass es klappen!

Angespannt schob sie ihre Hände so weit es ging in Richtung Kopf. Als sie sie auf Schulterblatthöhe hatte, konnte sie das Freizeichen hören. Am liebsten hätte sie vor Freude laut aufgeschrien. Jetzt musste nur noch jemand abnehmen.

Normalerweise arbeiteten ihre Eltern tagsüber, aber sie wusste nicht, wie spät es überhaupt war und ob sie nicht vielleicht frei hatten, weil sie so besorgt waren. *Hoffentlich!*

Nach jedem Freizeichen wurde ihre Zuversicht kleiner.

Bitte, seid da! Geht ans Telefon! Ich bin's!

*

Benno hatte sich nur kurz schlafen gelegt. Die Umstände in Deutschland hatten seine Euphorie schlagartig gehemmt. Was war das für eine Nachricht? Und warum war gerade jetzt Jessi nicht aufzufinden? Wusste sie denn gar nicht, was auf dem Spiel stand? War nicht allen klar, was momentan passierte und wie nah alle davorstanden, nicht mehr von Azem versorgt werden zu können?

Miti ruhte sich noch aus, wer konnte es ihm verübeln im Angesicht der letzten Tage, die er mehr oder weniger ohne Schlaf auszukommen hatte.

Während Benno seine erste Morgenzigarette inhalierte, wählte er das Hauptquartier an. Er hatte sich die halbe Nacht den Kopf darüber zermartert, wie es weitergehen würde. Der Termin mit Santo stand für heute Mittag, aber was war, wenn er doch nicht kam oder etwas anderes dazwischenfunkte? Niemand hatte mit dieser verschlüsselten Nachricht gerechnet, also konnte auch niemand vorausahnen, was Santo möglicherweise noch in petto hatte.

Verfluchter Drecksack!

Benno war es nicht gewohnt, durch den Schmutz zu kriechen und nicht vorbereitet zu sein. Für gewöhnlich gaben sie die Bedingungen vor und nicht umgekehrt. Aber für gewöhnlich hatten sie auch nicht sich selbst als Gegner.

Am anderen Ende wurde abgenommen und Frank meldete sich.

„Wie sieht es aus?“, fragte Benno direkt geradeaus.

„Jessi ist zurück.“

„Wo ist sie gewesen?“, knurrte Benno und konnte nicht verstehen, dass Frank es so abtat, als wäre sie einfach nur kurz spazieren gegangen. Wenn das so weiterging zerlegte sich das Hauptquartier nach und nach selbst, und er brauchte gar nicht mehr nach Deutschland zurückzukehren.

„Das ist nicht wichtig“, antwortete Frank. Er klang müde und desinteressiert, und unter anderen Umständen hätte Benno ihm klargemacht, dass es sehr wohl wichtig war, wenn jemand seinen Posten, noch dazu in einer Notsituation, unentschuldigt verließ. Doch jetzt gab es Wichtigeres, als eine Predigt zu halten.

„Was steht in der Nachricht? Habt ihr es herausfinden können?“

„Nein. Das ist zum Zähne ausbeißen, aber Jessi hat dafür etwas anderes herausfinden können.“ Er sprach so, als müsse man ihr sofort einen Orden verleihen. Verdammte Vaterinstinkte! Was war nur mit Frank los?

„Was ist es?“, schnauzte Benno und hoffte, mit seiner Tonart Frank wieder an die Realität zu erinnern.

„Diego ist jetzt auch auf der Liste der Polizei. Wir konnten ein Foto von ihm im Fahndungsregister finden. Bis auf das Bild haben sie allerdings noch keinen weiteren Anhaltspunkt.“

Benno bekam fast das Kotzen, als Frank ihn plötzlich bei seinem bürgerlichen Namen erwähnte und nicht den Decknamen verwendete, der allen weitaus geläufiger war. Er konnte an einer Hand abzählen, wie oft Santo wirklich mal Diego genannt worden war und wusste außerdem, dass er diesen Namen nicht mochte. Es war der Name, den seine Eltern ihm gegeben hatten. Der Name, mit dem er noch durch den Dreck gekrochen war, doch jetzt war es anders. Er war aufgestiegen. Mit Santo war ein neuer Mann aus ihm geworden, der seine Vergangenheit hinter sich gelassen hatte.

Bis auf seinen Bruder, fügte Benno in Gedanken hinzu und dachte an den Umgang zwischen Joyo und Santo. Er hatte noch nie zwei Menschen gesehen, sie sich so sehr hassten und gleichzeitig liebten. Beim Training schlugen beide regelmäßig über ihre Stränge, wenn sie den jeweiligen Bruder als Partner hatten. In einigen Momenten hatte Benno schon öfter gedacht, dass sie sich mitunter totschlagen würden.

Auf der anderen Seite waren sie jetzt gemeinsam abgezogen. Joyo hatte auf Benno geschossen, um seinen Bruder zu schützen. Verdammt, hatte Joyo nicht selbst schon auf Santo gefeuert? Benno konnte auf jeden Fall so einige Narben aufzählen, die die Brüder als Mitgift des anderen bei sich trugen.

„Von wo stammt das Foto?“ Benno durfte sich jetzt nicht in belanglosen Gedanken verrennen, sondern sollte lieber beim Wesentlichen bleiben.

„Es ist eine Überwachungskamera von einem Rastplatz. Das Bild ist unscharf, aber es ist eindeutig Diego!“

Hör auf, ihn so zu nennen!, hätte Benno beinahe geschnauzt. Dieses Geplänkel war ja unerträglich. Und es machte ihn nur noch wütender.

Frank schien das Entscheidende vollkommen außen vor zu lassen: Santo und Joyo hatten hohen Verrat begangen! Doch die Streetsurfer würden Verrat und somit Misstrauen und Betrug nicht überleben. Es gab keinen Ausstieg. Deshalb gab es auch keinen außerhalb des Hauptquartiers, der etwas Genaues über die Streetsurfer wusste. Natürlich wurde viel gemunkelt, aber das Entscheidende blieb geheim.

Bis jetzt.

Mit Santo und Joyo als Abtrünnige war nichts mehr sicher. Ihre Zeit war gezählt, doch irgendwie schien es keinen außer Benno wirklich zu interessieren. Jessi spazierte durch die Welt, und Frank trauerte mit großen Krokodilstränen seinen Adoptivsöhnen hinterher, als wäre ihm eine Katze entlaufen.

„Ich brauche das Bild“, forderte Benno. Es war seine Zeit gekommen, wenn alle anderen ihn im Stich und alle Ideale fallen ließen, für die sie die letzten Jahre gekämpft und gelebt hatten.

„Ist schon unterwegs zu dir.“

Benno beendete das Gespräch und musterte neugierig sein Telefon, als sich schließlich das Bild aufbaute.

Es war tatsächlich Santo. Aber auch wirklich Santo und kein *Diego*. Santo war ein gefährlicher, böser und gewitzter Mann, Diego ein kleines, flennendes Kind, doch das sah er hier nicht.

Santo zeigte diese leichte Anspannung im Gesicht, die Benno nur zu gut kannte. Er stand frei und ohne jegliche Kopf- oder Gesichtsbedeckung vor der Kamera, die ihn von der Seite eingefangen hatte. Die Qualität war schlecht und das Bild selbst pixelig und unscharf, aber es war völlig ausreichend.

Und das Entscheidende, was Benno wieder neuen Mut verschaffte, war ebenfalls auf diesem Bild zu sehen. Santo war nämlich nicht allein. Vor ihm stand eine Frau, zwar in ein Kopftuch eingewickelt und mit einer übergroßen Brille im Gesicht, aber die Haltung, die Santo ihr wieder widmete, sprach Bände. Er würde kommen, um dieses Mädchen wiederzubekommen, da war sich Benno zu hundert Prozent sicher.

Er grinste und dachte an Santos Schatz, der sich momentan in seinem Kofferraum befand. Vielleicht sollte er sie einmal rausholen und ein bisschen mit ihr spielen. Sicherlich hatte sie eine Menge zu erzählen.

Kapitel 54

Enttäuscht hörte sie eine Computerstimme, die ihr mitteilte, dass der Anschluss vorübergehend nicht erreichbar war.

Warum nicht? Wo seid ihr denn? Tränen liefen ihr über die Wangen.

Sie versuchte ihre Handynummer. Sie wusste, dass sie es zum Aufladen bei Nico in der Küche liegen gelassen hatte. Vielleicht lag es da noch und er war zu Hause oder er hatte es mitgenommen.

Bitte lass jemanden rangehen!

Zur Not würde sie es so lange bei ihren Eltern versuchen, bis der Akku leer war.

Langsam und hoch konzentriert wählte sie die Nummer ihres Handys. Angestrengt lauschte sie wieder, ob sie das Freizeichen hören konnte. Hoffentlich würde sie auch jemand hören, wenn abgenommen wurde, da sie schließlich nicht direkt reinsprechen konnte, sondern das Telefon nur auf ihrem Rücken hielt.

Es kam das erste Freizeichen. Erleichtert atmete sie aus. Sie hatte richtig gewählt.

Aber im nächsten Moment erschrak sie zutiefst, weil sie aus dem Inneren des Wagens ihren Klingelton hörte.

Nein! Nein! Das kann nicht sein!

Wie gelähmt kauerte sie in ihrer unbequemen Position und wusste nicht, was sie machen sollte.

Ihr Handy war hier.

Hier in Spanien.

Das war unmöglich. Sie hatte es nicht mitgehabt.

Es war erst später hierhergekommen. Vermutlich mit dem Mann. Aber wo hatte er es her? *Nico!* Verdammt! Hoffentlich war ihm nichts passiert!

Dann wurde plötzlich der Kofferraumdeckel aufgerissen, und grelles Tageslicht schimmerte durch ihre Augenbinde. Und auch wenn Anna nichts sehen konnte, so war es doch eine kurze Erleichterung zu wissen, dass die Sonne immer noch schien.

„Na, wolltest du dich gerade selbst anrufen?“, fragte eine Männerstimme, die seltsam gut gelaunt war.

Anna zuckte zurück, aber konnte natürlich nicht weit kommen. Dann wurden ihre Arme von zwei Händen gepackt, die sie aus dem Kofferraum zogen. Sie wollte sich wehren, aber instinktiv wollte sie auch nichts lieber, als endlich die stickige Enge zu verlassen.

„Herrgott, wie siehst du denn aus!“ Die Stimme klang belehrend, als wäre Anna ein kleines Mädchen, das sich mit Schlamm eingesaut hatte. „War wohl nicht gerade angenehm da drin?“

Anna spürte, wie ihre Beine schwankend den Boden fanden. Der Mann neben ihr stützte sie. Oder vielleicht hielt er sie auch einfach nur fest, damit sie nicht davonrannte?

„Ich würde mich gerne ein bisschen mit dir unterhalten. Kommst du mit?“ Der Mann packte sie an den Schultern und schob sie vorwärts. Anna hatte keine Chance, sich zu wehren, auch wenn ihre Glieder von der unbequemen Lage im Kofferraum steif waren.

„Da hast du mir aber ganz schön den Kofferraum eingesaut“, murmelte der Mann, aber er klang eher belustigt als böse. Was war das für ein Typ?

Anna versuchte, unten aus ihrer Augenbinde herauszublinzeln, doch alles, was sie sah, waren Sand und Steine. Sie hatte die halbe Nacht im Kofferraum verbracht, es war kühl und stickig gewesen, doch jetzt spürte sie erste Sonnenstrahlen auf ihren Schultern, die unbeschreiblich wohltuend waren.

„Vorsicht, Stufe!“, sagte der Mann und Anna erkannte im selben Moment eine Türschwelle unter sich. Danach ging es über dreckigen Steinboden weiter, bis sie schließlich auf einen Stuhl gedrückt wurde.

Die Hände verschwanden von ihren Schultern, und Schritte entfernten sich. Knirschend verschwanden sie nach rechts, von wo anschließend auch die Stimme kam. „Du willst sicherlich wissen, wer ich bin, richtig?“

Anna atmete tief durch. Sie spürte die Angst in ihrem Nacken. Natürlich wollte sie wissen, wer der Mann war, aber noch mehr hatte sie Angst vor ihm. Alles deutete darauf hin, dass er tatsächlich zu denen gehörte, vor denen Diego sie gewarnt hatte. Dann wäre dieser Mann gefährlicher, als sie sich vorstellen könnte.

„Natürlich willst du das“, antwortete er, als Anna nichts sagte. Langsam kam er wieder auf sie zu. „Und natürlich willst du auch wissen, wo du bist, richtig?“

Anna schniefte und spürte eine Träne, die sich unter der Binde hervorgetraut hatte.

„Nein, weinen brauchst du nicht. Ich werde dir nichts tun. Versprochen. Ich will nur etwas über dich wissen, okay? Schau mal hier, was ich hier habe.“ Er trat direkt an sie heran.

Anna spürte den Lufthauch und die Wärme seines Körpers. Dann empfand sie etwas Kaltes, Nasses an ihrem Mund. Instinktiv zuckte sie zurück, aber sie hatte doch einen Tropfen Wasser zu schmecken bekommen.

„Hast du keinen Durst?“, fragte er verblüfft und das Kalte, Nasse verschwand sofort wieder. „Merkwürdig, ich dachte, du wärst kurz vorm Verdursten, nachdem du so lange im stickigen Kofferraum in deiner Kotze gelegen hast. Aber so kann man sich irren.“ Er trat zurück.

„Nein! Halt!“, schrie Anna und wollte mit ihrer Hand nach ihm greifen, doch die Fesseln auf dem Rücken gaben keinen Zentimeter nach.

Sie hatte Durst, ganz unbeschreiblichen Durst.

„Sieh einer an!“, hörte sie den Mann. „Ich dachte schon, dass du gar nicht sprechen kannst. Aber dann sollte das ja kein Problem sein. Willst du mir nicht ein bisschen über dich erzählen?“

Anna dachte an das Wasser, das vor ein paar Sekunden so nah gewesen war. Wo war es jetzt hin?

„Wir machen einen Deal, okay?“, schlug der Mann vor und kam wieder einen Schritt näher. „Für jede beantwortete Frage, bekommst du einen Schluck Wasser, in Ordnung?“

Anna nickte eifrig. Sie würde alles tun, um diesen Mann besänftigt zu sehen.

„Sehr gut! Also, Frage eins: Wie heißt du?“

Anna schluckte, um ihren trockenen Hals freizubekommen. In ihrem Mund war immer noch der Geschmack ihres Erbrochenen zu schmecken. „Anna Selbig.“

„Braves Mädchen.“ Er kam näher und hielt Anna wieder das Kalte und Harte an den Mund, und diesmal konnte Anna feststellen, dass es sich um eine Flasche handelte. Sie sog kräftig an der Öffnung.

„Langsam, langsam. Nur einen Schluck pro Frage. Wir wollen uns doch an die Spielregeln halten. Wo kommst du her, Anna?“

„Hamburg.“

Wie abgesprochen folgte das Wasser. Momentan dachte sie, dass sie diesem Mann alles beantworten würde. In ihrem puren Überlebensinstinkt gab es kein Später.

„Und wie bist du hierhergekommen?“

Anna zögerte kurz, dachte dann aber an Diegos Worte, immer bei der Wahrheit zu bleiben. „Ich wurde entführt.“

Das Wasser folgte, und Anna spürte, wie der Spuckgeschmack nach und nach verschwand.

„Das klingt gefährlich.“ Die Tonlage des Mannes hörte sich nicht so an, als wäre er wirklich überrascht. „Wie ist das gekommen?“

Anna berichtete stammelnd von ihrem Halt an der Ampel und der anschließenden Flucht.

Der Mann wartete einen Augenblick, bis er antwortete. „Was für ein erstaunlicher Zufall, dass du gerade dort aufgetaucht bist.“ Seinem

Klang nach, schien er auf jeden Fall mehr zu wissen, was den Verdacht bestätigte, dass er zu *ihnen* gehörte.

Anna versuchte, ihn sich vorzustellen. Sie hatte vorhin im Wohnzimmer einen kräftigen, kahlrasierten Mann gesehen, aber diese Stimme passte so rein gar nicht zu ihm. Es musste noch ein zweiter Mann dabei sein, der aber offenbar nicht erkannt werden wollte. Der Stimme nach schätzte sie ihn jünger als den Kahlrasierten. Etwa ihr Alter würde hinkommen.

„Erzähl mir von deinen Entführern. Zwei sagtest du? Wie sahen sie aus?"

Anna atmete einmal stockend und gab dann eine grobe Beschreibung ab, die vermutlich auf achtzig Prozent der Weltbevölkerung passte. Menschen hatten nun mal alle Augen, Nase, Haare und Mund und sie war nicht sonderlich gut im Beschreiben.

„Kennst du ihre Namen?", fragte er, als sie geendet hatte. Offenbar war die Beschreibung nur eine beiläufige Information für ihn, da seltsamerweise seine Stimme jetzt noch interessierter zu klingen schien.

„Rafael und Diego."

„Rafael und Diego?", wiederholte er und ließ ein amüsiertes Zischen durch die Zähne erklingen. Er kannte sie. Definitiv.

Oh, Diego, was soll ich bloß tun?

Annas Herz verdoppelte den Schlag. Mit jedem Schluck Wasser wurde ihr Kopf klarer, gleichzeitig aber auch die Gefahr realistischer. Diego hatte sie nicht weiter hierauf vorbereitet, außer dass er ihr nichts erzählt hatte. Würde das ausreichen, um sie zu retten?

„Wir wollen die Spielregeln verschärfen", schlug der Mann vor. „Du bekommst nur noch etwas zu trinken, wenn du die Wahrheit sagst, okay?"

Anna schluckte. Neue Tränen bahnten sich ihren Weg unter dem Tuch hindurch. Er hatte sie am Haken, und er spielte mit ihr. Es waren keine zufälligen Fragen. Er hatte bisher jede ihrer Antworten schon vorher gewusst.

„Diego und Rafael haben etwas bei sich gehabt. Weißt du, was es ist?"

Anna dachte an die Tasche, die sie wie einen Schatz gehütet hatten. „Heroin."

Ein Schluck Wasser folgte. Der Mann wusste Bescheid.

„Weißt du, ob sie es immer noch haben?"

„Nein." Das war die Wahrheit. Diego hatte alles verheimlicht. Dennoch blieb das Wasser aus.

„Haben sie dir erzählt, wo sie hinwollen?" Er war an sie herangerückt. Anna spürte seine Nähe und wäre am liebsten aufgesprungen.

„Nein“, murmelte sie.

„Nein?“, kam die Gegenfrage und sogleich ein kalter, harter Druck an ihrer Halsschlagader. Diesmal war es nicht die Wasserflasche. Es war der kantige Lauf einer Pistole. „Bist du dir sicher, dass du immer noch die Wahrheit sagst?“

„Mexiko“, brüllte Anna. „Sie wollen nach Mexiko!“

„Wann?“

„Heute Abend.“

Der Mann schwieg kurz. Die Waffe war immer noch an ihren Hals gepresst. „Okay, letzte Frage: Bist du dir sicher, dass du sie noch nie vorher gesehen hast?“

„Ja“, murmelte Anna. „Noch nie.“

Der Mann gab ihr einen Stoß, sodass Anna erst dachte, das Gleichgewicht zu verlieren. Dann trat er zurück.

Anna atmete heftig und versuchte, ihren aufbäumenden Brustkorb zu beruhigen, damit sie hören konnte, wo er jetzt war. Doch es war plötzlich leise geworden.

War er rausgegangen? War er weg?

Dann sprach er plötzlich direkt in ihr Ohr, sodass Anna vor Schreck laut aufschrie. „Glaub mir, es wäre sicherer für dich, wenn du bei Nico geblieben wärst!“

Dann war er genauso schnell wieder verschwunden.

Anna hörte eine Tür zuschlagen, die anschließend verriegelt wurde.

Sie war gefangen. Mal wieder. Schon wieder. Immer noch. Sie wusste nicht, wie man es nennen sollte.

Was war geschehen? Was war mit Nico? Was wusste dieser Mann wirklich über sie, und wofür würde er sie brauchen? Sie konnte ihm nicht mehr erzählen als das, was sie gerade gesagt hatte. Sie wusste einfach nicht mehr.

Vielen Dank, Diego! Innerlich wünschte sie sich, dass er ihr mehr erzählt hätte. Irgendetwas, das ihr Leben retten würde, aber zum jetzigen Standpunkt sah es alles andere als rosig aus.

*

Noch als Benno den Raum verließ, hatte er bereits sein Telefon in der Hand. Es gab Bericht zu erstatten und das sollte zeitnah geschehen. Nicht so wie einige seiner Kollegen es momentan in Deutschland handhabten.

Miti kam ihm auf halbem Weg entgegen. „Und? Wie sieht´s aus?“

Benno lächelte und steckte das Handy wieder ein. Sollte das Hauptquartier noch warten. Miti schien sich jedenfalls für die Tatsachen zu interessieren.

Er fischte sich eine Zigarette aus der Hosentasche und setzte sich auf die schmale, windschiefe Bank, die draußen vor der kleinen, weiß verputzten Hütte stand. Es war mittlerweile kurz vor Mittag, und die Sonne brannte heiß vom Himmel.

Benno nahm einen langen Zug und blickte triumphierend auf die vertrocknete und karge Landschaft, die den alten Baggersee von Villamayor umgab. Hier gab es wirklich nichts außer Steinen, Sand, Staub und ein paar einzelnen vertrockneten Sträuchern, die sich gegen den Wind stemmten.

„Ja, was denn nun?", brummelte Miti. Es passte eigentlich nicht zu ihm, dass er ungeduldig wurde. Doch bei einer so entscheidenden Sache wie dieser war er offenbar auch nur mit kurzen Nerven ausgestattet.

Benno genoss seine Position und zog noch einmal genüsslich an der Zigarette. „Du wirst es nicht glauben. Aber die Kleine wurde tatsächlich von unseren Jungs entführt." Er blinzelte, als er zu Miti hochsah.

Miti kniff verwundert die Augen zusammen.

„Das passt alles zusammen", fuhr Benno fort und richtete den Blick wieder geradeaus auf die Landschaft. „Deshalb auch der verwunderte Ex-Freund, der keine Ahnung von all dem gehabt hat. Er wusste wirklich nichts. Und das bestätigt auch ihr Wohnungsinhalt. Erst habe ich gedacht, dass Santo da seine Finger mit im Spiel hatte, um alle Beweise zu beseitigen, aber wenn du mit dieser Frau sprichst, merkst du, dass sie wirklich überhaupt keine Ahnung hat. Sie ist ein Niemand. Ein einfaches Mädchen und lange kein Kaliber von uns."

„Entführt?", stellte Miti jetzt schließlich die Frage.

Benno zog erneut an der Zigarette und sah Miti dann durch den Rauch hindurch an. „Ja. Ich bin mir sicher, dass Santo und Anna sich vorher noch nie gesehen haben."

„Aber was wollen die denn dann mit der? Wieso schleppen sie die so lange mit sich herum?"

„Das ist eine gute Frage. Darüber habe ich auch schon nachgedacht. Da sie sich vorher nicht kannten, müssen wir alle alten Theorien verwerfen. Das heißt auch die Überlegung, dass sie als Komplizin dient und sie das schon lange geplant haben. Vielleicht mögen sie sie einfach."

„Sie mögen sie?" Miti stellte die Frage, als hätte er den Sinn nicht verstanden.

Benno lächelte. Er wusste, dass Miti nicht der Hellste war. Es gab kein tüchtigeres und durchtrainierteres Arbeitstier als ihn, aber was das Köpfchen anging, da machte man die Pläne lieber ohne ihn.

Beruhigend klopfte er Miti auf die Schulter. „Ja, sie mögen sie. Vielleicht sogar mehr."

„Du meinst, sie ist deren Stute?"

„Nein, mehr, lieber Miti. Hast du mal was von Liebe gehört?" Benno lachte.

Miti schüttelte verwundert den Kopf.

Benno legte ihm verführerisch den Arm um die breiten Schultern und zeigte mit der freien Hand in den Himmel, als würde er nach den Wolken greifen wollen. „Liebe. Mein Freund. Etwas, das Santo bei uns nie bekommen hat."

„Du meinst, er ist verliebt? In die Frau?"

„Haargenau. Das muss der Grund dafür sein, dass sie immer noch bei ihnen ist. Wäre sie eine Komplizin, wäre der Fall klar. Dann würde ihre Aufgabe klar geregelt sein. Aber sie hat gar keine Aufgabe. Wenn du so willst, ist sie eigentlich eher Ballast. Welchen anderen Grund sollte es also sonst geben, sie zu behalten? Denk an die Überwachungsbilder. Wir haben gedacht, dass Santo nur als Schauspieler gewirkt hat, aber ich glaube, die Gefühle waren hier echt." Benno sah immer noch in den Himmel und hatte die Hand kraftvoll zu Faust geballt.

„Und was bedeutet das jetzt?"

„Das, lieber Miti, bedeutet, dass Santo uns aus der Hand fressen wird. Er würde alles tun, um die Kleine wiederzubekommen. Du wirst sehen, wir werden ein leichtes Spiel haben."

Miti trat einen Schritt zur Seite. Es schien ihm unangenehm zu sein, dass Benno ihm so nahe war. Benno nahm seinen Arm herunter. Er wusste, wie Miti sich fühlte. Streetsurfer waren Körperkontakt nicht gewohnt, es sei denn, es war beim Kampftraining oder es hatte mit einem der Mädchen aus Azems Club in der horizontalen Ebene zu tun.

„Santo. Verliebt", brummelte Miti vor sich hin und entfernte sich kopfschüttelnd und langsam in Richtung Renault.

Benno hatte Mühe seine Euphorie zu zügeln. „Da kannst du mal sehen: Stille Wasser sind tief."

Kapitel 55

Anna hatte eine lange Zeit nicht gewagt, sich zu bewegen. Er war gegangen, die Tür war verschlossen worden, aber dennoch waren sein Geruch und seine Stimme gegenwärtig, als wäre er immer noch hier im Raum.

Zwar waren ihre Hände immer noch auf den Rücken gebunden und ihre Augen mit einer Binde verdeckt, aber er hatte sie nicht an den Stuhl gefesselt. Anna konnte frei durch den Raum laufen und nutzte es auch. Schnell hatte sie raus, wie weit sie gehen konnte, bis die erste Wand kam.

Sie betete und flehte innerlich. Hoffte, dass sie noch irgendjemand erhören und ihr helfen könnte.

Was war mit Rafael und Diego? Waren sie wirklich schon weg? Irgendwer musste sie hier doch rausholen. In ihrem Inneren konnte und wollte sie nicht wahrhaben, dass Diego sie einfach sitzen lassen würde. Aber wie sollte er ihr helfen? Sie hatte die letzte Nacht im Kofferraum verbracht und keine Ahnung, wo sie sich befand. Vielleicht war sie nicht mal mehr in Spanien. Sie konnte wer weiß wo sein. Und Diego ebenfalls.

Sie hatte versucht, sich die Augenbinde vom Kopf zu schieben, aber sie musste hinten am Kopf noch mit Klebeband befestigt sein, zumindest ziepte es unangenehm an den Haaren, wenn sie sie bewegen wollte.

Sie bekam Hunger. Sie wusste nicht, wie spät es war, aber die paar Schlucke Wasser, die sie vorhin bekommen hatte, waren alles gewesen, und der Helligkeit nach zu urteilen, die sie trotz der Augenbinde wahrnehmen konnte, schien es schon mitten am Tag zu sein. Ihre Zunge lag wie ein dicker Stein in ihrem Mund, unfähig sich zu bewegen.

Die Sache wird ein schlimmes Ende nehmen.

Sie überlegte sich, wie es wohl wäre, wenn man wirklich sterben musste. Wenn die Zeit gekommen war, ob nun verdient oder nicht. Jeder muss da irgendwann durch, das ist klar, aber wie ist es? Würde tatsächlich dieses Licht auftauchen? Und was würde dann geschehen? Würde sie ihre Großeltern treffen, die bereits gestorben waren, als sie noch ein kleines Kind war?

Sie merkte, dass sie sich noch nie wirklich mit dem Tod auseinandergesetzt hatte. Bisher hatte sie es immer erst in weiter Ferne gesehen, aber nicht jetzt. Nicht heute! Sie war noch nicht bereit.

Mit dem Rücken zur Wand tastete sie ihre Umgebung ab. Es gab ein Fenster, das sie aber nicht öffnen konnte, da sie ihre zusammengebundenen Arme nicht so weit anheben konnte. Auf der gegenüberliegenden Seite war die Tür, die ebenfalls verschlossen war. Sie konnte hier nicht raus. Zumindest nicht lebend.

Mit einem lauten Geräusch wurde plötzlich die Tür geöffnet, als sie direkt danebenstand.

„Herkommen", brummte eine tiefe und dunkle Stimme. Es war nicht die des Interviewers von vorhin. Sie musste dem anderen Mann gehören.

Anna wusste, dass sie gehorchen musste. Gleichzeitig aber war ihr Körper wie erstarrt. In ihrem Kopf spielten die Gedanken mit Vergewaltigung und brutalem Mord. Was auch immer es war, er hatte mit Sicherheit nichts Gutes im Sinn.

Er fluchte etwas Unverständliches. Dann packte er Anna am Arm und zerrte sie zu sich. Anna schrie auf, vor Panik oder Schmerz, sie konnte es selbst nicht genau sagen.

Sie taumelte und stürzte fast. Der Mann verstärkte seinen Griff und riss sie mit sich. Sie hätte gerne die Hände vor ihr Gesicht gehalten, um zu verhindern, dass sie gegen irgendetwas laufen würde. Doch es blieb ihr nichts anderes übrig, als blind neben dem Mann herzufliegen und ihm zu vertrauen.

Dass sie schließlich draußen war, erkannte sie an der heißen Luft und der brennenden Sonne, die sie sofort zu erdrücken schien. Doch auch wenn es heiß war, so war es dennoch ein gutes Gefühl, wieder den freien Himmel über sich zu wissen.

Sie waren ein kleines Stückchen über Steine und Staub gestolpert. Anna spürte den unebenen Boden unter ihren Füßen. Dann stoppte der Mann abrupt, als Anna mit dem Oberschenkel gegen etwas Hartes stieß.

Ein Auto. Ein geöffneter Kofferraum! Gleichzeitig stieg ihr der säuerliche Geruch von Erbrochenem in die Nase.

„Nein! Nein! Ich geh da nicht wieder rein!", schrie Anna panisch, als der Mann unter ihre Beine griff und sie schwungvoll durch die Luft drehte.

Wieder brummte der Mann in einer Sprache, die Anna nicht verstand und schleuderte sie unsanft in den Wagen.

Anna spürte tausend neue Flecke und Beulen, doch sie lag wieder im Kofferraum. Sofort bäumte sie sich auf. Sie wollte auf keinen Fall wieder in diese furchtbare Enge. Doch sie hatte keine Wahl. Es reichte nur eine große Hand des Mannes, um sie wieder zurückzustoßen. Dann sah sie durch ihre Augenbinde, wie es um sie herum schlagartig dunkel wurde. „Halt! Halt! Ich brauche Wasser! Wasser! Bitte!"

Die Klappe war zu.

Anna zitterte und schluchzte. „Lass mich hier raus! Lass mich verdammt noch mal hier raus! Hilfe! Hört mich denn niemand!"

So laut sie konnte, trat sie mit den Füßen gegen die Wände. Sie verfluchte sich, dass sie nicht wusste, was Hilfe auf Spanisch hieß. Warum lernte man das nicht als Allererstes, wenn man einen Sprachkurs machte? Scheiß auf Buenos días und me llamo![48]

Hilfe! Hilfe!

Vielleicht solltest du die Zeit hier nutzen und Spanisch lernen, hörte sie Diegos Stimme. Wenn sie noch eine Möglichkeit bekommen würde, würde sie es tun. Sofort! Versprochen!

Plötzlich wurde die Klappe wieder geöffnet. Heiße Luft strömte in den Kofferraum und mit ihr flog ein harter Gegenstand hinein, der Anna an den Bauch schlug. Dann war die Klappe wieder zu.

Anna war verwirrt. War das eine Flasche gewesen? Aufgeregt tastete sie mit dem Kopf in die Richtung, in der sie den Gegenstand vermutete.

Es war eine Flasche. Vor Anspannung zitterte sie wie ein süchtiger Drogenjunkie, dem man seinen Stoff vor die Nase geworfen hatte.

Jetzt musste sie die Flasche nur noch aufbekommen. Das war nicht leicht, da ihre Hände immer noch auf dem Rücken zusammengebunden waren. Ihre Handgelenke taten weh, weil das Band bereits in die Haut einschnitt.

Sie schob ihren Körper direkt an das hintere Ende des Kofferraumes, sodass sie die Flasche zwischen sich und der Wand einquetschte. Dann krümmte sie sich wie ein Embryo im Mutterleib und versuchte, sie zwischen den Beinen zu halten. Dass sie mittlerweile komplett in ihrem Erbrochenen von heute Vormittag lag, war ihr egal.

Mit den Zähnen packte sie jetzt den Deckel und versuchte irgendwie die Flasche aufzubekommen. Es standen spitze Ecken ab, sodass sie sich sofort in die raue, ausgetrocknete Lippe schnitt. Gleich darauf schmeckte sie das Blut in ihrem verdorrten Mund. *Immerhin etwas.*

Aber sie gab nicht auf, sondern versuchte es weiter. Sie war so nah dran. Nur dieser kleine Gegenstand stand zwischen ihr und der lebensnotwendigen Erlösung.

Schließlich schaffte sie es und konnte den Deckel mit ihren Zähnen drehen. Sobald er sich ein bisschen löste, floss bereits das Wasser aus den Seiten raus. Sie drehte weiter, bis sie ihn ganz abhatte und sich mit dem Mund an der Öffnung festhielt. *Finde deinen Weg, erquickendes Nass!*

---

[48] Guten Tag und ich heiße!

Der Motor wurde gestartet und kurze Zeit später setzte der Wagen sich in Bewegung.

Gleich ist es so weit, dann wird der Spaten eingeweiht. Anna versuchte, sich zu beruhigen und atmete tief ein und aus.

Es wackelte und hoppelte ordentlich, sodass viel Wasser danebenging. Verärgert versuchte Anna immer wieder, die Flasche irgendwie zu halten. Wer wusste schon, wie lange sie mit ihrer Henkersmahlzeit auskommen müsste.

*

Der Engel trat vor ihn und lächelte. Nichts anderes. Er lächelte nur.

Und was machte er? Er lächelte zurück. Er konnte es jetzt und er sah seinen Engel. Er sah ihn überall. Wohin er auch schaute, erschien sofort dieses eine Gesicht und strahlte ihn an. Es gab ihm Zuversicht und Hoffnung. Er hatte es geschafft oder zumindest würde er es noch schaffen, den Weg zu gehen, den er gewählt hatte. Und er würde niemals alleine sein. Anna würde von nun an in ihm drin mit ihm fliegen. Und ihn nie wieder verlassen. Außerdem würde sie nie wieder zulassen, dass jemand von ihm Besitz ergriff, wenn sie es nicht wollte

Wenn er aus dem Fenster schaute, sah er die Landschaft an sich rasend vorbeiziehen. Unzählige Kilometer wurden zurückgelegt. Doch egal, was passieren würde, oder wie weit er zu fahren hatte, sie war bei ihm. Auch aus der Ferne. Immer. Er hatte einmal die Nähe gespürt und wusste, dass das so bleiben würde.

Eine blonde Frau stand am Straßenrand. Sofort sah er Anna in ihr. Und sogleich im nächsten Passanten. Immer wieder. Dasselbe Gesicht.

Sie würde ihn erretten und hatte es bereits getan. Sie würde alles für ihn tun.

Doch wie konnte er *sie* retten? Wie konnte *er* helfen?

Es war, als würde er nach seinem Engel greifen, aber sobald er ihn berührte, zerfiel er zu Staub in seinen groben Händen. Er würde nicht mit einem zarten Geschöpf wie ihm umgehen können. Es waren zwei vollkommen fremde Welten, die hier aufeinandertrafen. Und dennoch konnte er nicht anders. Er würde barfuß über Scherben gehen, sah sich selbst in einem schweren Schneesturm den höchsten Gipfel erklimmen und schritt gleichzeitig durch ein Meer aus Flammen. Das war der Weg, den er nehmen musste.

Innerlich brannte es in ihm. Er war so machtlos, der Ausgang so ungewiss. Doch er musste diesen Weg gehen, auch wenn er den Engel anschließend verlor.

*

Es war so weit. Angespannt sah Miti sich nach den beiden Dreckserlen um. Benno saß noch im Wagen und telefonierte mit dem Hauptquartier. Es war nicht gut, dass Santo selbst den Kampf eröffnet hatte. Eigentlich hatten sie den Angriff planen wollen, jetzt aber mussten sie sich verteidigen.

Miti drehte sich immer wieder zu allen Seiten um, aber es war niemand zu sehen, was seine Zweifel noch bestätigte. Er konnte sich nicht vorstellen, dass Joyo und Santo sich hierher auf den Weg machten. Sie unterschrieben ihr eigenes Todesurteil, und das war ihnen klar.

Der See war groß. Es war ein künstlich entstandener, recht tiefer Baggersee mit wenig Wasser. Hinter einem Hügel startete eine schmale staubige Sandstraße und führte einmal parallel an der Längsseite entlang, an deren unterem Ende sie geparkt hatten. Egal aus welcher Richtung Santo und Joyo also kommen würden, er würde sie schon von Weitem sehen können. Es gab keine Versteckmöglichkeit, außer ein paar kleinen und schwachen Büschen, die sich einzeln um den See versammelt hatten. Die weitere Landschaft war offen und überschaubar und bestand komplett aus Stein und Staub. Miti konnte das bald nicht mehr sehen.

Er zündete sich eine Zigarette an und sah auf die Uhr. Die vereinbarte Uhrzeit war längst überschritten. Es gab keinen Grund, länger zu warten. Sie würden nicht kommen, da war er sich sicher. Es war ein verträumtes Hirngespinst, das Benno sich hier in den Kopf gesetzt hatte. Santo sollte verliebt sein! Wie lächerlich. Er hatte selten Menschen gesehen, die für so wenig Gefühl standen wie die beiden Mexikaner. Seiner Meinung nach warteten sie vollkommen grundlos hier. Das Heroin war längst weg, das sollte allen klar sein. Hier ging es nur noch um ein persönliches Egoding von Benno.

Die Frau hatte mittlerweile zum Glück Ruhe gegeben. Zwar konnte sie hier niemand hören, aber es war dennoch nervig.

Er sah erneut auf die Uhr, dann wieder auf den Sandweg. Es war immer noch niemand zu sehen. Und sie würden auch nicht kommen. Warum sollte er also noch warten, weiterschwitzen und es nicht jetzt gleich beenden, damit sie nach Hause konnten?

Er trat seine Zigarette aus und schritt um den Wagen herum.

Benno saß immer noch drinnen und telefonierte.

Als Miti den Kofferraum öffnete, stieg ein beißender, säuerlicher Geruch hinaus. Ein Gemisch aus Schweiß und Erbrochenem.

Die Frau war komplett nass.

Er wusste nicht, ob sie einfach nur schwitzte oder ob das Wasser aus der Flasche stammte. Es war auch egal. Es war jetzt eh vorbei mit ihr. Mittlerweile sah sie ohnehin schon so aus, als hätte sie bereits einige Zeit unter der Erde gelegen. Sie war vollkommen verdreckt und stank.

Er packte ihren Arm und zog sie aus dem Auto.

Sie schrie sofort auf und versuchte, sich zu wehren, aber welchen Erfolg erwartete sie hier? Dann stand sie schließlich auf den Beinen und schwankte, als sie versuchte ihr Gleichgewicht zu kontrollieren.

Spar dir die Mühe, dachte Miti, *es lohnt sich nicht.*

*

Rafael musterte seinen Bruder und erkannte, dass er sich mit einem Mal verspannte. Er konnte nicht sehen, was er sah, da sie nur ein Fernglas hatten. Aber es musste etwas passiert sein.

„Was ist los?“, fragte er nervös und versuchte, mit bloßem Auge etwas zu erkennen.

Diego murmelte etwas, das aber offenbar nicht an Rafael gerichtet war. Es war mehr ein Monolog, den er vor sich hin brabbelte, wie er schon die ganze Fahrt über im Auto wirres Zeug von sich gegeben hatte.

„Was ist es?“, wiederholte Rafael drängend und griff nach dem Fernglas. Wenn er schon dabei war und diese leichtsinnige Aktion durchführen sollte, dann musste er auch wissen, was los war.

Er hielt sich das Fernglas vor die Augen, ohne dass Diego den Griff hiervon ließ. Rafael wusste, dass ihm nicht viel Zeit blieb, bis er es zurückfordern würde.

Doch er hatte einen kurzen Moment, um Miti zu erkennen. Er stand hinter dem Wagen, der Kofferraumdeckel war geöffnet. Neben ihm Anna.

Verdammt, sieht sie schlecht aus.

Gebückt lief sie um den Wagen herum. Über ihren Augen trug sie eine Binde, ihre Hände waren auf dem Rücken zusammengebunden. Ihre Kleidung war dreckig und nass. Selbst aus der Ferne konnte man sehen, wie das hellblaue Hemd an ihrem Körper klebte.

Miti stoppte sie an der Längsseite des Fahrzeugs und sah sich um. Sie warteten. In seiner Hand erkannte Rafael das glänzende Schimmern einer Waffe.

Dann war das Fernglas verschwunden. Diego hatte es sich zurückgeholt, doch Rafael hatte vorher einen Blick in seine Augen erhaschen können. Sie wirkten klein und finster. Eine besondere Art Trauer spiegelte sich in ihnen wider. Ein Anblick, den er seit langer Zeit nicht mehr bei seinem kleinen Bruder gesehen und schon fast vergessen hatte.

Rafael sah wieder aus der Frontscheibe, auch wenn er Anna und Miti nicht mehr erkennen konnte. Dann startete er den Motor und setzte den Wagen in Bewegung. Innerlich wusste er, wie falsch es war. Sie waren wie zwei einfache Bauernjungen, die mit Forken in eine Schlacht gegen einen weit überlegenen Gegner zogen. Sie würden kaum eine Chance haben, aber Rafael wusste inzwischen, dass er dieses Opfer bringen musste, wenn er seinen Bruder wiederhaben wollte. Diego stand jetzt schon am Abgrund und wenn Anna etwas passierte, würde er fallen.

*

Anna konnte nicht wissen, was sie hier wollten, aber sie ahnte Böses. Durch den unteren Rand der Augenbinde konnte sie den Fußboden erkennen. Er bestand immer noch aus heißem Sand und Steinen. Es war ruhig um sie herum und sie war überzeugt, dass es hier jetzt vorbei sein würde. Sie dachte an den Spaten im Kofferraum. Vielleicht würden sie ihr immerhin ein Loch graben.

Sie drehte den Kopf zu allen Seiten und prüfte ihre Sinne. Sie konnte nichts sehen, aber vielleicht würde ihr Gehör helfen. Es war leise. Aus dem Wagen hinter ihr hörte sie ein Murmeln, als würde jemand gedämpft sprechen. In ihrer Nase brannte der Zigarettenqualm des kahlrasierten Mannes. Ein heißer Wind umhüllte ihren Körper und trocknete ihr nasses Hemd. Doch gleichzeitig auch ihre ohnehin schon trockene Kehle. Das Wasser im Kofferraum war nichts weiter als der sprichwörtliche Tropfen auf den heißen Stein. Sie brauchte mehr davon.

Sie überlegte, ob sie irgendwo hinlaufen sollte, aber mit verbundenen Augen und gefesselten Händen machte das wenig Sinn. Außerdem hatte sie überhaupt keine Kraft. Ihr Körper war leer und ausgemergelt. Seit Diegos Gemüseeintopf gestern Abend hatte sie nichts mehr gegessen. Der größte Teil ihrer Henkersmahlzeit hatte sich im Kofferraum und auf ihrem Hemd verteilt.

Sie atmete tief durch und dachte daran, dass es jetzt gleich vorbei sein würde. Auf welches Wunder sollte sie noch hoffen? Es gab keins mehr. Sie war schon zu lange fort. Niemand wusste, wo sie war. Es würde keinen Ausweg geben.

Als hätte sie ihre Gedanken laut ausgesprochen, erhielt sie plötzlich einen Stoß und sackte auf die Knie. Es war so weit.

Dann hörte sie das Klacken des Magazins, als eine Waffe auf Kopfhöhe vor ihr durchgeladen wurde. Sie hatte das Geräusch gehört, als sie Diegos Glock direkt in der Hand gehalten hatte. Sie kannte es.

Sofort schien sämtliches Blut aus ihrem Körper zu entweichen. Wie zur Salzsäule erstarrt, kniete sie auf dem sandigen Boden und bereitete sich auf das Unausweichliche vor. *Jetzt ist es so weit. Jetzt ist es aus. Das überlebst du nicht.*

Sie hörte, wie der Mann einen Schritt vortrat und spürte im nächsten Moment die Mündung direkt auf ihrer Stirn. Es war so unausweichlich. Was hatte sie getan, dass sie das hier verdiente?

„Bitte tun Sie das nicht! Ich will noch nicht sterben. Bitte!“ *Es muss doch noch eine Möglichkeit geben. Dies kann nicht das Ende sein.* „Lassen Sie mich gehen, bitte! Ich habe nichts getan!“

Vor ihrem geistigen Auge huschte ihr Leben in Sekundenschnelle vorbei. Ihre Kindheit. Ihre Eltern. Die Schule. Ihre Freunde. Ihre Arbeit. Nico. Die letzte Woche hier in Spanien.

Diego.

Sie konnte sich nirgendwo verabschieden. *Niemand wird mich je finden. Ich werde eine weggestellte Akte sein. Ein ungelöster Fall. Ich bin einfach weg, und alle werden mich vermissen. Ich kann ihnen nicht mal sagen, wie lieb ich sie habe.*

Wie ein Häufchen sackte sie weiter zusammen, als wäre es bereits vorbei. Die Waffe berührte mittlerweile nicht mehr ihren Kopf, aber sie spürte, dass sie noch da war.

„Bitte! Bitte nicht!“ Dicke Tränen flossen ihr über die Wangen und brannten auf ihrer trockenen Haut.

Ich werde nie wieder während einer Diät heimlich Schokolade naschen, nie wieder ungeduldig sein, wenn ein Auto vor mir über die Straße kriecht und den ganzen Verkehr aufhält, nie wieder einen schwachen Patienten verfluchen, wenn er sich komplett vollgeschissen hat und ich ihn saubermachen muss.

Nie wieder!

Alles kam ihr vollkommen unwichtig und bedeutungslos vor. *Mama, Papa – ich bin bei euch. Ich liebe euch!*

Dann hörte sie das Zuschlagen einer Autotür.

„Sie kommen. Scheiße, Mann, sie kommen!“, hörte sie den Mann schreien, der sie heute Morgen verhört hatte. Seine Stimme klang aufgeregt und überschlug sich fast vor Freude.

Anna verstand nicht, was los war, doch sie hörte ein Auto näherkommen und das ziemlich schnell. War das ihre Rettung? Oder ein Komplize der Männer? So freudig wie er klang, schien es nichts Gutes für sie zu bedeuten.

„Ich kann nicht glauben, dass das passiert“, fuhr der Mann euphorisch fort. Plötzlich war er direkt vor ihr aufgetaucht und küsste Anna auf die Stirn. „Du bist Gold wert, Puppe! Unglaublich!“

Dann war er wieder verschwunden.

Anna verstand das alles nicht. Was war los? Sie hörte den Kahlrasierten etwas murmeln, konnte aber nichts verstehen.

Dann kam der Wagen heran und stoppte mit einer Vollbremsung

vor ihnen. Staub und Sand wurden aufgewirbelt und flogen durch die Luft. Im nächsten Moment hörte Anna das Öffnen einer Wagentür.

„Santo!", begrüßte der Mann von heute Morgen den Neuankömmling. Seine Stimme klang glücklich und überrascht, als würde er seit langer Zeit einen alten Freund wiedersehen.

Annas Magen verkrampfte sich. Wer war hier gekommen? Was hatten sie vor? Anna hörte sich selbst einmal laut aufschluchzen, als sie ihr Unheil nahen sah.

Schritte kamen um den Wagen herum und stoppten nicht weit von ihr. Der Ankömmling atmete tief durch und obwohl Anna die Augenbinde trug, spürte sie, wie sein Blick auf ihr lastete. Doch was dachte er? War es Vorfreude auf was auch immer? Verabscheute er die Männer für das, was sie getan hatten? Oder hatte er selbst jemanden im Kofferraum?

„Lass das Mädchen frei!" Die Worte waren wie eine Erlösung. Doch es war nicht nur die Bedeutung allein, sondern viel mehr der Klang der Stimme. Anna schluchzte erneut auf, als sie den Sprecher erkannte.

Er war gekommen. Nie hätte sie daran gezweifelt, dass er es versuchen würde und doch, wie war es möglich? Wieso war Diego hier? Wie hatte er sie gefunden?

„Nun warte doch erst einmal ab. So schnell geht es nicht", hörte sie den anderen Mann. Er klang immer noch erfreut und Anna wusste, dass es alte Bekannte sein mussten. Er war tatsächlich einer von *ihnen*, genauso wie Diego es damals gewesen war. „Du weißt, dass ihr Preis teuer ist."

„Oh ja", antwortete Diego aber es klang, als würde er noch etwas ganz anderes meinen.

Sein Gegenüber schien darüber offenbar belustigt. „Ach ja? Ist sie so viel wert, dass man dafür seine alten Freunde verlässt? Dass man ihnen in den Rücken fällt und sie hintergeht?"

„Das Mädchen hat damit nichts zu tun!"

„Aber ich finde, dafür ist sie schon ziemlich intensiv integriert, oder nicht? Sie ist eine Außenstehende, ist dir das nicht klar?"

„Frag sie doch. Sie weiß nichts."

„Das habe ich bereits." Er kicherte. „Glaub mir, ich weiß vielleicht sogar mehr über sie als du!"

Anna hörte, wie es Diego schwerfiel, sofort weiterzusprechen. „Dann liegt hier ja kein Problem vor. Lass sie gehen!"

„Ich habe das Heroin noch nicht gesehen. Ist es durchsichtig?"

„Ich habe schon bezahlt. Habt ihr die Nachricht nicht gelesen?"

„Die können wir leider nicht öffnen, du Schlauberger."

„Ich könnte euch das Passwort geben. Ich glaube, es wäre in euer aller Interesse, wenn ihr dem Mädchen nichts tut."

„Wie interessant. Aber ich glaube, das ist mir zu heikel. Vielleicht sollte ich die Kleine einfach hier erschießen?" Er packte Anna und zog sie hoch. Anna schniefte und fühlte einen Faden, der sich aus ihrer Nase abseilen wollte.

„Lass sie gehen!"

Der Mann neben Anna lachte ihr laut ins Ohr. „Wie soll das funktionieren? Du faselst hier irgendetwas von Passwörtern, stehst ohne Waffe vor mir und willst mir Befehle erteilen?"

Anna stellte sich Diego vor und wünschte sich, er würde nicht unbedingt seine Anti-Waffen-Einstellung in diesem Moment abziehen. Vielleicht war es doch gesund, wenn er sie ab und zu bei sich hatte.

„Wenn du diese Frau tötest, wird automatisch eine Welle losgetreten. Ich habe Dokumente mitgenommen, die unter keinen Umständen an die Öffentlichkeit geraten dürfen, wenn ihr weiter bestehen wollt. Ich habe sie nicht bei mir. Sie sind sicher verwahrt, doch wenn *ihr* etwas passiert, gehen sie automatisch an Polizei und Presse. Ihr seid so gut wie tot."

„Was für Dokumente?", fauchte der Mann.

„Geburtsurkunden, Fotos, Übergabescheine, Anweisungen jeglicher Art. Eben alles. Ich habe ordentlich aufgeräumt. Es wird Azem das Genick brechen. Ich steige aus. Das ist meine Fahrkarte. Annas Leben ist meine Garantie."

„Das kannst du nicht machen!"

„Ruf meinetwegen im Hauptquartier an und frag nach. Als Passwort sollen sie meinen Geburtstag am J eingeben."

„Miti! Ruf an!"

Anna wünschte sich so sehr, etwas sehen zu können. Warum wurde jetzt geschwiegen? Was passierte hier? Rief der Mann wirklich irgendwo an? Und was hatte das alles zu bedeuten?

„Du wirst mit der Geschichte nicht durchkommen", fuhr der Mann selbstgefällig fort. Dann legte er seinen Arm um Annas Taille und zog sie kuschelnd an seine Seite. „Viel zu viel Aufriss würde ich sagen." Seine Stimme klang abschätzend und Anna meinte, seinen prüfenden Blick auf sich zu spüren.

„Ich habe ihn dran", kam plötzlich die Stimme des Kahlrasierten von der Seite. Offenbar war das Miti. Doch den Namen des anderen kannte Anna immer noch nicht.

Der Mann an ihrer Seite griff nach vorne und fing laut an zu sprechen. „Ja, er ist hier! Es ist kaum zu glauben, aber wir haben sie." Seine Stimme klang freudig und zuversichtlich.

Anna verkrampfte sich. Es machte ihr Angst, dass der Mann immer noch so sicher war. Machte Diego nicht einen großen Fehler? Warum hatte er sich auf dieses Treffen eingelassen? Sie hatte keine Ahnung, ob Rafael auch dabei war, aber so wie sie ihn einschätzte, konnte sie sich nicht vorstellen, dass er sein Leben hierfür opfern würde. Warum also war Diego alleine gekommen und stand jetzt vollkommen leichtsinnig und naiv ohne Waffe hier und forderte sie heraus?

„Was soll das heißen?", schnauzte der Mann plötzlich unerwartet ins Telefon und ließ Anna gleichzeitig los.

Anna versuchte, ihre Sinne zu schärfen und wünschte sich, er würde jetzt noch dichter bei ihr stehen, damit sie das Gesprochene mithören konnte. Was ging hier vor?

„Ich töte dich! Jetzt und hier!" Die Stimme des Mannes ließ keinen Zweifel zu, aber er sprach nicht zu ihr.

Anna spürte, wie sie zitterte.

Wo war der Mann?

Er stand nicht mehr neben ihr, sondern hatte sich entfernt, sodass sie ihn ein Stückchen vor sich vermutete. „Nein!", brüllte der Mann laut, obwohl niemand etwas gesagt hatte. Es musste an den Gesprächspartner im Telefon gerichtet sein.

Anna winselte leise vor sich hin. Ihr Gesicht war feucht durch Rotz und Tränen.

„Habe ich es dir nicht gesagt?", fragte Diego unerwartet und vollkommen ruhig. „Jetzt gib mir das Mädchen."

Der Mann knurrte laut auf.

Dann wurde Anna schwungvoll herumgedreht. Sie versuchte sich zu orientieren, doch sie konnte weder was sehen noch ihre Hände als Schutz vor den Körper halten. Sie krachte mit der Seite gegen etwas Hartes. Es musste der Wagen gewesen sein. Dann schlug ihr Kopf seitlich an die Dachreling.

Kapitel 56

Vanessa ging nicht an ihr Telefon. Doch auch wenn sie Nico zu verstehen gegeben hatte, dass er sich nicht melden sollte, so musste er wissen, wie es ihr ging. War die Unbekannte bei ihr gewesen? War ihr möglicherweise etwas passiert? Die Unwissenheit machte ihn beinahe wahnsinnig. Letztendlich hatte er es zu Hause nicht mehr ausgehalten und war zu ihr gegangen.

Er hatte das Glück, dass er unten durch die Haustür huschen konnte, als ein Nachbar von Vanessa das Haus verließ. So war er immerhin schon drinnen und sie konnte ihn nicht komplett abwimmeln.

Er atmete noch einmal tief durch und drückte dann auf die Klingel neben ihrer Wohnungstür. Nervös versuchte er, die Wörter zu sortieren, die er sagen würde. Doch er konnte nicht lange überlegen – nach nur einem kurzen Moment öffnete sie bereits die Tür.

Sie trug einen rosafarbenen Hausanzug. Ihre Haare waren achtlos zu einem Knoten gebunden, der viele Strähnen heraushängen ließ. Ihr Gesicht war leicht rosa und ungeschminkt. Außerdem wirkte die Haut wieder seidig und nicht wie trockene Pappe, wie es gestern der Fall gewesen war.

Sie verschränkte die Arme vor der Brust und lehnte sich gegen den Türrahmen. „Was willst du?“

Nico hob abwehrend die Hände. „Ich weiß, du hast gesagt, dass ich nicht kommen soll. Aber ich habe mir solche Sorgen gemacht. Ich habe dich gestern gesehen und weiß, wie schlecht es dir geht, aber es macht mich krank, dass ich dir nicht helfen darf. Ich habe Angst, dass dir etwas passiert und ich dann nicht da bin und alles ganz allein nur meine Schuld ist. Und ich weiß nicht, ob ich …“

Das plötzliche Klingeln an der Haustür ließ ihn stoppen. Erleichtert stellte er aber fest, dass Vanessa nicht mehr ganz so verärgert wirkte. Er hatte eine ganze Menge loswerden können, ohne dass er unterbrochen worden war und das war gut. Erst jetzt merkte er, wie sehr sein Anliegen ihm wirklich auf der Seele gebrannt hatte.

Die Klingel wurde erneut gedrückt und gleich zweimal nacheinander betätigt.

„Erwartest du noch jemanden?“, fragte Nico vorsichtig. Er hatte nur Vanessa als Hürde gesehen, nicht aber, dass noch eine zweite Person ihr Gespräch stören würde.

Zu seiner Erleichterung aber schüttelte Vanessa mit dem Kopf. „Nein.“

Nico drehte sich herum, als es erneut klingelte. Aus seiner kurzen

Erleichterung wurde plötzlich Sorge. Wer war da? Eine böse Vorahnung beschlich ihn.

„Warte hier! Verschließ die Tür!“, befahl er ihr und eilte so schnell es seine Verletzungen zuließen die Treppen hinunter.

Vanessas Augen weiteten sich, doch sie schien sofort zu wissen, was Nico vermutete. „Nico, nein! Warte!“

Er hörte ihren Ruf im Lauf, doch sein Weg ging dennoch nach unten. Er musste wissen, wer hier Vanessa besuchen wollte, und mit Sicherheit war es besser, wenn dieser jemand nicht schon im Flur war, wenn er auf ihn traf.

In die Haustür war eine Milchglasscheibe eingesetzt, sodass man von drinnen erkennen konnte, ob jemand draußen stand, doch hier war kein Schatten zu sehen.

Er stürmte vor und riss die Tür auf.

Hastig drehte er den Kopf nach rechts und links, doch es war niemand in der Nähe, der gerade hier gewesen sein konnte. Nur auf der anderen Seite war eine Frau mit einem kleinen weißen Hund, aber sie lief ihm entgegen. Nicht mehr weit, dann würde sie ihn erreichen.

Dann erkannte er auf der gegenüberliegenden Straßenseite einen Schatten, der schnell davonhuschte. Sofort war sein Jagdtrieb aktiviert. Die Beute lief und ließ den Jäger automatisch folgen.

Er setzte sich in Bewegung und rannte durch den Verkehr über die Straße. Ein dunkelblauer BMW musste stark abbremsen, doch Nico lief weiter, ohne ihn zu beachten. Als er den Bürgersteig erreicht hatte, erkannte er den Schatten deutlich vor sich. Die Person war dunkel gekleidet und rannte eilig fort.

Nico zögerte nicht lange und folgte. Erstaunlicherweise ging es besser, als er erwartet hatte. Entweder war es das Adrenalin oder auch vielleicht gerade die Bewegung, die ihn den Schmerz vergessen ließ und den Sprint möglich machte. Er war schnell und hatte Erfolg. Sein regelmäßiges Lauftraining zahlte sich aus und der Abstand zwischen ihm und dem Gejagten verringerte sich.

Die Person bog in eine Seitenstraße ab, sodass Nico kurzzeitig die Statur von der Seite sehen konnte. Er stockte für einen Moment und dann wurde ihm klar, warum er sie einholen konnte. *Sie*.

Es war die Frau von letzter Nacht, die ihn zu Hause besucht und sich nach Vanessa erkundigt hatte. Sie war klein und hatte kurze Beine. Nico aber war fast einen Meter neunzig groß. Seine Beine machten einen Schritt, wenn ihre zwei machten.

Sie hatte längst gemerkt, dass sie verfolgt wurde. Blitzschnell wechselte sie die Straßenseite. Dann verschwand sie in einer schmalen Hausspalte.

Nico folgte ihr. Doch er hatte das von hinten kommende Fahrzeug nicht berechnet. Sobald er die Fahrbahn betreten hatte, sah er den Scheinwerfer hell neben sich aufleuchten. Bremsen quietschten. Sein Herz ratterte wie wild, als sein Kopf den unausweichlichen Zusammenstoß erkannte.

Der Fahrer wich zur Seite aus, konnte aber nicht verhindern, dass der Wagen Nico am Bein erwischte und dieser taumelnd zu Boden stürzte.

Nico streckte die Hände aus und fing sich ab. Es war alles so schnell gegangen, dass er kaum realisieren konnte, wie er plötzlich auf den harten Asphalt gekommen war. Sein Herz schlug immer noch mit erhöhter Drehzahl und seine Lunge pumpte weiterhin den für den Sprint benötigten Sauerstoff in seinen Körper.

„Ist Ihnen was passiert? Ist alles in Ordnung?“, hörte er plötzlich eine Stimme.

Nico sah das Auto in einigen Metern Entfernung mit Warnblinklicht mitten auf der Straße stehen. Es war ein dunkler VW-Passat. Auf der Heckscheibe warben einige bunte Aufkleber für junge Kinder als Insassen und somit Vorsicht im Straßenverkehr.

„Ich habe Sie nicht gesehen. Sie können doch nicht einfach so auf die Straße laufen!“ Es war eine Frau. Ihre Stimme klang aufgeregt und wirkte leicht hysterisch.

Nico prüfte seinen Körper und spürte einen stechenden Schmerz auf der Rückseite seines linken Oberschenkels, wo ihn der Wagen getroffen hatte. Doch es war nicht so schlimm, wie es hätte sein können.

Er stand umständlich auf und sah in die Hausspalte, in der die Unbekannte verschwunden war. Der Weg war hell und übersichtlich, doch die seltsame fremde Frau war nicht zu sehen.

*

Anna taumelte weiter und stürzte. Der Mann hatte sie losgelassen, sodass sie vom Wagen abprallte und mit den Knien unsanft auf dem harten Steinboden aufschlug. Ihr Kopf dröhnte, und es rauschte in ihren Ohren. Ihr wurde schwindelig, als sie die Orientierung verlor.

Dann griffen erneut Hände nach ihr. Sie versuchte, sich zu wehren und wand ihren Körper. Doch der Griff war fest und zog sie wieder auf ihre Beine.

Schreie drangen an sie heran. Sie brüllten laut und durcheinander, sodass sie sie kaum auseinanderhalten konnte. Dann waren ihre Beine plötzlich in der Luft und sie wurde fortgetragen, doch bevor sie wirklich realisieren konnte, was eigentlich geschehen war, war die Reise ohne Boden auch schon wieder vorbei und sie spürte den weichen Sitz einer Autorückbank unter sich.

„Das wirst du noch bereuen, Santo“, knurrte der Mann von heute Morgen wütend, doch Anna erkannte, dass er nicht bei ihr war. Er musste sich draußen vor dem Wagen befinden.

Anna spürte die Bewegung im Sitz, als sich neben ihr jemand auf die Bank warf. Im gleichen Augenblick setzte sich der Wagen in Bewegung.

Anna dachte kurz daran, dass sie verloren war, doch dann waren auch schon Hände an ihrer Augenbinde und schoben diese vom Kopf. Sie kniff die Augen zusammen und winselte, als sich das Klebeband aus ihren Haaren löste, aber dann konnte sie blinzeln, und die Erleichterung hätte nicht größer sein können – Diego saß neben ihr. Die altbekannte Hassmaske auf dem Gesicht, doch sie konnte nicht sagen, wie sehr sie diese vermisst hatte. Es war, als würde sein Gesicht das Gefühl widerspiegeln, das sie in sich trug. Diegos Hass war nicht gegen sie, sondern gegen die Männer gerichtet. Immer schon.

„Oh, Diego“, schluchzte Anna und ließ sich nach vorne in seine Arme fallen.

Diego zog sie zu sich heran und umarmte sie fest.

Anna konnte nicht sagen, welche enorme Erlösung sie empfand. Verzweifelt schob sie ihren Kopf an seine Brust und presste sich an ihn, während er gleichzeitig versuchte, ihre Handfesseln zu lösen.

„Ich habe nicht geglaubt, dass ich das überlebe“, sagte Anna unter Tränen.

Dann waren ihre Arme frei und sie konnte ihn umschlingen. Sie ballte ihre Hände zu Fäusten und krallte sich an ihn, als würde genau jetzt ihr Überleben von ihm abhängen. Doch auch wenn sie jetzt gerettet war, so war das wahrscheinlich immer noch so.

„Es tut mir so leid“, murmelte er verzweifelt. Seine Hände strichen unruhig über ihren Rücken, als wüsste er nicht, wo er sie zuerst haben sollte.

„Ich hätte auf dich aufpassen sollen“, fuhr er fort und sogleich huschten stürmische Küsse über ihr Gesicht. „Es ist meine Schuld. Ich hätte dich nicht alleine lassen dürfen.“

Anna kam es so unwirklich vor, jetzt in seinen Armen zu sein. Es hatte alles so ausgesehen, als würde sie den heutigen Tag nicht überleben. „Es war nicht deine Schuld. Du hast mir das Leben gerettet.“

Diego richtete sich auf und griff mit der rechten Hand an Annas Kinn.

Anna sah in seine Augen und erkannte seinen Hass, die Wut, aber auch Trauer, und für einen Moment dachte sie, dass er zu weinen anfing.

„Es war meine Schuld. Daran ist nichts zu ändern. Ich habe dich in diese Situation gebracht. Ich …“ Er strich mit seinem Daumen über ihre Lippe. „Ich habe den größten Fehler meines Lebens gemacht, als ich in deinen Wagen gesprungen bin und doch war es das Beste, das mir jemals passiert ist.“

Annas Herz flatterte vor Aufregung. Diegos Lippen waren gefährlich nah herangekommen. Und dann fühlte sie sie auf ihren. So gefühlvoll und zärtlich und doch mit Druck und Leidenschaft. Seine Hand wanderte von ihrem Gesicht runter auf ihren Rücken und verstärkte den Druck. Ein Kribbeln durchflutete sie wie ein warmer Bach Endorphine, der gewaltsam durch ihren Körper rauschte und sich bis in jede einzelne Faser verteilte.

Dann gaben seine Lippen ihre frei und wanderten am Kinn entlang, bis Anna seinen Atem an ihrem Ohr spürte. Er murmelte etwas, das ein bisschen wie Engel klang.

Anna öffnete die Augen und realisierte zum ersten Mal wirklich, dass sie sich im Seat befand. Es war wie ein heiliger sicherer Ort. Ihr Blick wanderte herum und traf für eine kurze Sekunde Rafaels zusammengekniffene Augen im Rückspiegel. Verschämt wandte Anna sofort wieder den Blick von ihm ab, aber dennoch schien sie etwas wie Erleichterung in seinem Ausdruck gesehen zu haben.

Dann drehte sie den Kopf herum und sah aus den Fenstern. Die Wüste rauschte an ihnen vorbei. Es war dieselbe Landschaft, die sie von der Umgebung ihres Unterschlupfes her kannte.

War sie gar nicht weit weg gewesen? Hatten sie sie deshalb finden können?

Sie dachte an die Männer und sah aus dem Heckfenster, aber konnte niemanden mehr erkennen. Die komplette Sicht hinterm Wagen wurde durch wirbelnden Staub verdeckt. Vorne erkannte sie eine schmale sandige Straße, die sich uneben und wendig über die Hügel schlängelte, doch ihr treues Rettungsboot ließ sich brav und zuverlässig von Rafael führen.

„Was ist passiert?“, flüsterte sie und versuchte, sich an die letzten Momente zu erinnern.

Anstelle einer Antwort huschten wieder Diegos Lippen auf ihre. Sein Verlangen war groß und erinnerte Anna kurzzeitig an jemanden, der allzu lange ohne Wasser in der Wüste verbracht hatte. Es war, als würde er gar nicht anders können, als sie zu küssen.

Doch Anna drückte ihm die Hand auf die Brust und schob ihn zurück. Sie brauchte Antworten. In ihrem Kopf war nichts weiter als ein schwarzes Loch. „Wer waren die Männer?“

Diego verkrampfte sich und presste die Lippen aufeinander. Sein Brustkorb bebte leicht und es schien außerdem, als würde sein Körper zittern. Anna erinnerte es kurzzeitig an einen Drogenkranken, den man auf Entzug gesetzt hatte und gleichzeitig dachte sie wieder an den Mann aus der Wüste, der nach Wasser lechzte.

Instinktiv beugte Anna sich vor und küsste ihn. Seine Lippen antworteten sofort und Anna spürte das leichte Piksen seiner Bartstoppeln. Doch wie Anna zusätzlich vermutet hatte, beruhigte er sich auch. *Sie* war wie seine Droge.

„Sie gehörten zu *ihnen*, richtig?“, fragte Anna, ohne ihre Lippen von seinen zu nehmen.

Diego murmelte zustimmend. Gleichzeitig schien er seine Antwort zu bereuen, aber Anna vermutete, dass es nur daran lag, weil es die Wahrheit war.

„Wie haben sie uns gefunden?“

„Enrico hat geredet“, antworteten seine Lippen an ihren.

Anna hatte sofort wieder das Bild des am Boden liegenden Mannes vor Augen. Es war so schnell gegangen, dass sie nicht hatte herausfinden können, was passiert war. Doch da er sich nicht im Wagen aufhielt, konnte sie das Wahrscheinliche vermuten. „Was ist mit ihm?“

„Sie haben ihn erschossen.“ Sofort festigte sich Diegos Griff, als würde er Anna vor dieser Nachricht bewahren wollen.

Während er sie weiter küsste, verstummte Anna und dachte an den dritten ihrer Entführer. Sie hatte ihn nicht ausstehen können, doch so gleichgültig wie Diego über sein Ableben sprach, konnte sie nicht über den Tod eines Menschen denken. Egal, was oder wer er gewesen war.

„Wie habt ihr gewusst, wo ich bin?“

„Sie haben sich mit uns dort verabredet, um uns zu töten.“

Anna versteifte sich, als er es so direkt und ohne Skrupel sagte, doch Diego schien sich nicht beirren zu lassen. Voller Verlangen bewegten sich seine Lippen weiter auf ihren. Auch wenn das Bedürfnis kontrollierter geworden war.

„Sie haben es nicht geschafft“, stellte Anna monoton fest.

„Nein.“

„Es war sehr gefährlich, oder?“ Anna dachte an die Brutalität, die sie durch die beiden Männer erfahren hatte. Sie war sich sicher, dass sie nicht gezögert hätten, hier ein Blutbad anzurichten.

„Nicht gefährlicher als alles andere.“

Anna wünschte sich, dass Diego sie kurz freigeben würde, damit sie zu klaren Gedanken kommen konnte.

„Wieso haben sie mich gehen lassen?“ Anna dachte an die Unterhaltung, die ihr nur noch schwammig im Gedächtnis war. Sie versuchte, das Gehörte in die richtige Reihenfolge zu bringen, hatte aber das Gefühl, das meiste hiervon vergessen zu haben.

„Die Police. Weißt du nicht mehr?“ Diego verharrte kurzzeitig und presste seine Stirn an Annas. „Sie greift tatsächlich. Es war knapp, aber sie wirkt. Ich habe alles auf eine Karte gesetzt, aber glaube mir, dein Leben ist sicher.“ Zärtlich legte er seine Lippen wieder auf ihre. Sein Bedürfnis schien noch lange nicht befriedigt zu sein.

„Fahren wir zum Flughafen?“ Anna überlegte fieberhaft, wie spät es eigentlich war.

„Nein!“ Es kam plötzlich und abrupt ließ Diego von ihr ab und lehnte sich mit geschlossenen Augen zurück.

Anna wartete einen Moment und musterte ihn verwirrt. Er sprach nicht weiter, sondern schien für einen Augenblick vollkommen in sich gekehrt zu sein.

„Warum?“, flüsterte Anna leise. Irgendetwas war passiert? Es war so wichtig für ihn gewesen, nach Mexiko zu fliegen. Warum verschob er jetzt seine Reise?

Schlagartig öffnete er wieder die Augen. Dann beugte er sich leicht vor und lächelte. „Glaubst du wirklich, dass ich dich so einfach gehen lassen könnte?“ Das Lächeln wurde breiter und zum ersten Mal sah Anna, dass er wirklich glücklich war. Seine Augen strahlten, seine Haut war trotz des dunklen Teints leicht gerötet und die Sorgenfalten seiner Hassvisage verschwammen.

Anna konnte nicht anders, als sein Lächeln zu erwidern. Hatte sie sich nicht selbst schon eingestehen müssen, dass sie sich nicht hatte vorstellen können, ihn zu verlassen? Vielleicht sollte es wirklich noch nicht sein. Vielleicht verband sie doch mehr, als sie eigentlich geglaubt hatte.

Sie packte ihn im Nacken und küsste ihn erneut. Diesmal stärker und offensiver, als sie es gerade getan hatte. Er umschlang sie mit beiden Armen und schob seine Hände in ihre kurze Haare.

„Wohin fahren wir dann?“ Anna überlegte, dass sie überall hingehen würde. Es war schon zu spät, als dass sie ihren Weg alleine fortsetzen konnte.

„Wir fahren nach Frankreich. Weit weg von hier. Raus aus Spanien.“ Er löste seine Lippen kaum von ihren, während er sprach.

„Warum Frankreich?“

Diego hielt in seiner Bewegung inne und lächelte erneut. „Es liegt nicht nur an dir, dass ich jetzt nicht nach Mexiko fahre. Noch nicht. Es ist viel mehr, dass ich gar nicht kann. Ich bin ebenfalls auf der Liste. Wie du!“ Er sagte es, als wäre es etwas Besonderes, aber Anna sah ihn nur verwundert an. Sie hatte keine Ahnung, was er meinte.

„Nach mir wird auch gefahndet. Ich könnte Spanien niemals verlassen. Zumindest nicht durch eine Passkontrolle auf dem Flughafen und auch nicht mit falschen Papieren. Wir müssen untertauchen."

Für Anna klang es wie ein Rauschen in ihren Ohren. Sie fühlte sich, als wäre sie plötzlich unter Wasser gezogen worden und bekam gar nicht mehr richtig mit, was um sie herum geschah. Oder als hätte er plötzlich angefangen Spanisch zu reden, wie er es mit seinem Bruder tat.

„Wie ist das passiert?"

„Ich bin an der Raststätte gesehen worden. Hier wurde ein Bild von mir gemacht, das Rafael und ich im Fernsehen wiedererkannt haben."

„Das heißt, die Polizei weiß, wo du bist? Und wenn die Polizei es weiß, dann wissen *die* es auch?" Anna sah aus dem Heckfenster, als würde sie hier die Männer erwarten, von denen sie nur einen wiedererkennen würde.

Diego strich ihr beruhigend über die Wange. „Sie haben uns gerade anstandslos gehen lassen, hast du das vergessen?"

„Ich glaube, so anstandslos war das gar nicht." Anna wollte nicht wieder an die schlimmen Momente erinnert werden, die sie gerade durchlebt hatte, aber vielleicht hatte Diego tatsächlich recht. Es hatte nicht gut ausgesehen und dennoch hatten sie gehen können, weil Diego diese Police abgeschlossen hatte.

Anna ließ den Kopf sinken und rieb sich durch die Augen. Ihr Schädel dröhnte. Denken war schwer und zäh. Sie war so erschöpft, dass sie einfach nur die Augen schließen und schlafen wollte.

„Ruh dich aus!", murmelte Diego leise und legte ihren Kopf an seine Brust. „Dir wird nichts geschehen. Sie können dir nichts mehr tun. Sei unbesorgt, okay?"

Anna schloss die Augen und nickte. Sie konnte schon gar nicht mehr sagen, wann sie eigentlich das letzte Mal geschlafen hatte. Vorletzte Nacht im Haus, aber das erschien ihr wie eine Ewigkeit.

Sie schlang die Arme um seine Mitte und schob sich in eine gemütliche Position. Er atmete erleichtert aus, als würde ihm eine große Last von den Schultern fallen und strich mit seiner Hand beruhigend über ihren Arm.

Kapitel 57

„Wie kann das angehen? Wie ist das möglich?“ Benno fühlte sich wie in einem schlechten Film. Es war, als würde er träumen und rannte verzweifelt in eine Richtung, ohne wirklich vorwärtszukommen. Er hielt das Handy verkrampft an sein Ohr und war drauf und dran, es vor Wut auf den Boden zu schmettern. Es war unmöglich, wie die Sache hier verlief.

„Wir können es nicht riskieren. Du weißt, dass Diego nicht so einfach blufft“, erklärte Frank aus dem Telefonhörer.

„Aber ich hatte sie schon! Sie waren beide hier! Joyo und Santo wurden uns hier praktisch wie auf dem Silbertablett serviert, und wir haben sie einfach abziehen lassen. Es ist unmöglich! Ich kann es nicht glauben!“ Wenn es nicht das Telefon war, dann würde etwas anderes gleich noch zu Bruch gehen. So viel war sicher.

„Ich weiß, Benno. Aber du musst verstehen, dass ich dieses Risiko nicht eingehen kann.“

„Einen Scheiß kannst du! Sie haben dich in der Hand. Wir sind nichts anderes als Marionetten, doch es sollte anders herum sein!“

„Du hast gute Arbeit geleistet. Daran besteht kein Zweifel. Niemand konnte ahnen, dass die Angelegenheit in diese Richtung weitergeht. Doch jetzt müssen wir vorsichtig sein.“

„Ich verstehe das alles nicht. Sie haben immer gewusst, was wir machen. Warum fällt ihnen jetzt erst auf, dass es nicht ganz sauber ist?“

„Das wissen wir nicht. Doch wir werden Diegos Nachricht prüfen. Bis dahin wird die Frau nicht angerührt, verstanden? Es steht zu viel auf dem Spiel.“

„Dann macht! Warum dauert es so lange?“

„Wir tun, was wir können. Jetzt wissen wir, worum es geht. Glaub mir, Jessi wird auch noch mehr herausfinden, wenn sie wieder da ist.“

„Sie ist schon wieder weg? Verdammt noch mal, was macht ihr da denn eigentlich? Ich habe das Gefühl, dass ich nur noch ganz alleine an dieser Sache dran bin.“ Benno holte aus und trat mit voller Wucht gegen den Kotflügel. Es stach im Fuß, als wären einzelne Stecknadeln hineingesteckt worden. Doch im weißen Blech konnte er zu seiner Genugtuung ebenfalls eine deutliche Beule erkennen.

„Wir nehmen die Sache sehr ernst“, fuhr Frank belehrend fort. „Gib nicht Jessi die Schuld daran, was Diego getan hat.“

Benno schüttelte wütend den Kopf. Frank hatte komplett den Bezug zur Realität verloren.

„Wie es aussieht, könnt ihr nach Hause kommen. Ruht euch aus“, fuhr Frank fort. Dann war das Gespräch beendet.

Benno konnte nicht anders und schleuderte das Telefon von sich. Die Wut über das Unverständnis brodelte in ihm. Er wollte auf irgendetwas einschlagen. So fest er konnte. Für ihn stand jetzt schon fest, dass die Zeit der Streetsurfer zu Ende war.

Santo hatte sie verraten. Die Geheimhaltung war das Herz und die oberste Priorität, und er hatte sie ihnen entrissen. Es gab kein Zurück. Auch wenn er Santo dafür tötete, so hatte dieser dennoch mit Anna und der noch unbekannten Person, die über all die entscheidenden Dokumente verfügte, weitere Menschen mit ins Boot gezogen, die sie mit Leichtigkeit zum Kentern bringen konnten.

Das Hauptquartier musste schleunigst herausfinden, wo die Dokumente waren und was nötig war, damit sie veröffentlicht wurden. In der Nachricht von Santo hieß es, dass Anna der Schlüssel sei und ihr nichts passieren dürfe.

Aber was hatte das zu bedeuten? Reichte schon ein einfacher Unfall aus, in den die Streetsurfer nicht einmal verwickelt waren, sodass die Sache losgetreten wurde? Oder gab der Unbekannte die Geschichte irgendwann selbst preis, ohne auf Anna zu achten? Wer war dieser jemand, und war er nicht ungeheuer neugierig, was das für Dokumente waren? Benno überlegte, ob er womöglich für zehn Jahre einen Haufen Papiere bei sich lagern würde, ohne auch nur einmal hineinzuschauen. Nein, er würde es nicht schaffen. Warum sollte es bei diesem Menschen also anders sein? Und wenn er nachgesehen hatte, würde er mit der Veröffentlichung sicherlich nicht warten, bis Anna irgendwann alt und grau war.

Sie konnten nicht warten. Wenn das Hauptquartier sich schlafen legte, war er noch lange nicht bereit, die Streetsurfer einfach aufzugeben. Jetzt würde auf eigene Faust weitergehandelt werden müssen.

„Miti, steig ins Auto! Wir fahren los!“ Benno lief zu seinem Wurfgeschoss und sammelte das Handy wieder auf. Das Display war zerkratzt und die äußere Hülle hatte sich abgelöst.

„Was hat Frank gesagt? Was sollen wir tun?“

Miti, der treue, schwanzwedelnde Hund, dachte Benno. Er könnte ihm zum Problem werden, wenn er jetzt die Wahrheit erzählte. „Wir müssen hinterher. Joyo und Santo dürfen so nicht durchkommen.“ Benno schritt um den Wagen herum und setzte sich auf den Beifahrersitz.

„Aber was ist mit der Frau? Hat Frank nicht gesagt, ihr soll nichts passieren?“ Miti eilte schnell zur Fahrerseite.

„Daran werden wir uns vorerst auch halten. Die Frau bleibt unversehrt. Aber das sollte kein Hindernis sein, um die anderen kaltzumachen. Die Streetsurfer gibt es nicht mehr, wenn wir verraten wurden. Ist doch klar, oder?“

Miti nickte. Benno wusste, dass er gehorchen würde. Sicherlich wäre Franks Anweisung, Santo und Joyo laufen zu lassen, für ihn genauso unlogisch wie für Benno selbst.

„Gib mir dein Handy“, forderte Benno. Nachträglich war es ärgerlich gewesen, seins zu zerstören, aber in dem Moment war es die Öffnung des Ventils gewesen.

Er nahm Mitis Telefon in die Hand und suchte das GPS-Programm heraus. Dieses war auf jedem Handy eines Streetsurfers installiert und mit den anderen vernetzt. Jeder konnte ständig herausfinden, wo der andere sich befand. Natürlich hatten Santo und Joyo sich bereits vor über einer Woche ihrer Handys entledigt, sodass sie nicht mehr auffindbar waren, aber Benno entdeckte dennoch auf der spanischen Landkarte im GPS-Programm nicht weit von ihnen einen kleinen, roten Punkt, der sich gleichmäßig vorwärtsbewegte.

Er lächelte entspannt und hielt Miti das Display vor die Nase. Dieser nickte anerkennend und schaltete in den nächsten Gang hoch. Der Renault fuhr jetzt mit erhöhter Geschwindigkeit über den kleinen schmalen Sandweg und hatte ein Ziel.

*

Nico hatte ein wenig Überzeugungsarbeit leisten müssen, damit die Dame ihn einfach wieder gehen ließ. Erst hatte sie darauf bestanden, ihn in ein Krankenhaus zu bringen. Nico wusste nicht, ob wegen des Unfalls oder generell, weil er durch das große Pflaster auf der Nase und das verkrustete Gesicht nach medizinischer Hilfe aussah. Doch er beteuerte ihr, dass es nicht nötig wäre und vielleicht war es auch genau dieses Gesicht, das sie davon abhielt, ihn in ihren Wagen zu setzen. Jemand wie er schien mächtig Ärger am Hals zu haben. Kein erwünschter Fahrgast in ihrem Familienauto.

Als dann allerdings noch Passanten hinzukamen, wurde es für Nico noch schwerer. Er musste zurück. Verstanden die das denn nicht? Er musste zu Vanessa.

Demonstrativ richtete er sich groß auf und vergaß allen Schmerz, den er dabei spürte. Es ging ihm gut, versicherte er wieder und wieder und nein, die gute Frau beging auch keine Unfallflucht, wenn sie jetzt einfach weiterfuhr. Es war gar nichts passiert.

Irgendwann hatte sie dann eingesehen, dass ihm nicht zu helfen war. Nico nickte ihr und den Passanten freundlich zu und entfernte sich vom Unfallort. Der unbekannten Frau brauchte er jetzt nicht mehr hinterherlaufen. Er war sich sicher, dass sie längst weg war.

So schnell seine alten und neuen Verletzungen es zuließen, eilte er wieder zurück zu Vanessas Wohnung. Als er vor dem Haus ankam, beobachtete er vorsichtig die Straße, doch es fiel ihm nichts Verdächtiges auf. Aber worauf sollte er auch achten? Dass die fremde Frau nicht zurückkam, konnte man einfach erklären, aber wie war es mit anderen? Er kannte keine weiteren Gesichter. Würden sie von jetzt an immer in der Gefahr leben, dass jemand sie verfolgte?

Er drückte gegen die Haustür, aber sie war fest eingehakt. Dann betätigte er Vanessas Klingel.

Fast zeitgleich meldete sie sich von oben: „Wer ist da?"

„Ich bin´s."

Der Summer wurde betätigt, und Nico huschte durch die Tür. So schnell er konnte stürmte er die Treppen zu ihrer Wohnung hinauf. Seine Unfallverletzung schmerzte beim Treppensteigen, sodass er das linke Bein nur hinterherziehen konnte. Oben auf der letzten Treppe kam Vanessa ihm bereits entgegen.

„Nico? Was ist passiert?" Sie griff seine Hand und stützte ihn die letzten Stufen.

„Es ist nicht so schlimm." Nico erkannte ihre offene Wohnungstür und zielte direkt darauf zu. Sie sollten nicht hier auf dem freien Hausflur bleiben.

Sobald er die Tür hinter ihnen verschlossen hatte, atmete er einmal tief durch.

Vanessa stand mit weit aufgerissenen Augen vor ihm. Panik im Gesicht. „Was war los? Wo bist du gewesen?"

„Ich habe eine Frau verfolgt. Sie war neulich schon bei mir und hat nach dir gefragt. Ich wollte dir nicht davon erzählen, weil ich dich nicht ängstigen wollte. Jetzt war sie wieder da. Sie wollte zu dir!"

Vanessa kniff die Augenbrauen zusammen. „Was für eine Frau?"

„Sie ist klein, sieht ziemlich lumpig aus. Mit Kapuzenpulli, Piercings und so." Nico war noch etwas außer Atem, doch dies hatte nichts mit dem Laufen zu tun. Es war mehr die allgemeine Situation der Angst, die ihn pusten ließ.

Vanessa presste die Lippen aufeinander und verzog sie zu einem geraden Strich. Doch dann entspannte sich ihr Gesicht. „Ich glaube, das ist meine Schwester."

„Deine Schwester?", fragte Nico ungläubig. Vanessa hatte mal von einem Bruder erzählt, der in Amerika lebte, aber von einer Schwester war nie die Rede gewesen.

Die Türklingel läutete hinter Nicos Rücken. Sie kam so unerwartet und laut, dass er vor Schreck zusammenzuckte.

Vanessa lächelte schwach und nahm den Hörer der Gegensprechanlage in die Hand. „Das wird die Polizei sein. Ich habe sie gerufen, weil ich nicht wusste, was los war und du nicht wiedergekommen bist.“

*

Es hatte nicht lange gedauert, bis Anna durch die ruhige und gleichmäßige Bewegung des Seats eingeschlafen war. Für einen Moment schien es friedlich und sorgenfrei.

Diegos Hand kreiste gleichmäßig über ihren Körper. Die Finger starteten an ihrer Wange, huschten über Nase und Stirn, strichen von da über ihre Haare zum Oberarm und begannen dann wieder von Neuem. Durch ihr linkes Ohr an seiner Brust hörte sie sein Herz schlagen und das Rauschen der Lunge, wenn er langsam ein- und ausatmete.

Doch mit einem Mal verlangsamte sich der Wagen. Das Rauschen und Dröhnen nahm ab und sogleich wurde Anna wach. Eine helle Lampe strahlte direkt durch das Fenster über ihr und verschwand sofort wieder. Nervös richtete sie sich auf und schaute sich nach allen Seiten um. Es war mittlerweile stockdunkel, doch die hellen Lichter einer Baustelle erleuchteten die Nacht.

Rafael war kurzzeitig dazu gezwungen, den Seat hinter den anderen Fahrzeugen auf eine Spur zu lenken, da der Rest der Autobahn erneuert wurde.

„Hast du gut geschlafen?“, fragte Diego fürsorglich und strich ihr über die Schulter.

Anna richtete sich auf und schüttelte mit dem Kopf.

„Es dauert nicht mehr lange. Dann kannst du dich ausruhen.“

Anna sah sich besorgt um. Der Blick nach hinten zeigte ihr eine ganze Reihe an leuchtenden weißen Scheinwerfern, die sich ungeduldig und unheimlich hinter ihnen bewegten. „Sind sie noch da?“

„Nein. Das ist eine Sache, die sie nicht aufs Spiel setzen können.“

Anna drehte sich zu ihm herum und brannte vor Neugier. „Sag mir, was es ist! Was beinhaltet diese Police?“

„Das kann ich dir nicht sagen.“ Seine Augen formten sich zu kleinen Schlitzen, doch für einen kurzen Moment sah es so aus, als würde er tatsächlich mit sich hadern. „Wirklich nicht. Du bist sicher. Du brauchst keine Angst zu haben, das ist alles, was du wissen musst.“

Anna dachte an den Kofferraum und wie knapp sie tatsächlich ihrem Tod entkommen war. Was hatte diese Police auf sich, dass sie so weit griff? Wie kam es, dass sie sie doch hatten gehen lassen? Was war dazu nötig gewesen? Wieso hatte …?

„Hey, entspannt dich wieder!“ Diego lächelte und strich ihr mit seinem Daumen über die Stirn, die sie in tiefe Falten gezogen hatte.

„Brauchst du immer für alles eine Antwort? Kannst du es nicht einfach hinnehmen? Dir wird nichts passieren. Du bist sicher. Bitte vertrau mir!"

Anna sah in seine tiefen dunklen Augen. Sie glitzerten leicht durch das einfallende künstliche Licht. Er würde ihr nicht mehr sagen. In ihnen war ein schimmerndes Funkeln verborgen, das sich offenbar über dieses ungeteilte Wissen freute und daran festhielt. Hier kam sie nicht weiter.

„Der Mann hat etwas von einem Passwort gesagt und dass sie deine Police nicht öffnen konnten. Da hast du gemeint, sie sollen deinen Geburtstag nehmen …" Es war eigentlich keine richtige Frage, aber dennoch eine Sache, die für Anna keinen Sinn ergeben hatte.

Diego nickte und Anna erkannte, dass sie hier mehr erfahren würde. „Ich habe ihm gesagt, er soll meinen Geburtstag am J eingeben."

Sofort fiel Anna der richtige Wortlaut wieder ein, doch die Bedeutung machte für sie wenig Sinn.

„Eine einfache Kodierungsgeschichte", erklärte Diego belanglos, als wäre rein gar nichts dabei. „Du nimmst eine gewisse Tastenkombination an einem Feld durch, die vielleicht eher an einer anderen Stelle Sinn macht. Wenn man also wie in diesem Fall am J eine Zahl eingeben soll, dann musst du dir das J nur als 5 vorstellen. Die Tasten drum herum bilden die Kombination hierzu. Es ist keine große Sache. Ein einfacher Austausch."

Anna versuchte sich zu erinnern, wo das J auf der Tastatur war und welche Buchstaben drum herum angereiht waren.

„Hey!" Diego fasste an ihre Schulter und schüttelte sie leicht. „Mach dir keine Gedanken, okay?"

Anna blinzelte. „Wann hast du Geburtstag?" Es gab so viele andere vielleicht wesentlich wichtigere Fragen, aber Annas Kopf war so durcheinander, dass ihr nur diese einfiel.

„Am 12. Oktober."

„Wir müssen tanken", unterbrach sie Rafael von vorne. Anna drehte sich nervös herum. Diegos Bruder war so still gewesen, dass sie ihn schon fast vergessen hatte. In einiger Entfernung erkannte Anna die Abfahrt zu einer Raststätte.

Diego griff nach Annas Hand und vergrub seine Finger in ihren. Sein Daumen kreiste dabei gleichmäßig über ihre Handfläche und Anna atmete entspannt aus. Sie hatte gar nicht gemerkt, wie angespannt sie tatsächlich gewesen war und erkannte es erst jetzt.

Der Wagen verlangsamte sich, und die Raststätte kam unaufhaltsam und bedrohlich näher. Anna hatte Angst auszusteigen. Überhaupt zu halten erschien ihr als Fehler. Sie konnte sich nicht vorstellen, dass sie tatsächlich sicher sein sollte. Nur solange die Räder rollten, hatte sie das Gefühl, halbwegs der Gefahr zu entkommen.

Rafael fuhr direkt an die Zapfsäule und machte den Motor aus. „Beeilt euch!“ Dann stieg er aus dem Wagen.

Anna bewegte sich nicht und war erleichtert, als Diego es ebenfalls nicht tat. Sie spürte seinen Blick auf ihr ruhen, wagte aber nicht, den Kopf herumzudrehen.

„Wollen wir uns etwas zu essen holen?“, fragte er schließlich. „Vielleicht willst du dir auch etwas anderes anziehen?“

Anna nickte. Essen. Ein guter Gedanke. Dieser Trip war die reinste Diät. Und umziehen. Ja, sie musste unbedingt andere Sachen anhaben. Sie trug immer noch ihr verdrecktes Hemd.

Sie fasste an den Türgriff, aber Diego stoppte ihre Hand. Sie sah zu ihm herum, sein Lächeln war verschwunden und stattdessen war er ernst und sorgenvoll. Er nahm seine zweite Hand hinzu und legte sie gemeinsam mit ihren in ihren Schoß. Den Blick hielt er dabei nach unten gerichtet.

„Falls du es noch nicht richtig verstanden hast“, erklärte er langsam und nachdenklich, als müsse er sich genau auf jedes Wort konzentrieren. „Aber du bist wirklich frei. Die Police steht, aus dieser Richtung wird dir keine Gefahr mehr drohen, eher im Gegenteil werden sie dich vielleicht beschützen. Und auch die Polizei kann dir nichts mehr anhaben. Auch wenn du noch auf der Fahndungsliste stehst, wird es nicht viel geben, womit sie dich halten können. Du weißt nichts und hast nichts getan.“ Er hob den Kopf und seine Augen fanden ihre. „Ich möchte nur, dass du weißt, dass du immer gehen kannst. Rafael und ich zwingen dich nicht zu bleiben. Wenn du möchtest, werden wir dich zum nächsten Bahnhof oder Flughafen bringen. Du kannst nach Hause.“ Er sagte es leicht und ohne Anstrengungen, aber Anna erkannte in seinem Blick, wie schwer es ihm eigentlich fiel.

Anna lächelte leicht.

Doch was sollte sie sagen? Sie wollte nach Hause. So sehr! So lange schon! Aber konnte sie gehen? Waren sie nicht gerade erst haarscharf dem Tod von der Schippe gesprungen? Es war schwer zu verstehen, dass jetzt alles vorbei sein sollte. Noch dazu, wenn sie bedachte, in welch schlechter psychischen Verfassung sich Diego befand. Sie hatte das Gefühl, ihn aufzugeben, wenn sie jetzt einfach fortging.

„Okay“, war alles, was sie als Antwort herausbringen konnte. Doch sie bereute es sofort, weil es so gut wie gar nichts bedeutete.

Diego kniff verwirrt die Augenbrauen zusammen. Doch dann ging ein Ruck durch seinen Körper, als wolle er dieses Thema schnell vergessen. „Dann lass uns was essen.“

Er griff nach einer Schirmmütze, die neben ihm auf der Sitzbank lag und setzte sie auf. Anschließend zog er eine dunkle Sonnenbrille aus seiner Türverkleidung. Fertig getarnt stieg er aus dem Wagen und Anna folgte ihm.

Es waren nicht viele Leute zu sehen. Zwei weitere Wagen standen an den gegenüberliegenden Säulen, doch die Raststätte war hell erleuchtet und Anna erkannte einzelne Personen, die im Shop durch die Regale schlichen. Rafael war nicht zu sehen.

Ich bin frei!, dachte Anna. Die Erleichterung war allerdings überschattet, solange Diego in seiner Tarnung herumlaufen musste.

Er griff nach ihrer Hand und zog sie neben sich auf das eckige Gebäude zu, das ein wenig an einen Containerblock erinnerte. Es war sehr modern mit der dunklen Außenwand und den großen, weißen Lampenbällen, aber es passte irgendwie nicht in diese trockene und karge Landschaft. Hier wäre ein einfaches Häuschen ausreichend gewesen. Doch wenn Anna genauer darüber nachdachte, hatte sie bei der vorherigen Raststätte ähnlich empfunden. Vielleicht war es aber auch Absicht, damit man sich gerade von der Trockenheit und Dürre absetzen konnte.

Anna sah sich zu allen Seiten um und hielt nach eventuellen Verfolgern Ausschau. Zu dumm, dass sie nicht wusste, wie sie aussahen. *Ich bin frei!*, huschte es wieder durch ihren Kopf. *Ich brauche mich nicht mehr verstecken.*

Doch sie musste feststellen, dass Kopf- und Bauchgefühl zwei völlig unterschiedliche Dinge waren, und unterbewusst spürte sie, dass sie von jetzt an immer eine gewisse Angst behalten würde.

Diego drückte ihre Hand, als würde er ihre Sorge erkennen.

Anna atmete tief durch und versuchte, die Kontrolle über sich zu gewinnen. Vielleicht brauchte sie noch Zeit, um sich an diesen Zustand zu gewöhnen? Vielleicht würde es nach und nach leichter oder erträglicher werden?

Zeit. Das war das Lösungswort und der Schlüssel. Sie brauchte noch ein bisschen Zeit. Und wenn sie schon daran arbeitete, ihr neues Leben unter den Schutz irgendeiner Police zu stellen, warum sollte Diego ihr nicht dabei helfen? War es nicht sicherer, erst mal fernab von ihrem Zuhause zu testen, wie ernst es mit dieser Police wirklich gehalten würde?

Nicht weit entfernt erkannte sie das leuchtende Zeichen eines kleinen Telefonhörers, was ihr bei der letztendlichen Entscheidung half. Ihre Reise war noch nicht zu Ende, aber ihre Familie sollte nicht länger um sie bangen müssen. Sie war frei und konnte frei entscheiden, was sie tat.

Sie stoppte Diego und deutete mit dem Kopf in Richtung Telefonzelle. „Ich bin frei, hast du gesagt."

Trotz der Sonnenbrille war eine gewisse Unsicherheit und Sorge in seinem Gesicht. Er versteifte sich und schien auf alles vorbereitet zu sein, was sie als nächstes sagen würde.

„Vielleicht sollte ich mich wenigstens einmal zu Hause melden, wenn ich schon in der nächsten Zeit nicht nach Hause kommen werde."

Diego atmete aus und entspannte seine Haltung. Ein kleiner Hoffnungsschimmer zeigte sich unter seiner Sonnenbrille. „Du kommst nicht nach Hause?"

„Nein!" Es war beschlossene Sache. Während Anna hier stand, die Hände ihres Entführers hielt und in seine dunkle Brille starrte, wusste sie, dass sie gar keine andere Wahl hatte.

„Aber wo gehst du dann hin?" Er lächelte und Anna erkannte einen deutlich freudigen Unterton in seiner Stimme.

Doch anstelle einer Antwort legte Anna ihre Hände in seinen Nacken und zog sein Gesicht zu ihrem heran. Es bedurfte keiner großen Anstrengung. Seine Lippen fanden ihre sofort, als wäre das der einzige Grund für ihre Existenz.

Anna überlegte kurz, was hier eigentlich passierte und wie sich die Situation innerhalb der letzten Woche gewandelt hatte. Hatte sie nicht anfangs Angst vor ihm gehabt? Hatte sie ihn nicht gehasst? Es kam ihr inzwischen unwirklich und wie eine Ewigkeit her vor.

Sie stoppte ihren leidenschaftlichen Drang und legte ihre Hand auf seine Brust. Sie hatte das Gefühl, erst wieder richtig zu Atem kommen zu müssen, bevor sie überhaupt sprechen konnte. Sie war über ihn hergefallen wie ein Teenager.

„Das heißt, du bleibst bei mir?", stellte Diego fest. Seine Stimme klang plötzlich schwammig und leise.

Anna nickte und deutete erneut auf die Telefonzelle. „Ja, aber ich möchte zu Hause anrufen und sagen, dass es mir gutgeht."

Er griff in seine Hosentasche und holte ein Handy hervor. „Nimm meins. Du brauchst die Telefonzelle nicht."

„Danke!" Anna nahm das Telefon entgegen und dachte kurzzeitig an ihren Versuch im Kofferraum, als sie mit den Händen auf dem Rücken wählen wollte.

„Ich werde kurz mit Rafael reden." Er gab ihr einen Kuss auf die Stirn und lief dann in Richtung Seat, den Rafael nach dem Tanken auf einen der Parkplätze abgestellt hatte. Rafael saß im Wagen auf dem

Beifahrersitz. Offenbar würde Diego den nächsten Teil der Fahrt unternehmen.

Diego hatte seinen Bruder fast erreicht, als Anna sich schließlich dem Handy widmete. Schnell huschten ihre Finger über das Nummernfeld. Sie würde ihre Eltern anrufen. Diese würden die Nachricht, dass es ihr gutging sicherlich wie ein Lauffeuer verbreiten. Außerdem fand sie es in der jetzigen Situation schwierig, mit Nico zu sprechen. Sie hatte keine Ahnung, was sie ihm sagen sollte. Dieses Thema musste warten, bis sie wieder richtig zu Hause war.

Während sie das Freizeichen abwartete, beobachtete sie den Parkplatz. Sicherlich wäre es besser, wenn sie einfach weiterfuhren und sie von unterwegs ihre Eltern informierte. Sie konnte nicht glauben, dass sie sich wirklich so frei an einer Raststätte zeigen sollte.

Plötzlich fiel ihr ein weißer Wagen auf, der etwa vier Parkplätze vom Seat entfernt stand. Die Marke konnte sie in der Dunkelheit nicht erkennen. Natürlich standen hier noch reichlich weitere Fahrzeuge, aber durch das Licht der Laterne konnte man die Umrisse zweier Männer erkennen, die nicht ausstiegen. Warum blieben sie im Wagen sitzen?

Sofort stockte ihr das Herz und schlug nur noch unruhig weiter.

Das Freizeichen ertönte. Sie erkannte Diego, der mit dem Rücken zu ihnen stand und sich mit Rafael unterhielt.

Dann hörte sie die Stimme ihrer Mutter: „Selbig."

„Mama?"

Die Beifahrertür des weißen Wagens wurde geöffnet und ein Mann stieg aus. Anna konnte ihn nicht erkennen, weil es zu dunkel war, doch seiner Haltung nach ließ er den schwarzen Seat nicht aus den Augen. Es war auffällig. Kein normaler Reisender würde so interessiert in diese Richtung sehen.

Dann meinte sie, für einen Augenblick durch das schwache Laternenlicht eine Waffe in seiner Hand zu erkennen und fast gleichzeitig durchdrang ein lautes Brüllen die Stille: „Die Police gilt für sie. Aber nicht für Verräter wie dich!"

Überall und in jeder Situation hätte Anna diese Stimme wiedererkannt. Es war der Mann, dessen Namen und Gesicht sie nicht kannte und der sie heute früh interviewt hatte.

Sofort ließ sie das Telefon fallen und sprang auf den Seat zu. „Diego! Nein!"

Diego sah sich zu ihr um und im nächsten Moment knallte auch schon der Schuss. Noch bevor Anna bei ihm war, sackte er zu Boden.

Kapitel 58

Die Polizei hatte lange zugehört. Vanessa hatte weit ausgeholt und alles im Detail wiedergegeben. Nico erkannte, welche Genugtuung es ihr gab, endlich alles erzählen zu können.

Doch dass die Beamten ihnen wirklich helfen konnten, bezweifelte Nico. Zwar wirkten sie bemüht und interessiert, aber Nico war überzeugt, dass die Sache etwas zu groß für sie war. Wie sollte es auch zu lösen sein? Was hatte Freiburg mit Hamburg zu tun? Wie sollte man hier die Verbindung wirklich belegen? Es war quasi unmöglich und doch war Nico absolut davon überzeugt, dass alles miteinander zusammenhing.

Er war froh, als sie sich schließlich verabschiedeten, da er vermutete, jetzt weiterzukommen. Vanessa hatte nämlich seltsamerweise kein Wort über die mysteriöse Fremde verloren, von der sie vorher behauptet hatte, dass es ihre Schwester gewesen sein könnte. Für Nico aber war es ein Zufall zu viel. Er wollte sie erwähnen, aber Vanessa hatte so eigenartig reagiert und war während der gesamten Befragung seinem Blick ausgewichen, sodass Nico ebenfalls nichts sagte.

Doch jetzt waren sie gegangen.

Vanessa schloss die Tür hinter ihnen und drehte Nico den Rücken zu, während sie sehr langsam und behutsam die Kette vorlegte.

Nico wartete einen Augenblick, doch sie drehte sich immer noch nicht zu ihm um.

„Möchtest du etwas trinken?“ Sie warf ihm einen flüchtigen Blick zu, den er verpasst hätte, sollte er in diesem Moment geblinzelt haben.

„Gerne.“ Nico folgte ihr in die Küche, konnte aber seine Neugier nicht länger zurückhalten. „Sie ist deine Schwester?“

Vanessa stand vor dem geöffneten Kühlschrank und musterte den Inhalt. Sie wartete lange, als würde sie nicht das Passende finden, dann schloss sie die Tür. „Darf ich dir einen Tee machen?“

„Sie ist deine Schwester?“, wiederholte er mit Nachdruck.

Vanessa tat beschäftigt mit dem Wasserkocher, und Nico stellte sich direkt neben sie, um endlich eine Antwort zu bekommen.

„Das weiß ich nicht. Ich weiß ja nicht mal, wie sie aussah.“ Vanessa zuckte achtlos mit den Schultern, doch Nico überging ihre lapidare Anspielung.

„Wieso hast du mir nie von ihr erzählt?“

„Hat sich halt nicht ergeben.“ Vanessa stellte den Wasserkocher auf die Station und drückte den Startknopf.

„Hat sich nicht ergeben? Findest du es nicht ein bisschen merkwürdig, was sie jetzt hier will, nachdem wir überfallen worden sind? Woher weiß sie überhaupt davon? Hast du vielleicht noch einen zweiten Bruder? Lass mich raten, den kenn ich schon. Er saß auf meinem Rücken."

Vanessa drehte sich schnell herum und funkelte ihn böse an. Das Zischen des Wasserkochers hätte auch zwischen ihren Zähnen hervorkommen können. „Pass auf, was du sagst!"

Nico schüttelte mit dem Kopf und spürte, wie sein Puls plötzlich auf Hundertachtzig war. „Es ist ein komischer Zufall, findest du nicht?"

„Ich habe eine Schwester! Ja, und? Meinst du, dass sie uns überfallen hat?"

„Keine Ahnung! Wieso taucht sie bei mir zu Hause auf, um sich nach dir zu erkundigen? Warum geht sie nicht direkt zu dir? Und warum weiß sie von der Sache in Freiburg?"

Vanessa senkte den Blick und wandte sich wieder der Spüle zu. Sie nahm einen Becher von der Arbeitsplatte und begann, ihn notdürftig auszuspülen. „Jessica und ich haben nicht das beste Verhältnis. Eigentlich ist sie auch keine richtige Schwester von mir, sondern nur die Tochter meines Stiefvaters. Wir haben nicht wirklich etwas gemeinsam."

Nico beruhigte sich halbwegs, weil Vanessa endlich anfing, seine Fragen zu beantworten. „Warum hast du mir nie von ihr erzählt?"

„Ich weiß nicht. Vielleicht weil es mir unangenehm ist. Sie war sogar schon im Knast. Du hast sie doch gesehen! Findest du, dass sie die Art Person ist, auf die man stolz sein sollte, sie in der Verwandtschaft zu haben?"

„Woher weißt du, dass sie es war, die mich besucht hat?" Nico dachte an die unzähligen Menschen in Hamburg, die in einem ähnlichen Gothic-Stil herumliefen.

„Sie war auch bei mir."

„Wann?"

„Gestern Abend. Also genauer gesagt, war sie nicht bei mir in der Wohnung, aber ich habe sie draußen auf der Straße gesehen, als sie das Haus beobachtet hat. Ich habe sie erst nicht erkannt. Immerhin haben wir uns seit Jahren nicht gesehen, aber es war sie."

„Was meinst du, hat sie gewollt? Woher weiß sie von dem Überfall in Freiburg, wenn du so lange keinen Kontakt mehr zu ihr gehabt hast?"

„Das habe ich mich auch schon gefragt."

„Meinst du, sie hat was mit denen zu tun?"

Vanessa stellte die Tasse zur Seite und ließ sie abtropfen. Sie hatte viel länger als nötig an ihr herumgeschrubbt. „Ich habe Angst, dass es so ist."

„Warum hast du der Polizei nichts von ihr erzählt? Sie wäre ein erster Hinweis gewesen." Nico dachte an all die teilweise unwichtigen Informationen, die sie den Beamten gerade aufgetischt hatte. Warum hatte sie genau hier geschwiegen?

„Sie ist meine Schwester!", wiederholte sie mit Nachdruck, als hätte sie diesen Teil vergessen zu erwähnen.

„Ich glaube, daran solltest du nicht zu sehr festhalten!" Nico trat zum Küchenfenster und sah auf die Straße hinunter. Es war dunkel, doch die Straßenlaternen leuchteten hell, sodass es nur wenige finstere Stellen gab. Er sah die Straße rauf und runter, konnte aber keine verdächtige Person feststellen.

Als er sich umdrehte, zuckte er kurz zusammen, weil Vanessa plötzlich direkt hinter ihm stand.

„Kannst du was sehen?", fragte sie.

„Nein." Nico atmete kaum, als Vanessa plötzlich so dicht neben ihm vor dem Fenster stand. Ihre Schulter berührte seine Brust, als sie sich weit vorbeugte, um auf die Straße zu sehen.

Dann trat sie zurück und zuckte mit den Schultern. „Vielleicht hast du sie verscheucht?"

Sein Handy vibrierte und er war erleichtert über die kleine Ablenkung, die die Unannehmlichkeiten unterbrach. Auf dem Display erkannte er den Kontakt von Annas Mutter. „Hallo Ute!", begrüßte er sie.

„Sie hat angerufen, Nico! Ich habe gerade mit ihr gesprochen!"

„Wer?", rutschte es Nico heraus, obwohl er eigentlich wusste, wen sie meinte.

„Ich habe ihre Stimme gehört! Sie lebt!" Dass Anna Nico freiwillig hätte verlassen können, war nie in Utes Kopf gegangen. Für sie war ihre Tochter Opfer eines Verbrechens geworden, egal wie deutlich die Indizien für einen Seitensprung oder eine Affäre waren.

„Aha." Mehr konnte Nico nicht sagen. Für ihn war die Angelegenheit klar. Es war schön, dass Ute jetzt wieder mit ihr gesprochen hatte, aber es änderte nichts daran, unter welchen Umständen sie verschwunden war.

„Sie ist in Gefahr, Nico. Sie hat nur ganz kurz etwas sagen können, dann war sie wieder weg. Ich glaube, sie steckt in sehr großen Schwierigkeiten!"

*

„Diego! Oh, nein, Diego!" Anna kniete sich neben ihn und sah sofort das Blut an seinem Hemd.

„In den Wagen mit ihm! Schnell!“, rief Rafael und hob ihn hoch. Gleichzeitig gab es einen ohrenbetäubenden Knall direkt an Annas Kopf.

Anna packte Diego unter den Schultern und blinzelte mit halbem Auge zu Rafael hinüber. Seine Gestalt war dunkel, weil er im Schatten stand. Doch es reichte aus, um seinen ausgestreckten Arm zu erkennen, in dessen Hand er seine Waffe hielt. Der letzte Schuss war von ihm gekommen.

Eilig öffnete Anna die Hintertür und schob Diego hinein, doch bevor sie selbst einsteigen konnte, krachte bereits der nächste Schuss und prallte am Wagendach ab. Anna duckte sich und hockte sich hinter die halb geöffnete Tür.

„Komm rein!“, befahl Diego und streckte ihr seine Hand entgegen. Seine Stimme war seltsam kratzig und das machte Anna Angst.

Weitere Schüsse krachten, Kugeln schlugen hart in die Karosserie ein.

Anna griff nach Diegos Hand und zog sich in den kleinen Seat. Ihr Schutzschild. Ihre rettende Insel.

Im nächsten Moment war Rafael auf der Fahrerseite aufgetaucht und ließ sich auf den Sitz fallen. Er hatte noch nicht einmal die Tür geschlossen, als er auch schon den Motor startete.

Anna duckte sich, während der Seat mit quietschenden Reifen an Fahrt gewann. Ohne aus dem Fenster zu sehen, wusste Anna, wie schnell sie fuhren. Sie wagte einen vorsichtigen Blick zwischen den Vordersitzen nach vorne und erkannte, dass Rafael schon fast wieder auf der Autobahn war.

Diego hatte sich aufgesetzt und presste seine Hand unterhalb des linken Schlüsselbeins an seine Brust. Sofort bahnte sich das Blut einen Weg zwischen seinen Fingern hindurch.

Anna beugte sich vor, um die Wunde begutachten zu können, doch im gleichen Moment flog eine Kugel durch die Rückscheibe. Erschrocken presste sie sich an Diego und starrte auf das kleine Einschussloch im Rückfenster.

„Sie verfolgen uns“, murmelte Anna, halb zu sich, halb an die anderen gerichtet.

„Duckt euch!“, fauchte Rafael von vorne. Gleichzeitig purzelte Anna auf dem Rücksitz hin und her, weil Rafael den Wagen zu halsbrecherischen Manövern zwang. Sie taumelte von der Sitzbank runter auf den Fußboden und krallte sich am Türgriff fest.

Das nimmt ein schlimmes Ende, dachte sie. Wo sie doch gerade noch Pläne geschmiedet hatte, wie sie die nächsten Tage verbringen würde, so sah es jetzt aus, als bräuchte sie sich darüber keine Gedanken mehr zu machen. Sie konnte sicherlich froh sein, wenn sie die heutige Fahrt überstehen würde.

Diego hatte sich auf die Rückbank gelegt und atmete schwer. Das Gesicht schmerzverzerrt. Die Hände krampfhaft über der Wunde gefaltet.

Anna richtete sich auf und kniete vor ihm. Von hier konnte sie sich um ihn kümmern, ohne im direkten Fadenkreuz der Verfolger zu sein. Vorsichtig zog sie sein Hemd zur Seite und erkannte das Loch der Kugel, die etwa drei Zentimeter unter dem Schlüsselbein eingedrungen war. Sie blutete stark.

Verband! Sie brauchte sofort einen Verband!

Sie sah sich flüchtig um, doch es gab keine Möglichkeit, unter die Rückbank zu greifen. Hastig fuhr ihre Hand unter die beiden Vordersitze, doch auch hier war nichts. Wahrscheinlich war der Verbandskasten, wenn sie überhaupt einen hatten, im Kofferraum, aber da kam sie von hier nicht hin.

Diegos röchelndes Atmen ließ sie herumfahren und innerlich wusste sie, dass ihr nicht viel Zeit blieb. Er verlor zu viel Blut.

Sie musste die Blutung stoppen! Sofort!

Da fiel ihr das Ende eines kleinen Stofffetzens auf, das unter Diego zum Vorschein kam.

Ihre Augenbinde!

Sie drückte Diego ein Stückchen zur Seite und holte die Binde hervor.

Es war ein langer Stoffstreifen, vermutlich aus einer Bettdecke oder Ähnlichem rausgerissen, der mehrmals um ihren Kopf gewickelt worden war. Das Ende war mit einem breiten, silbernen Klebeband fixiert.

„Anna", flüsterte Diego mit zittriger Stimme, als er ihre Berührung gespürt hatte. „Du bist da."

„Ja, ich bin hier." Anna riss das Klebeband ab und löste das Band. „Aber du bleibst auch noch da, okay?"

Das nimmt ein schlimmes Ende!, wiederholte sie in Gedanken.

Diego rollte mit den Augen und sein Blick wurde leerer. Sein Kopf schwankte zur Seite.

Instinktiv schlug Anna ihn mit der Hand ein paar Mal auf die Wange. „Hier bleiben, Diego. Es wird alles gut. Bleib bei uns!"

Er stöhnte und gab seltsame Laute von sich. Sein Atem ging hastig und unregelmäßig.

Anna hatte das Band frei, aber es war zu schmal, um die Blutung wirklich effektiv zu stoppen. „Er verliert zu viel Blut, Rafael", rief sie laut nach vorne.

„Du bist Krankenschwester. Du musst etwas tun!“, brüllte er zurück, ohne nach hinten zu sehen.

„Wir müssen in ein Krankenhaus. Sofort!“ *Sonst hat er keine Chance.*

Eine weitere Kugel krachte durch die Rückscheibe, und Anna warf sich auf Diego, damit sie nicht getroffen werden konnte.

Durch die Berührung öffnete er die Augen und seine Lippen formten sich zu einem Lächeln. „Anna!“

Er hob seine Hand und strich an ihrem Ohr vorbei, als würde er Haare zurückstecken, die nicht mehr da waren. „Ich wünschte, ich hätte dich einen Tag eher kennengelernt. Einfach so … beim Spazierengehen … oder beim Einkaufen. Nicht so wie jetzt. Ich hätte dich gesehen, ganz bestimmt.“

„Diego, hör auf! Es wird alles gut, okay? Wir werden noch spazieren gehen. Versprochen! Wir bringen dich in ein Krankenhaus.“ Schnell zog sie ihr Hemd aus, *sein Hemd*, faltete es zu einem festen Knäul zusammen und drückte es mit aller Kraft auf das blutende Loch in seinem Körper. Dann nahm sie die Binde und wickelte sie fest herum. Anschließend fixierte sie sie mit einem festen Knoten. Es war nicht perfekt, aber es war die einzige und beste Lösung, die Diego momentan bekommen konnte. Sie mussten dringend in ein Krankenhaus.

Diego griff plötzlich mit seinem gesunden Arm nach dem Klebestreifen, den Anna vorher abgerissen hatte. Interessiert führte er ihn an sein Gesicht, und Anna erkannte ein kleines, schwarzes, etwa Haselnuss großes Teilchen. Diego riss es vom Klebeband und hielt es sich direkt von die Augen. „Daher wussten sie, wo wir waren.“ Er richtete sich halb auf und ließ das kleine Teil durch ein Schussloch in der Heckscheibe verschwinden.

Anna verkrampfte sich. Ihre innere Unruhe wurde bestätigt – sie war niemals wirklich frei gewesen.

„Sie haben dich verwanzt.“ Er sagte es so, als hätten sie ihr einen Arm abgeschnitten. Sein Gesicht war schmerzverzerrt, doch Anna glaubte, dass es jetzt nicht an seiner Wunde lag. Die Tatsache, dass ihr etwas angetan werden konnte, war viel schlimmer für ihn.

Rafael fuhr ein weiteres Manöver, sodass Anna schwungvoll zur Seite geschleudert wurde.

Diego griff mit seinem gesunden Arm nach ihr, um sie festzuhalten. Sein Blick wanderte über ihren BH zum nackten Bauch und wieder zurück zu ihren Augen. „Du bist wunderschön!“ Seine Stimme klang ein bisschen wie in Trance, als er ihr über den Rücken streichelte und sie auf sich zog.

Anna lächelte verlegen und dabei fiel ihr Blick das erste Mal auf seine rechte Brust.

„Wo ist deine Schlange?“ Vorsichtig berührte sie mit den Fingerspitzen die Stelle, wo sie vor ein paar Tagen noch das Schlangentattoo gesehen hatte. Stattdessen war hier jetzt der blasse Schein der Schlangenform, gerötet an den Rändern, aber die Schlange war verschwunden. *Er hat sich sein Tattoo entfernen lassen.*

Diego griff nach ihren Fingern und drückte sie zärtlich zusammen. „Es gibt so vieles, das ich hinter mir lassen möchte, doch die Schlange ist das Einzige, was ich wirklich sichtbar entfernen lassen kann.“

Anna blinzelte verwundert und fingerte an ihrem selbstgebauten Verband, da sich ein Stückchen ihres Hemdes unter der Binde hervorschieben wollte. Es gab so vieles, das sie nicht verstand und die Schlange war ein Teil davon.

„Du machst das gut, Frau Krankenschwester“, murmelte er leise und bekam dabei kaum die Lippen auseinander. Anna konnte ihn fast nicht verstehen.

„Du … du auch, Diego.“ Anna biss sich auf die Lippen, aber die Tränen kamen trotzdem. *Es wird nicht gut ausgehen. Er verliert zu viel Blut.* „Halte durch, bitte!“

Schwach und zittrig hob er die Hand und streichelte ihre Wange. „Bitte weine nicht!“

Anna wischte sich mit ihrem nackten Arm durch das Gesicht. „Tu ich gar nicht!“

„Du hast nur was ins Auge bekommen, richtig?“ Seine Lippen umspielte ein leicht teilnahmsloses Lächeln.

Sie lachte kurz auf. „Wir schaffen das, okay? Wir schaffen das!“

„Du bist mein Mädchen!“

„Ja. Ja, das bin ich, Diego. Ich bin dein Mädchen! Wir sind gleich da.“ *Bleib hier! Bleib noch einen Moment hier, bitte!*

„Rafael!“, schrie Anna unter Tränen nach vorne. „Rafael, wir müssen etwas tun!“

Rafael warf einen prüfenden Blick in den Rückspiegel. Seine Augen waren finster, fast schwarz und voller Hass. Doch das war die einzige Chance, die sie vermutlich retten würde. Hass und Wut waren für die Brüder etwas wie ein Treibstoff und die Entscheidung darüber, ob sie es schaffen würden oder nicht.

Anna erkannte einen Lastwagen auf der rechten Fahrbahn, den Rafael gerade zu überholen begann, als direkt dahinter ein großes Straßenschild im Scheinwerferlicht aufleuchtete und eine Ausfahrt ankündigte.

Rafael reagierte schon, als Anna gerade noch dabei war, die Möglichkeiten abzuschätzen. Er schaltete schnell einen Gang runter und ließ den Motor aufheulen. Mit höchster Drehzahl jagte er am Lastwagen vorbei und zog dann scharf nach rechts in die Ausfahrt hinein. Anna starrte panisch auf den schmalen Weg, der im Dunkeln noch schwerer auszumachen war. Der Lastwagen musste bremsen und rutschte. Mit der Schnauze erwischte er den Seat und schleuderte ihn zur Seite, direkt in die Ausfahrt rein.

Anna griff fahrig um sich und suchte nach einer Festhaltemöglichkeit. Diego verstärkte den Griff seines rechten Arms auf ihrem Rücken, um sie zu halten, aber er war zu schwach. Anna schlug hart zur Seite und taumelte unsanft von der Rückbank.

Der Seat drehte sich auf der Ausfahrt mehrere Male um sich selbst, bis er schließlich kurz vor dem Graben zum Stehen kam.

Rafael verlor keine Zeit und fuhr sofort wieder an. Für einen Moment musste Anna sich orientieren, welche Richtung die richtige war, aber Rafael schien hiermit keine Probleme zu haben.

Anna rappelte sich langsam wieder aus dem Fußraum auf und sah nervös aus dem Rückfenster. „Sind sie weg?“

Der Wagen holperte ungleichmäßig, als hätte er einen Plattfuß. Mit Sicherheit fuhr er nur noch halb so schnell wie gewöhnlich.

„Ich weiß es nicht“, fauchte Rafael und versuchte verkrampft, den Wagen in der Spur zu halten.

In Anna stieg ein leiser Hoffnungsschimmer auf, dass sie es möglicherweise doch noch schaffen könnten. Angestrengt sah sie aus dem Rückfenster. Es folgten ihnen immer noch keine Scheinwerfer. „Wir schaffen es, Diego! Wart´s nur ab. Wir sind so schnell und überraschend von der Autobahn gefahren, dass sie uns nicht folgen konnten.“

Diego sah sie mit halb geöffneten Augen an und lächelte.

„Du musst nur wach bleiben, okay? Nur wach bleiben! Hast du verstanden? Ich brauche doch jemanden, der auf mich aufpasst!“ Sie befühlte wieder ihren provisorischen Verband. So lange sie nur die Blutung stoppen konnte, hatte er eine Chance, und momentan sah es so aus, als würde nicht allzu viel neues Blut nachfließen.

„Ich werde auf dich aufpassen“, hauchte er leise.

„Du musst stark sein, bitte!“ Sie beugte sich vor und küsste ihn, dabei tropften ihre Tränen auf sein Gesicht. „Wir sind gleich da!“ *Wenn hier nur irgendwann eine gottverdammte Ortschaft kommt und wir ein Krankenhaus finden!*

„Ich liebe dich, Anna.“

„Sag nicht so was, okay? Keine Verabschiedung! Du bleibst bei uns! Verstanden?“

„Aber es ist die Wahrheit. Ich liebe dich."
Anna lächelte zaghaft. „Dann halte durch, Diego! Bitte!"

Kapitel 59

Nico hatte das ganze Telefonat über den bohrenden Blick Vanessas auf sich gespürt. Und auch als er sein Telefon wieder in die Tasche rutschen ließ, war es nicht anders.

„Was ist passiert? Wer war das?“, fragte sie aufgeregt.

„Annas Mutter. Anna hat sie angerufen. Und wie es scheint, klang es nicht so, als würde es ihr da gutgehen, wo sie jetzt ist.“

Anna ist in Gefahr, hallte der Satz ihrer Mutter erneut durch seinen Kopf.

Vielleicht hatte sie ihn doch nicht so ganz freiwillig verlassen? Oder war ihr erst nachträglich etwas zugestoßen?

Nico spürte, dass ihm plötzlich schwindelig wurde. Er streckte die Hand nach hinten aus und fing sich an der Wand ab. Was, wenn es tatsächlich ein Hilferuf von ihr gewesen war? Was, wenn wider aller Vermutungen ihr wirklich etwas passiert war und sie sich in großer Gefahr befand?

Er drehte sich herum und wandte sich zur Tür. Er musste etwas tun! Anna hatte den ersten Hinweis gegeben, aber es fehlte noch mehr. Was hatte er übersehen? Was war ihnen all die Zeit nicht aufgefallen, weil sie von einer Affäre ausgegangen waren? Vielleicht waren die Fakten längst offensichtlich. Er würde ihr helfen können, wenn er nur wüsste, wie.

„Was hast du vor?“, fragte Vanessa leicht panisch, als sie ihm zur Tür gefolgt war.

„Ich muss nach Hause. Ich muss noch einmal alles durchgehen. Anna ist nicht freiwillig verschwunden. Irgendetwas ist passiert.“

„Und was willst du machen?“ Ein kleiner Schwall von Hysterie schwang in ihrer Stimme mit.

„Ich werde noch einmal ihre Sachen durchgehen. Vielleicht fällt mir irgendetwas auf.“ Nico griff nach der Türklinke.

„Ihre Sachen sind nicht mehr da!“

„Eben! Ist es nicht komisch, dass jemand verschwindet und gleichzeitig alle Sachen mit ihm? Hier ist etwas faul. Vielleicht hätten wir Anna schon retten können, wenn wir nur anders an die Sache herangegangen wären.“

Vanessa huschte blitzschnell vor die Tür und versperrte ihm den Weg. „Und wie, bitte? Es ist ja nicht so, als ob wir nicht schon alles versucht hätten. Hast du dich mal in einem Spiegel angesehen? Wir haben schon nach ihr gesucht. Hast du vergessen, was die Frau in Freiburg gesagt hat? Anna war dort. Aber freiwillig. Als Freundin von einem dieser Typen. Sie hat dich verlassen. Du kannst sie nicht zurückholen."

Nico war es mit einem Mal so klar, als würde er erst jetzt erkennen, dass es regnet, obwohl seine Klamotten schon seit ewiger Zeit nass waren. Er hatte nur nicht erkannt, weshalb.

„Aber hast du vergessen, dass diese Menschen getötet wurden? Wie groß muss ein Zufall denn noch sein? Es mag gut sein, dass Anna dort gewesen ist, aber warum sterben die Menschen anschließend? Ich bin mir sicher, dass sie gelogen haben. Sie sollten uns in dem Glauben lassen, alles wäre gut, damit wir nicht länger nach Anna suchen. Aber in Wirklichkeit ist hier viel mehr passiert. Sie wollen nicht, dass wir Anna finden."

Vanessas Augen weiteten sich mit einem Mal panisch. „Aber wer sind denn *die*?"

„Ich weiß es nicht. Aber mit Sicherheit gehören sie alle zusammen." Nico stockte, als ihm einfiel, dass er bereits mit einem von ihnen telefoniert hatte.

*

Diego spürte ein plötzliches, gleichmäßig anhaltendes Holpern. Die Bewegung war nicht mehr so angenehm, wie es eben noch der Fall gewesen war, wenn man mal von dem vielen Hin- und Herschleudern absah.

Außerdem war der Engel weg!

Anna hatte sich aufgerichtet und starrte angespannt nach vorne. Was gab es da zu sehen?

Er stützte sich mit seinem rechten Arm ab und ignorierte den Schmerz, den er dabei in seiner Brust verspürte. Warum war er so schwach? Warum war alles so gleichgültig?

Der Wagen holperte und schlingerte, doch mit einem Mal erkannte er alles um sich herum und schien zumindest kurzzeitig die Trance zu verlassen, die er eben noch gespürt hatte.

Er wusste, dass das Holpern durch einen geplatzten Reifen erzeugt wurde. Er hörte deutlich, wie der Motor laut aufjaulte und sich zu Höchstleistungen quälte, die die ansteigenden Berge von ihm abforderten. Die Straße vor ihnen war schmal und kurvig und in der Dunkelheit nur schwer auszumachen. Hinter ihnen sah er nichts als die schwarze dunkle Nacht. Vor ihm kauerte Anna auf der Kante der Rückbank und hielt sich verkrampft mit beiden Händen an den Vordersitzen fest. Ihr Blick war auf die Dunkelheit vor ihnen gerichtet, die nur durch den gelblichen Schein der Scheinwerfer schwach erhellt wurde. Er streckte seine Hand aus und berührte leicht ihre blasse Haut am linken Arm.

Sofort drehte sie den Kopf herum. Ihre Augen waren groß und so voller Angst, dass es ihm einen Stich in den Magen versetzte. Ihr Leid war noch größer als all die Schmerzen, die er je ertragen würde.

Er nahm die andere Hand hinzu und griff nach ihr. Ihre Haut war so weich, dass er meinte, sie gar nicht zu berühren. Er hatte es geschafft, sich halb aufzurichten und lehnte mit dem Rücken an der Seitenscheibe.

Anna brauchte keine zweite Einladung, um seiner ersten zu folgen. Sofort war sie da und ließ sich an ihn drücken.

Diego rieb sein Gesicht in ihrer Schulterbeuge und spürte, wie ihm das Atmen plötzlich schwerfiel. Ihm blieb nicht mehr viel Zeit, den Engel zu genießen. Er umschlang sie fest, fuhr mit den Lippen über jeden Zentimeter ihrer Haut, den er so schnell erreichen konnte und ignorierte den Schmerz und die wiederaufkommende Schwäche, die die große Wunde in seinem Körper erzeugte.

„Verdammt!“, rief Rafael plötzlich.

Diego schielte nach vorne und erkannte, dass sein Bruder die Scheinwerfer abstellte. Im gleichen Augenblick tauchten unten am Berg zwei weiße Lichtbälle auf, die aus ihrer Richtung kamen und sich ebenfalls nach und nach die Serpentinenstraße hocharbeiteten, die sich gleichmäßig auf dem Rücken des Berges verteilte.

Anna hatte sie auch gesehen. Zumindest zuckte sie an seinem Körper kurz zusammen und ließ ein leises Schluchzen hören.

Diego wusste, dass sie nicht mehr viel Zeit hatten. Sie fuhren ohne Licht mit einem platten Reifen durch die Berge. Es war so klar, wie das Amen in der Kirche, aber sie hatten keine Chance mehr.

Er schob Anna zurück, um noch einmal ihr Gesicht sehen zu können. Er würde diesen Abend nicht überleben. Wenn das der Preis war, den er für diesen Engel zu zahlen hatte, dann würde er dies tun. Es war schon überraschend genug, dass er sie überhaupt getroffen hatte. Es gab nichts in seinem Leben, womit er sie verdient hätte.

Ihr Gesicht war verzweifelt und schmerzverzerrt. Gleichzeitig fing sie wieder an, auf ihrer Unterlippe zu kauen.

Sofort strich Diego mit seinem Daumen über ihren Mund und zog die Lippen auseinander. Sie sollte sich nicht verletzen. Ihr durfte nichts geschehen.

Verwirrt stellte er fest, dass sie mit einem Mal lächelte. Dann strich ihr Finger über seine Wange und hinterließ eine feuchte Spur.

Ich weine! Er konnte es wieder.

Er biss die Lippen zusammen und spürte, wie noch mehr Tränen aus seinen Augen flossen. Erschreckend stellte er fest, wie heiß sie waren. Er hatte schon so lange nicht mehr geweint, dass er dieses Gefühl ganz vergessen hatte. Doch gleichzeitig brachten sie auch die ersehnte Erleichterung mit.

Sein Atmen röchelte, die Wunde pochte, als würde sie plötzlich mit aller Kraft das Blut herausschießen lassen. Doch das war nicht mehr wichtig.

Er war frei. Der Engel war gekommen, um ihn zu erlösen.

Plötzlich schlug der Wagen hart auf und wurde unsanft in die Luft gewirbelt. Diego wollte Anna halten, aber es war wie eine überirdische Kraft, die sie ihm entriss. Er sah noch, wie sie auf die gegenüberliegende Seite geschleudert wurde und mit dem Kopf an die Seitenscheibe prallte.

Dann war alles schwarz.

*

Schon auf dem Weg nach Hause wählte Nico wieder und wieder Annas Handy an. Er wollte mit dem Typen reden. Sie hatten Anna. Das hatte er bereits bei ihrem ersten Telefonat erzählt. Nur hatte Nico nicht richtig verstanden, was eigentlich passiert war. Sie hatten ihn getäuscht, und er war darauf reingefallen.

Unter Annas Anschluss meldete sich niemand. Für Nico war das schon wie eine Bestätigung dafür, dass es stimmte. Es war zu gefährlich, wenn sie sich weiter mit Nico unterhielten. Sie könnten sich verplappern und etwas Wichtiges verraten.

Enttäuscht steckte er sein Handy ein, als er sein Haus erreicht hatte. Er würde es wieder versuchen, so viel war sicher.

Er eilte die Treppen hoch und war erstaunt, wie wenig sein Rücken dabei rebellierte. Allerdings hatte sich der Schmerz nach dem Unfall auf seinen Oberschenkel übertragen.

In seiner Wohnung schloss er sofort die Tür hinter sich. Einen kurzen Moment wartete er mit dem Rücken an die Tür gepresst und starrte angespannt in seine Wohnung hinein. Sein Atem ging schnell. Er war aufgeregt und nervös.

Vor ihm waren immer noch deutliche Spuren des Chaos zu erkennen, auch wenn er dieses bereits weitestgehend beseitigt hatte. Wo sollte er anfangen? Was sollte er tun? Er hatte gehofft, in seiner Wohnung klar auf eine Lösung zu stoßen, aber als er jetzt hier im Flur stand, wünschte er sich vielmehr, Vanessas Wohnung nicht verlassen zu haben.

Er stellte seine Tasche ab und machte sich ans Werk, noch einzelne von Annas Sachen durchzugehen. Er wühlte und kramte wild aus, ohne wirklich einen Sinn oder ein Ziel zu sehen. Es fühlte sich demütigend an und doch war es der einzige Weg, eventuell mehr zu erfahren.

Es dauerte lange, bis er schließlich aufgab. Er hatte mehr als zwei Stunden damit verbracht, das, was von Annas Leben in seiner Wohnung noch übrig war, genauestens unter die Lupe zu nehmen. Doch es hatte nichts gebracht. Was sollte er auch ihre alten Sachen durchwühlen? Ihr altes Leben hatte nichts mit dem zu tun, was jetzt passiert war. Er brauchte einen neuen Anhaltspunkt, aber was konnte das sein?

Wütend zog er einen der großen Umzugskartons herbei und warf achtlos alles wieder hinein. Dabei achtete er nicht auf Zusammengehörigkeit oder ob die Sachen heil blieben.

Er musste überlegen, was passiert war und sich dabei immer wieder klarmachen, dass Anna ihn doch nicht verlassen hatte. Zu sehr hatte dieser Gedanke in den letzten Tagen bereits Wurzeln geschlagen, dass er fest in seinem Kopf verankert war.

Er kniff die Augen zusammen und überlegte, wie der genaue Ablauf gewesen war. Annas Nachtschicht. Mehr oder weniger gleichzeitig der Leichenfund am Hafen. Kein Lebenszeichen von ihr. Das Auto in Freiburg. Wieso war sie dorthin gefahren? Der Unbekannte an ihrem Handy.

Er hatte gemeint, Anna hätte ihn gebeten, ihr Handy zu holen. Außerdem würde sie ihre Mutter anrufen, sobald sie dazu kommen würde. Jetzt hatte sie es getan.

Nico versuchte, sich noch an weitere Einzelheiten zu erinnern. Irgendetwas musste doch noch passiert sein, das ihm weiterhelfen würde.

*

Anna fühlte sich schwerelos. Ihr Körper schwankte und taumelte, obwohl er doch auf einer Stelle liegen blieb. Sie wollte aufwachen, das Dunkel durchdringen. Vor ihren Augen sah sie verschwommene Schatten, als wäre sie unter Wasser und würde versuchen, Dinge außerhalb der Oberfläche zu erkennen. Doch es war nicht möglich. Nichts war klar. Unscharf schimmerte ein Leuchten vor ihr. Nur ganz grob konnte sie ein Gesicht hierzu erkennen.

Dann wurde sie plötzlich aufgerichtet, als würde eine Welle sie zur Seite schwappen lassen. Das Leuchten kam klarer ins Bild. Darüber das Gesicht. Die Augen waren geschlossen. Der Mund leicht geöffnet, aber reglos genauso wie der ganze Körper.

Das Leuchten schimmerte mehr denn je. Jetzt erkannte sie auch, dass es rot war. Genauer genommen war alles rot. Wohin sie auch sah, alles war von Rot durchzogen.

Darin lag das leblose Gesicht. Es war wie die Aufbahrung eines Toten im roten Samt. Kein Leben mehr. Nur Rot. Rotes Blut.

Überall.

Ein Schatten tauchte über ihr auf.

Sie bewegte sich wieder, allerdings nicht mit eigenem Antrieb. Dann hatte sie auf einmal die Position gewechselt und sah das Gesicht von oben.

Ihre Hand baumelte herunter und fiel in ihr Blickfeld. Sie konzentrierte sich und ließ sie das Gesicht berühren. Sie schaffte es, dem Gesicht einmal über den Kopf zu streicheln. Es war kalt und fühlte sich unmenschlich an.

Im nächsten Moment entfernte sie sich, ohne dass sie lief. Sie sah dem Gesicht hinterher, das vor ihrem unscharfen Blick weiter verschwamm, bis sie es schließlich nicht mehr sehen konnte.

Dann war es fort und sie wusste innerlich, dass das der Abschied gewesen war.

*

Nico hatte sich irgendwann ins Bett gelegt, aber schlafen konnte er nicht wirklich. Sein Kopf ratterte und brummte.

Bevor er sich hingelegt hatte, hatte er sich noch einen Plan gemacht, wie er weiter vorgehen würde. Er hatte alles aufgeschrieben und die einzelnen Eckpunkte mit Farben markiert, dass es ein bisschen an den Fahrplan einer U-Bahn erinnerte. Alles drehte sich um Anna. Sie war der Mittelpunkt des Geschehens. Der Hauptbahnhof.

Er drehte sich gerade auf die Seite herum, um seinen Körper doch noch einmal vom Schlaf zu überzeugen, als er plötzlich ein Geräusch hörte.

Natürlich brauchte er nicht lange, um wach zu werden. Sofort setzte er sich auf und lauschte. Doch warum hörte er nichts außer dem blöden Pulsrauschen in seinen Ohren? Er war sich sicher, dass da etwas gewesen war und überlegte, wie es wohl klang, wenn die Tür aufgebrochen wurde.

Angstschweiß bildete sich in seinem Nacken, doch er wollte nicht in seinem Schlafzimmer warten und sich verstecken. Wenn diese Kerle tatsächlich wiederkamen, dann wollte er ihnen auch direkt gegenüberstehen.

Angespannt schaltete er das Licht an. Er wollte sehen, wen er vor sich hatte. Eine Sache, die ihn bei Filmen immer am meisten aufregte. *Geh im Dunkeln den Bösewicht suchen! Super Plan!*

Langsam ging er in den Flur und sah sich um. Es war niemand zu sehen und die Wohnungstür war zu. Mit klopfendem Herzen kontrollierte er die Küche und das kleine Badezimmer. Es war niemand da.

Dann hörte er das Geräusch wieder. Es kam von oben aus der Nachbarwohnung. Erleichtert setzte er sich auf den Küchenstuhl, doch sein Herz brauchte noch ein paar Umdrehungen, um sich wirklich wieder zu beruhigen.

Sie waren nicht wiedergekommen. Zumindest noch nicht.

Auf dem Tisch neben ihm lag sein Handy. Ohne lange darüber nachzudenken, griff er danach und rief Anna an. Er verspürte das unerklärliche Verlangen, mit diesen Leuten zu sprechen und überlegte kurzzeitig, ob er deswegen auch unterbewusst den Wunschtraum hatte, dass sie in seine Wohnung zurückkehren würden. Er brauchte Antworten, ganz egal, wie er sie bekommen sollte.

Zu seiner großen Überraschung ertönte nur zweimal das Freizeichen, dann wurde abgenommen. „Hallo?“

Nico konnte sein Glück kaum fassen. Der Puls startete von Neuem durch, wie er es eben getan hatte. „Ich … will mit Anna sprechen!“ Er musste sich zur Ruhe zwingen, was gar nicht so einfach war, wenn man unterbewusst erkannte, mit wem man hier gerade sprach.

„Nico“, seufzte der Mann am anderen Ende. „Ich glaube, das wollen wir alle.“

Lass dich nicht beirren, dachte Nico, *der Typ ist verdammt gut in dem, was er tut.* „Wo ist sie? Holen Sie sie ans Telefon!“

„Auch wenn ich es gerne würde, ich kann es nicht. Sie ist gar nicht bei mir, weißt du?“

„Wo ist sie? Was haben Sie mit ihr gemacht?“ Nico spürte, wie sein Unterkiefer zu zittern begann. Es gefiel ihm nicht, dass der Mann so entspannt oder eher teilnahmslos klang, als wäre alles um ihn herum egal. Was war passiert?

„Ich habe gar nichts mit ihr gemacht. Ich würde ihr nicht ein Haar krümmen.“

„Aber Sie waren bei ihr! Geht es ihr gut?“

„Blendend!“

„Wo ist sie hin? Warum ist sie nicht mehr bei Ihnen?“

Ein Rascheln war zu hören, als würde das Telefon anders gehalten werden. „Ich finde, das Interesse ist ganz schön groß dafür, dass du so von ihr hintergangen wurdest, oder?“

„Sie hat mich nicht hintergangen! Ihr habt sie entführt!“

„Ou“, machte er überrascht. „Wie kommt es denn jetzt dazu?“

Für Nico war seine Reaktion sofort die Bestätigung, dass er recht hatte. „Sie hat angerufen. Aber irgendetwas ist geschehen. Sie ist in Gefahr.“

„Wann hat sie angerufen?“ Plötzlich war die Belustigung in der Stimme verschwunden.

„Heute Abend. Aber ich habe nicht mit ihr gesprochen.“

„Was hat sie gesagt?“

„Nicht viel."
„Wo ist sie?"
Er weiß es also auch nicht!
„Ich habe keine Ahnung. Ich habe sie länger nicht gesehen als Sie."
„Da hast du vielleicht recht. Aber jetzt müssen wir sie wiederfinden. Das ist dir klar, oder?"
„Lassen Sie die Finger von ihr!" Nico wusste, wie armselig diese Forderung war, aber in Gedanken drückte er dem Unbekannten gerade den Hals zu.
„Wir wollen sie beschützen. Das ist alles."
„Ich glaube Ihnen kein Wort!"
„Es ist aber so. Anna Selbig ist so etwas wie der Heilige Gral für uns. Ihr darf nichts geschehen."
„Warum? Warum sie? Was heißt uns?"
„Manchmal ist das Leben wenig planbar, oder? Kannst du mir etwas versprechen, Nico Flink, wohnhaft im Hanffstweg 13, geboren am 15. März 1981 in Bremen?"
Nico schluckte, als der Fremde seine Daten auspackte. „Warum sollte ich es tun?"
„Vielleicht weil es für deine Schwester Lena, geboren am 24. Juni 1985, ebenfalls in Bremen, das Beste wäre. Oder wenn sie dir nicht heilig genug ist, nehmen wir Vanessa Habermann, geboren am 30. November 1983. Soll ich dir sagen, wo sie wohnt?"
Nico kniff die Augen zusammen und ballte die Hände zu Fäusten. „Was wollen Sie von mir?"
„Ruf mich sofort wieder unter dieser Nummer an, sobald Anna sich meldet, okay? Es ist gesünder für alle." Dann legte er auf.

Kapitel 60

Annas Kopf dröhnte. Ein unbeschreiblicher Schmerz, der von der Stirn ausging und sich über den ganzen Schädel erstreckte. Einzelne kleine Lichter huschten herum. Wie Sterne. Gehörten sie zu dem bekannten Licht, auf das man zugehen sollte, wenn man starb? Oder lieber nicht? Es waren so viele. Welches sollte sie nehmen?

Ihr Mund war so trocken, dass sie die Zunge kaum bewegen konnte. Wie ein tauber, stumpfer Lappen klebte sie am Gaumen. Ein frischer Wind streifte ihren nackten Rücken. Sie spürte ein ungleichmäßiges Schwanken und Schaukeln. Außerdem einen starken Druck am Brustkorb, der das Atmen erschwerte.

Blinzelnd öffnete sie die Augen und sah an sich herunter. Sie hing halb über einer Schulter und wurde über unwegsame Steine geschleppt. Einen Sekundenbruchteil brauchte sie, um die Situation einzuordnen, dann richtete sie sich schnell auf. Der Mann, der sie trug, war Rafael.

„Was ist passiert? Wo sind wir?"

Rafael ließ sie runter und streckte sich. „Gut, dann kannst du jetzt ja selbst laufen."

Anna drehte sich um und versuchte, irgendetwas zu erkennen, das ihr bekannt vorkam. Es war stockfinster und ihr war schwindelig. Unter ihren Füßen erkannte sie Steine und Sand.

„Wo sind wir? Wo ist Diego? Wo ist der Wagen?" Anna versuchte sich daran zu erinnern, was passiert war. Ein ungutes Gefühl beschlich sie. Eine Mischung aus Angst und Vorahnung, dass etwas ganz Schlimmes geschehen war.

Rafael hatte sich hingekniet und holte ein blaues Hemd aus der Reisetasche, das er Anna in die Hand drückte. „Zieh das an!"

Anna sah an sich herab und stellte fest, dass sie immer noch nur ihren BH trug. Ihr Körper war über und über mit Blut und Dreck verschmiert, wobei sie nicht sagen konnte, wie viel hiervon von Diego und wie viel von ihr war.

„Wo ist Diego?", schrie sie laut und drehte sich hektisch im Kreis. Ihr Atem hetzte und ließ ihren Brustkorb pumpend auf und ab beben. Sie hatte ihn gesehen. Sie wusste es. Ihr Unterbewusstsein hatte es ihr zu sagen versucht, aber sie war zu benommen gewesen, um es wirklich zu realisieren.

Rafael verzog das Gesicht und biss den Kiefer zusammen. Dann warf er sich die Reisetasche über die Schulter und marschierte los. „Wir müssen weiter."

Anna blieb wie erstarrt stehen. Ihr Unterbewusstsein hatte sie nicht belogen. Rafaels Verhalten zeigte es ihr so deutlich, als würde sie direkt einen Schlag ins Gesicht bekommen.

Sie taumelte zurück, als wäre sie tatsächlich geschlagen worden. In ihrem Kopf drehte sich alles, als sich ihre Gedanken und Erinnerungen in einem unaufhaltsamen Strudel gegen das Geschehene zu wehren versuchten. Sie schloss die Augen und sah das verschwommene Gesicht im roten Grund, das ihr Unterbewusstsein für sie gespeichert hatte.

Das kann nicht sein!

Als sie die Augen wieder öffnete, war Rafael schon fast nicht mehr zu sehen. Anna eilte ihm hinterher. Hier musste ein Fehler vorliegen. Das, was in ihrem Kopf umherflimmerte, war nichts als eine Wahnvorstellung.

„Hey, bleib stehen! Wo ist Diego?“ Anna spürte wie es in ihrem Hals zu pochen begann und versuchte, sich mit allen Mitteln gegen die Realität zu wehren.

„Ich konnte keinen Puls mehr bei ihm fühlen“, hörte sie eine Stimme vor sich. „Wir haben uns heftig überschlagen, wie du wohl selbst bemerkt hast. Er war voller Blut. Dein Puls war noch da.“

„Nein! Nein! Das ist nicht wahr!“ Wütend stapfte sie hinter ihm einen Hügel hinauf, sodass ein paar Steine unter ihr sofort ins Rollen kamen und verräterisch ihren Lauf bekannt gaben.

„Psst!“, raunte Rafael ihr zu, „wirst du wohl leise sein!“

Beide blieben kurz stehen und lauschten, aber es war nichts zu hören. Es war beinahe schon gespenstisch leise.

„Ich konnte keinen Puls mehr fühlen, Anna“, wiederholte Rafael flüsternd. „Sie sind gekommen, deshalb mussten wir schnell aus dem Auto raus. Du hast doch die Scheinwerfer gesehen? Sie waren direkt hinter uns. Es war ziemlich knapp. Ich weiß nicht, ob sie uns noch gesehen haben und uns verfolgen, aber spätestens wenn es hell wird, werden sie unsere Spuren finden. Bis dahin müssen wir verschwunden sein.“

Anna starrte ihn wütend und verwirrt an. Das konnte doch nicht wirklich passiert sein. Sie hatten Diego aufgegeben und zurückgelassen. „Aber wir können ihn doch nicht einfach hier lassen. Wir müssen zu ihm. Ich bin Krankenschwester. Ich kann ihm sicher helfen.“

„Diego ist tot!“

„Nein!“

„Wir haben keine andere Wahl. Zieh dir das Hemd an!“, befahl Rafael und deutete auf das Bündel in Annas Hand. Dann lief er weiter.

Anna sprang auf ihn zu und griff seinen Arm. „Das kann doch

nicht dein Ernst sein. Er ist dein Bruder, und er braucht unsere Hilfe! Ich gehe zurück!“

Anna drehte sich um und machte die ersten Schritte, doch sofort wurde sie von Rafael gepackt.

„Du kannst nicht zurück. Du weißt nicht, wie lange wir schon laufen. Sie sind längst beim Wagen, und ich habe keine Munition mehr. Wir können nichts mehr für ihn tun, und wir hätten auch nichts mehr tun können! Diego ist tot!“

„Nein.“ Es war sehr leise und mehr ein Schluchzen als ein richtiges Wort. Sie weigerte sich, es zu glauben, auch wenn sie innerlich wusste, dass er recht hatte. Sie hatte ihn selbst gesehen. Und doch bäumte sich ihr Glaube auf, da sie es einfach nicht wahrhaben wollte.

„Nein!“, schrie sie laut auf und fing bitterlich an zu weinen. Wie dreht man die Zeit zurück? Wie startet man einen neuen Anfang? Wie macht man alles ungeschehen?

Rafael presste ihr die Hand auf den Mund. „Sei leise! Sie sind nicht weit. Du musst dich jetzt zusammenreißen, Anna! Wir können nichts mehr für Diego tun und müssen jetzt an uns denken. Sonst haben wir beide keine Chance, und das hätte Diego nicht gewollt. Zieh dir das Hemd an!“ Er ließ sie los, sodass Anna taumelnd auf den Boden fiel.

Mit zittrigen Fingern zog sie sich das Hemd über den Kopf. *Es kann nicht wahr sein. Es kann nur ein Traum sein. Ein verdammt schlechter Traum.* Aber waren Träume so sandig und kalt?

Sie rappelte sich wieder auf, ohne dass er Anstalten machte, ihr zu helfen. Sein Gesichtsausdruck war beinahe mürrisch, als er sie finster von oben herab anstarrte.

Anna ignorierte ihn und sah sich um. Sie versuchte, in der Richtung, aus der sie gekommen waren, etwas zu erkennen, das einen Hinweis auf die Straße und den Wagen im Graben geben konnte. Doch es war weit und breit nichts zu sehen, das auch nur annähernd etwas von einer Straße hatte. Offensichtlich hatte Rafael sie tatsächlich schon länger getragen, als sie vermutet hatte. Sie würde im Dunkeln niemals den Weg zurückfinden.

„Los, komm! Wir müssen weiter!“, drängte Rafael und setzte sich wieder in Bewegung. Er schritt schnell vorwärts, ohne nach rechts oder links zu sehen. Entweder wusste er, wo er hinlief oder er rannte einfach blind drauflos, in der Hoffnung, auf irgendein hilfreiches Ziel zu stoßen.

Anna hatte Mühe hinterherzukommen. In ihrem Kopf nagte ununterbrochen der Gedanke an Diego. Hätte sie ihm noch helfen können, wenn sie bei Bewusstsein gewesen wäre? Sie dachte an das verschwommene Gesicht in ihrem Kopf, das letzte Bild, das sie von ihm hatte. All das Blut. All der Schmerz.

Er ist ... tot, versuchte sie in ihren Gedanken zu sagen. Es passte nicht in ihren Kopf. Es gehörte hier einfach nicht hin. Er konnte nicht tot sein. Sie hatte ihn doch gerade noch in den Armen gehalten. Seine Liebe gespürt. Es war so vertraut gewesen. So natürlich. Als wäre es das Normalste auf der Welt. Und das Schönste. Warum sollte es jetzt vorbei sein?

Sie stolperte und strauchelte über das Geröll. Ihre Beine waren schwer wie Blei und taten nur widerwillig ihren Dienst. Dann versagten sie plötzlich ganz, und sie fiel auf den Boden. Ihr Knöchel tat weh. Sie musste in irgendein Loch getreten sein.

Der Schatten vor ihr ging einfach weiter.

„Rafael!" Mühevoll richtete sie sich wieder auf.

Die Person vor ihr stoppte kurz. „Was ist?"

„Ich kann nicht mehr." Tränen liefen über ihr Gesicht und vermischten sich mit Staub, Dreck und Blut.

„Wir müssen weiter", wiederholte er seinen trockenen, monotonen Satz von vorhin.

„Wie kannst du jetzt weiterlaufen, nachdem was passiert ist." Anna fühlte sich wie verraten.

„Wir haben keine andere Wahl."

Sie spürte einen dicken Kloß im Hals und hatte keine Kraft zum Laufen. Am liebsten wollte sie sich einfach nur hinlegen und weinen. Seltsamerweise waren die Verfolger ihr ziemlich egal. „Bedeutet Diego dir denn gar nichts?"

„Natürlich! Er ist mein Bruder."

„Davon spürt man irgendwie nichts."

„Wir können nichts mehr für ihn tun. Wir müssen jetzt an uns denken."

„Verdammt noch mal! Was bist du doch für ein kranker, gefühlloser Mensch. Dein Bruder ist tot!" Dicke Tränen flossen ihr über das Gesicht. Es direkt auszusprechen war umso schmerzvoller. Was machte es alles denn überhaupt noch für einen Sinn? Wofür liefen sie denn weiter?

„Ich weiß, dass er tot ist", antwortete Rafael und unterdrückte dabei einen Schrei. „Aber ich weiß auch, dass ich daran jetzt nichts mehr ändern kann und dass ich nicht auch sterben möchte."

Sie war am Ende. Jede einzelne Faser ihres Körpers rebellierte. Sie konnte nicht weitergehen. Es war alles vollkommen sinnlos. Sie war noch nicht bereit, sich von Diego zu trennen und innerlich wusste sie, dass sie es auch noch lange nicht getan hätte, wenn er jetzt noch am

Leben gewesen wäre. Sie verband mehr, als sie anfangs zugeben wollte.

Rafael baute sich furchteinflößend vor ihr auf. Es war eine ähnliche Haltung, die er sonst Diego gegenüber eingenommen hatte.

„Denk niemals, dass mein Bruder mir nichts bedeutet. Diego war alles für mich. Aber jetzt sehe ich die Dinge realistisch, sonst haben wir keine Chance.“ Eindringlich sah er ihr in die Augen, und Anna erkannte eine deutliche Ähnlichkeit zu Diego. Er wirkte wie eine Maschine.

Hatte Diego sich nicht auch als eine beschrieben?

Was war mit den Brüdern geschehen, dass sie zu dem geworden waren? Gefühle hatten in ihrer Welt keinen Platz. Zumindest in der Welt, in der sie bis vor einer Woche gelebt hatten.

Als Anna Diego kennengelernt hatte, schien es so, als wüsste er gar nichts damit anzufangen. Aber die letzten Tage hatten gezeigt, wie sehr seine Gefühle doch wie in einem Vulkan in ihm gebrannt hatten, bis die Flammen lodernd herausgespuckt wurden.

„Wir werden unsere Zeit zum Trauern bekommen, Anna“, fuhr Rafael fort. „Aber sie ist noch nicht jetzt.“

Dann drehte er sich wieder herum und sah in die Ferne. „Komm jetzt! Wir müssen hier weg!“

Anna stemmte sich mühevoll vom Boden ab. In ihrem Inneren fühlte sie nichts als brennende Leere. Alles erschien hoffnungslos. Alles war sinnlos.

Rafael hatte sie am Arm gepackt und zog sie energisch weiter. Die Gefahr war noch nicht vorüber, und Rafael würde ihr helfen, genau wie Diego es getan hatte. Sie hatte keine andere Wahl, als diesem gefühlstauben Menschen über einen unwegsamen Acker zu folgen, in der Hoffnung, ein paar Stunden länger überleben zu können.

Diego hätte niemals gewollt, dass dir etwas passiert, sagte eine innere Stimme. Auch wenn es noch so ausweglos erschien, so musste sie weiterlaufen.

Die Landschaft blieb weiterhin bergig, und das machte die ganze Sache noch anstrengender.

Nach einiger Zeit tauchte direkt vor Anna eine kleine, leicht windschiefe etwa drei Meter hohe Hütte auf. Unscharf erkannte sie daneben einen aus Steinen angehäuften Zaun und die dunkle Silhouette eines hohen Strommastes.

Rafael ging vor und sah sich vorsichtig um, als er sich an den kleinen Schuppen heranpirschte.

Anna umklammerte mit beiden Armen ihren Körper und rieb kräftig über die Oberarme. Es war schwer zu verstehen, wie kalt es geworden war, wenn man an die heiße Sonne dachte, die tagsüber aus voller Kraft gebrannt hatte.

Rafael hatte sich langsam an die Hütte herangeschoben und rüttelte an der Tür, doch sie war verschlossen.

Anna erkannte ein relativ neues und modernes Vorhängeschloss. Enttäuscht ließ sie die Schultern hängen und sah sich mit wenig Hoffnung um, ob sie noch eine weitere Möglichkeit als Unterschlupf finden konnten.

Doch Rafael schien die Hoffnung nicht so schnell aufzugeben. Er keilte seine Füße in die ungleichen Rillen der Holzbretter, die mehr schief als gerade angebracht waren und die Vermutung zuließen, bei der nächsten Berührung ihren Dienst zu quittieren. Dann zog er sich mit den Händen nach oben und kletterte mühelos an der wackelig wirkenden Wand empor.

Anna erinnerte es sofort an die Wand in San Sebastián, die Diego hochgestiegen war, als würde er Saugnäpfe an den Fingern haben. Es waren keine einfachen Kletterkünste, die die Brüder anwandten. Sie waren Profis, und es erinnerte wieder mehr an eine Maschine als an einen Menschen.

Rafael verharrte kurz, als er oben war und ließ sich dann mühelos wieder auf den Fußboden fallen. „Das müsste gehen. Wie ich vermutet hatte, ist der Übergang zwischen Dach und Wand nicht komplett geschlossen. Da passen wir durch."

Anna sah sich erneut um, ob sie nicht noch eine andere Möglichkeit fänden. Doch um sie herum war nichts als Steine, Staub und Dunkelheit.

„Geh du vor", befahl Rafael kalt und stellte sich drängend hinter sie, um sie vorwärts zu bewegen.

Anna griff mit den Händen an die oberen Bretter und kniff die Augen zusammen, als sich neue Tränen hervordrängen wollten. Sie hatte bereits einen ähnlichen Aufstieg mit Diego hinter sich. Diese Kletterpartie war wie ein Déjà-vu. Doch auch wenn die Angst, entdeckt zu werden, ähnlich hoch war, so war die Motivation jetzt deutlich geringer.

Ihr fehlten der Sinn und das Verständnis, warum es überhaupt weitergehen sollte.

Kapitel 61

Anna hatte es nicht erwartet, aber sie schlief wie ein Stein. Dass dies trotz der aufreibenden Strapazen und des tragischen Verlusts überhaupt möglich war, war für sie absolut unverständlich. Ihre einzige Erklärung hierfür war, dass ihr Körper eine Art Selbstschutz entwickelt haben musste, der sie zur Ruhe zwang oder eher noch betäubte.

Es war bereits hell, als sie erwachte. Sonnenstrahlen schimmerten leuchtend durch die einzelnen Ritzen der Hütte und bildeten interessante Muster auf dem Fußboden.

Rafael hatte ihr erklärt, dass die Hütte eine kleine Servicestation für die Wartungen der Stromversorgung war. Sie hatten sich aus Schutzfolien und Planen ein Bett gebaut, was unter Berücksichtigung der Umstände sogar noch relativ bequem gewesen war. Rafael hatte Anna sogar noch die einzige Wolldecke gegeben, und obwohl es sich hierbei um ein juckendes, altes Ding handelte, hatte Anna diese doch so fest sie konnte um sich geschlagen.

Die Sonne deutete jetzt an, dass sie die Nacht überstanden hatten und ein neuer Tag angebrochen war, doch Anna wusste noch nicht, ob sie das als gut oder schlecht deuten sollte. Was gestern passiert war, war einfach zu viel gewesen und erforderte weit mehr als eine Nacht, um es zu verdauen und zu verstehen.

Diego war tot.

Ihr Gegenüber war doch größer, als sie offenbar angenommen hatten. Von wegen abgeschlossene Police, mit der ihr nichts mehr passieren würde. Sie konnte sich darauf einstellen, dass sie den Rest ihres Lebens auf der Flucht sein würde, wenn sie nicht einen unerwarteten Weg fand, aus dieser Sache noch herauszukommen.

Anna streckte sich und blinzelte, weil einer der Sonnenstrahlen direkt in ihr Gesicht schien.

„Wenn du jetzt wach bist, können wir ja weiter“, kam eine trockene Begrüßung von der gegenüberliegenden Seite.

Anna richtete sich auf.

Rafael saß mit dem Rücken an die Wand gelehnt. Die Arme waren vor den Knien verschränkt und ließen seine kräftigen Muskeln hervorschimmern. Er funkelte sie böse an, als sie müde und schwammig in seine Richtung sah.

Sofort sah sie weg. Ihre Augen wanderten ziellos durch den kleinen provisorisch eingerichteten Raum. Dann versuchte sie zu hören, ob sie entscheidende Geräusche vernahm. Doch es war absolut leise.

„Sind sie weg?“

Rafael zuckte achtlos mit den Schultern und stand auf. „Zumindest haben sie uns bis jetzt nicht gefunden."

Anna folgte seinem Beispiel und stellte sich ebenfalls auf die Füße. „Wer sind sie?"

Diego hatte ihr oft genug gesagt, dass sie es nicht wissen durfte, aber vielleicht war es im Angesicht der Tatsache, dass sie jetzt so oder so gejagt wurde, Police hin oder her, doch wichtig zu wissen, wer ihre Gegner waren.

„Ihr habt zu ihnen gehört, richtig?"

Rafael brauchte nicht antworten, damit Anna es wusste. Sein Blick verriet alles.

„Warum verfolgen sie euch? Was habt ihr getan?"

„*Wir* gar nichts", korrigierte Rafael.

Es war wie ein Schlag ins Gesicht. Diego hatte etwas getan, das die Gemüter aufgebracht und die Situation zerrissen hatte. Und als Rafael es jetzt auch noch betonte, fühlte es sich für Anna so an, als hätte sie diese Tat selbst vollbracht. Als wäre sie für Diegos Handeln verantwortlich.

„Was hat er gemacht?", hauchte sie schwach. Die Tränen kamen wie auf Kommando hinzu.

„Er hat uns verraten", knallte Rafael scharf zurück. Anna zuckte zusammen. Zum ersten Mal wurde ihr bewusst, dass diese Reise von Diego ausgegangen sein musste. Rafaels Sympathie für ihre Verfolger schien zumindest für einen gewissen Teil noch da zu sein.

Du spielst mit dem Feuer, dachte Anna. Ihr Unterbewusstsein vermittelte ihr sofort das Gefühl, dass sie hier wegmusste. Sie durfte Rafael nicht trauen.

„Und wer seid *ihr*?", stellte Anna die Frage gezielt so, indem sie Rafael noch als Teil hinzuzählte. Wenn er noch von *uns* sprach, warum liefen sie dann vor ihnen weg? Auf welcher Seite stand Rafael? Auf ihrer ganz und gar nicht, so viel war klar.

Rafael versteifte sich, gleichzeitig hörte Anna ebenfalls ein Geräusch von draußen. Es war ein Auto, das nicht weit von ihnen vorbeifuhr.

Diegos Bruder riss die Augen auf und deutete an, keinen Mucks zu machen. Dann war das Auto verschwunden.

„Wir sind dichter an der Straße, als wir erst gedacht haben." Rafael drehte sich herum und machte sich an den Aufstieg, um die Hütte wieder zu verlassen.

*

Kommissar Burmann starrte auf das Profilfoto, das auf dem Bildschirm schimmerte.

Kollegin Hessler stand neben ihm und hatte die Hände in die Hüften gestemmt, als wüsste sie keinen anderen Weg, um ihre Verzweiflung darzustellen. Sie hatte das Foto erhalten, und sie hatte auch bei ihm angerufen, um ihn hierüber zu informieren. Dass sie dabei wieder die halbe Nacht durchgearbeitet hatte, schien sie nicht sonderlich zu interessieren, aber ihn kümmerte es inzwischen auch nicht mehr. Sollte sie sich zu Tode arbeiten, vielleicht würde sie es nicht anders lernen.

Das Bild bereitete ihm auch so schon genug Sorgen. Sie standen in einer Sackgasse.

Der Mann auf dem Foto hatte die Augen geschlossen. Die Haut war blass. Am Hals war noch Blut zu erkennen, das die Spuren des Kampfes zeigte, den er mit seinem Leben ausgefochten hatte.

Doch seine Lippen lagen stumm und leise aufeinander. Hier würden sie keine Hinweise erhalten können.

„Wo hat man ihn gefunden?"

Die Kommissarin neben ihm reagierte sofort und betätigte gezielt zwei Tasten auf der Tastatur, die das Bild verschwinden ließen. „Hier. Etwa zweihundert Kilometer nördlich von Zaragoza." Ihr rot manikürter Fingernagel huschte über eine Landkarte, und Kommissar Burmann erkannte die grobe Abbildung einer schmalen Straße. „Hier hat man den Wagen gefunden. Er war ziemlich beschädigt. Von den anderen beiden fehlt jede Spur."

Kommissar Burmann dachte an die vermisste Frau, die auf so rätselhafte Weise verschwunden war.

Auf dem Monitor tauchte sofort ein Bild von ihr auf, als würde seine Kollegin denken, ihn an ihr Gesicht erinnern zu müssen. „Anna Selbig", fügte sie belehrend hinzu.

Kommissar Burmann blähte die Nasenlöcher auf und sah wieder auf den blassen Mann mit den geschlossenen Augen, der jetzt zusätzlich wieder auf dem Bildschirm aufgetaucht war. Die Landkarte war verschwunden. Nur Anna Selbig und der Unbekannte von der Raststätte, dessen Namen sie nicht kannten und der ihnen diesen auch nicht mehr verraten würde, waren zu sehen.

„Ich habe noch einmal die Fotos der Überwachungskamera der Raststätte angefordert", fuhr Hessler fort. Ihr Ton blieb weiterhin kühl.

Burmann war es leid, ihr weiter zuzuhören und war froh, dass die Sache jetzt vorbei war. Für ihn gab es hier nichts weiter zu tun. Der Raststättenmann hatte sich selbst ins Aus geschossen, und Anna Selbig war eine erwachsene Frau. Sie hatte nichts getan. Die Fahndung war nur eine Farce.

„Doch ich konnte niemanden entdecken“, beendete die Kommissarin ihren Satz, um erneut die Aufmerksamkeit auf ihre unbezahlte Mehrarbeit zu lenken.

„Wen haben Sie gesucht?“

„Den zweiten Mann natürlich. Anna Selbig ist nicht allein unterwegs gewesen, haben Sie das etwa vergessen?“ Wieder die Belehrung. Hatte sie vergessen, dass ihr Rang unter seinem war?

„Glauben Sie denn, dass es diesen Mann tatsächlich gibt?“

Die junge Frau riss plötzlich die Augen auf, und Burmann erkannte, dass ihr dieser Gedanke noch nicht gekommen war. *Eins zu null für mich!*

„Wir haben den zweiten Mann nie gesehen“, fuhr Burmann fort, „es sollten in Freiburg drei Männer mit Anna Selbig weitergefahren sein, aber von dem dritten gab es nie einen näheren Anhaltspunkt als nur die bloße Aussage. Es spricht rein gar nichts dafür, dass es ihn wirklich gibt. Und wenn ich ehrlich sein soll, dann zweifel ich stark an seiner Existenz.“

Seine Kollegin trat einen Schritt zurück, als würde sie mit einem Mal klein beigeben.

„Es gibt keine weiteren Spuren zum Überfall in Freiburg. Alles, was wir bisher erfahren haben, verläuft eher schwammig und beruht auf Vermutungen. Auch der verletzte Mann im Krankenhaus in San Sebastián konnte uns nicht weiterhelfen. Wir tappen im Dunkeln. Es gibt mit Sicherheit keinen dritten Mann. Enrico Fernandez ist tot. Damit war dieser Mann hier“, er hielt seinen Finger ähnlich wie seine neunmalkluge Kollegin in Richtung Bildschirm und deutete auf den Raststättenmann, wie sie ihn nannten, „der letzte und einzige Mann, mit dem Anna Selbig unterwegs gewesen ist. Jetzt ist sie alleine. Ich will damit nicht sagen, dass wir die Fahndung rausnehmen sollten, aber mal ehrlich, auch wenn wir sie finden, wie soll sie uns noch helfen?“

Er betätigte die Escapetaste und die Bilder verschwanden. Erst der Mann in San Sebastián, dann Enrico Fernandez und jetzt dieser Mann – damit war die letzte Quelle der Information versiegt.

*

Der Ausstieg aus der Hütte war schwieriger als der Einstieg. Dieses Mal war Rafael vorgegangen. Doch draußen hatte er ihr nur wenig Hilfestellung angeboten. Sie hatte wie ein Klammeräffchen an der Wand gehangen, war dann aber doch abgerutscht und hatte sich die Unterarme am splittrigen Holz aufgeschrammt. Von Rafael war hierzu nur ein kurzer Blick gekommen, der irgendwie mehr Genugtuung als Mitleid in sich trug.

Anna biss die Zähne zusammen und versuchte, keine Schwäche zu zeigen. Rafael sollte sich nicht daran aufgeilen, dass es ihr schlecht ging.

Sie drehte sich um und konnte das erste Mal wirklich sehen, wo sie eigentlich waren. Die Landschaft hatte sich nicht sehr verändert. Sie befanden sich immer noch in einer Art Wüste. Der Boden bestand nur aus Steinen, Sand und Staub. Vereinzelt gruppierten sich knorrige Büsche und Sträucher aneinander, um gemeinsam der brütenden Sonne und dem beißenden Wind zu trotzen. Es war bergig und schien einsam, doch in einiger Entfernung erkannte Anna auf einem der Hügel eine kleine Aneinanderreihung einzelner Häuschen.

Rafael war um die Hütte herumgegangen und hockte sich an der hinteren Ecke in den Schatten. Ohne sie anzusehen, winkte er mit seiner Hand und deutete flüchtig auf den Platz hinter sich.

Anna spürte plötzlich eine ungehörige Wut in sich aufsteigen. Sie war weniger als Luft wert in seiner Anwesenheit. Er konnte ihr erzählen, was er wollte, aber der Tod seines Bruders interessierte ihn überhaupt nicht. Sie bemitleidete Diego, der sein Leben lang mit diesem kaltherzigen Mann an der Seite bestraft gewesen war.

Zu Annas großer Überraschung verlief tatsächlich eine Straße hinter ihrer Hütte. Sie war breiter als die, auf der sie gestern Nacht den Berg von der anderen Seite raufgefahren waren. In Anna wuchs die Hoffnung, dass sie wirklich hatten entkommen können und ihr Standpunkt eventuell immer noch unentdeckt war.

Rafael drehte sich plötzlich unerwartet zu ihr um. „Mach dich sauber. Wir sind Touristen auf einer Wanderung und haben uns verirrt. Das nächste Auto ist unser."

Er öffnete die Reisetasche und zog eine Wasserflasche hervor, deren Inhalt er über ein geknülltes T-Shirt ergoss. „Keine Angst! Wir werden nicht mehr lange hier sein, dann gibt es wieder neues Wasser. Aber so, wie du jetzt aussiehst, nimmt uns keiner mit." Er warf ihr einen tadelnden Blick zu.

Anna war verwirrt und starrte auf ihre ausgestreckten Hände, die Rafael davon hatten abhalten wollten, das Wasser zu vergießen. Dann ließ sie ihren Blick sinken und sah an sich herab. Sie sah wirklich schlimm aus. Ihre Hände waren blutig und dreckig, ihre Hose, das, was oberhalb ihres Hemdes zum Vorschein kam – alles ließ reichlich Spekulationen zu, was sie gestern durchlebt hatte, und sie mochte gar nicht an ihr Gesicht oder ihre Haare denken.

Rafael hatte recht. Wenn sie weiterkommen wollten, würde sie sich waschen müssen. Sie griff nach dem T-Shirt und rieb sich damit über die Hände. Gleichzeitig fing Rafael an und verteilte Sand auf ihrer Hose. Dann begann er, grob die Körnchen auf dem Stoff zu verreiben.

„Wir sind die ganze Nacht gelaufen, weil wir zu unserer Reisetruppe zurückwollten. Wir sind dreckig, aber wir haben kein Blut an der Hose“, erklärte er, ohne von seiner Arbeit abzulassen. Dann nahm er Anna das T-Shirt aus der Hand und fuhr ihr damit durch das Gesicht.

Anna zuckte zurück, aber entweder schien er es nicht zu merken oder es störte ihn rein gar nicht, dass sie vor ihm zurückschreckte. Er machte unbehindert weiter.

Schließlich ertönte in einiger Entfernung ein Motorengeräusch. Anna drehte den Kopf zur Seite und erkannte einen roten Pick-up, der sich um den Berg geschlängelt hatte und holpernd zu ihnen gefahren kam.

„Na, wer sagt es denn.“ Rafael sprang vom Boden auf und schlug sich den Staub von der Hose. Dann streckte er Anna die Hand entgegen und half ihr auf. „Okay? Du hast Blasen an den Füßen, aber du hast niemals einen Toten gesehen. Schon gar nicht letzte Nacht, okay?“

Anna japste nach Luft. Doch an Rafael schien es ebenfalls nicht ganz so vorbeizugehen. Für einen kurzen Augenblick meinte Anna, einen glasigen Schimmer in seinen Augen zu erkennen.

„It´s showtime!“ Er schulterte die Tasche und legte den Arm um ihre Mitte, um sie zu stützen. Anna fühlte sich unbehaglich, kletterte aber dennoch durch seine Kraft gehalten den kleinen Hang hinunter.

Der rote Pick-up wurde sofort langsamer, als sie ins Blickfeld gekommen waren.

Anna zögerte kurz, doch Rafael ließ keine Verlangsamung zu. Sofort wurde sein Griff stärker. Es war, als würde er sie wie einen Schutzschild halten. „Lass mich sprechen. Halt dich einfach nur an deine Rolle, okay? Ich heiße übrigens Antonio. Aber zu deinem Glück werden sie wohl eher kein Deutsch sprechen.“

Anna schluckte, als der Wagen wenige Sekunden später neben ihnen auftauchte. Sie versuchte, ein Lächeln aufzusetzen, das ihr aber ziemlich gequält vorkam.

Wieder eine Rolle, dachte sie. Den Rest ihres Lebens würde sie vermutlich nur noch eine Rolle spielen, aber sie war nicht mehr sie selbst.

Rafael begann sofort, in einer ungewohnt freundlichen Stimme auf Spanisch mit den Insassen zu sprechen und es dauerte nur einen Bruchteil, bis er von der Dame auf dem Beifahrersitz ein freundliches Lächeln zurückbekam. Anna spürte in der Bewegung seines Körpers, dass es gut lief. Die Dame ließ ihren Blick zu Anna huschen und lächelte noch liebevoller.

Dann nickte Rafael und ließ die Tasche herabsinken. Mit der linken Hand öffnete er die hintere Wagentür und deutete Anna an einzusteigen. Hinter ihr folgte die Tasche und anschließend Rafael, der immer noch weiter auf Spanisch vor sich herplapperte.

Anna ließ sich vorsichtig auf der Rückbank nieder und musste die Zähne zusammenbeißen, als sie daran dachte, dass es nur ein paar Stunden her war, als sie mit Diego im Wagen gesessen hatte.

*

Benno presste die Lippen aufeinander und kniff sich mit dem Daumen in die Schläfen. Dann öffnete er seine Augen wieder und sah erneut auf das Bild.

Santo. Leblos. Blass. Mausetot.

War es das, was er wollte? Er war es selbst gewesen, der auf ihn geschossen hatte und alle Welt wusste, dass es verdient gewesen war, aber wollte er das wirklich? Hatte er seinen ehemaligen Freund töten wollen?

Ja, war alles, was er dazu zu sagen hatte.

Miti neben ihm räusperte sich kurz und kratzte mit den Fingerspitzen schleifend über die Bartstoppeln. Sein Gesicht schimmerte bläulich durch den Monitor, über den sie per Skype mit dem Hauptquartier verbunden waren.

Die Streetsurfer in Hamburg gaben ein jämmerliches Bild ab. Im Hintergrund war Santos Gesicht zu sehen, das letzte Foto, das es von ihm gab. Davor waren Frank und Jessi, die vor dem Monitor im Kontrollraum saßen. Rechts in der Ecke konnte Benno sogar Azems Schatten erkennen. Es war wie eine kleine Beerdigung.

Lächerlich.

Er hatte ihnen den Arsch gerettet. War ihnen das denn nicht klar? Es war, als würden sie bereits die Beerdigung der Streetsurfer feiern.

Niemand sagte ein Wort. Es war erschreckend, welche verheerende Wendung ihr Verhalten genommen hatte. Niemand hob den Blick, als würden sie es nicht ertragen, Benno in die Augen zu sehen.

„Ich hatte keine andere Wahl. Ich musste schießen“, platzte es aus Benno heraus. Er hatte die Heuchelei satt. Santo war ein Verräter gewesen. Er hatte es nicht anders verdient.

Frank hob langsam den Kopf und nickte.

Jessi regte sich gar nicht. Sie starrte auf das Foto des ehemaligen Streetsurfers, als würde sie erwarten, dass er jeden Moment die Augen wieder öffnete.

„Verdammt noch mal! Was hätte ich denn tun sollen?“ Benno

sprang vom weichen Hotelbett auf. Er war kurz davor, mit dem Fuß gegen den Monitor zu treten.

„Dich trifft keine Schuld. Es war ein Unfall“, hörte er Franks Stimme, ohne weiter auf den Bildschirm zu sehen. „Du hattest keine andere Wahl. Ich verurteile dich nicht deswegen.“

Danke! Wie großzügig! Benno griff nach einer getrockneten Blume, die in einer weißen Porzellanvase in der Ecke stand und zerknüllte sie in tausend kleine Teilchen. Frank klang in seinen Ohren so, als wäre er bei einem Priesterseminar besser aufgehoben.

„Wo ist Joyo?“ Azems Stimme. Kalt und trocken. Ohne die Gefühlsduselei des Adoptivvaters.

„Sie sind entkommen“, erklärte Benno und wandte sich wieder der Kamera zu, damit er im Hauptquartier zu sehen war. „Leider haben wir die Spur verloren.“

„Auch von der Frau?“

„Leider ja.“

Es wurde etwas im Hauptquartier gemurmelt, das Benno nicht verstehen konnte. Frank und Azem tuschelten. Jessi richtete plötzlich ihre Aufmerksamkeit auf sich.

„Was ist los?“, fragte Benno nervös. Miti neben ihm war an die vordere Kante des Bettes gerutscht, doch Benno hatte keine Zeit, ihn weiter zu beachten.

„Die Frau hat oberste Priorität.“ Azem hatte sich herumgedreht und sah direkt in die Kamera. „Wir müssen sie finden. Aber es darf ihr nichts geschehen. Wir müssen sie schützen.“

Anna Selbig schützen, dachte Benno. Der besondere Schutz der Streetsurfer, der einen Tag und Nacht überwachen würde. Sie würde behandelt werden wie eine Heilige.

„Das sollte nicht allzu schwer sein“, warf Jessi ein. „Die Fahndung nach ihr steht immer noch aus.“

„Aber Joyo ist bei ihr“, entgegnete Frank. „Er wird es verhindern, dass die Polizei sie findet.“

„Joyo ist nicht der Typ, der sich lange in Gesellschaft einer Frau aufhält, oder?“ Benno überlegte verzweifelt nach einer Möglichkeit, wie er an die Frau rankommen könnte.

„Santo war das noch viel weniger“, antwortete Jessi kratzig und Benno vermutete, dass sie geweint hatte. „Und dennoch ist er seit fast zwei Wochen mit dieser Frau unterwegs. Gib zu, dass dich das selbst überrascht hat!“

Azem erschien wieder auf der Bildfläche und hob beide Hände. „Wir können noch lange überlegen und diskutieren. Fakt ist, diese Frau wird ab jetzt unter unserem Schutz stehen. Es ist deine Aufgabe,

Benno, sie zu suchen und dafür zu sorgen, dass sie heil wieder nach Hamburg kommt. Aber halte dich bedeckt, ab jetzt bleiben wir alle im Hintergrund."

Benno biss die Zähne aufeinander. Es passte ihm herzlich wenig, hier den Babysitter zu spielen, aber Befehl war Befehl.

„Was ist mit Joyo?"

Azem blinzelte kurz in Franks Richtung, dann sah er wieder zu Benno. „Er ist ein Verräter und wird auch so behandelt."

Benno atmete tief durch und spürte, wie sich innerlich die Wärme der Gerechtigkeit auftat. Endlich war im Hauptquartier wieder eine richtige Entscheidung gefällt worden. Er war ein Krieger der Streetsurfer und würde nicht eher ruhen, bis diese ehrwürdige Pflicht erfüllt war.

Kapitel 62

Sie fuhren nicht weit. Die kleine Häuseransammlung, die Anna oben auf dem Berg entdeckt hatte, war das Ziel der kleinen Expedition. Doch auch, wenn Anna das erste Mal seit längerer Zeit wieder etwas wie Zivilisation sah, so war dieser Ort doch wie ausgestorben. Die Rollläden der kleinen, weißen Häuschen waren heruntergezogen, was sie ein bisschen wie Geisterhäuschen wirken ließ, aber Anna wusste, dass sich das Leben hier nur nach drinnen ins kühle Dunkel verlagert hatte. Es war zu heiß, um tagsüber auf der Straße zu sein.

Der Pick-up stoppte plötzlich und hielt vor einem der größeren Gebäude der Stadt. Der Fahrer, ein grauhaariger Mann, dessen Gesicht Anna noch nicht kannte, weil sie ihn bisher nur von hinten gesehen hatte, drehte den Kopf herum und deutete auf das Gebäude.

Rafael antwortete im schnellen, flüssigen Spanisch und öffnete schließlich die Wagentür. Bis zu dem Zeitpunkt hätte Anna nicht einmal gewusst, dass sie aussteigen sollte.

Rafael griff nach ihrer Hand und zog sie aus dem Wagen. Bevor sie draußen war, drehte sie sich noch kurz zu dem Pärchen um und ließ ein ‚Gracias'[49] über die Lippen huschen, weil das das einzige Wort gewesen war, das sie bei Rafael ebenfalls verstanden hatte.

Nachdem sie die Tür hinter sich geschlossen hatte, zog Rafael sie an sich heran und legte den Arm um ihre Taille. Als sich der Pick-up in Bewegung setzte, hob Rafael den freien Arm und lächelte winkend dem Fahrzeug hinterher. Er spielte immer noch die Rolle des Touristen, der bei der Wanderung vom Weg abgekommen war.

Doch er ließ den Arm schnell sinken, als der Wagen verschwunden war und drehte sich herum. Seltsamerweise aber blieb der Taillengriff bestehen, als wären sie an der Hüfte zusammengewachsen.

Anna erkannte, dass sie direkt vor einem Hotel abgesetzt worden waren. Doch auch hier waren die Fenster abgeschottet und verriegelt. Nur die Eingangstür war offen und wurde von baumelnden Fliegen-Abwehr-Bändern ersetzt. Sie zogen Annas Blick magisch an, als wären sie Licht und Anna die Fliege. Doch sie sehnte sich vielmehr nach dem, was dahinterlag: eine Dusche, ein vernünftiges Bett, etwas zu essen.

Die umliegenden Häuser waren einfach gehalten, doch das Hotel hob sich allein schon von den übrigen ab, weil es vor dem Eingang mit einer künstlich angelegten und sehr gepflegten Grünfläche

[49] Danke

prahlte. Ein schmaler Kiesweg schlängelte sich hindurch und führte direkt zum Eingang. Die Fläche war nicht groß, aber wahrscheinlich war es genau diese Größe, die es unnatürlich wirken ließ. Es passte nicht hierher und biss sich im Kontrast der umliegenden Wüste. Genau wie die Raststätten!

Anna drehte den Kopf herum und sah die Straße hinunter. Es war unheimlich, weil hier kaum eine Menschenseele unterwegs war. Seit sie den Ort betreten hatten, hatte sie nur zwei Menschen und ein weiteres Auto gesehen.

Doch was brachten ihr auch all die Menschen? Wozu sollte sie in einer Menschenmasse stehen, wenn sie sich doch verloren und alleine fühlte? Es waren nicht alle Menschen der Welt, es war nur *ein* einziger, der fehlte. Konnte er nicht einfach hier auftauchen und sagen: *Hey, warum habt ihr nicht auf mich gewartet? Kommt, wir fahren nach Frankreich und verstecken uns dort!*

Für den Rest meines Lebens, wenn es sein muss, fügte Anna in Gedanken hinzu.

Doch er war nicht hier.

Anna schluchzte und erntete dafür einen verachtenden und bösen Blick von ihrem Führer. Seltsamerweise ließ der Hass in seinen Augen sie aber relativ kalt. Ihr Hass auf ihn war noch viel größer.

Rafael setzte sich in Bewegung und zog Anna an seiner Seite mit sich. Zu Annas Verwunderung aber gingen sie nicht ins Gebäude, sondern rechts an der Seite außen herum. Rafael hielt sich an der Wand und führte Anna wie einen Schild neben sich.

Und hier war dann sogar auch Treiben. Zumindest konnte sie jetzt lautstarke, juchzende Stimmen hören. Mit jedem Schritt wurden sie lauter und Anna fühlte sich wie auf den Arm genommen. *Alle Menschen kannst du kriegen, aber den einen nicht!*

Anna spürte, wie sich ihr Magen verkrampfte. Am liebsten hätte sie einfach nur laut geschrien. Sie taumelte und wollte zurückbleiben, aber Rafael packte seinen Arm nur noch fester um ihre Mitte und zog sie mit sich. Anna biss vor Schmerzen die Zähne zusammen. Es war, als würde sie unter seiner Berührung brennen. Er sollte sie nicht anfassen. Sie durfte nicht weitergehen.

Als sie den hinteren Teil des Hauses erreicht hatten, waren die Stimmen noch deutlicher zu hören, aber die Menschen hierzu fehlten dennoch. Doch Anna erkannte einen hohen dunkelbraunen Holzzaun auf der linken Seite, hinter dem die lauten und fröhlichen Stimmen vermengt mit Wasserplanschen zu hören waren. Hier war also das Leben hin, wenn es sich nicht im Dunkeln der Häuser aufhielt. Die Touristen vergnügten sich lieber in der prallen Sonne am Hotelpool.

Rafael steuerte direkt auf den Parkplatz zu, der sich hinter dem Hotel auftat, und hier sah es auch der Landschaft entsprechend endlich so aus, wie man es vermutete. Es gab nichts weiter als Steine, Sand und trockene Wildnis. Anna ließ ihren Blick über die Berge schweifen und überlegte, ob man von hier den Berg ausmachen konnte, der ihnen zum Verhängnis geworden war.

Sie hatten die erste Autoreihe erreicht und Rafael zog im Vorbeigehen an einem der Türgriffe. Die Tür war verschlossen und ohne dass er in seiner Bewegung stockte, lief er unauffällig weiter zum nächsten.

„Was hast du vor?“, fragte Anna entsetzt.

Der nächste Türgriff wurde betätigt, wieder ohne Erfolg. „Ich besorge uns ein Auto.“

Anna japste nach Luft und sah sich um. Tausend Gedanken huschten ihr gleichzeitig durch den Kopf. Sie würden erwischt werden, das konnte nicht gutgehen. Sie waren dabei, ein Auto zu stehlen.

Warum konnten sie nicht einfach geradeaus in die Wüste laufen, bis sie irgendwann umfielen? Dieser Gedanke kam ihr viel verlockender vor.

„Bleib ruhig. Wir fliegen auf, wenn du so zappelig bist“, raunte er ihr zu und sogleich wurde der Druck um ihre Taille verstärkt. Anna fragte sich, wie das überhaupt noch möglich war. Sie hatte das Gefühl, gar nicht mehr atmen zu können.

Rafal drückte den Knauf eines alten VW-Golfes und die Beifahrertür sprang brav ein paar Zentimeter zur Seite. Er stockte kurz, aber nur einen kleinen Moment, dann riss er die Tür auf und verschwand im Wagen. Seinen Griff hatte er von Annas Taille auf ihre Hand reduziert und zog sie direkt hinter sich her. Als Anna den Beifahrersitz erreichte, hatte er sie schon losgelassen und war über die Mittelkonsole auf den Fahrersitz gehuscht.

„Mach die Tür zu! Schnall dich an!“, befahl er schnell. Mit den Händen griff er gezielt unter das Lenkrad und Anna erkannte grob, dass er anfing, an den Kabeln herumzufummeln.

„Wir klauen ein Auto?“, fragte sie verwirrt, obwohl sie es vielleicht eher laut gedacht hatte.

„Ich bin immer offen für bessere Ideen“, pflaumte er bissig zurück, ohne von seiner Sache abzulassen.

Eine Träne löste sich aus Annas Auge und brannte eine heiße Spur in ihre Haut. Sie würde Diego hier in der Wüste zurücklassen. Sie würde jetzt gehen und die Verbindung zu ihm verlieren. „Wo fahren wir hin?“

„Zurück nach Zaragoza“, brummelte Rafael und gleichzeitig

schnurrte der Motor zustimmend, als würde er es nicht abwarten können.

*

Nico hatte Kopfschmerzen, als er am nächsten Morgen aufgewacht war. Wie und warum er überhaupt schlafen konnte, war für ihn schwer zu verstehen, aber als er schließlich die leere Weinflasche entdeckte, die vor dem Sofa auf dem Boden lag, wurde ihm der Hintergrund klar. Er hatte sich eingeredet, dass ihm der Wein beim Nachdenken half, doch letzten Endes hatte er offensichtlich so viel getrunken, dass er einfach auf dem Sofa zusammengesackt war.

Es war hell draußen. Er hatte keine Ahnung, wie spät es war, aber dem Stand der Sonne nach hatte er möglicherweise bis Mittag geschlafen. Heute war Montag, doch er hatte noch eine Krankmeldung, sodass er nicht in der Firma vermisst werden würde.

Er richtete sich mühsam auf und fasste sich an den Kopf. Wie hatte er nur so dumm sein können? Wütend trat er mit dem Fuß gegen die Flasche, sodass einzelne letzte Tropfen aus dem Flaschenhals tröpfelten.

Nachdem der Unbekannte das Gespräch letzte Nacht beendet hatte, hatte er eine lange Zeit einfach nur ruhig und entspannt auf dem Sofa gesessen und nachgedacht. Viele Möglichkeiten hatte er nicht. Zur Polizei konnte er nicht gehen, weil das viel zu gefährlich war. Er wusste nicht, wer diese Fremden waren, aber er war sich sicher, dass sie ernst machen würden. Er hatte niemanden, an den er sich wenden und der ihm helfen würde.

Da war ihm nur noch der Wein geblieben.

Wenn doch nur Anna sich noch einmal melden würde. Warum hatte sie nicht *ihn* angerufen? Vielleicht hätte er noch mehr raushören und erfahren können, was wirklich los war.

Er hob die Flasche auf und erhob sich mühsam vom Sofa. Sein Kopf dröhnte und er fühlte sich krank. Am liebsten würde er sich direkt ins Bett legen und die Decke bis über beide Ohren ziehen. Doch das wäre feige, und das durfte er nicht sein.

Er stellte die leere Weinflasche in der Küche ab und hielt seinen Kopf unter den Wasserhahn. Das kühle Nass belebte ihn zumindest kurzzeitig, doch es reichte nicht aus. Er musste hier raus. Frische Luft war wahrscheinlich alles, was ihm jetzt wirklich helfen konnte.

Er strich sich einmal mit beiden Händen durch die nassen Haare und verschwand aus der Küche. Auf dem Weg nach draußen griff er noch nach seinem Handy und einer Packung Schmerztabletten, die seit der Freiburg-Geschichte zu einem festen Begleiter geworden waren. Auf diese Weise bewaffnet verließ er das Haus, ohne vorher noch einmal im Spiegel nachzuschauen, wie er überhaupt aussah. Eine Sache, die für ihn vor zwei Wochen noch undenkbar gewesen wäre. Der alte Nico hätte niemals, ohne einen letzten kritischen Blick auf sein Styling, das Haus verlassen.

Sobald er vor der Haustür stand, hielt die frische Luft tatsächlich das, was er sich von ihr erhofft hatte, und er beschloss, ein bisschen zu laufen. Genauer genommen spürte er mehr denn je das Bedürfnis, seine Wohnung schnellstens wieder zu verlassen. Sie hatte ihn nicht weitergebracht. Er war dem Unbekannten mehr oder weniger ausgeliefert und darauf angewiesen, dass Anna sich noch einmal melden würde. Vorher wäre er nicht in der Lage, etwas zu tun.

Doch er musste sich jemandem anvertrauen und fand, dass Vanessa hier die einzige und sicherste Person war, die er sich momentan vorstellen konnte. Sicherlich würde der unbekannte Fremde hier auch nicht widersprechen, da Vanessa ohnehin schon miteinbezogen war.

Sein Unterbewusstsein hatte ihn zur S-Bahn-Station Hasselbrook gelenkt, bevor er überhaupt wusste, was er als nächstes tun würde. Er war in Gedanken und träumte. Der Wein, der Fremde und die Ausweglosigkeit teilten sich abwechselnd den Hauptaufmerksamkeitsanteil in seinem Kopf. Die Welt um ihn herum verschwamm, bis er *sie* plötzlich sah.

Im ersten Moment dachte er, dass seine Wunschvorstellung ihm einen Streich spielen wollte, weil er sich zu sehr danach sehnte, aber als er genauer hinsah, konnte er sein Glück kaum fassen.

Sie war es tatsächlich. Allerdings schien sie nicht mit ihm zu rechnen, geschweige denn, auf ihn zu achten, als sie eine Station nach ihm in die Bahn huschte und sich an seinem Sitz vorbeischob. Drei Bänke hinter ihm ließ sie sich auf einen Sitzplatz nieder, saß zu seinem Glück mit dem Gesicht aber in die entgegengesetzte Richtung. Andernfalls hätte sie ihn mit Sicherheit sofort entdeckt.

Nico drehte sich herum und atmete nervös. Er würde ihr folgen, nur durfte sie ihn nicht entdecken. Er hatte jetzt die Chance, zumindest annähernd herauszufinden, wer die dunkel gekleidete Frau mit dem Kapuzenpulli wirklich war.

*

Der Bahnhof von Zaragoza war sehr modern. Er erstreckte sich in seiner gesamten Länge parallel zu einer großen, viel befahrenen Straße und konnte durch einzelne kleine Zufahrtswege befahren werden.

Anna wusste nicht, warum sie wieder zurückgefahren waren, weil Rafael nur ausweichend auf ihre Fragen antwortete. Hatte es nicht erst geheißen, dass sie sich in Frankreich verstecken würden? Warum jetzt wieder der Weg zurück? Oder gab es den eigentlichen Plan mit Frankreich gar nicht? Würden sie jetzt mit der Bahn weiterfahren und den Wagen hier stehen lassen? Warum fuhren sie dann wieder nach Zaragoza? Hätten sie nicht auch bei jedem anderen Bahnhof in den Zug springen können?

Hinzu kam noch, dass Anna das Fortbewegungsmittel Bahn zusätzlich für gefährlich hielt, wenn man bedachte, dass sie sich eigentlich verstecken sollten. Würden sie nicht auffallen, wenn sie mit dem Zug weiter durch halb Europa fuhren?

Anna wollte auf Rafael vertrauen, sie hatte auch gar keine andere Wahl, aber innerlich überlegte sie, wie weit es noch gehen würde. Er hatte doch auch nichts mehr unter Kontrolle. Sollte sie nicht auch ein Mitspracherecht haben? Entführt wurde sie doch schon lange nicht mehr.

Rafael fuhr auf das große, angsteinflößende Gebäude mit der mächtigen Betonfront zu, an der in riesigen Buchstaben ESTACION ZARAGOZA DELICIAS stand. Dahinter waren weiße, diagonale Halbbögen zu erkennen, die offensichtlich den eigentlichen Bahnhof überdeckten. Dann lenkte er den Wagen herum und kam auf einem der angrenzenden Parkplätze zum Stehen. Sie waren wieder mit diesen seltsamen Schattenspendern aus einer Mischung aus Segeltuch und Zeltspitzen verhängt, wie Anna sie bereits vor ein paar Tagen auf dem Rastplatz zum ersten Mal gesehen hatte.

Indem Rafael einfach nur die Kupplung kommen ließ und gleichzeitig auf der Bremse stand, machte er den Wagen aus. Der Motor ruckte und erlosch dann sofort. Im nächsten Moment hatte er die Reisetasche auf dem Schoß, während seine Augen zuckend zwischen den Rückspiegeln hin und her huschten. Er war nervös, und das beunruhigte Anna.

„Okay", murmelte er, ohne die Spiegel aus den Augen zu lassen und rutschte wieder auf die Mittelkonsole. „Raus hier!" Er griff an Anna vorbei und öffnete die Beifahrertür.

Annas Herz setzte sich schlagartig in einen unregelmäßigen Galopp. Doch sie gehorchte und stieg aus dem Wagen. Wenn sie auch nicht wusste, was sie erwarten würde, so war es doch gut, den gestohlenen Golf wieder zu verlassen.

Rafael war sofort neben ihr, und wieder fuhr sein Arm um ihre Mitte, als würde er sich gar nicht mehr anders fortbewegen können. Dachte er vielleicht, dass Anna leicht zu haben war, nur weil sein Bruder hier bereits vorgefühlt hatte? Oder war es eine Art Trostangebot, um ihr zu helfen und sie zu stützen?

Mit dem rechten Fuß gab er der Tür einen Tritt, sodass diese klatschend ins Schloss viel. *Die Besitzer werden ihn wiederbekommen,* dachte Anna und entschuldigte sich innerlich für die Unannehmlichkeiten.

Rafael führte Anna direkt auf den Bahnhof zu und dabei passierten sie einzelne quadratische Wasserbecken und Springbrunnen, die den Vorplatz lebendig machten. Er lief schnell, und Anna hatte Probleme mitzuhalten.

Sie überlegte, wie es wäre, wenn sie jetzt straucheln und hinfallen sollte und konnte sich gut vorstellen, dass jemand wie Rafael sie dann auch noch an den Haaren weiterziehen würde.

Als sie das Gebäude betraten, war es angenehm kühl. Anna sah sich aufmerksam um und wurde dadurch erneut langsamer. Rafael hingegen steuerte geradeaus weiter und zog sie mit sich. Er schien ganz genau zu wissen, wo sie hingehen mussten.

Sie befanden sich im Erdgeschoss, in dem allerlei Geschäfte und auch der Fahrkartenschalter untergebracht waren. Die Gleise waren ein Stockwerk tiefer unter der Erde, was Anna allerdings nur der Beschilderung entnehmen konnte.

Es war viel zu voll, um überhaupt den Überblick zu bekommen. Wo kamen nur all die Menschen her? War es die Hitze draußen, die die Leute in Gebäude zwang, egal um welche es sich handelte? Menschen mit Koffern und Taschen strömten an ihr vorbei. Hetzten, gestikulierten, redeten, lachten.

Für Anna war es ein bisschen wie ein Rausch. Sie sah die vielen Menschen um sich herum, aber irgendwie war sie nicht Teil des Geschehens. Sie ließ sich einfach weiterziehen und verlor schnell den Überblick. Der Bahnhof erinnerte eher an einen Flughafen.

Ängstlich sah sie sich ständig nach allen Seiten um und versuchte, die Gesichter der Menschen einzuschätzen. Waren ihre Verfolger vielleicht auch schon hier? Wer von diesen ganzen Leuten könnte ihr ans Leben wollen? Panisch fühlte sie die ersten Schweißperlen auf ihrer Stirn, obwohl es ziemlich kalt war und sie sogar ein bisschen fror.

Dann bog Rafael schließlich ab. Allerdings nicht in Richtung Gleise, wie Anna vermutet hatte, sondern nach links in einen schmalen Gang an den Geschäften vorbei.

Anna überlegte, ob sie ein Toilettenschild übersehen hatte, als Diegos Bruder auch schon erneut abbog und letztendlich in einem Gang voller Schließfächer stehen blieb.

Er zog einen Schlüssel aus seiner Hosentasche und glich die Nummer mit denen der Schränke ab, bis er schließlich die Tasche abstellte und auch Anna losließ. Sofort schob er den Schlüssel in das Schloss, warf einen prüfenden Blick nach rechts und links und öffnete dann die Tür.

Anna erkannte eine große Tasche, dahinter drei dunkle Kleiderhüllen an Kleiderbügeln.

„Wir trennen uns hier", sagte er schnell, während er die Tasche aus dem Schließfach zog. Sie war deutlich größer als die, die sie bereits seit Tagen mit sich herumschleppten.

„Was?"

„Wir gehen von jetzt an getrennte Wege", wiederholte Rafael. Er hatte die große Reisetasche aufgezogen und ein kleines Arsenal an Waffen kam zum Vorschein.

„Aber … werden wir denn nicht mehr verfolgt?"

Rafael griff nach einer Waffe und ließ sie in seinem Hosenbund verschwinden. „Ich vielleicht schon, du nicht."

„Was soll das heißen?"

„Hast du die Police vergessen?"

„Nein, aber was bringt sie denn? Man hat auf uns geschossen."

„Auf Diego, nicht auf dich. Und die nächste Kugel ist für mich reserviert." Er wühlte weiter in der Tasche und blätterte durch eine Reihe Reisepässe.

„Aber die Flucht … warum sind wir …?" Anna verstand es nicht. Hätte sie einfach gehen können? Die ganze Panik, die ganze Angst – vollkommen unbegründet?

Rafael hatte sich neben die Tasche gekniet und lächelte Anna von unten an. „Ich hatte keine Munition mehr. Doch du bist durch die Police geschützt. Ich habe dich benutzt. Tut mir leid." Er zwinkerte mit einem Auge und widmete sich wieder der Tasche.

Er hatte sie benutzt? Also doch als Schutzschild, wie sie vermutet hatte. Ihr Weg war frei gewesen, aber er hatte sie weitergezerrt, um sich selbst zu retten.

„Vielleicht sollte ich danke sagen", fuhr Rafael fort und zog einen ledernen Aktenkoffer aus der Reisetasche.

„Du hast mich benutzt?", stammelte Anna verwirrt.

„Jetzt mach kein Drama draus. Du warst niemals in Gefahr."

„Wegen der Police?"

„Genau."

„Um was geht es da?"

Rafael stand langsam auf und blieb für einen Moment reglos stehen. Nachdenklich sah er Anna an. „Ich weiß es nicht. Wirklich nicht. Ich habe vielleicht eine schwache Vermutung, aber ich bin mir nicht sicher. Es ist zumindest etwas, das sie schwer trifft, sobald dir etwas passieren sollte. Aber Diego wollte es mir nicht erzählen."

„Ihr habt darüber gesprochen?“ Anna spürte einen harten Kloß im Hals.

Diego hatte vorgesorgt, damit mir nichts passierte und alle unwissend gelassen.

„Ja. Aber wie gesagt, er hat mir nichts erzählt.“

Annas Knie wurden schwammig. Sie hatte das Gefühl, zu schwanken und stützte sich mit der Hand an den Schließfächern ab.

„Hey!“ Rafael trat einen Schritt vor und hob die Hand, als würde er sie stützen wollen, hielt aber doch im letzten Moment inne. Er hatte sowieso eine distanzierte Haltung eingenommen, seit er sich wieder eine geladene Waffe eingesteckt hatte. Er brauchte seinen Schild nicht mehr. „Es tut mir leid, was passiert ist. Ich hab das nicht gewollt und Diego genauso wenig.“

Es war die Verabschiedung. *Gleich ist es vorbei,* dachte Anna. Dann würde auch die letzte Verbindung, die sie an Diego erinnerte, aus ihrem Leben treten.

„Diego war krank“, platzte es aus ihr heraus. „Er hat versucht, sich umzubringen!“ Es musste einfach raus, auch wenn es jetzt nicht mehr viel brachte.

Rafael zog fragend die Augenbrauen zusammen. „Ja, ich weiß.“

„Was ist vorgefallen? Warum war er so?“

Er zögerte einen Moment, dann holte er eine der Kleiderhüllen aus dem Schließfach. „Warum interessiert dich das? Du kanntest ihn doch kaum!“

„Ich glaube, ich kannte ihn gut genug.“

„Ach ja? Dann sage ich dir jetzt mal was: Diego war ein Profi. Er konnte in jede Rolle schlüpfen, die ihm auferlegt wurde. Du bist ein Niemand und hast ihm auch niemals etwas bedeutet, falls du dir das jetzt einbildest. Wir hätten dich noch im Hamburg töten sollen, wie ich es vorgehabt hatte. Er hat dir schöne Augen gemacht, mehr nicht.“

Anna biss die Zähne zusammen, um das Zittern zu vermeiden. Bloßer Hass sprach aus Rafaels Augen und sie setzte alles daran, sich ihm entgegenzustemmen. „Das ist nicht wahr.“

„Dann red dir das weiter ein.“ Er schloss die Reisetasche und hängte sich die Kleiderhülle über die Schulter. „Ich werde jetzt verschwinden. Lauf mir nicht hinterher. Im Schrank sind noch Sachen zum Anziehen für dich. Geh zur Polizei, fahr nach Hause oder mach, was du willst. Ich habe mit dir nichts mehr zu tun.“

„Wo gehst du hin? Nach Frankreich?“

„Das geht dich nichts an.“ Er drehte sich um und setzte sich in Bewegung.

Anna sah kurz ins Schließfach und dann auf die neue Reisetasche, die Rafael davontrug. Die alte hatte er zu Annas Füßen zurückgelassen. „Wenn ich ihm wirklich nichts bedeutet habe, wie du gerade sagst, warum seid ihr dann zurückgekommen?“

Rafael stockte.

Anna griff zu einer der Kleiderhüllen im Schließfach und zog das untere Ende des Reißverschlusses auf. Der dunkle Saum eines Rockes kam zum Vorschein.

„Ich sollte mit euch gehen, richtig? Diego hat alles für den Fall vorbereitet. Ist einer der Pässe für mich?“ Ihre Stimme zitterte und schwang auf einer hohen, kaum zu verstehenden Frequenz.

Diegos Bruder verharrte in seiner Bewegung und Anna konnte von hinten erkennen, dass ihm für einen kurzen Moment das Atmen schwerfiel.

„Er wollte ein normaler Mensch werden“, schluchzte Anna. Keine Träne ließ sich jetzt noch weiter aufhalten. „Ich weiß nicht, was ihr gemacht habt, weil er mir nichts von seinem vorherigen Leben erzählen wollte, aber ich weiß, dass er sich nach einem neuen Leben gesehnt hat. Es hat ihm weit mehr bedeutet, als du vielleicht glaubst.“

Rafael drehte sich langsam um. Sein Gesicht hatte sich verändert. Eine Spur Trauer hatte sich hinzugemischt. Trauer und Erkenntnis.

Anna bewegte sich nicht. Sie blinzelte die Tränen zur Seite, aber ansonsten hätte die Welt um sie herum in Flammen stehen können. Alles was sie sah, waren Rafaels schimmernde Augen.

Es dauerte eine ganze Weile, bis er sich endlich wieder regte. „Er hat mit seinem Suizid gedroht, wenn wir nicht zurückfahren, um dich zu holen, und ich weiß, dass es kein Bluff war. Leider hat er in letzter Zeit öfter davorgestanden. Ich weiß nicht, was mit ihm los war. Er hatte sich verändert.“

Anna spürte, wie ihr Hals anschwoll und ihr die Luft abdrückte.

„Er hatte gehofft, dass du mit nach Mexiko kommst. Daher das Kostüm und auch der Reisepass für dich. Außerdem hat er dir einen Brief geschrieben.“ Rafael nickte in Richtung Schließfach. „Mach´s gut, Anna.“

Anna sah kurz zur Seite und erkannte einen weißen Briefumschlag, der ihr vorher gar nicht aufgefallen war. Dann sah sie wieder zu ihm, aber sagen konnte sie nichts.

Rafael lächelte gequält.

Dann drehte er sich blitzschnell um und verschwand aus dem Schließfachbereich.

Anna starrte ihm nach, obwohl sie ihn nicht mehr sehen konnte. Eine Frau erschien an der Stelle, wo er verschwunden war und wirkte etwas irritiert.

Anna senkte schnell den Blick und sah sich um. Sie hatte bisher gar nicht darauf geachtet, wer eigentlich noch hier war und wer nicht. Hatten sie die ganze Zeit Zeugen gehabt? Der Gang hinter ihr war leer. Die Frau war die einzige, die seither erschienen war.

Anna drehte sich um und widmete sich dem Schrankfach. Der weiße Umschlag strahlte sie hämisch an, und sie wunderte sich, wie sie ihn vorher gar nicht hatte sehen können. Er war ungewöhnlich dick für einen einfachen Brief.

Sie streckte die Hände vor und griff danach. Er war DIN A 5 groß und nicht beschriftet. Die Klebelasche war offen. Anna sah hinein und erkannte ein dickes Bündel Geldscheine, dazu noch ein weißes Blatt Papier, das sie vorsichtig herauszog. Es war ein handgeschriebener Brief. Verwundert stellte sie fest, dass sie seine Schrift bisher gar nicht gekannt hatte, musste sich aber auch eingestehen, dass sie sich ihn nicht vorstellen konnte, wie er etwas zu Papier brachte. Er war nicht der Typ dazu.

Sie lebte in Klischees, hatte er gesagt.

Nervös sah sie noch einmal nach rechts und links. Es war voller geworden im Gang, aber keiner der Reisenden schien sich für sie zu interessieren. Sie stand mit der Vorderseite zum Schließfach, sodass ihr dreckiges Aussehen nicht allzu viel Aufsehen erregen konnte. Dann begann sie zu lesen:

Liebe Anna!

Ab hier trennen sich jetzt unsere Wege und du kannst endlich nach Hause zurückkehren.

Es tut mir leid, dass es so weit kommen musste, aber ich möchte dich dafür entschädigen. Ich habe bei der Deutschen Bank in Hamburg ein Bankschließfach für dich eingerichtet, zu dem nur du persönlich den Zugang hast. Es ist nicht viel, aber ich hoffe, damit wiedergutmachen zu können, was wir dir angetan haben.

Denk an die Police, die dich beschützt. Es kann dir nichts passieren. Du bist ein freier Mensch.

Ich danke dir für alles, was du für mich getan hast und ich glaube, du weißt, was ich damit meine. Ich glaube, ich kann sagen, dass ich jetzt in die richtige Richtung gehe, weil du mir geholfen hast, den rechten Weg zu nehmen. Zu gerne hätte ich dich noch länger bei mir gehabt.

Innerlich hoffe ich natürlich, dass ich dich doch noch überreden kann, mit mir nach Mexiko zu kommen. Dann hätte ich dich jetzt bei mir und du würdest diesen Brief nicht lesen.

Pass auf dich auf!

Diego

Anna liefen die Tränen wie Wasserfälle über das Gesicht, und ihr Magen verkrampfte sich zu einer kleinen Kugel. Sie fühlte sich so leer und nutzlos und biss sich auf die Hand, damit sie nicht lauthals aufschluchzte.

Sie steckte den Kopf ins Schließfach, damit sie niemand sah und überlegte fieberhaft, wann Diego diesen Brief geschrieben haben musste. Es konnte nur vor ein paar Tagen gewesen sein, als er alleine nach Zaragoza gefahren und später mit dem Bier zu ihr auf die Veranda gekommen war. Da schien noch alles sicher zu sein.

Anna wischte sich die Tränen aus dem Gesicht und dachte an den Diego, der diesen Brief geschrieben hatte. Er war so voller Hoffnung, weil er die Wende geschafft hatte und klang so vielversprechend. Der Brief war nicht einmal zwei Tage alt und doch hatte sich alles geändert.

Anna las den Brief erneut und blieb plötzlich bei dem Teil der Police hängen. *Dir kann nichts passieren.*

Ich hätte nicht fliehen brauchen!, fuhr es ihr schlagartig durch den Kopf.

Sie hätte bei Diego im Wagen bleiben können, ob sie ihm noch hätte helfen können oder nicht, aber sie hätte bei ihm bleiben und sich verabschieden können. Die Police galt, das hatte Rafael gerade noch selbst gesagt.

Schlagartig drehte sie den Kopf herum und sah in die Richtung, in der der feige Rafael verschwunden war. Er hatte sie benutzt und damit seinen Bruder verraten. Anna betete innerlich, dass Rafael recht gehabt hatte und Diego wirklich schon tot gewesen war, als sie ihn zurückgelassen hatten.

Kapitel 63

Nico sah viel über die rechte Seite aus dem Fenster und stierte dabei so gut es ging nach hinten. Es war schwierig, die fremde Frau im Auge zu behalten, weil die Bahn sehr voll war und wieder und wieder Leute an ihr vorbeigingen oder vor ihr stehen blieben. Er war drauf und dran, von seinem Sitz aufzuspringen, um sich davon zu überzeugen, dass sie tatsächlich noch die drei Bänke hinter ihm saß.

Die Bahn lief in die Haltestelle Barmbek ein. Nico müsste hier raus, wenn er zu Vanessa wollte, könnte aber auch noch die nächste nehmen. Doch Vanessa würde er jetzt erst einmal ganz hintenanstellen. Die Frau war viel wichtiger.

Es stiegen eine ganze Menge Fahrgäste aus, aber ebenso viele kamen auch wieder neu hinzu. Nico verkrampfte sich und starrte auf eine Werbetafel auf dem Bahnsteig, die in genau dem richtigen Winkel lag, damit er unauffällig nach hinten schauen konnte. Ein dicker Mann schob sich am Platz der Fremden vorbei, blieb kurz stehen und ging dann weiter.

Der Platz war leer.

Nico sprang sofort auf, um sich zu vergewissern, aber die unbekannte Frau war nicht mehr da. Er sah sich hektisch zu beiden Seiten um. Sie war nicht in der Bahn. Der Zug hielt noch, obwohl die letzten Passagiere bereits ein- und ausgestiegen waren.

Nico hatte keine andere Wahl. Er stürmte auf den Bahnsteig und obwohl dieser überschaubar war, konnte er sie nicht entdecken. Er drehte sich wieder zur Bahn herum, wo sich bereits die Türen geschlossen hatten. Nervös rannte er neben dem Zug her und scannte die Personen im Inneren ab, als sich dieser wieder in Bewegung setzte.

Sie war nicht da.

Hatte er sie verpasst? War sie hier ausgestiegen oder sogar schon eine Haltestelle eher? Oder war er aufgeflogen, und sie hatte sich in der Bahn umgesetzt?

Ihm blieb keine andere Wahl, als zum Ausgang zu stürmen. Die Treppen waren zu allem Übel ebenso überschaubar, wie der Rest des Bahnsteigs. Dann hatte er die Straße erreicht und sah hektisch hin und her. Er konnte weit gucken. Die Straße war langgezogen und weit einzusehen, aber sie war nicht da. Er hatte sie verloren.

„Verdammt", fluchte er und trat mit dem Fuß wütend gegen einen Mülleimer. Wie konnte er nur so blöd sein? Sie saß mit ihm in derselben Bahn, aber er ließ sie einfach irgendwo aussteigen, ohne dass er es mitbekam. Er hätte sie kriegen können. Oder zumindest hätte er herausfinden können, wo sie vielleicht wohnte. Vanessas Schwester. Immer noch ein seltsam vorstellbarer Gedanke.

Doch genau dieser brachte ihn jetzt dazu, das zu tun, was er eigentlich vorgehabt hatte. Er würde Vanessa besuchen. Die Sache mit der verkorksten Überwachung würde er ganz schnell vergessen.

Vanessas Wohnung war nur ein paar Blocks entfernt, und Nico war so voller Adrenalin, dass er zu laufen anfing, um schneller dort zu sein.

Es dauerte nicht lange und wie so oft, war die Haustür unten nicht richtig eingerastet, sodass er sie direkt aufschieben konnte. Im Vorbeilaufen drückte er allerdings zusätzlich auf den Klingelknopf, damit Vanessa Bescheid wusste. Er musste so schnell wie möglich zu ihr. Wieder huschte der Gedanke durch seinen Kopf, dass er sie gar nicht hätte verlassen dürfen.

Sie stand in der Tür, als er schnaufend ihre Etage erreichte. Nico stoppte abrupt und pumpte. Er brauchte ein paar Sekunden, um wieder Luft zu bekommen. „Hi!"

„Hi!", antwortete sie knapp, bewegte sich allerdings nicht.

Nico überlegte, wie er sie verlassen hatte und ob sie vielleicht immer noch sauer auf ihn war.

„Darf ich nicht reinkommen?" Eine weitere Enttäuschung wäre zu viel für heute. Vielleicht hätte er einfach auf dem Sofa bleiben sollen. Sicherlich hatte er auch noch mehr Wein zu Hause.

Doch Vanessa trat zurück. „Ich habe Besuch", flüsterte sie.

Er trat ein und war schwer überrascht.

Sie war *hier*.

Vanessas Schwester stand im kleinen Wohnzimmer hinter der Tür mit dem Rücken zur Wand und sah ihn mit großen, runden Augen interessiert an. Oder war es nur das viele Schwarz, das die Augen so groß machte?

Nico trat in den Raum. Sein Blick war dabei fest auf ihren geheftet.

„Das ist Jessica", stellte Vanessa ihre Schwester vor. Doch es war keine Begeisterung, Liebe oder Zuneigung in ihrer Stimme zu hören. Vielmehr klang es wie die trockene Auskunft einer Zeitansage.

Jessica, dachte Nico, ohne den Blick von ihr abzuwenden.

Doch sie musterte ihn genauso scharf, und ein bisschen erinnerte es Nico an einen Rivalitätskampf. Sie sah ihn an wie es andere Männer taten, wenn er zu lange mit deren Freundin gesprochen hatte. Hatte sie etwa ein Problem damit, dass er bei ihrer Schwester war?

Hinzu kam noch, dass sie ziemlich schlecht aussah. Er überlegte, ob es auch schon so gewesen war, als sie ihn besucht hatte oder ob das dämmrige Licht im Flur es damals nicht richtig hatte zeigen können. Doch jetzt in Vanessas hellem Wohnzimmer sah er ihr ausgemergeltes Gesicht, die geröteten Augen, die krankhaft aus den schwarzen Höhlen starrten. Entweder hatte sie Drogen eingenommen oder die ganze Nacht durchgeheult.

„Jessica wollte wissen, wie es mir geht", kam Vanessas plötzliche Erklärung. „Nach Freiburg."

Nico blinzelte und sah kurz zu ihr, während der Blick ihrer Schwester unverwandt weiter auf ihm ruhte. Genauer genommen bohrte er vielmehr und Nico überlegte, ob sie vielleicht mehr war als nur ein Mensch und gerade dabei war, seine Seele zu stehlen.

„Aha", war alles, was er sagen konnte. Er fühlte sich bedrängt. Nackt in der U-Bahn zu stehen würde er sich nicht unangenehmer vorstellen.

„Wie geht es dir?" Jessicas Stimme klang genauso kratzig, wie er sie sich vorstellte. Vielleicht war sie eine Hexe? Es war merkwürdig, wie sie sich verhielt und Nico wusste, dass das keine Einbildung war. Auch Vanessa hielt sich steif und man konnte schon sagen verängstigt. Sie stand auf gleicher Höhe mit ihm, als würde sie sich nicht dichter an ihre Stiefschwester herantrauen.

„Gut", stammelte Nico und musste sich räuspern. Sofort pochte es an all seinen angeschlagenen Stellen, als würden sie das Gegenteil behaupten wollen.

„Hast du etwas von deiner Freundin gehört?", fragte Jessica weiter.

Nico sah fragend zu Vanessa.

„Ich habe ihr von Anna erzählt", erklärte diese.

„Nein", antwortete Nico ruhig.

„Du weißt nicht, wo sie ist?", fuhr Jessica fort.

„Nein."

Jessica veränderte ihren Gesichtsausdruck und Nico erkannte Trauer und Verzweiflung. Im ersten Moment fühlte er sich geschmeichelt über die Anteilnahme, aber dann wurde ihm klar, dass noch viel mehr dahintersteckte.

„Was ist passiert?", fragte Vanessa plötzlich unvermittelt an ihre Schwester gerichtet.

Nico erkannte ein kleines Glitzern in Jessicas Augen. Obwohl Vanessa ihr eine Frage gestellt hatte, war ihre Aufmerksamkeit nicht von Nico gewichen, als wäre Vanessa nicht im Raum.

„Ein guter Freund ist gestorben", erklärte sie in Nicos Richtung. „Er war ein sehr guter Freund von Anna und mir."

*

Anna hatte sich wieder dem Schließfach zugewandt. Sie fühlte sich, als würde sie neben sich stehen. Sie musste diesen Ort verlassen.

Du hättest ihm nicht helfen können, redete sie sich selbst zu. Es war nicht so leicht, dies zu glauben, aber sie musste es versuchen. Auch wenn die Möglichkeit bestand, dass sie etwas hätte tun können, änderte es nichts an der Tatsache, dass Diego tot war.

Sie wischte sich mit der Hand durch ihr Gesicht und holte die Hose und das T-Shirt aus dem Fach, das Rafael vorhin aus der großen Reisetasche umgepackt hatte. Das Kostüm würde sie hängen lassen. Sie fühlte sich nicht in der Lage, jetzt derartig aufzutreten. Als sie schließlich alles in der alten ebenfalls schon deutlich verdreckten Reisetasche verstaut hatte, nahm sie den Umschlag und steckte ihn in ihre Hosentasche. Anschließend schloss sie die Tür und drehte den Schlüssel um.

Mit der Reisetasche über der Schulter machte sie sich auf, um die Damenwaschräume zu suchen und stellte befriedigt fest, dass sie dafür gar nicht weit laufen musste. Die Toiletten befanden sich unmittelbar hinter den Schließfächern.

Anna hastete vorwärts und huschte so schnell wie möglich hinein. Sie wollte aus den Klamotten raus, aber noch viel mehr wollte sie diesen Ort verlassen. Das ganze Land. Alles hinter sich lassen, inklusive Schmerz, Angst und Trauer. Sie vermied jeden Blickkontakt und verhielt sich ganz nach dem Motto: Wen ich nicht sehe, der sieht mich auch nicht.

Mit steifen Gliedern ging sie auf die Waschbecken und die große Spiegelfront zu und starrte erschrocken auf ihr furchtbares Spiegelbild. Sie sah aus wie der Tod auf zwei Beinen. Ihre Haut war leichenblass und zerschrammt, das Gesicht eingefallen mit einer bösen, dunklen Naht an der Schläfe und darüber das kurze, schwarze Haar. Das hellblaue Hemd, das sowieso schon zu groß war, lag wie ein Laken über ihren knochigen Schultern, und die Hose blieb kaum auf den Hüften hängen. Sie musste einen schlimmen Eindruck auf die Leute machen. Umso wichtiger war es, dass sie etwas an ihrem Aussehen änderte.

Sie ließ die Tasche fallen und machte den Wasserhahn an. In Windeseile fing sie an, ihr Gesicht und ihre Arme mit Wasser und Seife zu waschen, bis sie auch den letzten Dreck und getrockneten Blutkrusten los war. Anschließend tupfte sie sich mit Papiertüchern sauber, bis sie sich halbwegs frisch fühlte.

In einer der Toilettenkabinen zog sie sich schließlich um und musste erschrocken feststellen, wie viel Blut sie immer noch am Körper hatte. Doch eine Bahnhofstoilette war nicht der passende Ort, um sich hiervon reinzuwaschen. Sie zog die sauberen Sachen, ein dunkelroter, langärmlicher Pullover und eine schwarze Stoffhose, an denen noch die Preisschilder hingen, an und war erstaunt, wie gut sie passten. Diego musste bereits für den Fall der Fälle Kleidung für sie gekauft haben und einen kurzen Moment überlegte sie, doch noch einmal zu den Schließfächern zurückzulaufen, um zu sehen, was für ein Kostüm er sich für sie überlegt hatte.

Als sie sich bereit fühlte, öffnete sie die Kabinentür und war schwer überrascht, als sie sich jetzt im Spiegel sah. Die Sachen passten wirklich gut und wenn man von ihrer Narbe im Gesicht absah, sah sie ganz passabel aus.

Sie strich sich einmal über den Pullover und beobachtete die Frau im Spiegel, die das gleiche tat.

Sie sah gut aus, aber es war nur zum Schein. Genauso, wie sie noch das Blut unter ihrer Kleidung trug, war in ihr alles zerstört. Am liebsten wäre sie wieder in die Kabine zurückgegangen und hätte sich dort eingeschlossen, aber sie wusste, dass sie das nicht auf Dauer tun konnte. Sie musste ins Leben zurück. Auch wenn der Sinn fehlte. Wenn alles fehlte und schmerzhaft war.

Sie fasste ihren ganzen Mut zusammen und verließ die Waschräume. Einen kurzen Moment blieb sie draußen stehen und sah sich um.

Sie fühlte sich auffällig und fremd, aber zu ihrer Verwunderung wurde sie überhaupt nicht beachtet. Die Menschenmassen zogen einfach so an ihr vorbei. Sie konnte nicht sagen, wie es vorher gewesen war, da sie sie nicht beachtet hatte, aber wie es jetzt war, gefiel es ihr gut. Niemand würde das Blut und ihr zerstörtes Inneres sehen.

Sie war frei.

Und allein.

Sie sah sich weitläufig um und überlegte, ob Rafael wohl noch hier war. Sehen konnte sie ihn nicht, aber sie wusste auch, dass er das wahrscheinlich niemals zulassen würde. Wenn er untertauchte, dann richtig.

Doch was sollte sie tun? Nach Hause fahren? Mit dem Zug?

Ihr Blick fiel auf ein öffentliches Telefon, das zwischen einem Imbiss und einem Souvenirladen untergebracht war und sogleich fühlte sie den Drang, mit jemandem zu sprechen.

Sie setzte sich in Bewegung und kaufte sich am Imbiss eine Portion Pommes und eine Cola. Mit dem Wechselgeld marschierte sie zur Telefonkabine und griff nach dem Hörer.

Es fühlte sich alles so falsch an. Es war, als hätte sie die letzten zwei Wochen auf dem Mond verbracht und würde jetzt das erste Mal wieder der Schwerkraft ausgesetzt sein. Ständig hatte sie das Gefühl, etwas Falsches zu tun, sah sich suchend um, nur um dann wieder festzustellen, dass es nichts gab, nach dem sie suchen konnte.

Sie hatte die Nummer ihrer Eltern gewählt, erntete aber sofort das Besetztzeichen.

Zittrig hängte sie den Hörer wieder ein, um es bei Nico versuchen zu können.

Sie wusste, dass sie es nicht mehr lange aushalten würde und musste sich beeilen. Ihre Kraft war am Ende. Jedes Mal, wenn sie auch nur kurz die Augen schloss, sah sie dieses eine Gesicht, wie es sie anstrahlte, als wäre sie ein heiliger Engel. Anna wusste, dass nicht mehr viel fehlte, bis sie einen kompletten Kollaps erfahren würde. Sie wusste, dass sie keine Kraft mehr hätte, um wieder aufzustehen. Aber warum sollte sie auch?

Sie konzentrierte sich auf Nicos Nummer, bei der sie generell immer zwei Ziffern durcheinanderbrachte. Ihr Körper schwankte. Es würde nicht mehr lange dauern. Dann war es vorbei, und sie würde einfach auf den Fliesen unter sich liegen.

Würde das den Leuten auffallen? Wie lange würde es wohl dauern, bis jemand kam? Würde Rafael etwas davon mitbekommen, wenn er noch hier war? Oder würde er einfach an ihr vorbeigehen?

Sie hatte fertig gewählt und wartete. Was sollte sie Nico eigentlich erzählen? Sie war entführt worden, aber sollte sie Diego erwähnen? Was war Diego denn überhaupt? Ein Ferienflirt? Eine Entführungsromanze? Eine schöne Erinnerung?

Sie wusste nicht, was es war, aber Diego war mehr. Allerdings fand sie keine Worte dafür. Es war etwas Außergewöhnliches. Etwas Ernstes und Unvergleichbares, das sich mit nichts messen konnte. Es hatte sie verändert.

Sie hörte ein Freizeichen und krallte sich angespannt am Hörer fest. *Nico, nimm ab!*

Dann vernahm sie plötzlich die Stimme einer Mailbox. Einer *fremden* Mailbox. Sie hatte die falsche Ziffernfolge gewählt. *Verdammt!*

Sie gab die Nummer noch einmal ein und tauschte die Ziffern aus. Ungeduldig wartete sie auf das Freizeichen. *So müsste es richtig sein.* Eine andere Alternative fiel ihr nicht ein, wenn sie nicht die komplette Nummer hin und her drehen wollte.

Mit der freien Hand krallte sie sich an einem kleinen Bord fest und versuchte, nicht die Augen zu schließen. Sie musste sich konzentrieren, wenn sie gleich mit Nico sprechen sollte.

Angespannt versuchte sie zu deuten, welche Gefühle sie überhaupt für ihn hervorbrachte, doch sie fühlte nichts als Leere. Es war, als hätte Diego sie von Innen heraus ausgebrannt, sodass nichts mehr übrig war.

Hektisch schaute sie sich um und erkannte, dass nicht weit von ihr ein Polizist stand und sie beobachtete.

Vor Schreck ließ sie den Hörer fallen, trat instinktiv einen Schritt zurück und stieß dabei mit dem Hinterkopf gegen die Wand. So unauffällig war sie also doch nicht. Ob der Polizist das Blut unter ihrer Kleidung roch?

Der Polizist war ebenfalls zusammengezuckt, als sich ihre Blicke trafen und sie so panisch reagierte. Sein Körper verspannte sich.

Anna verspürte den Drang, wegzurennen, sich zu verstecken, sogar der Gedanke an Diegos Glock kam ihr in den Sinn, aber die war natürlich gar nicht mehr da.

Sie war aufgeflogen, es gab keinen Ausweg, keinen Diego oder Rafael oder sonst wen, der ihr jetzt helfen konnte.

Oder doch: Anna schloss bewusst die Augen und sah ihn. Diego war direkt vor ihr, und sie erinnerte sich an seine Worte: *Dir kann nichts passieren. Die Police schützt dich, und die Polizei kann dir nichts nachweisen. Du wurdest entführt!*

Sofort öffnete sie die Augen wieder, weil sie es nicht ertragen konnte. Aber er hatte recht. Sie war frei. Die Flucht war zu Ende, und sie brauchte keine Angst mehr zu haben. Sie war nicht kriminell, auch wenn sie die letzte Zeit so gelebt und es verinnerlicht hatte.

„Hallo?“, meldete sich eine Stimme im herunterhängenden Hörer.

Der Polizist beobachtete sie genau. Langsam nahm er sein Funkgerät in die Hand und hielt es vor den Mund, ohne sie dabei aus den Augen zu lassen.

Anna lächelte in sich hinein und war den Tränen nahe. Der Gedanke an ein Ende war so greifbar und allgegenwärtig, dass sie laut aufschreien könnte.

„Hallo?“, kam die Stimme noch einmal aus dem Telefon.

Ganz langsam hob sie den Hörer auf und führte ihn in Zeitlupe an ihr Ohr. Ihre Augen waren dabei ständig auf den Polizisten gerichtet. Allerdings war sie jetzt ruhig. Sie brauchte sich auch nicht mehr festhalten. Es war vorüber, und sie würde einen Weg finden, um damit klarzukommen.

„Nico?“, fragte sie leise. „Nico, bist du das?“

„Anna?“

Der Polizist sprach schnell in sein Funkgerät.

„Ja, ich bin´s“, murmelte sie.

Der Polizist kam auf sie zu.

Eine Träne löste sich aus ihrem Auge. Nur eine und sie tat diesmal gar nicht weh. Es war eine Träne der Erlösung. Sie war frei und würde alles hinter sich lassen.

Auch Diego.

*

Die AF 435 machte sich auf den Weg zum Rollfeld und wartete dort noch ein paar Minuten, bis sie schließlich mit donnerndem Getöse an Fahrt gewann und kurze Zeit später in der Luft war. Vor ihr lag ein Elfstundenflug über den Atlantik.

Während die meisten Passagiere staunend aus dem Fenster sahen, um zu sehen, wie schnell das Flugzeug an Höhe gewann, saß der Mann auf 18 B seelenruhig da und starrte auf die Rückenlehne des Vordersitzes.

Er war müde und angespannt. Aber trotzdem war er sehr erleichtert, denn er hatte es geschafft. Er war entkommen. Im Nachhinein dachte er, dass es einfacher gewesen war, als er eigentlich geglaubt hatte. Sie hätten viel eher den Weg nach Mexiko antreten sollen. Und mit Sicherheit hätten sie es geschafft. Sein Bruder hatte immer prophezeit, wie es gehen würde, aber er hatte ihn nie ernst genommen. Wie sehr schämte er sich jetzt dafür.

Er strich sich über sein frisch rasiertes, glattes Gesicht und dachte an Anna.

Ob sie schon auf dem Weg nach Hause war? Oder hatte die Polizei sie bereits einkassiert? Vielleicht würde er sich bei ihr melden, wenn er in Mexiko war.

Nachdenklich nahm er ein Foto aus der Tasche seines nagelneuen anthrazitfarbenen Anzugs und betrachte den jungen Mann, der ihm strahlend entgegenlächelte. Er spielte seine Rolle tadellos.

Neben ihm stand die Frau mit den wirren, blonden Locken, die sich als seine Freundin hatte ausgeben müssen, was ihr nicht besonders leichtgefallen war. Doch auf dem Bild gaben sie ein schönes Paar ab. War sie vielleicht als eine Art Schicksalsfügung gekommen, um seinen Bruder zu erlösen?

Er selbst glaubte nicht an die Liebe, aber seltsam waren die letzten zwei Wochen schon gewesen. Sein Bruder hatte einen kompletten Wandel durchzogen, und diese Frau war nicht gerade unschuldig an der ganzen Sache. Doch er konnte auch nur schwer einschätzen, wie weit das Ganze noch gegangen wäre. Ein dumpfes Gefühl sagte ihm, dass er seinen Bruder an diese Frau verloren hätte.

Genauso wie es letztendlich gekommen war.

Erschrocken stellte er fest, dass es das letzte Foto seines verstorbenen Bruders war. Marita hatte es gleich mehrfach ausgedruckt, weil sie sich so sehr über die angebliche Liebe gefreut hatte. In dem

Moment hatte er es als lächerlich bezeichnet, aber jetzt dankte er ihr dafür.

Eine Träne löste sich aus seinem Auge und tropfte auf seine Hand. Die Zeit zum Trauern war gekommen. „Ahora es el momento de ir a casa, hermanito. ¡Finalmente a casa!“[50]

Er würde das Grab seiner Eltern aufsuchen. In seinem und im Namen seines Bruders würde er beten und um Erlösung für all ihre Taten bitten.

50 „Jetzt geht´s nach Hause, kleiner Bruder. Endlich nach Hause!“

Danke

Es gibt so viele, denen ich danken möchte ...

Allen voran natürlich meinem Mann und meinen Kindern, die mich auch dieses Mal wieder mit viel Verständnis unterstützt haben, wenn ich mir die Zeit zum „Buch machen“ genommen habe. Zudem jetzt auch noch meine spannende, neue Aufgabe mit ellis Buchverlag hinzugekommen ist, die zusätzlich Zeit in Anspruch genommen hat.

Danke auch an meinen Bruder, auf dessen Rat und Meinung ich mich immer verlassen kann und der für mich auch dieses Mal wieder mit Synthesien.de die Homepage, das Cover, die Flyer und diesen genialen Buchtrailer erstellt hat – riesigen Dank, Bruderherz!

An dieser Stelle natürlich auch vielen Dank an Amir, Svenja, Sascha, Philip, Marcels Golf und Ilmis Mercedes, die wir hier als Darsteller nutzen durften – Amir zusätzlich noch fürs Buchcover – Mamnun.

Vielen Dank an meine Lese-Truppe Anja, Jessi, Kiki, Sara, Papa, Julia, Axel und Lina für Eure Kritik, Meinungen und Vorschläge zu den ersten Leseexemplaren.

Großen Dank an Reni für ihr ausgiebiges Lektorat.

Muchas gracías an Alrun und Wendy für die spanische Unterstützung.

Danke an meine Freunde, die mich alle mit ihrem besten Wissen vorher schon unterstützt haben, wie Gesche mit ihrem medizinischen Fachwissen, Tolo mit seiner Hilfe bei der ersten Plakaterstellung, Britt mit kniffligen Steuerfragen, Kord mit rechtlichen Angelegenheiten oder sei es nur Euer Verständnis, wenn ich mich mal wieder länger nicht gemeldet habe …

Ein ganz besonderer Dank geht natürlich auch dieses Mal wieder an die Landfrauenvereine in Schleswig-Holstein, bei denen ich mich immer wieder herzlich aufgenommen fühle, wenn ich zum Lesen eingeladen werde.

Nicht zu vergessen sind dann zu guter Letzt meine vielen treuen Leser. Danke, dass Ihr mir die Zeit gegeben und mehr oder weniger geduldig gewartet habt, bis es endlich Nachschub zum Lesen gab. Wie Ihr wisst, ist Schreiben für mich die pure Entspannung, und ich habe mich so schnell entspannt wie ich konnte ;-)

Hat Ihnen dieses Buch gefallen? Ich freue mich über jede Rückmeldung. Besuchen Sie mich hierzu auf:

www.ellis-buchverlag.de / Facebook / Twitter.

Wie geht es weiter???

Ellen Puffpaff

Der Todesbote – ***Alles auf Jetzt*** **– Band II**

Thriller / 411 Seiten

ISBN Printausgabe: 978-3-947538-03-4// 10,90 Euro
ISBN ebook: 978-3-947538-09-6 // 8,99 Euro

Ein Jahr ist seit der Entführung vergangen. Annas Leben in Hamburg geht weiter – bedeutungslos und ungefährlich. Es kann der Eindruck entstehen, dass nie etwas passiert wäre.

Oder ist es nur die abgeschlossene Police, die sie schützt und vor allem Unheil bewahrt, so wie es vorhergesagt wurde? Gibt es eine höhere Macht, die unauffällig jede Sekunde ihres Lebens beschattet und sie beschützt?

Sie hat keine Ahnung, dass die Gefahr bereits brodelt, um noch größer zu werden als sie jemals war. Nur durch einen Zufall entgeht sie dem direkten Tod bei einem Bombenanschlag an ihrem unmittelbaren Arbeitsplatz im Krankenhaus. Doch das sollte nicht der letzte Angriff auf ihr Leben sein.

Die Gefahr ist präsenter denn je und war niemals ganz verschwunden.

Lesen Sie hier eine Leseprobe aus der Fortsetzung zur Komplizin:

Der Todesbote – *Alles auf Jetzt* – Band II

Kapitel 1

„Hallo? Hallo?“

„Nico? Nico, bist du das?“

„Anna?“

„Ja, ich bin´s.“

„Anna! Verdammt! Wo bist du? Was ist passiert? Wie geht’s dir?“

„Ich bin in Spanien. Ich wurde entführt, aber ich bin okay.“

„Wir haben uns solche Sorgen gemacht. Zeitweise dachten wir, du wärst tot, bis du dich gestern bei deiner Mutter gemeldet hast. Boa! Ich kann gar nicht glauben, dass ich mit dir spreche. Geht es dir wirklich gut? Wo bist du jetzt? Wo sind deine Entführer? Haben sie dir etwas getan? … Was? Ja … das ist Anna … Warum?“

„Nico, bist du noch dran?“

„Aber du kennst sie doch gar nicht.“

„Nico, mit wem sprichst du da?“

„Nein, ich weiß nicht, wo sie ist.“

„Nico?“

„Anna, tut mir leid. Hier möchte jemand mit dir reden.“

„Wer?“

„Hallo, Anna!“

„Hallo! Wer ist da?“

„Ich muss wissen, wo du bist. Kann dich jemand sehen?“

„Ich verstehe das nicht. Wer ist denn da dran?“

„Beantworte einfach meine Frage! Bist du irgendwo in der Öffentlichkeit?“

„Ja, ich bin am Bahnhof in Zaragoza.“

„Bist du allein?“

„Ja.“

„Wo sind deine Entführer?“

„Sie haben mich freigelassen.“

„Wo und wann?“

„Ich verstehe das nicht.“

„Beantworte meine Frage: Wo habt ihr euch getrennt?“

„Hier am Bahnhof.“

„Ihr alle? Warst du mit allen bis zum Schluss zusammen?“

„Nein, ... zwei sind vorher gestorben.“

„Sie sind tot?"

„Ja."

„Nenn mir die Namen!"

„Enrico und Diego."

„Wo ist der Dritte hin?"

„Ich weiß es nicht. Er hat nichts gesagt."

„Hast du schon mit jemandem gesprochen, seit du frei bist?"

„Nein. Es ist quasi gerade erst passiert."

„Okay! Dann bleib bei deiner Geschichte. Es werden dich viele fragen, was passiert ist. Achte darauf, dass du denen genau das erzählst, was du mir gerade erzählt hast! Genau das Gleiche! *Er* ist gestorben! Das ist verdammt wichtig! Kriegst du das hin?"

„Ja, ... ich denke schon."

„Gut. Mit mir hast du nie gesprochen, ist das klar? Ich gebe dir jetzt wieder deinen Freund."

„Schauder erregendes Debüt, das man nicht aus der Hand legen mag."
EKZ.BIBLIOTHEKSSERVICE

Ellen Puffpaff
Dachbodenfund
Psychothriller / 238 Seiten
ISBN Printausgabe: 978-3-947538-00-3 // 9,90 Euro
ISBN eBook: 978-3-947538-06-5 // 7,99 Euro

Die junge Sandra Losberg erfüllt sich einen lang ersehnten Wunsch: Sie zieht mit ihrem Mann und ihrer kleinen Tochter von Hamburg in den ruhigen Ort Seesby in Schleswig-Holstein. Sie ist froh, dem Großstadttrubel zu entfliehen und malt sich das Leben auf dem Land vollkommen rosig und idyllisch aus.

Doch schnell muss sie feststellen, dass das in diesem Dorf nicht der Fall ist. Die Bewohner verhalten sich merkwürdig, und Sandra kommt bald dahinter, dass sie ein gemeinsames Geheimnis hüten. Mit allen Mitteln versuchen sie, es vor der Neuen zu verbergen, was Sandras Misstrauen nur noch verstärkt und ihren Ansporn, dem Ganzen auf den Grund zu gehen zusätzlich anheizt.

Trotz aller Warnungen gräbt sie weiter – nicht ahnend, dass sie damit das Leben ihrer Familie in Gefahr bringt.

„So viele falsche Fährten, so viel nervenzerfetzende Spannung – dieses Buch geht ab wie eine Rakete.“
EKZ.BIBLIOTHEKSSERVICE

Ellen Puffpaff
Fatale Folgen
Psychothriller / 268 Seiten
ISBN Printausgabe: 978-3-947538-01-0 // 9,90 Euro
ISBN eBook: 978-3-947538-07-2 // 7,99 Euro

Seit Alexandra Zipres ihren Debütroman veröffentlicht hat, läuft einiges schief: Ihre Ehe ist vorbei und sie ist aus dem beschaulichen Willerup nach Hamburg gezogen. Ihr Mann Marc hat eine „Neue“ und jemand belästigt sie mitternachts. Stammen die unheimlichen Anrufe und ominösen Nachrichten etwa von *ihr*?

Aber auch das offensichtliche Nachstellen ihres Arbeitskollegen ist verdächtig. Eine zerfleischte Amsel im Spielzeugauto ihres Sohnes wird schließlich zum Auftakt weiterer Grausamkeiten, die fatalerweise von Alex‘ Roman inspiriert zu sein scheinen und letztlich die Polizei alarmieren. Längst hält sie die Fäden nicht mehr in der Hand und durchlebt die beängstigende Kopie ihres eigenen Romans …

„Spezialistin für menschliche Abgründe bereitet schlaflose Nächte.“
ECKERNFÖRDER ZEITUNG